WITH YOU

LYNA REYS

WITH YOU

TOME 1

BMR

Hachette Livre, 58 rue Jean Bleuzen, 92170 Vanves.

Ce roman traite de sujets sensibles qui peuvent ne pas convenir à tous les lecteurs. Il est important d'aborder cette lecture en étant conscient que certains thèmes ou scènes pourraient surprendre les lecteurs non avertis.

Trigger warnings : violence, agression sexuelle, organisation criminelle, crises d'angoisse et problématiques liées à la santé mentale, traumatismes, consommation de drogues.

« Il n'y a qu'un oiseau qui se renouvelle et se redonne à lui-même la vie ; les Assyriens l'appellent *phénix*. »

Ovide

Je dédie ce livre à la Lyna de seize ans.
Et à toutes les Lana.

PLAYLIST

Sam Tinnesz – *Play With Fire*
Glee – *Taking Chances*
The chainsmokers – *Sick boy*
Three days Grace – *Human Race*
Lana Del Rey – *This is what make us girl*s
NF – *Therapy session*
Lana Del Rey – *Cherry*
Imagine Dragons – *Radioactive*
Set it off – *Midnight thoughts*
Fleurie – *Hurt like hell*
Slaves – *Let This haunt you*
Too close to touch – *Burn*
Willyecho – *Welcome to the Fire*
Starset – *Monster*
Black atlass – *Sacrifice*
Lana Del Rey – *hope is a dangerous thing for a woman like me to have*
Chase Atlantic – *slow down*
The Neighbourhood – *Afraid*
The Cab – *Temporary Bliss*
Lana Del Rey – *She's not me*
Set it off – *Crutch*
One republic – *Secrets*
Cigarette after sex – *Nothing's gonna hurt you baby*
Starset – *My demons*
Arctic Monkeys – *I wanna be yours*

Lana Del Rey – *off to the races*

Fall out boy – *Centuries*

Isabel Rosa – *I'm yours*

Chase atlantic – *Into it*

The Score – *Revolution*

Scorpions – *Winds of change*

Ed Sheeran – *The A team*

Lana Del Rey – *Wildflower Wildfire*

Patrick Watson – *Je te laisserai des mots*

PROLOGUE

Si je devais recommencer ma vie, j'aimerais être quelqu'un d'autre.

Si je devais recommencer ma vie, je ne ferais pas les mêmes erreurs. Je serais plus calme, moins impulsif et je profiterais davantage des moments qui m'ont rendu heureux.

Si je devais recommencer ma vie, je ferais en sorte que mes liens familiaux ne se dégradent jamais et que personne ne souffre de mes multiples dérives.

Si je devais recommencer ma vie… je serais quelqu'un de meilleur.

De bien pour eux.

De bon *pour elle.*

Si je devais recommencer ma vie, je ferais en sorte de mériter *son* amour pour moi.

On m'a toujours dit que l'erreur est humaine, et que le pardon devrait naturellement suivre. Pourtant j'ai du mal à y parvenir.

L'être humain est un interprète de l'irréalité, et je suis le virtuose des illusions.

Je me suis perdu dans les prémices de l'enfer. Ma lutte ne mène à rien, l'immersion est inévitable.

Lana est cet éclat d'espoir qui a tout bouleversé.

Hélas ! tout est éphémère dans une existence, même la plus belle des émotions, le plus touchant des sentiments…

Avec ou sans elle, mes démons persisteront. Je ne peux pas lui imposer ma vie, encore moins le poids de mes secrets bien trop lourds.

Je suis tout ce qu'il ne lui faut pas. Un jour elle ouvrira les yeux et le comprendra.

Car *le sort en est jeté*, irréversible désormais.

Et si je peux l'épargner, la sauver de moi... je n'hésiterai pas. Parce que j'ai fini par comprendre que l'aimer, c'est la laisser partir.

Je sais ce qu'il me reste à faire, en dépit de ce que je voudrais au plus profond de mon être. De ma plume, j'inscris ces mots, parce que je dois l'admettre :

Tout ce que je souhaite c'est être...

avec toi.

CHAPITRE 1

Le sort en est jeté

LANA

Pour moi, ce soir, c'est la rédemption.

J'ai comme une envie de remonter le temps. Remonter le temps pour me rappeler ce que ça fait de conserver son innocence. Remonter le temps pour me retrouver et m'empêcher de commettre les erreurs qui laisseront des souillures que je serai seule à voir à travers le miroir. Le maquillage recouvre mon visage, il est le camouflage parfait pour dissimuler le désarroi qui m'accompagne depuis plusieurs mois maintenant. Mes lèvres s'étirent en un sourire factice et me voilà prête à sortir pour oublier tout ce que je veux laisser derrière moi.

Ce soir est synonyme de renouveau. J'ai laissé le feu de ma douleur me consumer et tout s'est assaini à présent. Je suis prête pour entrer à l'université, le lycée, c'est terminé, et mon intégration à la fac va débuter dans quelques minutes. Une soirée est organisée à un point de rassemblement par plusieurs universités de Los Angeles. Tout le monde y sera. Pour moi ce sera l'occasion de faire de nouvelles rencontres et de m'extirper du carcan de ma réserve. Je ne veux pas être la fille qui va rester dans un coin sans jamais ouvrir la bouche pour faire entendre sa voix. Je veux être le genre de personne qui marque les esprits pour sentir que j'ai existé quelque part.

Ma robe blanche en dentelle à bretelles ne ressort pas très bien sur ma peau pâle, je n'ai pas profité du soleil cet été. Je passe ma main sur le bas qui m'arrive à mi-cuisse pour lisser le tissu et mes doigts remontent jusqu'à mes cheveux châtains pour replacer les boucles que je me suis sculptées. Ma chevelure est retenue par un ruban vert, et un petit nœud pend près de mes oreilles.

— Lana ?

La voix de Matt, mon frère aîné, rompt le cours de mes pensées. J'aperçois son reflet dans le miroir et me retourne en lui offrant un sourire sincère.

— Tout va bien ? demande-t-il, l'air soucieux.

Ses prunelles noisette, assorties à la couleur de ses cheveux, me guettent minutieusement, à la recherche de l'infime faille qui pourrait me pousser à me confier. Matt arbore très souvent cet air face à moi. Et je me sens mal de l'inquiéter autant.

— Oui, j'ai hâte d'y être, dis-je en levant les bras.

Il me toise un court instant avant de poser sa main sur mon crâne.

— Je ne serai pas très loin de toi. Et si t'as besoin de quoi que ce soit, appelle-moi.

Matt est sans doute le frère le plus protecteur qui soit. Nous allons dans la même université et il est revenu s'installer à la maison cette année… pour veiller sur moi. Un frisson de gêne court le long de ma colonne. J'ai l'impression de l'empêcher de profiter de sa vie étudiante avec ses amis. Un secret nous lie, Matt et moi, et c'est à cause de ma crédulité qu'il est revenu vivre chez nos parents.

— Tu es sûre de vouloir vivre ici ? Tu sais… je vais mieux.

Un pli barre son front puis, une seconde après, son regard s'adoucit et il passe son bras par-dessus mes épaules pour me serrer contre lui. Ce geste affectueux me touche, et j'enroule à mon tour mes bras autour de sa taille.

— Lana, tu es la personne la plus importante pour moi, je serai toujours là pour toi, peu importe la raison.

Sa voix grave a quelque chose d'apaisant, et une langueur insaisissable traverse mes veines, éveillant de vagues réminiscences dans mon esprit. Dans d'autres circonstances, j'aurais pu fondre en larmes mais j'en suis incapable. Mes yeux ont bien trop pleuré, mon âme a crié à l'agonie et je ne veux plus revivre une expérience qui ressemble de près ou de loin à cette vulnérabilité que je n'ai pas supportée.

Je ne veux plus être faible.

Notre étreinte prend fin et je me retourne vers mon miroir une dernière fois pour inspecter ma tenue. Dans mon dos, j'entends mon frère soupirer.

— Elles ne se voient pas, m'assure-t-il en soupirant tout en enfonçant ses mains dans ses poches.

Je lève les yeux vers lui et me contente d'acquiescer silencieusement puis m'empresse de prendre ma veste en jean pour partir.

— On y va ?

Le Thunderdome. Nous sommes au Thunderdome. Bien loin du tumulte urbain s'étend un vaste terrain empli des voix alcoolisées des milliers d'étudiants présents ce soir. Un hangar trône au centre de ce lieu, entouré d'un vieux circuit de course, et une multitude de lumières colorées transpercent les grandes fenêtres.

Je ne m'attarde pas et je cherche du regard mon amie Lydia. J'ai laissé mon grand frère rejoindre son groupe de potes, et c'est à moi désormais de tisser des liens avec les autres. Près d'un feu de camp, les cheerleaders font un petit numéro et parmi elles je reconnais la chevelure rousse de Lydia. Je croise les bras, légèrement embarrassée m'approchant.

— Lana, je suis là ! s'exclame Lydia en levant la main vers moi.

J'esquisse un sourire et me dirige vers elle. Fièrement, Lydia expose devant mes yeux sa veste de cheerleader bleu électrique.

— Elle est trop belle, avec les initiales de la fac !

Lydia et moi avons rejoint l'équipe des cheerleaders. Quelques semaines avant la rentrée, nous avons auditionné pour rejoindre le groupe et avons été retenues grâce à notre expérience. Nous pratiquons ce sport depuis le début du lycée et avons même remporté des trophées à l'échelle de l'État de Californie.

— Oh, Lana, entends-je derrière moi, malgré le volume de la musique.

Je me retourne et croise les yeux noisette d'Anna, la capitaine des cheerleaders, une grande blonde élancée, avec une chevelure pleine de reflets dorés, rassemblée en queue-de-cheval. Elle porte une veste identique à celle de Lydia.

— Voici la tienne, Lana, bienvenue dans l'équipe !

Dès que je récupère la veste, Anna pousse un cri vers les filles et fait une roue pour les rejoindre. Elles commencent toutes à danser et à rigoler en improvisant des chorégraphies. Tous les regards se posent sur nous, et je me sens tout de suite gênée. Je recule de quelques pas pour m'éloigner du groupe que Lydia rejoint, avant de remarquer mon absence. Elle se tourne vers moi, me fixant avec ses yeux qui expriment cette inquiétude que je décèle chaque fois qu'un de mes proches me regarde.

— Lana, tu devrais t'intégrer, c'est le moment de changer comme tu le voulais, me rappelle-t-elle avec assurance avant de me prendre la main.

Mes yeux scannent le mouvement autour de moi. Tout le monde semble s'amuser, s'ouvrir aux autres, les filles rient, chantent, flirtent avec les gars de l'équipe de foot, je vois même mon frère en train de draguer une cheerleader. La terre continue de tourner alors que moi, je reste aussi figée qu'une statue grecque. Les bruits autour de moi paraissent si lointains. Je ne sais pas pourquoi je suis comme ça… j'ai la sensation permanente d'être dans une bulle, coupée des autres.

Mon regard en croise un autre. Celui d'un garçon qui semble être dans le même état que moi. Reclus. Retiré. Il est seul contre un arbre, une bière à la main, faisant semblant d'écouter son coéquipier à côté de lui.

Il me fixe avec une profondeur déconcertante, comme s'il cherchait dans mes iris la raison de mon retrait. Une multitude de frissons parcourent mon échine. J'ai l'impression qu'il lit en moi comme dans un livre ouvert. Qu'il devine à quel point je ne suis pas dans mon élément et voit que mes tentatives de me fondre dans la masse sont ratées. Qu'il parvient à déceler l'imposture. En l'espace de quelques secondes, je parviens à me décrisper puis fixe l'étudiant à mon tour, et c'est là que je constate qu'il est très beau. Un regard aussi sombre qu'une nuit sans lune, avec quelques mèches brunes qui retombent sur les yeux. Une mâchoire carrée taillée dans de la glace. C'est étrange cette sensation qui court dans mes veines, je me sens… toute chose.

Son regard s'adoucit, ses lèvres s'ourlent en un petit sourie puis il finit par se détourner en portant sa bière à sa bouche.

— Lana, ça va ?

La voix de Lydia m'extirpe de mes songes et je reviens à moi. Ce moment d'absence m'a semblé durer une éternité, mon pouls redevient normal et je souris à mon amie, lui indiquant que je vais très bien, avant de me mélanger aux autres.

Ce soir, c'est ma rédemption. Je me le suis promis. Les dés doivent être jetés, ainsi la chance pourra-t-elle peut-être me sourire.

Je finis avec l'équipe à l'intérieur du hangar, les spots stroboscopiques réchauffent ma peau et le changement de couleur est presque lénifiant. La musique explose des enceintes, la chanson des Black Eyed Peas résonne dans toute la pièce. Les corps dansent, se pressent les uns contre les autres. La vague humaine m'entraîne vers le centre et je laisse le son me transporter ; Lydia ne me lâche pas la main et nous dansons toutes les deux ensemble.

Mon corps est fait pour danser, j'aime tellement ça. Dès que je ferme les yeux, la musique me procure un sentiment de légèreté et de liberté. Je lève les bras et me déhanche. Mes sombres pensées déguerpissent et je retrouve les moyens que je pensais avoir perdus. Lydia sautille et me prend la main avant de me faire tourner sur moi-même.

— Cette année sera géniale ! s'écrie-t-elle l'air confiant.

Je l'espère.

Mes yeux se posent sur mon frère et une des filles de l'équipe qui s'embrassent de façon trop suggestive. Dégoûtée, je détourne le regard en grimaçant.

Heureusement, Anna accourt vers nous avec un air surexcité. Elle tire une des filles vers l'extérieur. Et, comme si elle avait donné des instructions à tout le monde, une à une les filles sortent du hangar. Lydia m'agrippe le bras pour m'entraîner dehors mais, au milieu de la masse humaine qui nous entoure, je me retrouve séparée d'elle, emprisonnée par tous ces corps.

Je me faufile tant bien que mal et je réussis à m'extirper de la foule, seulement je ne retrouve ni Lydia ni les filles. Il y a un monde fou dehors. Je regarde autour de moi : une file imposante s'étend plus loin et fait une boucle autour du hangar devant lequel plein de motos sont garées. Putain, qu'est-ce que c'est que cet endroit ? Des centaines d'étudiants qui semblent attendre un événement capital se massent devant un bar. Je plisse les yeux en essayant de détailler les gens qui m'entourent pour repérer un visage connu, mais en vain.

Une moto me coupe alors la route et roule dans une flaque devant moi. Je me retrouve trempée. Ma veste en jean est tachée et ma robe blanche salie. Horrifiée, j'avise ma tenue et mon sang ne fait qu'un tour. Le responsable s'est arrêté à quelques mètres et se retourne vers moi en descendant de sa moto. Son visage est recouvert par un casque.

— Tu ne pouvais pas faire attention, espèce d'abruti !

Je suis à fleur de peau, cette soirée ne se passe pas du tout comme je l'avais imaginé. Non seulement j'ai eu du mal à m'intégrer à l'équipe, mais en plus un connard me met dans un état lamentable.

Le motard réduit la distance entre nous tandis que de la fumée est sur le point de sortir de mes oreilles à cause de ce cocktail de frustration et de colère qui m'assaille.

— Regarde ce que tu as fait ! T'es aveugle ou quoi ?

Posté en face de moi, il retire lentement son casque et le cale sous son bras.

Le garçon de tout à l'heure.

— C'est ta faute, trésor, tu m'as ébloui.

CHAPITRE 2

Tyler Brook

LANA

Ma tenue est fichue, le tissu humide commence à refroidir ma peau. Mais je suis si hypnotisée par la noirceur de ses yeux qu'aucun son ne parvient à s'extirper de ma bouche. Son regard sombre semble vide et, plus la distance entre nous se réduit, plus je prends conscience de ce qui est en train de se passer.

— T'as perdu ta langue, trésor ?

Je fronce les sourcils et baisse les yeux vers ma robe bousillée.

— T'as flingué ma tenue, rouspété-je en pointant du doigt la conséquence de son imprudence.

Ses lèvres s'étirent en un rictus presque narquois et il hausse les épaules nonchalamment. Il commence à m'exaspérer.

— Ce n'est que du tissu.

— Peut-être bien, mais la soirée est encore longue.

Quelle idée les filles de l'équipe auront-elles de moi maintenant ?

— Entre nous, trésor, t'es vraiment à ta place ici ? lâche-t-il avec un clin d'œil.

Ses mots me figent sur le bitume. Pourquoi ces paroles a priori anodines ont un tel effet sur moi ? Est-ce que j'ai ma place ici ? Est-ce que cela se voit à ce point que je fais semblant ? Je n'ai pas le temps de répondre que son index se pose sur mon front.

— Ton silence est éloquent. Au final, ce n'est pas plus mal que cette flaque t'ait éclaboussée, cela te donne une bonne excuse pour rentrer chez toi, loin de tout ça. Je ne suis pas certain que la suite de la fête te plaise.

Le contact de la pulpe de son doigt au centre de mon front est comme un électrochoc. D'un coup je repousse son bras et le fusille du regard.

— Garde tes analyses pour toi, espèce de connard. J'ai ma place ici, t'as pas à me dire ce que je dois faire.

Je retire ma veste pleine de boue et la lui jette en pleine face pour qu'elle le salisse autant que moi. Le hic, c'est qu'il est tout de noir vêtu. De sa veste en cuir à ses chaussures. Je l'entends rire doucement derrière le tissu qui recouvre son visage avant de le retirer. Il me détaille de haut en bas et je croise les bras, me sentant presque nue avec seulement ma robe sale sur moi. Il s'approche, colle ma veste contre ma poitrine pour me la rendre puis tire sur le nœud de mon ruban, le défait et l'emporte avec lui.

— Merci pour le cadeau, je le garderai en souvenir de cette délicieuse entrevue.

Je fronce les sourcils et le vois s'éloigner de moi vers sa moto. D'un pas rapide, je le suis pour récupérer mon accessoire mais il le range dans le coffre sous son siège.

— EH ! Je ne te l'ai pas donné !

— Fallait y penser avant de m'éblouir, trésor, me dit-il en chevauchant son engin sans rompre notre lien visuel.

— Rends-le-moi, rétorqué-je avec impatience.

Il ne répond pas, démarre le moteur et le fait rugir, attirant sur nous les regards de plusieurs personnes.

— D'ailleurs, ta robe est plus jolie comme ça. Complètement mouillée.

Il appuie ses paroles par un clin d'œil. Les yeux écarquillés, estomaquée, je le regarde démarrer et partir sans se retourner. Encore un putain d'obsédé ! Furieuse, je cherche mes coéquipières et finis par les trouver parmi la foule amassée devant un écran géant qui n'affiche rien pour l'instant. Je m'approche de Lydia, un peu incertaine de ce qui va suivre. Je pose ma main sur son épaule puis elle se retourne vers moi et son visage s'illumine.

— Je t'ai cherchée ! Les filles m'ont assuré que tu étais déjà là.

J'arque un sourcil et le brouhaha de la foule me pousse à balayer du regard ce qu'il se passe autour de moi. De l'autre côté, je remarque une file de motos avec leurs conducteurs respectifs.

— Il y a une course de motos entre les différentes fraternités des universités, mais aussi des clubs de motos, avec des paris ouverts, évidemment, m'explique-t-elle en me prenant le bras.

— Et c'est légal, un truc pareil ? lui demandé-je, intriguée.

— T'es sérieuse, Lana ? entends-je derrière moi. On s'en fout que ça soit légal ou pas, l'essentiel, c'est le divertissement.

Anna, à côté de moi, pointe son doigt vers l'écran, et le visage qui apparaît déclenche des frissons le long de mon échine.

— Son nom est Tyler Brook, m'apprend-elle. Il est dans la même université que nous.

Si elle le connaît, c'est sûrement quelqu'un de populaire. *En plus d'être un voleur de ruban !*

— Il n'est pas venu en cours pendant tout le second semestre l'an dernier, il a été viré de l'équipe de foot. Ça va me faire bizarre maintenant d'encourager l'équipe sans le voir à son poste.

Tyler est sur sa moto, les bras croisés. Je détache mon regard de l'écran pour l'observer au loin. Tyler balaie la foule autour de lui jusqu'à ce que ses yeux marron s'arrêtent sur moi. Il esquisse un sourire narquois et je m'empresse de détourner le regard pour le reporter sur l'écran. Mais c'est toujours sur lui que la caméra est figée, et je comprends directement qu'il me fixe encore en secouant la tête, avec toujours ce rictus au coin des lèvres.

— Il est trop beau, franchement, dommage qu'il soit si distant et condescendant.

Distant ? Il m'a limite fait du rentre-dedans.

— C'est clair, c'est insupportable les mecs dans son genre, comme s'ils étaient supérieurs à la mêlée. Je préfère les hommes qui font des efforts pour s'intégrer.

— Un peu comme Matt Julliard, le quarterback. D'ailleurs c'est lui qui a repris le poste de Tyler, déclare une brune avec les yeux qui brillent lorsqu'elle évoque mon frère.

— Je me demande comment Tyler a réagi à cela, répond sa coéquipière, accrochée à son bras.

— Mal, sûrement. Ça se voit qu'il est revanchard, il ne se gêne pas pour s'opposer aux autres.

Les filles parlent de Tyler comme d'un être asocial et méprisant. J'ai en horreur les jugements de la sorte, surtout qu'elles ne semblent pas le connaître personnellement. Cela dit, après ma première interaction avec lui, je n'ai aucune envie de le revoir.

— Mon Dieu, Lana ! Ta robe ? s'exclame Lydia en remarquant enfin mon état.

— Tu t'es roulée sur le sol ou quoi ? se moque une des filles de l'équipe.

Je souffle et me frotte le bras nerveusement.

— Non, on m'a aspergée…

— T'es aveugle ? Tu pouvais quand même faire attention… mais c'est pas grave, ça fera une anecdote fun à raconter, m'assure Anna en me lançant un clin d'œil.

L'oppression dans ma poitrine s'intensifie. Je ne suis pas totalement à l'aise et, si je peux faire semblant aux yeux du monde, je ne peux pas me mentir à moi-même sur ce point-là.

— La course va commencer !

Le sol semble trembler sous mes pieds, l'agitation autour de moi s'accentue et Lydia me prend la main. Je la fixe. C'est la seule ici ce soir à m'offrir ce faible intérêt dont j'ai besoin pour rester.

— Je ne te lâche pas, cette fois, m'annonce-t-elle joyeusement avec un sourire empreint de sincérité.

Lydia n'est pas seulement ma meilleure amie, mais c'est la seule amie que je n'aie jamais eue. Plus jeune, je traînais toujours avec Matt et son meilleur ami Hayden, puis au collège j'ai rencontré cette rouquine complètement folle avec ses yeux pétillants dont la couleur rappelle le miel, et, même si je la dépasse d'une bonne tête, elle est loin d'être impressionnable.

Tous les candidats se mettent derrière la ligne de départ. J'ignore combien ils sont, mon regard est comme aimanté par l'aura que dégage Tyler. J'analyse ses faits et gestes. Il a le regard vide, focalisé sur la piste ; contrairement aux autres qui discutent encore entre eux, lui se terre dans un mutisme déconcertant. Il fait craquer son cou des deux côtés, ferme les yeux puis met son casque avant tout le monde, comme s'il voulait étouffer les voix de la foule et se concentrer uniquement sur les minutes qui vont suivre.

Cette distance que je perçois en lui m'ébranle, et si les filles avaient raison ? Et s'il était distant avec tout le monde ?

Mes yeux détaillent ma robe saccagée, mes doigts serrent le tissu blanc maculé de taches marron. Je ne sais pas pourquoi son discours m'a tant perturbée. Peut-être parce qu'au final une part de vérité s'y dissimule et que cela m'irrite qu'un inconnu ait pu déceler ça. Je pousse un profond soupir et reviens à la course, qui est sur le point de commencer.

Les candidats sont fin prêts. Une jeune femme portant une tenue sombre bien suggestive se place au centre du circuit avec un drapeau en damier. Ses talons sont si hauts que j'aurais le vertige à sa place. Le silence retombe, plus personne ne parle. Je regarde autour de moi, ne comprenant pas cette attitude soudaine. Il n'y a que les rugissements des motos qui résonnent. Ce n'est que maintenant que je remarque les stands représentant nos universités avec leurs drapeaux distinctifs.

— C'est une tradition, me murmure Lydia en me serrant la main. Ici, c'est un rituel sacré, les fraternités s'affrontent, de l'argent est mis en jeu, certaines rivalités explosent, ou des relations se nouent.

— C'est Tyler Brook qui est à la tête de la fraternité de notre université ?

Tout à coup, la grande blonde baisse son drapeau et une course effrénée commence. Au même moment, la foule pousse des cris qui me font sursauter. Je remarque que les cheerleaders hurlent à leur tour en encourageant un certain Liam.

— Non, ce n'est pas lui, il a été viré de la fraternité l'an dernier à cause de son attitude lâche à l'égard de l'équipe de foot. Il est blacklisté. C'est Johnny Rivens, un senior, qui nous représente. C'est celui qui est cinquième.

— Mais alors pourquoi Tyler fait cette course ?

— Il n'y a pas que des fraternités, d'après ce qu'Anna m'a dit. Il y a aussi des clubs de motards. Le Thunderdome est plein de secrets. Cet endroit est dingue, tu ne trouves pas ?

Lydia a les yeux pleins d'étoiles, l'adrénaline de cette soirée a un effet considérable sur elle.

— Comment tu sais tout ça ? demandé-je, soucieuse, en me concentrant sur la course.

— Quand tu n'étais pas là, les filles m'ont briefée.

Super... c'est toujours la même chose. Tout se passe quand je ne suis pas là. Pour être honnête, la course ne m'intéresse pas, pourtant je suis quand même déçue. Je pousse un souffle exaspéré et lève les yeux vers l'écran géant. Les deux en tête sont au coude à coude. En plissant les yeux, je reconnais la moto de Tyler. Les deux concurrents semblent prêts à tout pour gagner.

Je reporte mon attention sur les personnes autour de moi et, au loin, je remarque mon frère à l'un des stands, discutant avec un gars que je n'ai jamais vu auparavant. Et il semble... exaspéré, comme si quelque chose le tracassait. Je continue d'observer la scène : Matt pousse brusquement l'autre type et ce dernier s'empresse de l'attraper par le col de son pull. Mon cœur loupe un battement. Matt ne réagit pas, il le toise froidement en pointant du doigt son assaillant.

— Lydia... je reviens, annoncé-je en lui lâchant la main.

— Quoi ? Non, reste avec moi. Imagine qu'on n'arrive pas à se retrouver !

— Je n'en ai pas pour longtemps, promis.

Elle grimace avant de hocher la tête et de reporter son attention sur la course.

Dans cette masse humaine, j'ai un peu de mal à m'en sortir, il y a tellement de monde que c'en est presque étouffant. Au moment où j'arrive à m'extirper de la foule, un brouhaha géant agresse mes tympans. Tout le monde se met à crier et à sauter, je trébuche presque parce qu'un gars surexcité me pousse sans s'en rendre compte. La course doit être finie, mais je me fiche du résultat, je veux juste voir mon frère.

— Matt ?

Les deux hommes posent le regard sur moi en même temps. Mon frère semble presque agacé que je l'interrompe. La culpabilité se répand dans mes veines et je croise les bras, gênée, ne sachant plus quoi dire.

— Je te laisse, Matt, mais c'est la dernière fois, menace le brun d'un air froid.

Quand il se retourne, je remarque un corbeau noir brodé sur sa veste en cuir, avec l'inscription « Ravens ». Malgré les cris de la foule en délire, j'entends le souffle plus qu'exaspéré de mon aîné. Il passe brusquement sa main dans ses cheveux châtains. Ses prunelles sont dépourvues de leur éclat habituel, comme si son interlocuteur avait éteint quelque chose en lui.

— Matt…

— Tu ne pouvais pas attendre ? J'étais en pleine conversation, râle-t-il en levant son bras comme pour exposer la situation.

L'irritation dans sa voix me serre le cœur, j'ai l'impression qu'un nœud vient de s'y loger.

— En pleine conversation ? J'ai cru que tu allais te battre !

— Ce n'est pas à toi de te soucier de ça, OK ?

Toujours sur la défensive, il dégage un sentiment de frustration accrue. Je fronce les sourcils, ne comprenant pas exactement ce qui est en train de se produire. Je m'évertue à ne rien laisser transparaître sur mon visage. Il s'agite et tourne sur lui-même, plongé dans ses réflexions.

— Cet homme te voulait du mal ?

Un pli barre son front et il souffle si fort que, si j'étais une feuille, je m'envolerais.

— Arrête de te mêler de mes affaires.

Sa réponse sonne comme une menace, sa voix est pleine de colère. La douceur habituelle de son regard n'est plus et la rage envahit ses yeux. J'en ai le souffle coupé. Je ne sais même pas quelle réaction avoir.

— Tout va bien ?

Je manque presque d'air quand je reconnais la voix de Tyler. Je détourne mon attention de mon frère pour me concentrer sur le brun qui vient de nous rejoindre. Tyler me dévisage avec une profondeur déconcertante avant de fusiller mon frère du regard. Ce n'est que maintenant que je me rends compte de ma position, les bras serrés, comme si je voulais former un bouclier pour me protéger.

Mon frère s'écarte de moi et son changement de posture m'étonne. Devant Tyler, il me paraît tout de suite moins menaçant, mais n'en demeure pas moins nonchalant.

— Oui, tout va bien, Tyler. Je te présente ma petite sœur, Lana.

Tyler fronce les sourcils avant de river ses yeux foncés sur moi. Ce lien visuel qui s'établit entre nous me fait presque frémir. Je ne peux m'empêcher de trouver son visage beau, cependant je me remémore ce qui s'est passé tout à l'heure et m'empresse de souffler avant d'éviter ses yeux perçants.

— Ta sœur, répète-t-il doucement comme pour mieux s'imprégner du sens de ces termes.

— Oui, c'est elle, confirme-t-il comme s'il avait déjà parlé de moi. Lana, je te présente Tyler, un ami.

Matt dit ça sans conviction et croise les bras, l'air agacé.

— Et tu m'expliques pourquoi tu n'es pas avec les gars ? demande Tyler en le fixant d'un regard inquisiteur.

— Je flirtais avec une fille, j'étais sur le point de les rejoindre, explique-t-il en haussant les épaules.

Une tension palpable alourdit l'atmosphère. Les deux hommes ont une position de rivaux mais se prétendent amis… je ne suis pas sûre de comprendre. Surtout que mon frère ment effrontément.

— Félicitations pour ta course, commente Matt en pointant du doigt l'écran.

Une photo de Tyler est affichée, ce dernier demeure presque indifférent à sa victoire.

— C'est mon terrain de jeu, réplique le brun en enfonçant ses mains dans ses poches.

De mon côté, je ne sais pas quoi faire, et sentir que je suis invisible aux yeux de mon frère me perturbe. Je pensais qu'il n'agirait jamais ainsi avec moi. Et son attitude fait surchauffer mes méninges. Cet aspect lunatique de lui m'était totalement inconnu avant ce soir.

— Et toi, Lana ? Tu as regardé la course ?

La voix de Tyler fait résonner mon prénom et me pousse à plonger mes yeux dans les siens. Il m'accorde de l'intérêt. Plus que celui qui a le même sang que moi, en tout cas.

— La connaissant, je suis sûr qu'elle n'a rien vu, se moque mon frère en s'allumant une cigarette.

En le voyant coincer entre ses lèvres la fine tige enflammée, je constate que je ne connais pas mon frère aussi bien que je le pensais.

— Je préfère que ça soit elle qui me le dise, elle sait parler, rétorque Tyler, visiblement agacé que mon frère prenne la parole à ma place.

— Je n'ai pas suivi la seconde moitié de la course, réponds-je en croisant les bras.

— Et tu as aimé la première ? me questionne-t-il en inclinant sa tête sur le côté.

— Oui, parce que tu n'étais pas encore premier.

Matt toussote. Il s'étouffe avec sa fumée et part chercher de l'eau à un stand derrière lui. Je roule des yeux, et le faible rire de Tyler me parvient. Il s'avance vers moi et d'un signe de tête désigne ma robe.

— Rancunière, trésor ?

— Lana, je m'appelle Lana, au cas où tu ne l'aurais pas compris.

— Tu ne devrais pas rester ici, on est entourés de pirates, et les pirates, ça pille les trésors comme toi, souffle-t-il en penchant son visage vers le mien.

— Mêle-toi de ce qui te regarde, dis-je en reculant d'un pas pour être à bonne distance de lui.

Matt revient et pose sa main sur mon épaule. Mais je ne lui jette pas un coup d'œil, gardant mon attention rivée sur le brun qui nous épie, mon frère et moi.

— Sœurette, je veux bien que tu fasses des remarques sarcastiques, mais évite de le faire quand tu ne connais pas la personne. Tu viens de le rencontrer.

— T'inquiète, Matt, pour cette fois, je laisse passer, assure Tyler en esquissant un sourire goguenard.

J'arque un sourcil et me retourne vers mon frère.

— Il y a encore cinq minutes, tu étais désagréable avec moi et maintenant ça va ? Et d'ailleurs, depuis quand tu fumes ? C'est un comble pour un fils de pneumologue !

Un pli barre son front et il me lâche l'épaule avant de souffler d'exaspération.

— Lana, garde tes sermons pour toi, tu n'es pas ma mère. En plus, tout à l'heure tu m'as dérangé. Mais n'en parlons plus.

Il insiste sur chaque syllabe comme s'il voulait essayer de me faire passer un message subliminal afin de ne pas en dire trop devant son ami. Il me répond avec une rudesse qui m'étonne. Je connais mon frère et je ne suis pas du genre à lâcher l'affaire sans connaître le fin mot de l'histoire, surtout s'il s'agit de lui. Matt est l'être le plus important pour moi, nous sommes très liés, nous nous sommes toujours tout dit. Mais je remets en doute ma légitimité à cet instant.

— Ton comportement est bizarre, je ne te comprends pas. Tu agis comme le pire des crétins !

Il me pousse presque pour me mettre hors de son chemin, je titube et, avant que je ne dise quoi que ce soit, je sens une main sur mon crâne.

— Eh je vous ai cherchés partout.

C'est Hayden, le meilleur ami de mon frère depuis la maternelle. Il passe son bras sur mon épaule et nous regarde tous les trois. La situation m'échappe, mon frère est irascible et j'ignore ce que je suis censée faire. Mon attention se reporte sur Tyler, qui fusille mon aîné du regard. Si ses yeux étaient des revolvers, il lui aurait tiré dessus il y a bien longtemps.

— On est là, râle Matt en évitant le regard de Tyler.

Quelque chose est en train de se produire entre les deux hommes dans un silence que je ne demande qu'à décrypter.

— Vous venez ? Tyler, on va fêter ta victoire avec les gars, ils t'attendent au stand de Dan.

— Non, répond froidement mon frère en nous tournant le dos. Je vais retrouver mon plan de ce soir.

Et il s'en va, ne me lançant même pas un dernier coup d'œil.

Tyler continue de le fixer alors que mon frère s'éloigne.

— Qu'est-ce qu'il a ? demande Hayden, intrigué.

Je lève les yeux vers lui et hausse les épaules pour lui signifier mon incompréhension. Je ressens une présence juste en face de moi et tombe nez à nez avec Tyler. Si, durant nos courts échanges, il était moqueur, il vient de changer du tout au tout et adopte une attitude froide à présent.

— Tu devrais retrouver tes copines, ou bien rentrer chez toi. Évite ton frère ce soir. On y va, Hayden, les gars nous attendent.

D'un signe de tête, Tyler intime à Hayden de le suivre. Ce dernier me relâche et m'adresse un petit sourire pour être rassurant. Sauf que son regard noisette ne me trompe pas. Je connais Hayden depuis que je suis enfant, s'il est le meilleur ami de mon frère, c'est aussi mon ami. Il a toujours été là. Et il n'est pas doué pour faire semblant ou pour cacher des choses.

— Lana, si t'as besoin d'un chauffeur pour te déposer, appelle-moi, me propose-t-il en m'embrassant sur la joue. Bisou, ma belle.

Les deux hommes s'en vont, me laissant seule avec une myriade de questions qui fleurissent dans mon esprit. Le mystère que devient mon frère à cet instant va me priver de plusieurs heures de sommeil.

— Lana !

Lydia me rejoint et étudie les traits de mon visage.

— Viens on va danser, j'ai l'impression que tu ne t'es pas amusée ce soir.

Elle me tire le bras pour qu'on revienne au Thunderdome, sous les enceintes qui crachent de la bonne musique.

— T'es sûre que ça va ? me demande-t-elle. On dirait que tu as vu un fantôme.

— Plutôt une personne que je ne reconnais plus.

CHAPITRE 3

Correspondance épistolaire

TYLER

Le doux arôme de la nicotine m'enveloppe tout entier. Lorsque ce poison se répand dans mon être, il m'offre un plaisir indescriptible. Je transpire le désespoir, et la fumée qui s'échappe de mon corps est comme la touche finale de l'œuvre chaotique que je représente. Un tourbillon de souvenirs déferle dans mon esprit à la vitesse de l'éclair. J'étais innocent à ma naissance, telle une toile blanche, puis, aspirant à être artiste, j'ai souillé cette surface pure avec des taches sombres, reflets de mes errances sans fin.

Avec le temps, j'ai compris que cela ne servait à rien de le perdre à me questionner sur qui je suis. En grandissant, les notions de bien et de mal change, des personnes voient le mal partout et d'autres sont suffisamment naïves pour ne pas retirer ce voile de crédulité qui recouvre leur rétine. Et le vide est glacé, c'est la seule chose dont je suis certain.

Cette nuit-là ne parvient pas à s'évader des murailles qui barricadent mon esprit. Je suis enchaîné à mes vices. Emprisonné dans une cage d'acier. La bière coule dans ma gorge, un remontant éphémère, tout comme ma clope. J'ai envie de chasser mes idées noires ce soir, mais à peine sont-elles écartées qu'elles reviennent à la charge.

J'attends mon cousin dans ce bar qu'il fréquente habituellement. Les rires et les bavardages créent un brouhaha incessant, ce n'est pas le bon endroit pour être au calme, ça c'est sûr. La fumée m'encercle comme un bouclier pour préserver mon espace vital.

Je souffle de mécontentement. *Putain, Dan, jamais à l'heure !* Je ne supporte pas qu'on me fasse attendre. Je suis au comptoir, je commande une deuxième bière au barman, qui est un ami de mon cher cousin. Je pose mes coudes sur la surface de marbre et j'inspire profondément avant de boire une autre gorgée. Une main s'abat sur mon épaule, exerçant une légère pression, puis la chaise à ma droite crisse contre le sol.

— T'es trop jeune pour crever d'un cancer du poumon, fait remarquer mon cousin.

— T'es trop vieux pour être en retard.

Je sors une autre clope que j'allume rapidement. La cigarette est un prolongement de ma bouche, une partie intégrante de moi. Emporté par ce goût délectable, je revois sans le vouloir *ses yeux marron*... ses magnifiques yeux marron qui étaient si expressifs autrefois. Chaque soir je suis hanté par cette image. Chaque jour, je me dis que je l'ai peut-être perdue pour toujours...

— Arrête d'y penser, Tyler.

S'il y a une personne dans ce monde qui me connaît, c'est bien Dan. Mon cousin me connaît sur le bout des doigts... *enfin presque.* Il n'arrive jamais à anticiper mes réactions, je suis beaucoup trop impulsif. Je suis un feu follet, je bouge dans tous les sens et, comme un volcan, je peux exploser à tout instant. Je suis incontrôlable, les ravages que je cause sont comme le passage de la lave en fusion.

Pris d'une montée d'adrénaline, je me redresse et fais craquer les articulations de mes phalanges tout en toisant mon cousin. Physiquement, la ressemblance n'est pas frappante, s'il a des traits fins, les miens sont plutôt durs. Nos seuls points communs sont nos yeux sombres et nos cheveux bruns. En dehors de ça, tout semble nous opposer. Il est plus vieux que moi de sept ans et, du haut de ses vingt-neuf ans, il est à la tête des Gunners, un club de motards parfois mêlé à des trafics. Dan a un garage qui sert de plateforme à ses petites affaires de troc de pièces détachées, d'armes et de véhicules.

Il m'a pris sous son aile après *cette nuit-là*, il voulait surtout veiller sur moi, même si cela veut dire que je l'ai constamment sur le dos. C'est exaspérant ! Mais bon, disons qu'il représente le lien de sang le plus indéfectible que j'ai eu dans ma vie. Rapidement, j'ai su faire mes preuves aux yeux des autres membres du club, même si mon impulsivité joue en ma défaveur la plupart du temps. J'arrache la victoire à toutes mes courses de moto. La piste est mon terrain de jeu.

— Tu appréhendes la reprise des cours ?

Je pousse un profond soupir. J'ai raté la moitié de mes cours l'an dernier, j'ai été viré de ma fraternité et de l'équipe de foot pour manque de sérieux alors que j'étais capitaine. Sans moi, ils ont perdu le championnat, c'était une saison chaotique et j'en suis l'unique responsable. Encore aujourd'hui, des membres de l'équipe ne cachent pas leur rancœur quand ils passent devant moi.

— J'ai déjà raté les premiers jours et demain j'ai rendez-vous avec un de mes enseignants responsables, M. Simmons.

— Ne te loupe pas cette fois-ci, mon grand, c'est ta dernière année, tu peux le faire.

— Je sais, Dan, je le ferai, lui assuré-je.

J'enfonce mes mains dans les poches de ma veste et pose ma tête sur le comptoir du bar.

— Ton père m'a appelé aujourd'hui pour prendre de tes nouvelles, m'apprend-il d'un ton las.

Je n'ai même pas de réaction. Depuis que notre famille a volé en éclats, je ne suis plus capable de renouer avec eux, et de toute façon cela ne change rien. Je n'ai jamais été vraiment proche de mes parents. Nos relations ont toujours été tendues, fondées sur des reproches et des non-dits. Tout ce qui comptait aux yeux de mon père, c'étaient les apparences, et je ne rentrais pas dans le moule qu'il avait concocté pour moi. Et avec ma mère, c'est pareil. Ils sont la personnification de l'expression « qui se ressemble s'assemble ». Je suis bourré de défauts et mon géniteur ne s'est jamais privé de me le faire savoir. Il a perdu tout espoir qu'un jour je puisse travailler avec lui… et c'est sur ma sœur que mes parents ont projeté l'avenir qui m'était destiné à la base. Ma sœur, Eryn, est plus malléable, plus douce, elle répond à leurs exigences. J'endosse le rôle du mouton noir et si, quand j'étais enfant, une partie de moi éprouvait une pointe de tristesse parce que personne ne semblait me comprendre, j'ai appris à vivre avec. Je ne voulais pas qu'on me force à devenir quelqu'un qui ne me correspond pas. Je cherchais juste de l'aide pour comprendre qui j'étais.

— Il passe par toi parce qu'il sait que je ne lui répondrai pas, dis-je, ennuyé.

— Ta mère ne t'appelle pas ? demande Dan, l'air soucieux.

— Non, elle va mal, je crois qu'elle suit une thérapie pour s'en remettre, répliqué-je en haussant les épaules.

— Tyler, c'est ta famille.

— Ils m'ont tourné le dos en premier, Dan, je n'ai pas envie d'avoir leurs états d'âme sur la conscience, réponds-je en poussant un long soupir.

Mon cœur bat vite, si vite que je sens l'écho de ses battements dans tout mon corps. Ces histoires familiales nourrissent en moi tellement de sentiments contradictoires, je m'égare entre mes rancœurs silencieuses, la culpabilité étouffante et tant de regrets que j'ai arrêté de compter.

— Je sais, Tyler, murmure-t-il avec empathie. Mais ils ne sont pas les seuls à souffrir de cette situation. Laisse-toi encore le temps, mais un jour tu devras leur parler. Un jour, tout s'arrangera, je garde espoir.

— L'espoir est une illusion.

L'espoir s'est évanoui, laissant mon âme dans un hiver perpétuel. Ce sujet porte tant de mélancolie que je me sens enveloppé dans une bulle, à l'écart de toutes les personnes présentes autour de moi.

— Je ne vais plus t'embêter avec ça, je tenais juste à te le dire.

J'acquiesce doucement en soupirant.

— Ce n'est pas grave, tu peux lui dire que je vais bien, que je vais en cours, sans trop rentrer dans les détails. Le reste m'est égal. Pour ce qui est de mon père, notre relation est scellée depuis bien longtemps.

Le barman vient vers nous et discute avec Dan. Je pose mon coude sur le comptoir et cale mon menton sur ma paume. Quand mon téléphone vibre dans la poche arrière de mon jean, je le récupère pour voir la notification et découvre que c'est Carla qui m'envoie un *nude*, en guise d'invitation à la rejoindre. C'est est la fille que je vois depuis un petit moment maintenant, elle est une des bikeuses des Gunners. Disons que nous sommes assez compatibles sur le plan charnel, cependant pour ce soir je passe mon tour. Pour être honnête, une autre fille flirte avec mes pensées.

— Tyler, un des gars de la bande m'a dit avoir aperçu Matt avec un des dealers des Ravens.

— Tu confirmes mes soupçons, soufflé-je en passant ma main sur mon visage. Il agissait bizarrement, sa sœur était présente et je l'ai trouvé limite menaçant avec elle.

Matt et moi nous connaissons depuis un an. Durant sa deuxième année de fac, il a rejoint l'équipe de foot et disons que nous avons eu des atomes crochus. On se comprend et c'est un des rares gars de l'équipe à ne pas me faire chier. Les circonstances ont fait que nous sommes devenus proches en un laps de temps assez court, au point que j'ai l'impression de le connaître depuis toujours. Il est proche de sa fratrie : sa petite sœur Lana et son petit frère Luke. Il m'a très souvent parlé d'eux. À dire vrai, quand Matt se sent proche de quelqu'un, il ne peut s'empêcher d'évoquer les personnes auxquelles il tient le plus. Et quand il était devant moi avec elle, je ne retrouvais pas la symbiose qu'il me décrivait. Il semblait presque agacé qu'elle soit là. Et Lana planait dans l'incompréhension.

— Sa sœur ? Tu veux dire la fille que tu n'as pas lâchée du regard durant toute la soirée ? me taquine-t-il, un rictus au coin des lèvres.

Il me toise toujours avec son air moqueur et je rumine en le fusillant du regard.

— Je t'ai cramé direct.

Je secoue la tête, dépité.

— Tu n'as rien cramé du tout, je cherchais Matt et je l'ai vu avec elle, par hasard.

— Mais bien sûr. Qu'est-ce qu'il s'est passé ? demande Dan, soucieux.

Je hausse les épaules.

— Il m'a dit qu'il était avec une fille.

Mon cousin fronce les sourcils.

— Et tu le crois ?

— Absolument pas, il s'est foutu dans une embrouille, j'en suis certain.

— Il est différent de l'an dernier, quand je l'ai connu, souligne Dan en se frottant le menton.

— Ouais… je sais.

Matt aussi a eu son lot de déconvenues au moment où il s'y attendait le moins. Le destin prend un malin plaisir à se jouer de nous.

— Je m'en charge, assuré-je. Je lui parlerai, je n'ai pas envie qu'il reste trop proche de sa sœur.

Dans le bureau de Simmons, j'ai les bras croisés et me contente de le regarder farfouiller dans mon dossier universitaire sur l'écran de son ordinateur. Simmons n'est pas seulement un des enseignants responsables de mon cycle, c'est aussi un professeur que j'ai eu chaque année dans au moins un cours et il a été aussi mon tuteur l'an dernier.

— Tyler, cela fait bien longtemps…, me dit-il sans lâcher l'écran des yeux.

Simmons commence à être marqué par le temps, des rides tirent légèrement certains traits de son visage mais c'est un des rares professeurs à être encore bien conservé à plus de cinquante ans. Il va à la salle de sport et fait des cures de collagène tous les trois mois. C'est lui qui me l'a dit.

— J'ai beaucoup de retard, je sais, mais n'empêche que je vous ai déjà donné un jet de ma thèse l'année dernière.

— Ah, tu ne veux pas tout recommencer, me taquine-t-il en daignant enfin me regarder.

Il a des yeux perçants, me rappelant presque ceux de mon père quand il me dévisage pour essayer de comprendre ce qui se passe dans ma tête. Je hausse les épaules et pointe du doigt l'écran de son ordinateur, là où il manque des notes à cause de mon absence.

— J'ai manqué plusieurs matières, mais vous pouvez au moins valider ma thèse. Je les repasserai de toute manière, mais cette thèse, je l'ai terminée.

— J'ai adoré ta thèse, tu le sais très bien, et je suis prêt à la compter pour cette année afin que tu n'aies pas à la refaire.

— Mais ?

Simmons esquisse un sourire, visiblement ravi que je devine qu'il y a une condition.

— J'aimerais que tu rejoignes le club de débat que j'anime cette année, m'annonce-t-il fièrement.

— Un club de débat ? Sérieusement ?

— Tu m'as toujours donné des points de vue intéressants dans tes devoirs, j'aimerais que tu les partages de vive voix. Et surtout que tu te confrontes à des avis divergents.

Dois-je me sentir... flatté ?

— Ça dure toute l'année ?

— Non, me rassure-t-il en conservant son sourire. Seulement le premier semestre.

Je soupire, mais bon, ai-je le choix ?

— C'est d'accord, autre chose ?

— J'aimerais aussi que tu prennes part à une étude sociale que je mène.

Simmons a un doctorat en psychologie, il a voué sa vie à décortiquer les autres et cela ne m'étonne même pas qu'il veuille que je sois de la partie.

— Je souhaiterais que tu participes à une correspondance épistolaire anonyme. Tu parleras à une personne sans savoir qui elle est. L'objectif est de voir si échanger avec un inconnu a un impact sur les jeunes. À la fin, vous recevrez un formulaire de questions vous demandant ce que cela vous a apporté. Si vous avez continué, combien de temps cela a duré, si vous avez arrêté et pourquoi ? Et surtout si vous avez levé l'anonymat, m'expose-t-il, les yeux brillant de malice.

Je fronce les sourcils.

— Et vous voulez que je participe à ça ?

— J'aimerais beaucoup te compter dans cette étude. Plusieurs étudiants ont accepté ; un mail a été envoyé pour un appel à candidatures, mais comme je sais pertinemment que tu ignores son contenu, je te le demande de vive voix.

— Et si je le fais, vous validez ma thèse ?

Il acquiesce doucement.

— En plus du club de débat, oui.

Je me frotte le menton, hésitant à accepter cette proposition. Je ne comprends pas exactement pourquoi Simmons veut que je fasse tout ça, mais ça en vaut la peine si cela m'ôte un poids niveau études.

— Tu es très intelligent, Tyler, tu fais partie de mes meilleurs élèves. C'est dommage que tu ne fournisses pas plus d'efforts. Laisse-moi exploiter ce potentiel pour toi.

— C'est d'accord. Juste parce que vous avez dit que j'étais intelligent.

— Tu as déjà raté une semaine de cours, les participants à l'étude ont déjà été choisis. C'est au secrétariat que l'échange a lieu, je t'enverrai un mail avec un numéro généré automatiquement et à toi de voir si tu veux te donner un pseudo ou garder le numéro. Ensuite, tu sauras qui t'a été attribué.

J'opine du chef et me lève.

— N'oublie pas le club de débat, il y aura un cours cet après-midi. Donne le meilleur de toi, cette année, Tyler. Tu peux le faire.

— Merci, Monsieur Simmons, pour votre compréhension, dis-je avant d'ouvrir la porte.

Simmons m'offre un sourire sincère et plein d'empathie avant de me souhaiter bonne chance. Il connaît les quelques raisons qui m'ont poussé à m'absenter l'année dernière et il a été très compréhensif. Je pense que c'est pour ça que j'apprécie ce prof, il se met à la place de ses étudiants et ne cherche pas à les enfoncer comme le système scolaire peut le faire.

Après mes cours de la matinée, j'ai reçu le mail de Simmons avec mon numéro pour son étude et il m'indique que le premier message m'attend d'ores et déjà. Curieux, je me rends au secrétariat pour le récupérer.

Cette conversation ne peut clairement pas commencer par une présentation, alors pourquoi as-tu rejoint cette étude ? Cherry.

Cherry ? Genre « cerise » ? OK, j'ai donc *une* correspondante.

Le couloir est bondé et je sens les regards indiscrets sur moi, les ragots fusent quand mon nom est cité. Depuis que j'ai été viré de l'équipe, je suis devenu le joueur maudit. J'ignore si tout cela m'atteint, au fond. J'ai été rejeté sans qu'on cherche à savoir pourquoi, or, comme je reste hermétique à toute cette effervescence, je me dis que cela ne me fait ni chaud ni froid de ne plus être sur le terrain. Les seuls gars de l'équipe qui se sont souciés de moi sont mes potes : Matt, Hayden et Tony. Ce dernier, je le connais depuis longtemps, en partie parce que c'est un Gunners, et j'ai fait la rencontre des deux autres bien plus tard, lors de nos entraînements de foot.

Le reste de ma journée se passe relativement tranquillement, et j'ai même eu le temps de répondre à Cherry. J'arrive enfin devant la salle du club de débat. J'appréhende, toutefois je me dis que ça devrait aller, si le sujet m'inspire, je pourrai sûrement participer. De toute façon, Simmons ne va pas me lâcher la grappe. J'entre et quelques étudiants sont déjà là. Les tables forment un carré géant pour que tout le monde puisse se voir. Je choisis une chaise, retire ma veste en cuir noir et la dépose sur le dossier. En levant la tête vers la porte pour voir si Simmons arrive, une paire d'yeux émeraude entre dans mon champ de vision.

Ça alors !

Je sens que je vais aimer ce cours.

CHAPITRE 4
Sombre analyse

LANA

Sur le terrain de football américain, l'air est rempli d'une énergie palpable, celle de la préparation et de l'effort. Le soleil, déjà bas sur l'horizon, baigne l'espace d'une lumière douce, presque mélancolique. Je suis là, au milieu de mes coéquipières, toutes engagées dans l'ardeur de l'entraînement, leurs cris et leurs rires se mélangeant pour former une symphonie de détermination.

Un sentiment d'étrangeté m'envahit, une sensation diffuse, presque insaisissable, de ne pas être à ma place parmi elles. Chaque fois, je me sens à la traîne et j'ignore pourquoi j'ai du mal à m'intégrer. Les filles se soutiennent, compétitives dans un esprit sain, unies par un but commun. C'est plutôt une question d'alignement intérieur, une dissonance entre celle que je suis et le rôle que je joue ici, en plein cœur de ce stade. C'est moi le problème. Je ne leur donne pas envie d'être proche de moi, de me parler autrement que pour me donner des instructions sur le terrain.

— C'est parti, les filles !

Anna donne les ordres et on se regroupe dans un tourbillon de mouvements. La première figure que nous abordons est la cascade. C'est un classique, mais toujours spectaculaire. Deux bases, solidement ancrées au sol, lancent une voltigeuse en l'air, où elle effectue un salto avant d'être rattrapée avec précision. Pour la cascade, je fais partie de la base, mes bras tendus prêts à propulser notre voltigeuse avec toute la force que je possède. Et cela fonctionne.

La capitaine nous pousse à nous dépasser et à enchaîner d'autres figures. On s'entraîne sur nos pyramides quelques minutes pour voir si on arrive à être stables. Je n'ai pas de mal à suivre le rythme, j'adore bouger, me dépasser et le cheerleading est fait pour moi. C'est une réelle passion. Les lancements en l'air, les pyramides humaines. Chaque mouvement est exécuté avec une précision qui force l'admiration, chaque sourire est étudié pour être aussi éclatant que notre performance. Et pourtant, au milieu de cette chorégraphie parfaitement huilée, je me sens décalée, comme si j'observais la scène de l'extérieur plutôt que d'en être l'actrice principale.

Enfin, nous terminons par une séquence de tumbling, où chaque membre de l'équipe montre sa capacité à enchaîner des flips, des sauts périlleux et des roues. Quand mon tour arrive, je m'élance, mon corps se pliant et se dépliant dans une série de mouvements que j'ai mis des années à maîtriser. C'est une explosion de liberté, un moment où je suis entièrement moi-même.

— C'est très bien pour aujourd'hui, les filles, vous avez été géniales ! s'exclame Anna en applaudissant.

Nous nous divisons en petits groupes, partageant rires et projets pour la suite, et je me sens plus isolée que jamais. Je remarque mon frère qui fait des tours de piste avec ses coéquipiers, je lève la main pour lui faire signe et il se dirige directement vers moi.

— Lana, me dit Lydia en s'avançant vers moi, tu rentres avec moi ?

Lydia a réussi à se faire une place au sein de l'équipe mais, même si elle discute avec tout le monde, elle revient toujours vers moi, me faisant ressentir que, peu importe qui entre dans sa vie, j'aurai toujours son attention et de l'importance. Et ça me rassure vraiment quand elle agit de la sorte. J'aime cette fille, elle est si bienveillante, gentille et marrante, tu m'étonnes que tout le monde veuille devenir son ami.

— J'ai ma réunion du club de débat. Peut-être après ?

Elle se dirige vers les vestiaires. Alors que je m'apprête à partir, Matt arrive. Après sa réaction bizarre lors de la soirée, il est redevenu le frère que j'ai toujours connu. Moqueur et aimant. Je n'ai pas osé remettre sur le tapis son comportement étrange, sa façon de fuir ou encore de me réprimander à la moindre question. En temps normal, il n'agit pas de la sorte… C'était comme s'il se retenait d'imploser pour je ne sais quelle raison. Je le connais suffisamment pour savoir que, si je creuse un peu la question, je me heurterai à un silence glacial.

Matt et moi ne nous forçons jamais à nous confier l'un à l'autre, même si nous devinons facilement les fissures qui fragilisent nos remparts respectifs. Nous respectons la réserve de l'autre jusqu'au moment de la confidence. Notre lien est très spécial. Mais le voir souffler le chaud et le froid m'inquiète. À la maison, il se dispute sans cesse avec nos parents, surtout avec mon père. Il répond très mal et manifeste une frustration et une rage qui ne m'échappent pas.

— Ton entraînement s'est bien passé ? demande-t-il, le sourire aux lèvres.

— Oui, c'était cool. Par contre, je ne sais pas pourquoi mais je ne suis pas à l'aise…

Il fronce les sourcils.

— Pourquoi ça ?

— Je me sens isolée, comme si je n'avais rien en commun avec les autres, expliqué-je en haussant les épaules.

— Intègre-toi un peu plus, provoque les choses.

— Pourquoi c'est plus simple pour les autres que pour moi ?

— Je pense que tu te prends trop la tête à propos de ce que tu ressens et de ce que les gens te font ressentir. Vis, Lana ! T'es à la fac, c'est l'occasion de faire de nouvelles rencontres, de tenter de nouvelles expériences. Arrête de te poser mille et une questions.

Ses paroles sont pleines de bon sens. Cependant, elles ne m'apportent pas réellement de réconfort.

— Tu as raison… merci du conseil.

— Je vais retrouver les gars, ce soir. Je risque de ne pas rentrer. Si t'as besoin d'un truc, appelle-moi, dit-il en s'éloignant et en me faisant un signe de la main.

Malgré moi, je repense aux mots de Matt. Ils s'insinuent dans un coin de ma caboche comme un rappel. Ce sentiment de décalage n'est pas nouveau. Il a grandi en moi, insidieusement, jusqu'à ce que l'évidence s'impose : je cherche ma voie, comme n'importe qui d'autre, et je me fonde sur tant de facteurs différents que je m'égare.

Dans les vestiaires, Lydia me raconte les cours qu'elle a eus dans sa prépa de médecine. Ce choix lui ayant été imposé par ses parents, elle ignore encore si elle va poursuivre dans cette voie. Cette année est comme un test, elle attend d'avoir le déclic pour être sûre de continuer.

— Je ne veux pas décevoir mes parents, j'espère que je vais finir par aimer, s'exclame-t-elle tristement en coiffant ses belles boucles rousses.

— Tu devrais leur en parler, c'est ta vie, Lydia. Ce n'est que la première semaine de cours, mais je n'ai pas l'impression que ça te plaise.

Lydia pousse un profond soupir et cogne son front contre la porte de son casier.

— Je ne comprends rien en cours, je n'arrive pas à me concentrer. Je suis une loseuse.

— Ne dis pas ça, la rassuré-je en appuyant ma main sur son épaule. Tu as du mal à t'adapter, peut-être que tu devrais attendre encore un peu, après tout ce n'est que le début, et si ça se trouve tu vas finir par t'éclater. Mais si tu sens que rien ne change pour toi, tu devrais en parler.

— Comment je pourrais savoir une chose pareille ? Je n'ai que dix-huit ans, je ne connais pas grand-chose de la vie. Médecine, c'est dur, c'est long et faut être passionnée. J'aurai peut-être pas le niveau.

— Tu sais, moi non plus je ne sais pas si je suis faite pour le journalisme, mais j'aime écrire. Pour moi, c'est comme un pouvoir, être une sorte de porte-parole de ce qu'il peut se passer dans le monde. Tu es intelligente et t'as toujours été bonne dans les matières scientifiques, ne doute pas de tes capacités, mais si réellement tu n'aimes pas ça, ne te force pas.

Lydia s'écarte du casier, ses yeux noisette s'humidifient et le fin sourire sur ses lèvres me confirme que mes mots lui ont fait du bien. Elle n'est pas difficile à décrypter, son regard est si expressif.

— Merci, Lana.

— Lana !

La voix d'Anna m'interpelle. Je me retourne et la vois accompagnée de June et Ally, deux autres filles de l'équipe. Je ressens une pointe d'excitation. C'est la première fois qu'on fait appel à moi, je me sens moins invisible tout à coup.

— On aimerait savoir si ton frère voit quelqu'un en ce moment ? s'exclame Anna, l'air tout émoustillée.

L'adrénaline qui se distillait dans mes veines se dissipe instantanément. Alors c'est parce que je suis la sœur de Matt qu'on s'intéresse à moi ? Le sourire d'Anna en dit long. Je hausse les épaules et fais non de la tête.

— Oh, et c'est quoi son style de fille ?

— Tu n'as qu'à le lui demander, lancé-je légèrement agacée.

— Je préfère passer par toi.

Matt a déjà fricoté avec des filles de l'équipe, pourquoi elle ne les interroge pas ?

— On ne parle pas de ce genre de choses, lui et moi.

— C'est bon, Anna, c'est son frère. Elle ne va pas t'arranger un coup avec lui, tu peux te débrouiller toute seule, intervient Lydia, visiblement ennuyée aussi.

Anna arque un sourcil et finit par s'éloigner avec ses copines.

— Je ne te pensais pas coincée de la sorte, Lana, c'est triste, conclut-elle en ricanant.

Je fronce les sourcils mais, avant que je puisse répondre, elle est déjà partie.

— Elle est trop bizarre, commente Lydia. Pourquoi passer par toi ?

Je hausse les épaules.

— J'en sais rien, mais je trouve ça ridicule.

Ensuite, je me dirige vers ma séance de débat après avoir convenu un rendez-vous avec Lydia. C'est la première et j'ai hâte. Je ne connais pas encore le professeur, toutefois il a une certaine renommée ici. Quand j'entre dans la salle, il y a déjà du monde. Les tables et les chaises forment un carré parfait. D'un bref coup d'œil, je balaie la pièce avant que mes yeux se fixent sur un regard aussi sombre qu'une nuit sans lune. Un regard qui m'est resté en tête.

Tyler Brook.

Sérieusement ? Il fait partie du club ? Je pousse un profond soupir et le fusille du regard. Il me répond par un clin d'œil, l'air moqueur, avec ce foutu rictus narquois au coin des lèvres. Je tire une chaise et m'assois. Mais visiblement Tyler n'a pas dit son dernier mot. Il se lève de son siège pour prendre place juste en face de moi. Je fronce les sourcils et finis par détourner le regard quand le professeur Simmons arrive.

— Bonjour à tous, je suis ravi d'inaugurer ce cours et surtout de vous voir tous ici.

Nous sommes une vingtaine, majoritairement des hommes.

— Pour cette première session, j'ai réfléchi à une thématique et votre avis m'intéresse grandement.

Simmons passe sa main dans ses cheveux gris avant d'inscrire au tableau le sujet du jour : « L'altruisme est-il véritablement désintéressé ou motivé par l'intérêt personnel ? »

— Que pensez-vous des réelles intentions des gens à l'égard des autres ? Que pensent-ils lorsqu'ils font une bonne action ? Le font-ils par pur intérêt ou par envie ?

Cette question me fait réfléchir et me pousse à me questionner sur mes intentions à l'égard de mon entourage. Je n'ai pas conscience de tirer profit de mes actions, je le fais parce que cela me paraît normal.

— C'est pour satisfaire son propre ego.

Une voix grave résonne, pleine d'assurance. Elle émane de Tyler, et cette soudaine participation me fait froncer les sourcils. Il est assis de manière nonchalante. Il ne manque plus qu'une clope à ses lèvres pour qu'il ait l'air comme chez lui.

— Et si tu développais cette idée, Tyler, s'exclame le prof, intéressé, en croisant les bras fièrement.

— Développer quoi ? L'homme est un sombre idiot. Rendre des services, être présent pour les autres, ce sont des conneries. C'est juste une satisfaction personnelle. On fait de bonnes actions pour se prouver qu'on est une bonne personne. C'est dans notre intérêt. L'être humain est un profond connard égocentrique.

L'aversion dans ses mots est incontestable. Sa réponse doit être motivée par des histoires personnelles.

— Non, je ne suis pas d'accord, interviens-je en regardant le prof. L'être humain peut faire preuve de bienveillance.

— Oh deux visions bien différentes, rappelle-moi ton nom, me demande Simmons.

— Lana Julliard.

— Lana, Tyler, la scène est à vous, annonce-t-il en tendant ses deux bras vers nous.

Mon regard plonge dans celui de Tyler, et il hoche la tête comme s'il était perdu dans ses pensées.

— Tu sais, je pense que l'idée de l'altruisme désintéressé est un mythe. Chaque fois que nous faisons quelque chose de bien, c'est parce qu'on en retire quelque chose, même si c'est juste se sentir bien dans sa peau, s'exclame Tyler sans me quitter des yeux.

Son regard est si intense… comme s'il voulait déterrer les secrets enfouis en moi. Dans sa voix perce une légère provocation, confirmée par son sourire narquois.

— C'est tellement réducteur de penser comme ça. Tu crois vraiment que personne n'est capable d'un acte purement altruiste ? C'est cynique.

— Cynique ou pas, c'est réaliste. Le *high* du donneur, c'est notre cerveau qui nous récompense. On est programmés pour ça. C'est l'évolution, Lana.

— Et les gens qui risquent leur vie pour des inconnus ? Tu vas me dire qu'ils calculent leur coup pour se sentir héroïques ?

Tyler hausse les épaules avec nonchalance.

— Peut-être. Ou peut-être qu'ils cherchent une reconnaissance, même s'ils ne l'admettent pas. On aime tous se voir comme le héros de notre propre histoire et encore plus celle des autres.

Je lève les yeux au ciel, affligée.

— Tu es impossible. Il y a des gens qui font de vrais sacrifices sans attendre quelque chose en retour. Penser le contraire, c'est ignorer la complexité de l'être humain.

— On pense tous que le comportement humain est complexe alors que pas du tout, argumente-t-il avec son air suffisant. Il n'y a rien de plus facile que de décortiquer les pensées des autres. Les hommes sont tous pareils, mais dans des corps différents.

— Tu as une vision bien trop sombre et sans lueur d'espoir, dis-je durement.

— Ça te dérange tant que ça de penser que nous sommes tous un peu égoïstes, au fond ? C'est humain, Lana.

— Ce qui me déplaît, c'est ton refus de voir la bonté sans arrière-pensées. Il y a une différence entre être réaliste et être totalement désabusé.

Je suis tendue et cela ne lui échappe pas. Il arbore un air confiant, comme s'il détenait la vérité absolue, et j'ai horreur de ça. J'ai l'impression qu'il le fait exprès, juste pour m'agacer. Et le pire, c'est que ça marche.

— Peut-être que j'aime juste te voir t'embrouiller. C'est amusant de constater à quel point tu es passionnée par tes illusions d'altruisme.

Son aveu me fait rougir instantanément, mon cœur bat si vite que je crains qu'il ne s'échappe de ma cage thoracique. Mon regard s'arrime à celui de Tyler, comme un lien naissant témoignant de notre désaccord. Le silence règne, comme si lui et moi étions seuls dans la classe. Je fronce les sourcils, prête à rétorquer, mais je me tais à cause de l'effet de ses yeux sur moi. Mon mutisme le fait esquisser un sourire narquois, ravi d'avoir trouvé le moyen de me clouer le bec. *Connard.*

— Tyler, je n'en attendais pas moins de toi, s'exclame Simmons, amusé. J'aime beaucoup vos visions à tous les deux, elles sont très différentes mais elles se rejoignent aussi.

— L'être humain met en exergue les gestes qui lui semblent justes, je partage juste les coulisses de ses réflexions, rétorque Tyler sans me quitter des yeux.

J'ai eu des échos sur lui. Tyler est perçu comme l'Adonis qui a lâché son équipe pour ses propres intérêts, sans donner d'explications. Toutefois, il est aussi vu comme quelqu'un de distant, qui refuse de se mêler aux autres. Et jusqu'à présent je ne comprends pas comment Matt a pu se lier d'amitié avec lui. Tyler a une perception obscure du monde qui nous entoure, alors que je cherche la moindre lueur d'espoir pour me rassurer ; je veux croire qu'un jour tout peut s'arranger. Mais je ne parviens pas à cacher l'effet que ses mots ont sur moi. Cela me fascine que, devant tout le monde, il énonce sans vergogne que nous sommes tous égoïstes. Ça sonne presque comme une insulte. J'aimerais me mettre à sa place pour comprendre ce qu'il a pu vivre pour ressentir cela.

Simmons poursuit ses explications et interroge d'autres étudiants pour les faire participer. De mon côté, je reste sur ma chaise à cogiter sur le monologue de Tyler. Ma curiosité l'emporte sur mes réflexions, et mon regard se reporte sur lui pour le détailler. Il a les yeux perdus dans le vague, le menton coincé sur la paume de sa main. Je ne peux m'empêcher de le trouver beau, avec cette force brutale qui semble émaner de lui. Se sentant observé, il me toise, et je rougis. Cette stupide réaction le fait ricaner. Sans plus attendre, je détourne la tête et suis les interactions des autres en m'évertuant à calmer mon pouls.

À la fin du cours, je suis parmi les premiers à se diriger vers la porte, et juste derrière moi un bras la retient pour moi. Je lève la tête et découvre qu'il s'agit de Tyler. Mon visage vire au cramoisi et il esquisse un sourire amusé.

— Ta capacité à rougir est si vive, c'est impressionnant.

Je roule des yeux et remarque qu'il prend la même direction que moi.

— J'allais te remercier, mais je préfère m'abstenir, tes actions sont intéressées.

Tyler pousse un faible rire, puis enfonce ses mains dans les poches de sa veste en cuir.

— C'est vrai, je voulais juste me confronter à toi. C'est assez plaisant de te voir perdre le contrôle.

— Je ne perds pas le contrôle !

Ma réponse sur la défensive me trahit et je constate qu'il a totalement raison sur mon compte.

— Pendant tout le débat, j'étais calme tandis que des flammes dansaient dans tes yeux.

Touché, coulé. Me suis-je autant laissé emporter ?

— Tes opinions étaient abusées, rétorqué-je en soufflant.

— Nous avons des points de vue différents, c'est tout. Il faut que tu acceptes que tout le monde ne pense pas comme toi, et que personne ne détient la vérité absolue.

— Pourtant tu t'adresses à moi comme si c'était toi qui la détenais, répliqué-je en m'arrêtant à l'intersection de plusieurs couloirs.

Il se fige en remarquant que je ne le suis plus.

— Il n'y a que toi qui le penses. C'est juste ma façon de parler.

— Tu es bien trop arrogant pour t'en rendre compte dans ce cas, énoncé-je en haussant les épaules.

Un sourire étire ses lèvres et il acquiesce.

— T'es vraiment une emmerdeuse, Lana. On te l'a déjà dit ?

Je fronce les sourcils et fais non de la tête.

— Peut-être que toi aussi, tu es bien trop centrée sur toi pour t'en rendre compte, lâche-t-il avec un clin d'œil.

Je fulmine, de la fumée pourrait sortir de mes oreilles.

— J'ai déjà hâte d'être à notre prochain débat. En attendant, prends soin de toi, trésor.

Sur ces dernières paroles, il s'en va tandis que je reste plantée là, encore sous l'effet de cette interaction. Mon cœur bat la chamade. Est-ce ce bref intérêt de sa part qui est en train de m'animer ? Je pose ma main sur mon front et pousse un long soupir pour chasser toutes les pensées que Tyler est en train de faire émerger en moi. Alors que je reste perdue dans mes réflexions, mon téléphone m'annonce que j'ai reçu une réponse de mon correspondant anonyme.

Je ne sais pas pourquoi je me suis portée volontaire pour cette expérience sociale... J'ignore ce que cela va donner, mais qui sait ? Ça pourrait être amusant. Je récupère l'enveloppe et ne l'ouvre pas, je le ferai plus tard. Pour l'instant, je dois retrouver Lydia.

— À la bibliothèque, j'ai essayé de réviser un cours d'anatomie, c'est un enfer, se plaint-elle.

Nous sommes dans un café pas loin de chez moi. Je commande deux parts de cheesecake à emporter pour quand nous serons dans ma chambre, j'en salive déjà.

— J'ai oublié que je ne devais pas te parler quand tu es devant un cheesecake, déclare-t-elle, la voix enjouée, quand je la laisse sans réponse.

— J'étais en pleine hésitation entre framboise et caramel, désolée, m'excusé-je en grimaçant légèrement.

Finalement, je prends les deux. Quant à Lydia, elle opte pour deux parts de brownie.

— Je suis persuadée que ça va venir, tu vas prendre le rythme.

— Ouais, j'espère bien. C'était comment, cette première séance de débat ?

— J'ai participé au premier débat, contre Tyler Brook.

Elle écarquille les yeux.

— Sérieusement ? Contre Tyler ? Je ne l'imaginais pas participer à ce genre de cours.

— Bah il y était, mais pourquoi ça t'étonne ? Tu ne le connais pas, dis-je en haussant les épaules.

— Beaucoup de bruits de couloir courent sur lui. Il a été absent la moitié de l'année dernière, l'équipe de foot a une dent contre lui. Il a raté tous les entraînements et les matchs alors qu'il était capitaine. Ce n'est pas le personnage le plus apprécié du campus. Je me dis que, quand tout le monde est contre toi, mieux vaut ne pas trop se montrer.

— Peut-être qu'il s'en fiche de ce qu'on pense de lui, suggéré-je en songeant à nos échanges.

Pourquoi je pense à lui ? Pourquoi tout ce qu'il a pu me dire hante désormais mes pensées ?

— J'admire ce genre de personne, réplique Lydia, mais tu as raison : je l'ai jugé sans le connaître. Et puis je le trouve très beau, pas toi ?

Mon visage vire au cramoisi et cela n'échappe pas à Lydia.

— Je crois que j'ai ma réponse, commente-t-elle en ricanant. Tu le trouves à ton goût, donc ?

— Non ! Je me suis juste rappelé notre débat, qu'il a en quelque sorte gagné. J'ai la haine de n'avoir pas eu autant d'arguments que lui, soupiré-je.

Mon amie m'adresse une moue compatissante.

— En même temps, il est en sociologie, Lana. Il est calé niveau études comportementales.

Je hausse les sourcils.

— Mais tu es bien informée, dis donc.

— J'étais à la bibliothèque avec les filles. Elles connaissent tous les potins du campus ! Elles ont même reparlé de Matt et du fait que tu ne voulais pas discuter de lui avec Anna.

Je secoue la tête.

— Je n'ai pas envie de me mêler des histoires de cœur de mon frère.

Nous sommes arrivées devant chez moi et je remarque la présence des deux véhicules de mes parents et de celui de Matt. Au moment où j'insère la clé dans la serrure, j'entends des cris. Je m'empresse d'entrer et découvre Luke, mon petit frère de quinze ans, à l'entrée, assis sur les marches de l'escalier menant au premier étage. Ses mains recouvrent ses oreilles, sur son visage se lit une peine qui me fend le cœur. Les cris de mon père s'intensifient, et ceux de Matt redoublent.

— Lana, je préfère partir, mais n'hésite pas à m'envoyer un message ou à m'appeler si tu as besoin de parler, m'annonce Lydia, embarrassée d'assister à une telle scène, avant de tourner les talons.

Je m'empresse de rejoindre Luke pour lui prendre la main. Il ouvre finalement les yeux, en poussant un long soupir.

— C'est ma faute s'ils se disputent.

— Non, tu n'as rien fait, murmuré-je en le serrant contre moi.

— Papa ne veut pas que je sorte avec Matt, et il n'a pas aimé qu'il s'interpose.

Matt insulte notre père et j'entends le bruit de quelque chose qui se brise en mille morceaux sur le sol.

— De toute façon, on ne peut rien te dire, s'écrie mon frère, la voix pleine de rage. Tu penses avoir toujours raison, me connaître, mais t'es qu'une merde ! Tu veux m'éloigner de mon frère, mais j'ai le droit de l'emmener où je veux !

— Ferme ta gueule et ne me parle pas sur ce ton ! Je refuse qu'il suive ton exemple. Je ne veux plus te voir, dégage !

— Va te faire foutre ! Je m'occupe de Lana et Luke plus que vous, tu devrais me remercier d'endosser ce rôle que tu n'as jamais eu les couilles d'assumer !

Mon cœur se serre et Luke tremble dans mes bras. Le son d'une gifle résonne dans toute la maison.

— Espèce de…

C'est la voix de mon père, éraillée par le choc. Il vient de gifler Matt.

— Je vous en supplie, arrêtez, hurle ma mère en pleurant.

Dans le couloir, Matt apparaît, les yeux rouges de colère, mais dès qu'il nous remarque ses traits se détendent. De son visage émane une douleur silencieuse qui me poignarde la poitrine. Son regard se pose sur Luke, qui pousse des sanglots audibles dans mes bras.

— Je suis désolé… je ne voulais pas…

Matt détourne les yeux et s'empresse de quitter cette maison qui est visiblement devenue son enfer sur terre. Mon père surgit et tombe sur Luke et moi, qui n'avons pas bougé. La tristesse se lit dans ses yeux, et il sort prendre l'air. Ma mère apparaît à son tour et vient directement vers Luke.

— Mon chéri, ça va aller, susurre-t-elle en s'évertuant à se montrer forte devant nous.

J'ai l'impression qu'elle peut s'effondrer à tout instant.

— C'est ma faute, se lamente mon petit frère en se libérant de mon étreinte.

— Non, mon chéri, c'est juste que ton frère… est devenu très insolent.

— Vous le poussez à bout, lancé-je brusquement.

Ma mère me lance un regard dur.

— Lana, c'est Matt qui a commencé, il a très mal parlé à ton père.

Je souffle et me lève pour aller dans ma chambre. Leur mésentente perdure depuis je ne sais combien de temps. Matt est devenu agressif avec nos parents et, depuis qu'il est revenu vivre sous notre toit, les disputes s'intensifient de jour en jour. Je me laisse tomber sur mon lit et j'observe mon cochon d'Inde en train de courir sur sa roue. Mon petit compagnon s'appelle Capote. Je sais que c'est original, comme nom. Le jour où je l'ai acheté, cet été, je me suis empressée de le montrer à Matt, mais il était bien trop occupé à chercher des capotes avant de sortir.

Un nœud se loge dans mon ventre, je dois me changer les idées. Oublier. Je veux tout oublier.

Mon sac est au pied du lit et je décide de lire le mot de mon correspondant.

Cherry ? Je suis certain qu'une fille se cache derrière ce délicieux pseudonyme.

Pour te répondre, on m'a forcé à participer et, si je suis honnête, cet exercice me paraît débile, mais je suis prêt à jouer le jeu. Le mystère qui y est associé me plaît. Ne dit-on pas que le charme réside dans le secret ?

Je suis Flame. Enchanté, Cherry.

Flame.

CHAPITRE 5
Flame et Cherry

Je deviens donc ton mystère, Flame.
Cette idée me plaît bien.
Cherry.

Les mystères sont faits pour être résolus,
ce n'est qu'une question de temps
avant que je sache qui tu es.
Flame.

Ce n'est pas le but de cet exercice.
Et puis, de toute façon, ce serait impossible.
L'université est immense, si ça se trouve
je suis une des femmes de la cantine.
Cherry.

Oh ! Cherry, tout est un jeu pour moi.
Je suis persuadé que je trouverai qui tu es.
Comme je suis certain
que tu ne sauras jamais qui je suis.
Flame.

Tu es bien confiant, Flame. D'ailleurs pourquoi ce pseudo ?
Des tendances pyromanes, peut-être ?
Cherry.

Je ne sais pas.
Je perçois le feu comme mon élément.
Qu'est-ce que le feu t'inspire, Cherry ?
Flame.

Le feu m'inspire la rédemption.
Il assainit tout sur son passage,
c'est un renouveau,
le début d'une nouvelle ère.
Et toi, que t'inspire-t-il ?
Cherry.

Une image aux antipodes de la tienne,
il m'inspire la destruction.
Flame.

Qu'espères-tu tirer de cet exercice ?
Flame.

Je l'ignore.
Je pense que le but est de voir
à quel point c'est simple
de se confier à un inconnu,
sans jugement. Partager ses pensées
les plus honteuses,
voire les plus sombres…
Où cela va-t-il nous mener ?
Cherry.

Tu risques de me pousser à suivre une thérapie
si je te confie mes pensées les plus sombres.
Je préfère éviter.
Flame.

Si cela peut te réconforter,
je pense que moi aussi.
Cherry.

Oh ? Quelque chose te tourmente peut-être ?
Et si tu m'en parlais ?
Flame.

Ce serait trop simple, Flame.
Si je le fais, la conversation
va tourner autour de moi,
tu feras en sorte
que ton tour n'arrive jamais.
Cherry.

Touché. Tu as deviné mon plan.
Je suis un homme abattu.
Tu es plus maligne
que je ne le pensais, finalement.
Si je suis honnête, tu m'intrigues.
J'aimerais en savoir un peu plus.
Parmi toutes ces choses
qui te tourmentent,
dis-moi celle qui te tracasse le plus.
Je ferai pareil.
Flame.

En quoi, je t'intrigue ?
J'aimerais savoir.
Je me sens en décalage avec les autres,
comme si je n'avais pas ma place.
Et j'ai l'impression
que c'est anormal de ressentir ça,
que tout est dans ma tête.
Cherry.

Oh Cherry… ce n'est pas dans ta tête.
Si tu le ressens, cela signifie que c'est réel. Légitime.
On a essayé de te faire croire le contraire.
Tu m'intrigues parce que tu donnes une dimension
bien trop intéressante à cette conversation.
Flame.

Oui… mais c'était pour mon bien,
non pour me faire culpabiliser,
même si j'ai éprouvé ce sentiment.
Je n'aime pas endosser le rôle de la personne invisible.
Pourquoi les autres brilleraient plus que moi ?
Enfin bon… je m'égare,
à toi de me dire quelque chose,
pour que je me sente moins ridicule.
Cherry.

Tu n'es pas ridicule.
Je comprends tes maux à travers tes mots.
Et tu n'es pas invisible, je pense simplement
que les gens ne savent pas te regarder.
Je ne suis plus aussi tracassé qu'avant,
j'ai fini par accepter mon sort.
Je ne m'en remets qu'au hasard.

Et il prend un malin plaisir à se jouer de moi.
À vrai dire, je subis, j'en ai fini d'endosser
des rôles, à quoi bon ?
Flame.

Tu es honnête envers toi-même, Flame,
je t'envie cette qualité.
Cherry.

J'ai tendance à penser que c'est de la fuite.
C'est toi qui es combative, ça,
c'est une vraie qualité, Cherry. Une belle qualité.
Flame.

Flame, tu crois qu'on peut tout surmonter
dans la vie avec le temps ?
Cherry.

Le temps estompe faiblement la douleur au cœur.
On surmonte mais la marque reste,
c'est un rappel que cela a été réel.
Qu'est-ce que tu aimerais oublier, Cherry ?
Flame.

Tant de choses…
je me sens impuissante chez moi,
des disputes fusent dans tous les sens,
je n'en peux plus.
Je veux que le temps passe,
ou bien qu'il s'arrête pour faire le vide.
Cherry.

Le vide est glacial, Cherry.
Bien trop froid pour un cerisier comme toi.
Je ne voudrais pas que tu te fanes.
Flame.

C'est gentil, Flame,
mais dans le fond je me demande
si je ne m'étiole pas de jour en jour
en voyant les personnes
que j'aime le plus se déchirer.
Cherry.

Le feu réchauffe, Cherry,
c'est très revigorant. Tu ne t'étioleras pas
tant que je suis là.
Flame.

LANA

Je n'ai qu'une pensée en tête. Flame.

Les conversations avec cet inconnu, mon inconnu, sont devenues si intenses, teintées de nos obscurités et de nos espoirs refoulés. Cela fait une semaine que je me prête à cet exercice, et je ne pense qu'à sa réponse après avoir déposé la mienne. La secrétaire m'a fait remarquer que nous étions ceux qui avions échangé le plus de messages. Parler à Flame est devenu une sorte d'échappatoire. J'aborde mes tourments et il accorde de l'importance à ce que je dis. Il ne me voit pas, il ignore à quoi je ressemble et pourtant… je ne me sens pas invisible quand je m'adresse à lui.

Le meilleur moment de mes journées, c'est quand je reçois la notification qu'un message m'attend au secrétariat. Flame est un brasier qui réveille mon cœur endormi depuis bien longtemps.

— Lana, arrête de rêvasser, c'est à ton tour, bon sang !

La voix d'Anna m'extirpe de mes songes. Elle me toise d'un regard mauvais, empreint d'impatience. Je secoue la tête. Mes yeux se dirigent vers les gradins, je remarque plusieurs gars de l'équipe de foot qui reluquent éhontément les filles. Je souffle et rejoins le centre de notre carré de pelouse. Je note que mon frère est présent. Il est assis aux côtés de Hayden et Tyler. Ils semblent préoccupés, Tyler plus que les deux autres. Mon frère est sur la défensive, faisant de grands gestes comme s'il voulait contredire Tyler.

— Lana, putain !

Je sursaute et passe une main sur mon front. Je ne suis pas concentrée. La musique a commencé et je n'ai même pas tilté. Je m'excuse auprès des filles, qui me lancent toutes un regard mauvais, sauf ma meilleure amie, qui semble démunie. La musique reprend et je m'exécute. Je perçois des sifflements aguicheurs et j'en ai la chair de poule. J'exécute ma succession de roues puis mon flip arrière et je saute en grand écart avant de faire ma pose de fin, aucune fille n'applaudit, sauf Lydia, qui s'étonne que personne ne l'imite.

— T'as été géniale, Lana, me félicite-t-elle sans se soucier des autres.

— Ouais…, rétorque Anna en roulant des yeux. Tu n'as pas suivi mes directives, le flip arrière était après le grand écart, de plus tu n'as pas appris la routine comme demandé. Tu changes bien trop de choses à ta convenance.

— Je pensais qu'un des commandements du cheerleading, c'était d'avoir un esprit libre, argumenté-je en croisant les bras.

J'entends des « wow » en provenance des gradins. En tournant le visage vers les gars de l'équipe, je remarque que Matt et Hayden me fixent, surpris que je réponde sèchement à la capitaine. Tyler, quant à lui, me regarde avec ce fin rictus au coin des lèvres, comme si cela ne l'étonnait pas venant de moi.

— Les commandements de notre équipe sont : discipline, grâce et force. Et tu n'appliques aucun des trois.

— Anna, j'ai fait comme tu as dit, je n'ai fait que quelques modifications qui ne sont pas bien méchantes. En plus, ce n'est pas comme s'il y avait un enjeu.

Anna aspire sa lèvre inférieure, ne sachant plus quoi dire. Elle se contente de me lancer un regard contrarié.

— La prochaine fois, fais ce que je te demande.

Anna est froide, du venin pourrait suinter de sa bouche. Elle s'écarte de moi et toute l'équipe fait pareil. Lydia est la seule à rester. Je me laisse tomber sur la pelouse en étoile de mer.

— Mais c'est quoi, son problème ? rumine Lydia en restant debout.

Je ferme les yeux, sentant la chaleur des rayons du soleil sur moi.

— Je n'en sais rien, Lydia. Elle ne m'aime pas, je ne m'intégrerai jamais dans cette équipe.

J'en ai le cœur serré. Pourquoi les choses les plus simples ne fonctionnent jamais avec moi ? Tout ce que j'avais à faire, c'était me fondre dans la masse, mais même ça je n'y arrive pas.

— Je suis là moi, Lana, je ne te laisserai jamais.

Je souris en entendant ses douces paroles et finis par me redresser lorsque mon amie me tend sa main pour m'aider à me relever.

— Je vais à la bibliothèque, tu as ta séance de débat ? me demande-t-elle avec un sourire compatissant.

— Ouais…

Au moment où je quitte le terrain, je remarque que mon frère est toujours agité en présence de ses amis.

— Lydia, je te rejoins.

Lorsqu'elle comprend en suivant mon regard, elle me propose de rester avec moi. Je refuse et la pousse à partir, lui promettant de ne pas être longue. Lydia acquiesce et s'en va. Je presse le pas à travers les gradins, sous les remarques salaces de l'équipe.

— Wow, la sœur Julliard, qui aurait imaginé qu'une vraie tigresse sommeillait en toi, m'interpelle un type.

— T'es la plus sexy de l'équipe, commente son pote.

Je les ignore et m'empresse de rejoindre mon frère.

— Tu me mens dans les yeux, Matt ? Arrête de jouer les gros cons avec moi, l'accuse Tyler en le pointant du doigt.

— Fous-moi la paix ! J'ai rien fait.

— Les gars, s'il vous plaît, calmez-vous, tempère Hayden en s'interposant.

— À la prochaine soirée courses, si je vois un débordement, tu vas entendre parler de moi, poursuit Tyler sans même jeter un regard à son ami.

— Tyler, t'es pas mon père !

— Faut que quelqu'un t'éduque, sale merdeux.

Tyler vient de me remarquer et je le fusille du regard.

— Pour qui tu te prends pour lui parler comme ça !

J'interviens, c'est plus fort que moi. Matt se fige et se retourne subitement vers moi, l'air horrifié que j'aie pu assister à cette dispute. Je ne supporte plus qu'on s'en prenne à mon frère, à la maison ou ici. C'en est trop.

— Lana, c'est rien, s'exclame Hayden en appuyant sa main sur mon épaule.

Mon regard est arrimé à celui de Tyler. Si mes iris étaient des revolvers, je lui aurais tiré dessus à maintes reprises. Il se contente de me jauger en arquant un sourcil, nullement impressionné.

— Lana, va-t'en, s'il te plaît. Ça ne te regarde pas, me dit Matt, tentant de masquer l'embarras dans sa voix.

— Je me barre, mais fais gaffe à toi, Matt, je ne te le répéterai plus, crache Tyler en se redressant.

— Tu oses le menacer, m'exclamé-je brusquement.

Tyler se retient presque de rire devant mon air renfrogné et recule de quelques pas, les mains enfoncées dans ses poches.

— Je préfère que tu attaques de cette façon les filles perfides de ton équipe…

Puis il bouge ses lèvres silencieusement, mais je comprends sans problème le mot qu'il souffle pour que les autres ne l'entendent pas. *Trésor.*

Ce n'est que quand Tyler est déjà en bas des gradins que Matt et Hayden se mettent à parler de lui, et pas de la meilleure des façons. Une main sur mon épaule interrompt le cours de mes pensées.

— Lana, arrête d'intervenir !

Le regard de mon frère suinte d'un désespoir qui m'alarme, je le sens au fond du gouffre. L'irritation et la douleur, un cocktail amer qui me poignarde la poitrine.

— Matt…

— Ne le refais plus ! Tu n'as pas à te mêler de ma vie, OK ?

Et il s'en va, me laissant seul avec Hayden, qui m'observe tristement avant de venir vers moi et de me serrer contre lui.

— Ne lui en veux pas, ma belle, il est un peu agacé par plein de choses. Lui et Tyler ont quelques différends, mais rien de méchant. Ne t'en fais pas.

— Hayden, tu me le dirais si quelque chose de grave le tracassait ? le questionné-je d'une petite voix en gardant la tête baissée.

— Oui, bien sûr. Il stresse un peu pour le premier match, il sera titulaire et ça le préoccupe.

C'est vrai que le premier match de la saison est pour bientôt. Matt n'a aucun répit, ni à la maison ni sur le campus, et je ne supporte pas que quelqu'un vienne l'enfoncer davantage. Tyler n'a pas à lui parler de la sorte. Pour qui se prend-il ? S'il se dit son ami, il devrait le soutenir.

À la fin de la journée, je me rends à la salle 7 de la tour Weber, là où se déroulent les débats sociologiques. En entrant, je prends la même place que la dernière fois et Tyler fait de même. Je plonge mes yeux dans les siens. Puis je me rappelle ce qui s'est passé plus tôt dans la journée et je m'empresse de fuir son regard. Simmons nous salue tous et s'empare de la craie pour écrire le thème du jour.

Le rôle des médias sociaux dans la société.

Je ressens cette irrépressible envie de m'exprimer, comme si cela allait me permettre de défaire ce nœud logé dans mes tripes.

— Les médias sociaux ont révolutionné la façon dont nous communiquons et partageons l'information. Ils donnent une voix à ceux qui, autrement, n'en auraient pas. Il y a des mouvements sociaux qui ont pris de l'ampleur grâce à ces plateformes. Sans ces médias, beaucoup d'injustices resteraient dans l'ombre.

Simmons est sur le point de répondre mais Tyler lève subitement la main pour prendre la parole.

— C'est l'argument classique de donner la « voix aux sans-voix ». Mais à quel prix ? Ces mêmes plateformes propagent de fausses informations à la vitesse de l'éclair, alimentant polarisation et haine. Sans parler de l'addiction et de l'impact désastreux sur notre santé mentale. Est-ce vraiment un progrès ?

Parfait. Aujourd'hui, je suis déterminée à lui clouer le bec.

— Certes, il y a des problèmes, mais cela ne discrédite pas pour autant les aspects positifs. Les médias sociaux ont le pouvoir de connecter les gens, de soutenir les communautés en difficulté. Il y a une responsabilité collective à utiliser ces outils pour le bien.

— « Responsabilité collective » ? Laisse-moi rire. Depuis quand les gens agissent-ils collectivement pour le bien commun sur les réseaux sociaux ? C'est devenu un concours de popularité où la vérité importe peu. Regarde la question de la vie privée. Nous sommes volontairement surveillés, sacrifiant notre liberté pour un peu de reconnaissance en ligne.

— C'est parce que tu ne veux voir que le négatif, répliqué-je en haussant les épaules d'une manière qui se veut détachée. Il y a des histoires incroyables de personnes qui trouvent du soutien grâce aux réseaux sociaux, qui découvrent qu'elles ne sont pas seules. Et la surveillance, c'est un problème bien plus large. C'est toute l'infrastructure technologique qui doit être repensée.

— Alors, tu admets qu'il y a un problème ? Les médias sociaux ne sont qu'une partie d'un système qui exploite notre désir de connexion pour mieux nous contrôler. Tout est question de données et de manipulation.

C'est dingue, il a toujours réponse à tout, ce connard. Il ne veut jamais se taire !

— Je n'ignore pas les défis, mais ce n'est pas parce qu'il y a du négatif qu'il n'y a pas de positif. Il s'agit de savoir comment nous, en tant que société, choisissons de les utiliser et de les réguler. Les outils ne sont pas le problème ; c'est l'usage que nous en faisons qui compte.

— Vous énoncez tous les deux les avantages et les désavantages mais, comme beaucoup de choses, tout n'est pas forcément noir ou blanc, s'exclame Simmons en croisant les bras. Quelqu'un veut intervenir ?

Tyler lève à nouveau le bras, Simmons exprime une fierté silencieuse et acquiesce pour que son étudiant parle.

— Et ces personnes qui utilisent les médias sociaux comme une scène pour jouer les victimes. C'est devenu un concours de qui a la vie la plus tragique, le tout pour quelques likes et un peu de notoriété.

Et c'est reparti ! Ce mec est trop aigri.

— C'est un peu dur, non ? Certaines personnes trouvent réellement du réconfort et du soutien en partageant leurs épreuves, argumenté-je en poussant un profond soupir.

— Peut-être. Mais tu ne peux pas nier que, pour beaucoup, c'est juste une façade pour attirer l'attention. Quand une personne fait mine qu'elle veut tout arrêter parce qu'elle est à bout et finit par revenir quand elle a la reconnaissance qu'elle attendait, ça me débecte. Ça dévalorise les expériences réelles des gens qui souffrent et ça fausse notre perception de ce qui est authentique.

— Je comprends ton point de vue, mais tu ne peux pas mettre tout le monde dans le même panier. Les médias sociaux reflètent la complexité de la nature humaine. Oui, certains en abusent, mais ça ne veut pas dire qu'on doit tous les rejeter.

— Ce que je critique, c'est l'impact de ces comportements sur la société. Cela crée une course à l'empathie, où seul le plus dramatique gagne. Cela change la façon dont on se voit et dont on voit les autres, transformant la pitié en monnaie d'échange. Certaines personnes sur les réseaux évoquent des sujets d'actualité juste pour montrer que la cause les touche, endossant un rôle de porte-parole. Mais cela sonne si faux à mes yeux, je ne peux pas voir dans de telles actions de la sincérité. Si tu savais le nombre de personnes qui parlent de sujets qu'elles ne maîtrisent pas et qui décrédibilisent la chose. C'est une insulte pour les personnes véritablement concernées.

Je secoue la tête en soupirant.

— C'est un symptôme d'un problème plus large – notre obsession pour la validation externe. Plutôt que de condamner les individus, nous devrions nous demander pourquoi notre société valorise autant cette notoriété à tout prix.

Un sourire étire la commissure de ses lèvres, comme si, pour la première fois, il approuvait ce que j'énonce.

— Sur ce point, on est d'accord. Mais cela ne change pas le fait que les médias sociaux facilitent et amplifient ce phénomène. C'est un outil puissant qui, mal utilisé, peut déformer notre réalité.

— Alors, la solution n'est-elle pas dans l'éducation et une meilleure régulation ? Apprendre aux gens à discerner, à chercher l'authenticité plutôt que la dramatisation. Les réseaux sociaux ne sont pas le problème en soi, c'est ce que nous en faisons qui compte.

— Dis ça aux influenceurs ou autres faux activistes qui se disent persécutés par la société.

— Ton problème, Tyler, c'est que tu ne sais pas nuancer, rétorqué-je en fronçant les sourcils.

— Pardon ?

— Tu es du genre à voir le mauvais partout, comme si une éclipse occultait totalement l'espoir qui pouvait se cacher dans chaque situation. Parfois, c'est bien de garder espoir.

— Je suis d'accord avec vous, reprend Simmons en me pointant du doigt. Le mal et le bien coexistent, et cela crée un équilibre. Nous avons tous du bien et du mauvais en nous.

Tyler ne répond plus, il semble ennuyé, et je savoure ma victoire. J'ai eu le dernier mot mais, alors que son regard est braqué sur moi, je m'évertue à me concentrer sur la suite du débat entre d'autres étudiants. À la fin du cours, je remonte le couloir vers la sortie quand des pas derrière moi résonnent. Je soupire en voyant que c'est Tyler et je m'arrête.

— C'est quoi ton problème avec Matt ?

Tyler stoppe et me toise, un sourcil arqué.

— Je te demande pardon ?

— Tu m'as très bien entendue, tu sais très bien de quoi je parle.

— Lana, on t'a déjà dit de te mêler de tes affaires ? s'exclame-t-il en s'adossant au mur les bras croisés.

— Tu me donnes justement l'impression de te mêler un peu trop de celles de mon frère. Je ne comprends pas ce qui vous lie, mais c'est MON frère, et je ne veux pas qu'il lui arrive quoi que ce soit, alors laisse-le tranquille.

— T'as bien de la chance de t'adresser à moi, sinon ton frère serait la risée du campus. On pourrait croire qu'il a envoyé sa sœur le défendre.

De jour en jour, c'est comme si Matt m'échappait. Il va mal, très mal. Il ne me parle plus autant qu'avant, fait de brèves apparitions à la maison. La culpabilité s'insinue dans mon être. Il est revenu à cause de moi et il s'est retrouvé en cage.

Je m'approche de Tyler et serre l'anse de mon sac. Son regard est aussi sombre que la nuit, et je me demande s'il lui reste ce petit soupçon d'espoir que tout s'arrange. Mais Tyler me distrait. Nos échanges dans le cours de débat sont si éloquents sur sa façon de voir le monde et ce serait mentir de dire que sa vision, opposée à la mienne, ne m'intéresse pas, bien au contraire. Il me fascine.

— Je ne veux pas qu'il souffre davantage, admets-je d'un ton triste sans m'en rendre compte.

J'entends Tyler pousser un profond soupir et, avant que je puisse redresser la tête pour le voir, il saisit mon bras et me retourne contre le mur. Bloquée entre lui et le rempart en béton, je retiens ma respiration, ressentant pleinement chacun des battements de mon cœur. Sa chaleur m'irradie, son odeur mentholée envahit mes narines, je n'ai jamais été aussi proche de lui qu'à cet instant. Cette soudaine proximité rime avec interdit et je me sens mal d'apprécier cet instant bien plus que je ne le voudrais. En plus, c'est l'ami de mon frère…

— C'est toi qui risques de souffrir si tu t'obstines à te mêler de ses affaires, me prévient-il doucement en appuyant sa main contre le mur.

Son visage est penché vers le mien, son souffle flirte sensuellement avec ma peau, des frissons parcourent mon échine et j'éprouve de nouvelles sensations que je n'arrive pas à m'expliquer.

— Pourquoi tu dis ça ?

— Parce que ton frère est en train de devenir tout ce que je n'aime pas.

Le sens de ses paroles m'ébranle, je serre la bandoulière de mon sac et le toise avec détermination.

— Il n'y a pas grand-chose que tu aimes, de toute façon.

Un sourire se dessine sur ses lèvres et il incline la tête sur le côté.

— Vraiment ? Tu veux me faire une leçon de morale, peut-être ? Tu veux m'analyser ?

— Je n'ai pas besoin de t'analyser, tu te décortiques tout seul.

— Trésor, tu as la langue bien pendue aujourd'hui.

— Je ne veux pas que tu t'approches de Matt.

— Mmm… tu veux me garder pour toi toute seule, j'ai compris.

Je roule des yeux et tente de m'extirper de son emprise, mais il me retient fermement. Plus je le regarde, plus une partie de ma conscience me hurle de calmer l'incandescence du sentiment qui est en train d'embraser ma poitrine. Tandis que l'autre partie… me pousse à accepter la vérité.

— Je veux surtout le garder loin de toi, lâché-je avec rancune quand je songe à la façon dont il s'est adressé à lui.

— Tu es une gentille petite sœur. Mais je ne vais rien faire à Matt, ne t'en fais pas pour ça. Mais si j'étais toi, je m'éloignerais de lui.

— Pourquoi ? Parce qu'il est mauvais ? Vu que, selon toi, personne n'est bien.

— Tu veux encore revenir là-dessus ? Je t'ai laissée avoir le dernier mot exprès tout à l'heure, mais visiblement tu tiens vraiment à perdre. Il n'y a pas de fumée sans feu, et nous savons tous les deux que le feu ravage.

Dans sa provocation, je perçois son air moqueur et son sourire sardonique.

— Tu sais, Tyler, beaucoup voient le feu comme un élément destructeur, mais après son passage, une fois éteint, une nouvelle vie peut commencer. Le feu offre une rédemption à celui qui accepte de la voir.

Tyler se raidit subitement et me fixe avec un regard si intense que je me sens toute chose. Il me détaille minutieusement et mon cœur loupe plusieurs battements.

— J'ai encore gagné, murmuré-je alors que lui est plongé dans un mutisme indescriptible.

J'en profite pour fuir, je m'éloigne de quelques pas sans le quitter du regard, tandis que lui m'étudie sans retenue.

— Et je gagnerai encore la prochaine fois, annoncé-je en haussant les épaules. Je veux juste que Matt aille bien, alors arrête de lui prendre la tête.

Une dernière mise en garde et je lui tourne le dos.

— Tu sens la cerise, déclare-t-il subitement.

Je me retourne et arque un sourcil.

— C'est mon parfum.

Nous avons été si proches qu'il a aisément deviné l'odeur de la brume que je vaporise sur mon corps tous les matins. Tyler acquiesce, ne bouge toujours pas et enfonce ses mains dans les poches de sa veste en cuir.

— C'est une odeur qui te va bien.

Ces mots me font quelque chose. J'achète toujours le même parfum, des notes sucrées de fleur de cerisier ou de cerise. Je ne peux m'empêcher de rougir. Le fait qu'il ait remarqué cela a tendance à me faire sentir… moins invisible. Tyler sourit, comme s'il venait de découvrir quelque chose qui le satisfaisait au plus haut point.

CHAPITRE 6
Tradition dérangeante

Est-ce que tu t'es déjà dit
qu'à travers Cherry tu pouvais être
qui tu voulais en me parlant ? Jouer un rôle.
Comment pourrais-tu me prouver
que tu es vraie avec moi ?
Flame.

C'est une excellente question,
je te la retourne.
Cela dit, j'ignore comment te le prouver…
je me dis justement que l'anonymat me donnait
la raison d'être moi.
Cherry.

Et si j'étais en face de toi,
tu pourrais rester toi ?
Ou bien le sentiment d'être protégée
par l'anonymat est si fort
que tu ne veux prendre aucun risque ?
Mes pensées sont ce
qu'il y a de plus vrai avec toi,
et même si tu étais face à moi,
cela ne changerait pas.
Je suis sans filtre

mais j'essaie de me dire
que parfois je devrais avoir certaines limites.
Flame.

Oui, je resterais moi devant toi.
Et comme je suis certaine
que tu vas me demander pourquoi,
je te réponds.
Je resterai moi parce que,
quand je te parle,
je me sens comprise et presque apaisée
que quelqu'un sur terre trouve légitime
tout ce que je peux éprouver.
Alors si, dans la réalité,
j'éprouvais aussi ce que tu me fais ressentir
à travers le papier,
rien ne changerait pour moi.
Cherry.

Ta franchise est exquise, Cherry.
Ça me plaît. Un peu trop.
Et pour être honnête,
ce serait te mentir qu'affirmer
que mon écriture reflète celui que je suis.
Ce n'est pas le cas.
Dans la vraie vie,
tu ne me regarderais même pas.
Flame.

LANA

Dans le dernier message de Flame, je perçois une pointe de peine et d'amertume. Je ne sais pas pourquoi il dit ça, surtout que je suis persuadée que l'inverse est nettement plus plausible. C'est lui qui ne me regarderait même pas. Invisible. Je ne suis qu'une ombre qu'on ne remarque pas. Les filles de l'équipe me le font bien comprendre. Depuis que je me suis imposée face à Anna, aucune ne me parle, si ce n'est pour souligner mes erreurs.

À la fin de la semaine, il y aura notre première présentation en public, mais aussi le premier match de l'équipe de notre fac. Matt est de moins en moins présent à la maison, il rentre très tard, parfois même au moment où mes parents se réveillent, et des remarques désobligeantes fusent toujours des deux côtés. Je suis perdue. Je ne sais pas quoi faire.

Je suis dans les gradins, tandis que l'équipe de foot est dans la phase d'étirements, signe que c'est la fin de l'entraînement. J'ai raté mon cours de littérature moderne pour venir observer mon frère. Hier soir, il n'est pas rentré et je veux lui parler sérieusement.

Mon frère me remarque et me désigne à Hayden du doigt. Je me pince la cuisse par-dessus mon jean foncé, l'appréhension inonde mon corps, fait gonfler mes veines. J'ai peur de ce qu'il va dire.

— Salut, Lana, lance-t-il sur un ton monocorde en prenant place juste à côté de moi.

Je ferme les yeux une seconde et prends une grande inspiration avant de me lancer.

— Je n'ai pas envie d'y aller par quatre chemins avec toi, nous avons toujours été honnêtes l'un envers l'autre, toi et moi. Toujours. Tu as été là pour moi dans mes moments les plus sombres et, même si tu t'évertues à cacher ta souffrance, je la vois. Depuis que tu es revenu à la maison, t'es es au plus bas. Tu es passif agressif avec les parents, et c'est à peine si tu nous adresses la parole, à Luke et à moi. Tu nous évites et Luke en souffre, t'es son modèle et il se sent un peu perdu parce qu'il a l'impression d'avoir fait quelque chose qui t'a blessé mais il ignorc quoi, alors…

J'énonce ma tirade sans reprendre mon souffle puis je marque une pause, afin d'étudier les émotions de son visage, mais je ne vois rien. Son regard est vide. Tout est vide. Et les paroles de Flame me reviennent d'un coup. *Le vide est glacial, Cherry.* Et il a raison. Je n'ai jamais eu aussi froid.

— … parle-moi.

Matt pousse un profond soupir et se frotte le visage des deux mains. Il semble usé. Usé par l'entraînement. Usé par ce qu'il ressent. Usé par sa vie. Tout simplement.

— J'ai besoin d'être seul.

Un filet de rancœur se distille dans mes veines. Je lui en veux de me rejeter. Je lui en veux de ne pas être la personne vers qui il se retourne quand il va mal, alors que lui me force parfois à cracher le morceau. J'abhorre cette non-réciprocité dans notre relation, regrettant que je ne puisse rien lui apporter, que ma présence ou non ne change rien. Le sentiment d'être invisible revient. Et c'est encore plus douloureux quand il s'agit de mon frère. Mais je ne peux pas le lui avouer.

Sale égoïste ! La douleur qui lui vrille les tripes doit sans doute être bien plus grande que ma peine. Je prends une profonde inspiration et me lève.

— Je comprends. J'espère juste que tu as conscience que tu peux tout me dire, malgré tout.

Matt esquisse un faible sourire et se redresse à son tour. Sa main s'appuie sur le haut de mon crâne.

— Je suis stressé à cause des cours et de l'équipe. Ce sera mon premier match en tant que titulaire, j'y pense depuis un moment Après cela, j'irai mieux.

Ce sourire. Ce faible espoir qui semble ruisseler de ses paroles sonne si faux. Tout est faux. Absolument tout.

— Très bien, dis-je à voix basse.

Matt acquiesce avant de poursuivre :

— Tout va bien pour toi ? Avec les filles de l'équipe ?

Je n'ai pas envie de lui parler de l'histoire avec Anna, étant donné qu'il est sujet principal de ce désaccord entre elle et moi.

— Je n'ai pas ma place dans cette équipe mais l'essentiel est que je m'amuse à faire mes pirouettes, avoué-je en haussant les épaules.

— Comment ça, tu n'as pas ta place ?

— Je crois que je ne suis pas faite pour m'entendre avec ces filles ou, du moins, elles ne me donnent pas envie de sympathiser avec elles.

— Cela peut arriver, mais avec le temps ça ira, j'en suis certain.

— Je ne sais pas, je me dis que parfois le temps renforce les faux-semblants, admets-je avec une pointe d'amertume qui ne lui échappe pas.

— Je pense que le temps nous renforce, c'est tout.

Je hausse les épaules, puis nous marchons tous les deux dans les couloirs, il me parle de Hayden, des gars de l'équipe, puis il cite le prénom qui retient toute mon attention.

Tyler.

— Heureusement que Tyler est là, il m'a briefé sur l'attitude que je dois avoir avec certains mecs. On était en soirée et une meuf n'arrêtait pas de me faire les yeux doux, mais apparemment c'est l'ex d'un de mes coéquipiers, ça fait des années qu'ils enchaînent les ruptures et il est extrêmement jaloux. Si j'avais tenté quoi que ce soit, j'aurais fini dans la benne à ordures, m'explique-t-il en grimaçant.

— Je connais tous tes potes, pourtant je ne t'ai jamais vu avec Tyler avant, même sur tes réseaux.

— C'est normal, Tyler est mon ami de l'ombre, se moque-t-il. Et tu connais mon meilleur pote, Hayden. Les autres ne sont pas vraiment importants. Ce sont juste des copains de fac.

— Bah visiblement tu es très proche de Tyler, murmuré-je. Je le trouve bizarre.

— Tout le monde le trouve bizarre, s'exclame-t-il en soufflant. Il ne fait aucun effort pour s'intégrer mais je peux le comprendre.

— Justement, c'est pour ça que ça m'étonne que tu sois proche de quelqu'un qui ne cherche pas à se mêler aux autres. T'es pas du genre à aller vers les gens…

— Avec Tyler, c'est différent, me confie-t-il d'un air nostalgique. Il…

Mon frère marque une pause et s'arrête devant la porte des vestiaires des mecs. Il cale son épaule contre le mur, on entend les rires des gars derrière.

— On peut compter sur lui, reprend-il en haussant les épaules. C'est vraiment un très bon ami.

Ses yeux miroitent d'une reconnaissance silencieuse envers son pote. Tyler joue avec les ficelles de mon esprit. Je ne sais pas pourquoi mais j'ai envie d'en savoir plus. Je n'arrive pas à expliquer le trouble qui m'habite quand je pense à lui.

Et putain pourquoi je pense à lui ? ! Ce n'est qu'un emmerdeur !

Tu sens la cerise.

Je vire au cramoisi en repensant à ce moment, mon frère le remarque et arque un sourcil.

— Enfin bref, t'inquiète pas pour les cheerleaders, quand elles verront que t'es la meilleure, elles voudront toutes être tes amies.

— Tu manques d'objectivité.

— Pas du tout ! Hayden le pense aussi ! On vous a vues hier. T'es trop forte et tellement plus gracieuse que la capitaine.

— T'en penses quoi de la capitaine ? demandé-je subitement.

— Baisable.

— Matt, grogné-je en le fusillant du regard.

— Elle est sympa, mignonne, elle m'a déjà abordé sur Insta mais je n'ai jamais donné suite.

Ah. Donc Anna a tenté sa chance finalement !

— Pourquoi ?

Malgré moi, je suis contente de voir qu'elle n'a pas retenu son attention.

— Je n'en sais rien, je pense que je devais être occupé avec une autre, m'explique-t-il en haussant les épaules.

— Tu as du succès, on dirait, lâché-je amusée.

— Je suis généreux, rétorque-t-il en me faisant un clin d'œil.

Notre conversation est devenue légère et marrante, et j'aime cette spontanéité. C'est mon frère, je ne peux pas lui montrer ma déception, mon affection pour lui reprend toujours le dessus. Les relations entre frère et sœur sont si complexes. Un jour on peut s'entre-tuer pour des conneries, et quelques heures après on est prêts à céder un organe si l'autre en a besoin.

Je dois être patiente. La brèche que je croyais se former entre nous n'est qu'une illusion créée de toutes pièces par moi-même. Je perçois toujours mes situations sociales de façon disproportionnée, c'est harassant à la longue, mais parfois cela aide à se préparer au pire.

— Ça m'a fait plaisir cette balade avec toi, me dit-il en me serrant contre lui.

Une odeur désagréable envahit mes narines d'un coup.

— Matt, tu pues !!!

— Je sais, c'était le but, s'exclame-t-il avec un ricanement machiavélique en s'écartant de moi.

Je roule des yeux et, avant qu'il s'en aille, je l'interpelle :

— Je suis certaine que tu vas assurer à ton match.

— Merci, Lanita.

Sur ces dernières paroles, je lui offre un sourire sincère et m'en vais vers les vestiaires des filles pour récupérer ma tenue pour le match de ce week-end. Je croise Anna à l'intérieur, qui semble cocher une liste sur un calepin.

— Ah, Lana, c'est parfait que tu sois là. Tu peux m'aider à compter le nombre de tenues qu'il reste ?

J'acquiesce et je la rejoins, je me sens mal à l'aise de me retrouver seule avec elle. Pour être honnête, je voulais passer à cette heure-ci parce que je pensais que le vestiaire serait désert.

— Normalement, le compte est bon, dis-je.

— Merci, répond-elle sans lever les yeux vers moi.

Je souffle et ramasse ma tenue avant de l'emballer dans mon sac à dos. Anna s'approche et s'assoit sur le banc à côté de moi.

— J'ai finalisé notre routine au sol, je pense faire des changements. Miranda sera flyer à ta place, lance-t-elle d'un ton froid.

J'écarquille les yeux.

— Quoi ? Mais cela fait des semaines que tu me dis de m'entraîner sur les enchaînements dans les airs, tu ne peux pas tout changer à quelques jours de la représentation.

— J'ai le droit de changer d'avis, je suis capitaine, se défend-elle en haussant les épaules.

— Anna, ça n'a aucun sens ! Je fais partie des poids les plus légers de l'équipe. Ma place en tant que flyer est légitime !

— Tu insinues que Miranda est grosse ? me questionne-t-elle en fronçant les sourcils.

— Quoi ? Pas du tout !

Anna se moque complètement de mes arguments, elle sait très bien ce qu'elle fait. J'ignore si c'est par pure vengeance, parce que je n'ai pas parlé d'elle à mon frère ou bien parce que je lui ai tenu tête la dernière fois. Elle cherche à me tester, j'en suis certaine. Devrais-je me soumettre à sa décision ?

— D'accord, je serai à la base, capitulé-je.

Anna hausse un sourcil et un sourire victorieux étire ses lèvres.

— Ne t'en fais pas, chacun son tour. Tu soutiendras ta copine Lydia.

Au moins, je serai tout près de Lydia.

— Au fait, après le match on ira toutes au Thunderdome, ce serait bien que tu viennes accompagnée. La tradition de notre sororité est de se faire un gars après chaque match.

— Une tradition ?

C'est une blague ?

— Oh oui ! D'ailleurs, le plus jeune de l'équipe de foot, Gabriel, te trouve à son goût, et je crois qu'il t'a déjà approchée, mais t'as fait la sourde oreille.

Elle parle de Gabriel Michels. Nous avons quelques cours en commun, comme l'histoire des médias ou encore la philosophie. J'ai déjà discuté avec lui, il est très sympa. Une fois il m'a interceptée à la pause déjeuner pour me proposer de sortir avec lui un soir. J'ai refusé, cordialement, ne voulant pas sortir avec qui que ce soit. Je ne suis pas prête de revenir à cela.

— Je ne suis pas intéressée, dis-je en croisant les bras.

Elle me dévisage un instant.

— Pourquoi pas ? Il est très mignon.

— Je... Je n'ai pas envie de ce genre d'intimité, avoué-je en la regardant.

Je ne veux pas qu'un homme m'approche. Je ne veux pas qu'on me tourne autour en s'attendant à ce que je fasse quoi que ce soit. Je veux rester dans mon coin. Qu'on me laisse tranquille.

Anna écarquille les yeux, surprise de la tonalité fébrile de ma voix. C'est sorti si naturellement de ma bouche que je n'ai pas pu l'empêcher.

— Pourquoi cela ? demande-t-elle avec curiosité.

— Je n'en ai pas envie, tout simplement.

— Oh je vois. T'es un mauvais coup et t'as peur qu'on parle mal de toi dans les couloirs, s'exclame-t-elle, amusée, en se levant.

Je secoue la tête en soupirant.

— Non. J'ai assez donné de ce côté, déclaré-je, agacée par son manque de considération. Je ne veux pas céder aux avances d'un gars.

Anna me détaille d'un regard impénétrable. J'ai toujours cru que des confessions entre filles pouvaient renforcer les liens. Mais elle ne manifeste que de l'indifférence, voire du mépris.

— Tu sais, Lana, à force de dire non, personne ne voudra de toi. Un conseil : profite de ta vie. Si tu es en permanence dans la retenue à cause de tes craintes, tu n'avanceras jamais. Et ça vaut pour le sexe. Surtout pour le sexe.

Son conseil est plein de bon sens, cependant, quand je l'entends parler de sexe, des frissons d'effroi courent sur ma peau. Elle s'en va, me laissant seule avec un goût amer.

Pas question que je me plie à cette tradition pourrie.

— T'es sérieuse ? Elle t'a dit ça ? s'exclame Lydia, les yeux écarquillés.

Ses cheveux roux sont étalés sur mon oreiller, alors que je suis assise en tailleur juste à côté d'elle, en train de câliner mon cochon d'Inde.

— Je t'assure, et cette tradition me met mal à l'aise, je ne le ferai pas.

— Oui, je sais... Elles sont chiantes !

— Toi tu comptes faire quoi ?

Lydia vire au cramoisi et j'écarquille les yeux.

— Attends, tu as quelqu'un en vue ???

Elle baisse la tête, visiblement gênée.

— Non ! Enfin je... Ce n'est pas ça...

— Lydia, tu bégaies, dis-je, amusée. Il y a un mec de l'équipe qui te plaît ?

— En fait... c'est quelqu'un que je connais d'avant. Mais je n'avais jamais prêté attention à lui avant quelques semaines...

— C'est qui ?

— Hayden.

J'ai l'impression que ma mâchoire va se décrocher tant je suis surprise.

— Hayden Smith ? Mon Hayden ?

Matt est mon frère par les liens du sang, mais Hayden est devenu un frère de cœur. Quand Matt était censé m'emmener quelque part et qu'il me faisait faux bond, Hayden le remplaçait. Quand je sors avec Matt et Luke, il est toujours avec nous. Il est fils unique, et nous sommes devenus sa fratrie, en quelque sorte.

— Oui, mais évite de dire *mon* Hayden, me confirme-t-elle en grimaçant.

— Raconte-moi !!!

Je m'allonge à côté d'elle en gardant toujours mon animal contre moi. Lydia roule sur le côté et son index dessine des arabesques sur ma couverture.

— Je m'installe toujours à la même place à la bibliothèque et il est assis à une autre table juste en face de moi. Nos regards se sont souvent croisés, et ça restait cordial. On se connaît même si on n'a jamais réellement traîné ensemble. Jusqu'à cette fois où ma place était prise. La bibliothèque était pleine. J'étais sur le point de repartir quand il m'a retenue. Il m'avait gardé une place juste à côté de lui. Ça m'a fait bizarre et j'ai eu un drôle de sentiment en étant assise à côté de lui. Nous avons discuté, échangé nos réseaux et depuis… on se parle tous les jours…

Lydia pousse un profond soupir en gardant toujours la tête baissée. Hayden doit lui faire beaucoup d'effet pour qu'elle soit nerveuse rien qu'en m'en parlant.

— Pour être franche je n'y voyais rien d'ambigu… Mais j'aime bien qu'il s'intéresse à moi, et lui aussi il me plaît. Je ne veux pas me faire des idées. Je me dis que, pour lui, cela ne doit rien signifier.

— Lydia, pourquoi tu te ferais des idées ?

Elle hausse les épaules et ferme les yeux un instant.

— Il peut avoir toutes les filles qu'il veut, non ?

— Peut-être que c'est toi qu'il veut, tout simplement.

— Tu sais s'il est sorti avec beaucoup de filles ? Tu le connais bien, dis-moi ce que je dois savoir.

— Je ne sais pas trop comment il est avec les filles. C'est un mec bien. Très gentil, parfois un peu trop, expliqué-je en souriant. Il est fils unique et je pense que ça lui a pesé quand il était enfant. Il est souvent chez nous, sort avec nous la plupart du temps. C'est comme un frère pour moi.

— Je vois... Tu connais seulement un aspect de sa personnalité.

— Oui, mais tu peux apprendre à le connaître davantage, voir ce que ça donne, suggéré-je en lui adressant un clin d'œil.

— Je vais essayer de ne pas me prendre la tête, mais je refuse de précipiter les choses juste pour cette tradition ridicule.

— M'en parle pas, ça m'énerve quand j'y pense.

Elle plonge son regard dans le mien avant de me questionner :

— Ce Gabriel ne t'intéresse pas ?

— Non, je n'ai pas envie d'avoir quelqu'un.

— Mmm... il n'y a vraiment personne qui t'intéresse ? demande-t-elle d'un air inquisiteur.

— Non. Pourquoi tu me regardes comme ça ?

— Parce que je te sens parfois absente, et je me dis que tu dois penser à quelqu'un. Un brun avec une veste en cuir qui s'assoit sur les gradins pendant les entraînements des Eagles et des cheerleaders, par exemple, répond-elle avec malice.

— De qui tu parles ?

— Tu fais semblant de ne pas comprendre, rétorque-t-elle en levant les yeux au ciel.

Peut-être.

— Tu observes beaucoup Tyler quand il regarde ailleurs.

Mes joues surchauffent, je me trahis toute seule.

— Mais si cela peut te rassurer, c'est toi qu'il regarde quand tu as le dos tourné, continue-t-elle avec un sourire en coin.

Je fronce les sourcils, étonnée, et la fixe d'un air incrédule.

— Je te le promets. J'ai remarqué qu'il venait que durant les entraînements où on est là. Peut-être que c'est un moyen de te voir sans se faire cramer.

Je plisse les sourcils.

— Pourquoi il viendrait me voir ?

— Peut-être que tu as retenu son attention lors vos débats. Et maintenant il veut débattre avec toi au lit.

J'écarquille les yeux.

— Lydia !

— Je sais bien que tu fermes la porte à toute possibilité, mais à un moment donné tu ne pourras plus fuir les hommes. Accepte peu à peu l'idée que t'es un canon et qu'on te regarde. Ce serait déjà bien pour commencer, tu ne crois pas ?

— Je ne sais pas… tout cela me met mal à l'aise.

— Je ne veux pas que tu te jettes sur le premier venu, mais quand tu te sens bien avec quelqu'un, c'est cool de lâcher prise parfois. Tous les hommes ne sont pas comme Noah.

Quand j'entends ce prénom, des frissons d'effroi dévalent mon échine. Une succession de souvenirs défile sous mes paupières lorsque je ferme les yeux et je m'empresse de les ouvrir. Dans l'obscurité, je ne peux qu'imaginer l'éclat de ses yeux gris… qui ont eu le malheur de me piéger.

Je chasse ces pensées avant qu'elles ne prennent davantage de place dans les recoins de ma caboche et ne me rappellent d'autres souvenirs. La première personne à laquelle je pense pour me sentir mieux est Flame. Grâce à lui, je me sens comprise sans avoir besoin de me confier davantage. Flame est spécial. Il émane ce quelque chose à travers le papier qui me fascine. La profondeur de ses mots me charme à chaque message. J'aime l'idée qu'il soit mon inconnu, et que je sois la sienne. Je ne me suis jamais autant sentie vivante. Les apparences sont souvent trompeuses, alors qu'à travers de simples mots nous nous découvrons probablement tels que nous sommes réellement.

Soudain, j'entends du bruit au rez-de-chaussée. Je souffle quand la voix de mon père s'élève, suivie de celle de Matt. La maison est pleine de tensions. L'atmosphère est anxiogène, je suffoque sous mon propre toit.

— Ton frère devrait repartir vivre dans la fraternité avant que lui et ton père n'en viennent aux mains, s'exclame Lydia.

Elle sait ce que je ressens. Elle sait que je ne supporte pas tout ça. Je reçois un message de mon petit frère qui me dit qu'il en a marre de ces disputes et je réponds que je ne peux rien y faire, mais que le plus important, c'est qu'on soit ensemble pour le supporter.

— Lana ?

Le silence plane dans ma chambre, je n'ajoute rien et me mets en boule sur mon lit. Je sens la main de ma meilleure amie dans mes cheveux, qu'elle caresse pour me rassurer.

— Tu peux me parler, Lanita, si ça ne va pas, je suis là.

— Je n'ai pas très envie de parler, murmuré-je.

J'essaie de me concentrer sur ma respiration. Il n'y a rien à dire. Du moins… presque. Au fond de mon cœur, je sais que je préserve encore des bribes de mes plus profondes pensées, et que la seule personne avec qui j'aimerais les partager n'est autre que Flame.

CHAPITRE 7
Mystère résolu

Flame, quelles sont tes passions ?
Qu'est-ce que tu aimes faire ?
À part m'écrire, évidemment,
je sais que tu adores ça.
Pas la peine de le nier.
Cherry.

Petite curieuse, tu as sacrément confiance.
J'aime écrire, en général.
Cela me permet de me vider l'esprit.
Et toi, Cherry ?
Qu'est-ce que tu aimes faire ?
Flame.

Oh tu écris des histoires ?
Genre, des livres ?
Tu donnes naissance
à tout plein de personnages ?
Moi, j'adore la danse,
j'en ai fait pendant très longtemps
mais j'ai dû arrêter cette année,
et ça me manque.
Je n'étais pas une spécialiste,
je n'en aurais jamais fait mon métier

mais j'aimais ce que cela me procurait.
Chaque musique était une nouvelle aventure,
chaque chorégraphie,
un nouveau monde à explorer.
Danser, pour moi, c'est la liberté.
J'aime beaucoup lire aussi,
un peu de tout, parfois de la romance,
parfois des récits historiques
ou encore des essais philosophiques.
J'ai un peu une fascination
pour la psychologie humaine.
Cherry.

Je n'écris pas de livres,
encore moins des histoires
sur des personnages fictifs.
Ce sont plus des textes personnels,
il n'y a rien d'imaginaire dans mes mots.
Pour être honnête,
quand mes pensées deviennent noires,
je trouve en l'écriture un exutoire.
Et comme je sais
que tu vas me le demander,
petite curieuse, j'ai toujours écrit.
Ça a débuté dans mon enfance.
Mon monde menaçait de s'effondrer
et je trouvais en l'écriture mon refuge préféré.
C'était secret. Purement secret.
L'écriture est mon bouclier,
la plume, mon épée.
Les passions reflètent parfois
des fragments de notre âme.
Si tu aimes tant la danse,

c'est parce que tu souhaites être libre,
et si la pensée humaine te fascine,
c'est parce que peut-être tu n'as pas encore réussi
à comprendre tes propres élucubrations.
C'est plus facile de se comprendre
en trouvant des morceaux
de nous chez les autres.
Un puzzle émotionnel.
Flame.

C'est si joliment dit, Flame,
tu n'es pas devant moi
et pourtant je lis tant de passion rien
qu'à travers cette lettre.
Et tu as raison…
je désire être libre, briser mes chaînes,
me comprendre à travers les autres.
Je me sens démasquée.
Cherry.

Ce n'est rien, Cherry.
Si tu sens que j'ai l'ascendant
parce que j'en sais plus sur toi
que l'inverse, sache que j'aime écrire
autant que j'aime t'écrire.
Et le jour où je te démasquerai réellement,
je t'inviterai à danser.
Flame.

LANA

Ce soir, c'est le grand match. C'est le début de la saison et ma première représentation devant tout le campus.

J'ai été rétrogradée en bas de la pyramide, mais Anna m'a accordé une entrée avec les flyers pour réaliser des figures plus compliquées. Là, j'ai compris qu'elle voulait juste me remettre à ma place la dernière fois. Je devrais être parmi les voltigeuses, car je fais partie des plus souples de l'équipe.

— Les filles, après le match, on ira toutes aux Thunderdome, j'espère que vous avez apporté des tenues sexy !

Toutes nos tenues sont dans les vestiaires, et la plupart des filles annoncent déjà les noms des garçons qu'elles vont chauffer ce soir. Ce genre de discours me fait rouler des yeux. Je me contente de serrer ma queue-de-cheval en jetant un dernier coup d'œil à mon reflet. Nous longeons le couloir toutes ensemble, les filles parlent fort, hurlent que la victoire reviendra à notre université. Près de la sortie, je remarque mon frère, adossé au mur et encadré de deux silhouettes que je peine à distinguer. Alors je préviens Lydia que je vais le voir rapidement.

Mes baskets blanches et bleues, comme ma tenue, foulent le sol assez vite pour arriver au niveau de mon aîné. À ses côtés, je reconnais immédiatement Hayden et son sourire chaleureux. Et le troisième mec n'est autre que Tyler. Ce dernier fronce les sourcils en me voyant. Comme s'il était agacé que je sois là. C'est quoi son problème ?

— Bonne chance, tu vas assurer, j'en suis certaine.

Mon frère affiche un air mélancolique qui ne m'échappe pas, il soupire et pose sa main sur mon crâne.

— Merci, Lanita, je suis certain que tu vas être formidable toi aussi.

— Tu n'y assisteras pas ? demandé-je en arquant un sourcil.

— Euh…

Matt ne répond pas et se frotte nerveusement la nuque.

— Si, si, évidemment que je serai là.

— Moi, je serai là, me lance Hayden en se pointant du pouce et en m'adressant un clin d'œil.

— Merci, Hayden, dis-je avec un sourire pour camoufler mes appréhensions.

Mon regard rencontre instinctivement celui de Tyler. Il me sonde avec une intensité qui fait battre mon cœur anormalement vite. Perturbée, je m'empresse de les saluer et de m'en aller. Je suis un peu déçue du manque de soutien de mon frère aîné. Il sait que je ne suis pas à l'aise dans cette équipe. Il était plus présent pour moi quand nous ne vivions pas sous le même toit.

La fraîcheur du soir enveloppe le stade mais l'atmosphère est loin d'être froide. Les gradins débordent d'énergie, une mer de visages illuminés par l'excitation et l'anticipation. Des cris d'encouragement s'élèvent, fusionnant en une mélodie chaotique mais exaltante. Chaque spectateur est venu chercher un show, une évasion. Et leur enthousiasme est palpable dans l'air vibrant. J'aurais dû voler dans les airs, être au sommet de toutes nos figures, là où les lumières brillent le plus fort. Mais ce n'est pas le moment de laisser la rancœur prendre le dessus. Je me tiens en retrait, les pieds fermement ancrés sur le sol du terrain de football américain, le cœur battant au rythme de la musique qui s'apprête à démarrer. Mon rôle, ce soir, est modeste, loin des projecteurs qui récompensent habituellement les voltigeuses. Pourtant, alors que le coup d'envoi de notre chorégraphie se profile, je ressens une poussée d'adrénaline, une envie de prouver que l'éclat ne se mesure pas toujours à l'altitude atteinte.

La musique commence et, instantanément, je m'élance. Ma première intervention est une série de pirouettes exécutées avec précision, chaque rotation est plus fluide que la précédente, un prélude à l'explosion d'énergie collective qui va suivre. Je sens les regards du public m'accompagner, leurs acclamations me portant à chaque mouvement.

Après cet éclat initial, je me fonds dans l'équipe, où chaque membre joue sa partition dans ce ballet athlétique. Mes mouvements suivants sont plus mesurés, mais pas moins importants. Je participe à la formation de figures au sol, mes jambes exécutant des kicks synchronisés avec mes coéquipières, nos bras formant des motifs visuels captivants qui ondulent comme des vagues. Je cours ensuite prendre position pour une séquence de tumbling, où mon corps se lance dans une série de flic-flacs. Chaque atterrissage parfaitement synchronisé avec le rythme de la musique et les battements de cœur du public. Malgré mon rôle réduit, chaque mouvement est un cri, une affirmation de ma présence et de ma contribution au spectacle.

Lorsque vient le moment des formations dynamiques, je suis là, un pivot sur lequel se construisent des transitions fluides, mes pas rapides et précis guidant les changements de formation. Bien que je ne sois pas propulsée dans les airs, je suis un fil invisible qui lie les éléments de la chorégraphie, je suis essentielle à la cohérence de notre performance. Alors que notre routine atteint son apogée, je me retrouve une fois de plus mise en avant, exécutant une dernière série de mouvements. Mon corps se contorsionne avec une grâce et une force qui caractérisent notre art.

La musique s'estompe, laissant place à une explosion d'applaudissements. Le public se lève, une vague d'approbation balaie le stade, et je sais que j'ai joué ma partition à la perfection. Je suis confiante, encore plus quand je vois les sourires illuminer le visage de mes coéquipières. J'ai dansé non pour les projecteurs mais pour l'amour de la performance, et cela a fait toute la différence.

Mes yeux scannent la foule et mon sourire s'évanouit. Mon frère n'est pas là. Ni mes parents. Il y a seulement Luke, qui saute comme un fou en m'applaudissant. Je baisse les yeux et me dirige vers notre place près du terrain. Matt n'a même pas daigné assister à ma prestation, alors que son match commence dans dix minutes. La déception m'envahit et me courbe l'échine. Je remarque que Lydia discute avec Hayden, ils m'interpellent tous les deux.

— T'as été géniale, Lana ! me félicite mon ami.

— C'est vrai, t'as été fantastique, s'exclame Lydia joyeusement.

Hayden me prend dans ses bras, comme s'il voulait me réconforter silencieusement. Je lui souris et les préviens que je vais faire un tour aux vestiaires avant le coup d'envoi. De plus, je préfère les laisser tous les deux.

Je m'assois sur un des bancs près de mon casier et prends une profonde inspiration. Matt a vraiment raté ma première ? Comment a-t-il pu ? Tout ce que je demandais, c'était un peu de soutien de mon frère et meilleur ami. Je me donne un mal de chien pour être avec lui et le soutenir depuis des semaines. Alors qu'au final je ne compte pas vraiment pour lui.

Ressaisis-toi, Lana.

Je me frotte le visage et me redresse d'un bond. Tandis que j'ouvre mon casier pour prendre ma gourde, un papier plié en quatre en tombe. Je me penche pour le ramasser.

Je t'avais dit que je te trouverais, Cherry.
Flame.

CHAPITRE 8

Danger inattendu

TYLER

La prestation des cheerleaders vient de prendre fin. Et parmi les applaudissements et l'allégresse, je ne perçois que l'évanouissement du sourire de Lana. Sa déception est palpable, la déception que son frère ne soit pas là. J'ignore pourquoi cette situation m'importe. Probablement parce que, dans le fond, je sais pourquoi Matt est absent et que je veux lui laisser le bénéfice du doute. Seulement, quand il y a des doutes, c'est qu'il y a une bonne raison. Cela fait des semaines que j'étouffe mon intuition. J'ai accordé ma confiance à Matt, mais je crois bien qu'il est en train de bafouer notre amitié. Sans plus attendre, je quitte les gradins pour rejoindre le parking de la fac, où je retrouve Matt qui vient de raccrocher son téléphone. Il porte son uniforme de quarterback, avec le numéro 5. J'étais le numéro 17 mais cela me fait quelque chose de voir ce maillot bleu.

— Oh Tyler, il y a un problème ? m'interroge-t-il innocemment.

— À quoi tu joues ? Ta sœur comptait sur toi, pour ce soir. Avec qui tu étais au téléphone ?

Il lève les yeux au ciel, l'air désabusé.

— C'est bon, elle est cheerleader depuis qu'elle a quinze ans. J'ai assisté à toutes ses prestations, ça ne change rien pour elle.

— Tu m'as dit qu'elle ne s'entendait pas avec les filles de l'équipe, tu aurais dû être présent pour l'encourager, m'exclamé-je, agacé.

— C'est une grande fille, et puis qu'est-ce que ça peut te foutre ?

Je secoue la tête avant de reprendre.

— Avec qui tu étais au téléphone ?

— Une meuf.

Matt affiche un air presque coupable. Il ment.

— Avec qui tu étais au téléphone ? répété-je en serrant les poings, envahi par l'impatience.

— J'étais avec une meuf des Gunners, OK ? Je comptais la retrouver après le match, au Thunderdome, pendant ta course.

Matt est nonchalant, il parle comme si rien n'avait d'importance. Probablement pour me faire avaler ses sales mensonges plus facilement.

— Donc tu fais passer un plan cul avant ta sœur ? C'est ce que t'es en train de me dire.

— Tu me prends la tête pour Lana ? T'es sérieux ? Tu ne lui as jamais parlé, qu'est-ce que ça peut te faire ?

Matt affiche un air irrité, il se cache derrière des remparts qui ne tiennent pas, les fondations ne sont pas solides et menacent de s'effondrer à tout instant. Exactement comme lui.

— Matt, je te laisse une dernière chance.

Matt s'arrête à mon niveau, son épaule cogne la mienne.

— Mêle-toi de tes affaires.

Je l'attrape par le bras et le retourne face à moi.

— Écoute-moi bien, saleté de camé, si j'apprends que tu as approché Donovan, des Ravens, tu vas avoir affaire à moi. Tu ne te rends pas compte ce que t'es en train de faire.

Matt se libère de mon emprise et se dégage avec violence.

— Je t'ai déjà dit que non ! J'ai arrêté tout ça !

Ne supportant pas d'avoir été touché, je le pousse à mon tour en le fusillant du regard.

— J'espère pour toi que tu dis vrai.

Je n'arrive pas à le croire mais, faute de preuves, je ne peux rien ajouter. Matt est devenu facilement irritable, bien trop impatient pour que je puisse lui parler calmement.

— Lana et Luke seraient terriblement déçus de voir ce que tu deviens, m'exclamé-je.

Il a suffi que je dise ça pour réveiller la bête en lui. Il se retourne brusquement vers moi, prêt à bondir pour me rouer de coups. J'esquive le premier et le frappe au ventre, il gémit de douleur et se plie en deux. Matt en veut encore, il s'apprête à me rosser de nouveau, or cette fois-ci quelqu'un intervient. Dan vient d'arriver et il attrape Matt.

— Eh, Matt, calme-toi, lui souffle-t-il en maintenant ses bras.

Matt tente de se débattre mais en vain. Dan est bien trop costaud pour lui.

— T'as un match à jouer, dis-je durement en enfonçant mes mains dans les poches de mon pantalon.

Matt marmonne des mots incompréhensibles et s'en va.

— Putain, qu'est-ce que tu lui as dit ? s'exclame Dan soucieux.

Je hausse les épaules et intime à Dan de me suivre. Il voulait lui aussi assister au premier match de la saison, et pour cause, il y a quelques années encore il portait les couleurs des Eagles. Nous prenons place dans les gradins, le coup d'envoi est dans cinq minutes.

— Ta moto est au Thunderdome, Daryl et Tony font les dernières vérifications dessus.

— J'ai hâte de gagner, lâché-je.

— Tu m'étonnes, avec tout l'argent que tu génères. Tu es devenu un membre indispensable des Gunners, me dit-il en posant sa main sur mon épaule.

— Tant que je peux faire perdre les Ravens encore et encore, ça me va très bien.

— Dis donc, les cheerleaders n'étaient pas aussi belles à mon époque, s'exclame-t-il en écarquillant les yeux.

Mon regard se pose instinctivement sur la seule cheerleader qui a retenu mon attention. Je reconnais sa queue-de-cheval, avec autour de son élastique un ruban bleu. Ça me rappelle celui que je lui ai piqué, il y a plusieurs semaines maintenant. Sa réaction enflammée m'avait tellement amusé que je n'avais pas pu m'empêcher de le lui voler. Lana est la plus discrète de l'équipe, je ne la vois jamais avec sa sororité, si ce n'est avec la rousse qui est en train d'ensorceler mon ami Hayden. Il m'a déjà tant parlé d'elle, mais sans jamais faire le premier pas. À force de l'entendre, je l'ai poussé à le faire, pour qu'il ne se fasse pas trop de films et qu'il commence enfin à passer à l'action. Le résultat est plutôt concluant, ils se parlent beaucoup.

Quant à Lana, sa distance avec les autres me rappelle étrangement la mienne. Je l'ai remarqué dès le premier soir où je l'ai vue au Thunderdome. Tout le monde buvait, s'amusait, se tripotait. Sauf elle. Bien trop sage pour se mélanger, bien trop belle pour être souillée.

— D'ailleurs, la tradition est toujours d'actualité ? demande Dan.

— Laquelle ?

— Les cheerleaders toujours là pour les gars de l'équipe. En cas de victoire, c'est comme des félicitations. Et en cas de défaite, quoi de mieux pour se remonter le moral que de se faire tailler une bonne pipe ?

— C'est toujours d'actualité, ouais.

Lana a-t-elle choisi un gars de l'équipe ?

— Tu vas rater ça, commente-t-il d'un air faussement dramatique.

— Je n'ai jamais laissé une cheerleader m'approcher quand j'étais dans l'équipe.

— C'est vrai, ça ? Bizarre, te connaissant.

Au même moment, on siffle le coup d'envoi. Cela fait un petit moment que mes yeux ne sont plus sur le terrain mais plutôt fixés sur la queue-de-cheval enroulée d'un ruban bleu. Se sentant observée, Lana se retourne et ses yeux émeraude croisent les miens.

Je ne peux détourner le regard, je suis bien trop hypnotisé par ces cercles de jade si doux pour ce monde cruel. Mes lèvres s'étirent en un fin sourire et je lui adresse un clin d'œil. Ça m'est égal d'avoir été surpris en train de la mater. De toute façon, j'ai la sensation qu'elle me cherchait. Quand je la vois, je ne peux m'empêcher de songer à Cherry. Ma correspondante secrète, qui n'est plus secrète. Je l'ai démasquée. Le destin prend un malin plaisir à se jouer de moi, mais cette fois-ci j'apprécie ce coup du sort. Cherry est une frêle fleur de cerisier qui ne demande qu'à éclore et elle se rapproche du feu intérieur de Flame pour trouver ce dont elle a besoin.

Quand j'ai su qui elle était, j'ai été surpris par cette coïncidence, mais en fin de compte j'aime en savoir plus sur Lana à travers Cherry. Car, si Lana ment au monde, Cherry ne dit que des vérités à Flame. L'anonymat la protège, mais ce soir j'y ai mis un terme.

Parce que j'aime le défi. Parce que je veux la titiller encore. Avec un peu de chance, elle a découvert le mot que je lui ai laissé. Et si je me fie à mon analyse, elle ne va pas tarder à me répondre. J'ai hâte.

— Non mais je rêve, c'est quoi ces regards avec la petite sœur de Matt ?

Dan ne peut s'empêcher de toujours tout remarquer. Lana détourne la tête, rompant ce lien visuel bien trop fort, et je pousse un profond soupir avant de me concentrer sur mon cousin.

— Nos regards se sont juste accrochés, argumenté-je innocemment.

— Ça fait plus de cinq minutes que tu attendais qu'ils s'accrochent. Mais elle est très jolie. Dommage pour toi, c'est un autre gars qu'elle va récompenser ce soir. Si tu étais dans l'équipe cette année, cela aurait pu être toi.

— Ta gueule, Dan, marmonné-je dans ma barbe, les yeux rivés sur le terrain.

Le stade est un kaléidoscope de lumières et de bruits et chaque cri de la foule, une piqûre me rappelant ce que j'ai perdu. Ce serait mentir de dire que cela ne me manque pas. Cette adrénaline est spéciale, quand je marquais, c'était un sentiment inouï. À présent, je suis un fantôme parmi les vivants qui regarde l'équipe que j'ai autrefois considérée comme ma famille, les Eagles, affronter les Lions de Westfield. Les sensations sont trop familières, et ce rôle de spectateur me pèse comme une chape de plomb.

Dan essaie de me garder dans le coup, faisant des commentaires sur le jeu, mais ses mots me parviennent comme à travers un brouillard. Mon esprit est sur le terrain, revivant chaque jeu, chaque passe, chaque course, cependant c'est Matt qui est maintenant à ma place, dirigeant l'équipe avec une assurance que j'aurais dû avoir. C'est étrange, cette sensation de fierté mélangée à une amertume indescriptible en le voyant exceller à ma place.

Les Lions de Westfield ne sont pas venus pour faire de la figuration. Leur défense est brutale, leurs offensives tranchantes comme des lames ; malgré tout, les Eagles ne cèdent pas. Ils s'adaptent, trouvant des failles, exploitant chaque occasion. C'est le football que j'aime, un mélange d'intelligence et de force brute, mais aujourd'hui je ne suis qu'un observateur. Cette perte est étroitement liée à toutes mes autres pertes.

Le match bascule dans un suspense insoutenable. Les dernières minutes durent une éternité, chaque seconde est étirée par l'angoisse et l'espoir. Et puis, il y a ce moment magique, celui que tout joueur rêve de vivre : Matt lance une passe parfaite, traversant le terrain comme un météore, trouvant son receveur dans l'en-but pour le touchdown décisif. Le stade explose, une vague d'euphorie balayant tout sur son passage. Autour de moi, les gens sautent, crient, s'embrassent, et dans ce chaos de joie je me sens plus isolé que jamais.

Dan me tape sur l'épaule, un geste de camaraderie qui se veut réconfortant. Je lui adresse un sourire forcé. À l'intérieur, je ressens un tumulte d'émotions contradictoires. Même si je suis fier de mes amis, de l'équipe, ce sentiment d'exclusion est un poids constant. Ce n'est pas juste une blessure ou une mauvaise performance qui m'a éloigné du jeu, mais les circonstances de la vie, des problèmes personnels que peu comprenaient. Néanmoins j'ai accepté d'endosser le rôle du lâche. Au final, ce que les autres pensaient de moi n'avait plus d'importance. Rien ne pourrait être plus lamentable que l'image que j'ai de moi-même.

Quand les lumières commencent à faiblir et que la foule se disperse, emportant avec elle l'énergie brute de la nuit, Dan et moi nous éloignons dans la pénombre. Le match est terminé, mais pour moi un autre jeu commence. J'ai ma course, et je compte bien la remporter.

À notre arrivée au Thunderdome, il y a déjà beaucoup de monde. Je reconnais des têtes de notre campus qui attendaient la fin du match pour avoir un second spectacle. Matt et Hayden ne devraient plus trop tarder.

— Eh mec, normalement tout est OK, s'exclame Tony en s'essuyant les mains.

— Les Ravens sont déterminés à gagner ce soir, on compte sur toi, mec, m'encourage Daryl.

Daryl est un colosse, c'est aussi un des fondateurs de Gunners aux côtés de Dan. Ils se connaissent depuis des lustres. Il a eu des difficultés à m'accepter dans son club de motards à cause de mes quelques frasques passées mais, voyant l'argent que je lui rapporte sur mes courses, il se réjouit à chacune d'entre elles aujourd'hui. Je prends place sur un siège à l'extérieur de notre stand pendant que la fosse se remplit. La musique explose à l'intérieur du hangar et nous parvient jusqu'à la piste. Je tire mon paquet de cigarettes en attendant le départ.

— Tu vas te tuer, arrête de fumer, bon sang !

J'ignore délibérément la réflexion de Dan et tire une bouffée de ma clope. Cette cigarette, c'est tout ce dont j'ai besoin. Elle est un peu comme moi, elle se consume lentement, douloureusement. C'est vrai qu'elle m'empoisonne et me condamne sans doute. Pourtant, l'espace d'un faible instant, elle compense des manques que je ne pourrai jamais combler. La fumée s'évapore de ma bouche comme un brouillard nuisible et je jette un coup d'œil à Dan, lui faisant comprendre que, peu importe ce qu'il me dira, je ne changerai pas.

— Prêt ?

Je le fixe comme si c'était une question rhétorique et me lève de ma chaise pour tester le moteur de ma moto. Je le fais bien rugir, attirant l'attention autour de moi. La plupart des filles me lancent des regards doux, l'ennui se lit sur les traits de mon visage. J'attends avec impatience l'appel pour se placer sur la ligne de départ.

— Voilà le meilleur !

Carla, une des filles du gang, s'avance vers moi. On ne peut pas la louper avec sa veste en cuir noire portant l'emblème de notre clan, une arme à feu pour Gunners, et sa jupe révélant ses longues jambes fines. Elle se colle à moi avant de plaquer ses lèvres sur ma bouche, sa langue valse avec la mienne. Dan lâche un « beurk » tonitruant, nous intimant ainsi d'arrêter, mais j'approfondis le baiser juste pour l'agacer.

— Si tu gagnes, je te réserve une belle surprise, susurre-t-elle malicieusement à mon oreille avant de s'en aller.

Un sourire goguenard s'ébauche sur mes lèvres quand je la vois s'éloigner de sa démarche aguicheuse avec son cul bien galbé. Je prends une autre gorgée de ma bière avant de la poser puis remarque que mon cousin me scrute avec exaspération.

— Quoi ? Tu veux une démonstration plus explicite peut-être ?

— Imagine qu'elle veuille un peu plus un jour, me suggère-t-il, l'air sérieux.

Je secoue la tête.

— Elle ne le demandera pas.

— Tu es sûr de ça ? D'après Tony, elle rejette tous les autres mecs pour toi.

— C'est clair entre elle et moi, du sexe et rien d'autre, insisté-je en haussant les épaules.

Dan soupire.

— Carla est le genre de fille obsessionnelle.

— Oui, et c'est terriblement excitant ! Ma relation avec Carla est tout à fait normale, on rigole, on baise, n'importe quel mec rêve de ça, elle ne demande ni engagement ni promesses.

— Tu couches avec d'autres filles ?

— Non, mais c'est pas sérieux pour autant.

Je tire une autre cigarette de mon paquet et l'allume. Dan est toujours là à s'inquiéter de ma vie privée ; étant le plus âgé, il se croit responsable de chacun de mes gestes.

— Tu es un drôle de personnage, Tyler Brook, souffle-t-il.

— Ouais, l'authenticité ne court pas les rues.

— La stupidité, par contre, oui.

Mon regard balaie rapidement le circuit avant de se poser sur une fille de dos, facilement reconnaissable avec ce ruban vert et quelques fleurs roses dans les cheveux. Je remarque qu'elle est en compagnie de son amie rouquine. C'était prévisible qu'elle vienne, même si sa présence me déplaît. Ce n'est pas un endroit pour elle. Lana a changé de tenue. Elle a troqué son uniforme contre une jupe noire et un haut couleur menthe qui révèle ses frêles épaules. Ses cheveux châtains sont lâchés en cascade avec quelques ondulations. *Je la trouve sexy, putain !*

Je me lève de mon siège, m'adosse au pilier du garage et croise les bras la détaillant avec attention. Elle regarde autour d'elle comme si elle souhaitait comprendre ce qu'il se passe. La plupart des filles travaillent au corps les gars de l'équipe, alors qu'elle s'écarte des mœurs de sa sororité et reste avec son amie, sirotant un cocktail.

— Pourquoi tu souris ?

— Pour rien.

Elle n'a pas bougé de sa place, tout en parlant avec son amie qui visiblement brûle d'excitation. Lana jauge le circuit minutieusement, sa tenue est à l'opposé de ce que les filles portent d'habitude.

— OK, j'ai compris. T'as vraiment craqué pour Lana Julliard.

— Lâche-moi, Dan.

Matt parle tellement de sa sœur que tout le monde la connaît. Mais ce dont je suis certain, c'est qu'elle ne peut pas rester ici. J'ai un mauvais pressentiment concernant son frère. Ce soir, je compte tirer cette histoire au clair. Le danger rôde, et elle n'y est pas préparée.

— Tyler, la première fois que tu l'as vue ici, tu n'as pas décroché ton regard d'elle. Et là, tu recommences.

Je pousse un profond soupir et passe ma main dans mes cheveux. Mon téléphone vibre dans ma poche, je le tire et fixe l'écran où s'affiche un message de Hayden.

Hayden : Je suis arrivé il y a une dizaine de minutes et Matt est introuvable.

Putain de merde !

— Hayden cherche Matt à l'heure qu'il est, dis-je à Dan.

Ce dernier souffle et se frotte nerveusement la nuque, lui et moi avons les mêmes doutes concernant Matt. Il a sombré dans la drogue et a choisi les pires fournisseurs. Les Ravens, l'un des gangs les plus redoutés de Californie.

Depuis peu, Matt est devenu une putain de bombe à retardement. Il est sans cesse submergé par ses émotions et, pour se sentir mieux, le plus facile est de prendre des cachets. Évidemment, aucun de nous ne s'en doutait, toutefois, plus les jours passaient, plus son comportement m'alarmait. De plus, si mon hypothèse sur les Ravens est avérée, il représente un danger pour nous, mais aussi sa famille.

Je l'ai connu très protecteur avec sa sœur, il me le faisait bien comprendre. Et c'est une des raisons pour lesquelles il a quitté la vie au sein de la fraternité pour retourner vivre chez ses parents et veiller sur elle. Je me doute qu'ils partagent des secrets dont ils ne veulent pas parler. Seulement, en ce moment, il tient à distance tous ses proches, y compris celle qui compte le plus pour lui.

Lui au moins a su se comporter comme un bon frère.

— La course va commencer, mon grand, m'annonce Dan.

Pas le temps de songer à Matt. J'enfourche ma moto et m'élance vers la ligne de départ. Les autres concurrents se positionnent et l'un, portant sur sa veste un sigle reconnaissable, se poste juste à côté de moi.

— Dis donc, Tyler, tu as l'air déterminé aujourd'hui.

Diego, une vieille connaissance, m'adresse son sourire le plus faux. J'ai déjà eu affaire à lui par le passé, le soir où ma vie a pris un tournant que je ne pouvais prévoir. Le métis me jauge avec son regard perçant.

— Pour te battre, je le suis toujours. D'ailleurs, à notre dernière course, je me rappelle avoir gagné et en plus t'avoir fait perdre une sacrée somme.

Diego marmonne dans sa barbe et me fait un doigt d'honneur avant de se positionner. Il n'a jamais eu de repartie, en tout cas. Je chasse ces pensées et me concentre sur le circuit. L'air est électrique, chargé d'attente et de tension, alors que je me tiens là, aligné au départ, le moteur de ma moto grondant sous moi comme un animal sauvage prêt à bondir. Autour de moi, les autres motards sont des silhouettes floues, des adversaires dans cette danse de vitesse et de danger, mais en cet instant ils semblent lointains, presque irréels. Tout ce qui compte, c'est la piste devant moi, ce ruban d'asphalte qui promet liberté et victoire. Je ressens chaque vibration de ma moto, chaque battement de mon cœur synchronisé avec le rythme des moteurs autour de moi. L'adrénaline coule dans mes veines, un mélange brûlant d'excitation et de peur que je n'ai rencontré nulle part ailleurs que sur une piste. Je ne saurais dire d'où me vient l'attrait pour la moto et la course. Probablement parce que je ne me sens jamais aussi vivant qu'en défiant la vitesse et la mort.

Au signal, le monde explose en mouvements et en sons. Je libère la bête sous moi, laissant la puissance brute de la moto me propulser. La piste défile à une allure vertigineuse, chaque virage, chaque ligne droite teste ma volonté et ma technique. Je remonte le peloton, mes sens hyper concentrés. Chaque décision est instinctive, mes réactions sont une extension de la machine que je contrôle. La vitesse est une drogue, chaque kilomètre parcouru, un coup d'adrénaline supplémentaire qui me pousse à aller plus vite, à prendre plus de risques.

Il y a une cible devant moi, le leader de la course : Diego. Le corbeau sur sa veste semble me narguer. Il est comme un spectre dansant, hors de portée. Je le poursuis, chaque fibre de mon être concentrée sur cet objectif, sur la victoire qui m'attend.

La lutte pour la première place est une bataille d'endurance, de stratégie et de courage. Dans les derniers tours, je suis juste derrière lui, analysant ses mouvements, guettant ma chance. Et puis le moment se présente, un virage serré où je peux presque sentir son hésitation. C'est tout ce dont j'ai besoin. Je plonge à l'intérieur, poussant ma moto à ses limites. La proximité du sol, la vitesse, tout se mélange dans un flou de sensations, la peur et l'excitation fusionnant en un seul sentiment exaltant. C'est un pari, une danse avec la mort mais, quand je ressors en tête, la victoire en vue, je sais que ça en valait la peine.

La ligne d'arrivée se rapproche, chaque mètre parcouru témoigne de tout ce que j'ai traversé pour en arriver là. Quand je passe enfin sous le drapeau à damier, c'est plus qu'une victoire. J'ai écrasé les Ravens. La haine que je voue à ce gang éveille en moi une rage incommensurable, je veux les voir perdre. Tant que je serai là, ils ne gagneront pas.

J'enlève mon casque fièrement et ma photo s'affiche sur l'écran. Je suis le vainqueur. La foule est un bourdonnement lointain, les applaudissements et les cris de joie se mélangeant en une vague de contentement qui me submerge. Je lance un regard à Dan, il m'applaudit et acquiesce, me montrant silencieusement sa fierté. Je descends de ma moto et des bras s'enroulent autour de mon cou. Carla m'embrasse langoureusement, je la colle contre moi et glisse une main sur ses fesses, que j'empoigne avec ferveur, elle me lèche les lèvres. J'ouvre un œil en entendant des cris et je découvre Matt, qui hausse le ton avec un mec en faisant de grands gestes. Je fronce les sourcils, ne comprenant pas trop ce qu'il se passe, puis je vois Lana s'interposer entre eux. Il ne me faut qu'une seconde pour réagir, je repousse Carla et j'appelle Dan pour qu'il me suive.

Matt est hors de lui, et je reconnais le gars qui vient de s'écrouler au sol, il était sur le terrain de foot durant le match. Matt saisit férocement Lana par le bras tout en poussant violemment son amie au sol. Je me précipite, je dois intervenir sinon tout va lui échapper. J'écarquille les yeux lorsque je le vois lever la main comme s'il s'apprêtait à frapper sa petite sœur, mais Dan et Tony l'interceptent rapidement et Hayden intervient pour aider l'amie de Lana.

Rapidement, j'agrippe Lana par la taille et la colle contre moi. Matt se transforme en monstre, se débat comme un fou et file un coup à Tony, qui tombe au sol, assommé. Heureusement, mon cousin immobilise notre ami complètement shooté et l'éloigne de la foule qui s'est formée autour de nous, pour tenter de calmer la bête. Des membres de l'équipe écarquillent les yeux devant cette scène. Matt n'a jamais eu la réputation d'être nerveux ou impulsif.

— Gabriel, ça va ? demande Hayden en aidant le type à se relever.

— Il s'est jeté sur moi ! Il est complètement fou ! Je parlais juste avec sa sœur, putain.

Lana se débat, remue dans tous les sens alors qu'elle est captive de mon emprise. Ses poings s'abattent sur mon bras autour de sa taille, mais je résiste puis j'approche mes lèvres de son oreille.

— Calme-toi, *Cherry*.

Elle se fige. J'exerce une faible pression au creux de sa taille et la caresse pour la détendre et calmer ses angoisses. Sans la lâcher, je nous éloigne de tout ce cirque. Hayden saura calmer les mecs et Gabriel. Nous savons tous les deux ce que Matt a fait. Au loin, je remarque quelques Ravens qui assistent à la scène, se réjouissant du malheur des autres. *Bande de fumiers !*

Je sens la raideur des muscles de Lana et je pense qu'au fond elle comprend la situation.

Sa main se pose délicatement sur mon bras, ce qui laisse une traînée de frissons sur ma peau. Je la lâche et elle se tourne vers moi, l'air apeurée. Ses yeux verts me scrutent, incrédules. Je sonde l'inquiétude qui la traverse.

— Comment tu m'as appelée ? me questionne-t-elle.

— Je t'ai appelée chérie.

Elle me dévisage avec perplexité, les yeux comme des soucoupes. Je viens de jouer avec le feu en créant la confusion chez elle, mais heureusement elle ne s'attarde pas là-dessus. Une myriade d'émotions traverse son regard. Elle pousse un profond soupir comme si ça allait la libérer d'un poids. Je glisse mes mains dans mes poches et m'approche d'elle. Cette situation ne m'est pas inconnue. Sa peur me rappelle des choses que je préfère ne pas exhumer. Lana vient de découvrir une facette de son frère qu'elle n'est pas prête à affronter. La facette du camé totalement incontrôlable.

— Lana, ça va ? s'exclame Lydia en se précipitant vers son amie, suivie de près par Hayden.

Lana ne dit rien, se contentant de garder la tête baissée.

— Vous devriez rentrer les filles, conseille Hayden, je vais vous déposer.

— Je ne pars pas sans Matt, rétorque Lana avec détermination.

Hayden est sur le point de répondre, sans doute pour la contredire, mais je le stoppe en levant la main.

— Je reste avec elle, dis-je sans réfléchir. Dépose Poil de carotte.

— Eh ! je ne te permets pas ! rétorque Lydia en me fusillant du regard.

Hayden sourit devant l'attitude de la rouquine et lui assure que tout ira bien pour son amie avant de s'éloigner.

— Gabriel est venu discuter avec moi, c'est vrai qu'il était un peu insistant à cause de ce rituel pourri de la sororité. Et Matt a surgi comme un fou en s'en prenant à lui, il n'était plus lui-même. Je ne comprends pas ce qui s'est passé…

Lana vient de débiter tout ça à une vitesse fulgurante, elle se frotte nerveusement les tempes et pousse un profond soupir. Je m'adosse à ma moto et croise les bras en la regardant reprendre son souffle. Je la sens au bord de la crise de nerfs. Seulement je n'ai pas le temps de répondre qu'une silhouette se poste juste à côté de nous.

Donovan. Le plus vicieux des Ravens.

— Tyler, ton pote ne m'a pas payé ma commission. C'est ma dernière mise en garde !

Je jette ma tête en arrière et souffle, ce chien l'a fait exprès, profitant que je sois avec Lana. Pour éviter que je me jette sur lui et que je le tabasse jusqu'à ce qu'il ne puisse plus se relever. Il me faut un sang-froid monstrueux. Je ne peux pas me le permettre devant Lana.

— Je m'en charge, rétorqué-je sèchement.

— Il a pris de la méthamphétamine, déclare-t-il d'un air narquois. Je préfère te prévenir, parce que vu le spectacle qu'il a donné, je me dis qu'il ne doit pas savoir doser.

Donovan nous laisse sur ces paroles. J'ai envie de le tuer. Je n'ai pas le temps de dire quoi que ce soit que je croise les yeux de Lana, ronds comme des billes vertes. La pauvre, elle vient de découvrir de la pire des manières la vérité sur son frère.

— Il se drogue, déclare-t-elle dans un souffle.

Lana passe ses mains dans ses cheveux et fixe le sol, comme s'il allait lui donner une réponse. Elle affiche un tel désarroi que mon corps refuse de se montrer indifférent, mais la raison prend rapidement l'ascendant. Elle fuit subitement mon regard, totalement désemparée, puis secoue la tête tout en répétant : « Ce n'est pas vrai. »

— Tyler ?

Je m'évertue à rester indifférent mais l'état dans lequel elle se trouve me laisse tout sauf insensible. *Non… je ne peux pas.*

— Explique-moi…

Ses yeux me supplient de parler. Je souffle et me frotte le menton, ne sachant pas quoi dire. Si je la garde ici, c'est surtout pour qu'elle reste le plus loin possible de son frère ingérable.

— Je ne sais pas quoi te dire, Lana. Reste à l'écart de ton frère, c'est tout ce qui compte.

Une myriade d'émotions défile dans ses yeux, la confusion suivie de la colère.

— Tu te rends compte de ce que tu dis ? Abandonner mon frère à son triste sort ? Jamais !

Moi qui ne manque jamais de repartie, je suis sans voix. Puis le bruit d'une bagarre rompt notre lien visuel. Je me redresse afin d'analyser ce qu'il se passe. L'un des participants se retrouve au sol et se fait massacrer par les membres de son gang. La scène est brutale. Il devait jouer gros pour mériter un tel sort. Je reconnais le boss qui s'avance vers le perdant en pointant son flingue sur lui.

Il le regarde droit dans les yeux et lui tire dans la jambe. Le coup part, le silence règne. L'asphalte est maculé de sang. L'odeur de poudre à canon flotte dans l'atmosphère, mêlée à une tension meurtrière.

Parfois, quand il y a beaucoup trop à perdre, même une vie ne vaut rien.

La soif de gagner devient parfois une obsession. Je reste stoïque, ce genre de scène n'est pas exceptionnelle pour moi. Avec les paris lors des courses, certains révèlent leur côté mauvais perdant. J'observe autour de moi puis mes yeux s'arrêtent sur Lana. Je suis son regard et tombe sur Matt faisant de grands gestes avec les mains devant Dan, qui tente de le calmer. Il est complètement soûl et sous l'empire des méthamphétamines.

— C'est horrible, prononce-t-elle, la voix brisée.

Ses épaules tressaillent au rythme de ses tremblements, ses yeux verts si expressifs sont vides. Le voile est tombé, elle voit enfin ce qui l'entoure réellement. Lana découvre les mensonges de son frère, comprend ses débordements, ses accès de colère. Je ne sais pas comment gérer cette situation. Lana est bien trop innocente. Matt nous met déjà dans la merde, les Gunners et moi, en pactisant avec Donovan. Il a des dettes et ils savent pertinemment qu'il est étroitement lié à moi, et de ce fait aux Gunners. Tout est une excuse pour s'en prendre à nous. Ce n'est même pas une guerre équitable. Les Gunners sont un simple club de motards, tandis que les Ravens… sont à la tête d'un empire avec les plus vils monstres tapis dans l'ombre.

Je dois payer les dettes de Matt. Je dois calmer sa petite sœur. Et je dois m'assurer que les Ravens restent à leur place.

Je continue de la fixer, impassible, sa vulnérabilité me rappelle mes démons. Il y a bien longtemps que j'ai arrêté de me battre contre eux, tandis qu'elle semble lutter sans relâche pour ne pas s'effondrer devant moi.

— Lana, je vais te déposer chez toi, annoncé-je simplement en lui tournant le dos afin de retirer mon casque de ma moto.

Elle m'attrape le bras et je me fige brusquement, des spots stroboscopiques de toutes les couleurs illuminent l'endroit et, lorsque je me retourne pour la voir, c'est une lumière rouge qui l'éclaire. Lana pourrait craquer devant moi, comme une feuille d'automne qu'on viendrait briser.

— Tu ne peux pas laisser Matt, je croyais que c'était ton ami !

— Il est avec Dan, c'est mon cousin et c'est aussi l'ami de Matt. Ne t'en fais pas pour lui, il maîtrise la situation. Je préfère que tu rentres. Tu n'avais pas à assister à cela ce soir.

La rage se distille dans mes veines, Donovan m'a mis à l'épreuve en me faisant cette révélation. Je ne peux pas me permettre de perdre le contrôle maintenant, pas devant elle. Je dois la déposer et parler à Matt.

— Lana, ne fais pas d'histoires. Mets ce casque, insisté-je en le lui tendant. Et allons-y.

Lana finit par obtempérer sans rien dire et enjambe après moi ma moto. Elle s'accroche à ma taille comme à une bouée de sauvetage. Puis je m'élance sur la route tandis qu'elle frémit contre mon corps chaque fois que j'accélère. Une fois devant chez elle, elle se redresse rapidement pour se mettre sur ses pieds. La voir dans tous ses états, malgré les circonstances, arrive à me dérober un sourire.

— Qu'est-ce qu'on est censés faire maintenant ? lance-t-elle subitement en croisant les bras tout en me faisant face.

Putain… elle n'abandonnera pas.

— Tu perds ton temps, lâché-je en me redressant et en la surplombant de toute ma hauteur.

Unique réponse de sa part : elle me frappe le torse ! Je l'attrape et la colle à moi. Nos regards s'arriment et la colère ravive ses yeux vides.

— Grandis un peu, putain. La vie ce n'est pas nos débats sociologiques ! Ce qui est dur, c'est de se laisser couler sans pouvoir remonter la pente. Laisse ton frère tranquille, je m'en chargerai, m'exclamé-je durement, perdant patience.

Mon ton sec ne semble lui faire aucun effet, elle continue de se débattre contre moi et plus elle bouge, plus je sens les effluves de son parfum cerise. *Cherry, calme-toi.*

— Matt a pactisé avec un gang !

Sa voix se craquelle sur le mot « gang » tant elle est sous le choc. Le message n'est pas passé. À tous les coups, elle ira voir son frère, effrontée comme elle est.

— Reste loin de ces histoires, t'es trop naïve pour tout ça.

Je m'en vais sans un regard. Mes propos sont blessants, mais il n'y a que comme ça qu'elle comprendra.

Une fois de retour au Thunderdome, j'ai besoin de me calmer. Je retrouve Carla près des toilettes à l'intérieur du hangar. Je lui ai envoyé un message pour lui dire de me rejoindre ici.

— Tu te souviens de moi maintenant ?

Son sourire malicieux est une promesse. Je la fais rentrer dans l'une des cabines et claque la porte derrière moi avant de plaquer Carla contre elle. Sa langue trouve la mienne, et l'audace de ses mains m'éveille instantanément. Sans crier gare, j'empoigne ses fesses avec force puis m'empresse de la retourner et de soulever sa jupe courte. Avec plaisir, je découvre qu'elle ne porte pas de sous-vêtements et qu'elle est déjà bien trempée.

— Penche-toi, ordonné-je en lui claquant le cul.

Carla gémit et obéit. Sans plus attendre, j'écarte ses cuisses et la pénètre d'un coup. Mes va-et-vient deviennent plus vifs, j'agrippe ses hanches et mes coups résonnent en même temps que les battements de la musique. Je la fais hurler mon nom et je suis au bord de l'extase. Après avoir terminé mon affaire, je remets ma veste en cuir. Avant que je l'enfile complètement, les doigts manucurés de Carla attrapent mon bras.

— Tu t'en vas déjà ? s'exclame-t-elle en me voyant me rhabiller. Quand est-ce que tu me racontes l'histoire de tous tes tatouages, ajoute-t-elle d'une voix aguicheuse, s'apprêtant à toucher le phénix encré sur mon bras.

— Jamais, déclaré-je en la repoussant.

Du sexe et rien d'autre. Mes tatouages ne concernent que moi. C'est mon œuvre. Mon histoire. Ce phénix aux ailes enflammées est un symbole. J'en ai un second, mais celui-ci est le premier que je me suis fait.

Alea jacta est.

Je sors du hangar et trouve Matt, avec Dan, au niveau de notre local qui fait office de garage. À peine devant lui, je lui envoie mon poing en plein visage.

— Mais qu'est-ce qui te prend ? hurle Dan.

Je l'ignore. Je donne un coup de pied à Matt dans le bide et il crie de douleur.

— Tu as trahi ma confiance, tu as juré de ne pas t'approcher de Donovan. Par ta faute, il a vu Lana, il a vu tes faiblesses et va les utiliser jusqu'à ce que tu rembourses tes dettes, et même après ça.

Matt se cache le visage alors qu'il est en boule sur le sol. Je fais les cent pas tandis que Dan s'accroupit près de lui.

— Tu es fou de t'en prendre à lui comme ça ! s'écrie Dan, affolé.

— Il le mérite, craché-je, furieux.

Je ne peux m'empêcher d'associer le visage de Lana à cette situation de merde due aux erreurs de Matt.

— P... Pardon...

Matt sanglote et je le fixe en fronçant les sourcils.

— J... Je ne voulais causer de tort à personne...

Il essaie de se redresser avec l'aide de Dan puis daigne enfin croiser mon regard. Je ne perçois dans ses yeux que de la tristesse et des regrets. Je souffle et passe ma main dans mes cheveux.

— C'est trop tard pour les excuses. Tu as vraiment merdé. Tu as fait du mal à ta sœur, tu as perdu en crédibilité devant ton équipe de foot et en plus tu me plantes un couteau dans le dos en pactisant avec l'ennemi.

— Tyler..., commence-t-il en baissant les yeux, honteux.

— Je ne veux plus t'entendre. J'ai été patient, j'espérais que tu te tournerais vers moi. Je t'ai laissé des chances de tout me raconter. Tu penses que je ne me doutais pas de ce que tu faisais ? Mais maintenant, c'est terminé. Tu étais distant avec ton frère et ta sœur ? Bah tu vas continuer à l'être. Tu penses que tu vas replonger dans la drogue ? Je vais te débarrasser de tes doses. Et pour tes dettes, je vais les payer et tu vas me rembourser jusqu'au dernier centime.

Dan écarquille les yeux avant de poser son regard sur Matt. Ce dernier est abattu et je vois des larmes couler le long de ses joues. La prise de conscience a été longue...

mais je ne peux plus le croire. Il ne fait que mentir et tromper son monde. Je connais les raisons pour lesquelles il a été poussé à se droguer : il veut oublier ses peines et les secrets qu'il cache au plus profond de son être.

— Elle me déteste ? demande-t-il doucement en fuyant mon regard.

— Je ne pense pas… mais tu ne dois plus la voir, et Luke non plus. Tu es ingérable et, tant que tu ne changeras pas, je t'interdis de les mettre en danger.

Ma voix est rude et je le vois se crisper.

— Tu l'as effrayée.

— Elle ne va plus s'approcher de moi, je t'assure, conclut-il, encore plus honteux. Elle a compris que son frère était un minable.

J'aurais aimé que cela soit vrai, mais la connaissant, c'est l'inverse qui va se produire.

CHAPITRE 9

Menace

LANA

Insomnie.

Cette nuit-là rejoint le palmarès des pires nuits de ma vie. Dans mon lit, je suis comme paralysée. Les scènes auxquelles j'ai assisté tournent en boucle dans ma tête comme un disque rayé. Matt se drogue et a accumulé les dettes. Et j'imagine bien que, dans ce genre de milieu, si tu ne paies pas, t'es foutu.

Matt a perdu le contrôle ce soir. Je discutais avec Gabriel, qui insistait pour passer la soirée avec moi. Puis mon frère a surgi de nulle part. Depuis ce qui m'est arrivé l'année dernière, j'ai un peu de mal avec les hommes et mon frère en a pleinement conscience. Je pense qu'il a dû penser que Gabriel m'importunait et il l'a agressé sans réfléchir. Cette action ne sera pas sans conséquence pour l'équipe.

Matt a des accès de rage inopinés. Il a failli me frapper. Sans remords, ni regret. Son regard contenait une telle colère. Je me sens trahie. À quel moment son existence a-t-elle dérapé ? Un fossé nous sépare mais je ne peux ignorer sa détresse. J'ai peur et je refuse que Matt plonge davantage dans ce précipice. Malheureusement, quoi que je dise ou fasse, cela ne changera rien… Tyler me l'a bien fait comprendre, de la plus vile des façons. Des termes qui ont nourri davantage mon amertume envers la vie. Je le déteste ! Il m'a tenue à distance de mon frère ce soir, et je lui en veux. J'en veux à tout le monde.

Reprenant mes esprits, je me redresse et tends mon bras vers ma table de nuit, là où j'ai posé ma veste. Je tire de la poche un papier plié en quatre.

Je t'avais dit que je te trouverais, Cherry.
Flame.

Mon cœur bat de plus en plus vite, mes doigts effleurent son écriture. Flame m'a trouvée et me l'a prouvé ce soir. Je me sens démunie et, avec toute cette cacophonie dans ma tête, je commence à ressentir de l'excitation. Flame m'a trouvée. Que pense-t-il de moi ? S'attend-il à ce que je le trouve aussi ? Parce que je n'en ai pas envie. Je veux préserver le secret même si, pour lui, je n'en suis plus un.

Oh Flame… tu es le seul à me manifester cet intérêt qui me rend toute chose.

Le week-end passe et pas de nouvelles de mon aîné. Il nous ignore, Luke et moi. Toute cette histoire commence à m'énerver, ce manque de considération à notre égard m'agace. Il est le premier à dire que notre lien de sang est ce qu'il y a de plus important pour lui mais il se permet d'agir comme si nous étions des étrangers. Mais est-ce que je peux réellement lui en vouloir ? Il agit sous l'effet des stupéfiants, il n'est plus lui-même, c'est hors de son contrôle. Pour que Matt en soit arrivé là… c'est qu'il va vraiment mal.

Je prends mon petit-déjeuner dans la cuisine avec Luke avant d'aller en cours. Ce dernier a assisté au match, mais Matt ne l'a même pas calculé à la fin. Il a fini par rentrer seul.

— Tu n'as pas dormi, on dirait.

Luke me sonde avec inquiétude, ses yeux verts sont bien plus éclatants que les miens.

— Pas vraiment, soufflé-je, fatiguée.

— Je sais que tu t'inquiètes pour Matt, et moi aussi… mais je me dis que ça passera, assure-t-il en gardant espoir. Papa et lui ne s'entendent pas mais ça arrive. Ils sont différents, on n'est pas obligé de bien s'entendre avec ses parents… Je pense qu'il devrait repartir vivre avec ses potes, ça va créer un manque entre eux et le dialogue sans cris reviendra.

Luke est très observateur et n'hésite pas à creuser pour comprendre le comportement d'autrui. Peut-être que la solution, c'est que Matt ne soit plus sous le même toit que nous, en effet… mais alors je ne pourrai plus garder un œil sur lui.

À l'université, je parcours le terrain, m'attendant à trouver Matt dans les gradins. Je le repère en train de fumer une clope. D'un pas pressé, je monte les marches deux par deux pour le retrouver. Il me remarque et ses yeux s'arrondissent de stupéfaction.

— Pourquoi tu fais ça ? l'interrogé-je d'un ton dur.

Matt souffle et se redresse, il me surplombe de sa hauteur. Je le fixe, lui dévoilant tout le ressentiment que j'éprouve à son égard.

— Fiche-moi la paix, Lana, répond-il sèchement.

— Pardon ? Tu te fous de ma gueule ! T'as agressé un type qui n'a rien fait ! Tu agis comme si rien ne comptait à tes yeux. Et tu consommes des substances illicites. À quel moment es-tu tombé aussi bas ?

Les mots sont sortis bien trop vite de ma bouche. Ses yeux sont vitreux, et moi je suis là à lui hurler dessus.

— Ouais t'as raison. Je suis descendu bien bas.

Il me dépasse pour s'écarter de moi et je passe ma main dans mes cheveux.

— Pourquoi… Pourquoi tu nous fais ça ? insisté-je faiblement.

Je l'entends derrière moi pousser un long soupir de désarroi.

— Je ne veux plus que tu te mêles de ma vie. Si toi, t'es capable de maîtriser ce que tu ressens, moi non. Je ne garde pas un masque impassible comme toi. Je prends les choses comme elles viennent. Et tu devrais faire pareil.

Cette gifle verbale me fend le cœur et me coupe le souffle. C'est un inconnu à mes yeux, je ne le reconnais plus. Je conserve, malgré moi, le risible espoir que tout ne soit qu'un affreux cauchemar et que je vais finir par me réveiller. Nous sommes l'un en face de l'autre, prêts à nous affronter.

— T'es qu'un hypocrite, lâché-je.

Matt me fixe d'un regard glacial, le visage inexpressif.

— Tu avais promis d'être là. Tu avais promis qu'on se soutiendrait, quoi qu'il arrive. T'es toujours là à ouvrir ta gueule pour me faire la morale quand je ne viens pas vers toi et t'es le premier à me tourner le dos !

L'espace d'un instant je crois lire dans ses yeux un regret saisissant, puis tout va très vite, il m'agrippe le poignet, le serre fort et me tire vers lui.

— C'est ta faute ! Si tu n'avais pas traîné avec Noah, je ne serais jamais revenu à la maison. T'as été la première de nous deux à déconner alors ne la ramène pas avec tes leçons de morale à deux balles, je n'ai pas besoin de toi. C'est toi, l'hypocrite, à ne faire semblant que quand ça t'arrange. Ta compassion, j'en veux pas.

Un électrochoc me grille le cerveau. Je suis percutée par ses paroles. Il me lâche le bras si brutalement que j'en tombe sur les gradins. Matt s'enfuit et me laisse seule. Quelques témoins ont assisté à la scène, j'essaie de garder la face mais c'est difficile. Mes remparts menacent de s'effondrer. Mon cœur, déjà brisé en mille morceaux, s'étiole encore plus. Se servir d'une histoire passée… l'erreur de ma vie, ma souffrance perpétuelle. Que lui me rappelle ce que j'ai vécu est d'autant plus douloureux, comme s'il m'accusait de l'avoir mêlé à ça.

Alors quoi maintenant ? Qu'est-ce que je suis supposée faire ? Sur cet échiquier géant, je perçois Tyler comme le roi, celui qui doit sans doute en savoir plus que n'importe qui. Il est toujours là quand je vois Matt perdre les pédales.

Je longe les couloirs tentant de chasser tant bien que mal les pensées amères qui s'entrechoquent dans ma tête. Je me dirige vers le secrétariat afin de laisser ma réponse à Flame. J'ai envie de lui parler, de savoir comment il m'a trouvée et surtout… s'il est déçu de ce qu'il a vu.

Flame, tu m'as trouvée, félicitations,
même si ce n'était pas un jeu…
Comment as-tu fait ?
Imaginais-tu quelqu'un d'autre que moi ?
Cherry.

La journée passe relativement vite. Gabriel s'est montré fuyant durant nos cours communs. À la cafète, les gars de l'équipe me lançaient des regards froids, comme si j'étais la cause du dérapage de Matt. Beaucoup parlent de cette histoire. Comme si j'avais chauffé Gabriel pour ensuite refuser ses avances et que son forcing (justifié selon eux) avait été mal interprété selon Matt.

— Tu devrais riposter ! Hayden essaie de rétablir la vérité mais Gabriel joue la victime et il est en position de force, visiblement, m'explique Lydia, agacée par les commérages.

— Je m'en fiche. Je suis fatiguée, lâché-je.

Je ne veux pas lutter, bien trop dévastée par les paroles de Matt. Je n'ai envie de parler à personne. Je ne supporte plus personne.

— T'as ta séance de débat ?

— Oui, on se retrouve après à l'entraînement, confirmé-je.

Lydia ne dissimule pas son inquiétude à mon égard, et je lui adresse un faux sourire pour la rassurer. Puis je me rends à ma séance. Je suis à ma place habituelle et, lorsque Tyler entre, un ressac virulent s'empare de moi. Ce qu'il m'a dit la dernière fois me fait le détester encore plus. En fait, je ne veux plus entendre parler de lui et cela malgré l'intérêt étrange que je lui porte. Je suis tiraillée, car Tyler a l'air d'en savoir beaucoup sur Matt et sur sa situation plus que délicate. Je veux des réponses. J'en ai besoin.

Simmons arrive, toujours bien apprêté, avec son sourire heureux qui contraste avec le mien. Sur le tableau, il marque plusieurs thématiques que nous allons aborder aujourd'hui et celle qui retient mon attention est : *L'individualisme contre le collectivisme.*

L'ironie de ma vie me fait doucement rire ; cette idée fait bien écho à ce qu'il se passe avec Matt. Je m'empresse de lever la main pour extérioriser mes pensées.

— Le collectivisme met en avant la force de la communauté. Dans un monde de plus en plus divisé, il est crucial de reconnaître que nos actions ont des répercussions bien au-delà de notre sphère personnelle. Le collectivisme enseigne l'empathie, le partage des ressources et le soutien mutuel, des valeurs essentielles pour une société équilibrée et juste. Mais hélas, certains sont bien trop centrés sur eux-mêmes pour se soucier de l'impact que peut avoir leur comportement sur leur entourage.

La rancœur rythme mon débit de paroles et, évidemment, Tyler, qui est juste en face de moi avec son éternel sourire narquois, ouvre la bouche.

— Mais à quel prix ? L'individualisme, c'est la liberté. La liberté de choisir, de s'exprimer et de poursuivre son propre bonheur. Lorsque tu parles de collectivisme, je vois une suppression de l'individualité au nom d'un prétendu bien commun qui, en réalité, peut étouffer l'innovation et la créativité, voire le bien-être, argumente-t-il, l'air confiant.

Nos messages sont codés, il sait que je suis énervée. Il sait que je ne supporte pas cette situation et il veut seulement me remettre à ma place. Les étudiants autour de nous sont habitués à nos querelles camouflées en débats sociaux. Mais aujourd'hui j'en fais une histoire personnelle.

— Peut-être, mais regarde autour de toi. L'hyper-individualisme mène à l'isolement, à l'égoïsme et à une société fragmentée. Oui, la poursuite du bonheur est importante, mais ne devrions-nous pas aussi nous soucier du bien-être de ceux qui nous entourent ? Le collectivisme n'est pas l'ennemi de la liberté ; il est le chemin vers une liberté partagée, où personne n'est laissé pour compte.

— Une « liberté partagée » ? Cela sonne bien en théorie, mais dans la pratique cela conduit souvent à une conformité forcée. L'individualisme encourage les gens à devenir la meilleure version d'eux-mêmes, pas seulement pour leur propre bénéfice mais aussi pour celui de la société. Les grandes avancées viennent souvent de personnes qui ont osé penser différemment, pas de ceux qui suivent simplement la foule, lâche-t-il avec nonchalance en s'adossant à sa chaise, les bras croisés.

— Penser différemment ne signifie pas agir seul. La collaboration et la solidarité peuvent mener à des réalisations bien plus grandes que ce qu'un individu peut accomplir seul. Le collectivisme encourage les gens à voir au-delà de leur propre horizon, à reconnaître qu'ils font partie d'un tout plus grand, ce qui, en retour, enrichit l'individu.

Un sourire insolent se dessine sur ses lèvres. Il cherche en permanence à me provoquer. Je suis à fleur de peau et je ne parviens plus à maîtriser l'effervescence de mes émotions.

— Et si cet horizon collectif va à l'encontre de ce que tu crois être juste pour toi ? Devrions-nous sacrifier nos aspirations et nos convictions pour le prétendu bien de la majorité ? L'individualisme n'est pas synonyme d'égoïsme. Il s'agit de respecter les droits et les rêves de chaque personne. Si t'étais suffisamment intelligente, tu saurais qu'on est fait pour évoluer seul même si nous vivons en société.

— Si t'étais moins aigri, tu saurais que ce qui nous rend humain, c'est de vivre en société, craché-je rapidement.

— Bon, vos différends personnels n'ont pas à être étalés ici, s'exclame finalement Simmons en levant les bras.

Tyler maintient son rictus carnassier qui a le don de me mettre hors de moi. J'ai envie de l'étrangler. Nos regards restent verrouillés l'un à l'autre, Tyler éveille en moi des sentiments contradictoires que je réprime comme je peux.

À la fin du cours, je pars directement aux toilettes pour me rafraîchir un peu le visage avant mon entraînement. En sortant, je tombe sur Tyler. Mes sourcils se froncent puis je feins l'ignorance en passant devant lui comme si je ne l'avais pas vu. Mais lui ne voit pas les choses sous cet angle. Sa main agrippe mon bras furtivement avant de m'attirer à lui. Je suis la proie d'une angoisse fulgurante dès que je suis près d'un homme. Pourtant, je soutiens son regard, je ne veux pas qu'il détecte la peur pernicieuse au fond de moi.

— Lâche-moi !

Tyler me rapproche du mur et je ne peux rien contre à sa force, une de ses mains ne lâche pas mon bras tandis que l'autre est à plat sur le mur derrière moi. Il me toise avec une expression glaciale, vide de tout bon sentiment.

— On t'a déjà dit que tu parlais trop ? Que tu te mêlais de ce qui ne te regarde pas ? Je t'ai dit l'autre soir de ne pas traîner avec ton frère, il me semble, non ?

Notre proximité me déstabilise, une bile acide remonte dans ma gorge lorsque, un bref instant, des yeux gris font irruption dans ma mémoire. Mon angoisse se décuple, cependant je lutte pour ne pas baisser les yeux. Lentement, sa main posée sur le mur glisse sur mon épaule, me provoquant des frissons d'épouvante, je retiens presque ma respiration quand il touche ma peau. Ce contact me brûle comme une flamme sur ma chair. Tyler m'effleure et un léger tintement me rappelle que je porte un collier. Une fine chaîne en argent avec un petit cœur en pendentif.

Puis une fulgurante douleur me lacère la gorge et me fait pousser un cri de surprise et d'effroi : Tyler vient de m'arracher mon collier. Les yeux totalement écarquillés et la bouche entrouverte, je le fixe ébahi.

— Un conseil, *trésor*, ne t'accroche pas à l'amour. Tout est éphémère dans la vie, un sort finit toujours par être jeté pour nous maudire.

Sous le choc, la gorge nouée, je ne parviens à émettre aucun son face à sa cruauté.

— Vois ça comme un avertissement. Et, crois-moi, il y a d'autres choses que je peux détruire, lance-t-il en me jaugeant une dernière fois de haut en bas avant de partir.

Matt – enfin, l'ancien Matt – me l'avait offert après le chaos que Noah avait provoqué, quand je me remettais de la pire erreur de ma vie. C'était une sorte de récompense pour me rappeler sans cesse que j'avais réussi.

Je le déteste.

Le sort en est jeté...

Ça aussi, je l'ai déjà entendu quelque part.

Au gymnase, les filles et moi répétons nos routines au sol, j'enchaîne plusieurs mouvements dont le flip, qui consiste à lever la jambe le plus haut possible. Mais je me sens propulsée vers l'avant et je m'écroule par terre.

— Ça va, Lana ? demande Lydia en accourant vers moi pour m'aider à me relever.

— Ouais, soufflé-je en frottant mes genoux une fois debout.

Je balaie l'équipe du regard et tombe sur Anna, qui rigole avec ses amies ; une intuition me pousse à croire qu'une des filles m'a poussée volontairement.

— Bah alors, Lana, ça ne te rappelle pas une certaine chute, s'exclame Emma, amusée.

— Espèce de sal…, s'insurge Lydia mais je l'arrête en lui attrapant le bras.

— Laisse, je m'en fiche.

Lydia me fixe avec incompréhension.

— T'es sérieuse ? Tu aurais pu te faire une entorse.

— Mais ce n'est pas le cas, et puis l'entraînement est terminé.

La confrontation ne mène à rien, et c'est la dernière chose dont j'ai envie. J'ai eu mon lot de drames pour aujourd'hui, les filles m'observent avec dédain, comme si j'avais plombé l'ambiance dans l'équipe masculine en créant des désaccords entre mon frère et les autres.

Sans piper mot, pendant que toutes les filles rigolent entre elles, m'excluant davantage, j'ouvre mon casier dans les vestiaires et découvre une nouvelle lettre de Flame. Pour la première fois de la journée, j'esquisse un sourire sincère, impatiente de découvrir sa belle plume.

Pour moi, c'était un jeu
et je l'ai remporté.
J'aime ce nouveau jeu à présent.
Celui où tu ignores qui je suis,
alors que moi je suis parvenu
à mettre un visage sur tes mots.
Je trouve ça encore plus excitant.
Et au cas où tu te le demanderais
(et j'en suis certain),
j'aime aussi ton visage.
Flame.

CHAPITRE 10
La flamme de la haine

Cherry, tout va bien ?
Je ne vois plus le feu dans tes yeux.
Quelque chose te tracasse ?
Flame.

Oui, Flame, je suis fatiguée.
Je ne sais pas quoi faire.
J'ai l'impression que,
malgré mes efforts, les choses empirent.
Je n'ai ma place nulle part.
Je me sens rejetée par la personne
que j'aime le plus et je suis envahie
par la culpabilité. As-tu déjà eu ce sentiment
de décevoir tout le monde ?
C'est si douloureux…
Cherry.

Ma Cherry, je t'en prie,
ne perds pas tes pétales.
Parfois dans la vie,
on ne peut pas tout contrôler.
Le sort en est jeté, alors laisse couler.
Suis le courant,
jusqu'à ce que ça ne te fasse plus rien.

J'ai déjà éprouvé ce sentiment,
je le ressens en permanence,
je suis bien placé pour te comprendre.
Mais dans la vie, je me dis
qu'on a son libre arbitre et que,
peu importe ce que l'on pense de nous…
on devrait s'en détacher.
Briser nos chaînes.
Flame.

Flame, tu me sembles si fort,
j'aimerais l'être autant que toi.
Je ne peux pas me laisser porter par le courant,
je nage à contre-courant,
au point que j'en ai les muscles incendiés.
Je veux atteindre le rivage,
avoir la tête hors de l'eau.
Pour moi tu es honnête,
bien trop honnête, et si tu as déçu
des personnes de ton entourage
c'est qu'ils n'avaient pas
les épaules pour te soutenir.
Cherry.

Tu m'amuses, Cherry,
j'aurais aimé que ce que tu dises soit vrai,
mais hélas ce n'est pas le cas.
Tu n'as rien à envier à ma force,
de nous deux, c'est toi qui luttes.
Bien plus que moi. C'est toi la plus forte.
En fin de compte,
Cherry, reste comme tu es.

Ne laisse pas l'obscurité
de mes pensées occulter tes espoirs
et ton courage lumineux.
Si tu te sens mal,
tu peux m'en parler.
Je ne suis pas la personne
qui sait le mieux réconforter,
mais je ne supporterais pas
de te voir te faner devant moi.
Flame.

Flame, j'aime te parler.
Mais c'est si frustrant,
tu as l'avantage sur moi,
ce n'est pas fair-play !
Cherry.

Crois-moi, Cherry, tu as bien plus d'avantages
sur moi que tu ne le crois.
Moi aussi, j'aime te parler.
Flame.

LANA

Matt est parti. Il est retourné vivre dans sa fraternité. Il n'a même pas prévenu mes parents, pas l'ombre d'un message pour eux, ni pour moi. Il a rompu tout contact. Luke en subit les conséquences aussi. Ma mère est attristée par la situation et mon père, derrière toutes ses couches d'indifférence habituelles, semble pour la première fois touchée.

L'atmosphère à la maison est tendue, j'ai l'impression qu'on existe dans ses pièces sans pour autant y vivre.

Parfois, je me dis que je devrais peut-être songer à partir moi aussi. Louer une chambre universitaire, ou bien chercher mon propre studio. Mais je n'en ai pas les moyens et j'imagine bien que, pour ce qui est de la chambre, c'est trop tard, même si je pourrais tenter de demander aux filles de l'équipe, puisqu'elles vivent ensemble pour la plupart. Lydia m'a encouragée à poser la question à Anna. Pas pour tout de suite évidemment, mais pour le second semestre ou pour l'année prochaine. J'en peux plus de rester dans cette maison. Les tensions entre mes parents ont remplacé celles entre mon frère et mon père.

Dans tout ce désordre, une seule personne me fait éprouver un semblant de réconfort. Flame. J'ai besoin de ses lettres pour aller mieux. Je ne me sens plus invisible. Je sais que, quelque part dans les couloirs, il m'a remarquée. C'est bête, mais je me sens terriblement flattée qu'il dise aimer mon visage. Quand j'ai lu ses mots… la rougeur a envahi ma peau. Mon cœur bat la chamade dès que je vois ses mots dans mon casier. Je me sens liée à lui, comme si nous étions faits pour nous parler, partager nos sentiments, nos aveux, nos secrets. C'est la meilleure chose qui me soit arrivée depuis longtemps. Chacun de ses mots est une caresse, je deviens de plus en plus sensible à son charme. Parfois, je me demande à quoi il ressemble et je me rends compte que ça m'est égal. L'âme et le cœur apportent bien plus qu'un physique. Et, quel que soit son physique, je sais que je le trouverais beau.

Ce soir, j'ai décidé de me rendre au Thunderdome avec les cheerleaders. Je me dis que ça me changera les idées et, d'après Lydia qui le tient de Hayden, il n'y aura pas de course de motos. Ces deux-là semblent s'être beaucoup rapprochés. Je les vois à la fac discuter de temps à autre et visiblement ils se retrouvent toujours à la bibliothèque. Je suis contente pour elle, je suis certaine que Hayden saura la rendre heureuse.

Pour ce soir, j'ai opté pour une robe bleu nuit qui m'arrive à mi-cuisse avec ma veste en cuir. J'ai mis plein de barrettes avec des cœurs dans mes cheveux ondulés. Je retrouve Lydia dans le secteur du hangar. Mon amie m'adresse un grand sourire dès qu'elle me voit.

— T'es trop belle !

— C'est toi qui es canon, regarde-toi ! Hayden va tomber fou amoureux !

Lydia rougit et pose ses mains sur ses joues avant de tourner sur elle-même afin de me montrer sa robe verte.

— Bon, les filles, on y va, s'exclame Anna, excitée.

Nous marchons toutes ensemble et je décide de rejoindre Anna pour lui parler de la chambre au sein de la sororité.

— Je peux te demander quelque chose ?

Elle arque un sourcil, étonnée que je lui parle.

— Je t'écoute.

Certaines filles nous jettent de brefs coups d'œil en nous voyant toutes les deux.

— Je ne sais pas trop comment ça se passe, mais je voulais savoir si on pouvait obtenir une chambre dans la sororité. Je ne sais pas s'il reste encore de la place et ce ne serait pas pour maintenant, mais j'aimerais bien partir de chez moi l'an prochain.

Ses yeux marron s'arrondissent et elle passe sa main dans ses cheveux bruns.

— Mmm, je vais voir si des filles pensent partir, je te tiendrai au courant.

Je ne m'attendais pas à avoir une réponse aussi claire. Moi qui croyais qu'elle me détestait, peut-être que c'est une occasion de me donner une nouvelle chance ?

— Oh, merci Anna !

Elle se contente de hocher la tête avec un petit rictus au coin des lèvres.

Les portes ouvertes du hangar déversent une lumière chaotique et une musique assourdissante dans l'obscurité environnante. Dès que nous franchissons le seuil, une vague d'énergie nous enveloppe. Le sol vibre sous nos pieds au rythme de la basse et la foule, une mer de corps en mouvement, semble n'avoir qu'une seule âme. Les faisceaux de lumières colorées zigzaguent à travers l'espace, se reflétant sur des visages souriants, des paillettes et des tenues extravagantes. C'est comme entrer dans un autre monde, un univers parallèle où les soucis n'ont pas leur place. Et c'est exactement pour cette raison que je suis venue.

Je veux oublier. Danser, pour moi, c'est la liberté. Nous nous laissons rapidement entraîner par le courant, dansant, riant, perdant la notion du temps. Le DJ, perché sur sa scène comme un dieu de la nuit, dicte nos mouvements avec sa playlist divine. Chaque morceau est une invitation. On forme un cercle et chacune des filles fait un show au centre. Lorsque mon tour arrive, les filles crient d'enthousiasme et je me sens revigorée.

Puis, fatiguée, je décide d'aller chercher un rafraîchissement au bar. Je prends place sur une chaise et croise les jambes en attendant le barman. Je balaie la foule du regard et découvre mon frère tout au fond, embrassant une meuf à pleine bouche. Je détourne le visage et pousse un profond soupir. Il m'évite, alors je fais pareil. Le barman arrive et je commande un gin tonic. Je sens une main chaude sur ma cuisse et immédiatement je la repousse en foudroyant du regard celui qui a osé me toucher.

— Waouh, une tigresse comme j'aime, tu ne veux pas que je t'offre un verre ?

C'est un grand gars blond avec une tête qui m'inspire tout sauf de la confiance.

— Non ça ira, j'ai déjà commandé, lâché-je froidement.

J'ai encore la sensation de sa main sur moi, me laissant un goût amer sur la langue.

— Allez, ma belle, insiste-t-il en s'approchant un peu trop.

Il est soudain poussé vers l'arrière par un métis qui lui lance un regard noir.

— Laisse-la tranquille, sale couillon, elle t'a dit qu'elle ne voulait pas de toi.

Sur ces mots, le blond s'en va en marmonnant je ne sais quoi et le métis tire la chaise à côté de moi pour prendre place. Au même moment le serveur arrive avec mon cocktail et, avant que je sorte de quoi payer, le métis s'en charge.

— Je m'appelle Diego, laisse-moi t'inviter, histoire d'excuser mon pote.

Je fronce les sourcils.

— C'était ton pote ?

— Ouais, confirme-t-il en grimaçant. Ne lui en veux pas, il n'est pas doué avec les femmes.

Je roule des yeux et coince ma paille entre mes lèvres.

— La moindre des choses, c'est de me dire ton nom, tu ne crois pas ? suggère-t-il avec un sourire amusé.

— Lana, lui dis-je sans le regarder.

— Eh bien, Lana, t'es pas une fille facile, toi, ricane-t-il.

— Je n'aime pas trop qu'on me dérange, expliqué-je en haussant les épaules.

— Ouais, t'es comme ton frère.

J'avale de travers et me mets à tousser.

— Tu connais mon frère ?

— Ouais, Matt. On était potes, lui et moi. Mais disons que ça a mal tourné depuis qu'il abuse des stupéfiants.

Je suis abasourdie et je m'empresse de me tourner vers lui pour qu'il m'en dise plus.

— Mon frère ne m'a jamais parlé de toi, attaqué-je l'air suspicieux.

— Ouais, on a eu une violente dispute. Je suppose que, quand on est en tort, on n'aime pas forcément parler de nos échecs amicaux, me confie-t-il d'un air nonchalant.

— Et pour la drogue ?

— Depuis qu'il fréquente Tyler Brook, il a plongé. Et il a coupé les ponts avec moi.

Je suis choquée. Ce n'est pas cohérent... Tyler prétend qu'il veillait sur Matt.

— Tu voudrais danser, ma belle ? demande-t-il en tendant sa main vers moi en guise d'invitation.

— Euh... je... Non, excuse-moi.

Je me redresse et titube presque. Je veux prendre l'air. Maintenant. Je suffoque ici. À l'extérieur, mes poumons se gonflent avant de se vider. Je prends de profondes inspirations et m'adosse au mur du hangar. Il n'y a pas beaucoup de monde de ce côté et cela me va très bien. Les paroles de Diego m'ont bien trop perturbée. D'où il sort ? Et pourquoi il me dit tout ça ?

— Anna, t'es pas sérieuse !

Je reconnais les voix des filles de l'équipe de l'autre côté du mur.

— Emma, je n'ai pas encore accepté.

— Je ne veux pas que cette prétentieuse de Lana Julliard crèche chez nous ! Elle est insupportable avec ses airs de sainte-nitouche.

— Je sais bien, je ne peux pas la blairer non plus. Mais je n'ai pas le droit de lui refuser l'accès à une chambre. Je suis la chef et j'en prendrais pour mon grade !

— Et si on inventait un bizutage ? Histoire de la terroriser.

— On verra, mais dans tous les cas elle ne pourra pas s'installer avant l'an prochain.

— Franchement, je préfère que ce soit Lydia qui vienne vivre avec nous, elle est plus fun et moins prétentieuse.

— Ouais, Lana est tout le temps à l'écart. Comme si elle se croyait supérieure. Je ne supporte pas son comportement. Mais c'est une très bonne voltigeuse.

— Pff, c'est toujours les salopes dans son genre qui réussissent.

Mon cœur bat si vite que je suis à deux doigts de m'effondrer. C'est ça, l'image qu'on a de moi ? Je n'ai jamais causé de tort à qui que ce soit… et pourtant je m'en prends plein la gueule. Et moi qui pensais que cette soirée était un nouveau départ avec les filles.

J'ai envie de rentrer et de me pelotonner dans ma couette en serrant mon cochon d'Inde dans mes bras. Je veux aussi parler à Flame. Je veux qu'il me dise que je ne renvoie pas cette image dans la vraie vie.

À quel moment le regard des autres est-il devenu si important ?

— Lana.

Mon corps est agité de soubresauts. En entendant cette voix, je me fige. Lentement, je tourne la tête pour croiser le regard sombre de Tyler, juste devant moi, une clope à la main. Les battements de mon cœur s'accélèrent et, lorsqu'il se dirige vers moi, mes jambes flageolent, m'interdisant tout mouvement. Tyler me jauge avec intensité tout en avalant la distance entre nous. Il souffle la fumée avant de jeter sa cigarette.

Ses traits sont aussi froids et durs qu'un bloc de glace, pourtant il allume un incendie à l'intérieur de moi. Ses yeux sont vides de toute émotion, ils sont le reflet de son âme, là où résident d'obscurs secrets. Il porte un tee-shirt et pour la première fois je remarque ses avant-bras musclés. Un phénix à la tête amochée rôde sur sa peau, encerclé de flammes et de cendres. Cette image renvoie plus à la destruction de l'oiseau qu'à sa renaissance. Tyler est le feu et la glace. Un paradoxe dans lequel je m'égare.

— Tu le fais exprès ?

Son bras se contracte et je découvre un autre tatouage : *Alea jacta est.* Une de ses mains se pose sur mon épaule, ses doigts s'enfoncent dans ma peau. Le contraste de la chaleur de sa main sur la froideur de mon corps me perturbe. Son autre main passe rapidement sur son visage, au niveau de son menton, exprimant une certaine confusion.

— C'est quoi, ton putain de problème ?

Mon audace prend le dessus, je refuse de me laisser malmener par ce connard.

— Qu'est-ce que Diego t'a dit ?

La confusion s'installe dans mon esprit.

— Quoi ?

— T'es sourde ou quoi ? Je veux savoir ce que Diego t'a dit ?

Je tente de me libérer mais je n'y arrive pas.

— Il m'a dit que c'était ta faute si Matt allait aussi mal !

Tyler fronce les sourcils et se frotte la tempe d'une main.

— Je t'ai dit de ne plus traîner avec ton frère.

— Je ne vais pas m'empêcher de vivre à cause de ses erreurs !

Il inspire profondément, la tension est palpable entre nous. Sa prise s'accroît au niveau de mon épaule, il va me laisser une marque. La chair de poule court sur mes bras.

— Pourquoi tu l'as laissé t'approcher, bon sang ?

— Je ne suis pas stupide, OK ? Il est juste venu me parler ! J'ignorais totalement qui il était et visiblement on a déjà un point en commun, lui et moi. On pense tous les deux que tu n'es pas une personne de confiance et que t'as éloigné Matt de nous !

Je perçois l'ombre d'un sourire, il baisse la tête et la secoue.

— On t'a déjà dit que tu débitais beaucoup de conneries ?

Je fronce les sourcils, agacée.

— Tu penses me connaître, peut-être ? craché-je avec véhémence.

Tyler esquisse un petit sourire et hausse les épaules.

— Tu parles trop, trésor, vraiment trop, mais mine de rien j'aime t'entendre me parler.

Pardon ? Quoi ?

Ses doigts saisissent mon menton, relevant mon visage vers lui, et son odeur de musc mêlé à l'eau de Cologne envahit mes narines… il sent si bon. Je suis hypnotisée par son regard, je n'arrive même plus à bouger.

— Trésor, ce parfum à la cerise, c'est pour me tuer ?

L'adrénaline se distille en moi, ainsi qu'une confusion folle. Je ne comprends plus ce qui m'arrive. C'est comme des sensations de déjà-vu. Tyler me relâche et son front se cale contre le mien. Je retiens mon souffle tandis que le sien flirte avec mes lèvres. J'ai déjà ressenti de l'attirance pour quelqu'un… mais suis-je folle de me sentir attirée par lui ? Nos débats me reviennent, il est toujours en désaccord avec moi, et je ne me rendais pas compte que secrètement… je pouvais adorer ses idées.

— Je ne veux plus que tu approches du Thunderdome et encore moins de ton frère. Je sais très bien que tu es venue dans l'espoir de le voir. Pas besoin de faire semblant. Ça ne marche pas avec moi.

Ces mots résonnent dans mon esprit, je fronce les sourcils et le fusille du regard.

— Tu vas faire quoi si je refuse ? rétorqué-je, énervée.

Tyler soupire et lève les yeux au ciel, exaspéré par mes réponses.

— Arrête de me pousser à bout. Je sais que tu aimes ce petit jeu entre nous, mais je ne veux pas en arriver là.

Pardon ? J'hallucine !

— Tyler, arrête de te faire des idées. Depuis que je te connais je vois mon frère dans la tourmente. Je suis sûre et certaine que tu es responsable de sa situation, déclaré-je durement en frappant son torse de ma main.

Tyler resserre sa poigne sur mon épaule, son visage change du tout au tout. L'appréhension m'envahit. Tyler m'envahit. Il ne semble pas en colère, mais plutôt indifférent. Et je crois que c'est pire… Ce pouvoir qu'il a sur moi me révolte autant qu'elle me déstabilise. Je ne me laisse jamais marcher dessus, cependant sa façon d'agir me plonge inexorablement dans mes pires cauchemars, mettant au jour les faiblesses que je m'évertue chaque jour à combattre.

Approche-toi, Lana.

— Lâche-moi !

Il n'en fait rien, continuant à me harponner de son regard qui me glace le sang.

Viens, on va jouer à un jeu.

Je suis une proie. Une putain de proie, et ce prédateur joue avec moi.

— Vois ça comme un dernier avertissement, menace-t-il sans émotion.

Désarçonnée par ses mots, je le dévisage alors qu'il tire un briquet de sa poche. Il l'allume sous mes yeux. Terrifiée, j'essaye de me débattre mais il me retient encore plus fort, la flamme s'approchant pernicieusement de mon bras.

— Je t'en prie…

Un cri d'effroi sort de mes lèvres lorsqu'il plaque sa main sur ma bouche.

— Tais-toi.

Tous mes sens sont en alerte, le danger décuple mes émotions et exhume tout ce que je ne veux pas. Le passé ressurgit. J'ai l'impression de recevoir un coup de massue, mes nuits passées à pleurer me reviennent en mémoire. J'ai tant pleuré… que je n'arrive plus à le faire.

Une onde de chaleur frôle mon épiderme puis d'un coup elle disparaît. Mon cœur bat la chamade et je soutiens son regard… ma tourmente mêlée à la sienne. Et, là où je ne percevais qu'un vide intersidéral, le tiraillement dans ses pupilles me percute, l'effet de ma douleur le percute.

— Je…

Je me consume de l'intérieur, réduite en cendres. Les cicatrices de mes brûlures antérieures se ravivent. Chaque supplice effroyable me revient.

Ma respiration devient saccadée et je l'implore du regard. Mes yeux sans larmes lui communiquent le dégoût qu'il m'inspire. La confusion dans les siens me poignarde. Tyler éloigne le briquet de ma peau, sa main est toujours contre mes lèvres tremblantes. Il baisse la tête jusqu'à ce que son front effleure délicatement le mien, les yeux fermés, et, dans un murmure presque inaudible mais que je parviens à déchiffrer, il prononce ces mots :

— Je ne peux pas…

Mes épaules s'affaissent et un courant d'air frappe mon visage dès qu'il s'écarte de moi. Sans me jeter le moindre regard, il s'en va pour de bon. Le trouble me submerge, il me faut un moment pour assimiler ce qu'il vient de se passer.

Tout est flou, des images que j'aurais préféré oublier prennent possession de mon esprit. Ma gorge est si serrée qu'aucun son ne sort.

Tyler allait me faire du mal.

La flamme n'a pas touché mon corps mais elle a consumé mon cœur. Mes cauchemars sévissent encore et encore.

Tyler Brook vient de me faire replonger en enfer.

Les bruits de la fête résonnent derrière le bois de la porte fermée à clé, Noah m'a traînée ici pour qu'on s'isole des autres, il ne me voulait rien que pour lui. Il répétait sans cesse que j'étais sa lumière dans le noir et que mon corps était le plus sexy de tous.

— Viens par-là, bébé.

Je frissonne, on ne m'a jamais donné de surnom affectueux. De toute manière, je n'ai jamais eu de petit ami. En apparence, cette expérience me plaît. Alors qu'au fond de moi… je ne crois pas que ça soit ce que je souhaite. De ses yeux gris, Noah m'invite à monter sur lui.

— J'adore quand tu portes des robes moulantes.

Ma robe noire l'émoustille, il baisse mes bretelles et l'alcool commence à produire son effet sur moi. Noah me tend un autre verre, dont je bois une nouvelle gorgée. Il libère ma poitrine et un petit courant d'air fait pointer mes tétons. Il commence à déposer des baisers sur mes seins, mais le contact froid de ses lèvres me procure une sensation désagréable qui refroidit mes membres. Je prends conscience de ce qui m'arrive et recouvre mes bras devant un Noah contrarié.

— À quoi ça sert que tu sois sur moi si je ne peux pas faire ça ?

J'ai la tête qui tourne, je me sens faible.

Noah allume une clope, expire une bouffée sans me quitter du regard puis souffle la fumée sur mon visage. L'odeur âcre de la nicotine me donne la nausée. Je décroise les bras et Noah prend en coupe un de mes seins avant de déposer dessus des baisers mouillés.

— N… Noah…

Je n'arrive pas à prendre du plaisir, la pièce empeste la nicotine, j'ai le tournis et rien ne me paraît clair. Je le repousse doucement en murmurant des supplications. D'un geste brusque animé par la colère, Noah commet un acte de violence. Il écrase brusquement sa cigarette allumée sur ma peau juste en dessous de mon sein. La douleur est instantanée et intense, la chaleur de la cigarette incandescente brûle mon épiderme avec brutalité. Je pousse un cri étouffé reflétant la douleur et Noah s'empresse d'écraser sa main contre ma bouche pour étouffer mon cri. La cigarette reste pressée contre moi un moment qui semble interminable, gravant une marque profonde et sombre sur mon corps.

L'air se remplit d'une odeur acide et brûlante de peau et de tabac, rendant l'atmosphère suffocante et insupportable. Je serre les dents. Noah retire la clope. Tremblante, je baisse mon regard vers mon corps. Ma peau, initialement lisse, est maintenant rougie et cloquée, témoignant de la gravité de la brûlure.

— Tu n'as pas encore compris, c'est moi qui décide.

Je suis en état de choc. Je me sens vide alors que je le dévisage. Je ne dis rien. Je n'arrive plus à parler.

Mes paupières papillonnent et je me noie inexorablement dans le gris de son regard troublant.

Une autre brûlure.

Et encore une autre.

Il me répète que je suis spéciale. Et c'est tout ce que je voulais entendre.

Je ne ressens rien, mais je me sens sale.

C'est ça, le prix à payer pour se sentir spéciale ?

— Tu es à moi, Lana, personne ne voudra de toi, sauf moi.

CHAPITRE 11

Faux-semblants

TYLER

Chaque fois que je viens ici, le sentiment d'être en position de faiblesse m'envahit. C'est désagréable, ce frisson déroutant qui rampe le long de mon épine dorsale. En poussant la porte, je *la* retrouve toujours dans la même position. Dos à moi, assise sur une chaise face à la fenêtre, la lumière du jour se reflétant sur les murs immaculés et contrastant avec sa chevelure ébène. Les rayons du soleil ont beau être flamboyants, je sais que son visage demeure pâle comme la neige.

— Bonjour, Eryn.

Silence radio.

— Je sais que tu ne vas pas me parler, ajouté-je nerveusement en me frottant la nuque, mais tu connais ma persévérance.

Je la vois serrer les accoudoirs de la chaise, c'est déjà un signe. Je me dirige vers le lit et m'y assois. Les mains sur les genoux, je réfléchis à ce que je pourrais lui dire. Face à son mutisme constant, les mots se cadenassent dans ma gorge, mais je tente toujours de discuter avec elle pour susciter une réaction de sa part.

— La fac me fatigue, je pense que je n'ai aucune capacité sociale, m'exclamé-je avec un rire nerveux. Tu voulais que je sois musicien, tu te souviens ?

Sa tête bouge de gauche à droite, signe que c'est un non. Ou bien peut-être est-ce un « va te faire foutre » ? Je me sens minable. La culpabilité me ronge jusqu'à la moelle dès que je la vois. Je remarque sur sa table une corbeille de fruits avec quelques cerises et j'esquisse un faible sourire en songeant brièvement à Cherry.

— Il y a une fille à qui je parle, son surnom, c'est Cherry. Parfois je me demande pourquoi elle se fait appeler comme ça.

Peut-être qu'elle est aussi sucrée que ce fruit, aussi délicieuse, le nombre de fois où j'ai voulu l'embrasser pour la faire taire est incalculable. Je suis bien trop attiré par elle. Putain je la veux. Et je n'ai jamais éprouvé cela pour une fille auparavant. Mais à cause des frasques de son frère je dois garder mes distances. Et clairement elle ne me porte pas dans son cœur, même si je sens que son corps la trahit quand je suis tout près.

— Tu l'apprécierais, je pense.

Lana a une candeur qui me rappelle vaguement celle d'Eryn, toutefois elles sont totalement différentes. Alors qu'Eryn se laisse porter par le courant, Lana tient la distance jusqu'à l'épuisement. Je sais très bien que les filles de son équipe de cheerleaders lui mènent la vie dure, elle se sent rejetée et les confessions de Cherry ne font que confirmer mon ressenti. Lana est mise à l'écart par son frère et, malgré tout ce qu'elle a découvert, elle veut encore être là pour lui. Même s'il la traite comme de la merde.

— Eryn, tu ne veux toujours pas me répondre ?

Je n'en peux plus de parler à un mur, ce scénario dure depuis trop longtemps. J'emprisonne mes mèches de cheveux, harassé par cette situation. *Je suis fatigué de vivre.*

— Je suis tellement désolé, Eryn.

Mes paroles se brisent comme un morceau de verre dans ma bouche, un nœud se loge dans mon cœur et mon estomac se crispe. Mes excuses ne valent que dalle pour elle, ni pour moi. Je ne pourrai jamais faire marche arrière.

Je me déteste.

— Je reviendrai dans quelques jours.

J'ignore jusqu'à quand je me heurterai à son silence mais tout me prouve qu'elle me déteste. J'aimerais poser ma main sur son épaule ou encore tenir la sienne pour lui communiquer ma chaleur, mais j'ai bien trop peur de la brusquer. Je quitte la chambre lui jetant un dernier coup d'œil et ce sont toujours ses cheveux de jais qui me font face. Le cœur accablé, je longe le couloir, la tête baissée et les mains dans les poches de mon jean. Je suis dépouillé de tout amour-propre chaque fois que je lui rends visite. Eryn est le dommage collatéral de mes erreurs.

— Oh ! Tyler…

La voix doucereusement triste de ma mère me sort du tumulte de mon auto-apitoiement. Stoïque, je la laisse m'embrasser sur la joue et me prendre dans ses bras sans broncher. Mon père est derrière elle, avec un regard impassible, dénué d'émotions, comme d'habitude. Ma mère, Karen Brook, est petite avec des yeux ambrés et une chevelure châtaigne, la plupart du temps attachée en un chignon impeccable. Mon père, quant à lui, le grand Mark Brook, maître de la finance, a les mêmes traits que moi. Des cheveux aussi sombres que le plumage d'un corbeau et des yeux foncés avec un cercle d'iris qui pourrait virer au noir, au vu de la rage qui nous anime. Mes parents ont toujours été stricts mais, si ma mère fait preuve d'une certaine équité, mon père lui est sévère.

— J'aimerais bien que tu me donnes plus de nouvelles, mon chéri, tu ne réponds jamais à mes appels, me dit-elle, l'air chagrinée.

— J'essaierai.

Après leur avoir jeté un dernier coup d'œil, je m'en vais. En général c'est dans cette maison d'aide sociale qu'on se croise, eux et moi. Pour rendre visite à ma petite sœur, depuis le drame.

Au fond, j'espère qu'un jour ma sœur me reparlera et pourra me pardonner.

Une fois garé, je descends de ma moto devant le garage de Dan. Une cigarette entre mes lèvres, j'entre et je déambule entre les nombreux véhicules. Ce garage est aussi le QG des Gunners, l'arrière-boutique est immense et accueille la plupart des gars pour nos soirées.

Les pieds de Dan dépassent de sous un pick-up, je tousse pour attirer son attention. En m'entendant, il glisse de sous la bagnole qu'il rafistole. Dans sa tenue de parfait mécano, il me fait face avec cet éternel sourire aux lèvres. Il prend un torchon et essuie ses mains maculées de cambouis.

— Comment ça va, mon grand ?

— J'ai connu mieux, et toi ? T'as besoin d'aide ? demandé-je en pointant du doigt une autre voiture derrière lui.

— Ne t'en fais pas, je comptais m'en charger juste après. Et je vais bien. Tu as réglé l'affaire avec Donovan ?

Je tire une chaise et m'y assois en l'enjambant, mes bras sur le haut du siège.

— J'ai payé la dette de Matt, Donovan n'y a rien trouvé à redire.

— Donc tout est OK, maintenant ? Matt est sous ta surveillance et celle de Hayden, il me semble. Tony s'est chargé de se débarrasser des amphétamines qui lui restaient.

— C'est compliqué tout ça. Parfois Matt vient dormir chez moi quand il y a des soirées dans sa fraternité. Il ne veut pas être tenté de flancher à nouveau, mais il a tendance à vouloir noyer ses problèmes dans l'alcool.

— Je pense que c'est lié au fait qu'il soit en froid avec sa sœur, il m'a dit qu'il était très proche d'elle.

Je soupire en passant une main dans mes cheveux.

— Il s'est mal comporté avec elle, je ne veux pas qu'il l'approche avant que je le décide.

— Dis donc, tu prends cette situation à cœur, me taquine-t-il avec un sourire narquois.

Je secoue la tête, désireux de changer de sujet.

— Diego a parlé à Lana l'autre soir au Thunderdome.

Les traits amusés de mon cousin s'effacent instantanément et il fronce les sourcils.

— Pardon ?

— Écoute, je ne sais pas si payer sa dette sera suffisant, je crains qu'il ne veuille provoquer Matt. Il a mis trop de temps à payer et, même si c'est fait, ils veulent toujours avoir le dernier mot. Si Lana se retrouvait dans leur viseur, ce serait catastrophique.

— C'est pour ça que tu ne voulais plus qu'il lui tourne autour ?

— Je ne veux pas que Lana soit impliquée dans une histoire qui ne la concerne même pas. J'aurais dû agir plus tôt, mais je voulais faire confiance à Matt, pensant qu'il ne me mentait pas. Il a fait de la merde.

— Ce n'est pas ta faute, Tyler. Matt ne savait pas ce qu'il faisait. Mais oui, s'il y a des répercussions, faudra faire attention. Si Diego s'est adressé à elle, ce n'est pas pour rien.

— De toute façon, Matt n'habite plus avec eux. Et tant que je traînerai avec lui, Lana ne s'approchera pas.

Le souvenir du feu de mon briquet refait surface. Tous les moyens sont bons pour l'éloigner. J'étais prêt à lui assé-ner le coup de grâce en gravant ma signature dans sa peau d'albâtre avec mon briquet incandescent, mais je n'y suis pas arrivé... La flamme n'a jamais touché son bras. Son corps s'est figé dans mes bras, sa peur m'a brisé le cœur. Je ne pouvais pas lui faire ça. Je ne pouvais pas faire ça à Cherry, ni à Lana. Je me suis tellement mis en tête que je ne voulais pas qu'elle approche Matt que j'ai agi avec impulsivité. Matt est mon ami et je ne supporterais pas qu'il vive les épreuves que j'ai traversées.

— Tu as parlé à quel membre des Ravens ? demande Dan en prenant une chaise pour s'asseoir à côté de moi.

— Qu'importe, j'ai insisté pour que le message remonte jusqu'à Zack. Avec un peu de chance, ils laisseront Matt tranquille en sachant que tout a été payé.

— Dis donc, mon grand, c'est très honorable ce que tu fais. Tu es un très bon ami, Matt a de la chance de t'avoir. Tu luttes pour qu'il ne traverse pas les mêmes épreuves que toi. Et tu protèges Lana. Et je sais qu'elle ne te laisse pas indifférent.

Lana ne m'a jamais laissé indifférent et, en découvrant Cherry, j'ai atteint le point de non-retour. Cette fille s'est insérée dans un coin de mon esprit. Je n'oublierai jamais son regard, il m'a pulvérisé et a décuplé tous ces sentiments que je me tue à refréner.

Lana a éveillé Flame. Et Flame s'éteint pour Cherry.

Cherry, que m'as-tu fait ?

Mes émotions ont trahi mes intentions, à cause de cette putain de correspondance. Lana mérite tellement mieux que moi. Et pourtant Cherry m'appartient depuis qu'elle a répondu à mon message.

— Putain qu'est-ce que tu as foutu ? s'exclame Dan avec un air suspicieux après avoir analysé longuement mon silence.

Je ne réponds pas, tire une latte sur ma cigarette pour consumer tout ce qui se terre en moi.

— Tyler, arrête de martyriser cette pauvre fille, grommelle-t-il devant mon silence. Je sais qu'elle te plaît mais tu n'as pas besoin d'être un connard pour la protéger des erreurs de son frère !

Dan accentue mon trouble, je ne veux pas parler de Lana avec lui, encore moins de ce qu'elle anime en moi.

— Je veux juste… qu'elle s'éloigne de ce genre de problèmes.

Mon cousin me fixe tout en arquant un sourcil. Face à mon air impassible, il pousse un profond soupir avant de reprendre ses outils pour les ranger.

— Pour l'instant, il n'y en a pas. Je ne pense pas que les Ravens auraient quelque chose à gagner en s'approchant de la sœur de leur ancien client, surtout s'il n'en est plus un.

C'est bien ça le problème. Les Ravens sont aussi nuisibles que des microbes, toutes les raisons sont bonnes pour énerver Matt, demander des intérêts, le repousser à consommer. Ils n'ont aucune limite, aucune morale. Je me redresse et pousse un long soupir, je réduis la distance entre Dan et moi alors que ce dernier inspecte le capot d'une voiture.

— Alors, avec Eryn ? me questionne-t-il.

Je m'adosse à la portière fermée de la voiture qu'il rafistole.

— Rien n'a changé.

Dan passe nerveusement sa main dans ses cheveux bruns en prenant une grande inspiration, son visage se déforme en une mine inquiète.

— Je comprends tes motivations, Tyler, mais ta vie ne se résume pas à ça.

Je l'écoute, cependant je refuse de comprendre ses paroles. Je veux m'occuper les mains, me changer les idées. J'enlève ma veste en cuir. Un moteur de moto dans un coin attire mon attention, je m'approche de l'objet pour mieux l'analyser. J'aime bien travailler sur des caisses, on ne fait jamais la même chose, l'ennui n'existe pas.

— J'ai démonté cette moto hier, s'exclame Dan.

Je me baisse et touche le moteur, l'inspectant minutieusement. Les câbles sont complètement emmêlés, la moto devait avoir un grave problème de circuit électrique, et la bougie me semble mal foutue.

— Je vais m'en charger.

Concentré sur ma tâche, je retire en premier lieu les bougies pour les remplacer. Mon cousin reste derrière moi pour voir ce que je fais et intervenir en cas de besoin. Je travaille sur les fils électriques pendant un long moment en prenant soin de les isoler.

— Tu te débrouilles bien.

— Je suis plutôt habile de mes doigts, ricané-je.

— Évite de me donner des détails.

Quelques heures plus tard, épuisé, je me laisse tomber au sol et j'essuie avec le dos de ma main les gouttes de sueur qui perlent sur mon front. Je m'allume une nouvelle cigarette.

— À quel moment les choses ont dégénéré pour Matt ? Il n'était pas comme ça il y a quelques mois.

— Les tensions familiales l'ont poussé à bout.

Matt était affecté par les disputes avec son père. Son moral s'est dégradé et il est devenu prisonnier de son addiction. Ce besoin de se sentir en paix avec lui-même l'obsédait. Matt était obnubilé par l'idée de ne pas montrer ses peines ; les amphétamines lui ont fourni tout ce qu'il cherchait comme réconfort. Le bien-être d'abord. Puis l'irritabilité, le manque et une rage exacerbée. Tout lui échappait. Puis ce sont les remords et la culpabilité qui l'ont pris pour cible.

— À quoi penses-tu ?

Dan me tire de mes pensées en même temps que cette fumée s'évapore de mes lèvres.

— J'aurais dû intervenir plus tôt.

Pour lui. Pour *elle*.

— T'es quelqu'un de bien, Tyler, mais tu ne peux pas avoir le contrôle sur tout.

C'est faux. Je ne lui réponds pas et l'entends pousser un long soupir.

— Et moi qui essaie d'empêcher que ton cœur se brise, lance-t-il amusé.

— Il est brisé depuis bien longtemps, Dan.

Dan me jauge d'un regard inquiet puis un pli d'agacement barre son front.

— Et ce n'est pas avec Carla qu'il va se réparer.

J'écrase mon mégot au sol puis me redresse, l'air rembruni pour lui faire face. Je déteste quand il remet sur le tapis ma relation avec Carla.

— Évite de parler de mon plan cul.

Mon cousin secoue doucement la tête.

— Ce plan cul ne t'apportera que des problèmes.

— Pourquoi cet aspect de ma vie t'intéresse autant ?

— Parce que je ne veux pas que tu finisses seul, comme moi.

— La différence entre toi et moi, c'est que ça m'est égal d'être seul.

Parce que même dans une pièce remplie de gens, je me sens toujours seul. Dan pose sa main sur mon épaule en y exerçant une légère pression, comme s'il voulait me montrer qu'il sera toujours présent.

— Tu es comme mon petit frère, personne ne veut ton bien plus que moi. Fais attention à ce que je te dis, je ne veux pas t'enfoncer ou te rabaisser. J'aimerais que tu lâches prise.

Sur ces mots, il me laisse pour s'intéresser à un autre bolide. Je le suis du regard, perplexe, j'ai beau vouloir écarter les gens de ma bulle, Dan ne cède pas, et c'est bien le seul. J'érige constamment des murs autour de moi. Depuis cette nuit-là, il se soucie de plus en plus de moi. Je pourrais me montrer le plus odieux des hommes qu'il me soutiendrait encore. Et même si je ne lui ai jamais dit à haute voix, je lui en suis profondément reconnaissant.

Plus tard, je reçois un message de Matt, qui se trouve chez moi. Il me prévient que Hayden et Tony vont passer. Après avoir pris congé de Dan, j'enfourche ma moto pour rentrer. Pour moi, la conduire est synonyme d'une liberté absolue, c'est un black-out mental total. Los Angeles défile sous mes yeux à pleine vitesse. *Libre, malgré les chaînes de mes démons.*

L'image d'Eryn se dissipe peu à peu mais je sais très bien que, lorsque je reviendrai la voir, ma culpabilité émergera à nouveau. L'acharnement des battements de mon cœur me désoriente. Je vacille et perds presque l'équilibre. Pourtant… un simple déséquilibre pourrait me délivrer de tout.

J'ai tellement mal que la seule issue
pour moi serait d'en finir…
puis je me rappelle
que je n'ai jamais vu ton visage
ni jamais entendu ta voix…
Et je ne veux pas que tu te rappelles de moi
comme étant la fille qui lâche tout,
parce que, la vérité, c'est que je ne lâche rien.
Cherry.

Mon cœur palpite et ma raison chasse mes sombres pensées. Si je conserve le moral ces derniers temps, c'est parce que chaque jour Lana me laisse un mot.

J'arrive chez moi. Mes amis sont tous dans le salon à jouer à la console, ils ne me remarquent même pas, trop happés par le grand écran en face d'eux. Je me dirige vers la cuisine pour prendre une bière dans le frigo. Hayden me rejoint et s'assoit sur le plan de travail, les bras croisés, me dévisageant comme si j'étais une bête de foire.

— Matt va comment ? le questionné-je, agacé de le voir me détailler comme ça.

— Il va bien, réplique-t-il en passant sa main sur sa barbe de trois jours.

Je prends une gorgée de ma bière.

— C'est bon à savoir.

— Tu ne veux toujours pas qu'il parle à Lana ? Tu sais bien que c'est sa confidente…

— Non, c'est trop tôt. Je veux attendre que les Ravens passent à autre chose.

Matt entre dans la cuisine avec les cartons à pizza vides et les pose sur la table. Ses yeux sont dénués d'émotions. Nerveusement, il passe la main dans ses cheveux puis se frotte la nuque. Il va me demander quelque chose, à tous les coups.

— Accouche, Julliard, tu veux quoi ? l'encouragé-je, agacé par son air soucieux.

— Je veux m'excuser.

Tony fait son apparition juste derrière Matt, probablement après avoir entendu la déclaration de ce dernier. Je hausse un sourcil, intrigué, et croise les bras.

— Je... regrette d'être devenu comme ça.

Faiblesse et mélancolie s'entremêlent dans son regard. Matt est pris dans une spirale de remords, elle le ronge jusqu'à la moelle, mais sa lucidité semble lui revenir petit à petit.

— Tu veux que je te rapporte des mouchoirs ?

Les autres me lancent des regards noirs. *Faut bien détendre l'atmosphère, non ?*

— Ce n'est rien, Matt. On a tous des moments où on déraille, intervient Hayden en posant sa main sur son épaule.

— Tant que tu fais au mieux, on sera fiers de toi, ajoute Tony.

— Merci, les gars, reprend Matt avec un sourire sincère en les regardant à tour de rôle avant de fixer ses yeux sur moi. Merci, Tyler, c'est en partie grâce à toi.

J'écarquille les yeux – je ne m'attendais pas à ce remerciement personnel – puis je hausse les épaules. Matt est bien plus affectueux et montre plus facilement ses émotions.

Le soir, nous retrouvons les Gunners chez Dan. Matt et Hayden m'accompagnent pour se changer les idées, et c'est bien que je puisse garder un œil sur Matt. Je ne veux pas qu'il fasse les mêmes erreurs que moi, c'est quelqu'un de bien, il me l'a démontré une multitude de fois. Lui et Hayden étaient les seuls à se soucier de mon absence aux entraînements de foot l'an dernier. Quand j'ai perdu ma place, ils m'ont soutenu et, quand Matt a été élu nouveau quarterback, il a demandé mon aval avant d'accepter, juste pour ne pas me blesser. Il mérite de l'être, c'est à son tour de briller, je lui cède ma place. Je me pose sur un fauteuil avec ma bière et Carla s'empresse de se loger sur mes genoux devant tout le monde. Je la fais asseoir à côté de moi, et elle finit par bouder.

— Tyler, ta prochaine course, c'est pour bientôt, t'aimerais pas utiliser une nouvelle moto ? propose Daryl en s'asseyant en face de moi avec une bière à la main.

— Non, je ne compte pas concourir avec une autre.

Je tiens bien trop à ma moto, c'est la première chose que je me suis achetée après des années d'économies.

— T'es sûr ? On en a trouvé une sympa, s'exclame Johnny, essayant de me convaincre.

— Oui, mais je ne suis pas contre la voir.

Je sors, ignorant les diverses conversations qui émergent à l'intérieur. J'allume une cigarette et me laisse tomber sur une des chaises longues posées dans le jardin. La nicotine me procure l'unique satisfaction dont j'ai besoin, la paix de l'esprit. La fumée s'échappe de ma bouche, se mélangeant à l'air frais.

— Quelle est la chose qui t'effraie le plus ?

Hayden s'allonge sur la chaise à côté de la mienne, une bière à la main. Je réfléchis à sa question tout en expirant une bouffée de ma cigarette, je plisse les yeux afin d'analyser mieux les étoiles, comme si elles allaient m'aider à répondre.

— Absolument rien.

— Moi, je dirais le cancer du poumon.

Je sors mon paquet et jure en le voyant vide. Furieux, je le balance sur Hayden, qui émet un petit cri de surprise en croyant que c'est un gros insecte. Je m'esclaffe devant sa mine déformée par une grimace.

— Ça va comme vous voulez, les amoureux ? demande Matt, l'air amusé.

Matt et Dan nous rejoignent, prenant place sur le canapé de jardin en face de nous. Matt est sur le point de fumer, je lui arrache son paquet et constate qu'il ne lui en reste qu'une. Malgré ses protestations, je la mets directement dans ma bouche pour l'allumer.

— Tu es sérieux ?

— Tu ne mérites pas cette clope.

Pour toute réponse, j'ai droit à un doigt d'honneur.

— Tu fumes beaucoup trop, Tyler, sérieusement, intervient Dan.

Je ne réponds pas et il roule des yeux, exaspéré et sûrement las de mon attitude. L'ambiance calme dans le jardin est un réel repos pour mon esprit déjà bien embrouillé.

— J'ai demandé à Tyler quelle est la chose qui l'effraie le plus, explique Hayden, mais évidemment vous connaissez sa réponse… Et vous, c'est quoi ?

— Pas la peine de demander à Dan, il ne veut pas finir vieux garçon.

Mon cousin éclate de rire et me jette un coussin en pleine poitrine.

— Pas mal, Tyler, pas mal, mais pour être honnête il n'y en a pas, enfin aucune peur ne me vient en tête.

— C'est de famille, marmonne Hayden, agacé. Et toi, Matt ?

— C'est assez intime… mais je pense que voir Lana pleurer m'effraierait. Elle ne pleure jamais et, si ça arrivait, je me dirais que le pire s'est produit, et que forcément je serais lié à cela.

Sa réponse me surprend, je retire ma cigarette et le scrute avec attention. Un air de mélancolie émane de son visage, cependant sa réponse me fait légèrement ricaner.

— Très nunuche comme réponse, Matty, me moqué-je gentiment.

— Je sais que vous ne pouvez pas comprendre ma relation avec elle, mais Lana est la personne la plus importante pour moi, rien ne m'anéantirait plus que de la voir se briser devant moi, confesse-t-il tristement.

Le ton de sa voix ne me laisse pas indifférent, et Dan me lance un regard inquisiteur. Matt est abattu, il ne baisserait jamais les armes de cette façon. Je ne risque pas de comprendre ce lien étroit qui l'unit à sa sœur. Après tout, Lana a tout essayé pour s'approcher de son frère mais j'ai endossé le rôle du garde-fou.

Je l'ai blessée.

Je l'ai terrifiée.

Lana déteste sans doute Tyler.

Mais… Cherry est toujours là pour Flame, malgré elle.

La couleur de jade de ses yeux m'a percuté ce soir-là. J'ai du mal à admettre tout ce qu'elle déclenche au fond de moi. Elle ne me laisse pas indifférent, peut-être parce que son alter ego a su trouver les mots, mais aussi parce qu'elle a beau ne pas savoir qui je suis, elle ne m'a jamais menti en étant Cherry.

Pourtant, si elle faisait face au vrai visage de Flame… elle ne s'en remettrait jamais.

J'ai conscience de l'effet que Flame a sur elle, elle se raccroche à une illusion pour continuer d'avancer. Si un jour le masque tombe, je ne veux pas voir sa réaction. Elle serait bien trop déçue. Et pourtant… tout ce que j'ai pu lui dire était vrai. Flame est le reflet de mon âme sans artifices. Flame est le véritable Tyler. Et c'est à elle que j'ai décidé de céder cette partie de moi. Mais Lana ne doit jamais connaître la véritable identité de Flame. *Et pourtant… Flame brûle d'envie de se révéler encore et encore…*

— Tyler, je veux m'excuser auprès d'eux, comprends-moi, répond-il en se levant.

C'est vrai. Je l'écoute, cependant je ne veux pas le comprendre. En lui, je perçois tout ce que je ne suis pas ; ma sœur a été détruite à cause de mes erreurs.

— Tu deviens niais, tu m'agaces. Faut te faire un dessin pour t'expliquer ?

— Non, mais t'es dur, ça reste ma sœur et c'est compliqué de suivre tes conseils, se défend-il en fronçant les sourcils.

— Matt, t'étais complètement shooté pendant un match, tu te souviens ? Et t'as failli frapper ta sœur, et par ta faute des Ravens lui tournent autour ! m'exclamé-je.

Matt arbore un air dur, ses yeux sont comme des fusils prêts à tirer. La fureur contracte sa mâchoire et sa colère se lit sur son visage. Dan s'empresse de s'interposer entre nous. Matt ne semble pas vouloir se calmer, au contraire. Il ne supporte pas que je lui rappelle ses erreurs.

Je fais la sourde oreille et lui tourne le dos pour rentrer dans la grande maison de Dan. Je gravis l'escalier pour rejoindre une des salles de bains. Je connais ce lieu comme ma poche, j'y ai déjà vécu un petit moment, et j'y ai même ma chambre.

Prenant une grande inspiration, j'essaie de calmer mes nerfs, je m'accroche au rebord du lavabo et tente d'apaiser ma respiration erratique. J'ai accumulé trop de tension aujourd'hui, et le silence d'Eryn est le poids le plus douloureux à porter. Je prends mon téléphone et fais défiler mes photos jusqu'à tomber sur un cliché d'elle. Ses lèvres s'étirent en un sourire radieux. C'est la seule photo où elle a un tel sourire, si vrai et empli d'insouciance…

Des milliers d'images défilent dans mon esprit. Ma haine s'intensifie, la culpabilité s'empare de tout mon corps. Tout mon être désire revenir en arrière, mais ce souhait est impossible.

On ne peut pas changer le passé.

Le bruit de la porte ne parvient pas à me faire sortir de mes pensées. Nul besoin de me retourner, je sais pertinemment qui est là, je serre le poing, prêt à briser mon téléphone sur le sol, mais Dan retient mon bras.

— Ce n'est pas fini, Tyler. Garde encore espoir.

Ma gorge se serre et mes yeux sont rivés sur la fenêtre, je me sens aussi obscur que cette nuit sans lune, et aussi vide qu'un gouffre sans fond.

— Je crois bien que si. C'est terminé.

CHAPITRE 12

Idées noires

Les cheerleaders me détestent,
comme presque la moitié de l'équipe de foot.
Je remets en question ce que je dégage.
Cherry.

Pourtant tu fais saliver
la moitié des mecs de l'équipe,
ce qui a tendance à m'agacer.
Tu ne dégages rien de méchant,
encore moins de la prétention.
Elles sont jalouses, c'est tout.
Ne t'abaisse pas à cela.
Flame.

Je voulais être voltigeuse attitrée
mais je ne suis plus sûre de le vouloir.
Maintenant tout le monde va me voir.
Toi aussi tu vas me voir.
Cherry.

Les autres te voient,
mais moi je te regarde.
Flame.

J'espère avoir le courage
d'affronter cette équipe.
Et moi qui croyais que les études
étaient les plus belles années,
quelle arnaque !
Cherry.

LANA
3 heures du matin.

Face à mon miroir, je continue de fixer mon reflet. *Mon déplorable reflet.* Jamais je ne me suis trouvée aussi hideuse que ces derniers jours. En sous-vêtements, je toise mes cicatrices d'un regard empli de dégoût. Une par une.

Je le déteste. Je ne veux plus jamais le revoir.

Aucune larme n'arrive à couler, je serre mes poings avec une telle force que mes ongles blessent mes paumes, y laissant des marques en forme de croissants de lune. Les nuits passent et c'est une guerre sans merci dans mon esprit.

Je suis en enfer.

C'est un cercle vicieux.

Tyler m'a brisée d'un seul coup de briquet, ravivant chaque parcelle de mon passé. Dans mon lit, je peine à m'endormir. Je sors de ma chambre sur la pointe des pieds et j'entre dans celle d'en face en essayant de ne pas faire de bruit. La moitié de ses affaires sont encore là, il n'a pas tout pris avec lui. Ses posters de voitures tapissent encore les murs. À une époque, je passais tout mon temps dans cette chambre, partageant avec Matt mes moments difficiles. Il a toujours été là, mais ce n'est plus le cas maintenant. Je suis sur une corde raide tel un funambule suspendu dans le vide et je perds l'équilibre. Cette fois-ci… je dois m'en sortir seule.

— Lana, tu m'écoutes ?

Lydia me parle depuis une dizaine de minutes de son rencard avec Hayden. Je l'écoute à peine, trop perdue dans mes pensées, et je m'en veux de ne pas être complètement là pour elle.

— Excuse-moi, tu peux répéter ?

— Tourne la tête discrètement, y a Tyler là-bas. Il est seul et je crois qu'il est en train de gribouiller sur un papier.

Mon cœur rate un battement. Il est assis et ses jambes sont allongées, en appui sur le dossier du siège de devant. Une multitude de souvenirs tourbillonnent dans mon crâne, je baisse la tête et resserre par inadvertance ma prise sur le genou de Lydia.

— Aïe ! Tu m'as griffée !

— Désolée, dis-je, gênée.

Elle me scrute, un sourcil arqué, et finit par esquisser un sourire coquin.

— Tu imaginais serrer quelque chose chez lui en particulier ? s'exclame-t-elle, amusée, en se penchant vers moi.

— Quoi ? Mais non !

Je sens la chaleur de mes joues. Lydia éclate de rire en rejetant la tête en arrière.

— Je te taquine, mais c'est tellement drôle !

— Je n'ai pas envie de rigoler, marmonné-je en croisant les bras.

Lydia sait tout sur la situation de Matt mais elle ignore ce que Tyler m'a fait endurer. Je n'arrive pas à mettre de mots sur ce que Tyler me fait ressentir et Lydia me prendrait pour une folle si je lui en parlais. Je valse entre des contradictions en permanence.

— Lana, il te plaît, quand vas-tu ouvrir les yeux ? C'est le seul gars que tu regardes et en plus vos débats t'excitent, quand tu m'en parles je ne vois que du désir dans tes yeux.

Je suis un livre ouvert apparemment, et je déteste cette idée.

— Il ne me plaît pas !

T'es sûre de ça ?

C'est étrange… la personne à qui je pense le plus, c'est Flame… sauf quand Tyler entre dans l'équation. Lydia n'est pas au courant non plus de ma correspondance anonyme, encore moins de ce que Flame me fait ressentir. Je me redresse tandis qu'elle est encore assise à se tordre de rire devant ma mine renfrognée.

— Allez, suis-moi, l'entraînement commence bientôt.

Lydia bondit et acquiesce avant de me tirer par la main pour rejoindre le terrain où les filles commencent à se regrouper. Je ne peux m'empêcher de jeter un coup d'œil par-dessus mon épaule et je croise le regard de Tyler, me scrutant de façon insondable.

Bon sang ! Qu'est-ce qui ne tourne pas rond chez moi ?

L'entraînement commence et je fais au mieux pour être la plus performante. Je veux que mes efforts se remarquent, comme ça, quand je serai rétrogradée en bas de la pyramide, on y verra de l'injustice. De temps en temps, je jette des coups d'œil vers l'équipe de foot. Matt m'observe et quand je croise son regard, il détourne la tête avec empressement. Cette attitude en dit long, je le connais suffisamment pour lire ses regrets. Cela me fait un pincement au cœur. Le sentiment d'être inutile me rend si triste.

— Bon, les filles, les flyers de cette semaine seront Lydia, Camille, Paris et Lana.

J'écarquille les yeux et Lydia me serre la main juste à côté de moi avec une mine joyeuse. Je ne peux m'empêcher de remarquer l'air rembruni d'Emma. Elle resserre sa queue-de-cheval avant de me foudroyer du regard de ses yeux perçants marron. On se lève toutes et Lydia et moi restons en retrait derrière en sautillant, tout excitées. Hayden et Matt nous remarquent au loin. Je saute sur le dos de Lydia et nous tournons comme deux idiotes avant de nous écraser au sol, mortes de rire.

— T'es lourde, se marre-t-elle en roulant vers moi.

— C'est l'oxydation de tes cheveux qui pèse lourd !

— Connasse ! Tu sais très bien que c'est ma couleur naturelle.

Je m'empresse de me lever pour courir sur le terrain, Lydia à mes trousses. Je me sens plus légère d'un coup, je ne sais pas pourquoi. C'est si peu et pourtant j'ai envie de m'en réjouir.

— Lanita, reviens ici ! s'écrie-t-elle.

J'ai du mal à ralentir et, sans m'en rendre compte, je passe au milieu des gars de l'équipe pendant qu'ils font leur étirement.

— Mais c'est quoi ce bordel ?

— Les filles, stop !

Gabriel est devant moi et, comme je cours vite, je décide de me venger un petit peu et je heurte son épaule. Il titube et, discrètement, mon frère tend discrètement sa jambe derrière lui pour que ce dernier tombe à la renverse.

Mon frère me fait un clin d'œil complice et l'espoir enfoui en moi se remet à couler dans mes veines. Je vois

Hayden rire doucement avant d'intercepter Lydia dans ses bras.

— On se calme, ma belle, s'exclame-t-il en la prenant par la taille.

— Lâche-moi, rétorque-t-elle, amusée, sans me quitter du regard.

Lydia semble ravie de se retrouver avec Hayden et je lui adresse un clin d'œil en marchant à reculons vers les vestiaires et en mimant un cœur avec mes doigts. Elle me fait un doigt d'honneur avant que Hayden la repose au sol pour discuter. J'esquisse un sourire avant de me cogner le dos contre ce que je pense être un poteau mais, quand je sens des mains sur mes épaules, je frémis et me retourne.

— Je pensais que les cheerleaders savaient marcher droit, s'exclame-t-il en arquant un sourcil.

Ma joie retombe et je décide de l'ignorer.

— Trésor, ce n'est pas très poli de ne pas répondre quand on s'adresse à toi.

— Pourquoi je t'adresserais la parole ? Tu te rends compte de ce que tu m'as fait ? m'emporté-je en me retournant vers lui.

Puis, d'un coup, je fronce les sourcils en regardant derrière moi. Il sortait du bâtiment réservé au service sportif de l'université. Et je ne crois pas qu'il fasse partie d'un club.

— Donc tu ne veux plus me parler ? lâche-t-il en se retenant de sourire.

— T'es un psychopathe.

Tyler passe sa main dans ses cheveux noirs qui ont l'air si doux et soyeux… *Quoi ?*

— Je suis certain que tu ne tiendras pas deux minutes durant la séance de débat.

— Je ferai le débat avec quelqu'un d'autre !

— Aïe ! Ce coup bas est dur à encaisser, lâche-t-il en posant sa main sur son cœur l'air faussement offensé. Tu n'oserais pas ?

Je roule des yeux et lui tourne le dos. Je ne peux m'empêcher de sentir son regard sur ma nuque comme une brûlure.

— J'adore quand tu me résistes, trésor.

Heureusement qu'il ne peut pas voir mon visage. Je ne comprends pas à quoi il joue, putain. C'est quoi son plan ? M'effrayer pour ensuite tenter de me séduire ? Il ne s'est même pas excusé d'avoir brisé mon collier, de m'avoir terrifiée avec son briquet. Il comptait réellement me brûler ? Je le déteste. Je le déteste !

Sans m'attarder davantage, je me dirige vers la salle de débat.

Simmons se frotte les mains avant d'écrire sur le tableau le thème du jour.

— Bon, aujourd'hui, ce sera un peu spécial. Nous allons revenir sur quelques-uns des débats passés, sachant que certains ont pu changer d'avis.

Je lève la main. Autant exprimer le fond de ma pensée.

— Ma perception de l'être humain a complètement changé.

Simmons replace ses lunettes sur son nez, m'incitant d'un mouvement de tête à approfondir mes propos.

— J'avais toujours cet espoir qu'une lueur se cache au fond de l'homme, mais non, je me suis trompée sur toute la ligne. L'humain ne pense qu'à lui et ne veut assouvir que ses propres désirs. Son égoïsme reflète sa monstruosité et c'est pour ça que notre monde est ravagé par un tas de guerres et autant de haine.

Tous les regards sont braqués sur moi, mais le seul que je capte est celui de Tyler. Il me sonde intensément. Je détourne les yeux pour me concentrer sur le professeur éberlué par mon monologue.

— Ton discours est très intéressant, Lana, j'avoue que tu as complètement changé d'opinion. Toi qui gardais toujours cette lueur d'espoir. Une raison précise ?

Je fais mine de réfléchir alors que je connais pertinemment la réponse. Ma main se pose sur mon épaule, là où la flamme a flirté avec ma peau. Tyler écarquille les yeux, médusé.

— Ces derniers temps, j'ai compris que tous les agissements d'une personne ont une raison bien précise. Tout est calculé, et c'est aberrant parce que même le mensonge est étudié. La victimisation est un prétexte de fuite.

Je n'arrive plus à m'arrêter, mon cerveau ne fait qu'évacuer ce que mon cœur cache au fond de lui.

— Je trouve que tu expliques les faits avec assurance, cependant les blessures peuvent aussi être considérées comme un facteur de dialogue.

Je ne peux m'empêcher d'orienter mon regard vers Tyler, qui semble disséquer chacune des idées qui flottent dans ma tête, comme s'il voulait me mettre à nu et lire tous mes secrets. Sa façon de me percevoir fait s'affoler mon cœur.

— Moi, je pense qu'on devrait préserver l'espoir en l'humanité, intervient un étudiant dont le prénom m'échappe.

— Je ne dis pas que je perds tout espoir, mais je pense que la méfiance est de rigueur. Au final on ne connaît jamais véritablement la personne devant nous. Et les plus grandes trahisons proviennent de l'entourage.

— Je pense que…

— C'est bien beau de ne pas être naïf, le coupe brusquement Tyler sans respecter les règles de ce cours, mais on ne choisit pas toujours de décevoir les autres.

Qu'est-ce que c'est censé vouloir dire ?

Je le scrute d'un regard inquisiteur tandis qu'il me fixe un peu trop sérieusement. Pour une fois je partage son, mais il se dresse encore contre moi. Cet homme est un paradoxe insupportable.

— J'apprécie ton avis, Tyler, mais tu as interrompu Harvey, intervient Simmons en croisant les bras.

— C'est lui qui ne m'a pas laissé le temps de parler, et il débattait avec ma partenaire.

Oh mon Dieu !

Le Harvey en question écarquille les yeux, et moi je sens mes joues surchauffer. Il est fou !

— Oh, souffle Simmons. Les débats, ce n'est pas en binôme. C'est collectif, mais bon, je veux bien que tu te sois habitué à Lana. Les contrastes de vos débats sont intenses et intéressants, mais je crois bien que vous êtes sur la même longueur d'onde au fond, déclare-t-il, amusé, en me lançant un regard.

Je suis sans voix. À quel moment suis-je devenue l'attraction de la classe ?

À la fin du cours, je sors et m'adosse à un mur pour ouvrir le mot que Flame m'a laissé. Je suis pressée de le lire. Tyler passe et se poste juste devant moi.

— Tu fais quoi ? demande-t-il en se retenant de sourire.

— Ça ne te regarde pas, répliqué-je, agacée, en collant mon papier contre mon cœur.

— Oh tu as reçu un mot tendre ? ricane-t-il, une lueur de malice brillant dans ses yeux. Je te dérange ? Je peux savoir qui c'est ?

— Bon sang ! Fiche-moi la paix, c'est trop te demander ?

Tyler lève les bras, signe qu'il capitule, et s'écarte de moi.

— Tu sais, trésor, t'es pas sympa. Qui t'écrit ?

— Quelqu'un qui, contrairement à toi, me traite correctement et que j'apprécie profondément.

— Donc, tu me trompes avec Harvey sous mes yeux, puis maintenant ça ? Tu veux me tuer ?

— J'aimerais bien.

Et je lui tourne le dos pour me concentrer sur le mot. Les pas de Tyler résonnent en s'éloignant. Je raconte beaucoup trop de choses à Flame. Mais je n'ai jamais abordé mon passé avec Noah. Cela dit, j'ai laissé planer l'idée que quelque chose au fond de moi était brisé. Je m'autorise ainsi à me libérer de mes chaînes. Flame me fait du bien.

Les autres te voient, mais moi je te regarde.

Je crois que cette phrase a fait voler mon cœur en éclats. Jamais on ne m'a dit quelque chose d'aussi beau… À vrai dire, les plus belles choses qu'on m'ait jamais dites viennent uniquement de sa plume. C'est indécent ce que je ressens pour lui, et pourtant ce n'est que quand Tyler est là que j'oublie Flame, l'espace d'un instant. C'est ridicule. Mais je sens qu'une partie de moi lui appartient. Pour toujours.

Tu es bien plus forte que tu ne le penses, Cherry.
Ne laisse personne te faire croire le contraire.
Tu es courageuse et indestructible,
comme une flamme éternelle.
Et je te protégerai au péril
de ma propre flamme.
Flame.

CHAPITRE 13

Numéro 17

LANA

Ce soir, c'est le match, et donc ma performance. Je suis un peu stressée, mais c'est du bon stress, celui qui pousse à se dépasser. Je suis dans le salon vide, à répéter quelques mouvements, tandis que mon cochon d'Inde est prostré sur un coussin dans le canapé en train de me fixer. Je tourne sur moi-même en fredonnant l'air de la musique. Je lève ma jambe et saisis mon pied.

— Lana ?

Ma mère me dévisage, intriguée. Ses beaux yeux verts sont soulignés de cernes, elle est épuisée et son teint est pâle.

— Je répétais, maman, m'exclamé-je en m'empressant de prendre mon animal dans mes bras pour qu'elle ne remarque pas où il était.

Elle acquiesce doucement.

— Je vois ça, je vais me faire un café. Tu en veux un ?

— Oui je veux bien ! Je pensais que tu étais partie, comme il est dix heures.

— J'ai décidé de m'en aller un peu plus tard. Je suis fatiguée ces derniers temps, m'explique-t-elle en bâillant.

Ma mère gère une pharmacie. Elle travaille énormément, mais je pense que son épuisement est dû aux tensions qui règnent à la maison depuis le départ de Matt.

Mon père et elle ne se parlent pas beaucoup, voire jamais. Je crois qu'elle lui en veut d'avoir mal agi avec mon frère. On ne se retrouve que rarement tous ensemble. Mon père est médecin et il est souvent de garde.

— Ce soir, il y a le match de Matt et la prestation des cheerleaders.

Ma mère pose nos deux cafés fumants et me regarde avec un sourire fier.

— Je viendrai.

Mes yeux s'arrondissent et mes doigts saisissent la tasse.

— Vraiment ?

— Cela fait longtemps que je n'ai pas assisté à une de tes performances, et puis j'ai envie de voir Matt. Il est distant au téléphone, je n'ose pas trop lui rendre visite chez lui.

— Oh, maman, merci !

Je saute de ma place et la prends dans mes bras. Elle me rend mon étreinte et ce moment me fait un bien fou.

— Je suis sûre que tu seras magnifique ! Tu as toujours été douée en sport et en danse. Ça ne te manque pas, d'ailleurs, les danses de salon ? Si tu veux, je peux appeler l'école de danse…

— Oh non, pas la peine. Je n'ai pas trop le temps avec les cours et les entraînements.

— Avec le temps, tu vas te familiariser avec cette charge et tu pourras faire d'autres activités.

Je bois une gorgée de mon café, je me sens toute légère. Cela signifie beaucoup pour moi qu'elle vienne. Ma mère et moi ne sommes pas fusionnelles, mais je sais que je peux toujours lui parler des sujets qui me tiennent à cœur.

Ma mère me dépose sur le parking puis elle et Luke rejoignent les gradins. Quand j'arrive dans les vestiaires, les filles sont déjà toutes en train de se préparer. Je récupère ma tenue, car elles ont toutes été apportées au pressing. J'enfile ma jupe et, au moment où je tire sur mon haut… deux immenses trous apparaissent au niveau de ma poitrine. *C'est quoi ce délire ?*

— Lana, ça va ? me demande Lydia alors qu'elle resserre sa queue-de-cheval.

Sans piper mot, je lui montre mon haut. Elle ouvre grand la bouche et s'empresse d'interpeller Anna avant qu'elle sorte.

— La tenue de Lana est abîmée, comment elle est censée faire ?

Anna écarquille les yeux, éberluée.

— Je ne comprends pas… c'est trop bizarre. Tu es sûre que tu n'as pas donné le haut comme ça ?

— Évidemment.

— Anna, allons-y, s'exclame Emma, ennuyée.

— Lana, je suis désolée mais il n'y a pas de tenue de rechange, m'annonce Anna, embêtée.

Je ne sais pas pourquoi mais je la sens sincère dans sa réaction, elle me paraît réellement interloquée, contrairement à Emma.

— C'est une blague ! rétorque Lydia avec de grands gestes.

— Les filles, on commence dans vingt minutes à peine. Lana, je ne sais pas si tu peux recoudre ça d'ici là mais j'ai un fil et une aiguille pour te dépanner, s'empresse de dire Anna en tirant les objets de son casier avant de me les donner.

— Mais elle n'aura jamais le temps, intervient Emma, tendue.

Je lui lance un regard noir et je fais signe à Lydia de me laisser me débrouiller seule alors qu'Anna et Emma s'en vont.

— Putain, je les déteste, rumine ma meilleure amie en faisant les cent pas.

— Je sens Anna sincère, lui dis-je en me laissant tomber sur le banc.

— Tu vas vraiment le recoudre ?

— Je vais voir ce que je peux faire, va t'échauffer. Au moins l'une de nous sera flyer ce soir.

— Non ! rétorque-t-elle en secouant vivant la tête. Je refuse de m'envoyer en l'air sans toi !

— Lydia, marmonné-je en la poussant. Vas-y, je vais trouver un moyen.

Et moi qui croyais que tout se passerait bien.

Je m'assois sur le banc. Les minutes défilent et je reste là, bloquée, à fixer mon haut.

— Lana ?

Cette voix rauque me fait redresser la tête, Tyler est adossé à l'embrasure de la porte. Il incline la tête en plissant les yeux pour analyser ce que je regardais avant qu'il arrive.

— Pourquoi tu n'es pas prête ? Les cheerleaders s'échauffent dehors. Ça commence dans moins de dix minutes.

— Je n'irai pas, annoncé-je en croisant les bras.

J'ai la boule au ventre. Quelle humiliation ! Ma mère est là et elle ne me verra même pas. Les pas de Tyler résonnent, il ferme la porte et s'approche de moi.

— Tu n'es pas censée être ici ! C'est le vestiaire des filles, m'agacé-je.

Il m'ignore et s'accroupit juste en face de moi, scrutant mon haut abîmé.

— Ce sont des pestes, souffle-t-il.

— Tu t'entendrais bien avec elles, toi aussi tu aimes me tourmenter.

Pourquoi j'ai dit ça ?

Tyler me fixe. Je retiens ma respiration. Mon cœur bat la chamade. Mon corps est sous son emprise. J'aurais beau avoir tous les ressentiments du monde, cette incandescence dans mes veines ne s'estompera jamais. Tyler fait tomber son sac à dos entre ses jambes et en tire un vêtement bleu nuit. J'écarquille les yeux en découvrant son maillot de l'équipe de foot. Le numéro 17 est inscrit par-dessus « Brook ».

— Mets ça.

— Quoi ? Mais ça va pas !

— C'est la même couleur, le même sigle. Certes il sera plus grand, mais ça fera l'affaire, tu ne crois pas ?

— Mais tout le monde va me regarder ! Je serai trop différente des autres.

Tyler se redresse et prend place à mes côtés, son maillot toujours en main et son visage tourné vers moi.

— Et c'est si mal d'être différente ?

J'aspire ma lèvre inférieure, ne sachant pas quoi répondre. Je me suis toujours sentie différente, on me pointait du doigt comme si je n'avais pas ma place et cela me rendait malade.

— C'est bien que tu ne sois pas comme les autres. Ils sont tous pareils dans des corps différents.

J'entrouvre la bouche pour répondre mais rien ne sort. Un rictus étire ses lèvres et il me tend son maillot.

— Et puis de toute façon, avec ce maillot ou autre chose, on ne verra que toi quand tu seras dans les airs.

— Pourquoi tu m'aides ? demandé-je doucement.

Je ne le comprends plus. Il se contente de hausser les épaules et se dirige vers la porte.

— Je me suis retrouvé dans ces situations, mais tu dois t'imposer, Lana. Quand les gens s'attendent à t'avoir blessée, montre-leur que cela ne t'atteint pas. Ils n'ont pas besoin que tu leur rappelles qu'ils ont mal agi, ils savent très bien ce qu'ils font. Parfois, le silence est le meilleur des mépris. Je n'ai pas souvent appliqué cela et je le regrette.

Je l'entends pousser un long soupir, comme s'il voulait marquer une pause, avant d'ouvrir la porte. Je serre son haut dans mes bras et me lève. Ses paroles me procurent un sentiment insolite qui enflamme ma poitrine, c'est brûlant, ingérable et si excitant.

— Tyler…

Il me jette un dernier regard par-dessus son épaule et m'adresse un sourire qui fait accélérer les battements de mon cœur.

— T'as intérêt à réussir Trésor, tu portes mon nom.

Et il me laisse seule. J'enfile son maillot trop long que je décide de rentrer à l'intérieur et d'accrocher à ma brassière. C'est mieux ! Je scrute mon reflet, plutôt satisfaite. Certes, je ne serai pas comme les autres, mais c'est la même couleur, c'est le plus important.

— Lana ! s'écrie Lydia, excitée, quand je les rejoins sur le terrain. C'est trop joli ce que t'as trouvé !

— Tu peux pas porter ça ! s'agace Emma en me harponnant d'un regard colérique. Anna, regarde !

La capitaine s'approche de moi et me détaille.

— Ce n'est pas un problème, c'est très bien comme ça. Emma, tu ne remplaces pas Lana finalement. EN PLACE, LES FILLES !

Je me contente d'adresser un regard victorieux à Emma, qui fulmine. Lydia me fait un clin d'œil puis me demande silencieusement des explications. Évidemment, le « Brook » brodé dans mon dos suscite beaucoup d'interrogations. Je lève les yeux vers le public : ma mère et Luke sont les premiers que je repère, tous les deux me font de grands signes de la main. Matt est avec eux, dans sa tenue de quarterback. Il me sourit avant de plisser les yeux sur mon haut, qui est le même que le sien. Je me contente de lui rendre son sourire.

C'est le silence total à présent. Je plonge dans le regard chocolat qui fait fondre mon cœur. Tyler est là. Dans mes veines l'adrénaline palpite comme jamais. Il ne me laisse pas insensible, je lui suis reconnaissante de son geste. Instinctivement, je serre ma main contre mon cœur sur le tissu. C'est comme s'il me prenait dans ses bras… et je crois que cela ne me déplairait pas. Tyler ne me quitte pas des yeux, j'ai l'impression que personne n'existe autour de nous. J'aimerais tant déchiffrer les ombres de son regard, connaître les raisons qui l'ont poussé à avoir une telle perception du monde.

J'aimerais en savoir tellement plus.

Mais ce n'est pas le moment. J'ai une performance à réaliser. Tout le monde me verra. Je dois rendre ma mère fière de moi.

Et secrètement… je voudrais que Tyler ne regarde que moi ce soir.

TYLER

Je ne regarde qu'elle ce soir.

C'est la meilleure des cheerleaders. La plus talentueuse, la plus gracieuse et la plus énergique. Et ce corps… putain, j'ai arrêté de compter le nombre de fois où je l'ai imaginé sous moi.

— Je reconnais ce maillot.

Dan est à côté de moi, les bras croisés et les yeux rivés sur le show des filles. Il incline la tête vers moi en esquissant le plus roublard des sourires.

— Cela fait longtemps que je n'ai pas vu ce bon vieux numéro 17. Lana le porte si bien, on dirait qu'il est fait pour elle, ajoute-t-il avec un ton lourd de sous-entendus.

— C'est bon, pose ta question au lieu de tourner autour du pot.

— Tu pourras te donner tout le mal que tu veux pour l'éloigner du Thunderdome et des dérives de Matt, tu n'y arriveras jamais. Son charme t'a conquis. Tu passes quand à l'action ?

Lana vient de faire une figure dans les airs dont j'ignore le nom mais, à en croire son sourire, c'est une réussite à chaque réception. La capitaine ne peut pas la mettre au second plan, c'est une des meilleures, si ce n'est la meilleure.

— C'est vrai, j'ai un peu de mal à rester loin d'elle. Il y a quelque chose chez elle qui m'attire.

— Peut-être le fait qu'elle soit mise de côté par son équipe, comme toi tu l'as été. Vous avez des choses en commun, mine de rien.

Dan est très perspicace, il a directement compris pourquoi Lana ne porte pas la même tenue que tout le monde. Ce genre de sales coups entre les filles sont courants.

— Il y a autre chose.

Dan hausse un sourcil, attendant ce que j'ai à lui dévoiler.

— Je participe à un projet pour M. Simmons, tu te souviens de lui ? Je t'en ai déjà parlé.

— Oui, le professeur qui a encadré ton mémoire l'an dernier et le responsable de ta faculté.

— C'est ça, et ce projet, c'est que je participe à une correspondance anonyme avec une personne de l'université. Nous échangeons depuis un moment, et récemment j'ai découvert que ma correspondante, c'est Lana.

Dan écarquille les yeux avant de fixer Lana, puis il reporte son regard sur moi.

— Putain, je trouve ça fou. Mais si c'est anonyme, comment tu as pu savoir que c'était elle ?

— Disons que rien ne m'échappe, répliqué-je fièrement en haussant les épaules.

Dan se frotte la nuque et émet un faible rire.

— La chance que tu as ! La fille qui t'a tapé dans l'œil est ta correspondante. J'espère que tu sauras bien te comporter avec elle.

— Je ne veux pas qu'elle sache que je suis Flame.

— Pourquoi ça ?

La raison, je préfère ne pas la lui donner, je me contente de hausser les épaules. Les filles ont fini, place au match des Eagles.

— Matt a l'air plus en forme, s'exclame Dan en se penchant vers moi.

— Ouais, il fait au mieux. Hayden est avec lui.

— Ce sont de bons gars, je suis content que tu te sois trouvé une petite fratrie. Ils ont l'air sincères.

C'est vrai. Ce sont de bons gars. Bien meilleurs que moi. Je n'ai pas leur capacité à faire attention à ce que les autres peuvent ressentir. Je fais passer mes envies avant tout. Je suis très impulsif, dirigé par ma rage comme un vulgaire pantin. Quand il s'agit de l'assouvir, je ne réfléchis pas aux conséquences.

Au fil du match, mon regard se pose sur la seule queue-de-cheval retenue par un petit ruban bleu. Je dois admettre que mon maillot lui va plutôt bien. J'ai envie de la voir avec aussi souvent que possible. Cette fille attise follement mon désir. Je ne comprends pas ce qui m'arrive. Je ne devrais même pas songer à y céder. Je serais un sacré hypocrite si je la faisais mienne alors que j'ai tout fait pour l'éloigner de son frère. Entre Matt et moi, c'est moi qui ai le plus d'ennemis. Et ce n'est pas un problème qui se règle en payant des dettes. La seule dette, c'est la mort.

— Tu vas faire quoi, la concernant ? demande mon cousin en remarquant que je ne suis plus le match.

— Je ne peux pas être proche d'elle, Dan.

Dan ne répond pas, il se contente de hocher la tête. C'est le sujet épineux dont il préfère ne pas parler.

Les Eagles remportent la victoire ! En descendant des tribunes, je remarque Lana et Matt ensemble. Il la prend dans ses bras et lui murmure quelque chose à l'oreille avant de s'en aller pour retrouver sa mère et son petit frère.

Ce soir, je suis au Thunderdome mais je n'ai pas de course. Je vide ma bouteille de bière fadasse et jette un coup d'œil à la foule. Pas l'ombre d'un Raven. Mais cela ne suffit pas à calmer ma haine contre eux. Je ne peux pas rester les bras croisés. Mon esprit a déjà imaginé plein de stratégies pour leur rendre la vie dure. En gagnant toutes mes courses, leur argent dégringole, mais je veux plus. Je veux leur faire regretter d'avoir croisé ma route, devenir leur pire cauchemar, comme ils ont été le mien.

Matt est un prétexte pour m'atteindre. J'ai l'impression de jouer une partie d'échecs. Chaque pion a de l'importance et le moindre faux pas peut faire tomber le roi. Je ne me laisserai pas faire, je suis imprévisible comme le fou. Zack et Diego ne m'auront pas sur ce coup-là. J'ai de l'avance.

— Salut, Tyler.

La voix de Carla, légèrement rauque à cause de la cigarette, parvient à mes oreilles. Je suis assis sur une chaise près de ma moto, juste devant le stand de Dan. Carla passe sa main dans sa chevelure blonde et s'installe sur mes genoux. Je ne bronche pas, accaparé par mes aspirations vengeresses.

— On pourrait aller chez toi ce soir, j'ai besoin de ma dose de phénix.

Elle ponctue sa phrase de baisers mouillés dans mon cou, avant d'y passer un coup de langue. Sa main se plaque sur mon sexe à travers mon jean et elle le frotte habilement. Je grogne et elle m'embrasse à pleine bouche. Avant de répondre à son baiser, j'ouvre les yeux et tombe sur Lana. Son téléphone contre l'oreille, elle semble parler à quelqu'un et, avec tout le bruit autour, elle n'entend pas son interlocuteur et décide de s'écarter de tout ce monde.

— Lana, attends.

Je ne sais pas ce que je fais. À vrai dire, je ne suis pas à l'aise à l'idée que Lana s'éloigne et se retrouve seule. Même si Diego n'a pas fait d'apparition, peut-être que des personnes sont là pour être ses yeux ce soir.

— Mais qu'est-ce que tu fais ? s'exclame Carla quand je suis déjà loin.

Lana est contre un mur. Ce n'est que maintenant que je détaille sa tenue. Putain… ses jambes fuselées sont mises en valeur par la robe blanche qu'elle porte. Son autre main serre la bandoulière de son sac avant de passer dans sa chevelure châtain. Elle ne porte pas de ruban pour habiller sa coiffure. La vue de ses mèches rebelles me provoque des picotements dans les doigts, qui ne réclament que de les toucher.

Putain, Tyler, qu'est-ce que tu fous ?

Je suis sur le point de m'éloigner d'elle avant qu'elle ne me remarque quand un trio de mecs attire mon attention. Je ne les ai jamais vus mais, en les suivant du regard, je découvre qu'ils semblent bien connaître Lana. Ils la fixent tous.

— Julliard, ça fait longtemps, non ?

Et, au vu de la réaction de Lana, leurs retrouvailles sont tout sauf un plaisir pour elle.

CHAPITRE 14

Des bribes du passé

LANA

— Salut, Lana, s'exclame Liam avec un sourire hypocrite.

Je viens de raccrocher avec mon frère, qui voulait savoir si on pouvait se parler. J'ai accepté avec une pointe de réticence, même si c'est mon frère. Le goût amer de la déception demeure toujours sur mon palais. Et face à moi, je revois mon cauchemar. Je détourne le visage et croise les bras.

— Je n'arrive pas à croire que tu ignores tes anciens amis, poursuit Christian avec une mine faussement offusquée.

— Foutez-moi la paix !

Liam et Christian sont des amis de Noah. Ils ont été aux premières loges durant l'enfer que mon ex m'a fait vivre. Une tension crispe mon estomac et une bile acide remonte dans ma gorge. Mon trouble se voit comme le nez au milieu de la figure. Je décide de fuir, mais Liam m'agrippe le poignet fortement et je tente de me dégager. Il sourit méchamment.

— Dommage que Noah ne soit pas là, rétorque Christian.

Liam resserre son emprise.

— Lâche-moi, Liam, insisté-je énervée.

— Comme tu veux, chérie.

À la seconde où il me lâche, mon corps est propulsé en arrière. Je me cogne violemment contre le mur. Ils se moquent de moi ouvertement. Du bout des doigts, j'effleure mon poignet et me redresse doucement. Liam a serré si fort que ma peau est marquée. Je croise alors le regard sombre de Tyler, juste en face de moi. Il examine mes moindres faits et gestes, et je dois lui renvoyer une image complètement dépitée qui le laisse perplexe.

Un pli barre son front, ce qui renforce la dureté de ses traits. Je grimace de douleur en effleurant mon poignet. Je fais volte-face et tente une nouvelle fois de m'écarter de ceux qui se prétendent mes amis, mais Liam me bouscule à nouveau violemment. Mon dos cogne contre le mur et je réprime une grimace de douleur. Mon visage reste impassible, toutefois j'ai du mal à camoufler l'impact sur mon corps. Je m'évertue à rester forte alors que ce nouveau coup heurte ma colonne.

— T'étais plus marrante dans mes souvenirs, s'exclame Christian d'un air narquois.

Cette phrase me donne la chair de poule. Je tente une nouvelle fois de me dégager, mais Liam m'attrape pour me coller contre lui. Prise de panique, j'essaye de me débattre et lève mon genou pour le frapper dans ses parties intimes mais il me stoppe avec sa main.

— Tu croyais m'avoir ?

Christian se positionne derrière moi pour me tenir par la taille. Ce contact me fige immédiatement. Les cicatrices de mon cœur s'ouvrent et l'obscurité s'abat sur moi. Des doigts se dirigent plus bas sur mon corps. Affolée, je m'agite encore et Liam peine à me maintenir immobile ; il me pousse violemment contre le mur et un gémissement de douleur sort de mes lèvres.

— Allez, viens avec nous, Lana. On va bien s'amuser comme autrefois, se moque Liam.

— Elle n'ira nulle part avec toi, fils de pute.

La voix orageuse de Tyler tonne. Sa mâchoire se contracte et ses phalanges blanchissent. Il fixe mes bourreaux, l'air sombre et impassible.

— Mêle-toi de ce qui te regarde, Brook, rétorque Christian.

Liam et Christian sont dans l'équipe de foot de leur université.

— Ça me regarde.

Profitant de cette diversion, je me relève discrètement. Cette situation m'inquiète. Tyler est capable du pire et le voir aussi calme m'ébranle. Pour moi, ce n'est qu'un masque. Tyler est un putain de faux calme, un prédateur sans pitié. Et les prédateurs sont connus pour agir avec sang-froid.

— Barre-toi avant que ça se finisse mal pour toi aussi, s'exclame Liam avec une pointe d'amusement.

Tyler garde le silence et agrippe l'épaule de Liam. Il le fait pivoter vers lui avant de le jeter au sol violemment. Christian se fige en voyant son acolyte gémir par terre.

— Je ne pense pas que vous soyez de taille face à mes poings.

Les battements de mon cœur s'emballent, Tyler garde ses yeux pointés sur les deux garçons apeurés, dont les visages ont blêmi. La crispation de leurs corps ne ment pas sur ce qu'ils ressentent. Une crainte me traverse. Tyler est si imprévisible que prédire ses agissements est totalement impossible. Ma respiration erratique fait trembler tout mon corps, des gouttes de sueur perlent sur mon front et mon sang afflue dans mes tempes, provoquant une migraine intense.

— Vous avez deux secondes pour vous barrer, ordonne Tyler.

Et c'est à ce moment-là qu'il sort un couteau de sa ceinture. Les décibels de sa voix menaçante déferlent dans l'atmosphère. Christian et Liam prennent la fuite, mais ce dernier me lance un regard méprisant qui semble dire « ce n'est pas fini ». L'amertume de mes regrets me frappe comme la foudre, comment ai-je pu laisser un type pareil entrer dans ma vie ?

Encore sous le choc, je reste figée, mes pieds cloués au sol. Je plonge mes iris dans ceux de Tyler. Il fait craquer son poing sans me lâcher du regard.

Il vient de m'extirper de l'agression de ces deux connards… Il m'a défendue… Mais le paradoxe qui se dégage de lui me désarçonne. Il me défend alors qu'il y a encore quelque temps c'est lui qui me menaçait. Avec son regard noir indescriptible, j'ai l'impression qu'il me détaille avec froideur. Ce paradoxe a un effet incandescent sur moi… comme une flamme. Mes doigts effleurent ma gorge, là où Tyler m'a arraché mon collier. Ses yeux s'arrondissent, dévoilant un sentiment indéchiffrable : la surprise ? le regret ? la culpabilité ? Je n'en ai aucune idée.

Un flux nébuleux assaille mes neurones. Ne pas savoir ce qu'il pense me turlupine. Tyler renferme tout le mystère d'un passé difficile, telle une boîte de Pandore. C'est incroyable que je m'intéresse à lui alors que depuis le début il me traite comme la dernière des idiotes.

Tyler range son couteau, avale la distance entre nous et, à chaque pas qu'il fait, je recule jusqu'à me retrouver contre le mur. Je grimace à cause de l'hématome que je dois sûrement avoir dans le dos. Lentement, Tyler approche sa main de moi, je ferme les yeux et me crispe.

— Ne me touche pas, s'il te plaît. Ne me fais pas de mal.

Je ne sais pas si j'ai peur de lui. Je n'arrive pas à saisir ce qu'il me fait ressentir. Je ne comprends pas ses actions. La chaleur de ses doigts frôle ma joue dans une caresse. J'ouvre les yeux et croise son regard.

— Qui sont-ils pour toi ? demande-t-il doucement.

— J… Je… Des gens qui ne sont plus mes amis.

— Tu étais amie avec ce genre de trous du cul ? souffle-t-il avec un rictus.

— Ne le dis pas à Matt.

Il fronce les sourcils.

— Ne dis pas à mon frère qu'ils se sont approchés de moi.

Il secoue la tête en soupirant.

— Je t'avais dit de ne plus te pointer ici. Tu ne m'écoutes pas.

— À t'entendre, on dirait que je mérite ce qui vient de m'arriver.

Tyler arque les sourcils avant de prendre une profonde inspiration et de se pencher, ses doigts toujours sur moi. Il me touche à peine, et dans sa façon de m'effleurer je sens sa crainte de me faire du mal.

— J'aime ton parfum.

Mon cœur loupe un battement, j'écarquille les yeux tout en essayant de comprendre l'expression de son visage. Toujours et encore indéchiffrable. Je n'arrive jamais à lire en lui, alors que Tyler semble tourner les pages d'un livre avec moi. Il secoue la tête comme s'il voulait se défaire de ce que sa bouche vient de dire.

— Je ne dirai rien à ton frère, si c'est ce que tu veux. Mais je crains qu'il l'apprenne bien assez tôt.

Sa main se retire, l'incandescence de son contact se dissipe et j'ai subitement l'impression d'avoir froid. Tyler s'écarte de quelques pas.

— Je te rendrai ton maillot au prochain cours, annoncé-je d'un coup.

Tyler arque un sourcil en me détaillant, puis un rictus étire la commissure de ses lèvres.

— Tu n'es pas obligée. À mon avis, tu n'es pas au bout de tes peines avec les pestes de ton équipe.

Je baisse la tête, il a sûrement raison. Tyler et moi nous séparons.

— Lana.

Mon frère est devant moi, l'air coupable avec ses mains enfoncées dans les poches de son jean. Je soupire et le suis lorsqu'il me demande de le suivre. Nous sommes près du local où se trouvent ses amis, dont Tyler.

— Je voulais m'excuser.

Matt se met à parler mais je n'arrive pas à me concentrer. Tyler est derrière lui, posté sur une chaise, près de son cousin, Dan, si je me rappelle bien. Seulement, une fille est sur ses genoux et elle se met à rire avec eux. Ce tableau me donne envie de vomir au moment où elle plonge sa langue dans sa bouche. J'ai la chair de poule et croise subitement mes bras.

— Lana ?

Je lève le visage vers mon frère et je sens qu'il a remarqué que je ne l'écoutais pas. Ma colère contre lui s'est endormie quelque part au fond de moi. Et ce soir je ne peux pas l'éveiller. Bien trop de choses trottent dans mon esprit.

— Matt, je ne veux plus qu'on en reparle. Fais ce que tu veux de ta vie.

Ses yeux marron s'arrondissent, il est étonné puis il se frotte nerveusement la nuque. Derrière lui, Tyler s'esclaffe avec Dan et le canon blond sur ses genoux. Pourquoi cette scène m'horripile ? Elle est magnifique… tu m'étonnes qu'il échange sa salive avec elle.

— T'as l'air fatiguée, dit-il en fronçant les sourcils.

— Je veux rentrer.

— OK, je te dépose.

Dans le noir, plus les souvenirs obscurs défilent, plus mon cœur se compresse.

J'allume ma lampe de chevet et quitte mon lit. Je fais les cent pas dans ma chambre. Mon reflet dans le miroir est effrayant, mon teint est cireux, des cernes soulignent mes yeux verts. Délicatement, je soulève le haut de mon pyjama et m'arrête sur la marque de brûlure que j'ai sur la peau… celle au creux de ma taille. De la pulpe de mes doigts, je frôle cette trace indélébile, le simple fait de l'effleurer engendre une angoisse oppressante dans ma poitrine.

Viens ici, on joue à un jeu.

Ces mots tournent dans mon esprit et fracassent les morceaux restants de mon cœur. Noah s'est servi de moi comme d'un vulgaire pantin, il a abusé de mon innocence et y songer à nouveau distille de l'amertume dans mes veines.

Mes paupières se ferment alors que j'appuie faiblement dessus, ce qui me procure une sensation de dégoût. Mes espérances s'écroulent comme un château de cartes. Je me souviens de chaque brûlure, de chaque manipulation. J'ai érigé des murs et des barrières après cette relation chaotique. Pourtant, chaque fois que je me bats, les briques de mes nouvelles fondations s'écroulent comme une ligne de domino. Depuis, je cadenasse tout, je muselle mes pensées, et ma gorge se trouve privée de sa voix pour hurler mon désarroi.

Viens ici, on joue à un jeu.

Je me déteste d'être aussi faible.

Je retire mon haut et, la main tremblante, je soulève légèrement mon sein gauche, dévoilant une deuxième brûlure. Un soupir de désespoir franchit le seuil de mes lèvres. Je me contorsionne légèrement pour toucher les deux entailles qui lacèrent la peau de mon dos.

Les cicatrices sont là pour rappeler que le passé a réellement existé.

Viens ici, on joue à un jeu.

Le contact d'un individu de sexe masculin me procure un mal-être indéchiffrable, je ne supporte pas les rapprochements physiques avec un mec.

Tyler s'est immiscé dans mon espace vital et a laminé toutes mes réflexions lucides. Je suis perturbée quand il est dans la même pièce que moi. Je le vois partout. Il est partout. Je le sens partout. Mais, quel que soit le feu qu'il engendrera au fond de moi, Flame sera toujours là pour me sauver. Flame me sauve avec ses mots rassurants.

On dit souvent que les personnes blessées sont les plus redoutables. Vous savez pourquoi ? Parce qu'elles ont suffisamment souffert pour survivre à tous les obstacles qui se dresseront sur leur chemin.

Et je serai comme elles.

CHAPITRE 15

Perdre l'esprit

Flame je veux t'avouer quelque chose…
Mais c'est le genre d'aveu
que je ne devrais pas faire
de crainte de le regretter.
Et en même temps…
j'ai envie que tu le saches.
Cherry.

Si tu penses vraiment le regretter,
alors ne me le dis pas.
Je n'ai pas envie que tu éprouves
une quelconque gêne en m'adressant
des messages parce que tu ne penseras qu'à ça.
En revanche si l'envie prend le dessus,
je suis tout ouïe, dis-moi tout.
Flame.

L'envie l'emporte sur tout.
Je veux que tu le saches.
Je sais que je ne te connais pas encore suffisamment,
mais je crois que tu es une personne
qui doute de ce qu'elle peut apporter.
Si tu perçois le feu comme la destruction
et que ton surnom vient de là,

c'est que tu te vois comme quelqu'un
qui casse tout ce qu'il touche.
Peut-être que je me trompe sur toute la ligne,
mais je suis convaincue
dans le fond que c'est la vérité.
Ta vérité. Mais, Flame, tu m'as touchée en plein cœur
et tu me sauves à chaque caresse
qu'expriment tes mots.
Cherry.

TYLER

J'ai perdu l'esprit.

Alea jacta est.

Cette calligraphie est une marque au fer rouge. Après *cette nuit*, j'avais besoin d'un point d'ancrage pour ne pas oublier, pour ne pas recommencer. Je viens de mettre le feu a tout un local rempli de drogue appartenant aux Ravens. Et j'ai évité à deux jeunes filles de se faire embarquer par des proxénètes appartenant à ce gang redoutable.

Quelle idée ?

Je me demande, ce soir, si j'ai fait ça pour rendre justice à ces jeunes filles maltraitées et agressées ou bien pour apaiser ma peine. Le comportement humain est intrigant, et le mien est un paradoxe aberrant. J'ignore la réelle raison de mes agissements. Il est clair que je le fais pour moi. Je n'en ai rien à foutre de ces filles. La vengeance mêlée à la rancœur est un cocktail vigoureux qui étouffe l'idée de la justice.

Personne n'est au courant de ce que je fais la nuit, même pas Dan. S'il le savait, il me tuerait, mais c'est le seul moyen que j'ai trouvé pour soulager mes démons. Ma mission sur terre est de réduire en cendres chaque parcelle de cette entité. À force de voir ma sœur aussi mal, je suis assailli par la douleur et je peine à redorer mon image auprès d'elle. *Putain !* Au final, tout ne vise qu'à me sauver de ma propre culpabilité. Je brise tout ce que je touche, je blesse ceux qui comptent et je me noie dans les affres d'une culpabilité que je ne peux plus refréner.

« Mais Flame, tu m'as touchée en plein cœur et tu me sauves à chaque caresse qu'expriment tes mots. »

Comment peut-elle me dire ça alors que je détruis tout ce qui se retrouve entre mes mains ? Lana ou bien Cherry, peu importe, a percé Flame à jour. Jamais je ne me suis senti aussi à nu. Putain… elle le pense. Je. La. Sauve.

Mais c'est de moi que je devrais la sauver. C'est entre les mains de Flame que Cherry a décidé de se laisser aller. Si elle savait qui se cache derrière ce pseudo, elle fuirait. Lana prendrait ses jambes à son cou et se ferait la malle.

L'espoir. Pourquoi Lana est synonyme d'espoir à mes yeux ? Mon malheur d'aujourd'hui provient des espérances du passé. Et maintenant l'espoir a une nuance émeraude, comme celle de son doux regard.

Les visages de ceux que j'ai abattus refont surface à cette heure tardive de la nuit, c'est un relais infernal qui se poursuit. Plus je creuse, plus je suis chassé. Et c'est dégradant de constater que je peux être une proie si facile.

Un bâillement m'échappe puis mes yeux fixent le phénix amoché sur mon bras droit. Personne ne comprend ce tatouage… pourtant il attise la curiosité de beaucoup. Son histoire est atypique et secrète. J'effleure de mon index les contours de cet oiseau de feu, de sa tête aux cendres éparpillées… des cendres auxquelles je m'identifie.

L'effet double peau du tatouage est une chose qui n'interpelle pas grand monde, la curiosité que les gens éprouvent n'est que de surface, personne dans ce bas monde ne s'intéresse au fond, tout n'est qu'apparence et illusion, et se fonde sur des préjugés risibles.

Les rayons du soleil s'immiscent entre les volets de ma chambre. En me levant du lit, je prends mon paquet de cigarettes sur ma table de nuit et me pose contre la rambarde de mon balcon. Je regarde le soleil se lever, Los Angeles baigne dans la lumière. C'est bien la seule éclaircie qui m'effleure et me vole un faible sourire. Les heures défilent et je reçois un message de Dan, qui me demande de passer au garage. Je prends ma moto pour y aller. En arrivant, je remarque la voiture de Tony. À l'intérieur, le garage est quasi vide. Dan est occupé, dos à moi. Quand il sent ma présence, il se retourne et croise les bras en me fixant d'un air froid.

— Qu'est-ce que tu as ? Où est Tony ?

— Tony essaie une moto que Daryl a rapportée ce matin. Mais je veux te parler de Matt.

Je soupire et me laisse tomber sur le canapé, j'étale mes jambes sur la table basse et croise mes bras derrière ma tête.

— Matt voudrait que ça redevienne comme avant avec sa famille mais il se retient.

— Il t'a dit ça ? Alors qu'hier il était collé à sa sœur ?

— Il essayait de prendre la température, Lana lui a semblé extrêmement froide. De plus, je commence à imaginer pourquoi.

— C'est-à-dire ?

— Tony t'a aperçu plusieurs fois tourner autour d'elle au Thunderdome et, les deux fois, elle semblait effrayée.

Dan a la mâchoire contractée, il serre les poings jusqu'à ce que ses jointures blanchissent. Je souffle et me redresse avec nonchalance.

— Va droit au but, m'agacé-je.

— À quel point tu t'en es pris à elle ? Qu'est-ce que tu lui as fait ?

— Je t'ai déjà dit que je ne voulais pas qu'elle fréquente le Thunderdome. Cette idiote ne m'écoute pas, Matt a fait de la merde en s'approchant des Ravens, pourquoi ce n'est pas à lui que tu t'en prends ?

Dan garde son regard dur rivé sur moi.

— Tyler.

— J'ai brisé un de ses bijoux et je l'ai menacée avec mon briquet.

Dan lève son poing, prêt à me frapper, et j'esquive in extremis. Puis il écrase son pied sur mon abdomen et je tombe à terre.

— Putain, qu'est-ce qui te prend ? m'énervé-je en me redressant, prêt à lui bondir dessus.

Dan m'attrape le bras et me retourne dos à lui, me tenant fermement par le poignet. J'ai tendance à oublier qu'il m'a appris à me battre et que forcément il aura toujours un léger avantage sur moi.

— La seule personne qu'elle ne doit pas fréquenter, c'est toi, espèce de psychopathe.

— Je voulais lui faire un peu peur, marmonné-je en me libérant de son emprise.

— T'es inconscient. En plus, tu la manipules avec cette histoire de correspondance. Quand elle saura que c'est toi, tu crois qu'elle réagira comment ? T'es pas lucide et bien trop impulsif, tu agis sans penser aux conséquences. Lana n'a rien à craindre des Ravens. Je ne laisserai rien arriver.

Si la dette de Matt est payée, je ne vois pas pourquoi ils voudraient s'en prendre à elle.

Je connais Diego. Il est vicieux et perfide, ce n'est pas anodin s'il lui a adressé la parole une fois. Dan accorde trop de l'importance au dialogue, mais dans la vie il faut attaquer avant qu'on ne t'attaque.

— Lana n'est pas Eryn.

Je me crispe en entendant le prénom de ma sœur et plonge mon regard dans le sien. Dan évalue ma réaction, en s'évertuant à chercher dans mes iris le moindre soupçon d'émotion. Et je sais qu'il ne trouve rien. Je serre les poings et pousse un soupir d'exaspération.

— Ce sont deux situations complètement différentes. Rien de ce que tu imagines n'arrivera à Lana.

— Je fais ça pour Matt.

Il hausse les sourcils.

— Pour Matt ? Ou bien pour toi ?

— Comment ça pour moi ? Quel rapport ?

— Lana ne te laisse pas insensible, tu veux la protéger mais tu le fais de la mauvaise manière. Tu es impulsif, Tyler, très impulsif, et pourtant, si tu le voulais, tu pourrais être avec elle. Tu ne sais pas comment l'approcher et pour toi c'est le seul moyen. Mais ce n'est pas comme ça que ça marche.

— Je n'ai jamais dit que je voulais être proche d'elle, grogné-je en secouant la tête.

Il esquisse un sourire narquois.

— Tyler, pas à moi. Je vous ai vus hier pendant le match, tu la dévorais des yeux.

Agacé par les conneries qu'il débite, je m'en vais sans rien ajouter.

Je fonce sur les routes de Los Angeles à pleine vitesse. Conduire est une évasion palpitante, je survole les rues et, avec un peu de chance, des ailes me pousseront dans le dos.

Dan a semé le trouble dans mon esprit sur ce que j'ai fait à Lana. Je ne regrette pas mes actes. Je lui ai arraché son collier, verbalement je ne l'ai pas épargnée et j'ai failli être plus violent. Lana inspire l'innocence, elle n'a rien à faire dans ce monde. Sa crédulité risque de lui coûter cher. Son discours durant notre dernier cours de débat me revient en tête, j'ai senti un changement en elle, un changement que j'ai engendré. C'est comme si elle exhumait enfin ce qu'elle a enseveli pendant si longtemps. Il existe une corrélation entre Cherry et Lana. Cherry laisse percevoir sa peine à travers ses mots, Lana garde tout pour elle. Même si Matt s'est mal comporté avec elle, Lana ne lui en a jamais voulu, bien au contraire.

Cherry est la douleur, Lana est sa force. Mais est-elle si forte que ça ? Au point de ne jamais rien laisser transparaître ? *Foutaise !*

Les deux connards qui se sont jetés sur elle après le match m'ont donné des envies de meurtres. Une rage incommensurable s'est infiltrée dans mes veines, j'étais prêt à leur éclater la gueule contre le mur, mais je ne voulais pas effrayer Lana avec un bain de sang. Elle semblait déjà si blessée.

Je crois que tout ce que Matt a pu me dire sur elle a nourri en moi un certain fantasme sur ce que je n'ai jamais pu avoir. J'ai fait trop de projections sur elle… jusqu'à éprouver une fascination que je ne peux pas nier.

J'ai fini par comprendre qu'ils partagent tous les deux un secret spécial. Et les séparer, c'est comme faire ressurgir les démons de chacun.

Devrais-je vraiment laisser Matt renouer avec Lana ?

Je ne veux plus me laisser atteindre.

Le plus compliqué quand on décide de nier ce qu'on ressent quand on va mal, c'est le risque que tout ressorte. Dans la vie deux types de personne existent, celles qui enterrent leurs démons définitivement et celles qui se terrent avec eux.

Je longe le couloir, me dirigeant vers mon troisième cours, les écouteurs vissés aux oreilles. La voix de Lana Del Rey m'apaise, je chantonne *Blue Jeans*, un de mes titres préférés. Plusieurs regards sont plantés sur moi et ça me déstabilise. Je décide pourtant d'en faire abstraction. J'entends des messes basses mais j'ai du mal à comprendre ce qu'il se dit. J'ai récupéré un mot de Flame et un sourire étire mes lèvres immédiatement, me faisant oublier les mouvements autour de moi.

Durant le match, je ne voyais que toi.
Flame.

Nos messages prennent une tournure de plus en plus intense. Je serre le bout de papier contre mon cœur et me retiens de rire toute seule comme une idiote. Il y a tellement de choses que j'aimerais lui dire.

Il m'a sauvée.

— Hé, Julliard, s'exclame Tristan, un gars de l'équipe, je ne savais pas que tu taillais des pipes gratuitement.

Je le fixe, choquée, les sourcils froncés. Je n'ai pas les temps de trouver quoi dire qu'il s'en va déjà, hilare, avec ses amis. Je commence à détailler ma tenue. *Ma jupe est-elle trop courte ?* Pourtant elle m'arrive au genou… Et c'est tellement dégradant de juger une femme à ses tenues.

— Lana !

Hayden m'interpelle d'un signe de la main et je m'approche de lui, encore secouée.

— Tout le monde parle de toi, me souffle-t-il en balayant le couloir d'un regard inquisiteur.

Je plisse les yeux, dans l'incompréhension.

— Quoi ? Mais pourquoi ?

— On l'ignore, ça a commencé à jaser dans les vestiaires. Matt est sur le coup.

Hayden prend place à côté de moi dans la salle, il ne suit pas ce cours mais, par précaution, il préfère y assister avec moi. Il se met à guetter les messes basses des autres et j'arrive à distinguer un seul mot : « soumise ». Le stress monte d'un cran, est-ce que je suis associée à ce mot ?

Je peine à camoufler mes tremblements, Hayden caresse mon épaule pour me calmer. J'étouffe dans cette pièce, les murmures s'amplifient, la peur me lacère méchamment. Ce cours ne m'a jamais semblé aussi long, mon pied tape sur le sol, traduisant la montée d'anxiété qui va m'éjecter de mon siège.

L'heure du déjeuner est enfin là. Je me sens épiée de tous les côtés. Tous ces regards sont braqués sur moi comme des vautours qui tournent autour de leur proie.

— Pourquoi tout le monde chuchote en parlant de moi ? je demande à Lydia que je viens de retrouver.

Hésitante, elle passe sa main dans ses cheveux. L'inquiétude se lit sur son visage, accompagné d'un soupçon de nervosité.

— Les filles disent qu'elles t'ont vue avec deux gars de l'équipe de foot d'une autre université et ils ont laissé sous-entendre que t'avais déjà couché avec eux.

Liam et Christian. J'ai envie de m'arracher les cheveux. Des types populaires passent devant nous en me lançant des clins d'œil et des regards pervers, l'un d'eux mime avec sa main une fellation.

J'ai envie de vomir.

— Lana !

La voix de Matt m'extirpe de ma léthargie, il accourt vers moi, suivi de ses amis.

— C'est quoi ces conneries ? demande-t-il, les sourcils froncés.

— Je n'en sais r…

Ma gorge se serre, je n'arrive plus à parler, mon corps est fébrile. Mon frère me prend dans ses bras et je niche ma tête contre son torse. Il me caresse le dos avec sa main pour me réconforter, sa chaleur me rassure instantanément.

— Ça va aller, je suis là, Lana.

Pour la première fois depuis longtemps, Matt revient vers moi.

— Allez, viens manger avec nous, personne ne s'approchera de toi.

D'un regard réconfortant, il pose sa main sur ma tête comme il le fait d'habitude et passe son bras par-dessus mes épaules.

— On n'est pas obligés de retourner là-bas, s'exclame subitement Tyler.

Mes yeux se verrouillent aux siens, leur obscurité me pique au vif. Il m'observe comme s'il… se souciait de moi. Une lueur d'intérêt bienveillant brille au fond de ses iris. Mon cœur loupe un battement lorsque je le vois s'approcher alors que Matt est à côté de moi.

— Elle ne devrait pas retourner où il y a du monde. Elle passe pour une traîtresse, comme quand elle a refusé de sortir avec Gabriel. Des gens pourraient s'en prendre à elle.

Il explique tout ça sans rompre notre lien visuel. Quelque chose de différent transperce son visage, je suis chamboulée. Cette sollicitude… c'est tellement intense. Mes yeux s'orientent vers sa main, elle tremble et il serre le poing dès qu'il suit mon regard.

— Tu as raison, déclare Hayden, mieux vaut rester ici et ne pas la laisser seule.

La présence de ce groupe autour de moi réussit à me sécuriser, mais je m'inquiète quand même. Je ne pourrai jamais retourner en cours si j'entends chaque fois ce genre de commentaires. La remarque que Tristan m'a faite ce matin m'a glacé le sang et cette obscénité m'a liquéfiée.

Nous sommes assis en cercle dans un coin de l'université, assez loin des autres étudiants. Ils essayent de parler de tout et de rien pour me changer les idées, mais je reste silencieuse et impassible, l'appétit coupé.

— Mange, m'encourage Matt, assis à côté de moi.

Je suis bouleversée par tant de choses que je n'arrive plus à contrôler quoi que ce soit.

— Je n'ai pas très faim.

Mes yeux croisent ceux de Tyler, il me fixe comme s'il pouvait deviner mes pensées.

Je suis fatiguée de tout ça.

À la fin de la journée, j'arrive un peu en retard à mon cours de débat. Je suis devant la porte fermée, je n'ose pas y entrer… La journée a été éprouvante et, même si j'adore ces échanges, je n'ai plus l'énergie. Je m'adosse à la porte et des bruits de pas résonnent dans le couloir. Je redresse le visage et croise le regard de Tyler. Il s'approche de moi et, à chaque pas, mon cœur tambourine un peu plus fort.

— Tu ne veux pas entrer ? demande-t-il en faisant un signe de tête vers la porte.

Ma main se cale contre ma poitrine. Je me précipite vers les toilettes des filles. Je m'asperge le visage d'un jet d'eau glacée pour me revigorer, mais cette fraîcheur n'estompe pas mes tourments.

Je vais exploser.

— Lana.

La voix de Tyler me fait sursauter, il s'avance vers moi et je tends mon bras pour laisser une distance entre nous. Je suis peut-être en état de faiblesse, mais je n'oublie pas tout le mal qu'il m'a fait. Je n'oublie pas la brèche qu'il a ouverte.

— Tu n'es pas censé être là, barre-toi.

— Viens avec moi, ne te cache pas ici, s'exclame-t-il en attrapant subitement ma main.

— NON ! hurlé-je en fuyant sa prise. Putain c'est quoi ton problème ? Tu m'as fait du mal et je ne comprends plus rien… Va te faire foutre ! Je n'en veux pas, de ta compassion !

Je n'arrive plus à me contenir, des tremblements secouent mon corps. À l'orée d'une crise d'angoisse, j'ai la respiration erratique et des palpitations. Je perds mon self-control devant lui.

J'ai perdu l'esprit.

CHAPITRE 16

Contact brûlant

LANA

Un violent ouragan d'émotions me submerge, je m'effondre. Mon corps est en proie à des soubresauts terribles et je peine à camoufler ma crise de panique devant Tyler. Il pose ses paumes sur mes joues et, brusquement, je me retrouve contre son torse, figée par la chaleur qui émane de son corps.

— Qu'est-ce…

— Tais-toi, Lana.

L'odeur de cigarette mélangée à la menthe me chatouille les narines, l'espace d'un petit moment, je baisse les armes. Ce réconfort physique me fait du bien, j'en avais besoin. Mais une alarme bourdonne dans ma tête comme un rappel. D'un coup, je me souviens d'un instant précis. Le souvenir de la flamme de son briquet ressurgit dans mon esprit, mes cicatrices me lacèrent psychologiquement. Je le repousse violemment pour m'extirper de cette étreinte qui doit cesser. Je dois me défaire de ce sentiment qui me brûle dès qu'il est à proximité. Un pli barre son front, son visage se noie dans l'incompréhension.

— Ne me touche pas !

Silence radio.

Des sentiments contradictoires me tiraillent, je ne sais pas comment agir avec lui. Notre relation est fondée sur le principe action-réaction. Il me pousse, je freine, et je cède quand il accélère. Je le repousse, extériorisant le mal-être qu'il a éveillé en moi à cause de son briquet qui a ravivé mes peines. Son torse dur et musclé reçoit chacun de mes coups, Tyler est immobile face à la furie que je deviens.

— Tu. Es. Un. Putain. De. Connard.

Chaque mot est ponctué par un coup, témoignant de la douleur qui m'assaille chaque nuit. Haletante, j'intensifie mes coups. Mais le défoulement prend fin. Il y met un terme quand il attrape brusquement mes bras, me retourne contre mon gré et plaque mon dos contre son torse pour mieux m'immobiliser.

— Lâche-moi, hurlé-je en secouant la tête.

— Ferme-la maintenant ! Je veux bien te laisser me frapper pour extérioriser, mais là t'es en train de perdre le contrôle.

Je m'agite dans tous les sens et finis par lui écraser le pied pour créer une diversion avant de m'enfuir des toilettes et de me réfugier dans les vestiaires vides. Une envie fulgurante de pleurer me consume… mais je refuse de céder à cette pulsion. Je ne pleure jamais, ce serait comme perdre une bataille. Je donne un coup de pied dans un banc qui se renverse au sol, mon état devient presque alarmant. Toute cette colère contenue en moi s'accumule et je risque de l'expulser comme la lave d'un volcan en éruption.

Ma respiration saccadée se calme peu à peu lorsque je m'assois par terre pour reprendre mes esprits. La tête contre le mur, j'inspire profondément, laissant l'air parcourir lentement mes poumons. Mes ongles pénètrent dans la chair de mes cuisses, je me punis en lacérant ma peau.

Furtivement, je me lève et me tape le front avec la paume de ma main.

— Tu vaux mieux que ça, ne les laisse pas t'atteindre, dis-je pour moi-même.

J'ouvre mon casier avec l'espoir d'y trouver un message de Flame, car c'est tout ce dont j'ai besoin. Mon cœur se gonfle d'un trop-plein d'émotions quand j'aperçois un papier plié en quatre. Je le range dans la poche de mon jean et finis par sortir. Tyler est adossé au mur en face de moi et me scrute avec un regard profond. Mes yeux s'attardent sur mon sac à dos, qu'il tient dans ses mains. J'ai dû le laisser tomber dans les toilettes.

— Arrête de tout garder pour toi.

Sans ciller, il s'approche de moi, me faisant relever la tête pour que je puisse mieux le voir. Son air froid et dur ne m'impressionne plus, même s'il me surplombe de toute sa hauteur. Je soutiens son regard et j'attends qu'il me rende mes affaires.

— Mêle-toi de ton cul, Brook.

Avant qu'il n'ajoute quoi que ce soit, je lui arrache mon sac des mains et m'éloigne de lui. Je tire de ma poche le mot de Flame et m'arrête pour le lire.

— Laisse-moi tranquille, marmonné-je en plaquant le bout de papier contre mon cœur.

Ne les écoute pas, je suis là,
moi, je sais que c'est faux,
tout ce qu'ils disent.
Flame.

— Pourquoi tu souris comme une idiote ?

Le visage vire au cramoisi, je me cache derrière la feuille pour que Tyler ne me voie plus.

— Va-t'en !

— C'est quoi, ce mot ? me taquine-t-il.

Je baisse le papier et j'arque un sourcil en le regardant. Tyler incline légèrement la tête sur le côté, un fin rictus se dessine à la commissure de ses lèvres.

— J'ai reçu un message touchant, lui avoué-je, une chose que tu ne pourrais jamais faire.

— Je t'ai prise dans mes bras pour te calmer tout à l'heure, dit-il d'un air faussement offusqué.

Mon cœur loupe un battement quand il prononce ces mots, il s'approche de moi et je recule, jusqu'à finir contre le mur.

— Tu ne m'as pas calmée, réponds-je en posant ma main sur son torse pour maintenir une distance entre nous.

Son regard me sonde avec intensité, je ne sens plus mon pouls et je crois bien que quelque chose est en train de naître au fond de mon ventre. Son aura aspire ma détresse pour la troquer contre un sentiment plus chaud, plus indomptable. Il penche son visage vers le mien, son souffle se mêle ardemment au mien.

— Au moins je t'aurai fait penser à autre chose, trésor, susurre-t-il tout près de mes lèvres.

Cette proximité devrait me terrifier mais… elle me rassure d'une façon étrange. Plus personne n'existe autour de nous, son corps est comme une barrière qui me protège de tout ce qui peut être dit sur moi dans ce couloir, où certains nous jettent des regards. Mes doigts resserrent le tissu noir de son sweat, au niveau de sa poitrine, je perçois chaque battement de son cœur. Ce rythme régulier arrive à me bercer, pourtant une part de moi me hurle de m'éloigner, mais je n'y arrive pas. Je suis attirée par lui comme un aimant, c'est indéniable. Je ne me comprends plus. D'un côté, il m'accule dans mes retranchements, me poussant dans un précipice rempli de mes démons et, d'un autre, il calme les tempêtes que les autres provoquent en moi. C'est comme s'il empêchait tout le monde de me faire du mal, sauf lui.

— Je préfère être la cause de tes tourments pour que tu ne t'attardes plus sur ce que les autres pensent de toi.

Ses doigts courent sur mes joues, il relève mon visage et dans ses yeux flotte une émotion qui me fend la poitrine et me noue le ventre. Ses mots s'infiltrent dans mon cerveau et grillent mes terminaisons nerveuses. J'en oublie l'émotion lénifiante que les mots de Flame m'ont fait ressentir. Avec Tyler, c'est tangible. Il préfère que je ne pense qu'à lui pour ne plus jamais songer aux autres. De sa façon de me toucher suinte un certain désespoir, comme une retenue qu'il s'est juré de respecter.

— Pourquoi tout le monde croit aux rumeurs… je n'ai rien fait, je t'assure…

Ébranlé par ce que je dis, il arque un sourcil. La crainte m'écrase à m'en briser les vertèbres, j'ai besoin de parler, j'ai besoin d'oublier.

— Les ragots nourrissent les esprits faibles, tu vaux bien mieux que ça.

Mon cœur fait des loopings. Je tiens toujours dans ma main le papier que Flame m'a laissé, je pense à lui parce que c'est une chose qu'il aurait très bien pu me dire.

— Tu me fais penser à quelqu'un, admets-je en collant ma main contre son torse.

Il ne me répond pas et se contente d'enfermer ma main dans la sienne.

— Ça doit être quelqu'un d'extraordinaire alors, se moque-t-il.

Je ne peux réprimer un sourire en le regardant. Ses traits s'adoucissent, je discerne la petite pression de sa paume sur le dos de ma main, une faible caresse qui fait courir une multitude de frissons sur ma peau. Il s'écarte de moi et me cède le passage.

— Après toi.

Je suis perdue dans un dédale de contradictions, je ne comprends rien à ce qu'il fait. Nous sortons tous les deux et je me dirige vers les gradins. Le terrain est vide, personne ne s'entraîne pour le moment. Je m'assois sur un des sièges tandis qu'il est debout juste devant moi.

— Pourquoi tu te comportes comme ça avec moi ?

Ce changement radical ne me laisse peut-être pas insensible, mais je ne suis pas habituée à ce qu'il soit aussi avenant à mon égard.

— Tu devrais rentrer chez toi, rétorque-t-il.

Sa voix calme me surprend. Chaque fois que je plonge mes yeux dans les siens je suis fouettée par les ténèbres, son paradoxe est trop perturbant.

— Tu n'as pas répondu à ma question.

— Tu es bouleversée, ce n'est pas le moment de parler de ça.

— Pourquoi ça t'intéresse tant ?

Malgré sa voix grave, son ton demeure pondéré avec une once de sollicitude. Finalement, je me redresse sur mes jambes, les bras croisés, et tous les deux nous nous jaugeons du regard. Le voile calme qu'il essayait de préserver s'évapore, il perd patience.

— Tu es chiante. Je devrais t'enfermer, Julliard.

— Je devrais te castrer, Brook.

Passant sa main dans ses cheveux bruns, il réprime un rire rauque avant de se frotter le menton frénétiquement. J'étudie chacun de ses faits et gestes en le toisant de façon soucieuse. Il a raison. Plein de choses me chamboulent, au point que je n'arrive plus à identifier ce que je ressens.

Mais ce que je souhaite savoir par-dessus tout, c'est pourquoi il est différent.

— Je reconnais que je me suis mal comporté.

Son aveu me fait écarquiller les yeux. Un rire sardonique m'échappe, une bile acide remonte dans ma gorge et un sentiment horrible me vrille les tripes.

— J'ai fait ça pour t'éloigner des problèmes de ton frère, poursuit-il avant que je ne réponde.

Mes paupières papillonnent, j'assimile lentement et douloureusement ce qu'il m'avoue. Son épaule cogne la mienne lorsqu'il passe devant moi pour s'asseoir sur un siège et qu'il sort une cigarette qu'il allume avec son briquet noir. Je me force à poursuivre la conversation pour le pousser aux révélations.

— La seule personne dont je devrais m'éloigner, c'est toi.

— Je n'ai jamais dit le contraire, s'exclame-t-il en se relevant pour m'observer de haut.

Nos yeux se rencontrent, j'analyse ses traits et il m'imite. Ses sombres iris me troublent par leur profondeur, je suis submergée d'émotions. Sans contrôler quoi que ce soit, mon regard bascule sur ses lèvres, et cela crée en moi une contradiction abominable. La tension est insoutenable et, lorsque je me rends compte qu'il fixe aussi mes lèvres, je détourne immédiatement mon visage, qui doit être rouge pivoine.

— Tu me troubles.

Je ne maîtrise plus mes mots. *Putain !* Que va-t-il penser de moi après ça ?

— Je sais.

Tyler ne bronche pas plus que ça. Toutes ces paroles échangées avec lui n'ont aucun sens.

— Alors pourquoi tu restes avec moi ? Tu ne devrais pas t'éloigner ?

Il se pince l'arête du nez, l'air pensif, cherchant une réponse à me donner. Je l'ai mis face à un paradoxe qu'il ne peut nier, cependant j'aurais préféré qu'il soit encore plus déstabilisé, aussi déconcerté que moi par sa présence.

— Je ne peux pas te laisser seule, avec ce qu'il se dit sur toi.

Ébranlée, je le fixe en dressant un sourcil.

— Je ne suis pas le meilleur être humain qui puisse exister, mais je ne reviens jamais sur ma parole, j'assume tout ce que je fais.

Je baisse la tête et me frotte l'épaule.

— Tu allais me brûler.

Prononcer ces mots met en avant ce souvenir et ses conséquences. Tyler s'approche de moi, chaque pas qu'il fait intensifie le rythme de mon cœur dans ma poitrine. Moins d'un mètre nous sépare. Malgré l'anxiété que je camoufle, j'affronte son regard inexpressif. Délicatement, sa main frôle mon bras, remontant lentement jusqu'à l'endroit que les flammes ont failli effleurer. Ce contact hérisse mes poils, la pulpe de son pouce caresse lentement cette zone et je retiens mon souffle. Tyler a un effet incandescent sur mon corps, mon âme et mon cœur. Il me laisse une marque invisible, différente de celle de Noah.

— Je sais, murmure-t-il.

La tension est palpable, sa main parcourt mon bras avec une lenteur déconcertante. Son regard obscurci par des secrets nébuleux exprime la même chose que le mien : du désir.

J'ai envie de me gifler de ressentir une telle chose *pour lui* et de me laisser manipuler ainsi. Son souffle frappe mes lèvres d'une caresse insolente. Son visage se penche, réduisant peu à peu la distance. Mes lèvres sont avides, elles désirent contre mon gré goûter les siennes. Une prise de conscience soudaine. Il ferme les yeux et détourne son visage du mien. Déboussolée, je le vois s'écarter, détruisant cette bulle dans laquelle nous étions isolés.

— Lana, tu es… différente de tout ce merdier…

Il semble perdu, je n'aurais jamais cru que quelqu'un comme lui pouvait se montrer aussi désemparé.

— Tu me parles comme si j'étais une gamine, prononcé-je doucement, encore perturbée par ce qu'il s'est passé.

Il pousse un profond soupir en secouant la tête.

— Ne laisse pas mes pensées te pervertir, Lana.

D'un pas lent il commence à s'éloigner de moi, mais je réussis à entendre la dernière phrase qu'il m'adresse :

— Je n'en vaux pas la peine.

Deux minutes s'écoulent et je suis toujours immobile. Cet échange ardent a un effet inattendu sur mon être, je ne sais plus quoi penser… Je réagis si mal trop près des hommes… mais avec lui c'est comme si mon passé n'était qu'un mirage. Tyler a jeté en moi un trouble indomptable, semant les graines d'un désir qui me prend au dépourvu. Avec lui, j'ai cette sensation de déjà-vu.

Ou plutôt… de déjà-lu.

CHAPITRE 17

Des comptes à rendre

LANA

Tyler me déconcerte. Dans ses paroles, je retrouve des similitudes avec les mots de Flame. Après, cela ne veut sûrement rien dire. Mais la justesse de leurs répliques résonne en moi de la même façon. Peut-être que c'est pour ça que je suis tant troublée par Tyler, en dépit de tout ce qu'il a pu faire.

Je suis sur le terrain d'entraînement. Depuis hier, les ragots se poursuivent, cependant ils perdent en intensité.

Avant que toutes les filles arrivent, je m'échauffe dans mon coin en endurant les regards pleins de reproches des personnes présentes. Flirter avec l'ennemi est mal perçu apparemment. Plusieurs cheerleaders déboulent sur le terrain en même temps que les joueurs de foot, et je remarque mon frère qui, d'un pas rapide, s'approche de moi.

— Ça va ?

Les aveux de Tyler me reviennent et m'irritent encore un peu. C'est invraisemblable de vouloir m'éloigner juste pour me protéger d'un danger. Matt m'a déjà tenue à l'écart en étant odieux.

— Oui, dis-je froidement.

J'ai l'impression de devenir une bombe à retardement, trop de choses se sont enchaînées. Je comprends la volonté de Matt d'essayer de se rapprocher de moi à nouveau, touché par cette histoire qui salit ma réputation, mais je refuse qu'il pense que tout est pardonné après ce qu'il m'a fait vivre.

Toute notre vie, on fait des choses plus ou moins bien qui pourraient pousser les autres à se souvenir de nous mais il suffit d'une erreur, une seule, pour qu'elle vous définisse à jamais. J'ai toujours lutté et ce n'est pas maintenant que je vais me laisser abattre.

Je laisse Matt en plan et m'avance sur le terrain pour rejoindre mon équipe.

La chose la plus surprenante durant l'entraînement, c'est l'attitude d'Anna. Elle semble totalement indifférente à la rumeur. Elle me parle normalement, se foutant du regard des autres. À la fin, je reste à l'écart avec Lydia, qui n'a pas arrêté de fusiller les autres du regard. Nous faisons nos étirements et la capitaine nous rejoint.

— Lana, tu garderas ta position de voltigeuse pour le prochain show et je t'ai commandé un nouvel ensemble.

Je suis étonnée et cligne plusieurs fois des yeux, comme si je peinais à croire ce qu'elle vient de dire, tandis que Lydia me sourit, contente pour moi.

— Vraiment ?

— Oui, t'as été géniale, je dois l'admettre, et je suis désolée pour ta tenue. C'est Emma la responsable. Je te présente mes excuses pour elle, tu ne méritais pas ça.

— Merci d'être impartiale, répond Lydia à ma place en me caressant le dos.

— C'est normal, souffle-t-elle en passant sa main dans ses cheveux. Concernant la rumeur, ça m'est arrivé aussi, en première année, un truc similaire. Ne t'en fais pas, cela ne va pas durer longtemps. Ignore-les, c'est tout.

Abasourdie, je la dévisage, les yeux écarquillés. Je n'aurais jamais cru Anna capable d'une telle sollicitude à mon égard. J'acquiesce et la remercie d'une voix faible mais l'agitation de l'autre côté du terrain attire notre attention. Mon frère est en train de se battre. Sa colère éclate sur je ne sais quel coéquipier. Les autres gars interviennent pour les séparer mais Matt est plus résistant qu'il n'y paraît. Son adversaire ne tarde pas à riposter et lui inflige un coup à l'abdomen. Mes yeux ont du mal à se décrocher de cette scène. Hayden réussit à maîtriser mon frère et, sous les cris de leur capitaine, les joueurs s'éparpillent. La troupe est calmée, mon frère se retire mais je n'ai pas le temps de voir dans quel état il est. Tyler accourt des gradins et saute par-dessus les barrières. Il attrape Matt pour l'éloigner de l'équipe et ils disparaissent de ma vue. Malgré cette rancœur oppressante que j'éprouve envers mon frère, je ne peux refréner mon inquiétude.

— Tu peux y aller, s'exclame Anna en haussant les épaules. Je suppose qu'il s'est battu pour défendre ta réputation. Il doit sûrement être à l'infirmerie.

Je sprinte en direction l'infirmerie. J'arrive devant la porte alors que Tyler en sort en poussant un profond soupir.

— Comment il va ? demandé-je en reprenant mon souffle.

— Ça peut aller, fait-il en haussant les épaules, incertain.

— Je peux le voir ?

— Attends encore un peu.

Je m'adosse au mur d'en face et croise les bras. Mes craintes me font presque oublier ce qu'il s'est passé avec Tyler. À cette pensée fugace, mes joues se colorent, encore plus lorsque je songe à notre proximité, et un sentiment étrange envahit ma poitrine. Confuse, je tape du pied sur le sol et ma respiration s'accélère. Matt se bat toujours pour moi, je suis la cause de tous les hématomes qu'il a pu avoir. Cette culpabilité lancinante se diffuse dans tous mes membres.

— C'est ma faute.

Ces mots sont sortis de ma bouche comme une flèche. Ce murmure que je croyais inaudible ne passe pas inaperçu aux oreilles de Tyler. Ses yeux se verrouillent subitement aux miens, m'analysant intensément. Puis il fait quelques pas pour s'approcher de moi. Gênée, je détourne le regard en croisant les bras.

— Ce n'est pas de ta faute.

Je relève le visage vers lui, mon air maussade semble le rendre soucieux. J'ignore ce qu'il peut penser mais j'imagine les rouages de son cerveau en surchauffe.

— Qu'est-ce que t'en sais ?

La porte de l'infirmerie s'ouvre subitement sur Tristan, le visage bousillé d'hématomes. Il nous foudroie du regard et Tyler agrippe brusquement mon bras pour me rapprocher de lui. Cette soudaine proximité fait accélérer anormalement les battements de mon cœur. Je scrute Tyler, qui fixe avec hargne son ancien coéquipier, ses traits sont durs. Dès que ce dernier s'éloigne, je me libère de sa prise et j'entre rapidement dans l'infirmerie pour retrouver Matt.

Il pose son regard sur moi et se lève subitement. Je remarque que ses mains sont bandées et que son œil est noirci par un bleu. Cette image de lui me rappelle ce qu'il a fait pour moi.

— Tu n'aurais pas dû…

— Je sais que je n'ai pas assuré ces dernières semaines, mais tu restes ma sœur. Je ne vais pas laisser passer ça.

Sans cette putain de rumeur, Matt et moi ne pourrions pas être dans la même pièce sans nous disputer. Je ne veux pas oublier ce que j'ai subi à cause de son comportement.

Perturbée, je secoue la tête et réprime cette montée de bile acide dans ma gorge.

— C'est trop facile, déclaré-je en soutenant son regard.

— Quoi ? dit-il, interloqué.

— Il a fallu que les ennuis me tombent dessus pour que tu acceptes de redevenir comme avant. Tu m'as écartée de ta vie comme une moins-que-rien. Tu m'as rejetée alors que l'unique chose que je voulais, c'était t'aider avec tes problèmes de drogue.

— Lana…

— Qu'est-ce qui t'a pris ?

Ma voix dure le fait sursauter. Pour la première fois depuis des semaines, il baisse les armes devant moi.

— Toutes les conneries à la maison m'ont fait péter un câble… j'avais besoin d'oublier… et il fallait que je m'éloigne de toi, le temps que je soigne ma dépendance. Je n'osais plus te regarder dans les yeux, il fallait que je mette de la distance entre nous. Je suis vraiment désolé.

Je tente d'assimiler son monologue. Depuis le début, il me cache cette double vie et j'ai du mal à accepter le processus utilisé pour m'écarter.

— J'étais un danger public, poursuit-il. Il fallait que je m'éloigne de Luke et surtout de toi, tu es trop curieuse… tu n'aurais pas lâché l'affaire facilement.

Mes poings se serrent et un sentiment de colère m'envahit. Je devrais me réjouir que mon frère essaye de s'excuser en jouant la carte de la sincérité. Mais je ne vois pas les choses sous cet angle, je suis beaucoup trop remontée pour avoir la force de lui pardonner.

— Tu es un sale hypocrite.

À ces mots, un mélange d'incompréhension et de tristesse transperce son visage éraflé.

— Après ce qu'on a vécu, tu as été le premier à dire que nous devions n'avoir aucun secret l'un pour l'autre, alors que toi tu me mens depuis des mois. Tu crois quoi ? Que parce que je passe pour une soumise aux yeux de tous je vais venir pleurer dans tes bras ? Tu n'as jamais pensé à ce que je pouvais éprouver ! Et tu as été méprisant alors que tu sais très bien que j'ai une peur viscérale de l'abandon. Tu as choisi la dépendance à la drogue au lieu de t'ouvrir à moi, si les rôles étaient inversés, tu m'en aurais voulu à mort et je t'interdis de le nier. J'ai vu dans tes yeux la colère quand tu as su que je t'avais caché ce qu'il s'est passé entre Noah et moi !

Sans perdre une seconde, je sors de la pièce et croise les amis de mon frère dans le couloir. Mon regard se pose rapidement sur Tyler, qui me scrute d'un air soucieux. Avant que l'un d'eux ne m'adresse la parole, je prends mes jambes à mon cou pour quitter cet enfer.

CHAPITRE 18

Quand le sort s'acharne...

LANA

Installée à mon bureau, encore retournée par cette journée éprouvante, je m'évertue à me concentrer sur mon cahier de révisions, mais le visage de Tyler s'impose dans mon esprit. Je nous revois encore et encore, avec cette tentation qui m'a piquée au vif pour la première fois. Mes sentiments ambivalents me perturbent. C'est pour Flame que je suis censée...

Flame ! Je ne lui ai laissé aucun message aujourd'hui. *Merde !*

Tyler a pris trop de place dans ma tête, écrasant avec succès toutes les pensées réservées à mon correspondant. Je suis tiraillée entre la rancœur et cette attirance incontrôlable.

Bordel de merde, je suis attirée par lui.

Je crains les hommes, leurs sourires pervers, leurs mauvaises intentions, il n'y a qu'avec Flame que je pouvais me permettre de partager une intimité virtuelle sur le papier. Sans se voir, sans se toucher.

Avec Tyler, cela prend une tout autre dimension. À son contact, c'est une autre crainte qui m'enveloppe, mais elle finit par se dissiper pour laisser place à un trouble brûlant. C'est insensé que je puisse nourrir de tels sentiments pour lui. Pas après tout ce qu'il m'a fait endurer, pas après tout ce qu'il a pu me faire éprouver. Un ressac abominable.

Il a beau prétendre que toute sa manœuvre est mue par son envie de me préserver, je ne veux pas y croire. Le prix à payer aura été le retour de mes vieux démons. Un poison se mêle à mon sang et me pourrit encore l'esprit.

En ouvrant mon cahier, je tombe sur le dernier message de Flame.

Ne les écoute pas, je suis là,
moi, je sais que c'est faux,
tout ce qu'ils disent.
Flame.

Je m'accroche à ses mots comme un navire qui se stabilise grâce à son ancre. Je m'accroche à Flame. J'aimerais tellement le voir, je ressens ce besoin dans un tel moment de faiblesse. Je resserre le papier contre ma poitrine et malgré moi je souris. Pour un court instant, j'oublie tout ce qu'il m'arrive.

Flame, j'aimerais tellement que tu sois là. Pour de vrai.

Quelques jours plus tard, les bruits de couloir se sont estompés. Plus personne ne me juge ou n'ébruite quoi que ce soit. Matt a tenu son rôle et je me sens un peu plus légère, même si, dans ce capharnaüm, aucun de nous n'a fait le premier pas vers l'autre. Anna avait raison. Cette histoire a fini par se dissiper.

Aujourd'hui, j'ai envie de tout oublier et ma seule façon d'y parvenir, c'est de danser. Alors je demande à Lydia de m'accompagner au Thunderdome. J'ai envie de m'amuser, de vivre ma vie d'étudiante sans me préoccuper de mes soucis. À dix-huit ans, on est censé profiter de la vie, ne pas songer à l'avenir ni aux problèmes des autres.

Sous les éclats prismatiques des lumières du Thunderdome, je me retrouve sur la piste de danse, les pieds touchant à peine le sol. Autour de moi, le monde se transforme en une toile vibrante de sons, de couleurs et d'énergie pure. Chaque mouvement, chaque rotation m'éloigne un peu plus de la réalité, me plongeant dans un état de grâce où la gravité semble perdre son emprise. Les rythmes pulsants de la musique s'infiltrent dans mes veines, dictant mes pas, mes gestes. Je me laisse porter par le flux, mes bras dessinant des arabesques dans l'air chargé d'électricité. C'est comme si chaque note de musique avait le pouvoir de dissiper mes soucis.

Autour de moi, les visages des autres danseurs se fondent en un kaléidoscope humain, mais je suis seule dans ma bulle, insensible à leur présence. Je suis ici et maintenant, libre et sans attache. Mes pensées, habituellement si lourdes et encombrantes, se font légères, presque insaisissables. Les doutes, les peurs, les incertitudes… tout s'évapore, laissant place à une sensation de plénitude. Je ferme les yeux un instant, bercée par cette douce euphorie. Sous mes paupières, des lueurs dansent encore, témoignage vibrant de la vie qui bat au cœur du Thunderdome. Et, dans cet instant suspendu, je me sens invincible, intouchable. La musique est mon bouclier ; la danse, mon épée.

Quand je rouvre les yeux, le monde n'a pas changé mais je me sens plus légère. Plus rien n'a d'importance. Il n'y a que la musique, la danse et cette incroyable sensation de liberté, comme si tout était possible. Au bar, Lydia et Hayden sont ensemble, leur relation se renforce de jour en jour, ma meilleure amie est heureuse et j'aime la voir ainsi. Si Hayden est présent, je sais pertinemment que mon frère n'est pas bien loin, mais je ne l'ai pas encore croisé. Après avoir prévenu mes deux amis, je vais faire un tour aux toilettes pour me rafraîchir. Il y a moins de musique de ce côté-là du hangar. En longeant les couloirs, je croise un visage familier. Je plisse les yeux pour tenter de le reconnaître, ce dernier me toise avec un rictus narquois en faisant tourner un couteau entre ses doigts. Il porte une veste en cuir qui avec un emblème de corbeau. J'évite son regard et file m'enfermer dans les toilettes.

Le son de l'eau s'écoulant du robinet résonne dans l'espace confiné des toilettes, une mélodie familière dans un univers de chaos. Je suis penchée au-dessus du lavabo, je regarde l'eau claire glisser entre mes doigts. C'est un moment de répit, un instant volé à la nuit tumultueuse.

Soudain, la porte s'ouvre brusquement, mon regard se pose sur le miroir, captant l'entrée des trois hommes dans le reflet. Ils se tiennent entre moi et la seule issue, leurs silhouettes imposantes barrant le chemin vers la sécurité. Le cliquetis de la porte se refermant derrière eux rompt le charme fragile de l'isolement. Le sentiment de calme s'est évaporé, remplacé par une terreur glaciale. Je reconnais l'homme que j'ai croisé, je me souviens de lui désormais. Un soir, j'étais avec Tyler et il était là. C'est lui qui m'a fait comprendre que Matt avait plein de dettes à cause de la drogue.

La peur me saisit, s'infiltre dans chaque fibre de mon être. Elle est si intense, si palpable que j'en perds presque mon souffle. En les scrutant dans le miroir, j'essaie désespérément de déchiffrer leurs intentions dans leurs expressions menaçantes. La logique me dit de crier, d'appeler à l'aide, mais ma voix semble s'être évanouie, emprisonnée dans ma gorge serrée par l'angoisse. Chaque seconde qui s'écoule me semble durer une éternité. Mon esprit, d'ordinaire si vif, se fige sous l'emprise de la peur. Des scénarios terrifiants défilent dans ma tête, chacun plus effrayant que le précédent. Mes jambes, tremblantes, semblent incapables de me porter si je devais tenter de fuir.

— T'avais raison, Donovan, elle est parfaite pour rejoindre nos autres putes.

Je me sens incroyablement vulnérable, ainsi coupée du reste du monde par ces murs qui résonnent désormais d'une menace sourde. L'air autour de moi devient lourd, chargé d'une tension insoutenable. Les bruits, Les mouvements sont amplifiés, faisant écho à la terreur qui me consume.

Tout en moi me crie de reculer, de trouver une échappatoire, mais je suis paralysée. La réalité s'abat sur moi avec une clarté cruelle : je suis seule. Seule avec mon reflet paniqué, seule face à une menace dont je ne sais rien, sinon qu'elle est réelle, pressante, terrifiante.

— Ouais, la petite sœur de Julliard a beaucoup de potentiel, ricane Donovan en se frottant les mains et en s'avançant vers moi.

— Mais on a le droit de s'amuser un peu avec avant de la montrer au boss, tu ne crois pas ?

— Après toi, Josh, s'exclame Donovan fièrement.

Le Josh en question m'attrape brusquement par la taille. Affolée, je me débats comme je peux mais sa poigne est beaucoup trop forte pour moi.

— Laissez-moi sortir !

Ma voix est brisée par l'effroi, j'ai la gorge nouée et mon estomac se crispe sous la tension. Josh me plaque contre le mur froid, mon sang se glace dans mes veines. Ma bouche est agressée par la sienne. Son goût me répugne. Je parviens à le repousser de mes mains, il grogne et me jette de l'autre côté des toilettes. La robe noire que je porte se retrouve maculée des saletés amassées sur le sol.

Je me redresse, les jambes tremblantes, la respiration saccadée. Le danger décuple mon angoisse, je suis pétrifiée, terrorisée de tout revivre une seconde fois. Leurs gestes assaillent mon âme. Ma vision se trouble et les visages des ravisseurs de mon passé me reviennent en tête. Mes barrières s'effondrent. Tout s'effondre.

Les mots tendres et amoureux de Noah au début de notre relation transformés en insultes et en paroles vulgaires. Son envie de me posséder. Le contact de ses mains sur mon corps totalement shooté qui refusait malgré tout de se donner à lui, suivi de châtiments pervers que j'encaissais malgré moi.

Donovan emprisonne mes mains derrière mon dos, Josh interpelle le troisième gars, qui se place face à moi avec un rictus sournois. Il déchire avec violence le haut de ma robe, libérant mon soutien-gorge, puis sa langue force l'entrée de ma bouche… *Je suis finie.* Ses doigts s'empressent de remonter le bas après avoir exploré mes seins, puis s'attaquent directement à mon intimité.

Comme je m'agite dans tous les sens pour échapper à ses ignobles mains, il m'assène une gifle. Je ne peux pas pleurer devant eux. Mes larmes, personne ne doit les voir. Je crache ma haine sur le gars devant moi, cette salive qu'il a souillée avec la sienne.

— Salope !

Mes genoux s'entrechoquent lorsqu'ils percutent le sol.

— Je vais m'occuper de toi, ma belle. Je comprends ce que Brook te trouve. C'est vrai que t'es terriblement sexy quand tu danses.

Donovan inflige à mes oreilles un torrent d'obscénités, j'ai envie de vomir. Sa langue me lèche le cou et sa main descend jusqu'à mon sein droit, qu'il extirpe de mon sous-vêtement.

— Non… s'il vous plaît…

Ma voix se brise, mes dernières forces m'abandonnent, je suis incapable de faire quoi que ce soit.

Le bruit de la braguette du jean de Josh résonne dans la pièce. Je remue dans tous les sens mais Donovan, derrière moi, m'immobilise toujours en me tripotant les seins. Je ferme les yeux et aspire ma lèvre inférieure.

— T'inquiète, ma jolie, trois queues t'attendent. Elles sont bien meilleures que celle de Brook. Tu vas te régaler, après nous avoir chauffés avec ton petit cul sur la piste.

Je secoue la tête alors qu'il essaie de la maintenir pour accéder à nouveau à ma bouche, mais avec son sexe cette fois…

Des coups contre la porte se font entendre, prenant au dépourvu mes trois bourreaux. Brutalement elle s'ouvre à la volée, dévoilant un Tyler furax, les poings serrés. En moins d'une seconde, il se jette sur eux. Dès que je suis libérée de leur emprise, je m'empresse de me cacher dans une cabine. Je ne me suis jamais sentie aussi humiliée… Mes bras recouvrent ma nudité et je me recroqueville sur moi-même. Des insultes fusent de la bouche de Tyler, mélangées aux gémissements de douleur des trois autres. Je bouche mes oreilles fragilisées par cette brutalité. J'entends d'autres personnes débarquer et entraîner la bagarre à l'extérieur.

— Lana !

La voix de Tyler me parvient. Il tente d'ouvrir la cabine.

— Trésor, s'il te plaît… j'ai besoin de te voir.

Sa voix me supplie. Mon cœur cogne si fort dans ma poitrine. Je soulève le loquet et il s'empresse d'ouvrir la porte, me découvrant dans ma tenue déchirée. Son visage est maculé de quelques taches de sang. Ses yeux, ne dégageant d'habitude que froideur, dévoilent dans cette teinte sombre un voile d'incertitude. Chaque pas qu'il fait vers moi affole mon corps et je resserre l'emprise de mes bras sur moi afin de dissimuler ma poitrine presque nue. Mon soutien-gorge est déchiré et le bas de ma robe recouvre à peine mon intimité. Comprenant le traumatisme que je viens de vivre et sans me lâcher du regard, il retire sa veste en cuir dans un geste lent, comme pour ne pas effrayer un animal apeuré. La chaleur du vêtement m'enveloppe. Les doigts de Tyler frôlent ma peau et j'ai un geste de recul si brusque que mon dos se cogne contre la paroi.

— Ne me touche pas !

Ces mots sortis de ma bouche sont comme un supplice. Ma peau encore effrayée par les mains de mes trois agresseurs n'est pas prête à recevoir le contact d'un autre individu. Je baisse la tête à cause du sentiment d'humiliation que je ressens.

— Lana…

La voix de Tyler bourdonne dans mes oreilles, son ton calme révèle un soupçon de crainte et mes yeux rencontrent les siens. Il s'approche lentement et scrute chaque trait de mon visage susceptible de se contracter.

— Je suis là.

Son murmure rassurant a un effet imprévisible sur moi, je ferme les yeux pour reprendre mes esprits. Lorsque la chaleur de ses doigts enveloppe ma joue, je rouvre les yeux et me noie dans le néant de son regard.

— Je te protégerai.

Sa présence efface quelque peu l'horreur. Mes doigts resserrent les pans de sa veste et je baisse la tête. Mon front frôle son torse, qui monte et descend à cause de sa respiration irrégulière, aussi irrégulière que mon pouls.

— Je te protégerai.

Il me répète ces paroles dans un murmure qui fait courir la chair de poule sur mes bras. Son menton est posé sur mon crâne, et ma tête sur sa poitrine. Je ressens tous les mouvements dans son sang. J'ai tant besoin de sa chaleur, elle me réconforte, son odeur de cigarette est supportable lorsque les effluves de son eau de Cologne corsée s'y mêlent.

— Je ne laisserai personne te faire du mal.

Je me sens si affaiblie. Seuls les battements frénétiques de mon cœur témoignent encore de mon existence. Je suis dans ses bras et je crois que j'aime ça. Tyler me rassure, il m'apaise sans se rendre compte de ce qu'il fait. Il m'apaise comme Flame le ferait.

TYLER

J'ai envie de tout brûler. Pourquoi il a fallu qu'ils la touchent ? Pourquoi, bordel de merde ?

Lana tremble comme une feuille dans mes bras. Sa détresse me retient auprès d'elle, sinon je serais en train de tuer Josh et Donovan. Dan et les Gunners sont arrivés à temps pour calmer le jeu et sortir les Ravens d'ici. Toute la soirée, mon regard était sur Lana et, quand je ne l'ai plus vue, je me suis mis en tête que je devais la retrouver. Hayden m'a indiqué qu'elle était aux toilettes et c'est là que j'ai entendu les insultes de ces connards et les supplications de Lana.

— Tyler ? Lana ?

C'est Matt. Lana cache davantage son visage contre mon torse et je la serre plus fort dans mes bras. J'ai peur qu'elle m'échappe, j'ai peur qu'elle s'effondre, j'ai peur de perdre Cherry. Je me retourne vers mon ami et lui intime de ne rien dire. Il se décompose en découvrant l'état de sa sœur meurtrie. Hayden et Lydia arrivent à leur tour, cette dernière a les larmes aux yeux et son copain la prend dans ses bras. Je leur demande à tous de sortir. Elle n'a pas besoin de voir autant de monde dans un moment pareil.

— Trésor, murmuré-je une fois que nous sommes seuls.

— Je me sens humiliée.

Sa voix n'est qu'un soupir. Quelque chose en moi se brise et une tristesse insoutenable se répand dans mes veines.

— Je vais te porter et nous allons sortir d'ici.

— Je ne veux pas que la foule me voie, rétorque-t-elle subitement en s'accrochant au tissu noir de mon sweat à capuche.

— Je connais une autre sortie, trésor. Je te promets que tu ne croiseras personne. Est-ce que je peux te prendre dans mes bras pour te sortir d'ici ?

Lana hoche la tête, hésitante, je passe mon bras sous ses jambes et la soulève. Ses doigts s'accrochent à mon pull et sa tête s'enfouit contre mon torse. Je sors des toilettes et parcours le couloir. Il y a une issue de secours qui mène directement au parking. Ce soir, je suis venu avec ma voiture, ma moto est en révision chez Dan. Je dépose Lana sur le siège passager et fais le tour pour m'installer côté conducteur. Lana a le regard perdu dans le vide, elle est adossée au siège, les bras croisés.

— Trésor, mets ça, pour que ne pas avoir froid, proposé-je en lui présentant mon sweat, que je viens de retirer.

Ses yeux de jade font un va-et-vient entre mon visage et mon bras qui lui tend le vêtement. La main tremblante, elle le saisit et s'empresse de l'enfiler. Je détourne le regard pour ne pas la voir, je sais pertinemment qu'elle vérifiera et je n'ai pas envie qu'elle s'imagine que je veux profiter de sa vulnérabilité pour la mater.

— Merci, souffle-t-elle.

Je prends ça comme signal pour me retourner. Les lumières dans ses yeux se sont éteintes, je ne perçois plus les flammes dansantes dans ses iris, ni son feu intérieur, son répondant à toute épreuve. Je ne sais pas quoi lui dire, je ne sais pas quoi faire. Tout ce que je sais, c'est que je refuse de la laisser.

— Trésor, pardonne-moi de ne pas être venu à temps. J'aurais dû empêcher ça, confié-je faiblement en me frottant le front.

J'aurai dû être là. J'aurai dû la protéger. J'aurai dû prévoir le coup de Donovan.

— Tu es arrivé à temps, lâche-t-elle en me regardant.

Ils ont posé leurs sales mains sur sa peau d'albâtre. Je vais les tuer, les vider de leur sang. Lana est presque allongée sur le siège, je me penche vers elle pour lui caresser les cheveux mais je m'arrête avant de la toucher, par peur de la brusquer.

Lana ferme les yeux et finit par acquiescer, comme si elle m'accordait sa permission. Je passe mes doigts dans sa chevelure ondulée et pose mon front sur son épaule.

— Repose-toi, trésor, je vais appeler Matt pour qu'il te dépose chez toi.

Avant que je retire ma main, elle l'attrape et la plaque sur sa poitrine avant d'entremêler nos doigts. Ce geste me fait perdre mes moyens.

— Je ne veux pas qu'on se souvienne de moi pour ce qui vient de se passer, murmure-t-elle avec un soupçon de ténacité dans la voix.

Et c'est là que je perçois toute la combativité de Cherry, ce qui renforce encore toute mon admiration.

— Des femmes vivent pire que ça… je peux me relever, souffle-t-elle en serrant ma main.

Mon Dieu, je n'ai jamais vu une femme aussi… forte.

— Crois-moi, trésor, j'ai mille autres raisons de penser à toi.

J'aimerais l'apaiser. J'aimerais lui dire tout ce que Flame n'a pas peur d'admettre, mais je n'y parviens pas. Comment pourrais-je le faire sans me sentir lâche et honteux ? J'envoie un message à Matt afin qu'il nous retrouve et qu'il puisse la déposer chez eux.

— Ton frère arrive, lui annoncé-je en me penchant vers sa main qui tient encore la mienne contre son cœur.

Je dépose un baiser sur sa paume, avec cette horrible crainte qu'elle puisse me repousser. Mais elle n'en fait rien et finit par se détendre à mesure que je lui caresse le dos de la main avec mon pouce. J'ai envie de l'embrasser, de lui faire tout oublier. J'ai envie de la faire sourire, de raviver la flamme d'espoir dans son regard. J'ai envie de l'entendre s'opposer à moi comme dans nos débats. J'ai envie de Lana.

Matt arrive, je sors de la voiture et il pousse un long soupir plein de désarroi.

— Merci, Tyler.

La reconnaissance transparaît dans sa voix et il ne peut s'empêcher de me prendre dans ses bras, sa tête reposant sur mon épaule.

— Tout est ma faute, lâche-t-il, presque brisé.

Matt me fait beaucoup de peine, je sais qu'il se sent responsable et j'aimerais trouver les mots pour le réconforter. Je me contente d'appuyer ma main sur son épaule et l'écarter un peu de moi pour qu'il puisse me regarder, mais il demeure tête baissée, mort de honte.

— Les choses ont changé maintenant, tu as changé, ce qui est fait n'a plus d'importance, tu peux toujours te rattraper.

Matt daigne enfin poser son regard sur moi, il acquiesce et esquisse un sourire triste.

— Je vais la déposer et rester avec elle.

Lana s'est endormie. Je passe la voiture à mon ami et je m'empresse de retrouver Dan et tous les autres au stand des Gunners.

— Où sont-ils ? craché-je en m'adressant violemment à eux.

Dan pousse un long soupir tandis que les autres Gunners me lancent des regards pleins de reproches.

— Tu sais pourquoi ils s'en sont pris à Lana ? s'exclame Dan en me regardant avec désespoir.

J'arque un sourcil, ne comprenant pas où il veut en venir.

— Tu m'as menti, Tyler, annonce mon cousin.

Et là, je comprends.

— Tu as fait échouer les plans de proxénétisme des Ravens alors ils s'en sont pris à quelqu'un que tu connaissais pour se venger. C'est ce que Donovan a dit.

CHAPITRE 19

Situation chaotique

TYLER

Les Gunners sont furax, voire plus que ça. Mon cousin tente tant bien que mal de les calmer, cependant la seule chose à laquelle je songe, c'est le beau visage de Lana noyée dans la tourmente. Par ma faute. Par. Ma. Putain. De. Faute.

— On n'aurait jamais dû te faire confiance ! À cause de toi les Ravens vont nous rentrer dedans.

— T'es un sale égoïste !

— Dan, tu as intérêt à réparer ses conneries, promets-le !

Je passe ma main sur mon front, leurs brimades me semblent lointaines. Je les écoute mais elles ne me touchent pas. Je les entends mais elles ne provoquent rien en moi. Je suis habitué à être rejeté, à ce qu'on ne se batte pas pour moi. Tout ce qu'on peut dire à mon sujet… ça m'est égal. Je me laisse tomber sur un des canapés et recouvre mon visage.

— Arrêtez ! s'exclame Dan. Cette histoire n'a rien à voir avec les Gunners, c'est de Tyler qu'il s'agit. Sortez !

Tout le monde s'exécute sans protester, mais je sens les regards noirs sur moi. Je suis seul avec Dan. Il ferme la porte, nous isolant du vacarme de la musique et de la fête et nous plongeant dans un silence lourd.

— Tyler…

— Je les ai attaqués.

— Je le sais. Mais je croyais que nous en avions parlé, toi et moi... que toute cette histoire était passée.

— Non ce n'est pas passé ! Cela ne passera jamais ! Eryn ne va jamais aller mieux et c'est à cause d'eux ! Ils méritent de tout perdre comme elle est en train de se perdre.

Debout devant lui, je fais les cent pas et le pointe du doigt comme si je l'accusais de tous mes malheurs.

— Tyler...

— La vie est injuste, Dan... tout est injuste et maintenant, à cause de moi... encore, c'est Lana qui souffre...

Les mots semblent se dissoudre dans l'air entre nous, incapables de franchir le gouffre de mon désarroi. Dan, debout, est comme un arbre solide face à la tempête de mes regrets, ses racines plongées dans une terre de patience et de compréhension. Face à lui, je me sens comme une épave échouée sur le rivage de ses regards emplis de compassion. Sa présence est un phare dans la brume de ma détresse, mais je crains que même sa lumière ne puisse dissiper l'obscurité dans laquelle je me suis perdu. Son visage, marqué par une peine profonde pour moi, est un miroir où se reflète l'étendue de ma chute.

Comment lui expliquer que chaque battement de mon cœur est un rappel de mon échec ? Je ne me supporte plus.

— Je sais, mon grand... la vie est injuste pour beaucoup, c'est pour ça qu'il faut tenir le coup. Tu peux le faire. Tu es fort, plus que tu ne le crois. Ne pense pas aux erreurs... pour Lana, tu l'as sauvée à temps. Tu as empêché le pire.

Dan appuie sa main sur mon épaule pour me soutenir. Je baisse la tête et je m'imprègne de ses paroles, il se rapproche de moi et finit par me prendre dans ses bras.

— Tu as sauvé Lana ce soir. Pour les Ravens, il voulait s'en prendre à toi, ils t'ont vu l'autre soir avec elle et c'est pour ça qu'ils l'ont choisie. Ils voulaient te punir. Maintenant, il faut que cela cesse.

Je prends une profonde inspiration et Dan me serre contre lui, ma tête repose sur son épaule.

— Ne laisse pas ta haine te guider comme un vulgaire pantin.

— Par ma faute, les Gunners t'en veulent.

— Tu es plus important. Ne te soucie pas de cela. Lana n'a rien, toi non plus. C'est le plus important.

— Comment peux-tu m'accepter ainsi…

Je le sens sourire et il me frotte les cheveux. Je m'écarte de lui et j'enfonce mes mains dans les poches de mon jean, embarrassé par cet élan d'affection fraternel entre nous. Dan est le grand frère que je n'ai jamais eu, et probablement mon soutien le plus inébranlable depuis le début.

— Tu es mon cousin mais, si je t'accepte, c'est parce que je sais qui tu es au fond de toi. Je ne laisserai rien t'arriver, tu m'entends ? Ravens ou pas. Fais en sorte de t'éloigner d'eux. D'accord ?

— Je ferai au mieux.

Quand ces mots franchissent ma bouche, un goût amer reste sur mon palais. Une saveur immuable. Une sensation m'envahit, elle comprime mon cœur. Chaque battement de cœur semble souffler : *menteur, menteur, menteur.* Je me sens coupable pour des milliers de raisons.

LANA

Mon corps est replié sur le lit et je serre la veste de Tyler contre moi, je n'ai pas spécialement froid mais sa chaleur et son parfum me réconfortent. Mes synapses sont déconnectées de mon cerveau, m'affligeant sans cesse le sombre scénario que j'ai vécu il y a à peine deux heures. Le lit s'affaisse et mes yeux se rouvrent, scrutant Matt qui s'allonge sur le côté pour me faire face.

— Lana, je t'en prie, parle-moi.

À cet instant, une petite larme s'extirpe de mon œil et je blâme la gravité d'avoir cet effet sur moi. La voix de mon frère ravive en moi le manque de ces dernières semaines. Cette unique larme est stoppée dans sa course par l'index de Matt, il finit par me prendre dans ses bras.

— Je suis tellement désolé.

Je m'écarte de lui pour mieux l'analyser.

— J'ai conscience que je me suis très mal comporté, même si je voulais te protéger. Je m'y suis mal pris... et je sais que tu ne me pardonneras pas facilement, mais laisse-moi être présent pour toi.

Je crois rêver lorsque je vois ses yeux noisette s'embuer de larmes. Touchée, je m'approche de lui et dépose un baiser sur son front. Sa sincérité me touche énormément et voir cette larme couler sur sa joue comme un flocon de neige me poignarde la poitrine.

— Je t'avais promis que rien ne t'arriverait, et là je fais tout de travers, ajoute-t-il tristement en passant sa main dans ses cheveux châtains.

— Je veux qu'on oublie ce qui s'est passé ce soir.

— Tu ne peux pas faire ça chaque fois...

Le téléphone de mon frère sonne, l'interrompant, et tant mieux, car je n'ai pas envie d'écouter la suite de sa phrase. Il décroche.

— Oui... Ça va mieux... Tous ? Bien, merci... Je vais rester à la maison ce soir.

Il raccroche.

— Tu restes ? demandé-je.

— Ouais, sauf si tu veux que je m'en aille ?

— Non.

Une lueur d'apaisement traverse ses yeux.

— Je m'excuse pour tout... je peux t'assurer que l'histoire de drogue, c'est derrière moi. Les gars m'ont beaucoup aidé... puis tu m'as énormément manqué.

Il semble sincère et j'ai envie de le croire.

— Tu es sûr que ça va ? insiste-t-il en posant sa main sur mon front comme pour prendre ma température.

— Oui, je te le promets.

Cette réconciliation me fait du bien, je me sens plus légère. Mon subconscient veut s'accrocher à ce qui peut me faire du bien pour oublier le mal de tout à l'heure. Je veux tout oublier, ne plus jamais me rappeler cet incident qui ne fait qu'exhumer mes plus sombres démons. Si Tyler n'était pas arrivé à temps, je n'ose pas imaginer ce qu'il se serait passé. Cette image de moi à genoux face au sexe de ce pervers me fait froid dans le dos... Comment peut-on traiter une personne de la sorte ?

— Je sais que tu as vécu l'enfer, s'exclame mon frère. Avec tout ce qu'il s'est passé, ça n'a pas dû être facile, je devais être ton pilier et j'ai tout gâché. Putain, je m'en veux tellement, si je n'avais pas sombré dans ces histoires, Donovan ne t'aurait pas approchée... J'avais tellement de dettes, Tyler les a payées mais les Ravens ont sûrement voulu me punir...

— C'est fait, Matt, cela ne sert à rien de regretter tout ça, lui assuré-je avec détachement.

— Est-ce que Tyler t'a menacée ? demande-t-il doucement.

— Pourquoi tu me demandes ça ?

Sa question m'ébranle, je ne m'attendais pas à ce qu'il me parle de lui.

— Parce qu'il était tellement en colère contre moi… je le suspecte d'être venu te parler.

Je ne veux pas lui avouer la vérité car, en dépit des maux que Tyler m'a causés, il a été présent pour moi. Il souffle le chaud et le froid, il me brûle avant de remodeler les cendres qu'il a laissées. Il me pousse puis me rattrape dans cet élan de contradiction qui lui va bien.

— Verbalement, oui.

Il a brisé mon collier, m'a méprisée puis a ensuite tenté de me brûler. Un étau serre si fort ma gorge que je ne peux révéler aucune de ces vérités à mon frère. C'est hypocrite de ma part de lui cacher de tels sévices, après l'avoir accusé de mentir. Pourtant, c'est indéniable, Tyler Brook a une emprise sur moi.

— Ça ne m'étonne pas de sa part.

— Pourquoi ?

— Tu lui rappelles quelqu'un. Je comprends qu'il ne veuille pas te voir proche du danger, il veut seulement te protéger. Il veut m'éviter de faire les mêmes erreurs que lui.

Je te protégerai.

Il me l'a dit. À deux reprises, comme s'il voulait se prouver à lui-même qu'il en était capable. Cette détresse a remué en moi tant d'émotions. Je déduis que ce *quelqu'un* a un lien particulier avec Tyler et que ça le perturbe encore beaucoup.

Et moi également.

Pendant la majeure partie de la nuit, mon frère et moi avons enchaîné les confessions. Nous avons parlé de nos parents et de leurs disputes incessantes. Il a évoqué ses problèmes de drogue et les différentes choses qu'il a pu faire sous cette emprise néfaste. J'ai réussi à lui tirer les vers du nez sur ce changement, mais il est resté nébuleux sur les raisons. Je ne peux pas lui en vouloir, moi aussi j'ai des secrets. Matt n'a jamais supporté que je garde tout pour moi.

Ce matin, je ne vais pas en cours. Si mon père n'a pas eu de réaction, ma mère est restée silencieuse, évaluant mon attitude. Elle se doute que quelque chose ne va pas. Matt a un entraînement important aujourd'hui, qui déterminera sa position au prochain match, et il s'est porté volontaire pour prévenir la capitaine des cheerleaders que je serais absente. Luke est au lycée. Je suis donc seule à la maison, dans mon pyjama Ariel, la Petite Sirène. Tous mes pyjamas sont à l'effigie de personnages Disney, c'est ma petite collection personnelle.

Pour m'occuper l'esprit, je fais le ménage dans ma chambre. Je m'attaque à la poussière des meubles et mes narines s'en trouvent chatouillées, provoquant une multitude d'éternuements.

Et c'est ainsi, qu'en 1937 Walt Disney s'inspira de Lana Julliard pour créer le personnage d'Atchoum des sept nains.

Soudain, la veste de Tyler accrochée sur ma chaise attire mon attention et, comme si j'avais peur qu'elle s'enflamme, je l'effleure du bout des doigts. Tyler m'a sauvée de l'irréparable. L'ironie est qu'il a eu beau me replonger dans mon propre enfer, il m'a extirpé des griffes d'un châtiment encore plus rude.

Ne laisse pas mes pensées te pervertir, Lana.

Mon téléphone sonne. Découvrir le nom de Lydia me surprend, surtout à cette heure-ci. En décrochant, je la mets sur haut-parleur en continuant ainsi de plier les vêtements qui forment une pile sur ma chaise de bureau.

Nous connaissons tous cette chaise bourrée d'habits qu'on a la flemme de ranger.

— Oui, Lydia ?

— Ouvre-moi la porte. Je suis en bas de chez toi avec un tas de trucs dans les mains.

Je fronce les sourcils.

— Mais qu'est-ce que tu fous là ?

— Tu pensais vraiment que j'allais te laisser seule, tu me connais mal. C'est un affront, ma chère. Je te pardonne uniquement si tu te bouges le cul pour m'ouvrir cette satanée porte, le chien de tes voisins n'arrête pas de me fixer… MON DIEU ! FAIS VITE, IL VA VENIR !

Un rire se déploie dans ma gorge et j'accours pour lui ouvrir la porte. Ma folle d'amie tient une boîte de pâtisseries, pas la peine d'être un génie pour savoir que le contenu est un cheese-cake. Je l'invite à entrer et on s'installe dans la cuisine.

— T'abuses, il est gentil, Whisky.

Whisky est un gentil beagle très énergique, il bouge dans tous les sens mais il est terriblement adorable.

— Tu veux rire, j'espère ? Déjà, juste ce nom ne donne pas envie de le voir.

— Toujours dans l'excès, soupiré-je en roulant des yeux.

— En même temps, je m'adresse à une fille qui a nommé son cochon d'Inde Capote.

Je réprime un rire avant de me jeter sur le cheese-cake à la framboise. Un orgasme imminent pour mes papilles gustatives.

— Putain, merci, tu es un ange tombé du ciel.

— Je savais que ça te ferait du bien, réplique-t-elle avec un sourire.

— À la base je voulais rester seule mais tu as le meilleur des visas pour me rendre visite, plaisanté-je.

— Rappelle-moi de dire à ton futur époux de te flatter SURTOUT au niveau de ton estomac.

— Je serai la plus comblée des femmes.

— Si tu étais un personnage de *Friends*, tu serais un mélange de Chandler et Joey, se moque-t-elle.

— Mes deux chouchous… quoique je les aime tous.

Nous montons dans ma chambre, Lydia s'allonge et je m'assois en face d'elle tout en caressant mon petit rongeur.

— Tu te sens comment ? demande-t-elle en prenant une voix sérieuse.

Je la rejoins sur le lit et m'assois en tailleur, Capote toujours niché dans mes bras.

— Je ne sais pas, Lydia.

— Tu as dormi cette nuit ?

— Matt est resté avec moi, mais je n'ai pas vraiment dormi.

— Tu as conscience que ce qu'ils ont fait est très grave et que tu agis comme si de rien n'était.

On y est.

— Je vais bien, des femmes se font violer, subissent bien pire que ce que j'ai vécu…

— Tu as été agressée deux fois, Lana, me coupe-t-elle brusquement. Deux fois. Et les deux fois, tu t'es comportée comme si rien ne s'était produit. Tu as besoin d'aide. Tu as besoin de parler à quelqu'un. Je sais très bien que tu ne porteras jamais plainte, je te connais. Tu veux à tout prix garder l'image de la fille que rien n'atteint, mais ce n'est pas comme ça, la vie. Si ton frère a trop peur de dire ce qu'il pense, moi je vais le faire. Tu dois parler à quelqu'un, en parler à ta mère. Tu ne peux pas continuer à faire semblant.

Après ce qu'il m'est arrivé cet été avec Noah, ma capacité à oublier mon chagrin s'est renforcée, ce n'est qu'une question de temps pour que j'oublie ce qu'il s'est produit hier. Dans quelques jours, j'irai mieux. Je ne suis pas faible, je ne suis pas une victime. Je suis forte.

Viens, on va jouer à un jeu.

— Pourquoi tu ne me laisses pas tranquille ? lui demandé-je doucement les yeux baissés.

— C'est pour ton bien. Tu vas te renfermer, avec le temps, et je ne veux pas que cela arrive. Parler enlèvera un poids de tes épaules.

Ma honte est oppressante. Pas moyen de l'enlever. Jamais. Elle fait partie de moi. Tout ce que j'ai subi hier n'a fait que raviver mes démons.

Noah Harris.

Il a laissé une empreinte indélébile dans mon âme, une contusion profonde, incurable.

— Ce n'est pas vrai, ça n'enlèvera rien du tout ! réfuté-je en me mettant debout.

— Si tu étais à ma place, tu ferais quoi ? s'exclame-t-elle en fronçant les sourcils tout en imitant ma position.

— Je déteste ce genre de question.

Elle secoue doucement la tête.

— Je déteste quand tu te comportes ainsi.

— Écoute, j'ai déjà vécu un traumatisme. Je n'ai pas envie que celui-là m'envahisse. Je veux réussir à oublier ce qui s'est passé hier.

Le déni ? Je l'ignore. À force de lutter, on s'endurcit, non ? Je me crois capable de supporter ça. J'en suis convaincue.

Mais pour combien de temps ?

— Après Noah, tu n'as rien fait. Cette relation était pire que toxique… Pourtant même moi j'ignore ce qui s'est réellement passé entre vous. Il est temps que ça change.

— Tu veux que je fasse quoi ? Que j'aille voir une psy ? Que je brise le cœur de mes parents ? Que je montre au monde entier que je ne suis qu'une usurpatrice ?

Lydia semble touchée par mes mots. Son visage est recouvert d'un voile de peine. Je déteste ce regard. Je déteste l'idée qu'on puisse être triste pour moi à cause de ce que je vis.

— Lana, s'il te plaît…

— Si tu es venue ici pour me faire la morale, je t'invite à partir, déclaré-je durement en évitant soigneusement son regard.

— Je ne pensais pas que tu réagirais comme ça.

— Laisse-moi !

Lui tournant le dos, je fixe la fenêtre. Je ne veux plus rien entendre. Quelques secondes plus tard, je découvre qu'elle est partie. Prise d'une violente envie de tout casser autour de moi, je jette sur le sol ce qui est sur mon bureau en criant comme une déchaînée. Tout y passe, mes cahiers, mes livres et même la cage vide de Capote. Puis mon corps glisse contre le mur, jusqu'à ce que mes fesses rencontrent le sol froid. Nichant ma tête sur mes genoux, je broie du noir.

Je n'en peux plus.

CHAPITRE 20

Le début de la fin

TYLER

Je dois prendre mes distances mais je n'y arrive pas. Elle agit comme si de rien n'était, comme si tout ce qui s'était passé n'était qu'un mirage. Lana est revenue à la fac et rien dans son attitude n'a changé. Ses paroles tourbillonnent dans mon esprit.

Je ne veux pas qu'on se souvienne de moi pour ce qui vient de se passer.

Je n'ai jamais vu quelqu'un lutter de la sorte après avoir vécu l'enfer. Lana s'entraîne sur le terrain avec le reste de l'équipe. Je me tiens contre la paroi des gradins, juste devant la porte qui mène au bâtiment du service sport de l'université.

— C'est elle que tu regardes, n'est-ce pas ?

Je n'ai pas besoin de me retourner et me contente de pousser un long soupir.

— Tu veux quoi, Poil de Carotte ?

Lydia se pose à côté de moi, nous regardons tous les deux Lana qui fait des pirouettes dans les airs, accompagnée des filles de l'équipe. Je jette un coup d'œil à Lydia, elle serre sa gourde contre elle. On ne s'est jamais réellement parlé, elle et moi, mais elle devient si proche de Hayden que ça m'exaspère.

— Tyler, je sais qu'on ne se connaît pas plus que ça, mais j'ai remarqué que tu la regardais… je t'en prie, parle-lui. Ma parole ne compte pas et Matt n'osera jamais la brusquer.

— Qu'est-ce que tu veux que je fasse ?

— Lana refuse de s'attarder sur ce qu'elle ressent. Si une personne externe à son cercle lui ouvre les yeux, elle comprendra à quel point elle se trompe. Elle doit parler à quelqu'un, voir une psy… enfin je ne sais pas… Mais elle a besoin d'aide.

Le dévouement de Lydia envers son amie est beau à voir, contrairement aux autres filles de l'équipe, elle se soucie de Lana.

— Je vais voir ce que je peux faire.

Lydia retourne sur le terrain et je croise les bras sans quitter Lana du regard. Un ruban vert clair assorti à ses yeux masque l'élastique de sa queue-de-cheval. J'aime cet accessoire qui la différencie des autres. Seulement, plus je la regarde, plus se distille dans mes veines cette culpabilité vorace. Lana sourit, déploie une insouciance inébranlable. Cherry me berce avec ses mots et Lana me marque plus que des mots.

Flame est incapable de se prononcer sur ce que Cherry lui fait éprouver. Son corps mince cache de délicieuses courbes qui arrivent à capter mon attention, ses cheveux dont la couleur me rappelle l'agréable goût des châtaignes. La couleur de ses yeux… cette nuance verte entre l'émeraude et le vert impérial. Elle m'a ensorcelé, captivé, comme la tentatrice qu'elle est dans mes songes. Putain, et ses lèvres… ses lèvres finement pulpeuses et probablement aussi délicieusement sucrées que des cerises. Elle est tout ce que je ne dois pas toucher. Et pourtant la bosse incontrôlée sous mon pantalon est si éloquente. Je déteste ce qu'elle me fait ressentir. Parce que je ne peux pas l'exprimer comme n'importe qui… il y a tant d'enjeux. Son agression me revient en tête, les images me frappent de plein fouet et je serre mes poings si fort que mes jointures blanchissent.

Ils l'ont touchée, dépouillée de son innocence.

Je ne peux pas supporter ces visions. En dépit de toute la douleur, aucune plainte, aucune larme. Cette facilité qu'elle a de les retenir m'intrigue. Elle est mon mystère, je voudrais percer une à une les ombres qui flottent autour d'elle. Lana n'est pas une fille comme les autres, je sais qu'elle a vécu quelque chose, je le sens. Sa façon de se comporter, sa réticence face à tout, pas seulement la gent masculine mais tout le monde. Lana est spéciale, elle ne s'en rend même pas compte.

Cherry a beau noircir le papier avec l'encre de ses démons, elle reste très évasive dans ses confessions. J'aimerais tout savoir. J'aimerais que Lana me donne tout. J'exorciserai ses démons avec les miens sur les pages de mon carnet, avec la même encre pour qu'ils ne fassent qu'un. Quelles sont ses craintes ? Pourquoi l'espoir s'accroche à elle quand tout semble s'effondrer dans son regard ? D'où provient sa réticence ? Pour cette dernière question, je peux répondre. Une fois que la déception se diffuse en nous, difficile d'édifier un nouveau socle de confiance à l'égard des autres.

Lana finit sa répétition et s'assoit sur la pelouse pour observer la prestation suivante de ses coéquipières. Elle semble sentir mon regard sur elle et finit par plonger ses beaux yeux dans les miens. J'ai l'impression d'être captif de son regard. J'ai mal agi… mais tout ce que je voulais, c'était l'éloigner des dérives de son frère. Je crois que, depuis le début, je me mens à moi-même. Parce qu'à présent c'est ma faute si elle a été agressée. Je suis allé trop loin sans le vouloir, j'étais prêt à tout pour l'écarter… au point de la faire souffrir. Et maintenant, avec cette agression, elle doit penser que le sort s'acharne contre elle. Je ne me mets jamais à la place des autres afin de raisonner comme eux un minimum, et c'est exactement cette erreur qui a failli coûter la vie à ma sœur.

Eryn. Toujours dans son éternel mutisme… Depuis ce drame, la famille Brook s'est étiolée encore plus qu'avant. Cet épisode traumatisant a détruit tout ce qu'il nous restait de lien familial. Liés par le sang mais pas par les sentiments. L'amour est un sentiment méconnu des Brook. Même si je pensais aimer ma sœur d'un amour fraternel évident, il a fallu que les ténèbres arrivent pour que je comprenne que j'étais un sale connard égoïste ne pouvant aimer personne d'autre que lui-même. Je n'ai rien vu. Ni sa détresse ni son mal-être.

Eryn était une fille rayonnante, une talentueuse pianiste pour son jeune âge et elle s'en sortait plutôt bien dans ses études. Tout ce qui compte chez les Brook, ce sont les apparences, et cela Eryn l'avait bien compris. Moi, j'ai refusé de m'accoutumer à cette vie absurde de mensonges. Les apparences… Quelle connerie ! La plupart des gens se laissent gouverner par cette image parfaite qu'ils donnent d'eux. Mon père se résume à ça, une écorce vide mais sensationnelle en apparence.

Contrairement à moi, ma sœur se pliait aux quatre volontés de mes parents mais elle cachait ses démons, tout comme moi, et on se comprenait. Nous avons vécu la même pression familiale insoutenable. Eryn se conformait aux règles, moi je les contournais. Je percevais ses peines, ses tristesses… puis cette nuit-là, ça a empiré… son corps encore tremblant, les larmes dévorant son visage.

Tout ça est *ma faute.*

Toute part d'innocence finit par être ravagée par les ténèbres. Eryn est la victime de mes erreurs et, sans que je l'aie vu venir, j'ai reproduit ce schéma avec Lana.

Quand je la regarde à cet instant, je sais ce que j'ai à faire. Interdire à Matt de l'approcher n'est pas une décision que j'ai prise à la légère. Matt a aussi ses démons. J'éprouve pour lui une certaine peine et je n'arrive pas à lui en vouloir. La haine que Matt refoule est en partie liée à son père : ce dernier est odieux. Je comprends ce que Matt peut ressentir. Les relations familiales définissent notre comportement. À force d'être humilié par son géniteur, il a perdu le contrôle de sa colère, allant jusqu'à se rabaisser lui-même.

Alors que je me perds dans mes pensées, Lana finit par rougir et détourne le regard, me privant de son joli minois. Je pousse un long soupir et passe ma main dans mes cheveux. Lana a besoin du soutien de son frère, je ne permettrai pas qu'il s'écarte encore d'elle. J'ignore quel secret ils partagent.

Des bribes de souvenirs tourbillonnent dans mon esprit. Je détruis tout ce que je touche. Et à peine ai-je effleuré cette fille qu'elle commence déjà à masquer ses blessures. Avec tous mes problèmes, j'ai succombé à l'interdit, croyant que je m'en sortirais indemne, mais je me suis bercé d'illusions. Dans le fond, mon père a raison, je suis un raté.

La séance de débat va bientôt commencer, j'ai quelques minutes de retard mais ma place n'a pas été prise. Juste en face de Lana. Elle joue avec ses doigts nerveusement et, dès qu'elle me remarque, ses joues rosissent. J'aime les réactions que je lui procure. Ma présence réchauffe son visage et je suis curieux de savoir si je pourrais réchauffer son corps dans un contexte bien plus intime. C'est un fait : je la veux sous mon corps depuis la première fois que je l'ai vue. Sa douce voix qui murmure mon nom dans des gémissements… j'aimerais tant voir ce que cela donne.

Je tire ma chaise et prends place, Simmons fait crisser la craie sur le tableau, notant le thème du jour : *Le déni sociétal, les mécanismes et impacts du refus de reconnaître les réalités gênantes.* Mmm, intéressant, j'en connais une qui n'aura aucun argument. Mais, la connaissant à présent, je sais qu'elle s'opposera à moi. Je veux la faire parler, entendre sa voix répondre à la mienne. J'ai beau être dans tous mes états, je retrouve l'excitation de nos échanges et nos visions respectives aux antipodes.

Comme personne ne lève la main, je finis par me porter volontaire. J'ai toujours quelque chose à dire sur le comportement humain. J'analyse énormément et j'aime mettre des mots sur les actes. Je pense que tout a une cause et que, même si on ne se rend pas compte de ce qu'on fait, au plus profond de notre subconscient, une part de nous a conscience de ce qu'il se passe.

— Le déni n'est pas juste une réaction individuelle dans un aspect plus collectif, il a bien trop de conséquences. Par exemple, le changement climatique. Malgré les preuves accablantes, un segment notable de la population et des dirigeants choisit de l'ignorer ou de le minimiser. Pourquoi ? Parce que reconnaître cette réalité menace leur confort, leur économie, leur identité. Ce refus collectif de voir la vérité en face entrave les actions nécessaires à notre survie commune.

Personne ne lève la main. Simmons jette un coup d'œil à Lana, qui a les bras croisés et la tête baissée.

— Et je pense que beaucoup ont ce genre de réaction avec leurs propres émotions. La solution pour eux, c'est de fuir, ajouté-je pour susciter une réaction de sa part.

Lana lève la tête, je me noie inexorablement dans ses prunelles de jade qui dérobent quelque chose au fond de moi. Son regard est teinté d'incertitude. Je la fixe sans lui sourire. Sa défense se prépare, je vois dans ses iris les rouages de son cerveau s'activer.

— Le déni n'est pas une fuite, rétorque-t-elle en resserrant ses bras sur elle.

— Vraiment ? T'es sans doute une spécialiste, dans ce cas, tu vis en permanence dans le déni.

— Ce n'est pas tant une menace qu'un signal d'alarme nous montrant où nous devons concentrer nos efforts d'éducation et de sensibilisation…

Le ton qu'elle emploie manque de confiance mais elle ne se résigne pas à abandonner le débat.

— Tu le penses vraiment, Lana ? Ce n'est pas juste une question d'éducation, c'est une résistance active à la vérité. Une société qui valorise le confort à court terme au détriment de la viabilité à long terme court à sa perte. Le déni n'est pas juste un obstacle, c'est une barrière qui nous empêche de voir la falaise vers laquelle nous nous dirigeons.

Lana hausse les épaules, ses doigts tapotent la surface de la table. J'ai du mal à détacher mon regard d'elle. Plus personne n'existe autour de nous. Et, si je ne me retenais pas, je me serais levé il y a bien longtemps pour l'embrasser comme un fou.

— Je ne dis pas que le déni n'a pas de conséquences graves, Tyler. Ce que je suggère, c'est que la lutte contre le déni nécessite plus que de simplement dénoncer ceux qui refusent d'accepter la vérité. Elle nécessite compassion et compréhension. Le déni est souvent enraciné dans la peur et l'incertitude. En analysant ces émotions, en créant un dialogue ouvert et inclusif, nous avons de meilleures chances de surmonter les divisions et d'initier un véritable changement.

— C'est une vision bien trop idéaliste. Le temps file. À vrai dire, il n'y a plus le temps. Depuis que je suis gamin, j'entends parler de réchauffement climatique, de la fonte des banquises. J'ai vingt-deux ans aujourd'hui et c'est pire qu'avant. On n'est plus en phase de déni. Les dirigeants ne le sont pas. C'est le peuple qui l'est. Refuser de voir la réalité en face. C'est comme les guerres et leur représentation dans les médias. Il y a des enfants qui meurent à cause de la famine. D'autres à cause des sévices et des oppressions d'ennemis. Le déni, c'est de ne pas se rendre compte que les médias cherchent à nous diviser en utilisant les religions, le statut social ou encore les origines. Nous sommes tous égaux, au final. Nous sommes humains. Cela devrait suffire à nous unir. Mais nos visions ont été biaisées et pour certains c'est irréversible. Vu ce que tu dis sur le déni, c'est que tu patauges sûrement en plein dedans.

Mon monologue lui cloue le bec, sa bouche est entrouverte, elle est abasourdie par mes propos, mes exemples et ma dernière pique personnelle.

— Tyler, j'aime beaucoup tout ce que tu dis, s'exclame Simmons en applaudissant. Tu as raison, le déni est une forme de prétexte pour justifier le fait que personne n'agit.

— Si je peux me permettre, Monsieur Simmons, le déni a des répercussions extérieures, mais aussi internes, approuvé-je en la regardant. Fuir ne sert à rien, tôt ou tard ça charge comme un bulldozer.

— Je ne fuis pas, répond-elle en fronçant les sourcils. Si tu connaissais le principe de l'adaptation et de la compréhension, tu ne dirais pas tout ça.

— Tu penses que j'ai tort ? La seule chose que je vois, c'est une lâche.

— Non ! Tu ne me connais pas, crache-t-elle en se levant brusquement et en appuyant ses mains sur la table avec force, son geste violent fait tomber sa chaise à la renverse derrière elle.

Lana me fusille du regard, ne mesurant pas sa réaction jusqu'à ce qu'elle sente tous les yeux braqués sur elle.

— Oh mon Dieu ! s'exclame-t-elle en recouvrant sa bouche. Pardon… Monsieur Simmons, j… je dois y aller…

Lana prend la fuite, morte de honte. Simmons n'a pas le temps de dire quoi que ce soit que je prends mon sac et m'empresse de la suivre, laissant derrière moi des étudiants interloqués. Dans le couloir j'entends les pas de course de Lana qui s'éloignent. J'accélère pour la rattraper et la retrouve dans les vestiaires des cheerleaders. Je rattrape la porte avant qu'elle la ferme.

— Arrête de me suivre !

Je soupire et j'entre en claquant la porte derrière moi.

— C'est ton parfum qui me pousse à te suivre, lâché-je pour détendre l'atmosphère.

Elle me dévisage et cela me fait doucement sourire. Lana ouvre son casier et je vois ses épaules tressaillir quand elle remarque le message que je le lui ai laissé tout à l'heure après son entraînement. Sa réaction me procure une sensation lénifiante, elle sourit et serre le papier contre son cœur.

Cherry, quand tes sourires sont faux,
je le vois, rien ne m'échappe quand il s'agit de toi.

Tu n'es pas obligée de faire semblant.
Je n'aime pas les faux-semblants.
Et encore moins quand tu me caches
ce que tu ressens. J'espère que tu le sais…
tu peux tout me raconter.
Flame.

Si à Tyler elle ne peut rien dire, peut-être qu'elle finira par céder les morceaux éparpillés de sa souffrance à Flame. Lana pousse un profond soupir et garde la lettre contre elle. Je m'assois sur un banc en face d'elle et l'observe attentivement. Elle porte un pantalon large noir et un haut près du corps vert sapin à manches longues. Ses cheveux ondulés lâchés sont ornés d'un ruban assorti à ses beaux yeux. Son joli minois se dirige vers moi et elle finit par souffler avant de se laisser glisser contre les casiers jusqu'à ce que ses fesses se posent sur le sol.

— Tu n'as pas à évoquer des choses personnelles dans nos débats.

— C'est le seul moyen de communiquer avec toi.

— Si tu veux me parler, t'as qu'à le faire quand je suis seule. Pas la peine de me faire perdre mes moyens devant les autres, marmonne-t-elle, agacée par sa propre réaction.

— Et si ça me plaît de te pousser à bout ? suggéré-je, amusé, en me levant.

Je m'assois à côté d'elle, j'étends mes jambes sur le sol tandis qu'elle ramène ses genoux contre sa poitrine.

— T'es un connard alors, rétorque-t-elle en tournant sa tête vers moi.

— Et moi qui croyais avoir le bon rôle pour une fois, plaisanté-je avec un rictus.

Lana a les yeux rivés sur moi. Je la dépasse d'une bonne tête, j'ai une vision bien trop proche de son joli minois.

— J'ai eu l'impression que tu me considérais comme une victime, avoue-t-elle doucement.

— Trésor, dans cette histoire, tu en es une.

— Je ne suis pas une victime…

Ses yeux reflètent une tristesse palpable, je détecte cette peine lancinante qui la secoue dans tous les sens. Pour moi, Lana est une survivante, mais elle ne peut pas agir en ravalant les événements passés. Sans me contrôler, j'effleure ses joues avant de prendre en coupe son visage angélique, ses cils battent comme des ailes d'hirondelle. J'arrive à lire dans les rouages de son cerveau la question qu'elle se pose chaque fois qu'elle me regarde : *Qui es-tu, Tyler Brook ?*

— Tu n'es pas une victime.

Ses traits se détendent et je la lâche en sentant ce trouble qui m'étreint. Je sors une cigarette que j'allume. La fumée crée une barrière entre nous, comme un fossé qui sépare nos deux âmes.

— Tu ne devrais pas fumer ici, il y a un détecteur.

Je rejette la tête en arrière et souffle. J'avais oublié ce détail. Avant que je range mon paquet, elle me l'arrache des mains et le pose à côté d'elle.

— C'est mal de fumer, insiste-t-elle doucement en me regardant avec innocence.

— Tu te soucies de ma santé, trésor ?

— J'ai une dette envers toi, je crois.

— Tu ne me dois rien, je n'allais pas laisser ces enfoirés s'en prendre à toi.

— Tu n'étais pas obligé de le faire, confesse-t-elle, gênée. La plupart des gens font comme si de rien n'était face au harcèlement de rue, alors ça ne m'aurait pas étonnée que personne n'intervienne.

— Je l'ai fait. Ne songe pas à ce qui aurait pu arriver.

Les lumières d'espoir que je croyais éteintes dans ses iris se rallument. Ses lèvres rosées s'étirent en un faible sourire et sa tête se pose sur mon épaule, me masquant son visage.

— Merci, Tyler.

Ce contact réchauffe ma peau à travers mon pull. J'inspire et je laisse son parfum à la cerise m'enivrer. Je tire mon téléphone de ma poche et mes écouteurs sans fil. J'attire son attention en lui tendant un écouteur. Elle m'évalue d'un regard interrogateur et sans rien dire le saisit avant de le placer dans son oreille. Le rythme de ma chanson préférée, *Monster*, interprétée par le groupe Starset résonne.

« *Who knew the emptiness could be so cold?* »

J'aime les paroles. Cette musique me procure des sensations étonnantes. J'ai appris la jouer à la guitare, et ma sœur jouait du piano. Eryn adorait qu'on joue ensemble. Mais nous étions souvent en désaccord sur nos préférences. Elle est plutôt chansons douces et mélancoliques, et mon âme est attirée par le rock – des sons puissants et des paroles avec du sens qui ont toujours su décrire ce que j'éprouvais.

Lana a le regard perdu dans le vide en écoutant la musique. Je remarque son pied qui tapote le sol et je la sens frémir quand elle comprend que je la regarde.

J'ai de vagues souvenirs associés à la guitare, mais je n'ai plus joué depuis l'accident d'Eryn. Ça n'avait plus de sens pour moi. Je me contente d'écrire des textes. Un tas de textes. Exprimer ce qu'on ressent quand la solitude nous piétine nous aide à y faire face.

Tyler, joue-moi The A Team.

Sa voix douce me caresse encore les oreilles, mais plus les jours passent, plus elle déserte ma mémoire. Eryn me rapportait ma guitare classique toute poussiéreuse cachée dans la cave de notre maison, juste pour que je lui joue *sa chanson préférée.*

L'atmosphère de notre maison m'étouffait, ce stress permanent qui m'assaillait dès que mon père rentrait du travail. Son manque de considération pour moi, car je n'étais pas sérieux pour lui. Du mieux que je pouvais, je laissais le sens de ses paroles me traverser, ses reproches incessants à propos de mes notes médiocres me transperçaient comme des lames. Les apparences l'ont toujours aveuglé. Au point qu'il ne voyait même pas les hématomes qui ornaient mon corps d'adolescent après une dure journée au lycée.

Ma mère ne voyait rien non plus, se contentant de me nourrir et de me demander parfois si ça allait. Mes parents sont emprisonnés dans cette illusion qu'ils vénèrent, ce monde parfait bourrés d'hypocrites. Ce fléau perdure depuis si longtemps…

La chanson *Monster*, pour moi, parle de ce que l'on devient à cause de ce qui sévit autour de nous, quel que soit le contexte de la relation qui nous touche. Je suis devenu un monstre parce que je me suis laissé malmener.

— J'aime cette chanson, murmure-t-elle timidement.

Sa tête toujours sur mon épaule, elle a l'air pensif, comme si son esprit était loin de moi. J'aimerais lui attraper la main pour qu'elle reste mais je sais que je n'y arriverai pas. Je savoure cette proximité et j'inspire profondément avant de fermer les yeux et de remettre la chanson. Je ne sais pas pourquoi, mais j'ai l'intime conviction que les paroles lui parlent autant qu'à moi.

— Si j'en parle… est-ce que cela fera de moi quelqu'un de faible ?

Mes paupières restent closes mais je sens la détresse émanant de son corps.

— Non, tu n'es pas faible, et garder ce que tu ressens éveillera quelque chose de mauvais en toi. Je ne pense pas que tu souhaites devenir ce genre de personne.

Le genre de personne que je suis.

CHAPITRE 21

Tourments

Flame, est-ce que le regard des autres
sur une personne pourrait influencer
ta façon de voir les choses ?
Des personnes se sont amusées
à se moquer de moi dans mon dos
durant une petite période,
ai-je pu te décevoir ?
Cherry.

Ce qui me déçoit,
c'est que tu me poses la question.
Après tous nos échanges,
tu penses que je pourrais m'attarder
sur ce que pensent ces imbéciles ?
Cherry, pitié, ne me mélange plus
à ces êtres inférieurs à moi.
Flame.

J'ai bien ri à la fin de ton message.
Excuse-moi… c'est mon désarroi qui parle.
Je ne sais pas ce que je représente
pour toi et l'idée que tu arrêtes
de me parler à cause des bruits
de couloir m'attriste un peu.

Dans le fond, j'aimerais disparaître.
Cherry.

Tu penses que tu voudrais disparaître,
mais ce que tu veux réellement
c'est simplement être trouvée.
Et moi, je te trouverai, Cherry.
Flame.

LANA

Si tu ne veux pas de moi, personne ne voudra de toi.

Le son de sa voix me revient comme un chant de sirène avant de me faire sombrer dans les profondeurs de l'océan. Mes yeux clos imaginent encore son visage avec cet éternel air condescendant, ses yeux gris acrylique, son sourire malicieux et ses lèvres auxquelles j'ai goûté comme des bonbons acidulés. Noah m'enivrait totalement. Il me faisait perdre la tête. Maintenant Noah m'écœure, du plus profond de mon être.

Parfois je me demande ce qu'il m'a pris de sortir avec lui. Je ne sais plus si c'est sa façon de vivre la vie pleinement qui me plaisait ou bien la totale confiance en lui qui émanait de son corps finement musclé. Et pour être honnête, je lui enviais ces deux aspects de sa personnalité tant ils me fascinaient, avant de me faire sombrer. Une partie de moi au début voulait être comme lui. Aussi confiante, aussi libre.

La crevasse dans mon cœur n'a toujours pas cicatrisé. Je fais tout pour oublier... mais cela ne marche plus cette fois-ci. Et si Tyler avait raison en fin de compte ? Le déni émotionnel me rend captive. Je ne sais pas comment y faire face. Mon regard se dirige vers ma chaise de bureau, là où j'ai laissé la veste en cuir et le sweat à capuche de Tyler.

Plus le temps passe, plus il envahit mon esprit… Au point que j'en oublie de répondre à Flame. Ces derniers temps, nous n'avons pas échangé autant qu'avant, mais ses mots n'en restent pas moins essentiels. Il suffit que je croise Tyler sur le campus pour que mon cœur fasse des loopings dans ma poitrine. Je suis tiraillée par tant d'émotions. Je ne comprends pas ce qui m'arrive. Pour moi, c'est un gars infréquentable… mais chaque fois il est là au bon moment. J'ai la risible sensation que je suis liée à lui.

Si tu ne veux pas de moi, personne ne voudra de toi.

Je revois le regard perçant de Noah, il me guette dans mes cauchemars et le souvenir de sa voix m'empêche de dormir.

C'est notre jeu, Lana.

La perversion de ses mots envahit ma mémoire. Sur ma table de chevet repose le dernier message de Flame, je le saisis et le relis.

Tu penses que tu voudrais disparaître,
mais ce que tu veux réellement
c'est simplement être trouvée.
Et moi, je te trouverai, Cherry.
Flame.

Mon cœur caracole et mes certitudes se dissipent lentement. Ses mots me prennent aux tripes, une envolée de papillons flotte dans mon ventre et les extrémités de mes doigts tremblent alors que je tiens encore le papier dans ma main. Ce que je ressens… est indescriptible. Le feu crépitant dans mon ventre est indomptable. Mais pourquoi, dans un tel moment, c'est à Tyler que je pense ?

Mon enceinte qui diffusait jusqu'à présent des musiques au hasard en bruit de fond vient de lancer la chanson que Tyler m'a fait découvrir l'autre jour dans les vestiaires. *Monster*, de Starset.

Le rythme puissant tape contre mes murs, les paroles ont un effet sur moi, mon corps frissonne totalement, le fin duvet de ma nuque se hérisse. Le texte me replonge dans mes plus sombres souvenirs. L'illusion du visage de Noah s'installe dans mon esprit. Songer à lui et à la haine me consume. J'ai horreur que ce sentiment se répande dans mon sang. Je préfère de loin l'indifférence, haïr se résume à donner de l'intérêt à cette personne qui m'a fait souffrir. Chez moi, ces sentiments sont beaucoup trop intenses et je suis littéralement empoisonnée.

Noah Harris est mon poison.

Cette aversion me prend de court, je n'aime pas ressasser le passé. Malgré mon pincement au cœur, cette chanson décrit tout ce que j'ai pu ressentir. Et ça fait du bien d'être comprise.

« *Who knew the emptiness could be so cold?* »

Je m'arrête sur cette phrase de la chanson et retiens presque ma respiration. Flame… Flame l'a déjà dit. *Le vide est glacial.* En pilote automatique, je me lève de mon lit et m'avance vers ma chaise de bureau, là où trône la veste de Tyler. Je la serre dans mes bras. Elle porte son odeur musquée mêlée à des notes de son parfum. Il sent si bon. Sans contrôler mes mouvements, je l'enfile et m'allonge sur mon lit en la serrant contre moi. Son odeur me fait oublier Noah. C'est comme si Tyler était là. Sans comprendre pourquoi… je me sens apaisée. Un liquide chaud coule dans ma poitrine, j'inspire profondément et me roule en boule sur mon lit. J'aimerais être plus courageuse, pouvoir tout supporter, et reconnaître que j'ai besoin de quelqu'un sur qui me reposer me donne l'amère sensation d'être vulnérable.

Je ne veux pas être faible… j'ai si peur de l'être. Je cache mon visage dans mes mains avant que quelque chose chatouille mon doigt. Capote attire mon attention, j'émets un faible rire et le rabat contre moi pour le serrer dans mes bras. Je frotte mon nez contre son pelage et lui susurre que je l'aime. Plus la chaleur de la veste de Tyler m'irradie, plus je me retrouve dans la bulle dans laquelle nous étions.

Je suis en plein déni. Lydia le pense aussi. Matt, pareil, mais il n'ose pas me le dire. Tout le monde sait que je me mens à moi-même. Je me redresse subitement à cause de toutes les pensées qui tourbillonnent dans mon esprit. À quel moment suis-je devenue ainsi ? Quel est l'événement qui m'a rendue comme je suis aujourd'hui ?

Si tu ne veux pas de moi, personne ne voudra de toi.

T'inquiète, ma jolie, trois queues t'attendent, elles sont bien meilleures que celle de Brook.

Viens, on joue à un jeu.

Une brûlure sur ma peau. Puis une autre, encore, encore et encore…

une lame contre ma chair… des mutilations.

C'est notre jeu, Lana.

Le jeu quand tu refuses que je te baise.

Le jeu quand tu résistes.

Tu es à moi.

Et rappelle-toi… aucun mec n'attendrait autant pour ta chatte, mais je vais le faire…

Parce que tu es…

spéciale.

Spéciale. Mais à quel prix ? Je passe ma main dans mes cheveux, tire sur le ruban qui les orne et l'arrache brusquement pour le jeter sur le lit.

— Merde !

Mes yeux dérivent sur le miroir à l'entrée de ma chambre. Ma pâleur, les teintes bleutées de mes cernes, mes yeux rougis, et enfin ma lèvre ensanglantée. Je ne suis que l'ombre de moi-même, une âme en peine. Comme un écran, le miroir me renvoie mes deux agressions successivement, cette image de moi en état de faiblesse me révulse, je trébuche presque en reculant de deux pas. Mes genoux se posent sur le sol. Tout ce que je retiens… tout ce que je dissimule… est en train de me consumer. Je ne peux plus respirer. Je hurle. Je crie si fort que n'importe qui pourrait m'entendre. Ma main frappe le parquet. Je crie plus fort. Mes yeux me brûlent. Ma voix se brise comme du verre.

Je ne peux plus. Je ne tiens plus.

J'entends des pas accourir vers ma chambre. Ma mère entre en trombe. Je peine à la voir. Ma vue est brouillée. Des larmes inondent mon visage.

Je suis une lâche. Je ne suis pas spéciale. Je ne suis rien.

Une douleur au ventre me lacère et je m'efforce de retenir cette bile acide qui me remonte à la gorge, j'ai mordu ma lèvre jusqu'au sang pour la refréner. Ma mère est dans tous ses états. Ressentir son inquiétude me fait culpabiliser et mes larmes redoublent. Maman s'accroupit et me serre contre elle. Elle me susurre des mots doux, des mots réconfortants, mais une barrière de fer les empêche de m'atteindre.

— Ma chérie ? Que se passe-t-il ? Je t'en prie… parle-moi.

Aucun son n'arrive à franchir ma gorge nouée, mes yeux ne font que scruter ma mère, l'humiliation coule dans mes veines. Mon malheur pulse dans mes tempes, mes souvenirs s'entrechoquent comme un combat de titans. Chaque geste, chaque mot. Tout me revient. L'enfer brûle en moi. *Je n'ai jamais été aussi mal.*

— Maman, pardon.

Et là, je fonds en larmes.

CHAPITRE 22

Chaleur maternelle

LANA

— Pardonne-moi de n'avoir rien vu, me murmure la voix douce de maman.

Dans le secret de notre étreinte, maman me murmure des pardons pleins de douceur, comme si ses mots pouvaient panser des plaies invisibles. Maman, par un baiser sur ma joue, partage avec moi son chagrin, révélant sans mots qu'elle aussi a versé des larmes. J'ai dévoilé l'ombre qui me hantait depuis l'agression dans les abîmes du Thunderdome.

— Maman… tu crois qu'on peut se construire après ça… ?

— Oui, on le peut. Je suis là, ma chérie, et tu es déjà si forte… comment as-tu pu garder cela pour toi ?

— Parfois, c'est plus facile d'étouffer ce qu'on ressent. Je ne veux pas être hantée, m'empêcher de vivre…

— Tu ne te prives pas de vivre mais tu te crées des barrières qui justement t'empêcheront de t'épanouir, explique ma mère en me caressant les cheveux. Lana, pour ce genre de choses, tu dois libérer ta parole.

— Maman… je n'ai pas la force de porter plainte… je veux continuer ma vie. Te confier ce poids allège déjà mon âme.

Mais, au fond de moi, un secret encore plus lourd me pèse.

— Lana, confie-toi à moi, je t'en supplie.

Ses larmes chaudes effleurent ma peau, tissant autour de mon cœur une toile de remords. Voir maman pleurer à cause de mes blessures me déchire. Les mots concernant Noah restent emprisonnés dans ma gorge, trop douloureux pour être libérés. Je ne peux pas lui raconter cette histoire. Je ne veux pas m'entendre la raconter, surtout.

— Lana, si tu ne veux pas me parler, j'aimerais que tu le fasses au moins avec une psy.

— Une psy ? répété-je en m'étranglant presque.

— Oui. Je sens qu'il y a plus que ce que tu dis. Tu es ma fille et, même si je désire ardemment connaître toute ton histoire, je veux surtout que tu trouves la paix. Une professionnelle pourrait t'aider à te libérer de ces chaînes invisibles.

Je plisse les yeux.

— Et pour toi la solution c'est de voir une psy ?

Elle acquiesce doucement.

— J'aimerais bien que tu essaies, ma chérie. Pas tout de suite, évidemment. C'est à toi de prendre la décision. Mais au si tu refuses et qu'avec le temps tu te sens toujours mal… je prendrai des mesures.

— J… Je peux y réfléchir ?

— Oui, prends le temps qu'il te faut. Mais, je t'en prie, ne laisse pas tes peines s'accumuler en silence. Je serai toujours là, à ton écoute. Malgré mes heures de travail à n'en plus finir, les tensions avec ton père et les orages constants avec Matt, rien ne saurait diminuer l'importance de tes problèmes à mes yeux. Je t'aime tellement, Lana. Tu es ma fierté, ma plus belle réussite.

— Je t'aime, maman. Pardon de t'imposer cette tristesse.

— Ma chérie, c'est à moi de te demander pardon.

Dans l'étreinte qui suit, une brise d'apaisement me traverse. Blottie contre elle, je me sens ancrée, bercée par son essence florale qui m'enveloppe d'un voile de sérénité. Sa main glisse doucement sur la manche de cuir, un geste tendre dans le silence qui nous entoure.

— Cette veste, elle ne me dit rien, murmure-t-elle, curieuse. Elle appartient à Matt ? Elle semble bien trop grande pour Luke.

— C'est celle de Tyler.

— Tyler ? Celui qui est intervenu ?

Je me retourne pour croiser son regard, hochant la tête sous son sourire bienveillant. Tyler, mon sauveur, au-delà de tout ce qui a pu se produire avant cela. Songer à lui me tiraille entre des sentiments contradictoires. Tyler n'a jamais gardé ses opinions pour lui, son honnêteté m'a poussée dans mes retranchements.

— Je lui dois une dette éternelle. Il fait partie de ton cercle d'amis ?

— Non, il est juste… un…

Mes mots se perdent dans l'immensité de ce qu'il représente. Un sauveur ? Un phare ?

— Ah, je vois, souffle-t-elle avec un sourire entendu. S'il se montre si prévenant, c'est que tu comptes pour lui.

Pourquoi serais-je importante à ses yeux ?

TYLER

Le couteau tourne entre mes doigts, je le fixe, l'air perdu, presque désorienté par ce que je viens de faire. Mon reflet sur la lame fait peur à voir. Des cernes soulignent mes yeux. Mon teint est livide et mes joues sont recouvertes de giclées de sang. Je les essuie avec la manche de mon pull.

— Tu me le paieras, Brook, fulmine Donovan à mes pieds.

Je suis sur ma moto, le surplombant alors qu'il est allongé sur le sol. Nous sommes à quelques mètres de l'entrée d'un des entrepôts des Ravens. Donovan est bien amoché. Je lui ai transpercé la jambe et j'ai coupé les tendons derrière le genou de son autre jambe. Il ne se relèvera pas de sitôt. J'ai attaché ses poignets avec une corde pour l'immobiliser parfaitement.

— Ferme ta gueule, sale chien.

Je prononce cette insulte d'un ton las. J'allume une cigarette. Donovan a une peau hâlée couverte de cicatrices. Sa tête de truand chauve donne la nausée. Ses yeux presque noirs sont pleins de vice. Il a vendu son âme au diable à sa naissance. Sa bouche crache des jurons en continu. Je lève les yeux au ciel et me contente de souffler une latte de ma clope.

— Si tu continues à gigoter, tu vas te vider de ton sang avant que tes potes arrivent.

— Je te jure que je me vengerai et je te foutrai dans cet état pendant que je baiserai ta chienne ! Elle a aimé mes mains sur ses nibards cette péta…

Mon pied écrase son ventre, il crache du sang, ses yeux se révulsent. Je lui assène un coup de pied dans le dos et enfonce davantage la lame dans l'entaille profonde que je lui ai faite. Ma respiration devient erratique. Je ne supporte pas l'idée qu'il lui ait fait du mal, je ne laisserai jamais ce crime impuni.

— Tyler Brook.

Le ton railleur de Diego m'extirpe de ma folie meurtrière. Il est accompagné de deux autres gars aussi baraqués que lui. Diego fait la même taille que moi, mais il est plus massif, même si ça n'a jamais été un avantage pour lui, il est trop lourd.

— En chair et en vices.

Diego et ses hommes évaluent la situation en jetant un coup d'œil à Donovan.

— Je te ramène ta pute, lâché-je en pointant du doigt Donovan alors que ce dernier marmonne des injures en gémissant de douleur.

Diego m'observe avec un air hautain.

— Dis donc, tu ne crois pas que c'est une mauvaise idée de me rendre un de mes hommes dans cet état ? On est forts pour riposter.

— Il n'est pas mort à ce que je sache, même si ce n'est pas l'envie de le tuer qui me manque, rétorqué-je en haussant les épaules.

— Alors quoi ? Tu penses que je vais te laisser partir comme ça ?

— Diego, tu n'es pas le chef. Ne vous approchez plus de mes amis, sinon c'est à vous que je mets le feu.

Je m'accroupis et j'évalue l'état de Donovan. Il halète de douleur.

— Donovan, si tu remarches un jour, tâche d'éviter mon chemin.

— Je te retrouverai, Brook. Je la violerai et je lui couperai la langue pour en faire une amulette que je passerai sur ma queue tous les jours.

J'écrase ma cigarette sur sa paupière et il pousse un cri d'effroi. Ses potes s'approchent de moi. Je lance un regard noir à Diego, qui me toise avec un air fourbe. Je me lève, nous sommes au même niveau.

— On se retrouve à la prochaine course, Tyler Brook, s'exclame Diego en me tendant son bras.

Ce mec a toujours été instable, je lui tourne le dos et me dirige vers ma moto.

— Ne vous approchez plus de mes amis et j'arrêterai de ruiner vos affaires.

— On ne change pas la nature d'un homme, tu as toujours été impulsif, se moque Diego, tu n'as aucun sang-froid.

— C'est pour ça que tu as toujours été derrière moi.

Par-dessus mon épaule, je lui jette un dernier coup d'œil. Diego voit rouge. Il me fusille du regard et je lui adresse un rictus plein de sarcasme, tandis que ses hommes aident Donovan.

— Tu feras passer le message à Zack.

Et, sur ces dernières paroles, je m'en vais dans la pénombre de la nuit, avec pour seul bruit de fond le moteur de ma moto.

CHAPITRE 23
Entre virtuel et réel

Flame, excuse-moi, j'ai tardé à te répondre.
Tes mots me touchent, merci de me rassurer,
de voir quand je suis triste.
J'aimerais te rendre la pareille.
Je me sens impuissante devant toi,
c'est injuste que tu sois toujours le seul
à avoir cet effet lénifiant sur moi.
Je veux t'aider si tu as un problème,
même si c'est déséquilibré,
car tu sais, toi, qui je suis.
Cherry.

Tu as bien plus d'avantages
sur moi que tu ne le crois.
Ta sollicitude me va droit au cœur,
ma belle Cherry.
Mais si tu souhaites réellement m'aider,
continue de briller, laisse ton feu intérieur brûler,
sois vivante dans tout ce que tu fais.
Tu es une source d'inspiration pour moi.
Flame.

C'est toi qui m'inspires, Flame.
Je te vois comme une flamme étincelante,

impossible à éteindre.
Et même si tu me dis
que parfois tu te sens perdu,
je te perçois tel un phénix
qui renaît sans cesse de ses cendres.
Cherry.

Ce sont tes mots qui me réchauffent.
Je ne saurais dire comment…
mais tu fais brûler quelque chose en moi
de plus indomptable qu'une flamme.
J'aime l'image du phénix mais de nous deux,
Cherry… tu es la braise
qui ne dort jamais sous la cendre.
Flame.

Oh Flame…
il n'y qu'à travers tes yeux
que je me sens aussi flamboyante.
Cherry.

Cherry… il n'y a qu'à travers tes yeux
que je me sens aussi vivant qu'une flamme.
Je suis avec toi.
Flame.

LANA

Dans mon grand sac, j'ai caché la veste et le sweat de Tyler qu'il n'a jamais réclamés.

— Lana.

La voix de Matt m'interpelle, je me retourne et croise son regard noisette. Sa main s'appuie sur mon épaule, il me sourit puis dépose un baiser sur mon front. Hier soir, j'ai vidé mon sac auprès de maman, je sais que je ne vais pas tout oublier en un claquement de doigts… Néanmoins, je me sens mieux. Suffisamment apaisée pour ressentir de la joie en voyant mon aîné.

— Tu te sens mieux ? demande-t-il, soucieux. Si tu veux en parler, tu sais que tu peux m'appeler.

— Oui, je sais.

Je lui souris et frotte sa crinière brune. Il hausse un sourcil puis un rictus étire ses lèvres.

— Ça te dit qu'on sorte, Luke, toi et moi ? Hayden peut venir et, visiblement, il nous présentera enfin sa copine, s'exclame-t-il d'un ton sarcastique.

Je me retiens de rire et hoche la tête pour accepter.

— Toi, tu te sens comment ? l'interrogé-je en posant ma main sur son bras.

— Je vais mieux. Je me sens moins désorienté, Hayden est avec moi, Tyler aussi. Ne t'en fais plus pour moi.

Au même moment, je sens un bras sur mes épaules. En tournant ma tête vers la gauche, je découvre Hayden. Il m'offre son plus beau sourire et dépose un baiser sur ma tempe.

— Je suis content de nous retrouver comme ça.

— Moi aussi, annoncé-je en poussant un soupir de soulagement.

— Ça va ? murmure-t-il sans me lâcher de ses yeux bleus.

Je hoche doucement la tête.

— Oui, il faut aller de l'avant, cela vaut pour tout.

— Ouais, la vie continue, confirme Matt en posant sa main sur l'épaule de son meilleur ami.

— Parfait pour moi, ça tombe bien, j'ai des tas de choses à vous raconter sur ma nouvelle idylle. Je n'ai pas pu en parler avant… tu avais tes problèmes et je ne voulais pas t'embêter avec ça. Mais maintenant j'ai besoin d'en parler !

— T'as conscience que ton idylle, c'est avec ma meilleure amie ? Avant même qu'elle ne commence, ton idylle, j'étais au courant, ricané-je.

— Rho, fais au moins semblant. Ça me manque nos sorties, on se refait ça bientôt avec Luke ? J'ai une revanche à prendre contre ce sale garnement à *Call of.*

— Il va te battre, ce gamin est trop fort, réplique Matt fièrement.

— Plus fort que toi, c'est clair, m'exclamé-je, amusée.

— Eh ! tu peux parler, de nous trois t'es la plus nulle aux jeux vidéo.

— Oui, mais c'est normal, je n'y joue jamais, toi t'es nul alors que tu pratiques souvent !

— Ingrate, marmonne Matt en roulant des yeux.

— Suffit vous deux, l'essentiel c'est que je sois le plus fort.

Hayden colle sa tête à la mienne et fait une moue à mon frère.

— Alors, mes amours, sortons ce soir. J'envoie un message à Luke et on va chez Duke, je veux ses délicieux hamburgers.

— Parfait pour moi, annoncé-je, heureuse, en me frottant les mains, je veux un cheese-cake en dessert.

— Toi et tes cheese-cakes…, rechigne mon aîné en soufflant.

— Je te le paie, ma belle, t'inquiète, enchaîne mon ami avec un clin d'œil.

Nous finissons par nous disperser tous les trois, mais avant de rejoindre la tour où j'ai cours, je décide de faire une escale au bâtiment des activités sportives. Je vais ranger les affaires de Tyler dans mon casier pour alléger mon sac. Je les lui rendrai après mon entraînement de cheerleaders. Juste avant de tourner dans le couloir qui mène aux vestiaires, je m'arrête et m'empresse de me cacher derrière le mur. Tyler est adossé à la porte des vestiaires des filles, l'air complètement perdu. Je l'espionne d'un œil. Il est tout seul. Il se laisse glisser et s'assoit par terre. Personne ne le voit, il est trop tôt pour que des étudiants viennent ici. Il passe sa main dans ses cheveux et pousse un profond soupir. Puis il se redresse, tire de la poche de sa veste un paquet de cigarettes et se dirige vers la sortie.

Pourquoi il était là ? Mon cœur se serre douloureusement. Un tas d'idées envahissent ma tête. Des interrogations à base de « Et si ? » me taraudent l'esprit. Je ne peux pas imaginer un tel scénario. Je m'empresse d'ouvrir la porte des vestiaires et fonce vers mon casier. Une feuille pliée en quatre est déposée à l'intérieur.

Cherry, je suis un grand égoïste.
Tu ne devrais pas t'attacher à moi.
Je finirai sûrement par te décevoir.
L'autre jour, j'ai fait quelque chose d'horrible
pour mes proches mais c'était si gratifiant pour moi.
Comment supporterais-tu tout ça ?
Flame.

C'est un pur hasard. Je n'ai aucune preuve que Tyler est sorti du vestiaire des cheerleaders. Je chasse ces pensées pour éviter de perturber davantage mon esprit. Une longue journée m'attend.

À la fin des cours, Matt m'envoie un message me demandant de le rejoindre dans le parking, il m'y attend avec Hayden. Ensuite, on pourra récupérer Luke au lycée.

Avant de les rejoindre, je me dirige vers les gradins car, pendant mon entraînement, j'ai repéré Tyler. Je suis toujours vêtue de ma tenue de cheerleaders et mon nœud dans les cheveux se détache, mais j'ai les mains bien trop chargées pour le resserrer, les bouts du ruban me tombent sur les yeux. Tyler me remarque et se redresse en fermant un carnet avant de le poser sur le siège.

— Salut, dis-je doucement.

— Tu me cherchais, trésor ? répond-il, amusé, en voyant mes joues sûrement rouges.

Je serre sa veste contre moi comme si je voulais m'imprégner une dernière fois de sa chaleur.

— J… Je voulais te rendre ta veste. Merci de me l'avoir passée. Ton sweat aussi… et ton maillot de foot !

— Tu m'as piqué toutes mes fringues, coquine.

Mon visage vire au cramoisi et je m'empresse de déposer ses vêtements sur le siège près de son sac. J'ai la tête baissée, je n'ose pas le regarder, bien trop embarrassée… ou intimidée.

— Tu pouvais garder le maillot, il te va mieux qu'à moi, susurre-t-il en s'approchant de moi.

Je ne réponds pas, mordant ma lèvre inférieure. Mes mots sont cadenassés dans ma gorge, me privant de toute ma repartie. Subitement, je ressens ses mains dans mes cheveux, resserrant le nœud autour de ma queue-de-cheval. Je relève ma tête, plongeant inéluctablement dans les abysses de ses yeux.

— C'est mieux comme ça, non ?

Sa voix rauque me fait tressaillir, un rictus étire la commissure de ses lèvres. Son geste est incandescent, tout ce qui m'arrime à lui peut me consumer de l'intérieur et me réduire en cendres.

— Merci, dis-je doucement.

— Trésor, tu m'as habitué à plus de mordant.

Bizarrement, je le trouve différent aujourd'hui. Il a l'air fatigué, comme si un poids titanesque lui courbait l'échine. Ses traits sont marqués par la fatigue, qu'il tente au mieux de dissimuler par ses sarcasmes. Instinctivement, ma main se cale contre son torse tout près de son cœur. Ses muscles se raidissent à mon contact et, au moment où je me rends compte de ce que je fais, je retire ma main d'un geste brusque, la chaleur de mon corps migre jusqu'à mon visage. Mon Dieu !

— D… Désolée…

Et sans attendre, je prends mes jambes à mon cou.

Quelques heures plus tard, je retrouve Luke, Matt, Hayden et Lydia au restaurant. On se gave de hamburgers et on rit si fort devant les imitations de Hayden et Matt que de nombreux clients nous lancent des regards noirs. Cela fait longtemps que je n'ai pas passé une aussi bonne soirée. Mes amis s'amusent, racontent leurs dernières péripéties. Et j'adore voir la relation de Lydia et Hayden devenir plus intense. Ils ont l'air si heureux. Et Luke et Matt semblent complices à nouveau. Ce cadre chaleureux me réchauffe le cœur. Les gens que j'aime sont là.

Et pourtant…

je ne peux m'empêcher de songer à une paire d'yeux aussi sombres qu'une nuit sans lune qui a chamboulé mon monde.

Depuis quelque temps, je pensais avoir développé quelque chose pour Flame, mais la vérité est que Tyler me hante bien plus que lui. La dernière lettre que j'ai laissée à Flame dévoile un peu trop ce que je ressens pour lui et, même si je ne mets pas de visage sur ses mots, j'aurais aimé connaître sa réaction. Savoir si ses traits se sont adoucis, voir la couleur de ses yeux, découvrir ce que ses iris cachent de son être profond. J'aimerais en savoir un peu plus sur Flame…

Flame, quoi que tu fasses,
c'est ton cœur qui parle.
Je pense qu'il y a des choses
qu'on ne peut pas expliquer
et encore moins contrôler.
Tu l'as fait, c'est passé.
Cela ne sert à rien de te torturer l'esprit.
Passe outre. Va de l'avant.
Au final, toi seul sauras
si cela en valait la peine pour toi-même.
Je ne te trouve pas égoïste.
Les personnes égoïstes ne le disent pas,
tu te remets en question
et c'est en partie pour ça qu'à mes yeux
tu es une bonne personne.
Cherry.

Le lendemain, à la fac, je retrouve Lydia qui s'empresse de me montrer deux billets.

— Ma mère nous a dégoté des places pour une soirée, tu veux y aller ? Je me suis dit que ça te changerait les idées.

— C'est super gentil, Lydia ! D'ailleurs, je voulais te parler d'un truc…

Elle fronce les sourcils et m'observe.

— Dis-moi tout !

— Tu sais, la dernière fois, quand tu es venue chez moi et que tu as parlé de mes problèmes ?

Je baisse les yeux, mal à l'aise d'avoir cette conversation.

— Oui, je suis désolée si je t'ai blessée, Lana, répond-elle.

Et je relève les yeux, consciente de la chance que j'ai de l'avoir.

— Tu n'as pas à t'excuser, c'est moi qui suis désolée. Je sais que tu veux m'aider et que…

— Que tu as du mal à accepter l'aide des autres ?

— Oui, voilà.

— Tu sais, je ne t'en veux pas. J'ai bien conscience que tu as vécu des moments… compliqués et je ne veux surtout pas te brusquer. Mais sache que je serai toujours là pour toi. Alors si ça te dit d'aller danser pour te changer les idées, tu n'as qu'à dire oui !

J'écarquille les yeux, et un sourire se dessine sur mes lèvres.

— Ouiiii !

— Super alors ! Tu viens passer la nuit chez moi après ? propose-t-elle en joignant ses mains, je veux qu'on passe une soirée entre filles, hier c'était génial, mais je dois te raconter plein, plein de trucs par rapport à Hayden, dit-elle, tout excitée, en sautillant.

J'acquiesce en la prenant dans mes bras. Je suis si reconnaissante de l'avoir pour amie, je n'ai pas besoin d'être entourée par beaucoup de personnes, tant qu'elle est là. Elle compte beaucoup pour moi, je m'en veux d'être aveuglée par mon malheur et de ne pas être assez présente pour elle. Mais ce soir, je reprends mon rôle d'amie, je sais pertinemment qu'elle a un tas de trucs à me raconter sur son idylle avec Hayden.

— Je passe te prendre après avec maman. Elle nous déposera. Et je veux voir une Lana CANON, ce soir !

À la fin de la journée, je rentre à la maison, accompagnée de mes frères.

— Ça se passe bien dans l'équipe ? demande Matt en cherchant de la nourriture dans les placards.

Nous sommes seuls tous les trois, nos parents ne sont pas encore là. Matt veut en profiter pour récupérer des affaires à lui.

— Oui, c'était bien, Anna me considère un peu plus, alors que je sens que d'autres me regardent mal, mais je m'en fiche.

Les entraînements se passent mieux, du moins je commence à avoir un réel détachement par rapport aux regards des autres. Du moment qu'Anna reconnaît ma valeur sur le terrain, tout va pour le mieux. Depuis qu'elle m'a confié qu'elle aussi avait été victime de fausses rumeurs, je la trouve bien plus sympathique et compréhensive. J'ai l'impression que, d'une certaine manière, elle s'est vue en moi et a décidé de me traiter de façon plus juste.

— C'est une bonne nouvelle, non ? m'interroge Luke en s'empiffrant de céréales à même le paquet.

— C'est une bonne nouvelle, en effet. Tant que je fais ce que j'aime, tout va pour le mieux.

Je monte dans ma chambre pour retrouver Capote et m'empresse de le prendre dans mes bras, puis je rejoins Matt dans sa chambre. Il pousse des jurons en fouillant dans la pièce.

— Tu cherches quoi ? demandé-je en m'asseyant sur son lit.

— Mon pull noir avec les signes japonais, marmonne-t-il en vidant une étagère de son armoire. SKYWALKER, AMÈNE-TOI QUE JE TE RÈGLE TON COMPTE !

Oups. Devrais-je me dénoncer ? Ou le laisser se chamailler avec Luke ?

— Je l'ai pris, annoncé-je d'un coup.

Mon frère me dévisage en fronçant les sourcils.

— Quoi ? Pourquoi ?

— J'ai fait du sport avec, avoué-je embarrassée.

Un pli barre son front, il n'apprécie pas que je lui pique ses affaires. Dieu sait combien de fois il m'a fait cette remarque. Mais ce n'est pas ma faute, on est d'accord pour dire que les fringues des gars sont plus confortables et ont plus de style, non ?

— Combien de fois t'ai-je dit de ne pas toucher mes sweats !

— Oh ça va, tu n'habites même plus là, dis-je en me levant.

— Le jour où tu vivras avec ton copain, tu pourras lui emprunter ses fringues.

— Et si je ne veux pas de copain ? le questionné-je en haussant les épaules.

— Je t'en trouverai un, juste pour préserver mon armoire.

— T'es le premier à rejeter les gars autour de moi, m'exclamé-je en roulant des yeux.

Il me jette un T-shirt enroulé en pleine poire et je pousse un cri de surprise.

— Que c'est attendrissant, intervient Luke avec une voix de petite fille.

— T'as deux minutes pour me rapporter mon pull, sinon je transforme ton Capote en capote usée, me menace-t-il.

— T'es répugnant, déploré-je en serrant dans mes bras mon animal.

— C'est toi qui maltraites les animaux en leur donnant des noms débiles.

— Je t'emmerde !

— Eh ! on se calme ! Je dois vous parler d'un truc, reprend Luke en levant les bras.

Il retient notre attention.

— Vu que je suis mauvais en espagnol, j'ai décidé de m'améliorer en écoutant des chansons et en les apprenant.

— Ta vie est palpitante, souffle notre frère aîné.

— *Con calma, yo quiero ver cómo ella lo menea mueve ese poom-poom, girl…*

Luke se met à chanter *Con Calma*, de Daddy Yankee en faisant une danse si ridicule que j'éclate de rire et me laisse tomber sur le lit de Matt. Ce dernier reste choqué par les mouvements de hanche de notre petit frère. J'en ai mal aux abdos à force de rire. Et ce n'est pas près de s'arrêter quand je vois Luke twerker. Matt s'empresse de cacher ses yeux en proférant des insultes qui sont étouffées par la voix de notre chanteur. Le pire dans tout ça, c'est que Luke chante bien et qu'il n'est pas si mauvais en espagnol, finalement.

— Je te vire du livret de famille, déclare Matt lorsque Luke exécute une révérence.

Plus tard dans la soirée, je suis seule avec mes parents, Matt est retourné chez lui tandis que Luke est sorti avec ses amis. Des cris provenant d'en bas me font me dresser sur ma chaise de bureau. Discrètement, je descends l'escalier afin d'être témoin de leur énième dispute en l'espace d'un mois. J'ai du mal à comprendre le sens de leur conversation. D'un ton accusateur, mon père fait des reproches à ma mère sur un sujet que je n'arrive pas à saisir.

— PUTAIN, COMMENT TU AS PU ?

L'éclat de la voix de mon père me fait sursauter et les battements de mon cœur se font plus vifs. Mon père apparaît dans l'entrée et, sans me remarquer, il sort de la maison, furieux. Des sanglots émergent de la pièce à côté, je me précipite auprès de ma mère, qui pleure à chaudes larmes, recroquevillée sur le canapé. La prenant dans mes bras, je lui murmure des mots doux pour la calmer en lui caressant le dos délicatement.

— Maman, ça va aller.

Toujours en sanglotant, elle se détache de mon étreinte et se lève en passant furtivement ses mains dans ses cheveux avant de lisser sa tenue.

— Ce n'est rien, ma chérie.

Je n'ose pas demander ce qu'il se passe entre eux, elle me répondra sans doute que ça ne les concerne qu'eux. Voir sa mère pleurer est toujours un supplice, mais la voir pleurer à cause de son propre père me fait éprouver de la rancœur à son égard.

— Je vais prendre un bain, m'annonce-t-elle avec un faible sourire.

Les mères aussi ont des masques pour camoufler leurs peines, encore plus devant leurs enfants.

— Je comptais sortir avec Lydia puis passer la nuit chez elle, mais si tu veux je peux rester.

— Oh non ma chérie ! Avec toutes ces histoires, ça te fera du bien.

— Tu es sûre ?

— Oui, en plus demain, c'est le week-end, je veux que tu t'amuses. Mais tu me tiens au courant, je te fais confiance.

— On va à une soirée, c'est sa mère qui nous y emmène et qui nous récupère.

— Profite bien. Si ça ne va pas, appelle-moi, je viendrai te récupérer.

Ma mère m'embrasse puis monte à l'étage. Elle semble si triste, leur mariage ne tient qu'à un fil… et je me dis que ce serait peut-être mieux pour tout le monde qu'il se termine. Seulement, c'est toujours difficile de voir sa famille voler en éclats. Je ne me berce pas d'illusions, mais je veux garder de l'espoir pour eux. Résignée, je retourne dans ma chambre pour me préparer.

Le rouge est une couleur qui, pour une raison que j'ignore, m'inspire la danse et la joie, cette robe moule mon corps comme une deuxième peau, c'est confortable et, pour la première fois depuis longtemps, je me trouve séduisante. J'ai besoin de me changer les idées, et s'apprêter correctement est un bon début.

Lydia m'envoie un message pour me prévenir qu'elle m'attend en bas. Je jette un dernier coup d'œil à mon visage très peu maquillé et passe ma main dans mes cheveux bouclés pour créer ce volume que j'aime. Je passe un ruban en soie autour de mon crane, ce rouge clair se fond dans mes boucles. Je pense que cela fera l'affaire pour ce soir.

— Ça me fait plaisir de te voir comme ça, me complimente Lydia en souriant.

Ses yeux pétillent de joie, et sa mère nous dépose juste à côté de l'entrée de la boîte. Avant de pénétrer à l'intérieur, je préviens Matt par message que je passe la nuit chez mon amie. Une fois que nous sommes à l'intérieur, toutes mes ondes négatives ont disparu, comme si j'étais passée dans une passoire. Plusieurs couples sont sur la piste, au milieu d'une chorégraphie parfaitement synchro de salsa. Leurs mouvements fluides me fascinent, les hommes soulèvent leurs partenaires comme des plumes, la grâce de ces dernières m'éblouit.

— Dommage que tu aies arrêté, tu aurais pu être parmi elles, déclare Lydia.

— Ouais, mais au moins je n'ai pas perdu la main, lui dis-je, amusée.

— Tu serais prête à danser avec un garçon s'il te proposait un tango ?

— Je ne sais pas trop, Lydia, avoué-je embarrassée.

— Ce n'est pas grave, on est là pour admirer. On n'est pas obligées de danser. Viens, on va boire un truc puis on se fera notre petite salsa ensemble. Par contre, c'est toi qui me soulèves, j'ai aucune force dans les bras.

Je ris avant d'accepter le cocktail à la mangue qu'elle m'a commandé. Alors que je bois cet élixir succulent, mes yeux s'égarent dans la salle ornée de gigantesques lustres baroques. Plusieurs danseurs se présentent sur la piste et l'un d'eux lance l'appel au paso doble.

— Quand viendra le tour du tango, je veux te voir sur cette piste.

Lydia ne tient pas très bien l'alcool, à deux verres elle est déjà un peu pompette.

— Évite de trop boire, lui recommandé-je, amusée, en la voyant faire des signes à tous les danseurs.

Me sentant observée, je regarde autour de moi et je croise les yeux d'un homme d'une trentaine d'années qui me fixe avec une expression que je ne saurais qualifier. Il m'adresse un sourire qui me fait froid dans le dos, ses yeux dévorent ma robe rouge. Je déteste être fixée de cette façon, si lubrique. Je me détourne de lui et je découvre Lydia en train de danser avec un homme un peu plus âgé. Elle me sourit et reprend sa valse. L'éclairage diminue et des lumières clignotent un peu partout. Je sens encore le regard de l'individu sur moi quand un des spots l'éclaire : il s'approche de moi.

D'un pas rapide, je me faufile parmi la foule pour sortir prendre l'air et fuir cet homme étrange. Je me retourne pour voir s'il ne me suit pas mais je ne le trouve plus. Soudain, mon visage se cogne contre le corps d'un homme en costume, assez musclé. Je retiens mon souffle et les battements de mon cœur s'accélèrent lorsque je reconnais l'inconnu. D'un geste brusquc il attrape mon bras et me colle contre son corps, je déglutis difficilement. Le découvrir ici me laisse sans voix.

— Putain, qu'est-ce que tu fous ici ?

Tyler est bien là, et visiblement ma présence ici lui déplaît

CHAPITRE 24

Première danse

LANA

— C'est plutôt à moi de te demander ça, commenté-je, perplexe devant son air refrogné.

À travers son costume, je décèle ses muscles qui se contractent d'impatience. Sa main toujours accrochée à mon bras desserre sa prise sans pour autant me lâcher. Poussant un profond soupir, il balaie la salle d'un coup d'œil en plissant les yeux, comme s'il allait mieux y voir.

Intriguée par son comportement, je le détaille ouvertement, le style qu'il arbore ce soir m'intimide particulièrement. Ce côté sophistiqué met en avant sa beauté ténébreuse qui ne me laisse pas indifférente. Je m'empourpre face à de telles pensées.

— Tu dois partir, grince-t-il entre ses dents en scrutant toujours les alentours.

— Non.

Stupéfait de ma réponse, il pose ses yeux sur moi. L'espace d'un instant sous ce regard ardent, j'ai l'impression qu'il me voit entièrement, que tous mes secrets sont dévoilés. Ses iris basculent instinctivement sur mon corps moulé dans cette robe et, d'un battement de cils de sa part, je me sens complètement dévêtue. Son attention se focalise sur mes lèvres, mes pupilles se dilatent à cause du désir qui me consume.

— T'es une sacrée emmerdeuse, Julliard.

Son souffle s'abat sur moi, se mêlant au mien dans un ouragan invisible, mais je dois lui tenir tête.

— Lâche-moi, Brook.

À la fin de ma phrase ma voix tremble légèrement tant je suis intimidée par la façon dont il me toise.

— Tu ne peux pas rester ici.

Je n'aime pas son ton autoritaire, il y a encore une semaine nous étions dans notre bulle à écouter de la musique ensemble et maintenant il me donne des ordres. Comme avant.

— C'est quoi ton problème ? Tu te prends pour qui ?

— Les Ravens sont ici.

Tyler affiche un air impassible puis me rapproche de lui alors que l'information met du temps à gagner mon cerveau.

— Quoi ? Mais pourquoi ? Comment tu le sais ? Et puis pourquoi t'es là ? C'est quoi ton lien avec eux ?

Toutes ces questions sont sorties d'une traite de ma bouche, j'ai parlé trop vite.

— Ça t'arrive parfois de ne pas poser de questions, souffle-t-il, exaspéré par ma tirade.

— Tyler…

La pulpe de son pouce se pose subitement sur ma bouche, me faisant ravaler mes mots. Sa mâchoire se crispe et ses muscles se tendent un peu plus. La chaleur de son doigt fait fondre mes lèvres et, délicatement, il les libère. Aussi saugrenu que ce soit, l'absence de son pouce me donne froid. Les premières notes de la musique du film *Le temps d'un week-end* s'élève dans la salle. Je visualise la scène du tango avec Al Pacino. Alors que je suis sur le point de m'écarter de Tyler pour chercher mon amie, ce dernier me plaque contre son torse et prend ma main dans la sienne avant de me jeter un regard sulfureux.

— Reste avec moi.

— Mais, Lydia…

— Elle est avec Tony, ne t'inquiète pas.

Les couples sur la piste de danse commencent un tango endiablé sur les paroles de la chanson. Déstabilisée, je peine à suivre le rythme, et cette proximité avec Tyler n'arrange en rien la situation.

— Danse avec moi, murmure-t-il.

Sa voix est étonnamment douce et sa main libre glisse le long de mon dos jusqu'à se caler au creux de mes reins pour me serrer plus fort contre lui. Quelques centimètres séparent nos visages, son souffle me chatouille la peau.

— Monte ta main et…

— Je sais danser le tango, le coupé-je.

— Intéressant, s'exclame-t-il sur un ton à demi amusé.

Nos regards s'arriment l'un à l'autre, plus rien n'existe autour de nous. Je suis noyée dans l'obscurité abyssale de ses yeux. Lorsque sa main remonte avec langueur au milieu de mon dos, nous écartons nos corps dans la position de base du tango. Nos genoux se rencontrent quand je suis ses pas de gauche à droite, dans une synchronisation anormalement parfaite. Il avance, je recule, suivant le tempo de la musique. Cette sensation me donne des frissons. Tyler mène la danse, nos pieds se suivent sur une mesure identique. À aucun moment nos regards ne se décrochent l'un de l'autre. Cette proximité à chaque mouvement accélère les battements de mon cœur. J'ignore par quelle force j'arrive à endurer son regard ardent. Sa main serre un peu plus la mienne. Une vague de chaleur envahit de mon corps et confirme mon attirance pour lui.

Mes réflexions m'enflamment, c'est un supplice d'être face à un homme aussi beau et d'avoir peur de lui céder.

— Depuis quand tu sais danser le tango ?

Cette question me brûle les lèvres depuis le début, mais ne me consume pas autant que le brasier qu'il crée avec sa main sur mon dos. Il m'entraîne dans une autre figure, nous formons un carré sur le sol, puis je ponctue avec un jeu de jambes lorsqu'il marque un arrêt pour me laisser faire mon mouvement, et nos corps sont encore plus proches. J'ignore si mes joues sont rouges mais je m'efforce de rester concentrée pour éviter de me retrouver au sol.

— Ma sœur était très portée sur l'art en général, elle faisait beaucoup de choses, notamment de la danse, et elle m'apprenait des pas parce que ça lui faisait plaisir, répond-il en veillant à ce que je garde l'équilibre.

Ce point attise ma curiosité, et nous continuons de nous mouvoir dans cette bulle qui me semble impénétrable.

— Je ne savais pas que tu avais une sœur.

— Tu ne sais pas grand-chose sur moi.

Ses lèvres frôlent mon oreille et une multitude de soubresauts sillonnent ma colonne vertébrale. Son souffle brûle ma peau et dans un murmure il ajoute :

— Mis à part le fait que je gagne toujours nos débats.

Un demi-sourire étire ses lèvres. Je roule des yeux avant que son front se colle au mien pour faire tourner mon corps de l'autre côté. Ce jeu d'attraction entre nos deux corps durant ce tango exacerbe mes émotions, je ressens tout ce que je ne suis pas censée ressentir à son égard. J'accueille ce désir comme une délicieuse torture. Je lève le pied puis l'enroule autour de la jambe de mon cavalier, devant son genou. Mon front se colle contre sa joue et, dans une lenteur calculée, je fais glisser mon pied sur sa jambe avant de créer un cercle sur le sol et de relever légèrement la jambe.

— Tu es douée.

— J'ai fait de la danse pendant plusieurs années. J'ai toujours aimé ça.

— Ça se voit, mais je ne suis pas expérimenté comme toi, du coup. Vas-y doucement sur tes figures extravagantes.

Retenant un rire, j'aspire mes lèvres en souriant. Il me fait tourner puis me ramène jusqu'à lui.

— Et si tu me disais pourquoi tu es là ce soir ? demandé-je d'une petite voix.

Tyler prend une profonde inspiration et hausse les épaules.

— Je suis dans un club de moto, les Gunners, et ils sont engagés dans des activités caritatives, comme celle-ci. Il y a une collecte de fonds pour construire de nouveaux refuges pour les enfants orphelins. Dan est très investi pour cette cause et il nous a entraînés là-dedans. Il veut faire une donation et proposer les services des Gunners pour des balades afin de leur faire découvrir la ville et d'élargir un peu leurs horizons. Seulement, on ne s'attendait pas à trouver des Ravens ici. Et je m'attendais encore moins à t'y trouver.

Sa réponse me surprend et me rend toute chose, je n'ai pas le temps de répondre qu'il me soulève, et je m'appuie sur sa main et son épaule dans les airs. Il sourit face à la surprise qui se lit sur mon visage et, dans une descente d'une lenteur captivante, mes pieds rencontrent le sol, toujours sous son regard incandescent. La sensualité qui se dégage de nos corps après chaque mouvement accroît ce plaisir coupable. Je me demande s'il éprouve la même chose.

Quelle idée ! Je me fais de la peine.

— Les Ravens ce sont les gars qui m'ont…

— Je ne laisserai rien t'arriver, n'aie pas peur, je suis là.

Il baisse suffisamment son genou pour que je puisse m'asseoir dessus pendant un court laps de temps.

— Tu dois en avoir marre de me retrouver toujours là où il ne faut pas, susurré-je timidement.

— Non, ce n'est pas le cas.

— Pourquoi ça ?

Gênée, je baisse les yeux, tombant sur ses lèvres qui se mettent à bouger dans un murmure sournois :

— Parce que ça me plaît de te voir.

Je me détache de lui. Je me sens tellement honteuse d'éprouver un tel sentiment à son égard. Sur les dernières notes de la chanson, ma jambe droite se lève, enveloppant la taille de mon partenaire, qui se met en position finale. Une mince frontière sépare nos visages, celle que nos respirations haletantes se forcent à ériger, comme pour nous éviter d'un acte sulfureux qui pourrait être une erreur. Dans cette position, notre échange visuel dure des secondes interminables qui s'égrènent tels les grains de sable par le minuscule orifice d'un sablier. Son air condescendant habituel est remplacé par la tentation et le désir.

Les applaudissements me sortent de mon tumulte intérieur. Je me détache de lui, il garde toujours sa main sur mon dos. Je le vois lancer des regards froids derrière moi et il accentue son emprise sur mon corps. Une musique douce se propage dans les enceintes. Le regard toujours rivé derrière moi, il prend mes bras pour les placer derrière son cou, puis me serre contre son torse. Un lent slow débute et mes yeux papillonnent lorsque je le vois mener à nouveau la danse.

— Tu ne veux plus me lâcher ? lui demandé-je en dressant un sourcil.

— Je les surveille.

Arborant toujours un air dur, il dévisage des personnes derrière moi.

— Tu te sers de moi ?

Mon Dieu, tais-toi.

— Je préfère ne pas te laisser seule, au cas où.

— J'ai décidé de ne plus aller au Thunderdome… du moins pour le moment.

Mon aveu lui fait écarquiller les yeux. J'ai pris cette décision il y a quelques jours et il est le premier à qui je la dévoile.

— L'essentiel, c'est que tu ailles mieux.

Ne plus y aller signifie ne plus le voir. Je me confronte à cette réalité et me rends compte qu'elle me déplaît. Tyler me serre plus fort contre lui. Ma poitrine cogne contre son torse, à travers le tissu je sens mes seins pointés effrontément et mon visage s'empourpre. Mon cœur fait des loopings. Face à mes réactions, ses lèvres dessinent un sourire. Il me fait pivoter et j'ai une vue sur tout ce qui était dos à moi. Mon cavalier approche ses lèvres de mon oreille, me donnant la chair de poule. Dans un murmure, il me décrit chaque homme qu'il traque. Parmi eux, une description me rappelle brièvement quelqu'un de mon passé. Étrangement, j'ai un mauvais pressentiment. Ma tête se cale contre son torse.

— Qu'est-ce qu'il y a ?

— J'ai envie de disparaître.

— Non, je pense que tu veux être importante pour quelqu'un. Mais si tu devais disparaître, je finirais par te trouver. Le sort en est jeté, dit-il sur un ton doux.

Je me détache de lui brusquement. Ces mots ne sont pas anodins.

Je finirai par te trouver. Le sort en est jeté.

On me les a déjà dits. Flame me les a déjà dits. Je ne sais plus sur quel pied danser, alors je sors. Un tas de questions se bousculent dans mon esprit. Tout ce qu'il peut dire me fait penser à Flame, c'est indéniable. Nos rapports sont trop étranges pour moi. Il me pousse, me rejette pour au final me sauver.

Dans sa façon de parler, il me fait penser à Flame.

Tyler… Flame…

Je suis troublée par l'étroit lien que je crée entre eux. Ces mots. Leur sens. Tout laisse croire que celui à qui je me confie depuis quelques mois maintenant est en face de moi.

L'air frais est une bouffée d'oxygène qui éclaircit mes idées nébuleuses. Le vent me fouette le visage et fait flotter mes cheveux. J'essuie les sueurs froides sur mon front. Les yeux vers le ciel, j'admire la lune flamboyante et j'inspire profondément malgré les souvenirs qui se bousculent dans ma tête.

Collier brisé. Menaces. Briquet… flamme.

Tout s'enchaîne dans mon esprit. Je suis perdue. Perdue. Tout est si flou, entre ce que je ressens et ce que je ne dois pas éprouver.

— Lana.

Figée par le son de sa voix, je me retourne vers lui. Un voile d'inquiétude traverse son visage, contrastant avec la rancœur que j'essaie d'afficher.

— Est-ce que c'est toi ? demandé-je directement en serrant les poings.

Il arque un sourcil intrigué, met une de ses mains dans sa poche en s'avançant lentement vers moi.

— Flame, est-ce que c'est toi ?

Ses yeux s'arrondissent comme des billes. Il est juste devant moi, à une distance raisonnable et je soutiens son regard avec au cœur ce nœud insoutenable. Tyler prend une profonde inspiration, avant de fixer le ciel sombre un court instant.

— Je te demande si tu es Flame, répété-je plus durement en articulant.

Il baisse les yeux et me fixe avec intensité, il ne dit plus rien mais je pense déjà connaître la réponse.

— Pourquoi tu me fais du mal pour me sauver après ? Je n'arrive pas à comprendre ce que tu me fais ressentir, tout est si contradictoire...

Un profond soupir s'échappe de ses lèvres avant qu'il détourne le visage pour contempler l'horizon. D'où nous sommes, une vue imprenable s'étend, la plage et les reflets de la lune qui s'abattent dans l'eau salée comme dans un miroir.

— C'est bien moi Flame.

Tout s'effondre. Mon cœur est réduit en miettes. Mes oreilles bourdonnent. Ses yeux noirs perçants me détaillent avec une vague d'émotion. D'un pas lent il s'approche de moi.

— Ça t'amusait ? Ça t'amusait de jouer sur les deux tableaux ?

Je me sens trahie. Ses doigts attrapent mon menton, puis son pouce effleure mes lèvres.

— Je voulais réellement veiller sur toi. Je ne te demande pas de me pardonner. Flame a toujours été honnête avec toi. Écoute, on ne peut pas parler de ça maintenant, mais fais-moi confiance. Seulement pour ce soir, Lana.

Je ne sais pas si je peux le croire. J'ai mal au cœur et lui ne semble même pas le voir. Un silence s'installe, avant que son index posé sous mon menton relève ma tête pour que je le regarde. Ce contact imprévisible m'assaille, je suis tiraillée entre l'attraction et la fuite.

Alors c'est lui, Flame.

— Je voulais vraiment t'éloigner de tout ça, *Cherry*.

Ses yeux reflètent un profond regret, pour la première fois j'arrive à lire en lui. Flame est devant moi.

— Je voulais te protéger de tout, mais je n'ai pas réussi à te protéger de moi.

Je ne sais plus quoi faire ni comment agir devant lui.

— Ne me pardonne pas, trésor, tu pourrais le regretter.

Son murmure me donne des frissons, mon cœur loupe un battement. Malgré moi je suis réceptive à ses paroles. La distance raisonnable qui existait encore il y a quelques minutes est rompue lorsque son front se colle au mien.

— Flame ne m'aurait jamais menti, susurré-je.

Je m'efforce de prononcer ces mots tandis que ses doigts glacés courent sur mon visage.

— Peut-être, mais que ce soit Tyler ou Flame, rien ne change pour moi.

J'ai l'impression qu'il joue avec moi. Je n'aurais jamais cru que ma rencontre avec Flame se passerait ainsi. Je pensais que je sauterais de joie, que je serais dans ses bras.

— Tu agis comme le diable, en te jouant de moi ainsi.

— Je préfère Hadès, le dieu des Enfers, et, au vu de notre danse, Perséphone t'irait à merveille, dit-il sur un ton taquin.

Une multitude de frissons dévalent mon épine dorsale, je baisse la tête, désemparée par ce sous-entendu. Sa main froide drape ma joue pour relever à nouveau mon visage.

— Tu n'es pas la seule à être troublée, Cherry. Je le suis autant que toi. Mais tu n'as aucune idée de tout ce que je pourrais te faire.

Il s'éloigne de moi comme saisi d'une prise de conscience soudaine, la chaleur que dégageait son corps s'évapore et le froid de la nuit s'abat sur moi.

— Reste ici. Je n'en ai pas pour longtemps, ensuite je te dépose chez toi.

La tournure de notre conversation m'ébranle, une partie de moi en attendait plus… beaucoup plus. Une envie irrépressible de passer un jet d'eau sur mon visage pour chasser toutes mes pensées floues me prend.

— Je peux aller aux toilettes ?

Il m'adresse un signe de la tête et je le suis. Son impassibilité contraste avec le tumulte que mon corps s'efforce de camoufler. Je ne comprends plus rien, j'ai l'impression qu'un jeu de séduction existe entre nous sans jamais aller au bout et, depuis cette révélation sur l'identité de Flame, je ressens un lien profond entre nous.

— Quand tu sors, attends-moi ici, s'exclame-t-il en désignant un espace devant les toilettes.

Pour unique réponse, je hoche la tête avant de me faufiler dans les toilettes. Mon reflet dans le miroir m'effraie, mes cheveux sont ébouriffés à cause du vent, sans parler de mes joues rosies par la honte. J'ai l'impression de sortir d'une essoreuse. Je passe de l'eau froide sur mes joues affectées par la fièvre « Tyler Brook ».

— Quelle idiote ! Arrête de penser à lui ! C'est quoi ce désir ridicule ?!

Je commençai à ressentir quelque chose pour Flame, même si Tyler m'attire comme un aimant. Je ne me sens pas très bien, l'excitation de cet échange de lettres part en fumée. Je ne perçois plus que l'homme qui a tenté à maintes reprises de m'écarter de mon frère. Il savait que c'était moi depuis le début… Putain, c'est tellement humiliant. Il m'a vue plein de fois sourire devant ses lettres. Je me sens ridicule.

Je sors de la pièce et m'assois sur le banc collé au mur en face des toilettes. Il y a une porte-fenêtre non loin qui mène à l'extérieur, je suppose que Tyler va arriver par là. D'où je suis, je ne peux pas voir ce qu'il se passe dehors, seules la musique et des discussions en bruit de fond qui me parviennent.

— Rappelle-moi pourquoi on est là, c'est d'un ennui mortel.

Cette voix… Cette voix fait se raidir mes muscles. Ma respiration devient erratique. Je perds ma lucidité… mais je ne dois pas me laisser envahir par la peur tant que je ne suis pas sûre. Je me redresse sur mes jambes flageolantes, et lentement je m'avance. Discrètement, je me penche pour entrevoir ce qu'il y a derrière la porte.

— Il y a des femmes pas mal, tu crois qu'on pourrait tirer un coup, histoire de rentabiliser la soirée.

C'est lui.

— Ferme-la, Noah, tu tireras ton coup plus tard. La mission des Ravens est de faire pression sur les riches.

Je plaque mon dos contre le mur, recouvre ma bouche de ma main. Mon Dieu… Noah est un membre des Ravens. Le sang afflue dans mes tempes lorsque la vérité chemine jusqu'à mon cerveau. La terre s'arrête de tourner, le sol semble se dérober sous mes pieds. La raison de mon martyre est juste derrière ce mur. En chair et en os, Noah est juste là, si près que je manque d'étouffer.

Des bruits de pas s'approchent. Je suis figée, je ne bouge plus, alors que le parfum de Tyler envahit mes narines. Je suis persécutée par les démons du passé. Je sens son regard sur moi comme une caresse.

— Lana ?

Lentement, je lève les yeux vers lui. Son inquiétude est perceptible. Mon cœur martèle dans ma poitrine de façon frénétique. Ma respiration se saccade, j'ai de plus en plus de mal à respirer. Une crise d'angoisse me paralyse.

Minutieusement, il analyse chaque parcelle de ma peau comme s'il apprenait à les connaître. Il effleure mon visage du bout des doigts.

— Calme-toi, Lana.

Je secoue la tête et j'annonce que je dois sortir, que je ne peux pas rester ici. Les mains chaudes de Tyler englobent mon visage.

— Trésor, je suis là. Avec toi.

Ma tête bouge encore, je n'arrive pas à me calmer. Je ferme les paupières en le suppliant de me faire sortir d'ici. Et, dans un mouvement inattendu, je sens brusquement ses lèvres qui se pressent contre les miennes. Un prompt baiser, mais suffisant pour enclencher une cascade de sentiments dans mon cœur.

Tyler vient de m'embrasser. Si furtivement, que j'en oublie même mon prénom.

Je suis figée à cause de ces quelques secondes, le goût de ses lèvres subsiste sur les miennes. Tyler vient d'apaiser l'angoisse qui m'étreint. Et je me sens mieux. Tyler me sauve, encore et encore. Mes yeux papillonnent comme si ce qui venait de se produire n'était qu'un mirage et qu'il fallait que je me ressaisisse. Ses yeux m'hypnotisent. Je ne sais plus quoi dire. Cette proximité éveille une chaleur étrange dans mes veines. Tyler me sonde intensément comme s'il regrettait… Ce baiser a beau n'avoir duré que quelques secondes, il a suffi à me donner l'envie de goûter à nouveau à ses lèvres, inlassablement.

— Tyler, t'es là ?

Une voix familière vient percer le silence tendu entre Tyler et moi. Il s'écarte d'un pas avant que quelqu'un arrive. Je détourne le visage et croise le regard d'un homme que je connais. Dan, il me semble, son cousin.

— Oh, bonsoir, Lana, s'exclame Dan avec un sourire ravi.

Les deux se ressemblent un peu, encore plus avec les costumes assortis qu'ils portent.

Dan, tu veux bien t'occuper d'elle ? Je vais chercher Tony et les autres.

Dan accepte et je lève les yeux vers Flame. Il ne me regarde pas, comme s'il était aussi confus que moi. Quelle soirée… Il s'en va, me laissant seule avec son cousin. Ce dernier me demande de le suivre et nous sortons en direction du parking. Nous entrons dans son SUV noir et on attend… je ne sais quoi.

— Lydia était avec moi, lui annoncé-je timidement.

— Je sais, ils vont la ramener pour que je vous dépose, ne t'en fais pas.

J'acquiesce.

— Alors… c'est toi le chef des Gunners ?

Dan esquisse un sourire avant de s'adosser à son siège, les bras croisés.

— Exactement. C'est ma petite fratrie. Et, même si ton frère n'est pas un Gunners, il fait aussi partie de ma fratrie.

— Quand tu l'as connu ?

— Il y a près de deux ans, je crois, Tyler et lui sont bons amis. Et disons que Tyler et moi sommes suffisamment proches pour mélanger nos cercles.

— Vous vous ressemblez physiquement, mais tu as l'air moins avare en paroles que lui.

Je dis ça avec une pointe d'amertume. Ce soir, je ne sais pas dans quelle case mettre Tyler. Il a bouleversé mon monde en l'espace d'un instant.

— C'est vrai qu'il ne parle pas beaucoup, il fait plein d'erreurs mais l'erreur est humaine, tu ne crois pas ?

— Tu as raison… Alors en quoi consistent les Gunners ?

Dan émet un faible rire, sa stature imposante est adoucie par un sourire accueillant. Il a l'aura de quelqu'un qui a vécu mille vies en une, toutes sur une moto.

— Tu sais, Lana, commence Dan d'une voix teintée de nostalgie amusée, quand on a démarré les Gunners, on était juste un groupe d'amis avec une passion commune. Mais tu n'imagines pas les aventures que ça nous a amenés à vivre.

Il se lance alors dans le récit de leurs péripéties, chaque histoire étant plus incroyable que la précédente. Il y avait cette fois où ils avaient organisé une randonnée pour collecter des fonds pour un hôpital local.

— On pensait faire un petit truc sympa, tu vois ? Mais ça a pris une ampleur… On s'est retrouvés à escorter une armée de peluches géantes à moto à travers la ville, sous les regards ébahis des passants. Je crois qu'on n'a jamais autant ri. Daryl, un de mes meilleurs amis, s'est retrouvé enseveli sous des peluches, je garde une précieuse photo de lui pour l'afficher le jour de son mariage.

Puis il évoque leur voyage annuel sur la route mythique de la côte, où la pluie s'était invitée, transformant leur périple en une lutte épique contre les éléments.

— Mais le plus beau, c'était le lever de soleil après la tempête. On s'était arrêtés, trempés jusqu'aux os, et le ciel nous a offert le plus beau spectacle. On a tous compris à ce moment-là pourquoi on faisait tout ça.

Dan parle aussi de leurs engagements, comme cette initiative pour les enfants d'un orphelinat.

— Les visages de ces gosses quand ils ont vu débarquer une horde de motards pour leur offrir des cadeaux… Je crois que je n'ai jamais ressenti une telle satisfaction.

J'ai eu une enfance compliquée, ça me fait plaisir d'aider quand je le peux, même si ce n'est pas grand-chose. Je sais ce que ça fait, de ne pas recevoir l'amour de ses parents.

Dan a l'air d'être vraiment quelqu'un de bien, malgré les coups impitoyables de son passé difficile. Il me jette quelques regards et j'y décèle beaucoup de nostalgie et d'affection pour ses souvenirs.

— On est plus qu'un club, Lana. C'est une famille. On partage tout, les bons moments comme les épreuves. Je suis content que Tyler en fasse partie. C'est comme mon petit frère et j'espère que, plus tard, il chérira ses souvenirs comme moi aujourd'hui.

Je suis touchée par son vécu, ses aventures.

— C'est vraiment bien ce que tu fais, lui assuré-je sincèrement.

— Et toi, ma petite Lana, qu'est-ce que tu aimes faire ?

— Oh… j'adore la danse, c'est la raison pour laquelle j'étais là, expliqué-je en souriant.

Il hoche la tête en me rendant mon sourire.

— Je t'ai vue sur la piste, tu as beaucoup de talent, je te présente mes excuses si mon cousin t'a marché sur les pieds.

— Oh non… c'est un très bon partenaire de danse, réfuté-je timidement, le regard fuyant.

— J'ai déjà assisté à tes prestations de cheerleaders. Je suis venu pour voir Matt et Hayden, je les aime bien, ces petits gars, ça me rappelle ma jeunesse sur les bancs de la fac. Je faisais partie des Eagles moi aussi.

— Vraiment ? Il y a combien de temps maintenant ?

— Oh, je dirais plus de dix ans. Mais j'ai joué dans l'équipe de foot durant tout mon cursus. J'ai trente et un an.

— Et tu fais quoi dans la vie ?

— J'ai mon propre garage, je suis plus manuel qu'intellectuel. Mais j'ai fait des études de comptabilité et de gestion pour me familiariser avec l'argent. Maintenant, je tiens seul mon garage en gérant tous les aspects.

— Je suppose que c'est plus simple d'avoir un garage quand on a un club de moto.

— En effet, répond-il, amusé. Cette vie me convient, je suis heureux aujourd'hui et je le souhaite à tout le monde.

— J'aime beaucoup ta philosophie.

C'est bizarre, mais ce que cet homme dégage me rassure. Dan pose sa main sur mon crâne.

— Quand on est jeune, tout est décuplé. Encore plus si on n'en parle pas. Tu verras qu'avec le temps on apprend à mieux accepter les choses. Le remède, c'est le temps.

Au même moment, des injures attirent notre attention. Je vois Tyler qui traîne Lydia difficilement, en compagnie de deux autres hommes, des Gunners sûrement. Je sors de la voiture et, dès qu'elle me remarque, elle accourt vers moi.

— Mon Dieu, j'ai eu tellement peur ! Je voulais te chercher mais ces connards ne m'ont pas laissée faire. Je vais vous trucider !!!

— Ferme-la, Poil de Carotte, c'est moi qui vais te trucider si tu ne te calmes pas, rétorque Tyler agacé.

— TOI ! Ne t'avise plus de toucher ma copine !

— Lydia, calme-toi, tempéré-je doucement. Tu as trop bu.

Lydia est totalement bourrée.

— Je n'ai pris qu'une gorgée… Je te le jure, dit-elle en grimaçant.

— Une bouteille entière, plutôt, espèce d'ivrogne, s'exclame Tyler, exaspéré.

— Hé ! s'écrie-t-elle, tu dis ça alors que tu empestes la cigarette !

— Et toi, l'antioxydant.

Un rire furtif s'échappe de ma gorge, attirant leur attention sur moi. Leur conversation est tellement absurde que c'en est drôle. Alors que je ris encore, mes yeux rencontrent ceux de Tyler, qui me fixe attentivement.

— Regarde devant toi au lieu de la draguer, dit Lydia, agacée.

J'aspire mes lèvres avant de détourner les yeux du regard brûlant de Tyler.

— Dan, tu les déposes ? s'exclame Tyler en passant sa main dans ses cheveux.

Je sais qu'il m'évite et ce n'est pas plus mal. Cette soirée est vraiment étrange. J'ai aperçu Noah, j'ai découvert l'identité de Flame et il m'a embrassée... À cette pensée, mon visage vire au cramoisi, je m'empresse d'embarquer dans la voiture pour ne plus être en présence de Tyler. Je ne me vois pas avoir une conversation avec lui maintenant. Je ne suis pas prête.

— Bon, j'y vais, s'exclame Dan en faisant le tour pour monter côté conducteur.

Une main se pose sur le rebord de ma fenêtre, lentement je redresse la tête et croise le regard de Tyler. Une myriade d'émotions se succède dans ses opales sombres et font battre davantage mon cœur, une chaleur envahit ma poitrine. Je n'aurais jamais imaginé ma rencontre avec Flame ainsi.

Tyler me scrute comme s'il voulait disséquer chacune de mes pensées. J'ai l'impression que, plus on s'observe, plus il trouve un moyen de me toucher quelque part. Tout est si confus dans ma tête, toute cette contradiction me rend folle. Le lien ténu qui semblait nous unir se rompt lorsque Dan allume le moteur. Tyler retire sa main et détourne le visage avant de s'éloigner avec ses amis, ils se dirigent vers leurs motos respectives.

Cette histoire est si folle ! Le pire dans tout ça, c'est que, j'ai eu beau voir Noah ce soir, il n'y a que les prunelles sombres de Tyler qui hantent de mon esprit.

CHAPITRE 25

Flame

LANA

Ce qui est fait est fait, le passé ne revient plus jamais. Mes idées sont plus claires. Je me rends compte que j'ai revu Noah.

En position fœtale dans le lit, chez Lydia, je ressasse cette soirée dans mon esprit comme un disque rayé, m'infligeant une mutilation lancinante. Mon cœur palpite et mon sang afflue dans mes tempes. Je tente de calmer ma respiration pour ne pas réveiller Lydia qui dort à poings fermés. Ma main glisse sur ma taille et, du bout des doigts, j'effleure mes brûlures. Une multitude d'images me reviennent. J'arrive encore à sentir l'incandescence qui crépitait sur ma peau lors des tortures infâmes que Noah m'infligeait.

Lentement, mes doigts remontent cette fois-ci sur mes lèvres. Là où Tyler m'a embrassée pour me faire oublier mon cauchemar éveillé. C'était si doux… si rapide mais si bon. Le seul garçon que j'avais embrassé avant, c'était Noah. En réalité, je n'aurais jamais imaginé que goûter à nouveau à des lèvres me procurerait un sentiment aussi… chaud.

Des picotements d'attraction parcourent mon corps, je suis attirée par Tyler et je ne parviens pas à l'expliquer. Je croyais qu'en psychologie humaine on pouvait élucider tous les comportements, en fin de compte non... L'avantage que je trouve en songeant à Tyler est que je ne pense plus à mon agression, il accapare chaque parcelle de mon esprit, et avec ce prompt baiser rien ne s'arrange.

C'est effroyable cette sensation de fatigue qui nous habite, alors que le sommeil nous fuit. J'ai les yeux fermés mais je ne dors pas. Mes neurones jonglent entre une paire d'yeux gris et la noirceur des cendres d'un phénix. Je dois laisser Noah derrière moi. Cependant je ne sais pas si je dois oublier ce baiser. Noah exerce encore un faible effet sur moi, comme une pression mentale... je ne peux pas parler de ça à ma mère, mais je peux essayer de le contourner. Je sais ce qu'il me reste à faire pour cela.

Et pour ce qui est de ma découverte...

Tyler est Flame.

Flame est Tyler.

Le masque tombe et mon cœur s'est brisé. Je ne sais plus quoi faire. Je ne sais plus quoi dire. Je ne sais plus quoi penser.

Pourtant... J'en suis sûre et certaine, une part de moi le savait déjà.

Il fallait que ça soit lui. Il parle exactement comme lui, et l'apercevoir l'autre jour devant la porte des vestiaires aurait dû me le confirmer. Je prends mon téléphone et farfouille dans ma galerie pour voir les photos de ses lettres, puis je relis chacun de ses mots. Un certain message retient mon attention.

Je ne crois pas en Dieu,
je ne crois pas à grand-chose pour dire vrai.
Je crois aux erreurs et à leurs conséquences.
Mais je respecte ceux qui s'attachent
à quelque chose pour aller de l'avant.

Tout le monde a besoin d'une obsession,
c'est comme une issue de secours.
Dans mon cas,
le sort en est jeté,
et tu ne pourras pas me sauver, Cherry.
Et si tu penses le pouvoir,
ne perds pas ton temps,
ne laisse pas mon obscurité te pervertir.
Jamais.
Flame.

Le sort en est jeté. C'est son tatouage. Il y avait plein d'indices mais je n'ai pas su les voir. Ou plutôt… je ne voulais pas les voir. Il a toujours tourné autour de moi, il n'était jamais loin. Tyler a tout fait pour me détourner de mon frère et de ses dérives, juste pour me protéger et je le crois quand il me le dit. Je le crois parce que Flame a toujours dit vouloir me protéger.

Cette révélation fait l'effet d'une bombe. Je me sens à la fois trahie et si… soulagée que ça soit lui. Alors que je relis ses lettres, toutes ces pièces à convictions s'imbriquent en un puzzle évident. Tout laissait croire que c'était lui. Même le phénix dessiné sur sa peau était une image qu'il citait dans ses lettres. Cette dualité me perturbe.

Que ressent-il pour moi ?

Tyler est si mystérieux et sa part d'ombre a tellement l'ascendant sur ses actes qu'il est prêt à blesser les autres pour leur éviter des ennuis, comme avec moi. Tyler m'a fait du mal mais son alter ego a tout mis en œuvre pour réparer les morceaux étiolés de mon cœur. Flame m'a ouvert les yeux sur tant de choses.

Quand je rentre chez moi après ma nuit chez Lydia, je décide de prendre ma mère à part pour lui parler. J'ai très peu dormi, trop occupée à réfléchir.

— Tu as raison, maman, j'ai besoin de voir quelqu'un, annoncé-je sans préambule.

Revoir Noah m'a fait comprendre que j'ai encore des séquelles. Je veux aller mieux et m'en remettre. Ma mère m'observe avec un air attendri et me sourit.

— Très bien, ma chérie, je vais me renseigner pour te prendre rendez-vous.

J'acquiesce. Une bonne chose de faite.

— Autre chose…

— Oui ?

— J'aimerais commencer des cours de défense aussi. Ce serait possible ?

Je dois apprendre à me défendre, je dois me dépasser aussi.

— Bien sûr, c'est une très bonne idée. Je chercherai pour toi, ne t'en fais pas. Je me charge de tout.

Pour expulser tout ce mal en moi, je dois prendre de véritables initiatives. Je ne veux pas me morfondre continuellement. Je dois lutter, persévérer.

Une nouvelle semaine débute avec ma séance de cheerleaders. Ma journée est relativement calme. Je suis censée retrouver Lydia directement sur le terrain, et elle m'a prévenue qu'elle aurait un léger retard (probablement en train de bécoter son copain quelque part). Dans les vestiaires, il y a déjà quelques filles. En ouvrant la porte en fer de mon casier, je découvre un papier plié en quatre. Cette vision me perfore le cœur. Je m'immobilise et tout ce que je vois, c'est cette feuille qui semble détenir mon destin.

Durant quelques secondes hors du temps, je reste les yeux rivés dessus. La peur me saisit, la vérité sur l'identité de Flame me perturbe amèrement. Cette personne aux deux identités me fait chavirer. Je n'aurais jamais cru qu'une once de crainte pourrait m'habiter face à un mot de Flame. Les doigts tremblants, j'attrape le bout de papier. Un tumulte assourdissant bourdonne dans mon esprit. Lentement, je le déplie, pleine d'appréhension.

Rien ne change pour moi, Cherry.
Flame.

L'espace d'une seconde, l'amertume décampe, mais une douleur sourde résonne dans ma poitrine. J'ai l'impression d'avoir été trahie, trahie parce qu'il se comportait différemment avec moi. Un long soupir m'échappe et je caresse tendrement son écriture comme si elle allait me fournir une réponse sur ce que je dois faire. Je m'empresse de sortir des vestiaires, je tourne la tête et mes yeux rencontrent ses opales sombres. Il est au bout du couloir, son épaule contre le mur, une main enfoncée dans son jean. Sa désinvolture me fait frémir et j'ai la sensation que nous sommes seuls dans ce couloir, qu'aucun autre étudiant ne déambule entre nous.

La tension est palpable et une douce chaleur se manifeste au fond de mon ventre. Ses yeux me sondent avec intensité. Une flambée de désir se répand dans mes veines et j'ai beau vouloir me montrer indifférente, mon regard trahit toutes mes émotions. Tyler doit percevoir la tristesse et la rancœur au fond de mes pupilles.

Je ne suis pas prête à lui répondre, j'ai besoin de temps. Cette intimité que j'avais avec Flame frôle l'interdit parce que Tyler se cache derrière le masque.

Oui, j'ai besoin de temps.

Tyler m'observe sans ciller et je lui tourne le dos pour retourner aux vestiaires sans lui lancer un regard.

CHAPITRE 26

Peur

TYLER

— Je suis complètement paumé.

J'ai des palpitations fulgurantes dues à la culpabilité et à une peur viscérale. Ces sensations se déclenchent chaque fois que je rends visite à Eryn. Ma sœur est toujours dans la même position, assise sur cette chaise face à la fenêtre, ne bougeant que la tête pour me répondre. Son mutisme me tue à petit feu.

— Eryn, je t'en prie, parle-moi.

Ses doigts se resserrent sur les accoudoirs, une réaction typique à mes demandes de dialogue.

— Eryn…

Comme une fracture des os, la voir aussi mal me brise. Je prends une grande inspiration, fixant ses cheveux noirs flamboyants qui couvrent la moitié de son dos. À ce jour, j'ignore encore tous les détails de *cette nuit-là*. La seule chose dont je me souviens c'est *ses cris* derrière cette porte, accentuant l'agonie que j'éprouvais au même instant. Je me revois avachi au sol à moitié conscient, et seuls ses hurlements d'effroi m'empêchaient de sombrer. J'avais failli perdre la vie et pourtant je ne m'étais jamais senti aussi vivant qu'à ce moment-là. Je revois mon sang étalé sur le sol et giclant de ma jambe, à l'instar d'une fontaine rouillée.

Je ne vis plus, je survis.

À la culpabilité qui me ronge.

À cette haine qui me consume.

À cette rage que je refoule.

Lana connaît mon secret. Je suis son Flame, sa désillusion.

Je m'attendais à une telle réaction de sa part et maintenant elle m'ignore. Je ne suis pas une boule de cristal capable de déterminer l'avenir, mais je doute qu'elle puisse me reparler un jour. Quand elle me verra, ce sera sans cesse une piqûre de rappel que je ne suis pas celui qu'elle aurait voulu. Pour elle, Flame est un saint et Tyler un diable. À ses yeux, Flame est mon opposé. Pourtant... je n'ai jamais été autant moi-même qu'à travers cette fausse identité.

Je n'arrive pas à oublier son regard. Je la maudis pour ça. Une passion brillait dans ses yeux, dans des nuances aussi claires et nettes que ses pas de danse, j'étais ébloui par ce talent caché. Je savais qu'elle faisait de la danse (grâce à Flame), mais je ne m'attendais pas à la trouver si rayonnante sur la piste. Ressentir cette attraction à son égard est un péché affligeant. Lana est un fruit défendu dont l'apparence est d'un attrait irrésistible. Mais ses prunelles dévoilent le même désir. Un détail ne m'a pas échappé : elle se mordille les lèvres, confirmant ainsi son attirance pour moi.

— Il y a une fille et je ne sais pas... Je suis perdu, je l'ai probablement déçue et je me rends compte que toute cette histoire exerce un certain pouvoir sur moi. Ce n'est pas plus mal qu'elle m'évite, en fin de compte. Qu'est-ce qu'elle pourrait me trouver ?

Silence radio.

Lana est attirée par tout ce que je suis, Flame et Tyler à la fois. Son innocence exalte mes sens en plus de ce corps dont elle ignore les atouts. Et maintenant, elle doit probablement me détester, pensant que j'ai joué avec ses sentiments. Espérant voir une réaction de ma sœur en lui parlant de cette fille, je me rétame en apercevant son corps toujours immobile.

— Tu voudrais que j'apporte ma guitare la prochaine fois ?

Je n'ai pas joué depuis plus d'un an, mais un infime espoir se loge au creux de mon ventre lorsque je la vois hocher la tête doucement. Ce simple geste réussit à m'arracher le plus sincère des sourires. Elle et moi jouions souvent ensemble.

— Je te jouerai *The A team*, ta chanson préférée.

Même si j'ai perdu l'habitude de jouer, je suis prêt à le faire pour elle. Je ne supporte plus de la voir comme ça. Parfois, je voudrais la prendre par les épaules et la secouer pour qu'elle se ressaisisse, mais la peur d'entendre ses accusations me bloque. Le son de sa voix est devenu un lointain souvenir. Pris d'une fulgurante inquiétude à ce sujet, je me lève brusquement. En agrippant sa chaise, je la retourne vers moi, car la pensée que j'oublie sa voix me pétrifie. Eryn s'empresse de cacher son visage dans ses mains. Mon estomac se crispe d'une tension douloureuse en la voyant réagir de la sorte.

— Putain, Eryn je ne vais pas te frapper ! Je t'en supplie, regarde-moi.

Ma gorge est tellement nouée que ma voix se brise sur ces derniers mots. Elle se recroqueville sur sa chaise et cache sa tête sur ses genoux, puis me repousse avec ses mains. En inspirant profondément, je les prends dans les miennes.

— Ça me détruit de te voir comme ça, Eryn, parle-moi, s'il te plaît.

Mes remparts se fissurent un peu plus lorsque je la vois ainsi, voulant à tout prix éviter mon regard.

— Je ne veux pas que tu me voies.

Des fragments de mon cœur se mettent à palpiter soudainement, non pas ceux de chair et de sang, essentiels à ma survie, mais ceux qui contiennent mes émotions. Sa voix, d'une douceur enveloppante, porte en elle une fragilité à peine voilée, comme l'écho des tourments enfouis au plus profond de son être.

— Pourquoi ?

Je l'analyse, ses épaules tressaillent et sa main devant moi tremble.

— J'ai honte.

Cette phrase brise encore une fois mon cœur, qui retrouvait peu à peu des battements réguliers.

— Pas avec moi, Eryn. Je suis ton frère.

— S'il te plaît, Tyler.

Je pousse un long soupir.

— Est-ce que ça te dérange que je vienne te voir ?

J'ai besoin de le savoir. Eryn finit par secouer la tête. Cette réponse apaise mes vieilles rancœurs envers moi-même. Parfois, le poids de la culpabilité ne nous quitte jamais.

L'abandon, la lâcheté, la peur.

Après être rentré, impossible de dormir. Je fais les cent pas dans ma chambre, où des papiers traînent partout. Je passe mon temps à écrire, écrire pour exorciser mes démons avec l'encre. Dans un coin, j'ai un sac de boxe suspendu, et je me mets à taper dedans avec une intensité qui s'accroît à chaque coup de poing. Ma haine éclate, je suis mon propre bourreau. Les minutes passent et j'ignore combien de temps je reste à martyriser le sac. Mon subconscient me catapulte dans cette pièce lugubre où j'ai failli perdre la vie, tout ça à cause de mes erreurs.

T'es un raté.

Les mots de mon père s'insinuent sous mon épiderme et me lacèrent les tripes, j'ai envie de vomir parce qu'il a raison. On dit souvent que notre différence représente notre plus grande force, jusqu'à ce qu'on prenne conscience qu'en réalité elle causera notre chute. Je me suis bercé d'illusions en pensant qu'être différent de ce que mon père voulait allait me rendre spécial.

Il est cinq heures du matin, je suis resté plus d'une heure au sous-sol à me défouler, mais ce n'est jamais suffisant, malgré mes mains abîmées. Je commence à avoir faim. Dans la cuisine, je me prépare un bol de céréales, je mastique en fixant l'horloge murale. Puis j'ouvre un placard et trouve mes muffins aux myrtilles, avec un papier où il est précisé : « Tu touches, tu meurs ». Quand Dan, Matt et Hayden viennent chez moi, c'est toujours bon de leur rappeler qu'il y a certaines choses qu'ils ne doivent pas toucher.

Je me lève ensuite pour aller me doucher. Le jet d'eau chaude a un effet immédiat sur mes muscles complètement tendus. Sous l'eau, je réfléchis encore et encore. J'ouvre un œil pour prendre mon gel douche avant qu'une chose délirante et fâcheuse à la fois se produise : la couleur de la bouteille me rappelle les yeux de Lana. Le désir pour cette femme m'envahit, mon sang bout comme si je n'étais pas déjà si chaud. Je referme les yeux l'espace d'un instant et j'ai le malheur (ou le plaisir) d'imaginer son corps collé au mien et ses lèvres pulpeuses. Devant moi, elle peut garder son sang-froid autant qu'elle le souhaite, mais elle ne pourra jamais contrôler cette tension incandescente entre nous. Être attirée par le diable, comme elle m'a nommé, est le pire des plaisirs coupables pour elle. Et davantage encore, puisque je suis Flame.

Des coups à la porte me sortent de cette léthargie. Mes divagations sont parties tellement loin que je ne me suis pas rendu compte du temps passé sous la douche. L'eau coule toujours sur mon corps endolori à présent, et un gémissement s'échappe de mes lèvres lorsque je remarque mon membre au garde-à-vous. *Tu m'étonnes, t'arrêtes pas de penser à cette sorcière.*

— Tu fous quoi ? Arrête de mater ton corps, sale branleur.

La voix de Hayden ne fait qu'exacerber mon agacement à l'égard de cette tentatrice. *Que m'a-t-elle fait, putain ?*

Comme je regrette d'avoir donné un double à Dan des clés, qu'il partage avec Hayden et Matt. Je ressemble à un fantôme face au miroir. J'ai dû dormir deux heures cette nuit. Parfois, tard le soir, quand je ne dors pas, je ressasse mes souvenirs.

— La gourmandise t'a réveillé ? se moque Matt lorsque j'arrive dans la cuisine, faisant référence au paquet de muffins que j'ai laissé sur la table.

— Ouais, et j'apprécie que mes consignes soient respectées.

— T'es le seul à aimer ces conneries, s'exclame Matt.

— Pourquoi vous êtes là ? les interrogé-je en soufflant.

Mes amis se servent comme s'ils étaient chez eux. Ils prennent leur petit-déjeuner ici avant qu'on aille à la fac en général.

— Tu nous manquais, mon chéri, me provoque Hayden en mettant une cuillère de céréales dans sa bouche.

— Ne m'appelle pas comme ça, marmonné-je.

— En vrai, on voulait te voir, mais surtout les placards chez nous sont vides, et il y a toujours de la bouffe chez toi.

Le contraire m'aurait étonné. Une fois qu'ils ont fini, nous partons à l'université. Je gare ma moto et mes amis s'éloignent alors que j'attends que l'entrée se vide pour y aller. Toujours sur ma moto et concentré sur la musique qui défile dans mes oreilles, je patiente, mais mon attention s'arrête sur Lana qui sort de la voiture de sa mère.

Tenant deux bouquins dans les bras, elle tombe par terre et se relève immédiatement, tournant la tête de droite à gauche afin de vérifier si quelqu'un l'a vue. Par chance, je suis le seul qui semble avoir remarqué sa chute. Je ne peux réprimer un léger rire, sauf que Lana croise mon regard, et là j'explose de rire. Un voile de gêne traverse son visage et ses joues s'empourprent. Elle est honteuse d'être tombée devant moi. Un sourire sournois s'étire sur mes lèvres, histoire d'amplifier son embarras, l'air de dire : « Je t'ai vue te casser la gueule. » Elle s'empresse de détourner les yeux et se précipite vers l'entrée. Plus je la vois, plus je comprends que ce ne sera plus jamais comme avant.

Cherry ne m'a pas répondu. Et le regard fuyant de Lana est très éloquent.

La journée passe plutôt rapidement et, une fois que mes fesses sont posées sur la chaise, M. Simmons commence la séance en inscrivant sur le tableau le mot « peur ».

— Aujourd'hui, j'aimerais qu'on s'attarde plus sur un aspect psychologique. Qu'est-ce que la peur vous inspire ?

— Les phobies qui nous handicapent au quotidien, réplique une fille au premier rang et à l'allure de la parfaite intello.

— Quel genre de phobies ?

— Moi j'ai une peur bleue des araignées, intervient une autre étudiante.

— Moi, la vision du lait me donne la gerbe.

— J'ai le vertige !

Lana est en face de moi, l'air perdue, comme si elle n'écoutait pas ce qui se passe. Une bulle l'entoure et je meurs d'entrer dedans pour l'extirper du cours des pensées qui la torturent.

— C'est bien plus profond que ça, me prononcé-je.

En entendant le son de ma voix, Lana redresse la tête, et croise mon regard. Une myriade d'émotions défile dans le vert de jade de ses iris. Cette fille est insaisissable, je n'arrive pas à déceler ce qu'elle peut penser, mais j'ose espérer qu'elle va participer à ce débat. Je veux l'écouter donner son avis. J'ai besoin de l'entendre. J'aime sa vision, aux antipodes de la mienne. J'aime l'espoir qu'elle insuffle. Putain… je suis devenu accro.

— Et si tu nous expliquais ça ? me propose Simmons.

Passant ma main sur mon menton, je réfléchis, l'espace d'une seconde, pour savoir comment entamer mon monologue. Lana lève la main, interrompant mes idées.

— La peur est un état émotionnel, et son intensité se traduit parfois par des manifestations incompréhensibles pour l'esprit.

Ravalant mes mots, je croise les bras pour écouter ce qu'elle va dire.

— Il y a plusieurs raisons d'avoir peur : l'abandon, la mort, les animaux… En général lorsque ça touche l'estime de soi et la vie, par exemple, des séquelles demeurent en nous. L'image de la femme trompée peut bien décrire ce que je veux vous expliquer : la peur d'être à nouveau trompée pourrait affecter ses futures relations. La paranoïa revient très fréquemment pour toute sorte de crainte, atteignant même parfois la démence. Le traumatisme fera qu'elle se méfiera démesurément de tout.

Pas mal.

— La trahison nous pousse à mettre en avant nos propres défauts afin de repousser les autres et de nous préserver. C'est la peur de souffrir. C'est humain, on ne peut pas s'en empêcher.

— La peur, parfois, c'est bien, interviens-je. Qu'on le veuille ou non on ne sera jamais épargné. Plus vite on la reconnaîtra, plus vite on acceptera ce que nous sommes. La peur fait partie de nous.

— Le mieux est de ne pas se mentir à soi-même, même si nous en avons honte, poursuit-elle.

Et toi, Lana, de quoi as-tu peur ?

M. Simmons se lance dans des explications mais elles me paraissent lointaines tant mes yeux sont plongés dans ceux de Lana. Elle semble aussi perdue que moi dans les émotions douces-amères qui nous tordent l'estomac. Lana voudrait me fuir, je le vois dans son regard, or elle ne le peut pas.

En fin de journée, je me retrouve dans le garage de Dan. Je fume une cigarette, assis de manière nonchalante sur le canapé. J'observe mon cousin, vêtu de son uniforme gris, réalisant des tests sur un moteur de moto dont il a révisé certains éléments.

— Des progrès avec Eryn ? demande-t-il en restant concentré.

— Elle m'a parlé.

Quand je l'ai brusquée, mais mieux vaut qu'il ignore ce détail.

Dan affiche un air surpris et esquisse un demi-sourire.

— C'est génial ça !

— Deux phrases seulement, Dan, juste pour m'inciter à ne pas lui poser de questions.

— Tu auras tes réponses un jour, j'en suis sûr.

— Si tu le dis, rétorqué-je en haussant les épaules.

— Comment c'était la fac aujourd'hui ?

— Dan, même mon père ne me pose plus ce genre de questions, ricané-je.

— Tu sais très bien que je veux que tu obtiennes ton diplôme cette fois-ci.

Levant les yeux au ciel, je tire une latte, laissant la nicotine parcourir mes poumons, puis j'expire ce brouillard aussi flou que ma vision de l'avenir.

— Je te vois bien, plus tard, marié, avec des enfants, et vivant dans une grande maison, s'exclame-t-il amusé.

J'éclate de rire.

— C'est la vie de tes rêves.

— Et toi tu veux quoi ? demande-t-il en soupirant.

— Qu'on me foute la paix.

Dan roule des yeux, ennuyé par ma réponse.

— J'étais sérieux sur ton avenir, souffle-t-il en me sondant avec un regard grave.

— Pitié, Dan, je ne comprends même pas le sens du mot « famille » et on ne peut pas aimer une personne quand on ne s'aime pas soi-même, avoué-je en haussant les épaules.

— Peut-être, mais une personne qui nous aime peut nous aider à nous trouver des raisons de nous aimer, s'exclame Dan avec sa voix emplie d'espoir.

Il croit toujours en l'avenir ; pour lui, tout est possible.

— C'est insensé ! Il n'y a que le sexe qui fonctionne, commenté-je en repoussant toutes ses déclarations.

— Évite de coucher avec des filles des Gunners, soupire-t-il.

— Pourquoi ? De toute façon j'ai couché qu'avec une seule.

— Justement, arrête, tu lui donnes de l'importance.

Il a toujours été contre le fait que j'aie des relations sexuelles avec des filles du club mais, à part Carla, je n'ai couché avec personne.

— Carla est consentante, je ne l'ai jamais forcée à rien.

Dan soupire en secouant la tête.

— Tyler, elle est très possessive.

— Je ne vois pas ce qu'elle pourrait faire, m'indigné-je, agacé.

— Si tu couches avec une autre fille, je n'ose même pas imaginer ce qu'elle fera.

Ça ne risque pas d'arriver.

— Ça ne t'excite pas, une bagarre entre deux femmes en minijupe ?

— Tyler, gronde-t-il.

Je coince à nouveau ma cigarette entre mes lèvres étirées en un sourire narquois. Avant que j'aie pu souffler la fumée, la porte du garage s'ouvre sur Matt et Lana. Je manque de m'étouffer quand je la vois. Mon toussotement ne passe pas inaperçu, et mon cousin se met à ricaner avant de murmurer :

— Tiens ça ne t'arrive jamais ça, à moins que tu ne sois déconcentré.

Connard.

— Salut, les Julliard, s'exclame Dan.

— Bonsoir, répond Lana timidement.

— Dan, je t'apporte ma voiture pour que tu gonfles les pneus, annonce Matt.

— Très bien, je m'en charge, mais fais-moi rouler cette moto en attendant, s'exclame mon cousin.

Je fronce les sourcils, ne comprenant pas où il veut en venir. Matt écarquille les yeux, surpris.

— Tu m'as dit que tu voulais essayer une Harley, profite de cette aubaine.

— Oh chouette ! Lana, tu m'attends là ? J'en ai pour dix minutes. Et après, on ira retrouver Luke.

— D'accord, je t'attends, accepte-t-elle, amusée, en observant son frère émerveillé.

— Tu es la bienvenue, Lana, l'accueille Dan en posant sa main sur son épaule.

Lana lui adresse un immense sourire et ils échangent un regard complice. J'ai raté un épisode ou quoi ? Matt s'en va, nous laissant tous les trois à l'arrière du garage. Exaspéré par le comportement de mon cousin, je me lève en lui cognant l'épaule au passage. Puis, je retire ma veste en cuir et j'ouvre le capot d'une voiture pour m'occuper.

— Fais comme chez toi, Lana. La sœur de Matt est comme ma sœur. Et si tu as besoin de quoi que ce soit, n'hésite pas à demander. D'ailleurs ne t'attends pas à ce qu'il revienne dans dix minutes, il va aller chez Hayden et sûrement flâner un peu.

— Oui, je m'en doute, il va peut-être même aller emballer quelques filles, réplique-t-elle, amusée. Merci de m'accueillir, mon frère m'oublie vite dès qu'il s'agit de bolides.

Nouveau regard complice.

— Comment tu vas, ma belle ? À quand la prochaine soirée sur la piste de danse ?

— Oh je ne sais pas encore, ce n'est pas prévu pour le moment.

Ils se mettent à discuter comme s'ils étaient amis. J'ai laissé Dan avec elle quelques minutes l'autre soir, et ça lui a suffi pour tisser un lien amical avec elle. Soudain, le téléphone de cet abruti sonne et il sort pour y répondre. Je frotte mes mains en analysant le moteur, sauf qu'un bruit assourdissant me sort de ma concentration. Lana est rouge comme une pivoine, avec un seau renversé à ses pieds et de l'eau étalée un peu partout.

— D… Désolée, je n'ai pas fait exprès, bafouille-t-elle embarrassée, la tête baissée.

— Putain, mais tu déconnes ! m'énervé-je. Tu ne pouvais pas faire attention ?

Fait chier ! Les outils au sol sont mouillés.

— J'ai dit que j'étais désolée, reprend-elle, encore plus gênée.

Je m'approche d'elle et me retrouve au milieu de cette marre.

— Tu fous la merde, débile.

— Abruti, lâche-t-elle en fronçant les sourcils.

Je retiens un rictus.

— Imbécile.

— Psychopathe, reprend-elle sur un ton acerbe.

— Sorcière, dis-je durement.

— Connard.

— HÉ, OH ! intervient Dan en s'interposant entre nous. Du calme, les enfants.

— Toi, ferme-la, rétorqué-je en m'éloignant.

C'est sa faute si on en est là. La présence de Lana ici me perturbe, je ne sais pas comment me comporter. Il est clair qu'elle ne veut plus me voir, pourtant elle est encore là à me tourmenter.

— Je suis désolée, Dan, réplique Lana timidement.

— Ce n'est rien, Tyler va essuyer.

— Pardon ? m'indigné-je, ahuri.

— Oui, c'est notre invitée, donc tu essuies et tu la fermes. Je sors, je reviens dans dix minutes. Lana, s'il t'embête appelle-le Marta, ça ira.

— T'es un connard, Dan.

— Moi aussi, je t'aime cousin, ricane-t-il avant de s'éclipser.

Lana me gratifie d'un sourire candide, protégée par Dan. Elle prend place sur le canapé. *Sale peste.* Je saisis un frottoir et le jette sur ses cuisses. Ses yeux quittent son téléphone et elle me fusille du regard.

— Debout, essuie.

— Dan a dit que c'était à toi de le faire, lâche-t-elle en le jetant au sol.

— Dan dit de la merde, c'est connu.

— Non, tu dis de la merde. Lui au moins ne se moque pas des autres.

Tu veux jouer à ça, trésor ?

— Cela ne semblait pas te déranger avant de le savoir. Ton corps réagissait bien au mien pendant ce tango.

Son visage vire au cramoisi, elle détourne subitement son regard.

— Ferme-la.

Elle m'arrache le frottoir des mains et se lève pour essuyer. Je me retiens de pousser un rire sonore en voyant son petit air renfrogné. Je me laisse tomber dans le canapé et l'observe attentivement. Elle me tourne le dos et j'ai une vue imprenable sur son corps appétissant. Son petit cul rebondi me nargue ouvertement, son corps bouge au rythme de ses mouvements pour repousser l'eau à l'extérieur. Secouant la tête pour me ressaisir, je m'apprête à allumer une cigarette. Elle se retourne furtivement vers moi, et rétorque :

— Pour ta gouverne, c'est toi qui m'as invitée à danser. Tu m'as collée toute la soirée.

Un sourire étire mes lèvres et je souffle la fumée avant de lui répondre :

— Je sais.

Dressant un sourcil, elle ne semble pas anticiper la suite de la conversation. Je me lève pour me mettre face à elle.

— Contrairement à toi, j'assume ce que je fais.

— J'assume mes actes, répond-elle en fronçant les sourcils.

— C'est pour ça que tu m'as évité comme la peste depuis que tu sais qui je suis.

Les lèvres pincées, elle pousse un soupir de désarroi. Autant lui en parler, fuir le sujet ne servirait à rien. Elle m'évite depuis trop longtemps à mon goût. Son regard émeraude ne me laisse pas de marbre, toutes sortes d'émotions s'y succèdent, en particulier cette lueur de doute et de chagrin.

— Je ne sais pas comment réagir face à ça, je suis perdue.

— J'étais honnête quand je t'ai dit que je pensais tout ce que je t'ai écrit.

Lana incline la tête, mettant en avant la courbe gracieuse de son cou.

— Comment tu as pu me faire toutes ces choses… et me dire de si belles paroles.

Je prends une profonde inspiration. Je ne m'attendais pas à une telle question. Je perçois de la mélancolie dans ses yeux, et je crois que, dans le fond, elle a peur que je n'aie pas accordé la même importance qu'elle à cette correspondance, malgré ce désastre.

— Peut-être parce que je culpabilisais moins en te voyant sourire grâce à moi.

Les traits de son visage s'adoucissent, elle devine la sincérité dans ma voix. Un voile de malice traverse ses iris de jade. Lana prend une éponge mouillée sur la table à côté de nous et la colle subitement sur l'extrémité de ma cigarette, l'éteignant sur-le-champ.

— Commence par éviter le cancer du poumon pour moins culpabiliser.

Son sourire me poignarde la poitrine. Je jette ma cigarette mais sa phrase me rappelle la séance avec Simmons tout à l'heure.

— C'est ça qui te fait peur ?

— Quoi ?

— Mourir d'un cancer ? C'est ça, la peur qui te rend parano ?

— La peur de mourir est omniprésente, tu ne penses pas ?

— Je risque ma vie à chaque course même si j'en fais de moins en moins, et la seule chose qui me traverse, c'est que je défie la vie.

— Parce que tu t'es conditionné à te sentir bien quand tu fais tes conneries, répond-elle, irritée, en croisant les bras.

— Mes conneries ?

— Oui. Et ta plus grosse connerie, c'est de fumer.

— Cherry s'inquiète pour moi ?

Elle écarquille les yeux avant d'entortiller ses doigts. *Touché, Cherry.*

— C'est quoi, ta peur ? lui demandé-je subitement.

Un petit rire s'échappe de ses lèvres avant qu'elle me scrute avec un air qui dit : « T'es sérieux ? »

— Je ne suis pas assez stupide pour te parler de ça.

Elle retourne s'asseoir sur le canapé, son regard toujours plongé dans le mien.

— À Flame, tu l'aurais dit, n'est-ce pas ?

Je touche la corde sensible, j'entre en terrain miné. Ces mots sont sortis sans que je réfléchisse. Au fond de moi, même si j'ai du mal à me l'avouer, j'ai envie qu'elle voie en moi ce qu'elle voyait en Flame, mais c'est bien trop d'ambition pour un homme comme moi.

— Oui, je le lui aurais dit.

Je prends place à ses côtés et j'étale mes bras sur les rebords de l'assise du canapé, effleurant ses épaules. Un ruban noir pend de ses cheveux et je réprime l'envie d'enrouler mon doigt autour. J'adore quand elle met ce petit accessoire. D'ailleurs, je garde toujours dans ma chambre celui que je lui ai piqué. Mes yeux restent verrouillés aux siens, j'ai le vertige, entre ses deux émeraudes envoûtantes et ses lèvres pulpeuses.

— Si tu ne voulais pas l'avouer à Flame, il te dirait sans doute que tu as peur de ne pas contrôler tes émotions si la situation t'échappe, ajouté-je sérieusement.

Un faible rictus étire la commissure de ses lèvres.

— C'est la peur de tout le monde ça, Tyler, proteste-t-elle en feignant l'indifférence.

Elle aurait laissé Flame lire en elle, mais elle ne laisse pas Tyler. Elle ne se fait pas à l'idée et pourtant Lana est un livre ouvert pour moi.

— Chez toi, ce n'est pas pareil.

Elle fronce les sourcils, perplexe.

— Donc toi, tu n'as pas peur de ne rien contrôler ?

— Ne détourne pas le sujet.

— Je ne détourne rien, Marta.

Sois maudit, Dan.

— Flame m'aurait dit de quoi il a peur, murmure-t-elle tristement.

Les traits de son visage sont détendus mais son air maussade réussit à me toucher. Ces quelques secondes qui semblent durer une éternité ne font qu'attirer mon attention sur ses lèvres rosées. Je me penche, créant entre elle et moi une proximité que je pourrais rompre à tout instant. Nos souffles se mélangent et ne forment qu'un. Lana provoque en moi des sensations nouvelles qui me fascinent, au même titre que les lettres de Cherry. Cette attraction que je ne peux réprimer aura raison de moi.

Sa question tourne en boucle dans ma tête et je blêmis.

De quoi ai-je peur ?

Je l'ignore. Des réflexions tourbillonnent dans mon cerveau dans un tumulte ahurissant, mes perceptions se déchaînent, à la recherche d'une émotion qui pourrait porter ce nom : « peur ».

Peur. Peur. De quoi tu as peur, Tyler ?

J'ai déçu, j'ai trahi… J'ai blessé des gens.

Et là, tout est plus clair.

— De moi-même.

CHAPITRE 27

Prise de décision

LANA

Lydia veut à tout prix que je l'accompagne à la salle de sport où elle s'est inscrite depuis peu, pour être avec son petit ami. Elle m'a payé une séance pour que je puisse décider si, à l'avenir, je veux souscrire un abonnement. L'idée me tente bien, si je muscle mes bras, j'aurai plus de force lors des performances de cheerleaders. Seulement… je ne m'attendais pas à y retrouver Tyler, en train de faire des tractions avec Hayden de l'autre côté de la salle. Quand je croise ses yeux aussi sombres qu'une nuit sans lune, des frissons survolent ma peau et mon regard dévie avant qu'il ne remarque mes joues cramoisies.

— T'es déjà rouge ? On n'a même pas commencé.

Pour éviter de répondre, je soulève directement deux haltères et commence travailler mes épaules. Et Lydia m'imite.

— Oh non, pas elle, fait-elle en soufflant fortement.

— Qui donc ?

— Carla… je ne la supporte pas.

C'est la fille qui embrassait Tyler à pleine bouche, un soir.

— C'est qui ?

— Une *pick me.*

Je me retiens de rire, vu la manière dont elle le dit.

— Je l'ai déjà vu embrasser Tyler, et je suppose qu'il y a eu beaucoup plus, avoué-je en posant les haltères près de mes pieds.

— Mais je suis sûre que cela ne veut rien dire. C'est avec toi qu'il a dansé l'autre soir.

Je me contente de hausser les épaules et jette un coup d'œil à la fameuse Carla. Un pincement agresse mon cœur, et mon estomac se crispe dans une tension qui me démange. Un sentiment indescriptible flambe dans ma poitrine, la voir tout près de moi ne fait qu'exacerber mes complexes. Dans le reflet du miroir, je la vois se pavaner devant lui avec son corps parfait. *Qu'est-ce que je m'imaginais ?*

Malgré mes réticences des derniers jours, notre échange d'hier soir m'a fait éprouver quelque chose d'indomptable. J'ai pris conscience que Flame était vraiment là, près de moi, et que je pouvais mettre un visage sur ses paroles. Sauf que tout n'est qu'un jeu pour lui. Avec ses traits d'adonis ça ne m'étonnerait pas qu'il charme toutes les jeunes femmes, à commencer par cette Carla.

Belle, attirante, sexy, elle est tout ce que je ne suis pas. Sa taille marquée, ses fesses bombées et fermes, de longues et interminables jambes fuselées. Son visage aux traits fins, ses grands yeux noisette expressifs, sa bouche pulpeuse. Une confiance redoutable émane d'elle, Carla est la personnification de la femme fatale. Tout ce que je ne serai jamais.

Si je me suis laissé prendre par le jeu de séduction de Noah, c'est en partie parce qu'il a été le premier garçon à me dire que je lui faisais de l'effet. C'était la première fois qu'un homme me remarquait. On s'est rencontrés à une soirée, j'étais en dernière année de lycée, et lui, le mec déjà à la fac, a posé les yeux sur moi.

T'as été la seule qui m'a plu.

Ensuite, il m'a ajoutée sur les réseaux et venait me parler parfois, toujours en me glissant de doux compliments, ne me laissant guère indifférente. Jamais un garçon ne m'avait parlé ainsi, je plongeais pour la première fois dans le jeu de la séduction, même si je ne suis pas douée dans ce domaine. Après plusieurs semaines, j'ai accepté de sortir avec lui. La première, il s'est montré très charmant. Il n'arrêtait pas de me complimenter et de me rassurer. Pourtant, quelque chose sonnait faux. Mais j'avais des œillères et je me répétais que j'étais spéciale à ses yeux. La seconde fois, il m'a dit que j'en valais la peine, mais il a commencé à me dire des choses étranges. J'avais l'impression de ne pas être complètement moi-même. Que j'étais celle qu'il voulait que je sois. Au bout de la troisième, j'ai décidé d'y mettre un terme. Ses actes provoquaient en moi un mal-être profond, il a conditionné mon esprit et mon corps à revenir vers lui malgré tous les sévices endurés.

Je voulais simplement me sentir spéciale.

— *Tu es la plus belle, Lana.*

— *Dis-moi que je suis spéciale et que j'en vaux la peine, s'il te plaît.*

— *Tu es spéciale et tu en vaux la peine, il n'y a que moi qui puisse voir ça, moi et personne d'autre.*

Dans ses pupilles dilatées de plaisir en me contemplant, je me voyais différemment. Je me voyais femme, désirable, attirante… mais tout a dégénéré. *Il m'a brisée. Psychologiquement, physiquement.*

Je secoue la tête pour me ressaisir et mes yeux plongent dans ceux de Tyler dans le miroir. Ce dernier m'observe avec un air perdu et semble indifférent aux paroles de Carla. Il n'y a que moi qui captive son attention, comme un papillon qui tourne autour d'une flamme. Son regard est vide, et en même temps… une ombre recouvre ses rétines, je me revois dedans, plus proche de lui que jamais durant notre danse avant que je découvre la vérité. Ses excuses m'ont prise au dépourvu, mais le regret et les remords se lisaient dans ses yeux. Le souvenir de son souffle renaît sur ma peau, recouvrant mes bras de chair de poule. Et une vérité s'impose : je parviens à être moi-même à ses côtés. Flame ou Tyler, peu importe. Je n'ai jamais été autant moi-même qu'en sa présence. Il me comprend, m'accorde une attention que j'apprécie.

Ne me pardonne pas, trésor, tu pourrais le regretter.

Ce tumulte de pensées tourbillonne dans ma tête et exacerbe ma sensibilité. À force de réprimer mes sentiments, ils gravitent autour de moi et je suis pétrifiée à l'idée de les laisser me submerger.

Tyler, ou Flame, n'est pas un homme pour moi, en dépit de notre lien spécial. Carla se jette sur ses lèvres. Ces mêmes lèvres qui parfois arrivent à attirer mon regard, cette bouche qui se révèle être un plaisir coupable pour mon âme blessée. Ma conviction se renforce, je ne peux pas éprouver quoi que ce soit pour lui. Je risque de trébucher sur tous les obstacles qu'il érige pour se protéger, et… de toute façon, elle est là avec lui, comment pourrais-je rivaliser ?

Ce spectacle me déconcerte et je détourne les yeux. Je n'arrive pas à le cerner et l'attirance que je ressens pour lui m'égare. Au fond, j'ai vraiment l'impression d'avoir une connexion particulière avec lui… pourtant il m'a tellement fait souffrir. *Mais est-ce vraiment une chose qu'on contrôle ?*

À la fin de l'entraînement, Lydia et Hayden proposent de me raccompagner mais je décline leur offre, préférant rentrer chez moi à pied et seule. L'air frais fouette mon visage, me faisant papillonner des paupières. En ce mois de décembre, le temps commence à changer, même si ce n'est pas encore un froid hivernal. Une main agrippe mon bras, instinctivement je me retourne et rencontre les opales sombres qui me bouleversent chaque fois, des frissons dévalent mon échine. Sa capuche noire aplatit ses cheveux bruns, laissant échapper quelques mèches sur son front. Tyler se tient face à moi, et seule une petite distance nous sépare.

— Viens, je te dépose.

— Je préfère marcher.

— Arrête tes conneries, il fait frais, tu vas attraper la crève.

— Non ça va, je t'assure.

Je remarque Carla derrière lui, qui affiche un sourire narquois.

— Laisse-la partir, Tyler.

L'impatience se lit sur le visage de Tyler, et sa mâchoire se contracte.

— Viens, Lana.

Tyler garde sa prise sur mon bras, sa paume chaude enveloppe ma peau. Cette sensation m'électrise. Carla se dirige malgré tout vers la berline de Tyler.

— Elle t'attend, répliqué-je amèrement en jetant un coup d'œil derrière lui.

Dans un laps de temps très court, je le vois écarquiller les yeux, probablement ébranlé par ma réponse. Mais il fronce les sourcils puis s'en va. Le vent frais caresse mon bras brûlé par la chaleur de sa main. Je pousse un long soupir et m'efforce de ne plus penser à lui. Finalement, Flame est peut-être juste un alter ego factice pour se jouer des jeunes filles stupides.

Ma mère vient de me déposer devant un petit bâtiment aux murs blancs ornés de quelques tags colorés où ont lieu mes cours de combat. Je frappe à la porte avant de jeter un coup d'œil à ma mère, dans la voiture. Une dame d'une trentaine d'années apparaît sur le palier, vêtue d'un jogging noir et d'une brassière grise. On comprend directement en la voyant que c'est une sportive de haut niveau, avec ses muscles saillants et son ventre plat ciselé. Elle sourit à ma mère puis lui fait un signe de la main pour la saluer, auquel ma mère répond avant de partir.

— Bienvenue, Lana, je t'en prie, mets-toi à l'aise.

Après avoir traversé le couloir, elle ouvre la porte du fond derrière laquelle apparaît une grande pièce avec des tatamis kaki sur le sol. Les murs sont blancs et certains sont recouverts de miroirs. Toute cette salle est baignée par la lumière qui traverse la grande fenêtre.

— Il n'y a personne ? demandé-je en regardant autour de moi.

— Non, je préfère les séances individuelles les premières fois. Ça permet au débutant de se découvrir lui-même.

Je ne m'attendais pas à ça, mais je trouve que c'est rassurant, et ça m'aidera sûrement à progresser plus vite puisque Hilda sera concentrée sur moi. Je pose mon sac par terre, retire mes chaussures et la suis jusqu'au milieu de la salle.

— Bon, je vais t'expliquer quelques petits points sur ma manière de procéder. J'ai étudié les arts martiaux, et ce n'est pas seulement une question de technique. Comme leur nom l'indique, c'est de l'art. C'est visuel, et tu te développes énormément, que ça soit physiquement ou mentalement. Mon rôle est de t'apprendre à savoir te défendre en toutes circonstances et à avoir plus confiance en toi. Nous allons nous inspirer du karaté et de l'aïkido, si l'un permet de profiter de la force de son adversaire pour s'en servir contre lui, l'autre nous apprend à détourner les coups, tu as compris ?

J'acquiesce sans piper mot. Et elle esquisse un sourire.

— Tout d'abord, appelle-moi Hilda, et tu peux me tutoyer.

Cette femme est un véritable rayon de soleil, ses cheveux me rappellent le blé et ses yeux bleus, le ciel.

— D'accord, Hilda, merci.

— Cette séance va me servir à te découvrir. Parle-moi de toi. Qu'est-ce qui t'amène ici ? Sache une chose : tout ce qui est dit dans cette salle reste entre ces quatre murs, je te le promets.

Sa sincérité m'ébranle et me touche à la fois, ça me rassure. Une partie de moi a envie de lui faire confiance.

— J'ai été agressée, deux fois en moins d'un an.

Son air chaleureux devient compatissant, elle m'incite à m'asseoir en tailleur face à elle et à approfondir mes confidences.

— La première fois, je n'ai rien fait… j'ai tout gardé en moi, enterrant les souvenirs dans une boîte que je ne pensais plus jamais ouvrir…

C'est dur.

— … puis certains événements m'ont fait replonger dans ces cauchemars…

Tyler et son briquet.

— La deuxième agression… j'ai failli me faire violer, mais on m'a sauvée à temps. Pourtant une partie de moi n'arrive pas à oublier tout ce que j'ai dû encaisser. J'ai beau endosser le rôle de la fille qui se relève, je sais au fond de moi que rien ne va.

Je suis une usurpatrice. Je souris, je fais semblant et m'imagine que c'est la réalité. Je mets tout en œuvre pour ne pas y penser, me réfugiant dans le mystère de Tyler et Flame juste pour ne pas me rappeler.

— Tu as peur de quoi ?

— J'ai peur de tout ce qui pourrait m'atteindre, et je fais comme si rien ne pouvait m'atteindre alors que…

— … beaucoup de choses peuvent t'atteindre ? poursuit-elle, en arborant un sourire triste.

J'acquiesce en baissant les yeux, une douleur s'empare de mon cœur tandis que mon pouls accélère.

— Tu es très courageuse.

Désarçonnée par ses mots, j'arque un sourcil comme si j'avais mal entendu. Un faible rire sort de ses lèvres avant qu'elle croise les bras sur sa poitrine.

— Tu ne te laisses pas abattre, tu as bien plus de force que tu ne le crois, Lana. La preuve, tu es là.

— Je n'ai jamais vu les choses sous cet angle.

— Tu as pris l'initiative de t'inscrire ici. Et tu es là. Prête à te battre.

Ses mots me percutent et pansent mes cicatrices à vif.

— Retiens bien ce que je te dis. J'aide les jeunes filles comme toi à se battre mais aussi à s'accepter, à découvrir cette force qu'elles n'ont jamais exploitée. Tu l'as en toi, tu n'arrives seulement pas à ouvrir les yeux. Dis-toi que tu es une étoile, un éclat de lumière. L'obscurité n'est jamais très loin, certes, mais tu la contres et je trouve ça admirable, venant d'une jeune fille de seulement dix-huit ans.

— On peut contrer l'obscurité ?

— Nos démons nous poussent à être ce que nous sommes. Ça nous transforme en de meilleures personnes. Dans la moitié des cas, parce que certaines personnes se laissent envahir par leurs démons et c'est parfois irréversible, malheureusement.

— Soit on les combat, soit nous sommes leur proie.

Elle acquiesce.

— Exactement. Ne laisse pas l'obscurité d'une autre personne déteindre sur toi, ta lumière doit rester brillante.

Elle commence à m'expliquer la philosophie des arts martiaux qu'elle pratique, mais mes pensées divaguent vers Tyler.

Je suis éprise de ce qu'il me fait éprouver, mes sens féminins s'enfièvrent en secret et j'ai du mal à les assumer. Il m'attire comme un aimant, je ne peux plus le nier. Ses sombres analyses psychologiques, cet air méprisant qu'il arbore quelquefois, cette haine qu'il réprime à l'intérieur de lui. Se définit-il lui-même lorsqu'il traite l'être humain de connard ?

Ne laisse pas mes pensées te pervertir, Lana.

Hélas, c'est trop tard. L'obscurité de Tyler Brook déteint sur moi.

TYLER

Adossé contre la tête de ce lit qui n'est pas le mien, je fixe Carla vêtue de son peignoir en satin qui s'approche de moi d'une démarche sensuelle. Cette fille est complètement insatiable : après deux orgasmes, elle en veut encore. Or, je préfère m'arrêter là, il n'y a qu'un seul visage auquel je pense.

Lana, Lana, Lana.

Lana me hante et c'est suffisamment éloquent sur ce qu'elle me fait éprouver.

Elle me fuit.

Chaque jour, je lui laisse un message dans son casier, mais elle ne m'a jamais répondu. Rien n'est plus comme avant et je deviens nostalgique de la période où ce sourire dansait sur ses lèvres dès qu'elle lisait mes mots.

Cherry me manque, mais c'est à Lana que je pense.

Elle ne m'a pas adressé un mot de toute la semaine, et c'est à peine si elle m'a regardé. Une énergie crépite dans mes entrailles, je ne supporte pas cette sensation étrange qui court dans mes veines. Je n'aurais peut-être jamais dû lui tourner autour, ni avec mes lettres ni par ma présence.

Lana n'est pas une fille comme les autres, je l'ai toujours su. Ses secrets la maintiennent dans une obscurité qui gravite autour d'elle. À travers ses paroles, j'ai compris comment elle fonctionnait, sa vision du monde. Lana enfouit ses problèmes et ne se laisse jamais submerger par ses émotions. Elle va toujours de l'avant en faisant la sourde oreille avec ses démons. Elle aura beau faire semblant, j'entends constamment le fracas des morceaux de son cœur brisé.

Le fait qu'elle s'éloigne de moi a deux conséquences sur mon esprit : la frustration et ce désir que je n'arrive pas à réprimer. Lana est une tentatrice, elle ignore son charme et c'est sans doute la chose la plus excitante. Il a suffi d'un regard, d'un échange de lettres et je suis devenu accro. J'ai cédé au moment où je l'ai embrassée. C'est contre le *bro code* et mon éthique. Matt est mon ami. L'interdiction plane et je la saisis pour la froisser entre mes mains. La seule façon de se délivrer des tentations qui nous démangent, c'est de succomber aux caprices de nos pulsions. Plus on s'empêche d'avoir quelque chose, plus on le désire. Je suis dans cet état. Je la veux, pour moi seul. Près d'elle, je livre une bataille intérieure pour refréner cette envie de la plaquer au mur, de la prendre sauvagement, jusqu'à ce qu'elle en oublie son nom.

Carla s'assoit à califourchon sur mes jambes, elle affiche un air lubrique et ses yeux brillent de désir. Ses mains caressent mon torse puis elle parsème mon cou de baisers mouillés. L'espace de deux secondes, tel un mirage, le visage de Lana apparaît. C'est elle qui est sur moi. C'est elle qui m'embrasse. C'est elle qui a un regard empli de malice. Je deviens un brasier. J'en ai plus qu'assez. J'en ai marre de la voir s'accaparer les ficelles de mon esprit. L'adrénaline fuse dans mes veines.

— Putain !

Pris d'un désir fulgurant, je retire le peignoir de Carla, exhibant ainsi son corps dénudé. Dans un geste lent, mes doigts glissent entre ses seins, lui infligeant une torture, et elle gémit. La jeune femme trempée sur moi se met à bouger contre mon sexe érigé, car penser à Lana a suffi à éveiller encore une fois mon membre.

— Prends-moi, Tyler, supplie-t-elle en sautant sur ma bouche.

Et c'est ce que je fais, car c'est le seul moyen d'oublier une femme inaccessible. Mes coups sont violents et profonds et, même si ça lui déplaisait, je n'en aurais rien à faire. Son corps claque contre le mien à chaque coup de reins. Carla ne se contente pas de crier mon nom, elle le hurle à en perdre haleine et je décuple son plaisir en la baisant plus fort. Haletante, et complètement trempée, elle m'accueille plus profondément en elle en enroulant ses jambes autour de ma taille. L'apogée du plaisir atteinte, je me retire et me lève pour jeter le préservatif à la poubelle. Je me rallonge à peine qu'elle colle son corps svelte contre le mien et caresse mon torse.

— T'es le meilleur coup que j'ai jamais eu, s'exclame-t-elle.

Je ne réponds pas.

— Qui est ma concurrente ? reprend-elle avec une légère animosité face à mon silence.

— Ma main.

Un rire superficiel se déploie dans sa gorge, puis sa main glisse sur mon torse avant de se diriger un peu plus au sud de mon anatomie alors qu'elle m'admire avec un regard brûlant.

— Je n'aime pas la concurrence, souffle-t-elle avant de mordiller mon lobe d'oreille.

Un soupir s'échappe de mes lèvres et je saisis brusquement sa main sur le point d'empoigner ma queue.

— Quoi ? s'indigne-t-elle.

— C'est bon pour ce soir.

Elle plisse les yeux et me dévisage.

— Qu'est-ce qui te prend de faire subitement vœu de chasteté ?

— Y a plein d'autre gars avec qui tu peux le faire, marmonné-je, agacé.

Une ombre passe dans son regard, je n'aime pas la tournure de cette conversation.

— Mais c'est seulement à toi que je me donne.

— Je ne t'ai jamais dit de ne pas aller voir ailleurs.

Elle se redresse, en colère.

— Tu couches avec d'autres filles ?

— Non, t'es la seule que je pénètre, répliqué-je, ennuyé.

Exaspéré, je me lève pour me rhabiller. Qu'est-ce qu'elle s'imagine ? On n'est ni ensemble ni des partenaires sexuels exclusifs. Je dois mettre les choses au clair, mais elle me pointe subitement du doigt.

— Tu l'as baisée ?

— Qui ça ? réponds-je en fronçant les sourcils.

— La sœur de ton ami, Julliard.

— Pardon ?

— Pourquoi tu n'arrêtes pas de tourner autour d'elle ? Tu crois que je ne t'ai pas vu l'autre jour à la salle ? Tu ne faisais que la regarder.

Je rêve ou elle m'espionne ?

— Carla, toi et moi ne sommes pas ensemble, il n'y a pas d'exclusivité entre nous.

Elle secoue la tête.

— Ne change pas de sujet. Ce sont ses manières de sainte-nitouche qui te plaisent ? Parce que je ne vois pas ce qui pourrait t'attirer chez elle, je suis sûre qu'elle ne sait même pas tailler une pipe.

— Putain, mais ferme-la !

— Dégage ! T'es qu'un connard de menteur.

Le ton qu'elle prend éveille ma rage, la torpeur d'après sexe se dissipe. Les poings serrés, je lève la main pour attraper sa nuque brusquement, ancrant avec force mes doigts dans sa chair. Elle tremble de peur devant ce revirement de situation.

— Je ne te dois rien, tu n'es rien. Ose me reparler comme ça et tu le regretteras.

Mes mots durs et mon ton ferme éveillent la panique au fond de son regard. Je la lâche puis sors de chez elle.

Le lendemain, à huit heures du matin, je me pointe devant la maison « Âme de jeunesse ». J'entre et je donne mon nom à la réception comme chaque fois. Quelques jeunes sont assis dans le salon à côté, lisant ou discutant de je ne sais quoi.

— Son suivi psychologique se déroule bien, me dit la secrétaire dans le but de me rassurer.

La prise en charge de ma sœur est spéciale, mes parents ont payé des sommes astronomiques pour qu'elle ait les meilleurs soins possibles, dont un suivi psychologique qui ne donne aucun résultat depuis plusieurs mois maintenant.

Si, au départ, elle pleurait devant la psy, bafouillant des mots incompréhensibles, à présent elle se contente d'écrire ce qu'elle éprouve. Mais j'ignore ce que sa plume révèle au médecin.

Son agression sexuelle n'est plus un secret pour personne, mais au fond de moi je sens que c'est plus grave que ça. Eryn répond à mes parents quand ils lui posent des questions. Ce n'est qu'avec moi que son mutisme refait surface, à l'instar d'un bouclier pour éviter de répondre à mes interrogations. Le viol qu'elle a subi l'a anéantie. Son âme s'est brisée.

Je prends une profonde inspiration.

— Rien de nouveau ?

— D'après le dernier rapport, elle écrit encore pour communiquer, mais elle continue les cours de musique que vos parents paient.

— Tant mieux.

Sa seule échappatoire… mes parents ont bien fait de lui offrir ce plaisir. Il a été dur de trouver un professeur de piano qui veuille la prendre sous son aile malgré son état dépressif. Surtout avec la difficulté de communiquer avec elle. Le psychologue qui la suit fait au mieux pour l'accompagner et améliorer la situation.

— Elle joue divinement bien, m'assure la dame avec un sourire compréhensif.

— Je sais, dis-je avec nostalgie.

Ma sœur a beaucoup de talent. Elle brûle de passion, s'enflamme lorsque ses doigts effleurent les touches du piano, plongeant la pièce dans une atmosphère mélodieuse, un réel ravissement pour les oreilles. Un coach sportif et un nutritionniste lui rendent visite chaque semaine. Sa perte de poids les premières semaines ayant été alarmante, ma mère a directement fait appel à des médecins pour suivre son évolution physique.

— Ne perdez pas espoir, je suis sûre que ça ira. Si elle commence à être réceptive, c'est bon signe.

J'acquiesce en esquissant un demi-sourire.

— Je vais la voir, merci.

Mon regard continue de balayer l'accueil avant qu'une guitare posée dans un coin attire mon attention. Je passe nerveusement ma main dans mes cheveux et je demande à la secrétaire si je peux l'emprunter. Elle me donne sa permission d'un sourire jovial et, à l'extérieur, je trouve ma sœur assise, de profil. Sa tête est baissée, ses yeux rivés sur son livre.

— Salut, Eryn, dis-je doucement.

Au son de ma voix, ses épaules s'affaissent et ma sœur ferme brusquement son livre avant de tourner la tête pour ne pas croiser mon regard. Elle ne devait pas s'attendre à me revoir aussi vite.

— J'ai apporté une guitare, ajouté-je en levant l'instrument pour attirer son attention.

Même quand je m'installe à ses côtés, elle garde la tête tournée et ne bouge pas d'un iota. Mes doigts frôlent les cordes de l'instrument de musique, ce contact me plonge dans des souvenirs que j'ai du mal à visualiser. Je me revois jouer sans arrêt. D'abord parce que le son agaçait mon père mais aussi parce que j'aimais ça. Les notes de musique semblaient former une bulle qui m'enveloppait pour me libérer de mes problèmes scolaires et familiaux. Je glisse le plectre sur les cordes pour vérifier le son puis, en prenant une grande inspiration, je commence à jouer la mélodie d'Ed Sheeran. *The A team* a toujours été sa chanson préférée.

Le son de la musique résonne un peu plus au moment du refrain, je chante pour elle en espérant que le pouvoir des notes fera son effet. Le corps de ma sœur tremble légèrement au rythme du son mélancolique. Petit à petit, son visage se tourne, jusqu'à ce qu'elle dirige toute son attention sur moi. Ses mains se crispent sur ses genoux. L'émotion de la musique la touche et sa sensibilité contracte ses muscles. Je ne dois pas m'arrêter.

'Cause she's just under the upper-hand
And goes mad for a couple of grams
And she don't want to go outside tonight
And in a pipe she flies to the Motherland
Or sells love to another man
It's too cold outside for angels to fly
Angels to fly.

Les paroles sont sorties de ma bouche pour l'attirer un peu plus dans cette bulle que nous partagions ensemble autrefois. À la dernière phrase, son visage s'illumine, et cela malgré la pâleur de son teint. La seule chose qui colore son visage est le bleu de ses cernes qui soulignent ses prunelles sombres. J'ignore depuis combien de temps je ne l'ai pas vue d'aussi près. Une larme s'échappe du coin de son œil droit avant de se frayer un chemin sur sa peau d'ivoire. Les notes continuent à glisser sous mes doigts, comme la bande-son de nos retrouvailles. Mes yeux louchent sur cette larme qui frôle sa pommette puis disparaît d'un revers de main furtif.

Une chose inespérée arrive. Les commissures de ses lèvres fines s'étirent en un petit sourire timide. J'ai rêvé de cette renaissance et elle est comme une lueur qui transperce l'obscurité. Elle baisse la tête et je m'arrête de jouer en prenant sa main avec l'espoir qu'elle ne me repousse pas, et c'est ce qui arrive. Elle ne me rejette pas.

— Je suis là, Eryn.

Cet instant suspendu dure quelques secondes. Elle est immobile, ma main se met à caresser la sienne pour rappeler cette confiance aveugle qui nous liait avant. Au début, sa main tremble mais, une fois enveloppée par la chaleur de la mienne, elle se détend. En un geste lent, son regard dévie vers le mien. Le regard de ma sœur laisse entrevoir toute sa peine. J'ai l'impression de la connaître par cœur, et en même temps je me dis que nous sommes des inconnus l'un pour l'autre.

Tantôt ma sœur, tantôt une étrangère.

Tantôt son frère, tantôt un criminel.

La sonnerie de mon téléphone retentit, me faisant sursauter en même temps qu'elle. Ma sœur prend peur et s'en va.

— ERYN ! m'écrié-je en me levant.

Mes mains agrippent mes cheveux ébouriffés jusqu'à atteindre ma nuque, et je pousse un profond soupir. Sans surprise, c'est Dan.

— Tu m'appelles toujours à des heures matinales, marmonné-je en passant ma main sur ma bouche.

— Viens chez moi, c'est important.

J'hésite à aller dans la chambre de ma sœur, mais je crains de l'effrayer. Alors je sors de l'établissement et j'enjambe ma moto. Il y aura sûrement Carla, et je n'ai pas du tout envie de la voir depuis notre dernière conversation. Cela me dérange qu'elle m'ait fait des remarques sur Lana. Cette attraction n'est pas passée inaperçue aux yeux de Carla. Est-ce si voyant que cela ? Ou bien c'est la jalousie et la parano qui la poussent à cette conclusion ? J'espère que c'est la parano, car je ne veux pas que mon attirance pour Lana soit portée à la connaissance des autres. Mais c'est un problème pour plus tard.

Une quinzaine de Gunners au moins sont dans le salon de Dan quand j'arrive. Ma main glisse sur ma veste en cuir instinctivement et je cherche Tony, mon ami le plus proche dans ce club. Ce dernier a l'air à moitié endormi. Lorsqu'on remarque ma présence, tout le monde se tait subitement avant que des regards emplis de haine se posent sur moi.

— Quoi ? lancé-je, agacé.

Dan sort de la cuisine, habillé tout en noir avec sa veste en cuir des Gunners. Il s'avance vers moi, impassible – il s'évertue toujours à rester neutre devant les autres quand il s'agit de moi. Mon insolence permanente a toujours dérangé certains membres.

— C'est toi qui as mis le feu à l'entrepôt des Ravens ? demande-t-il, l'air abattu.

Il appréhende ma réponse, sa déception suinte déjà.

— Et ?

Bon, j'avoue, en pleine nuit, lors d'une de mes insomnies, la rage m'a pris quand je me suis rappelé l'état d'Eryn. Je n'arrive pas à faire autrement, depuis ma dernière incartade avec Diego et Donovan, je dois laisser planer la menace.

Des jurons fusent un peu partout dans le salon et Daryl fait irruption entre mon cousin et moi, me poussant violemment. Mon sang ne fait qu'un tour et je lui donne un coup de poing, mais mon cousin m'attrape avant que la situation ne m'échappe. Daryl se met à ricaner avant de se prononcer.

— Il nous cause que des ennuis, je ne vois même pas pourquoi tu l'as pris sous ton aile.

— C'est bon, Daryl, intervient Tony en se mettant devant lui.

— Va te faire foutre, craché-je, toujours tenu par Dan.

— Tyler, calme-toi.

— Tu n'es rien ! Tu fais que de la merde. Tes conneries vont faire couler les Gunners. Par ta faute, les retombées vont être catastrophiques.

— Daryl, ça suffit ! rétorque Tony, énervé.

Ses mots me touchent plus que je ne l'aurais cru. La rage déferle en moi. Je me détache de l'emprise de Dan pour me jeter sur Daryl et le plaque au sol, lui assenant une pluie de coups. Des bras derrière moi m'attrapent pour me séparer de lui. Mais, pendant qu'on me soulève, Daryl balance son pied dans mon abdomen avec violence et ma respiration se coupe. Me dégageant de l'emprise de ceux qui sont intervenus, je m'adosse au mur pour tenter de reprendre une respiration calme. Tony accourt vers moi. Il a été le seul à prendre ma défense.

— Tyler, ça va ?

Les mots de mon ami me semblent lointains. Une chose percute mon esprit : les termes qu'ils emploient pour me décrire sont les mêmes que ceux de mes anciens coéquipiers : « vire-le », « on ne peut pas sauver ce gosse », « il est violent », « impulsif », « bon au combat mais n'a aucune maîtrise », « connard arrogant ».

Malgré mes talents pour la course, la seule chose qu'on retient de moi, ce sont mes failles, mes erreurs, mes actes qu'ils désapprouvent.

— Il a déclaré la guerre aux Ravens, s'obstine un Gunners dont je ne reconnais pas la voix à cause de mon léger vertige.

Je me redresse et me mets au centre de la pièce.

— Je vais arranger ça.

Tout le monde se tourne vers moi, et Dan s'approche.

— Je vais arranger ça, répété-je en le regardant droit dans les yeux.

— Les Ravens ont donné rendez-vous aux Gunners dans leurs locaux, j'ignore ce qu'ils veulent, s'exclame Dan.

— Je me porte volontaire.

— Encore heureux, crache Daryl.

Je le fusille du regard et me retiens de ne pas lui envoyer mon poing dans la gueule encore une fois. Dan me prend à part dans le jardin, loin du brouhaha de l'intérieur.

— Pourquoi t'as fait ça ?

— Parce qu'il m'a insulté.

— Je ne parle pas de Daryl, qu'est-ce qui t'a pris de foutre le feu ?

Je n'ose pas répondre.

— Putain Ty ! Pense aux autres, tu nous fais couler avec toi.

Il n'a pas tort, mais ma haine me met des œillères. Elle m'empêche de voir les conséquences de mes actes sur les autres. Lorsqu'il s'agit des Ravens, mes pires défauts resurgissent : égoïsme, impulsivité, colère, orgueil. J'ai beau me dire que je dois arrêter, je n'y arrive pas. C'est de l'instinct primaire. Et, lorsqu'on n'a plus rien, il n'y a plus rien à perdre.

— Je vais régler ça.

Si je ne leur faisais pas gagner un paquet de fric avec les courses de moto, ça ferait bien longtemps qu'ils m'auraient foutu un coup de pied au cul pour me faire dégager du club. Énervé, je rentre dans la maison en claquant la porte.

Cette semaine, j'ai foutu le feu à un des entrepôts des Ravens où ils planquaient la moitié de leur cargaison de drogue et d'armes. Ce plan diabolique me fait encore jubiler, mais je n'avais pas pensé aux représailles.

Tyler, connard d'égoïste.

La porte s'ouvre sur Tony, qui me tend un muffin à la myrtille et affiche un sourire compatissant avant de s'adosser contre le mur.

— Qu'est-ce qui t'a pris ? soupire-t-il en passant sa main dans ses cheveux bruns.

— Sois précis, en ce moment n'importe quoi me prend.

Il lève les yeux au ciel.

— Un incendie, mec, sérieux ?

— Tout à l'heure, je rendrai une petite visite aux Ravens, annoncé-je après avoir avalé mon muffin.

— Pas seul. Dan et moi ne te laisserons pas.

— Pourquoi t'es le seul ici à me supporter ? demandé-je, perplexe.

Tony me sonde avec son regard chocolat et hausse les épaules, l'air insouciant.

— Tu es mon ami, Tyler. La loyauté, c'est important pour moi, je ne te laisserai pas foutre ta vie en l'air.

— T'es devenu niais, Tony, ricané-je.

— Je sais que tu adores notre *bromance*, je rapplique toujours quand tu le demandes, répond-il en m'adressant un clin d'œil.

Et il n'a pas tort. Il est le seul, avec Dan, à me défendre dans ce club.

La pénombre du vaste hangar reflète l'état de mon âme, cependant le calme de l'endroit me désempare. Ce silence est pénible pour moi qui suis habitué aux bruits des coups de feu et des explosions quand il s'agit des Ravens. C'en est presque troublant. Mon dos collé aux caisses en bois empilées un peu partout, j'ai adopté une démarche de crabe pour rester discret. À travers la grande porte et les immenses fenêtres, les rayons de la lune parviennent à pénétrer dans l'enceinte de ce lieu lugubre. Soudain la lumière s'allume, me faisant papillonner des yeux.

De l'autre côté, Dan et Tony s'abritent derrière des caisses au cas où des coups de feu partiraient de n'importe où. Aucune confiance ne règne entre nos deux gangs. Mes yeux se posent sur mes amis en face de moi. Chacun de nous charge son flingue pour plus de précaution.

— Pas la peine de vous cacher, les Gunners.

Sa voix résonne dans un écho rugueux. Mes yeux se ferment et un sentiment de haine émerge sans que je puisse le réprimer. Lorsque je les rouvre, mon regard croise celui de Dan, qui prend un air contrarié comme pour m'intimer de ne pas déconner.

Trop tard.

Emporté par ma colère, je sors de ma cachette, probablement sous les regards noirs de mes coéquipiers énervés par mon impulsion égoïste. Je m'avance vers le centre, harponnant Zack, le chef des Ravens, d'une œillade emplie de mépris. Ce dernier se contente de me lancer un sourire sardonique. Mes poings se serrent tandis que la colère se répand dans mon corps. Zack est le seul qui a créé cette faille en moi ; devant lui et malgré moi je me sens mis à nu. Sa veste en cuir arbore un corbeau noir, le signe de leur gang. Ses yeux bleus manifestent un certain amusement de me voir là. Cependant mes orbites n'y voient que la profondeur de ses crimes, et des miens.

Mes pupilles sont dilatées de rage mais j'essaie de garder mon sang-froid, sinon c'est mon gang qui va encore en subir les conséquences.

— Jamais vu un hangar aussi pourri, commenté-je en ricanant.

Soudain, je sens des présences derrière moi et lève le poing sans me retourner. J'assène un coup sec à l'inconnu en pleine figure, puis je me retourne pour frapper le second d'un coup de pied en plein abdomen. Des gémissements de douleur fusent, je me tourne vers celui dont j'ai peut-être cassé le nez et l'agrippe par le bras, le tirant violemment pour l'éjecter aux pieds de Zack.

— Fils de pute, geint ma victime.

Je lève mon arme et vise mon ennemi au cas où une autre attaque surviendrait. Zack pousse un rire grinçant.

— Du calme, mon grand, c'est plutôt toi qui devrais être effrayé, m'apostrophe-t-il.

— Je ne suis pas effrayé.

Plus maintenant.

— Tu es le seul Gunner que je voulais voir, à vrai dire.

Son ton calme me laisse perplexe, que cherche-t-il ?

— Tu veux quoi ?

— C'est plutôt à moi de te demander ça, tu ne crois pas ? Tu m'attaques indirectement, tu tentes de nuire à mes affaires de proxénétisme, tu brûles un de mes stocks d'armes et de drogue… Mais, même si tu essaies de détruire mon business, tu n'es qu'un moucheron sur ma route.

Son ton calme me glace le sang, je m'attends au pire avec lui.

— Tyler, tu peux t'en prendre à tout ce que tu veux, tu ne m'atteindras jamais.

Mes poings se serrent un peu plus et mes jointures deviennent blanches comme neige. Je vais exploser.

— Tu me fais venir pour ça ?

— Amuse-toi à faire ça. Crois-moi, tu me distrais plus que tu ne m'offenses. C'en est presque ridicule, mais continue, si ça te fait te sentir puissant. J'aime bien savoir que je contribue à nourrir ton petit ego.

Je reste stoïque, je ne m'attendais pas à un tel revirement.

— Allez, fous le camp de chez moi. Mon empathie pour toi a ses limites. Je te laisse la vie sauve, vois ça comme l'ultime avertissement, la prochaine fois je ne te ferai pas de cadeau.

Le son de sa voix résonne encore une fois. Je n'ai pas le temps de répondre qu'on me tire par le bras vers l'extérieur. C'est tout ? C'est tout ce qu'il avait à me dire ?

Je ne suis plus le même Tyler qu'avant, mais j'ai la vague impression que Zack aussi a changé. Reste à savoir si c'est en mieux ou en pire.

CHAPITRE 28

Se reprendre en main

LANA

— Aujourd'hui nous passons aux choses sérieuses, s'exclame Hilda, enthousiaste.

Après mon hochement de tête, elle me positionne face à elle à une distance calculée.

— Je frappe avec la droite, tu bloques en faisant ça, explique-t-elle en fléchissant le bras en angle droit pour repousser l'attaque.

Pendant au moins une dizaine de minutes nous répétons cet enchaînement.

— Tu as les muscles des bras légèrement dessinés, tu fais de la musculation ?

— Oui, une fois par semaine, parce que je suis déjà cheerleaders. Du coup, je m'entraîne régulièrement.

— Tu es addict au sport, toi, s'exclame-t-elle, amusée, en poursuivant ses attaques.

— Oui, j'adore ça ! Et ça me permet de décompresser. Mais pour la salle, c'est récent, ma meilleure amie m'y a initiée.

Après plusieurs exercices de base, notamment les attaques de bras, elle enfile des gants pattes d'ours et m'incite à frapper dessus. J'obtempère et tape en intensifiant un peu plus ma force à chaque coup. Elle protège son visage avec une main mais, dès que je baisse la garde, je reçois une frappe en pleine tête, légère certes mais suffisante pour me secouer.

— Regarde-moi droit dans les yeux. Ton regard ne doit jamais quitter celui de ton agresseur. Jamais, Lana.

— Et si j'éternue ? dis-je d'une humeur taquine.

— Bah au moins tu contamineras ton adversaire, avec un peu de chance, s'il est hypocondriaque, il prendra la fuite, répond-elle, souriante.

Je retiens un rire et reprends avec plus de vivacité mes coups sur ses gants. L'adrénaline monte d'un cran surtout lorsqu'elle m'ordonne de frapper plus fort puis qu'elle se met à riposter, me poussant à esquiver. Hilda est plus rapide que moi et je tombe au sol sur les fesses. Je soupire puis grogne, exaspérée d'avoir perdu l'équilibre encore une fois de manière lamentable. Mais je me relève, comme chaque fois.

— On continue, annoncé-je, déterminée.

Les séances avec Hilda exercent un effet positif sur moi, je me sens plus forte mais je sais que cela ne me suffit pas. Je suis dans la voiture avec ma mère pour me rendre chez la psychologue. Plus nous approchons, plus l'appréhension grandit en moi. Mes doigts triturent le bout de papier que j'ai entre les mains et que je lis inlassablement depuis des jours.

Rien ne change pour moi, Cherry.
Flame.

Chaque jour, il m'a laissé un mot, mais c'est celui-là que je garde toujours sur moi. Comme si le papier allait finir par me dire que tout ce que je ressens à son égard n'est pas un crime. Or, plus je pense à lui, plus je revois la magnifique Carla qui échange sa salive avec lui.

— Lana, chérie, tout va bien ? me demande ma mère une fois dans la salle d'attente.

— Oui, oui, je suis un peu stressée.

— Mme Stevens est une professionnelle, je suis certaine que ça va bien aller.

Une femme d'une trentaine d'années m'ouvre avec un sourire chaleureux. Elle est grande et mince, des cheveux bruns attachés en un chignon parfaitement élaboré et des yeux ambrés pétillants derrière une paire de lunettes. Elle m'invite à entrer et à prendre place sur la chaise en face de son bureau. À l'intérieur, je me sens oppressée, encore plus lorsque je songe à ce qu'elle attend de moi.

C'était facile jusqu'à me retrouver devant elle. Mon Dieu ! Je me rends compte que je vais devoir me dévoiler devant une inconnue. Je suis terrifiée. Mes mains tremblent un peu plus quand je vois la psychologue préparer une feuille, sûrement pour prendre des notes à mon sujet. Mon stress est si intense que j'arrive à sentir les gouttelettes de sueur qui perlent sur mon front.

— Bonjour, mademoiselle Julliard.

Sa voix plutôt douce résonne dans cette pièce immaculée et fait écho dans mes oreilles, que je m'empresse de frotter à cause de cette nervosité qui ne cesse d'augmenter.

— Bonsoir, dis-je d'une petite voix.

Je me mets à ronger mes ongles, chose que je n'ai jamais faite de ma vie.

— Je suis le Dr Stevens, mais la plupart de mes patients me surnomment Steevie… allez savoir pourquoi ? reprend-elle en affichant un sourire malicieux.

Pour unique réponse, j'acquiesce.

— Avant de commencer notre séance, j'aimerais vérifier les renseignements notés dans le dossier que votre mère a rempli, si vous êtes d'accord. Bien que tout soit informatisé de nos jours, l'erreur est humaine, ajoute-t-elle avec un sourire, en remontant ses lunettes sur son nez.

Je frotte nerveusement mes mains sur mes cuisses pour essayer de me calmer et de me préparer à répondre à ses questions.

— Bon, commençons.

Nouvel acquiescement de ma part.

— Êtes-vous bien Lana Cheryl Julliard ?

Je ne suis pas forcément fan de mon second prénom, mais c'est ce qui m'a amenée à prendre le surnom de Cherry… quand je parlais à Flame.

— Oui.

— Vous êtes en première année de journalisme à l'université de la ville.

— Oui.

— Vos parents sont mariés et vous avez deux frères, Matt et Luke Julliard.

— Oui, madame.

— Très bien. Alors, Lana, dites-moi tout, je vous écoute, me dit-elle avec un sourire rassurant.

Ma gorge se noue, une perle de sueur longe ma tempe jusqu'à ma joue, mes doigts pincent mes cuisses.

— Ma mère pense que j'ai besoin de parler à quelqu'un…

— Pourquoi cela ?

Pleine d'appréhension, je prends une grande inspiration. Mon cœur pulse dans ma cage thoracique à une vitesse que j'ai du mal à supporter.

— J'ai été agressée… à une soirée étudiante.

Je suis au seuil de la crise de panique. Malgré moi, je revois mon agression dans les toilettes. Les genoux plaqués au sol, pétrifiée, les larmes menaçant de couler. Lorsque je rouvre les yeux, la psy est assise à côté de moi, ma respiration saccadée m'empêche de dire quoi que ce soit, mes membres tremblent au rythme de mon souffle haletant. Mme Stevens me prend la main avant de m'apaiser avec quelques mots.

— Lana, tout va bien, calmez-vous, je suis là et tout va s'arranger.

La femme en face de moi affiche un sourire plein de compassion puis me tend un verre d'eau fraîche, que je m'empresse de boire. Mes paupières sont lourdes mais sans larmes, mon corps refuse toujours d'en libérer. Je repose mes mains de part et d'autre de mes jambes et relève le regard vers la psy, qui me scrute toujours minutieusement avant de s'exclamer :

— Lana, savez-vous ce qu'il vient de se produire ?

— J'ai eu une crise d'angoisse.

— Effectivement, car votre physique et votre psychisme sont tourmentés par ce qu'il s'est passé. C'est un cri d'alerte. Un cri que j'ai entendu, Lana.

Cette fois-ci, mes larmes menacent vraiment de couler. Mme Stevens s'empresse de reprendre ma main dans la sienne comme si ce contact pouvait me ramener à la réalité.

— Tout va bien, Lana, je suis là. Un excès d'anxiété arrive après de telles expériences, notre corps réagit à ce traumatisme de cette façon quand on garde beaucoup de choses au fond de nous.

Il est toujours dur de se comprendre soi-même, mais je me connais suffisamment pour savoir que ces questions et le fait d'avoir revu Noah m'ont transformée en bombe à retardement. Je lutte mais ce n'est pas suffisant. J'ai beau avancer, un obstacle s'érige toujours pour me faire couler encore, encore et encore...

— Oui, je le sais.

Un sourire bienveillant étire ses lèvres.

— Sachez, Lana, que je suis là pour vous aider à vous forger à nouveau une confiance en vous, vous pouvez être certaine que tout ce qui se dit entre nous restera entre nous, quoi qu'il arrive. Je suis tenue par le secret professionnel.

Son sourire a un effet rassurant. Elle se lève pour retourner à sa place et prend son stylo tout en tirant un carnet de rendez-vous. J'ai conscience que ce sera dur, mais je veux me reprendre en main. Je ne veux pas laisser des douleurs enfouies avoir le contrôle sur mon esprit.

Au dîner, je joue avec mes épinards du bout de ma fourchette et repense à mon rendez-vous avec la psychologue. Pour être honnête, ça m'a aidée à ouvrir les yeux, à voir que je suis aveuglée par cette envie de vaincre mes démons et que je ne le fais pas forcément de la bonne manière. *Je m'idéalise.* J'ai l'impression d'être une battante, je cherche à tout prix à aller mieux alors que je me contente de revêtir un masque qui me déconnecte de la réalité. Matt me donne un coup de coude.

— À quoi tu penses ? me chuchote-t-il.

Je hausse les épaules en guise de réponse. Je ne suis plus habituée à sa présence ici, c'est bizarre de le revoir dans cette maison où les tensions fusaient dans tous les sens. Mes parents l'ont invité à manger ce soir. Je suspecte ma mère de l'avoir poussé à accepter pour me faire plaisir. Je tourne la tête pour observer Luke qui souffle, agacé de manger ce légume qu'il déteste. Ses grimaces arrivent à me décrocher quelques sourires. L'ambiance à table est calme, mais mon frère n'adresse aucun mot à notre père, le froid plane toujours entre eux. Pour une fois, mes parents semblent d'accord pour échanger quelques mots. Cela ne m'étonnerait pas que maman fasse au mieux pour apaiser les tensions, pour m'éviter les mauvaises ondes.

— Les enfants, nous devons vous parler de quelque chose, lance mon père.

— S'il vous plaît, pas de quatrième enfant, s'exclame Luke en soufflant, j'ai assez de mal avec ces deux-là.

Matt et moi étouffons un rire, et mes parents soupirent.

— Votre père et moi avons pris quelques jours de vacances pour Thanksgiving, on s'est dit que nous pourrions rendre visite aux grands-parents à Torrance, déclare ma mère en me lançant un regard.

Elle fait ça pour moi. Elle veut me changer les idées, et elle sait combien j'adore aller à Torrance. Cette coupure de quelques jours me fera le plus grand bien et j'en ai besoin. Je lui murmure un merci et elle me fait un clin d'œil. Partir à Torrance me semble être une bonne idée, je me réjouis déjà de revoir mes grands-parents et de profiter de la tranquillité de l'endroit où ils habitent. Leur maison se situe un peu loin de la ville et juste à côté de la mer. Enfants, mes frères et moi jouions aux petits aventuriers en gambadant entre les rochers.

— J'espère que tu seras de la partie, Matt, ajoute maman.

Papa ne dit rien, se contentant de manger, puis il ose lever son regard vers moi et me sourit. Matt finit par accepter, lui aussi, ça lui fera du bien.

CHAPITRE 29

Rétrospective

LANA

À travers la fenêtre de la chambre que je partage avec mes frères, mon regard se perd dans la contemplation du paysage qui entoure la maison de mes grands-parents. Le sifflement du vent s'abat sur la mer, créant des vagues de tailles différentes qui s'aplatissent ensuite. Le ciel bleu, quoique nuageux, est baigné de la lumière de quelques rayons de soleil qui arrivent à s'extirper de la brume. Ce mois d'hiver est froid, mais durant la journée la chaleur qui pare subitement l'atmosphère nous fait immédiatement regretter le gros pull que l'on porte.

Ces dernières semaines sont passées à une vitesse folle, et pour dire vrai mes séances chez la psy n'arrêtent pas de repasser dans ma tête. Mme Stevens a réussi à établir un lien entre nous en l'espace de trois séances. Sur les quarante-cinq minutes de consultation, dix se résument à quelques confessions et le reste consiste à… paniquer. La psy tente alors de me calmer en m'expliquant le fonctionnement de mon corps, et ma relation avec l'anxiété. Durant notre dernière séance, j'ai décidé de baisser les armes, pas totalement, certes, mais le besoin d'en parler a surgi.

— *Je vais t'écouter, Lana, tu as le droit de me parler de tout ce que tu veux.*

Mes souvenirs s'entrechoquent. Il faut que j'en parle, j'en ai besoin. Mon être a tiré un trait brusque et épais sur tout mon passé, un banal événement pourrait me faire replonger dans l'abysse de mes démons.

— Je n'accepte pas le fait qu'un simple paramètre puisse me mettre dans tous mes états. Peut-on considérer que chaque paramètre a une emprise différente sur nous ?

— Nous sommes sept milliards de personnes sur terre, Lana, chacun a sa propre façon de voir les choses, sa propre façon d'agir avec autrui. Les paramètres qui nous poussent à réfléchir profondément dépendent de notre façon de voir la vie. Quel a été ton paramètre ?

— Je crois que cela a commencé quand j'ai été mal vue par l'équipe. J'ai été mise de côté.

— Et à quel point ça t'a touchée ?

— Je ne sais pas… j'ai l'impression que, peu importe ce qui me traverse l'esprit, ça me ramènera à mon agression.

— Si tu te sens prête aujourd'hui, raconte-moi ce qui s'est passé ce soir-là.

Je déglutis. Pourquoi tu n'en parles pas, Lana ?

— Ils m'ont attrapée par surprise… et l'un des trois s'est mis à me déshabiller… à me toucher… J'ai essayé de me débattre et on m'a giflé…

Je marque une pause pour reprendre ma respiration presque haletante. Je suis déconcertée, c'est la première fois que je l'évoque à voix haute. Devant ma mère, je suis restée dans les grandes lignes.

— Du calme, Lana, tu peux continuer si tu y arrives.

Son sourire compréhensif est un cocktail d'assurance et de confiance qui se diffuse dans mon corps comme un élixir miracle, et je reprends mes confidences.

— Tout est allé très vite et je me suis retrouvée agenouillée au sol, entendant le son d'une braguette qu'on défait… Et puis Tyler est arrivé.

Une inspiration profonde jaillit de mes lèvres. Je l'ai fait.

— Je suis fière de toi. Tu te sens comment maintenant ?

— Je pensais que le dire à ma mère me permettrait de m'alléger, mais le passé ne cesse de me hanter. Un tas de questions trottent toujours dans ma tête.

— Tu sais, Lana, parfois nous préférons cacher ce qui nous mine, parce que c'est plus simple que d'affronter nos peurs. Et affronter ses peurs et ses blessures est courageux.

— Je me sentais pourtant bien, avoué-je timidement. Je pensais que rester impassible me rendait forte.

— Mais tu es forte, ton courage est remarquable. Tu as conscience que quelque chose cloche, tu l'as laissé te submerger et là tu l'affrontes, c'est admirable. Se relever après une agression est toujours compliqué.

— Je me dis que, si Tyler n'était pas arrivé à temps, ça aurait pu être pire, alors j'essaie de relativiser.

— Une agression reste traumatisante, le viol détruit et c'est très difficile de passer à autre chose. Tyler est ton ami ?

— C'est l'ami de mon frère.

Chaque jour, je travaille sur moi. Stevens m'a encouragée à continuer dans cette voie. Si la psychologue m'aide à me construire à nouveau un mental d'acier, Hilda m'initie aux méthodes de combat pour me développer physiquement en me servant de mon agilité et de ma souplesse. Les cours de self-défense sont une des meilleures décisions que j'ai pu prendre cette année. Je me sens vivifiée après chaque séance, comme si je sortais un peu de cette obscurité qui m'enferme.

Les vacances à Torrance ont vraiment été lénifiantes pour moi, m'écarter de L.A. et des problèmes que j'ai eus me fait beaucoup de bien. Les liens familiaux se sont un peu apaisés. Même si mes parents sont toujours en froid, ils tentent de faire bonne figure. Je suis perplexe vis-à-vis de leur relation mais je préfère ne pas m'en mêler. Mes frères et moi partageons la même chambre et, depuis que nous sommes là, nous passons nos journées dehors.

— Soirée film, les mioches ? propose Matt en entrant dans la chambre avec un tas de cochonneries entre les bras.

Luke s'empresse de changer l'agencement de nos lits et allume le projecteur. Je dispose au sol un énorme plaid et une montagne de coussins. Nous prenons place tous les trois et je commence déjà à piocher dans le bol de pop-corn.

— Celui qui ouvre la bouche, je le trucide. Compris, Luke ?

J'étouffe un rire, mon petit frère fusille Matt du regard et lui balance un coussin.

— C'est toi qui ne te tais jamais !

— Pardon ? J'ai vu *Fight Club* avec toi et t'es devenu le narrateur, sale couillon !

Luke marmonne dans sa barbe en boudant qu'il ne parlera plus jamais, cependant je sais qu'il ne va tenir que deux minutes.

Après plusieurs heures de film, mes paupières commencent à s'alourdir. Luke bâille et Matt nous fait signe de nous taire. Je me redresse pour m'étirer quand des rires provenant du téléphone de Matt attirent mon attention. Je lui jette un regard perplexe.

— Hayden est chez Dan, ils font une soirée avec les Gunners. Putain, mon meilleur pote est ridicule, il est sur la table en train de se déhancher. C'est Tyler qui m'a envoyé la vidéo. Regardez-le !

Mon cœur loupe un battement quand j'entends son prénom. Luke se colle à moi et me pousse presque pour voir un Hayden bourré, gigotant dans tous les sens, sous les rires de ses amis plus sobres que lui. Sur les vidéos que Matt nous montre, je reconnais Tony et Hayden, qui s'envoient des tequilas avec Dan dans un concours de celui qui en boit le plus. Derrière, je remarque Carla dans son coin en train de faire du rentre-dedans à un mec… qui n'est pas Tyler.

— Je croyais que Carla était avec Tyler, lancé-je sans réfléchir.

Merde ! Je n'aurais pas dû dire ça devant eux.

— Tyler et Carla ? répète Matt. Absolument pas, c'est juste un plan cul.

Je soupire de soulagement quand je constate que mon frère ne me fait aucune remarque sur ma question.

— T'es pas triste de pas être avec eux ? s'exclame Luke. Ils ont l'air de bien s'amuser.

— Mais je m'amuse ici, réplique-t-il.

— Peut-être bien, mais tu n'as pas été là pendant un petit moment. Je me suis dit que tu t'étais trouvé une autre fratrie, surtout avec les problèmes que tu as eus, s'exclame Luke avec un voile de tristesse dans les yeux.

Il semble garder quelques séquelles des agissements de Matt. Je passe ma main dans ses cheveux blonds et lui souris gentiment. Je comprends ses craintes et ses doutes. Il s'est senti délaissé par celui qu'il considère comme son meilleur ami. Je l'ai ressenti aussi.

— Pour ma part, je m'en voulais de ne pas être présente pour toi… Mais je sais que tu avais besoin de faire ça seul et que tu as essayé de faire au mieux.

J'ouvre mon cœur à présent. Notre trio a pris un sacré coup avec tous ces non-dits et ces remords. Nos délires et nos moments ensemble m'ont terriblement manqué. J'aurais tant voulu sauver Matt de ses démons, mais visiblement je n'avais pas les épaules pour l'aider.

— Je ne me laisserai plus jamais aller de la sorte, nous assure notre aîné avec un air rassurant. Je n'ai pas forcément envie de parler de ça, mais merci pour votre patience. Vous n'avez pas à me sauver, je vais bien.

Une myriade d'émotions se succède dans son regard. Il me donne un petit coup de coude et appuie son poing sur le bras de Luke.

— En tout cas, je suis très heureux de vous avoir, c'est vous ma fratrie. On est liés, tous les trois, non ?

En même temps, Skywalker et moi hochons la tête, heureux d'être enfin réunis. Puis, nous continuons à discuter et retombons dans le sujet initial : Tyler.

— Je sais que je me suis éloigné de vous, mais il le fallait. Je sais que Tyler t'a parlé, mais tu ne pouvais pas m'aider.

— Pourquoi il est intervenu ? demandé-je doucement.

— Les Ravens ont fait du mal à sa sœur, il ne voulait pas que j'endure ce qu'il a vécu. Il est en guerre contre eux, en permanence.

Ces révélations nourrissent ma curiosité. Tyler est dominé par la vengeance, visiblement. Et depuis la fameuse révélation, il ne m'a plus approchée, respectant silencieusement le vœu de Cherry. En dépit de cette distance, je pense toujours à lui. C'est une personne si énigmatique que je m'égare, je tourne en rond comme dans un labyrinthe. J'ai toujours été intriguée par Tyler mais, maintenant que je sais que Flame est en lui, je suis encore plus piquée. Quelque chose en moi a changé et je ne parviens pas à l'expliquer. Près de lui, une partie de moi s'éveille, à l'instar d'une rose qui éclôt, d'un monde nouveau obscurci par un soupçon de réalité. Une multitude de sensations traversent mon corps lorsqu'il m'effleure ou me touche. Ses yeux aussi sombres que les ténèbres m'immergent dans leurs abysses, inexorablement.

Ne laisse pas mes pensées te pervertir, Lana. Je n'en vaux pas la peine.

La dualité entre Flame et Tyler me met dans un état de confusion, je n'arrive pas à rationaliser, je suis paumée dans ce que je ressens, et j'ai l'impression que lui aussi s'est égaré dans ses intentions contradictoires. Mais il a toujours été là.

Me menacer pour me protéger.

Me brusquer pour m'aider.

M'attirer pour m'apaiser.

Mon histoire avec Noah a laissé en moi des empreintes indélébiles, j'ai été brisée en mille morceaux. Mais, là où le noir du malheur existe, une éclaircie d'espoir se manifeste toujours.

Bats-toi, Lana.

Ça a toujours été mon mantra. Nos démons ne sont jamais bien loin et j'ai mal forgé des remparts pour m'en protéger.

Ô Noirceur, que m'as-tu fait ?
Les ténèbres semblent ancrées,
Dans mon âme tourmentée.
Ô Souffrance, disparais.
Les cicatrices enfoncées,
Dans mon âme mutilée.

Le téléphone de Matt sonne, il nous annonce qu'il revient, me laissant seule avec Luke. Ce dernier pose sa main sur mon épaule pour que je reporte mon attention sur lui.

— Tu sais, j'ai beau rester silencieux et discret, ça ne veut pas dire que je suis aveugle, dit-il en me regardant avec ses yeux verts.

Il marque une pause, semblant chercher ses mots.

— Je suis au courant pour Noah, désolé si je n'ai pas été présent, mais je n'ai pas su comment m'y prendre. Et j'étais rassuré de voir que Matt était vraiment là pour toi.

Des frissons d'effroi sillonnent mon échine, des flashes éclairent mon esprit comme des spots opaques, des lueurs assombries. Mais le sourire réconfortant de mon frère est une éclaircie apaisante. Le brouillard de mes souvenirs se dissipe lentement.

— Je ne te demande pas de m'en parler, je voulais juste que tu saches que je suis désolé et que, même si je ne suis pas encore aussi fort que Matt, tu peux aussi compter sur moi.

Pour unique réponse, je le serre dans mes bras en lui murmurant qu'il est déjà le meilleur frère qui soit.

CHAPITRE 30

Indomptable

LANA

Les vacances à Torrance sont terminées. Ma vie à L.A. reprend là où je l'avais laissée. Ce soir, je vais à l'anniversaire de Dan avec Lydia. Je ne pensais pas qu'il m'inviterait. Après tout, on s'est vus deux fois seulement, même si le courant est très bien passé entre nous.

— Lana, dis-moi, tu aimes toujours tes études ? me demande Lydia qui me maquille.

— Oui, enfin… je pense. Je voudrais être journaliste pour faire des articles sur toutes les histoires que les gens n'écoutent pas.

— C'est très honorable, commente-t-elle avec un sourire fier en me mettant du blush.

— Et toi ? Tu t'es décidée pour médecine ?

— Je commence à aimer un peu plus les matières, mais je ne sais pas encore… peut-être que je devrais attendre la fin de l'année avant de me décider ?

— Tu ne crois pas que t'es en train de repousser l'inévitable ? Alors qu'au fond de toi tu sais déjà ce que tu veux ?

— Je ne sais pas, justement… Hayden pense comme toi, mais je suis encore un peu perdue.

Elle me met des paillettes sur les paupières et je prends une profonde inspiration.

— Je suis sûre que tu trouveras ta voie. Et avec Hayden, ça a l'air de bien avancer.

— Il est génial, Lana. Vraiment génial. Je crois que je suis en train de tomber amoureuse.

— Tu as l'air épanouie, je suis heureuse de te voir comme ça.

J'ouvre un œil et la jauge, elle a les joues rosées et un petit sourire timide. Je lui prends la main pour attirer son attention.

— Tu mérites d'être heureuse, tu ne te rends pas compte à quel point ça me ravit de te voir aussi comblée.

— Merci, Lana, je n'ai jamais été aussi bien avec quelqu'un, je veux qu'il soit mon premier.

J'écarquille les yeux et un sourire se dessine sur mes lèvres.

— Fais-le quand tu le sens, lui dis-je doucement en prenant sa main.

— Je te souhaite de trouver une personne qui te fera te sentir aussi merveilleuse que tu l'es. Quelqu'un avec qui tu n'auras aucun mal à te dévoiler. C'est ce que je ressens pour Hayden.

Nous arrivons chez Dan, en compagnie de Matt et Hayden. Il n'y a qu'une vingtaine de personnes. Et j'ai déjà croisé certains visages au Thunderdome. Le salon est aménagé pour qu'il y ait de la place pour danser. Il y a même des LED accrochées au mur pour donner une ambiance de fête. Dan nous accueille et il prend dans ses bras Matt et Hayden avant de me frotter les cheveux. Sans le faire exprès, il défait légèrement mon ruban.

— Pardon, ma petite Lana. Loin de moi l'idée de te décoiffer, tu es splendide.

Je ne sais pas comment l'expliquer mais j'adore ce type. Il dégage une aura si rassurante, avec plein d'ondes positives.

— Ce n'est rien !

Les lumières fluorescentes flottent, mes yeux suivent le parcours du spot bleu avant de tomber sur mon frère, qui s'installe sur un long canapé avec la plupart des membres du club ; ils semblent tous bien s'entendre. Lydia et Hayden s'éclipsent, comme si plus rien n'existait autour d'eux.

— Il n'y a que des Gunners ? demandé-je à Dan alors que nous sommes tous les deux.

— Non, pas que, j'ai des potes en dehors de ce cercle. Et ça me fait plaisir de te voir.

— Merci pour l'invitation, lancé-je avec un sourire.

— Tu sais, si j'avais eu une petite sœur, j'aurais aimé qu'elle soit comme toi.

Ces mots me touchent. Dan me tend sa main pour m'inviter à danser et je le suis. Lydia et Hayden sont déjà sur la piste. Dès qu'elle me voit, Lydia me prend la main pour nous conduire au milieu des gens.

La musique qui explose des enceintes me ressource et mon corps suit le rythme. Les chansons défilent et mes muscles s'engourdissent au fil de mes pas de danse. Mon corps se déhanche et toutes mes cellules nerveuses sont en pause. Je me concentre seulement sur l'effet de la chaleur qui émane des spots. Une fine pellicule de sueur commence à recouvrir mes bras et j'ai envie de boire quelque chose de frais. Mes yeux balaient vivement l'endroit et j'aperçois les amis de mon frère en train de boire un verre au bar. Je décide de les rejoindre. Dan me suit.

— Tu veux boire quelque chose ? me propose Matt dès que j'arrive.

— Une limonade, s'il te plaît.

Mes mains passent furtivement sur ma robe bleu cobalt, que je lisse, et je me mets à triturer le ruban dans mes cheveux, me sentant observée. C'est étrange… je ne vois Tyler nulle part.

— Tout va bien, Lana ? demande Dan, l'air soucieux.

— Oh oui, ça va.

— Si tu veux boire de l'alcool, tu peux. Même si la fête est en mon honneur, je reste un parfait chaperon.

Sa réplique réussit à me décrocher un sourire. Matt me tend ma limonade accompagnée d'une paille que je coince rapidement entre mes lèvres. Mon regard vacille avant de tomber sur Tyler, en pleine conversation avec Tony. Il a l'air de se tenir volontairement à l'écart des autres. Il est tout en noir, sa tenue contrastant avec les lumières blanches stroboscopiques qui le survolent. Une cigarette à la main, il souffle un nuage de fumée, comme une poussée de sa haine du monde.

Il me remarque, ses yeux se rivent aux miens, et ma limonade arrive difficilement à ma gorge. Aucun de nous ne veut céder et je ne serai pas la première à abandonner. *Pas question.* Ne plus m'adresser à Flame me manque et je suppose que c'est Tyler qui me manque. Depuis la reprise des cours, l'indifférence règne entre nous mais le tumulte qui se déchaîne à l'intérieur de moi persiste. Dans son regard, je revois tout ce que nous avons vécu, des moments compliqués à son soutien inattendu. Je repense à la chaleur de son corps, à son souffle qui enveloppe ma peau. Tyler ne m'a pas seulement communiqué sa noirceur, il a marqué mon âme. Le problème avec lui, c'est qu'à ses côtés j'effleure la lisière de l'enfer, une caresse brûlante survole mon échine. Seuls les battements de nos cils coupent ce fil invisible qui relie nos regards, plus rien n'existe autour, même la musique me semble lointaine.

À quoi pense-t-il en me regardant ainsi ?

En l'observant, je comprends que je ne pourrai pas fuir Tyler indéfiniment, et dans le fond je ne pense pas le vouloir. Je suis comme une magnétite et lui, la plaque de fer éraflé qui m'attire.

Tyler s'éloigne de ses amis pour venir vers moi. J'entrouvre la bouche, nerveuse, et je me mordille les lèvres, pendant que lui évite les corps qui dansent. Il m'a dans sa ligne de mire, il ne prend même pas la peine de jeter des coups d'œil autour de lui. Je suis la seule personne qu'il regarde. Mon bas-ventre s'enflamme, mon visage vire au cramoisi, je maintiens cet échange visuel et il affiche un sourire malicieux en décelant mon trouble.

Flame revient à Cherry. Tyler s'approche de Lana.

Ce lien qui semble se tisser est furtivement coupé quand je remarque Carla et quelques gars qui s'avancent vers le bar. Je détourne la tête pour ne pas la regarder mais elle en a décidé autrement puisqu'elle s'adresse à moi avec une voix qui trahit son taux d'alcool dans le sang.

— Qu'est-ce que tu fais là ?

Son ton inquisiteur me laisse de marbre. J'arque un sourcil, la toisant de haut en bas, estimant son taux d'ébriété.

— Tu n'as pas ta place ici. Ta présence n'est qu'une blague pas drôle du tout. Regarde-toi, articule-t-elle en me détaillant de la tête aux pieds.

Je fronce les sourcils, une bile acide remonte dans ma gorge. J'ai envie de lui cracher à la figure des mots pour la blesser autant qu'elle le fait. Pourquoi elle me parle ? Je ne lui ai jamais adressé la parole.

— Eh, Carla, mais ça va pas ! intervient Matt en haussant le ton.

— Tu te sens menacée par ma présence ? lancé-je du tac au tac.

Je garde mon calme, préférant ne pas entrer dans son jeu pathétique. Et puis de quoi aurai-je l'air si Matt me défend devant elle ?

— Menacée par quoi ? T'es une pitoyable sainte-nitouche. Si tu crois que copiner avec *lui*, comme une salope, te donne une valeur, retourne jouer à la poupée.

Je n'ai pas le temps de répondre que je sens une présence derrière moi. Ce corps chaud, familier, me réchauffe le cœur, ce parfum mentholé mêlé aux effluves de tabac me fait frémir. Les yeux clairs de Carla s'arrondissent en observant Tyler derrière moi, sa mâchoire se contracte. Et elle arbore un air contrarié.

— T'es une sale pute.

Mes poings se serrent, mes ongles griffent mes paumes.

— Pense à te laver la bouche. Les traces de bites que tu mastiques jour et nuit pourrissent ton haleine.

Les garçons autour éclatent de rire, Carla entre dans une colère noire et j'affiche un sourire sournois.

— Espèce de…

Un corps s'interpose entre nous deux.

— C'est bon, Carla. Arrête ton cinéma, crie Tyler, furieux, en l'attrapant par les épaules.

Voir Tyler aussi proche d'elle me noue les tripes, je détourne le regard et fuis cette situation qui me met mal à l'aise. J'ai perdu mon sang-froid, je n'aurais peut-être pas dû lui répondre comme ça… même si c'est elle qui a commencé. Je déteste la confrontation, je l'évite constamment, comme avec mes démons. Sans attendre, j'emprunte l'escalier qui mène à une terrasse presque vide, j'ai besoin d'air, j'en manque cruellement.

Je tourne en rond, ce n'est pas possible d'éprouver une telle frustration. Des pincements de jalousie ont attaqué mon cœur, cette situation me pèse et j'imagine trop de scénarios dans ma tête. Tyler est resté avec elle. Qu'est-ce que je m'imaginais… Je fixe l'horizon avant d'observer les reflets de la lune sur les vagues. Le son de l'océan s'accentue et commence doucement à m'apaiser. Des bruits de pas me sortent de mon tumulte intérieur. Je me retourne et découvre Tyler à quelques mètres. Agacée, je pousse un long soupir et croise les bras sur ma poitrine.

— Pourquoi tu m'as suivie ? Ça ne t'a pas suffi de la voir m'humilier ?

Il aspire ses lèvres, se retenant de rire, et continue de s'approcher de moi d'un pas indolent et les mains dans les poches de sa veste en cuir noir, celle qu'il m'a prêtée une fois.

— À vrai dire… c'est toi qui l'as humiliée, corrige-t-il en esquissant un rictus.

— Elle m'a traitée de salope puis de sainte-nitouche devant tout le monde !

— Calme-toi, elle était bourrée. Quoique, même sobre, elle dit n'importe quoi, réplique-t-il, l'air taquin.

Il est tout près de moi. Je pointe mon index sur son torse, l'empêchant d'avancer davantage.

— Tu la défends ?

La tension est palpable. Mon cœur tambourine de plus en plus fort dans ma poitrine. Ses yeux s'écarquillent puis ses lèvres ébauchent un sourire malicieux.

— Qu'est-ce que ça peut te faire, que je la défende ?

Je m'écarte de lui et détourne le visage pour ne plus le voir. Son rire résonne et fait naître des vibrations au fond de mon ventre. Discrètement je le contemple, il semble si innocent, comme s'il n'avait pas ri depuis longtemps.

— Je peux savoir ce qui te fait rire ?

— Toi, voyons.

— J'ai envie de t'étrangler, marmonné-je en mimant le geste avec mes mains.

— Fais-le, j'aime bien quand la fille tente de me dominer.

Je le pousse avec mes mains et il les retient contre son torse. Rapidement, je suis enveloppée par sa chaleur. Collée contre lui, je sens quelque chose de lénifiant se diffuser dans mes membres.

— Je sais que Cherry a parfois peur du regard des autres, mais prends conscience de ta valeur. Ce qu'ils peuvent dire ou penser ne doit jamais t'importer.

Tête baissée, j'évite son regard insistant.

— C'est facile de dire ça.

Je suis toujours bloquée contre son torse. Mes mots semblent le toucher puisqu'il se met à me caresser avec ses pouces.

— T'es bien plus qu'une fille chiante qui n'écoute jamais ce que je dis.

Un léger rire se libère de mes lèvres avant que je me perde dans ses yeux.

— C'est toi qui es chiant, murmuré-je.

Il sourit puis lâche mes mains. Je l'observe et baisse la tête pour camoufler mes joues cramoisies. Ma colère s'est atténuée, ou plutôt elle s'est transformée à cause de l'attirance que j'éprouve pour lui.

— Tiens donc. Tu ne veux plus m'étrangler maintenant ?

Doucement, je lève la tête vers lui, arquant un sourcil en soupirant.

— Je ne pourrais pas faire ça à… Flame.

Les motions se succèdent dans ses iris, mes paroles ont un effet sur lui. D'un pas, il avale la distance entre nous, son index saisit une de mes mèches de cheveux, qu'il coince derrière mon oreille. La pulpe de son pouce effleure mes lèvres et ce contact m'enivre.

— Je n'ai pas assuré, Cherry. Je le sais.

Ses mots me font défaillir, toute la retenue que j'avais est sur le point d'exploser en un feu d'artifice. Ma respiration se saccade et je suis hypnotisée par son eau de Cologne mêlée à la chaleur de sa présence.

— Et je risque de ne jamais assurer, *avec toi.*

La mélancolie contenue dans cette phrase parvient à faire trembler les morceaux de mon cœur éparpillés. Je suis envahie de sentiments que je ne comprends pas. Envahie d'émotions que je ne saisis pas.

— Pourquoi tu dis ça ? Cette situation est si étrange... Tu viens de m'appeler Cherry, je ne suis pas habituée à cela et...

Je m'en rends compte que je n'arrête pas de débiter des paroles incompréhensibles, mes yeux s'arrondissent et je soutiens son regard. Il doit me prendre pour une folle, oui une folle.

— Tu parles trop.

Soudain, ses lèvres s'écrasent sur les miennes dans un baiser ardent, et si surprenant que lui-même semble étonné de son geste. Mon corps est une flamme qui va se consumer dès que notre lien sera coupé. Ce baiser n'a rien à voir avec le premier. Il est plus fougueux et laisse le temps à mon âme de s'éprendre de la sienne.

Ses mains remontent sur mes joues et leur chaleur me ranime. Ses lèvres m'embrassent avec passion, puis sa langue vient titiller la mienne. Mes sentiments sont exacerbés par cet assaut. Mes mains glissent sur son torse et mes doigts s'accrochent au bouton de sa chemise noire. Nos lèvres se détachent et son front se colle au mien. Nous sommes à la merci d'une attirance indomptable et, comme un besoin vital, il me plonge à nouveau dans cette spirale incandescente. Enivrée, je le laisse me plaquer contre lui, ses mains descendent jusqu'à mes jambes. Puis il me soulève et je les enroule autour de sa taille.

Cet instant me fait oublier que je n'ai plus jamais laissé un mec me toucher depuis Noah.

Avec Tyler, c'est comme si c'était normal. Mon corps ne réagit qu'à lui. Nous nous embrassons comme des fous, exaspérés par cette privation que nous nous sommes imposée. Cette frénétique connexion ne résulte que de notre retenue à tous les deux. Il le voulait autant que moi. En dépit de tout. Notre réserve s'est évaporée. Je fonds à son contact et je renais sous ses caresses. Il mordille ma lèvre inférieure, ce qui m'arrache un petit gémissement qui le fait rire. Mes pieds rencontrent à nouveau le sol, cette brume de désir qui m'envahit peine à se dissiper et ses mains sont toujours sur ma taille, me maintenant avec force contre son corps bouillant.

— Si tu savais depuis combien de temps je rêve de faire ça, lâche-t-il dans un souffle.

Tyler embrasse mon visage, mes tempes, mes joues, puis saisit mon menton pour sceller une dernière fois nos lèvres.

— Moi aussi…, avoué-je dans un murmure.

Mon Dieu ! J'ai vraiment dit ça ?

— Trésor, si je recommence, je ne pourrai plus m'arrêter cette fois.

Oh ne t'arrête pas ! C'est ce que mon moi intérieur souhaite hurler.

Mes épaules tressaillent quand ses doigts passent dans mon ruban, il entortille l'extrémité autour de son index et je frissonne sans quitter ses yeux.

— Cherry, arrête de me regarder comme ça.

— Je te regarde comment ?

— D'une manière qui me donne envie de t'embrasser encore et encore…

Je sursaute lorsque le bruit de la porte retentit. Dan nous jauge à tour de rôle. Je me suis écartée d'au moins quatre pas de Tyler, bien trop gênée pour répondre à des questions si Dan se doute de quelque chose.

— C'est le moment du gâteau, vous venez ?

Nous rejoignons les autres sans piper mot, sans même nous toucher. Je lui lance quelques regards discrets quand je le vois papoter avec mon frère ou avec Dan… mais ce qui me pique le plus, c'est quand je vois Carla lui tourner autour. Putain… je m'imagine les pires scénarios. Et si, après m'avoir embrassée, il allait la baiser elle ?

— Lana, ça va ? T'as la tête ailleurs ? me demande Lydia en me détaillant d'un air inquiet.

— Tout va bien, m'empressé-je de dire.

Je m'évertue à ne plus poser mon regard sur Flame, parce que chaque fois que je vois Carla lui adresser un mot, quelque chose se brise en moi.

Même si l'anniversaire de Dan était super, je suis contente de rentrer. Les deux dernières heures ont été un supplice pour mon petit cœur. Et maintenant je suis ravie d'être dans ma chambre pour me démaquiller. Un bruit sur mon balcon me surprend. Je me retourne et découvre Tyler qui enjambe la balustrade. Je me fige avant de m'empresser d'ouvrir la porte-fenêtre. Je le fixe, ahuri.

— Mais qu'est-ce que tu fais ici ?

— Je n'ai pas le droit de te rendre visite ? demande-t-il comme si c'était normal de débarquer comme ça chez moi à une heure du matin.

Mes yeux papillonnent comme devant un mirage. Tyler est au beau milieu de ma chambre, balayant d'un bref regard ce qui l'entoure, puis il finit par poser ses yeux sur mon corps. Il esquisse un sourire goguenard.

— J'aime bien ton pyjama.

Oh mon Dieu... je me rappelle que je suis vêtue d'un short et d'un tee-shirt jaune avec la tête de Simba.

— J'ai toute une panoplie de pyjamas Disney, expliqué-je timidement en cachant mes mains derrière mon dos.

Une multitude de frissons dévalent mon épine dorsale, mes doigts s'entremêlent. Il me surplombe de toute sa hauteur, puis me soulève et me pose sur mon bureau. Je le fixe sans sourciller et il retire de sa poche quelque chose qui fait un bruit étrange. Mes yeux s'écarquillent au moment où je comprends que c'est mon collier, *celui qu'il a brisé.*

— C... Comment..., bafouillé-je.

— J'ai acheté une autre chaîne, pour remplacer celle qui était cassée, admet-il en ouvrant le fermoir pour me le mettre.

Proche de moi, il l'attache autour de mon cou. Son souffle s'abat sur ma peau comme une caresse. Ses yeux croisent les miens et ses mains glissent sur ma taille, me collant un peu plus contre lui. Mes jambes s'écartent et il s'y immisce entre elles avant de prendre mon visage en coupe.

— Pourquoi tu fais tout ça ? murmuré-je en laissant mes doigts traîner sur sa chemise noire.

— Je ne sais pas, Lana.

Je lève la tête pour le regarder, la confusion et la peine se mêlent dans ses iris. Il est perdu, autant que moi. J'ai toujours pensé qu'il savait ce qu'il faisait mais, visiblement, il s'est emprisonné dans son paradoxe.

— Merci pour le collier, susurré-je en haussant les épaules.

Il fronce les sourcils, et je me rends compte que ce que je dis est un peu absurde. C'est lui qui me l'a cassé, et il semble déceler ma pensée dans mes prunelles. Ses doigts glacés courent sur ma joue, cette sensation me fait frissonner. Sa bouche s'écrase sur la mienne dans un fulgurant baiser. Un doux baiser... si doux qu'il semble dévoiler une tendre passion. Mon corps répond au sien. La tension monte, je découvre des parties de mon être que je n'aurais jamais crues capables de s'enflammer.

— Je pense que je fais ce que Flame a toujours souhaité faire, dit-il près de mes lèvres.

Nos fronts se touchent, nos respirations irrégulières se rencontrent dans un souffle violent.

— Je n'ai plus reparlé à Flame depuis longtemps, commenté-je avec un soupçon de mélancolie.

— Il t'attendra, Cherry.

Ma main longe son bras tatoué par-dessus sa veste en cuir et je m'arrête sur la tête de son phénix. À force de l'observer je connais son emplacement exact. Tyler m'embrasse encore. Une énergie nouvelle crépite au creux de mon ventre, mes jambes se resserrent autour de lui et d'un coup j'ai un élan de panique. Je me détache de ses lèvres et recouvre mon visage de mes deux mains.

— Tyler... je ne peux pas faire...

Je ne peux pas lui donner ce qu'il attend de mon corps et de moi. J'ai été bien trop amochée par Noah pour avoir confiance en mon physique et en ce qu'il peut offrir. La chaleur de ses paumes emprisonne mes mains et il libère mon visage, me faisant plonger inéluctablement dans son regard.

— Cherry, je ne te forcerai jamais à rien.

— T'as Carla sous la main, marmonné-je en faisant la moue.

Qu'est-ce qui m'a pris de dire ça ? Je presse ma main sur ma bouche. C'est sorti comme ça, sans prévenir.

— J... Je ne voulais pas dire ça...

— Cherry, tu penses vraiment que j'irai l'embrasser après toi ?

— Elle te tournait autour..., argumenté-je en haussant les épaules.

Tyler esquisse un sourire, passe sa main le long de ma colonne vertébrale et me plaque contre son torse. Cette proximité me donne presque le vertige et je sens quelque chose palpiter entre mes cuisses.

— Mmm, pourtant, je ne tourne qu'autour de toi, trésor.

— Tyler, je n'ai jamais...

Mes bras s'enroulent autour de son cou, son front se colle au mien et nos nez se frottent dans un baiser esquimau.

— Je ne te forcerai à rien.

Sa voix douce me rassure et me chatouille les oreilles. Tyler m'embrasse une dernière fois les lèvres avant de me soulever et de m'allonger sur mon lit.

— Je vais y aller, je ne voulais pas qu'on se quitte, toi et moi, sans s'embrasser.

Tyler est presque sur moi, une de ses mains est au creux de ma taille, sous mon haut. Le contact de ses doigts sur ma peau me donne la chair de poule, et c'est si agréable, je n'ai jamais ressenti cela. Ma main est sur sa joue et glisse jusqu'à ses lèvres. Je n'arrive pas à croire que je vis une telle intimité avec lui.

— Tu as fait le trajet juste pour ça ?

— Cherry, je n'arrive pas à te sortir de mon esprit, tu sens si bon avec ton parfum à la cerise.

— C'est comme ça que tu as su que c'était moi ? murmuré-je.

— Je te le dirai bien assez tôt, me souffle-t-il.

La pulpe de son pouce se pose sur mes lèvres, ses yeux perçants me lorgnent intensément.

— Tout ce que j'ai pu te faire, rien ne l'excusera… Je voulais tellement te protéger que j'étais prêt à tout…

Son murmure me donne des frissons, sa main caresse délicatement ma joue.

— Alors pourquoi… Flame ?

Il écarquille les yeux, avant de caler une de mes mèches derrière mon oreille.

— Je suppose…

Je suis suspendue à ses lèvres.

— … que *Flame* ne pouvait pas te garder loin de lui.

Pendant tout ce temps… il a toujours été présent, dans l'ombre. Sans m'en rendre compte, je me mordille la lèvre inférieure.

— Évite de faire ça devant moi. En plus, tu es incroyablement belle dans cette tenue.

Ses mots se répercutent sur mon corps qui s'enflamme, mes joues rosées l'amusent et un rictus malicieux se dessine sur sa bouche.

— Je vais y aller.

J'acquiesce, étonnée par ce vide qui vient de s'installer en moi.

— Bonne nuit, Lana.

CHAPITRE 31

Trouble intérieur

TYLER

C'est le chaos dans ma chambre, mes tiroirs sont au sol et des feuilles forment des amas éparpillés un peu partout dans la pièce. Passant ma main dans mes cheveux, je trouve enfin ce que je cherche depuis le début. *Le cahier de mes confessions, celui où j'expose ce que je ressens vraiment, ce que Flame ressent vraiment.*

Depuis mon altercation avec Zack, je suis sur des charbons ardents et, maintenant que Lana a découvert la vérité sur Flame, j'ai le cœur incendié en permanence. Les Ravens ravivent une fureur inouïe en moi, fureur que j'ai exacerbée en embrassant Lana. J'ai attisé le feu de ma haine mais le goût de ses lèvres l'a transformé en un désir enflammé.

Je tourne les pages, mon dernier texte est pour Eryn ; ça doit être au moins le trentième que je lui dédie. Chacune de mes émotions est marquée sur ces feuilles vieillies par le temps, tout ce que j'ai pu éprouver y est noté. Mes lèvres se plissent lorsque mon regard croise le mot : « culpabilité ».

J'étais aveuglé par l'enivrement de l'action, et la perte des notes fut accablante. Bercé d'illusions, je devais me contenter des mélodies que tu me jouais. Le pire des sentiments est cette culpabilité, je t'ai perdue et malgré moi je tombe dans les prémices d'une folie que je ne peux contrôler.

Mon propre sang macule mon corps, les remords encerclent mon âme dans des rites machiavéliques destinés à me tuer. Je t'ai perdue en même temps que ma raison et c'est la culpabilité qui me tient en vie. Je ne vis pas, je survis.

Mes erreurs me tourmentent et ton visage apparaît la nuit comme un rêve.

Dans le clair de lune, ton corps m'est apparu. Perdue, affolée, je t'ai vue. Faible et résignée, tu m'as aperçu. Dévoré par cette culpabilité, je n'existe plus. Possédée par les ténèbres, tu as disparu.

Ce jour-là mon innocence a péri. Mes yeux se sont ouverts en même temps que mon esprit s'est obstrué.

J'allume des incendies, là où je m'éteins.

Je pousse un profond soupir, ce texte arrive encore à me toucher aujourd'hui. M'asseyant sur le sol, adossé au mur, je sors une cigarette. Mes yeux restent figés sur les feuilles où sont couchés mes écrits. Pris de colère, je les pousse avec mon pied et les fais virevolter dans tous les sens.

— Putain, grogné-je en soufflant mon poison.

Mes pulsions sont imprévisibles, je n'arrive plus à me contrôler. *Être rongé à ce point est-il possible dans ce bas monde ?* Ce cercle vicieux me torture, il tourne en rond autour de moi et comme un imbécile je ne cesse de l'effleurer, le laissant m'imprégner.

Une autre cigarette remplace rapidement la première, je souffle bruyamment la fumée et dans ce tourbillon brumeux je me revois embrasser Lana. J'ai succombé à mon attirance pour ses lèvres comme un fou. Aucune réflexion ne m'est venue à ce moment-là, je voulais assouvir ce désir… et j'en veux encore.

Cherry, je n'arrive pas à t'oublier.

Lana n'a pas résisté longtemps. Au fond ça m'agaçait mais je ne voulais pas interférer dans ses plans et respecter son choix. La revoir dans cette robe sexy m'a fait oublier tous mes serments, et je l'ai matée toute la soirée. Lana me trouble, elle est la seule fille qui accapare autant mon esprit. Ses lèvres m'ont envoûté et je n'ai pas pu m'empêcher de passer chez elle pour recommencer et lui rendre son bijou. Son collier brisé est resté chez moi tout ce temps-là, j'ai acheté une chaîne pour remplacer celle que j'avais détruite. Je ne comprends pas véritablement le sens de mon acte, mais une partie de moi voulait le lui rendre.

Et ce soir, mon désir m'a corrompu… j'ai touché au fruit défendu. Matt ne risque pas de me le pardonner mais, quand je repense à ce regard émeraude sorti tout droit d'un trésor, je m'en tape de ce que pense Julliard. Je suis une cause perdue et la seule image qui me permet de me retrouver ce sont ses lèvres de pécheresse avec ce goût d'innocence qui se noie dans celui des vices de ma bouche. Lana est une enchanteresse, avec un baiser elle m'a donné envie de la posséder.

Cinq heures du matin, troisième cigarette.

Mes pensées se dirigent vers mes parents, je les ai croisés au moins quatre fois ce mois-ci. Toujours la même rengaine, ma mère se montre douce et demande de mes nouvelles, puis mon père et moi échangeons des regards noirs pleins de sous-entendus. Dans ses yeux identiques aux miens, je décèle cette déception qui me percutait auparavant, mais avec le temps mon indifférence s'est renforcée. Mes parents ignorent les véritables raisons de mon départ de la maison familiale, ils ignorent que je suis en partie responsable de l'état actuel d'Eryn.

Quatrième cigarette. Je suis usé, cassé, blessé.

La clairvoyance caresse mes illusions, je me remémore des instants qui m'ont rendu tel que je suis aujourd'hui et j'ignore si je suis fier d'être cette personne.

— Le sort en est jeté, murmuré-je en fixant le plafond avant de fermer les yeux.

Et je ne peux m'en remettre qu'au hasard.

Je dois aller à la fac, mais je décide de rater la première heure pour rendre visite à Eryn, ce qui, ma foi, est plus important. Avant, je prends une douche pour retirer cette odeur de cigarette accrochée à ma peau. L'eau chaude coule sur mon corps, le jet éclate sur mes cheveux. L'odeur de mon gel douche flotte et je ferme les yeux. J'inspire et mes pensées s'entrechoquent.

Putain. J'imagine sa voix douce qui caresse mes oreilles dans ce souvenir, mais penser à Lana maintenant est une grossière erreur.

— Putain, m'énervé-je.

Je ne peux pas l'avoir pour moi. La vie se résume à désirer des choses qu'on ne peut pas avoir.

Je ne peux pas lui faire ça. Mais la tentation est si forte…

Quand j'arrive, Eryn est assise à sa place habituelle mais sa chaise est légèrement inclinée, et je ne vois que la moitié de son visage baigné dans la lumière du soleil qui illumine la pièce. En hiver, le matin, il fait toujours bon mais ce n'est qu'une question de temps avant que les nuages voilent le ciel.

— Tu n'es pas obligée de parler aujourd'hui, lui assuré-je en m'asseyant sur son lit.

Ma sœur n'est plus muette depuis que j'ai joué sa chanson préférée. Maintenant, elle prend la peine de me répondre. Hélas, elle semble toujours aussi triste.

— Je voudrais te poser une question.

Elle acquiesce.

— Ça te fait du bien de te confier à la psy ? D'écrire du moins…

Elle ne veut pas s'entendre parler du viol, alors elle écrit.

— Je ne sais pas.

— Pourquoi ça ?

— Les journées se ressemblent, Tyler, la peine reste la même…

Souvent, nous disons que le temps guérit les blessures, or en fin de compte il nous apprend seulement à vivre avec la peine. Il n'y a qu'avec le temps que nous évaluons de notre force intérieure. Tout est lié à l'espoir. Je ne suis ni optimiste ni pessimiste, seulement réaliste, car je sais que même avec les années nos fissures restent gravées en nous.

— Je sais que c'est dur pour toi, mais tu peux me parler.

Mes mots la crispent, ses mains se resserrent sur ses cuisses. Eryn se lève, en panique, je l'imite puis elle me tourne le dos. Ma respiration saccadée suit le rythme de ses épaules qui tressaillent de peur. *Qu'ai-je dit ?*

— S'il te plaît, va-t'en, Tyler…

Son murmure douloureux est une désillusion. Chaque fois que j'espère, la défiance me pourchasse comme une proie. Je pousse un profond soupir de désespoir et sors de la pièce.

À l'université, par pur réflexe, je passe au secrétariat, j'agis comme un automate sans réellement savoir ce que je fais. Aujourd'hui j'ai un message. Je ne m'y attendais pas. Quand je sors du bureau, je croise le regard de Lana, qui est adossée au mur juste en face de moi. Son joli minois me gratifie d'un sourire timide, ses pommettes ont une teinte rosée et, bordel, qu'est-ce qu'elle est belle ! Mon regard se dirige vers ma lettre et je l'ouvre, sentant ses yeux sur moi comme une caresse.

Flame, je t'ai démasqué aussi.
Cherry.

Mes yeux cherchent les siens et le sourire au coin de sa bouche me donne l'irrépressible envie de le faire disparaître avec mes lèvres. J'avale la distance pour la rejoindre, son air candide ne me laisse pas insensible et, s'il n'y avait pas du monde autour de nous, je ne réprimerais pas mon envie de l'embrasser. Il m'a suffi de lire ses mots pour exterminer les idées noires sévissant dans mon crâne.

— Cherry m'a démasqué, annoncé-je doucement.

Lana esquisse un sourire et effleure mon torse avant de se raviser, se rappelant que nous ne sommes pas seuls.

— J'aime bien nos lettres, j'ai gardé toutes celles de Flame.

— Tu veux que je t'écrive encore ?

— Oh oui, je veux bien… mais tout ça…

Elle ne finit pas sa phrase mais je ressens son appréhension, sa crainte est presque palpable. Et je réussis à lire toutes les interrogations qui défilent dans ses yeux.

— On en reparle après, d'accord ? Tu as cours maintenant.

— Oh on en reparlera… ? s'exclame-t-elle, surprise.

— Je passerai chez toi plus tard, ça te va ?

Elle acquiesce doucement.

— D'accord, je serai toute seule.

Discrètement je passe mes doigts sur son ruban bleu et le tire. Lana me fusille du regard quand je m'éloigne avec ce bout de tissu.

— C'est à moi !

— Plus maintenant, trésor.

À la fin de la journée, avant de rendre visite à ma Cherry, je fais une halte sur le terrain de foot, un peu avant l'entraînement. Matt et Hayden se font des passes. Hayden est en train de devenir la victime de son meilleur ami, qui lui lance une multitude de balles.

— EH ! Espèce de fou ! laisse-moi !

— Ça t'apprendra à rater les buts, sale gosse amoureux, réplique Matt.

— TYLER, MON HÉROS ! VIENS À MON SECOURS.

De tous les mecs qui peuvent exister sur terre, il a fallu que je me coltine ces deux demeurés. Hayden agite ses mains comme une demoiselle en détresse et attire toute l'attention sur nous, chose que je déteste. Je prends le ballon à mes pieds et le jette avec puissance droit dans son abdomen en l'insultant. Matt se tord de rire, tandis que notre victime grogne avant de me relancer le ballon, que j'esquive au dernier moment. Un œil au beurre noir est la dernière chose que je souhaite.

— Si j'avais eu une chatte et des seins, tu accourrais, p'tit con, grommelle-t-il.

— Rectification : des gros seins et un gros cul. Oui, je serais venu.

— Je suis déçu, mon chéri, rétorque-t-il en faisant mine de pleurer.

— M'appelle pas comme ça, soufflé-je, agacé, en m'écartant d'eux.

— Notre petit Tyler a eu une dure journée ?

Tu n'as même pas idée.

Sur ces derniers mots, je les laisse et m'en vais vers ma moto pour rejoindre Lana. En l'embrassant j'ai exacerbé son incompréhension. Mais c'est une certitude, nos corps sont comme des aimants. C'est bien réel tout ce qui nous arrive. Je ne peux pas me faire à l'idée de ne plus goûter à ses lèvres à la cerise.

Quand j'arrive devant la maison des Julliard, une Lana complètement essoufflée m'ouvre la porte. Des traces poudreuses parsèment son visage et son T-shirt noir est recouvert de petites taches. Ses cheveux lâchés sont emmêlés, elle passe furtivement sa main dedans pour aplatir ce désordre capillaire. Elle a fait la guerre ou quoi ?

— Juste une question. Tu sors d'une essoreuse, trésor ? l'interrogé-je avec une pointe de sarcasme.

Mes bras se placent sur l'embrasure de la porte, je la regarde avec un demi-sourire et me demande ce qu'elle faisait avant que j'arrive. Ses joues deviennent rouges et ses doigts s'entremêlent sous le coup du stress. Je me penche davantage vers son visage et j'effleure ses délicieuses lèvres.

— Tu sens la farine, trésor, que faisais-tu ?

Lana aspire sa lèvre inférieure et se décale pour me faire entrer avant de fermer la porte derrière moi. Une fois à l'intérieur, je comprends mieux ce qu'il se passe, ça sent le cramé. Je perçois de la fumée qui sort de la cuisine.

— Je faisais à manger, va dans ma chambre, j'arrive.

— OK, mais ne te jette pas dans la machine à laver pour te nettoyer, c'est dangereux.

— Très drôle, ronchonne-t-elle en retournant dans la cuisine.

L'autre soir, j'étais bien trop obnubilé par Lana pour faire attention aux détails de sa chambre. Les mains dans les poches, je fixe les cadres sur les murs mauve clair : plusieurs clichés d'elle et de ses frères. Il y en a aussi de

Lydia et d'autres avec Hayden quand ils étaient enfants. Sur une commode, elle a plein de bijoux et un cadre avec une multitude de rubans.

— Je suis là !

Lana cntrc, toujours dans le même état, tenant un plateau avec une assiette où se trouvent deux pancakes. J'arque un sourcil et m'assois sur son lit. Elle s'approche de moi et me tend sa préparation avec un air timide en se dandinant de droite à gauche. Ses pommettes sont toujours rougies par la gêne. En gros connard que je suis, je scrute avec mépris ses pancakes foncés sur le dessus, signe qu'ils ont failli cramer. Leur apparence est bizarre, heureusement que le sirop d'érable rattrape le visuel.

— C'est quoi ça ? fais-je en les pointant du doigt et en grimaçant.

— Des… pancakes, bégaie-t-elle toujours intimidée.

— Ça ? Des pancakes ? Tu les as faits pour moi ?

— Oui. Enfin… ils sont spéciaux…, continue-t-elle, embarrassée. Vu que tu t'entraînes à la salle, je me suis dit que tu faisais attention à ce que tu mangeais… Du coup tous les ingrédients sont bio et je n'ai pas mis de sucre, seulement un peu d'extraits de vanille.

Cette attention me fait sourire, Lana affiche toujours un air timide, ce qui accentue mon humeur taquine.

— Tu as mis de la farine complète ?

Elle acquiesce.

— Lana.

Nerveuse, elle aspire sa lèvre inférieure.

— Oui ?

— Je n'aime pas la farine complète.

L'air dépité, elle lève les yeux au ciel puis s'assoit à côté de moi en poussant un profond soupir. Elle passe ses mains dans ses cheveux puis elle pose sur moi un regard indescriptible, mêlant incompréhension et timidité. Je perçois un mélange d'embarras et d'exaspération face à mon entêtement.

— Je vais faire l'effort de goûter, par contre. Quand on a faim, on peut manger n'importe quoi.

C'est jouissif de l'emmerder. Mes railleries semblent la mettre de plus en plus mal à l'aise après cette recette ratée. Et dire que ça ne m'amuse pas serait mentir. Je commence à couper un morceau puis remarque qu'elle me scrute minutieusement.

— Tu ne manges pas, toi ?

— En fait, ces deux-là sont les uniques rescapés.

— T'as déjà cuisiné dans ta vie ?

— Je ne suis pas très douée, admet-elle en grimaçant.

— En gros, je suis ton cobaye ?

Elle se retient de rire.

— En effet, confirme-t-elle.

Je fourre directement la première bouchée dans sa bouche, la prenant par surprise. Elle gémit et ferme les yeux.

— C'est bon, commente-t-elle en déglutissant difficilement.

— Et moi je suis la reine d'Angleterre, ricané-je.

Je prends une bouchée et mastique lentement. Ce n'est pas aussi terrible que ça en a l'air, on est quand même un peu loin du goût du caoutchouc, mais sans le sirop d'érable ce serait immangeable.

— Alors ?

— Quand je voudrai tuer quelqu'un, fais-en une demi-douzaine.

— T'es agaçant, râle-t-elle en se levant.

Elle se dirige vers son bureau et un bruit métallique résonne. Je n'y prête pas attention et finis le premier pancake. Sa sollicitude arrive à me toucher, elle croyait bien faire avec sa farine complète. Je la taquine mais son attention me fait plaisir. Je pose l'assiette sur sa table de nuit où se trouve un livre d'Harlan Coben. Le lit s'affaisse et je vois Lana tenir contre sa poitrine un être indéterminé en caressant ce qui semble être sa tête.

— C'est quoi ce truc ?

Elle affiche un sourire fier avant de me mettre sous le nez un rongeur minuscule.

— Mon cochon d'Inde.

J'avise la bestiole et grimace.

— Éloigne ce truc de moi, les rongeurs c'est nuisible, marmonné-je en levant une main face à elle.

— T'abuses, il est mignon, je te présente Capote, m'annonce-t-elle solennellement.

— Pardon ?

— Capote, répète-t-elle comme si c'était normal.

J'hallucine.

— Et tu le redis sans vergogne. Pourquoi pas Stérilet tant que t'y es, ou bien Pilule ?

— Ce n'est pas joli !

— Parce que Capote, c'est magnifique, soupiré-je, exaspéré, en roulant les yeux.

— Tiens-le, regarde comme il est mignon.

— T'es folle ? Je ne touche pas cette merde.

— Arrête de faire ta chochotte.

Ce foutu rat est sur la paume de ma main, je le fixe avec dédain. Cette idiote va me le payer. Pour moi, les rongeurs, ça se dissèque dans un laboratoire. Il doit sentir mon animosité, car, d'un coup, il me mord l'index. Sans réfléchir, je le balance sur le lit et avec horreur je découvre sur ma main deux crottes de la taille d'un grain de riz.

— Putain de merde !

Lana découvre le désastre.

— Non mais ça ne va pas, de le jeter comme ça ! s'écrie-t-elle en agitant les mains.

— C'est de cette manière que je jette les capotes à la poubelle.

— Pourquoi t'as fait ça ?

— Ta bestiole m'a chié dessus.

Lana s'esclaffe face à ma mine dégoûtée et tombe sur son lit. Je prends une lingette sur son bureau pour m'essuyer puis du gel désinfectant pour nettoyer encore mieux mes mains des microbes de son rat. Elle rit encore et je lui balance la lingette que j'ai utilisée au visage.

— AH !

— C'est tout ce que tu mérites.

En prenant son rongeur, elle grommelle des injures à mon égard avant de le remettre dans sa cage. Puis elle se retourne vers moi et pousse un long soupir. Un lien invisible nous lie lorsque nos regards se rencontrent, aucun de nous ne sait quoi faire et pourtant, sans que je le contrôle, mes yeux dévient sur ses lèvres plissées, provoquant l'irrésistible envie de faire taire cette voix dans ma tête qui me hurle de me jeter sur elle. Ma raison l'emporte, m'obligeant à calmer mes impulsions peu catholiques.

— Qu'est-ce que tu attends de moi ? reprend-elle soudain.

Je plisse les yeux.

— Comment ça ?

— Je… Je ne sais pas à quoi m'attendre. Et si tu t'imagines que tu vas me baiser…

Je réprime un rire, ce qui la fait taire l'espace d'un instant.

— Je ne comptais pas te baiser.

Je marque une pause, profitant de sa mine cramoisie.

— Mais ce n'est pas l'envie qui me manque.

Elle pose ses mains sur ses joues, comme pour cacher leur rougeur.

— Pourquoi tu m'as embrassée ? murmure-t-elle, nerveuse.

Une multitude de réponses possibles s'entrechoquent dans ma tête. Je décèle la lueur de confusion qui traverse son regard. C'est la première fois que nous sommes dans une position où Flame et Cherry se font face. Et c'est aussi la première fois qu'une fille me pose la question. C'est comme si elle remettait en question mon attirance pour elle, comme si elle n'avait pas conscience de son charme.

— Et toi, pourquoi tu m'as laissé faire ?

— J'ai posé la question en premier, réplique-t-elle en haussant les épaules.

Lana croise les bras sur sa poitrine en fixant le mur devant elle.

— J'en avais envie, avoué-je.

Ses yeux s'écarquillent avant de papillonner.

— J'avais envie de t'embrasser, j'ignore si c'est une bonne chose de l'avoir fait mais c'est arrivé.

Lana baisse la tête, probablement gênée par mes réponses directes, et se met à jouer avec ses doigts avant de prendre une grande inspiration.

— J'en avais envie, moi aussi.

Son regard se pose sur moi, la douceur qui se dégage de son visage m'enivre et sa timidité me fascine. Sa réserve est remarquable mais elle n'hésite jamais à être sincère.

— Comment tu as su que j'étais Cherry ?

— Il y a certaines choses que tu as dites de la même manière qu'elle, et puis un jour j'ai vu une de mes lettres dans tes affaires.

— Tu étais déçu en découvrant que c'était moi ?

Je fronce les sourcils, perplexe.

— Pourquoi aurais-je été déçu ?

— Parce que justement… c'est moi

Quelque chose dans ses yeux scintille, cet éclat est comme une larme invisible. Sa tristesse me poignarde la poitrine. J'ai l'impression de la voir s'étioler devant moi et rien n'est plus bouleversant que d'assister à sa destruction.

— Si ce n'était pas toi, je n'aurais pas continué.

Mes pensées ont franchi la barrière de ma bouche. Je suis même surpris de le dire aussi facilement. Ses émeraudes me sondent avec profondeur, comme si elle cherchait une once de mensonge dans mes yeux.

— Tu sais… une partie de moi a toujours voulu savoir qui était Flame. L'anonymat me plaisait et, quand tu as déclaré savoir qui était Cherry, j'avais peur que tu arrêtes tout.

— Et toi, j'imagine que tu dois être déçue. J'ai fait n'importe quoi, soufflé-je.

Tout ce que j'ai pu lui dire ou faire me revient comme un retour de manivelle. Elle continue de me regarder et une sensation chaude s'écoule dans ma poitrine.

— Je crois qu'au fond de moi je savais déjà que c'était toi.

Éberlué, je l'observe en affichant un air amusé. Un faible sourire étire la commissure de ses lèvres. Elle incline la tête, ses cheveux retombent légèrement sur le côté, mettant en avant la courbe de son cou.

— Le sort en est jeté, hein ?

J'émets un petit rire en baissant la tête avant de me frotter la nuque.

— Ouais, c'était suffisamment éloquent.

Je l'entends pousser un long soupir, comme si elle venait de se débarrasser d'un poids.

— Quand tu m'as embrassée, je me suis sentie… moins invisible.

— Crois-moi, tu es tout sauf invisible.

Elle semble ne jamais croire ce que je lui dis. Son manque de confiance en elle me perturbe. Un sourire indécis se dessine sur ses lèvres pulpeuses, lèvres que j'ai envie de mordiller, mais avant d'assouvir mes aspirations je veux mettre les choses au clair entre nous.

— C'est gênant, la manière dont on aborde le sujet, lance-t-elle.

— Nous sommes honnêtes, c'est tout.

— J'apprécie ta franchise.

— Est-ce que ça t'a plu ?

— Oui, répond-elle en baissant la tête, intimidée, et toi ?

J'esquisse un sourire. Je suis terriblement attiré par elle et ce n'est pas uniquement l'effet de sa beauté angélique. Elle est bien plus qu'un beau visage. Tout ce qu'elle est m'attire inexorablement. Une guerre fait rage à l'intérieur de moi. Je lutte sans arrêt pour faire taire mes désirs, mais j'ai atteint le point de non-retour. Mon visage se penche un peu plus vers elle, mon front effleure le sien et les pointes de nos nez se rencontrent dans une tension palpable. L'effluve que libère sa bouche se mélange à mon souffle haletant. Toutes mes aspirations défilent en boucle dans ma tête, un frisson dévale mon échine et je suis brusquement arrêté dans mon élan lorsque Lana pose sa tête sur mon épaule.

— C'est bien réel, alors, Flame.

Collé à elle, je perçois les battements de son cœur contre ma poitrine. Elle relève la tête vers moi, l'appréhension s'immisce sur ses traits, elle attend que je dise quelque chose. Ma main se cale sur sa joue et je passe une mèche de ses cheveux derrière son oreille.

— C'est réel, Cherry.

Je ne retiens jamais la leçon, je détruis tout ce que je touche et je risque de regretter de me laisser aller avec elle. Mais je n'arrive pas à me résoudre à cette fatalité. Mes lèvres trouvent les siennes, Lana lâche prise et je l'embrasse parce que je suis un sale égoïste.

Seul, je suis assis au comptoir d'un bar que j'ai déjà fréquenté dans un passé proche. Je n'arrête pas de réfléchir à ce que Lana et moi devenons. Je suis perdu, et en même temps c'est la première fois que des morceaux de moi s'assemblent. C'est la sœur de Matt et tourner autour d'elle risque de compromettre beaucoup de choses. Ça remet en cause tout ce que j'ai pu faire pour l'écarter de lui. Quand je suis avec elle, un effet inattendu se produit. Sa présence, ses intentions à mon égard, la douceur de son regard et toutes les paroles qu'elle a pu me confier à travers son alter ego… tout chez elle suscite mon intérêt. La corrélation entre mon égoïsme et mon désir est scandaleuse, je pourrais détruire cette fille, la briser. Mais j'ai envie d'elle.

Le crissement de la chaise à ma droite me sort du tumulte de mes pensées, une odeur de cigarette mélangée à de la menthe poivrée s'immisce dans mes narines. Un scotch sec est posé sur le bar devant l'individu assis à côté de moi, un couteau suisse repose près du verre, avec un corbeau aussi noir que la nuit gravé dessus. Stoïque, je finis ma bière, mais ce n'est pas pour autant que je vais me lever.

— Brook.

Sa voix dure résonne comme un vieux souvenir, me rappelant l'ancien Tyler, comme une honte inavouée, comme une erreur dissimulée.

— Je ne te le dirai pas deux fois, Tyler. Ne t'avise plus de te mêler de mes affaires, tu risques de le regretter.

Je ne dis rien. Je feins l'indifférence devant lui mais, au fond, je sais qu'il connaît mes faiblesses, et c'est ce qui me désole.

— Crois-moi, tes Gunners exploseront. Ta culpabilité te fera couler, je sais m'en servir.

Inévitablement, mes poings se serrent. Ma colère me domine, m'empêchant de réfléchir. Mes souvenirs dévalent, un kaléidoscope terriblement douloureux. Ma vision est troublée par ma haine, ancrée comme un poison dans mon corps en pleine tempête.

Mon coup s'abat comme une flèche sur sa joue, j'enchaîne avec le suivant et il m'attrape le bras, me tire vers lui avant de resserrer sa prise sur ma gorge, me coupant brusquement la respiration. Zack me plaque au sol avec force sous les cris horrifiés des personnes présentes. Le choc rudoie mon dos, je gémis de douleur.

Premier coup, assommant.

J'ai du mal à respirer.

Deuxième coup, violent.

Mon nez saigne, le goût métallique du sang se répand sur ma langue. Je lève mon genou pour lui cogner le torse et je profite de cette douleur que je lui inflige pour lui décocher un crochet en pleine face. J'enserre sa gorge, et il fait de même de son côté. L'oxygène passe péniblement dans mes poumons, il est plus fort que moi. Peu à peu je desserre ma prise sur lui et je vois flou. Ma respiration se fait de plus en plus difficile. Soudain, Zack me lâche, l'air pénètre à nouveau dans mes poumons comme un remède mais, avant que je puisse me ressaisir, mon adversaire me percute à nouveau le visage avec son poing.

— Tu n'as toujours pas compris à qui tu as affaire, petit merdeux.

— Va te faire foutre, craché-je péniblement.

J'ai du mal à me relever. Mon bras est posé sur mon ventre, je titube. D'un regard méprisant, je le jauge et, réunissant mes dernières forces, je l'attaque avec hargne. Premier poing en pleine figure, du sang coule de son nez mais Zack est plus fort, plus vif. Brutalement il attrape mes cheveux avant de me jeter au sol.

— Tu ne peux pas tenir tête à ton maître.

Aucun son, aucune vision. Le noir total mais, avant de sombrer, j'entends ses derniers mots.

— Les Ravens, pour toi, c'est terminé.

CHAPITRE 32

Premier contact

TYLER

Des voix résonnent, je suis en transe, dans un nuage noir, j'ai les yeux clos et une terrible migraine. Des hallucinations auditives me martèlent les tympans, mes rétines mettent un certain temps à s'habituer à la lumière qui illumine la pièce où je me trouve. Je frotte mon front brusquement puis me relève et constate que je suis dans le garage de Dan, sur le grand canapé. Après m'être assis, je me masse les tempes avec les doigts. Une douleur me foudroie l'abdomen lorsque j'essaie de me relever et je gémis de douleur.

— Tu te réveilles enfin !

La voix de Dan résonne dans ma tête avant de retrouver un volume normal. Ma vue est mouchetée de points noirs, puis s'éclaircit. Je ne vois plus flou et je me rends alors compte que j'ai des pansements sur le nez et la tempe. Je grogne lorsque je touche mon nez. Il n'est pas cassé, mais je sens d'ici l'hématome qui restera.

— Je me suis juste défendu, dis-je difficilement à Dan.

— Oui, je sais, répond-il dans un souffle.

— Où est ce connard de Brook ? hurle une voix qui se rapproche.

Daryl débarque de toute sa stature dans le garage. Les yeux rouges de rage, la colère noie son visage et son poing est si serré qu'il fait se contracter la sirène maléfique sur son bras.

— Tu t'es battu avec Zack ? crache-t-il, furieux.

Confus, je me lève du canapé pour faire face à Daryl, mais mon cousin s'interpose, prudent.

— Il m'a bien cherché, argumenté-je en serrant les dents.

— Et visiblement il t'a bien baisé, vocifère-t-il.

Avant que je ne contre-attaque, Dan pose sa main sur mon torse. Daryl affiche un air méprisant pour que je me sente plus mal que je ne le suis déjà.

— Encore une offense aux Ravens et je te vire des Gunners à coups de pied au cul, sale gamin.

— Va-t'en, Daryl, intervient Dan avant que je n'explose.

Je vois rouge. Je suis submergé par ma rancœur, je fulmine et, avant que ma fureur n'éclate, Daryl sort à la demande de son chef. Avec hargne, je sors du garage en prenant mes clés de moto, et je file à toute allure dans un grondement moteur.

Pour qui ils se prennent ? Depuis que je fais partie des Gunners, 40 % des bénéfices viennent de mes courses. Zack m'a sérieusement blessé, mes mouvements me font mal aux côtes. Il m'a frappé là où ça fait mal.

Tu ne peux pas tenir tête à ton maître.

Il révèle la pire partie de moi, je suis comprimé par ma haine. Quand il est dans les parages, je suis renvoyé à ce passé difficile que je m'évertue d'oublier. Toute cette histoire ne concerne que Zack et moi.

Celui qui a gâché ma vie. Et celle de ma sœur.

Je n'ai pas encore revu Tyler. Plusieurs jours sont passés et j'erre dans les couloirs de l'université comme si je ne le voyais pas. Je n'arrive plus à me le sortir de la tête. Tyler me fait éprouver des choses interdites et ça me plaît de ressentir ça. C'est différent de ce que j'avais avec Noah. Tyler n'est pas Noah. Non… Il est tout sauf Noah. Et, si je pense à mon ex, c'est parce que mes séances chez la psy se poursuivent et que mes confidences sortent d'elles-mêmes de ma bouche. Notre dernière entrevue tournoie encore dans ma tête.

— Lana, après plusieurs séances il y a une chose que j'ai constatée.

— Laquelle ?

Fidèle à elle-même, Stevens remonte ses lunettes sur son nez avec son index toujours en me fixant avec son regard perspicace.

— Il y a une chose que tu dois toujours te rappeler. Ici c'est ton sanctuaire. Tu es en sécurité entre ses quatre murs avec moi.

Je me contente de hocher la tête, resserre les mains sur mes cuisses et j'appréhende la suite.

— J'ai l'impression que tu as déjà été agressée…

Ma respiration se coupe.

— Ne panique pas, Lana. Rappelle-toi que tout ce qui se dit ici reste ici. Tu es en sécurité.

Je me sens fondre à cause de la chaleur de mes démons tout droit venus de l'enfer.

— Je ne te demande pas de m'en parler tout de suite. Pour commencer, je peux te poser des questions et tu peux juste me répondre par oui ou par non. Est-ce que tu te sens prête pour ça ?

Je ne suis peut-être pas capable d'en parler mais je veux avancer et progresser, pas seulement oublier. C'est terminé, les illusions. Je dois vivre dans la réalité. Ma réalité.

— *As-tu déjà été agressée avant ça ?*

— *Oui.*

— *Une agression est grave, Lana, même sans pénétration. Était-ce un viol ?*

— *Non, mais… presque…*

— *Veux-tu qu'on en parle ?*

— *J'ignore si je suis prête pour ça mais… je veux essayer.*

— *Très bien, nous allons travailler sur ça progressivement. J'ai juste besoin d'une dernière information.*

— *Laquelle ?*

— *Qui t'a fait ça ?*

Comme un mirage désagréable, Noah apparaît dans mon esprit.

— *C'est mon ex, et il m'a si bien manipulée que je n'ai rien vu venir.*

La seule personne qui est au courant de toute l'histoire, c'est Matt. Lydia connaît quelques bribes mais ne sait pas tout. Matt a été témoin et ou blessé de cette histoire. Je culpabilise de tout ce qui a pu lui arriver par ma faute. C'est ça, notre secret.

Mon entraînement vient tout juste de se finir. Avec les filles de l'équipe, les tensions se sont apaisées et j'ai remarqué qu'Emma ne tournait plus autant autour d'Anna. La capitaine se montre plus compréhensive avec moi et complimente mon travail dès qu'elle le peut.

Je viens de me doucher et j'ai ma serviette enroulée autour du corps quand Lydia apparaît dans mon champ de vision.

— Lana, ce soir j'ai un rendez-vous avec Hayden, m'annonce-t-elle doucement quand nous arrivons dans les vestiaires. Et je crois que ce sera le moment…

— Le moment ?

Je fronce les sourcils, ne voyant pas où elle veut en venir. Je m'adosse à la porte de mon casier et croise les bras en l'observant avec un sourcil arqué. Lydia me fait une moue accusatrice parce que je ne saisis son message codé. Et là je comprends.

— Oh, lâché-je en ouvrant grande la bouche.

— Ce n'est pas trop tôt, souffle-t-elle, agacée.

— Comment tu peux être sûre que ce sera ce soir ?

— Un pressentiment, je n'en sais rien. Depuis un moment on se touche, on se découvre et j'aime ces moments avec lui. Évidemment, il ne m'a jamais forcée à rien, et je me sens prête à le faire.

Lydia s'exprime avec tant d'émotion qu'elle me donne presque envie de vivre une telle intimité.

— Je te dirai si on le fait, ajoute-t-elle timidement.

— J'espère bien, la taquiné-je.

En ouvrant la porte de mon casier, je suis étonnée de découvrir un mot plié en quatre. Je m'empresse de le saisir et le lis.

Cherry, retrouve-moi à l'extérieur.
Je t'attends et garde ton ruban bleu,
j'aime te voir avec.
Tu étais envoûtante sur le terrain.
Flame.

Oh mon Dieu ! Je ne l'ai même pas vu pendant l'entraînement. Mes doigts effleurent mon ruban et je pousse un long soupir. Une pointe d'excitation me chatouille le ventre et l'adrénaline se répand dans mes veines. Je m'habille rapidement, j'enfile mon jean et mon sweat à capuche noirs. Mes cheveux sont toujours relevés en queue-de-cheval. Je scrute mon visage dans le miroir et, sans savoir ce que je fais, je mets du gloss sur mes lèvres.

— Lana ?

Lydia m'extirpe du cours de mes pensées et je lève la tête vers elle.

— Je dois y aller.

— Oh d'accord, répond-elle simplement.

Avec précipitation, je prends mon sac et me dirige vers le parking où je le retrouve. Il s'est garé loin, probablement pour qu'on ne le reconnaisse pas. Il est adossé à sa voiture, les yeux rivés sur l'écran de son téléphone. Lorsque j'approche, il lève le visage et me sonde avec un regard qui fait accélérer les battements de mon cœur. Cependant, je suis déconcertée. Son visage est parsemé d'ecchymoses. Arcade ouverte, bouche fendue, nez bleuté.

— Salut, trésor, tu étais visiblement pressée de me retrouver. Tu es essoufflée.

Je ne lui réponds pas, m'approche de lui et j'effleure sa joue.

— Tu t'es battu ? lui demandé-je doucement avec une pointe d'inquiétude.

Tyler incline sa tête sur le côté et me scrute avec un léger amusement. Il attrape ma main et me fait tourner sur moi-même comme si on dansait avant de me plaquer contre son torse.

— Ce n'est rien, Cherry. Je suis content de voir que tu as eu mon mot, susurre-t-il en enroulant autour de son index le bout de mon ruban.

— Il faudra que tu me dises comment tu fais depuis tout ce temps pour ne jamais être surpris.

— Et toi faudra me dire d'où vient ce joli surnom, si ce n'est à cause de ton parfum et du délicieux goût de tes lèvres.

Je mordille ma lèvre inférieure et me sens devenir toute rouge. D'un geste, il m'intime de monter dans sa voiture ; j'obtempère et il démarre pour nous éloigner de l'université. Ce n'est pas plus mal qu'on soit partis, je n'ai pas très envie qu'on me voie avec lui. On me poserait bien trop de questions, surtout que je ne sais toujours pas ce que je ressens pour lui.

La musique de Linkin Park résonne dans l'habitacle. Je fredonne les paroles de la chanson *Burn It Down* en faisant des mouvements de tête qui en rythme. Aucun de nous ne parle mais Tyler rompt ce silence.

— Tu vas avoir un torticolis. Arrête ça.

— Eh ! Je fais ce que je veux, marmonné-je en faisant la moue.

Je roule des yeux et croise les bras, m'enfonçant un peu plus dans mon siège. Mon estomac se noue, je meurs de faim et la séance d'aujourd'hui m'a lessivée. Avant que la chanson suivante commence, mon ventre émet un gargouillement qui me fait rougir jusqu'aux oreilles. *Quelle humiliation !*

Tyler s'esclaffe et baisse le son avant de tourner la tête vers moi, amusé.

— Fais attention à ne pas bouffer le cuir des sièges.

— Arrête ! déploré-je comme une gamine, toujours rouge comme une tomate.

— C'est bon, l'ogresse, je vais te nourrir.

Il se gare devant un fast-food et me demande d'attendre. Profitant de son absence, je branche mon téléphone pour mettre les morceaux que j'aime. Ils défilent pendant près de vingt minutes. Lorsque la chanson *Monster* passe, je monte le son et, au même moment, Tyler revient, un soupçon de fierté dans le regard. Mon cœur bat la chamade, me voir écouter la chanson qu'il m'a fait découvrir doit être bizarre. Il me tend un sachet qui sent super bon et je le pose sur mes genoux.

— Il y a un café à côté. Tu m'accompagnes pour choisir un dessert ? J'ignore tes goûts.

Je le suis avec hâte en espérant trouver plein de cheese-cakes, et bingo ! Il y en a pas mal, je pointe du doigt une part à la framboise et bats des cils telle une biche, toute joyeuse.

— T'es sérieuse, tu prends ça ?

— Oui pourquoi ? dis-je en fronçant les sourcils.

— Autant prendre du pain et du fromage.

— Pardon ???

— C'est de la merde, mais bon, tu as bon goût en matière d'hommes, c'est déjà bien.

Mon visage vire au cramoisi et le vendeur se retient de rire en nous écoutant. Tyler commande le cheese-cake et un muffin à la myrtille.

— Oh ! derrière le *bad boy* se cache un mordu de muffins ?

Tyler esquisse un sourire et penche son visage vers moi.

— Trésor, je ne suis pas un *bad boy*.

Il me fait un clin d'œil et paie pour nous deux.

— Oh non, tu as déjà payé les burgers, laisse-moi régler la note.

— Non.

Sans me laisser le temps d'agir, il me prend la main, mêle nos doigts, et nous sortons. J'ai la chair de poule dès qu'il me touche. En m'installant dans sa voiture, je m'évertue à reprendre mes esprits. Et machinalement je remets la chanson *Monster* avec mon téléphone.

— J'aime beaucoup cette chanson, lui confié-je timidement.

— Les paroles ont un impact différent en fonction des gens.

— Moi j'aime bien les paroles, ajouté-je en le regardant.

Ses yeux sombres se posent sur moi l'espace d'une seconde, avant de se concentrer sur la route. Ma playlist défile et Tyler ne dit rien. Un sourire étire mes lèvres lorsque la voix du chanteur d'Imagine Dragons s'élève. Les paroles de *Demons* me touchent particulièrement et je me mets à chanter en arrivant même à oublier la présence de Tyler.

— Tu chantes comme une casserole et cette chanson est déprimante.

— Non, elle est parfaite !

Il change de chanson juste pour m'embêter et m'empêche d'appuyer sur le bouton retour en attrapant ma main. La chaleur de sa paume me consume.

— Ma voiture, ma loi.

— Mon téléphone, ma musique.

Il tourne à droite et se gare dans un endroit plutôt retiré. La plage est face à nous, l'horizon est magnifique. Nous sommes face à une balustrade en bois qui semble mener à des escaliers descendant vers le sable.

— Allez, mange au lieu de baver devant la vue.

— C'est beau ! En plus y a personne, m'exclamé-je, émerveillée.

— Peu de monde vient ici.

Il prend le sachet posé sur mes genoux et en sort deux hamburgers. Nous commençons à manger dans un silence agréable. Mes yeux restent bloqués sur la vue. Cela peut sembler banal mais voir une plage vide à Los Angeles, c'est assez rare. Le crépuscule est merveilleux. Subitement, je suis aspergée d'eau et je sursaute sur mon siège avant de lancer un regard noir à Tyler.

— Bah quoi ? Je croyais que t'étais morte.

— T'es chiant.

Je lui jette la moitié d'une frite et elle tombe sur son front. Je m'esclaffe et un sourire se dessine ses lèvres. Quelque chose se met à tournoyer dans mon ventre, son regard sur moi ressemble à une caresse.

— Tu veux manger ton abomination ?

J'acquiesce, toute joyeuse, et il se penche vers l'arrière de la voiture pour prendre la boîte, qu'il pose sur ses genoux. Mes doigts attirés comme des aimants par son visage se déposent tout doucement sur sa joue avant de glisser vers sa lèvre fendue. Tyler se raidit puis braque son regard sur moi. Mes épaules tressaillent, je me sens ramollir sous l'effet de ses beaux yeux presque noirs, mais je résiste. Je le trouve si beau, il dégage tellement de choses. Il est Flame. Il est Tyler. Il est ce qui me donne ce sentiment d'urgence de tout vivre.

— Qui t'a fait ça ?

Il prend une profonde inspiration puis souffle fortement.

— Un connard.

— Tu as souffert ? demandé-je doucement.

Ma main glisse vers sa bouche et il dépose un baiser sur ma paume. Je frissonne et il saisit mes doigts avant de m'embrasser l'intérieur du poignet. Il est si sexy, à chaque contact je me sens défaillir. Un rictus étire ses lèvres puis il pose ses yeux sur moi. Ses mèches de cheveux retombent sur son front et il se penche un peu.

— Le temps est un facteur incroyable, s'exclame-t-il tout près de ma bouche.

— Comment ça ?

— Beaucoup de choses changent avec le temps.

Et là je comprends où il veut en venir. Lui et moi venons de loin… Et je suis dépassée, au point que j'ignore la nature de mes sentiments, beaucoup trop tiraillée, beaucoup trop perdue. Et à la fois... beaucoup trop éprise de ces nouveaux sentiments qui se déchaînent en moi.

— Est-ce que cette situation est toujours étrange pour toi ? susurre-t-il en me caressant les lèvres avec les siennes.

Ma respiration se saccade et je manque de gémir.

— Non... non je voulais te voir.

— Moi aussi, Cherry, je voulais te voir, j'étais absent à cause des Gunners mais maintenant je suis là...

Il m'embrasse langoureusement en prenant mon menton dans sa main.

— ... tout à toi.

Une tension palpable envahit l'habitacle, mon cœur bat de plus en plus fort. Je ne pourrai bientôt plus le contenir dans ma poitrine. Je pose ma tête sur son épaule et je revois de tout ce qui a pu se passer entre lui et moi.

— On revient de loin, toi et moi, murmuré-je.

J'ai un pincement au cœur, je mordille ma lèvre inférieure, réprimant les mots absurdes que je pourrais dire. Tyler hausse un sourcil et semble déceler le cheminement de mes pensées.

— Je me suis excusé et, vu que j'ai fourré ma langue dans ta bouche, je suppose que je suis pardonné.

La voiture semblait être un endroit de confidences, mais évidemment il ne peut s'empêcher de faire une remarque sarcastique. Je pense surtout qu'il veut user de l'ironie pour m'éviter de me remémorer mes souvenirs.

— T'es répugnant, déploré-je.

Un rire se déploie dans sa gorge puis, face à mon air désabusé, il me retire mon ruban pour attirer mon attention.

— Tu es la seule fille que je vois avec ça, je trouve ça original.

— Merci, j'ai pris l'habitude d'en mettre et je trouve que ça habille, mine de rien.

— Mmm, j'en ai deux déjà. T'en as d'autres, trésor ?

— Je veux récupérer le vert d'ailleurs, protesté-je en faisant la moue.

— Non, c'est utile pour faire ça.

Subitement il m'attrape le visage comme s'il voulait enrouler le ruban autour de ma bouche pour me faire taire.

— Tyler !

Il pouffe de rire face à ma tête et je lui frappe l'épaule.

— J'adore te prendre par surprise.

— Je t'emmerde ! Donne-moi, mon cheese-cake !

— Embrasse-moi d'abord.

— Pas question, tu voulais me bâillonner, je te signale !

— Mais faut être honnête, tu parles beaucoup pour ton jeune âge. Surtout pour dire des conneries. Je cherche à préserver l'humanité.

— Va te faire foutre, Brook !

Tyler me sonde avec amusement puis pose sa main sur ma joue avant de me rapprocher de lui.

— Trésor, j'ai très envie de t'embrasser.

J'écarquille les yeux et j'entrouvre la bouche, surprise par sa déclaration si douce.

— Pourquoi tu aimes m'embrasser ? demandé-je timidement.

— Tu penses que j'ai réponse à tout ? Je ne le contrôle pas.

— Je pensais que tu avais réponse à tout, le nargué-je.

Tyler plaque ses lèvres sur les miennes et sa main caresse ma joue avant d'approfondir notre baiser. Sa langue titille la mienne et une vague de désir me submerge. J'ai l'impression de flotter lorsqu'il m'embrasse. Cet éternel goût de danger est comme de l'opium. Un stupéfiant puissant qui me fait découvrir une Lana différente. Une Lana qu'il arrive à révéler. Son front se colle au mien, je garde les yeux clos et mordille ma lèvre inférieure. Mes pensées s'entrechoquent, une déferlante d'émotions me tiraillent, un léger soupir s'échappe de mes lèvres marquées par les siennes. Son baiser vient de balayer comme une bourrasque toutes mes convictions.

— S'il y a un truc que j'ai compris, Lana, c'est qu'il y a des choses qu'on ne contrôle pas…

Marquant une brève pause, il s'adosse à son siège pour s'éloigner de moi. Cette soudaine distance me refroidit brièvement. Enivrée de ce désir que lui seul arrive à extirper de mon âme écorchée, je le scrute en papillonnant des paupières comme si j'étais face à une illusion.

Son regard brûlant se pose sur moi et là c'est une évidence pour nous deux : on ne peut pas ignorer ce que notre âme nous réclame. Notre attirance a pris le dessus sur nous, nous prenant au dépourvu. Ses lèvres bougent à nouveau.

— … et des choses qu'on ne veut pas contrôler.

CHAPITRE 33

Flame et Cherry 2.0

LANA

— À quoi tu penses ? me demande Matt.

Tyler. Tyler. Tyler.

Le cours de mes pensées est interrompu par la voix de mon frère qui résonne dans la cuisine tandis que j'attends que mes lasagnes finissent de chauffer au micro-ondes.

— À rien, pourquoi ?

— Je n'ai jamais vu une personne qui rêvasse autant pendant que ses lasagnes sont au micro-ondes. Tu es censée sautiller en les attendant, sœurette.

— Oh ça va, grogné-je, agacée.

Sans lui jeter un regard, je récupère mon plat et le dépose sur la table.

— Tu m'en donnes un peu, par contre.

— Déjà, qu'est-ce que tu fous ici ? dis-je, réticente à l'idée de partager ma nourriture.

Je suis comme Joey dans *Friends*, je ne partage pas mon repas.

— Je savais que t'allais réagir comme ça, se moque-t-il en s'asseyant à côté de moi.

Matt et moi sommes seuls à la maison, les parents sont sortis séparément et Luke a un rencard avec une fille qu'il fréquente depuis quelques mois maintenant. Mais il évite toujours le sujet quand je le questionne. Sans vergogne, mon frère prend une fourchette et coupe un morceau de ma portion. Je lui tape furtivement la main comme si un moustique s'y trouvait.

— EH ! se plaint-il.

— Lana pas partager sa nourriture !

— Rappelle-moi de ne plus rien te payer.

Je lève les yeux au ciel. Matt continue de picorer dans mon assiette, alors je coupe les lasagnes en deux et lui offre la plus petite part. Il grimace et se contente de manger ce que je lui ai donné.

— T'es dure en affaires, toi.

— Oui je sais, m'exclamé-je fièrement.

— J'ai hâte que Luke rentre et nous raconte son rencard.

— Moi aussi, il n'a pas voulu me parler de cette fille.

Matt semble réfléchir un instant.

— Une fois, je suis passé le chercher pour qu'on aille au magasin de jeux vidéo et une fille l'a salué devant moi, il est devenu tout rouge. Je suis certain que c'est elle.

— Comment elle est ?

— Plutôt mignonne, m'annonce mon frère en haussant les épaules. Quand je lui en ai parlé, il a directement changé de sujet. Je le connais par cœur, notre petit Skywalker n'est pas indifférent à cette fille.

— Et toi, Dark Vador ? Une fille en vue ? Ou t'es toujours dans le côté obscur de la force ?

— Le côté obscur me pousse toujours à voir sous les jupons des filles.

— Matt, maugréé-je avec une grimace.

— Bah quoi ! Tu demandes, je réponds.

Les traits de mon visage se déforment en une grimace qui l'amuse. Exaspérée, je dépose mon assiette dans le lavabo et reviens m'asseoir à côté de lui. Il a le regard rivé sur son téléphone. Sa vie amoureuse m'est totalement inconnue, il ne m'a jamais parlé d'une fille, mais sa vie sexuelle semble très épanouie, à en juger par ce que je l'entends raconter à ses amis.

— Tu as déjà brisé le cœur d'une fille ?

Un pli barre son front lorsqu'il relève sa tête vers moi.

— Probablement, mais je ne suis pas au courant.

— Même pas celui de Lauren ?

Lauren est une fille qui a été dans sa classe de la primaire à la dernière année de lycée. Je la suspecte d'avoir eu des sentiments pour lui, mais il l'a toujours considérée comme une pote… et plus si affinités…

— Lauren, c'était mon premier baiser, au jeu de la bouteille. Je ne suis jamais sortie avec elle, ou du moins pas officiellement.

— Je n'arrive pas à croire que ton premier baiser, c'était pour un jeu aussi débile, et je n'arrive pas à croire que tu ne te sois jamais casé.

— Pourquoi m'engager ? Je suis bien comme ça. Je m'assure toujours que ma partenaire soit consentante et puis basta !

Je roule des yeux, énervée.

— Et toi, c'était qui ton premier baiser ?

Je mordille mes lèvres et ferme les yeux avant de croiser son regard voilé de regret. Le mien est d'être tombé dans le piège de Noah, le sien de ne pas m'avoir protégée plus tôt.

— Ça fait longtemps qu'on n'en a pas parlé, à vrai dire je sais que tu as l'impression qu'on s'éloigne. J'y pense aussi parfois mais le fait de ne plus vivre sous le même toit y est pour beaucoup. J'espère juste que tu as conscience que tu n'as qu'à m'appeler à n'importe quelle heure de la journée, et je viendrai. Tu restes ma meilleure amie, Lana.

Ses mots me font un bien fou et je souris, incapable de répondre. Je n'aime pas parler de tout ça, surtout que Stevens tente de décadenasser les confessions au fond de ma gorge.

— Tu repenses encore à toute cette histoire ?

— Plus trop. L'agression au Thunderdome m'a plongée dans de vieux souvenirs, mais là je me sens mieux. Notamment grâce à la psy, à mes cours de self-défense et à mon entourage.

Et puis, même si mon premier baiser appartient à Noah, je sais que le dernier était avec Tyler, et cela me suffit pour tout oublier. Tyler… Tyler est en train de s'immiscer dans mon cœur. Tout me ramène aux flammes dans son regard dès qu'il a les yeux posés sur moi.

— Tant mieux, alors.

Le son de la porte d'entrée nous sort de notre conversation, Luke débarque en jouant des épaules et en faisant du *beatbox*. Il sursaute dès qu'il nous remarque, un sourire béat affiché sur nos visages.

— Qu'est-ce que vous faites là ? s'exclame Luke, gêné d'avoir été surpris pendant son petit numéro.

— On est chez nous, non ?

— Pose tes fesses ici, Skywalker, continue Matt avec un air presque dur.

— Pourquoi ? demande-t-il, inquiet, en s'asseyant.

— Parce que je suis ton père, réplique Matt en prenant la voix de Dark Vador.

Notre petit frère écarquille les yeux de manière exagérée.

— Moi qui croyais que j'étais face à Chewbacca.

— Tu déconnes ? C'est Lana Chewbacca, elle n'a pas été épargnée niveau pilosité.

— EH, N'IMPORTE QUOI ! m'indigné-je en lui frappant le bras.

— Bon je vous laisse parler, tente de s'enfuir Luke.

— Ramène ton cul ici, Julliard ! Tu croyais vraiment éviter cette conversation ? s'écrie Matt.

— Ce n'est pas officiel entre Nora et moi, marmonne Luke, exaspéré par l'insistance de son frère.

Elle s'appelle donc Nora.

— Ouais, c'est ça, et cette petite danse de la victoire que tu viens de nous faire, c'était quoi ?

— Matt, arrête de l'embêter. Laisse-le être amoureux, lancé-je en retenant des éclats de rire.

Les joues de Luke prennent une teinte rouge qui fait exploser de rire notre aîné.

— Un conseil, si tu veux te la faire, évite le numéro *Con Calma*.

— Luke, n'écoute pas notre frère, reste toi-même. C'est ce qui plaît le plus aux filles.

Mon téléphone vibre et le nom de Tyler s'affiche dans mes notifications. Discrètement, j'ouvre son message.

Tyler : Trésor ?

Lana : Oui ?

— Et toi, Lana ? On a fait le tour de nos relations, c'est à toi maintenant. Quelqu'un en vue ?

La voix de Luke me sort de mes pensées.

— Non, du tout.

J'ai un nouveau message, que j'ouvre directement.

Tyler : J'ai besoin de ma dose Cherry sur les lèvres.

Je souris sans m'en rendre compte et lui réponds avec des smileys amusés. On a baissé les armes, tous les deux.

Flame et Cherry ne s'envoient peut-être plus autant de lettres qu'avant mais Tyler et Lana se parlent beaucoup par messages depuis notre dernier baiser.

— Non mais à qui tu parles pour avoir un tel sourire ?

Je me fige instantanément.

— Personne !

— Ouais, on te croit, se moque Luke.

— Mais n'importe quoi ! C'est juste Lydia.

— C'est juste Lydia, répète Matt avec une voix très aiguë et des gesticulations bizarres.

Plus les jours passent, plus je pense à Tyler. Notre relation prend une nouvelle tournure et je ne suis plus sûre de contrôler la violence de mes envies.

— J'espère qu'on va gagner demain, s'exclame Lydia en croquant dans sa pomme.

— On sera les premiers au classement, les gars vont tout donner.

Nous sommes assises dehors contre un arbre, en train de déjeuner. Je n'ai pas beaucoup dormi cette nuit et pour cause, j'ai parlé à Tyler par messages pendant des heures. Ces derniers jours, il n'est pas venu à l'université. Il est resté évasif face à mes questions, mentionnant uniquement que c'était lié aux Gunners. Il ne me parle pas beaucoup de lui et s'intéresse bien plus à moi, mais ce serait mentir que de prétendre que je ne veux pas en savoir plus sur lui. Tyler est dans la retenue et, même si je garde mes secrets, je souhaite que nous soyons à égalité. Aujourd'hui il est là et ça tombe bien, nous avons notre cours avec Simmons.

— Je vais voir Hayden, tu veux rester avec nous ?

— Non j'ai ma séance de débat, je te laisse.

— OK ! On se voit plus tard.

Deux livres contre ma poitrine, je longe les couloirs avant de m'arrêter lorsque je sens mon téléphone vibrer dans ma poche, Tyler m'appelle.

— T'es où ? demande-t-il dès que je décroche.

— Bonjour, je vais très bien, merci.

— T'es où ? répète-t-il comme si je n'avais rien dit.

— Dans le couloir, pourquoi ?

— Je suis derrière la tour Weber, rejoins-moi.

— On a cours, je te signale, dans quinze minutes.

— Tu l'as dit toi-même, dans quinze minutes.

D'un pas rapide, je sors du bâtiment pour le retrouver. Seul, adossé à un mur, il jette sa cigarette lorsqu'il me remarque. Depuis notre tête-à-tête dans sa voiture, c'est la première fois que je le revois. Quelque chose a changé entre nous. C'est comme si c'était spécial.

— On a cours Ty !

— Et alors ?

Tyler me colle contre le mur et je me retrouve coincée. Il écrase sa bouche sur la mienne. C'est d'abord sauvage, puis une douceur et une volée de sensations traversent mon corps. Ma joue est enveloppée par la chaleur de sa main lorsqu'il me caresse. Son front se colle au mien et nos souffles ne font qu'un.

— On va nous voir, murmuré-je, haletante, contre sa bouche.

Il se retient de rire et m'indique de le suivre d'un geste de la tête. Je soupire et marche à côté de lui.

— Tu étais où pendant ces trois jours ?

— À San Diego avec Dan.

— Pourquoi ? demandé-je en le regardant.

— Il y avait une soirée caritative où il voulait se rendre et il m'a proposé de l'accompagner.

Nous arrivons devant notre salle et j'ouvre la porte, mais Monsieur n'a aucune galanterie et passe devant moi. Je grogne et il se tourne vers moi, amusé par sa blague.

— Idiot.

La classe se remplit rapidement et je m'assois à ma place habituelle, Tyler est en face de moi. M. Simmons fait son entrée en écrivant directement sur le tableau : « Psychologie criminelle. »

— Aujourd'hui nous allons discuter de psychologie criminelle. Cela n'est pas lié à la sociologie, mais j'aimerais connaître votre point de vue sur la façon d'agir des criminels. Ce sujet va sûrement vous étonner, mais je me suis dit que ça vous aiderait à mieux comprendre les comportements humains.

— Monsieur, je trouve ce sujet déplacé, rien n'excuse ce que font les tueurs en série, s'exclame une étudiante en levant la main.

— Justement, réplique l'enseignant. La question est : Naissons-nous criminel ou bien le devenons-nous ?

— Je crois que tous les criminels sont pareils, c'est une déviance psychologique.

Je regarde un gars de la classe qui explique son hypothèse sur le sujet. Mes yeux se posent sur Tyler. Ce dernier demeure absent, avec un regard qui en dit long sur l'intérêt qu'il porte à ce cours. D'habitude il est plus vif et se croit toujours supérieur dans sa vision des choses.

Les réflexions de mes camarades m'interpellent et je lève la main.

— Les criminels sont des êtres humains comme nous, certes on ne peut pas excuser ce qu'ils font mais tout acte a une raison, en ce qui concerne autrui, d'un point de vue psychologique, c'est intéressant de s'arrêter sur leur manière de penser et la façon dont ils se perçoivent.

— T'es sérieuse ? Là c'est comme si tu les défendais, rien n'excuse un meurtre, rétorque un gars de la classe.

— Tu les juges sans les connaître. En plus il y en a plusieurs types. T'en as qui le devienne sans le choisir, imagine que quelqu'un soit forcé de tuer ou le fasse par légitime défense. Tout est une question de point de vue.

— Je pense que Simmons parle de ceux qui le font par plaisir.

C'est la première fois que j'ai un débat avec une autre personne que Tyler et, pour être honnête, je ne comprends pas son silence, ça me déconcerte.

— Je pense justement que Simmons parle de toutes les formes de criminalité, tu crois qu'ôter la vie de quelqu'un, c'est facile ? On a tous une part d'humanité, il y en a qui ont sans doute vendu leur âme au diable, mais d'autres n'ont pas le choix.

— C'est facile de tirer des conclusions sur des hommes qui massacrent tout ce qui bouge. Les *serial killers*, on en parle ? T'as rien à dire sur eux, il n'y a rien à disséquer dans leur comportement.

— Non, justement. Dans la plupart des cas, leurs meurtres sont liés à leur traumatisme. Ed Kumper, par exemple, sa mère le violentait en lui disant des choses atroces sur son physique, elle le rabaissait en lui affirmant qu'il finirait sa vie seul ; en plus, elle rejetait ses problèmes sur lui. Il est sorti avec une fille, et les mots de sa mère ont pris possession de son esprit au point qu'il l'a tuée. Ensuite il a assassiné sa mère. Un article a révélé que, lorsqu'il l'a tuée, il lui a dit exactement les mêmes choses qu'elle-même lui répétait. Je ne les défends pas mais je trouve juste ça intéressant de s'attarder sur leur enfance et leur mode de vie. Les premiers piliers de la vie d'une personne, ce sont ses parents, cette relation pourrait déterminer leur défaillance.

— En effet, Lana, le rôle des parents est primordial. Je n'ai rien à redire sur ton hypothèse, elle est réussie et répond à plusieurs interrogations. De nos jours, des psychologues travaillent avec certains criminels en essayant de récolter des informations sur leur passé.

Simmons poursuit ses explications. Me sentant observée, je tourne la tête et croise les yeux sombres de Tyler qui me fixent avec tellement d'insistance que j'ai l'impression de fondre sous son regard brûlant. Les battements de mon cœur s'accélèrent et je n'arrête pas de me demander pourquoi il est aussi muet qu'une carpe. Gênée, je lui lance un petit sourire timide et il se détourne avec un rictus sur les lèvres. Ces mêmes lèvres qui m'ont embrassée avant ce cours. Notre relation est si ambiguë. Je n'arrive pas à la définir et pourtant je ne me suis jamais sentie aussi à l'aise avec un homme.

À la fin du cours, Tyler et moi sortons en même temps et il m'accompagne jusqu'au vestiaire, j'ai entrainement dans moins d'une vingtaine de minutes. Mais quelque chose me préoccupe.

— C'est bizarre que tu n'aies pas donné ton point de vue pendant le cours.

— Je n'avais rien à dire, souffle-t-il en appuyant son épaule contre le mur.

— Toi qui ne trouves rien à dire ? Je peine à croire un truc pareil, répliqué-je en prenant la même position que lui pour lui faire face.

— Fallait bien que je te laisse au moins une fois ta chance. Et puis, je savais que tu refléterais ma façon de penser, Cherry.

— Je pensais que tu ne voulais pas que quelqu'un d'autre prenne ta place lors des séances de débat, dis-je timidement.

Tyler se penche vers moi et dépose un baiser tendre sur ma joue, je lève les yeux vers lui et lui souris.

— C'était avant que je puisse débattre avec toi hors de cette pièce, susurre-t-il près de mes lèvres.

Nous sommes cachés dans un coin du couloir peu fréquenté et nous pouvons entendre les voix des personnes qui passent de l'autre côté. Je reconnais celles des filles de mon équipe, dont celle d'Emma.

— Anna, je t'en prie. Laisse-moi prendre la place de Julliard comme flyer ! Lana est une putain de sainte-nitouche, t'as bien vu ce qu'on disait d'elle ! Les autres vont penser que tu la choisis par pitié.

— Emma, tu m'agaces ! Je ne la mets pas sur le devant de la scène par pitié. Vous dites tous du mal d'elle alors que c'est elle la plus douée sur le terrain. Le jour où tu sauras faire tout ce qu'elle fait, reviens me voir.

Anna me défend ? Après tout ce qu'il s'est passé, je ressens une petite fierté en l'entendant.

— Je n'arrive pas à croire que tu préfères cette salope à moi !

Tyler fronce les sourcils et serre les poings. J'agrippe sa main et le tire vers moi de crainte qu'il n'intervienne. Son regard se bloque sur moi, un pli barre son front. Un sourire rassurant se dessine sur mes lèvres et il prend une profonde inspiration.

— Je sais qu'elle me déteste, murmuré-je en haussant les épaules.

Ses doigts s'entremêlent aux miens et il me rapproche de lui. Ma tête est contre son torse, je cache mon visage, laissant son doux parfum mêlé envahir mes narines.

— Au moins la capitaine est sensée.

C'est vrai, je suis contente qu'elle me défende.

— Oui, je crois qu'elle a aussi eu des débuts difficiles. Elle m'a laissé ma chance et elle a vu que je pouvais y arriver.

— De toute façon, Cherry, tout ça c'est derrière toi. Tu es formidable sur le terrain.

Ces mots me font quelque chose. Tout ça, c'est derrière moi. Pourtant le poids du passé arrive encore par moments à me faire courber l'échine. Je ne cesse de me brûler d'un feu invisible dès que je suis frappée par mes souvenirs. Je niche davantage mon visage contre lui, je ne veux pas montrer ma peine, même si j'ai l'impression que seul lui arrive à la voir.

— Ce jour-là, si tu n'avais pas été tout près, totalement désarmée, je n'aurais jamais arrêté de les frapper.

Mon cœur se compresse un peu plus à cette confession et je bouge légèrement ma tête contre lui. Sa respiration frôle ma peau comme une caresse qui me détend immédiatement. Je sens sa main glisser sur ma taille avant qu'il me plaque un peu plus contre lui.

— Je voulais les tuer.

Je lève ma tête et tombe nez à nez avec son regard, ses pupilles sont dilatées par la rage ou bien par le désir. Ses sombres iris analysent les traits de mon visage comme s'il me voyait pour la première fois. Tyler ne montre jamais ce qu'il ressent et pourtant, lorsqu'il m'observe, j'ai l'impression qu'un tas de choses le traversent. Son pouce caresse gentiment ma joue avant de glisser jusqu'à mes lèvres avec une lenteur qui me fait frémir.

— Je ne veux pas que tu tues pour moi, susurré-je, hypnotisée.

Il émet un faible rire, la pulpe de son pouce taquine ma lèvre, mon cœur s'emballe dans ma cage thoracique.

— Je brûlerais le monde pour toi.

CHAPITRE 34

Âmes brûlées

LANA

— Comment vas-tu aujourd'hui, Lana ? me demande Stevens.

— Ça va, merci.

— Désolée de te faire sécher les cours ce matin, mais je ne serai pas disponible ce week-end.

— Pas de problème.

Mme Stevens me sourit avant de prendre son carnet. Mes mains sont posées sur mes cuisses que je pince, anxieuse. Je sais qu'aujourd'hui nous allons parler de Noah. Je ne l'ai jamais évoqué de vive voix et j'ignore la réaction que je pourrais avoir.

— La dernière fois, tu m'as avoué avoir fréquenté un garçon qui te voulait du mal. Je vois bien que c'est encore douloureux. Mais ne t'en fais pas, tu n'as pas à en parler ouvertement. C'est seulement pour que tu détaches un peu tes pensées de lui.

Prenant une grande inspiration, je laisse l'air envahir mes poumons. Quand j'expire, le visage de Noah m'apparaît comme un mirage. Et, juste après, ce sont les yeux sombres de Tyler qui prennent sa place, comme un antidote. Je secoue la tête et j'essaie de me rappeler ce que j'ai pensé de Noah, la première fois, et ce mal-être qui me rongeait par sa faute.

— Il était… si vivant, beau et tellement confiant. Je voulais être aussi vivante que lui. Il pouvait avoir n'importe quelle fille et il m'a choisie. Moi. Alors je me suis sentie spéciale. Je me sentais différente des autres, mais avec lui ce sentiment ne me troublait plus puisqu'il m'avait choisie. Sa manière d'entreprendre les choses, sa façon de vivre, il me donnait confiance en moi mais…

Ma gorge se noue, j'ai du mal à déglutir, mes tripes se tordent dans tous les sens, me donnant envie de vomir.

— Il me droguait, déclaré-je difficilement.

— Il abusait de toi ?

— Oui… mais sans jamais aller au-delà de mes limites.

La cadence des battements de mon cœur s'accentue. Je suis au bord de la crise d'angoisse. La psy se lève et me tend un verre d'eau, que je bois d'une traite, avant de s'asseoir à côté de moi pour me prendre la main.

— Ce que tu ressentais pour lui est tout à fait normal, Lana. Nous voulons tous nous sentir spéciaux, encore plus si quelqu'un nous montre que nous le sommes vraiment. Tu n'as pas à t'en vouloir d'avoir craqué pour lui. Parfois notre différence a besoin d'être réconfortée par le regard d'une autre personne.

Plus un mot ne sort de ma bouche. Les minutes défilent, elle me rassure avec ses mots pour extraire cette culpabilité que je ressens pour avoir été aussi crédule. Je me suis détestée d'être tombée dans un piège pareil.

L'après-midi, je suis seule à la maison. Luke sort avec sa petite amie et mes parents sont bien sûr au travail. J'en profite pour faire un devoir à rendre bientôt, même si je suis légèrement déconcentrée par Capote. Il gambade sur mon bureau en déambulant entre mes feuilles et mes stylos.

— Capote, ne bouffe pas mes cahiers, le grondé-je en le prenant dans mes bras.

Je m'allonge sur mon lit et je repense à ma séance de ce matin avec ma psy. Je fais des progrès, je le sens, mais plus je triture la zone interdite de mon esprit, plus je m'approche du précipice. J'ai peur de lâcher prise, de sauter dans le vide et d'éprouver une seconde fois toutes les émotions qui m'ont submergée auparavant. Pour l'instant, mon cœur va bien, il bat encore et, plus il bat, plus je pense à Tyler.

Aucun de nous n'arrive à qualifier notre lien. D'ailleurs, j'aime le fait qu'on le vive sans se poser des questions. Mes yeux se sont habitués à le voir, mes lèvres sont avides des siennes. C'est risqué ? Peut-être. Je ne me sens pas différente quand il me regarde, je me sens moi.

— Toi, tu ne l'aimes pas, dis-je à Capote en riant.

Je souris en repensant à l'épisode Tyler versus Capote, c'était si drôle que j'en ris encore. Je caresse la petite frimousse de mon rongeur, et la sonnette retentit. Je me lève en tenant toujours Capote pour aller ouvrir la porte. Je suis certaine que c'est Luke qui revient, il oublie tout le temps ses clés. Je dévale les escaliers rapidement et j'ouvre la porte en disant :

— Tu es pire que moi…

J'écarquille les yeux en voyant Tyler posé contre l'encadrement de la porte d'entrée, m'analysant de haut en bas avec un sourcil levé, probablement intrigué par ce que je viens de dire. Mon visage vire au cramoisi.

— Je… Tu… Je croyais que c'était Luke, répliqué-je timidement en caressant Capote.

Tyler affiche un sourire narquois.

— Non, c'est moi. Et toi, t'es toute rouge, dit-il amusé.

— Qu'est-ce que tu fais là ? réponds-je en cachant mes joues.

— Je ne t'ai pas vue aujourd'hui sur le campus et tu n'as pas répondu à mon appel.

Je n'ai pas dû faire attention comme j'étais chez la psy.

— Je ne pouvais pas, dis-je en serrant Capote contre moi.

— Tu es toute seule ?

— Oui.

— Je peux entrer ?

Je hoche la tête puis m'écarte pour le laisser passer avant de fermer la porte. Nous montons dans ma chambre et il s'assoit en s'adossant à la tête de mon lit. Je fais pareil, Capote toujours niché dans mes bras.

— Ton rat de laboratoire est dégueulasse.

Je resserre mon étreinte sur mon animal en faisant les gros yeux à Tyler tout en m'adressant à sa victime :

— Ne l'écoute pas, il est méchant. Tu es génial.

— Et toi complètement tarée.

Je secoue la tête.

— Ce rongeur me rend heureuse.

— Quand il bouffera tes pièces d'identité, ne viens pas pleurer.

— Rabat-joie !

— Allez, Préservatif, descends de là, lance-t-il à mon rongeur.

— C.A.P.O.T.E.

— C'est pareil, se moque-t-il en voyant l'air de folle que je dois avoir.

Je ris puis dépose Capote par terre et il se faufile directement sous mon lit, voulant sans doute s'épargner les répliques cinglantes de Tyler.

— Pourquoi tu n'es pas venue ? demande-t-il en me regardant droit dans les yeux.

— J'étais chez ma psy, avoué-je

Il écarquille les yeux, étonné.

— Tu vois une psy ? Depuis quand ?

— Depuis le Thunderdome.

— Et ça se passe bien ?

J'entoure mes jambes repliées de mes bras et le scrute tout en réfléchissant à ce que je pourrais répondre.

— La psy a touché ma corde sensible… je n'en ai pas très envie.

Il m'adresse un regard sans jugement et hoche la tête.

— C'est le but, non ?

— Peut-être mais il y a certaines choses qu'on préfère garder pour soi, tu ne crois pas ?

— Tu n'es pas obligée de t'ouvrir complètement, au fur et à mesure ça viendra.

— Je veux aller mieux, je t'assure, mais c'est juste… qu'il y a des choses que je veux oublier.

— C'est pour ça que tu ne voulais pas porter plainte ? demande-t-il sans me lâcher du regard.

— Je voulais oublier, passer à autre chose. Aller de l'avant.

— Tu surestimes ta capacité à réellement passer à autre chose. C'est quand on y pense qu'on comprend qu'on est loin de ce pas. C'est de l'idéalisation.

Il m'a si bien cernée, je suis déconcertée.

— Oui, je l'ai compris bien après, murmuré-je.

Il fixe le plafond puis ferme les yeux. En l'observant, je suis comme envoûtée par sa beauté. Tyler est un très beau garçon, peut-être même le plus beau que j'ai jamais vu. Il a ce côté *bad boy* qui doit faire craquer toutes les filles. Or ce ne sont pas ses airs insolents qui m'attirent, mais plutôt son côté réfléchi et ingénieux. Avec sa stature, il dégage une telle force physique qu'on pourrait oublier son intellect, même si sa manière de penser est négative, elle reste réaliste. Il ne se laisse par bercer d'illusions et c'est pour ça que sa franchise est sa plus grande qualité.

— Tu as déjà éprouvé un sentiment si profond que tu as honte de l'admettre, même à toi-même ? demandé-je en m'approchant un peu de lui.

En arquant un sourcil, il décale sa tête pour mieux me voir. Ses billes sombres me fixent avec une telle intensité qu'elles déclenchent une envolée de papillons dans mon estomac.

— Oui, mais j'ai arrêté d'y faire attention.

— Je me sens moins seule, tout le monde n'avouerait pas ça, j'ai l'impression.

— Tu l'aurais avoué si quelqu'un te posait cette question ?

— Ce n'est pas le genre de choses que les autres demandent. On ne s'intéresse pas vraiment à la profondeur des sentiments et des émotions.

Ses lèvres s'étirent en un sourire en coin, et il penche sa tête vers moi.

— Tu sais pourquoi ?

Je secoue la tête pour dire non, troublée par cette soudaine proximité.

— Parce que les apparences sont beaucoup trop importantes dans ce bas monde.

Une vague de souvenirs amers balaie mes cellules nerveuses.

— Les apparences ne se contentent pas d'être trompeuses, elles sont pires que ça.

Au son de ma voix, il écarquille les yeux comme s'il venait de comprendre que quelque chose clochait. J'essaie de faire bonne figure pour camoufler mes traits, probablement contractée par cette marée de haine qui monte en moi.

— Tu te méfies de moi ? demande-t-il calmement.

Sa question me prend de court, ma respiration se bloque quelques secondes et mes yeux vont de ses lèvres à son regard perçant. Une sensation incandescente ondoie dans chaque partie de mon corps.

— Je connais la personne derrière ce masque, Flame.

Tyler fait courir ses doigts sur ma joue. Mon cœur caracole dans ma poitrine et je fonds comme de la glace dès qu'il me touche.

— Pourtant tu ne sais pas tout de moi, susurre-t-il près de ma bouche.

— Toi non plus. Tu ignores qui je suis et pourtant tu ne me donnes pas l'impression de te méfier de moi.

Il émet un faible un rire, toujours aussi près de moi.

— Parce que tu es une gentille petite fille.

Je n'arrive pas à rétorquer, il me sonde intensément, comme si j'étais la plus désirable des personnes. La profondeur de ses yeux ne m'a jamais laissée indifférente. Je retiens ma respiration lorsque sa main se cale au creux de ma taille.

Je me retrouve assise à califourchon sur lui. Quelques centimètres séparent nos lèvres avides de se toucher. Nos respirations ne font qu'une et son eau de Cologne me caresse les narines, une fragrance exquise. Ses yeux analysent les traits de mon visage comme s'il me découvrait pour la première fois. Je retiens mon souffle lorsque sa main remonte avec une lenteur lancinante, dessinant la courbure de mon corps, avant de se poser délicatement sur mon visage. Ses iris guettent chaque parcelle de ma peau, mes yeux, mon nez, mes joues, avant de jeter leur dévolu sur mes lèvres. Jamais quelqu'un ne m'a admirée de cette manière. J'ai l'impression d'être unique, même plus que ça. J'ai l'impression d'être *un trésor.*

Ses lèvres dévorent les miennes, il possède ma bouche et lui résister m'est difficile. Prise d'audace, je mordille sa lèvre inférieure et je sens son sourire. Puis il caresse avec sa langue mes lèvres gonflées par ce baiser ardent. Ses mains sur ma taille me soulèvent légèrement pour qu'il puisse embrasser mon cou. Il parsème ma peau de baisers torrides. Apaisée, je réprime un gémissement lorsque je sens sa langue flatter la partie sensible de la courbe de ma gorge, je sens son sourire lorsque mes lèvres poussent un faible cri. Mon bas-ventre s'enflamme et mon corps s'embrase. Je n'arrive plus à gérer mes pulsions, ce qu'il me fait éprouver est terriblement excitant. Le feu de mes sentiments me rappelle sans cesse qu'à ses côtés je suis plus proche de l'enfer que de nulle part ailleurs. Un goût de danger effrayant, et j'aime tellement ça.

Si, après mon histoire avec Noah, je n'ai jamais laissé un garçon me toucher, avec Tyler c'est totalement différent. Je ne saurais expliquer ce phénomène mais la manière dont il me touche et m'embrasse ne m'effraie pas, bien au contraire. Il m'embrasse à nouveau les lèvres délicatement avant de poser son front contre le mien. Je suis haletante, complètement désemparée.

— J'ai l'impression que c'est la première fois qu'on m'embrasse, murmuré-je.

Mes mots le font sourire, il me regarde avec une lueur indescriptible. Cette fois c'est moi qui l'embrasse, et ses mains glissent sur les boutons de ma chemise. Il l'ouvre entièrement, libérant mon soutien-gorge. Sa langue danse avec la mienne, en parfaite harmonie avec ses mains qui épousent ma peau. Elles me touchent, me caressent et puis…

Oh non.

Soudain, j'attrape ses mains pour éviter qu'il ne rencontre cet endroit précis de mon corps. Mais c'est trop tard. Ses doigts découvrent la partie de ma peau rugueuse à cause des traces de mon passé. J'ai envie de fuir, sûre et certaine qu'il va me trouver horrible à présent. Tyler fronce les sourcils et fixe, l'air dur, les brûlures de cigarette.

— Qu'est-ce que c'est, Lana ?

Sa voix rude fait trembler mon corps. Je soutiens son regard, apeurée de voir le dégoût qu'il va éprouver. Et l'air qu'il arbore, si ferme et si sévère, fait tressaillir mes épaules. Je veux faire diversion et décide de l'embrasser mais il m'arrête, calant sa main sur mon épaule.

— Ça ne marche pas comme ça, réponds à ma question.

— C… Ce n'est rien.

Je bégaie, la crainte s'enracine en moi. Il me toise durement. Il sait clairement que je lui mens. J'avais conscience que cet instant ne durerait pas, aucun homme ne voudrait de moi à cause de mon corps écorché. Je baisse la tête et, comme je suis sur le point de m'éloigner de lui, il me retient. Je croise les bras pour essayer de me cacher. Ce sentiment de honte me tord les tripes.

— Qui t'a fait ça ?

— Je ne veux pas en parler…

L'air dépité, il acquiesce.

— D'accord, je comprends.

— Je dois te dégoûter, ajouté-je doucement en fuyant toujours son regard.

— Quoi ?

— Mon corps est hideux.

Une boule obstrue ma gorge, j'ai tellement mal.

— Ce n'est pas vrai.

Je lève ma tête vers lui, l'observe pour voir s'il se fout de moi, mais son air sérieux ne dévoile pas la moindre once de tromperie. Il caresse ma joue puis son pouce glisse sur mes lèvres.

— Ton corps me plaît. Ce ne sont pas ces cicatrices qui vont me repousser, mais c'est ma faute. Je n'aurai pas dû te brusquer de la sorte.

Je fronce les sourcils, perplexe.

— Tu ne m'as pas brusquée, dis-je doucement. Je... Je suis désolée... Je suis si nulle, je n'ai jamais... Je n'ai jamais fait ça de façon saine.

Ma voix se brise et je me sens minable face à mes aveux. Tyler prend une profonde inspiration en fermant les yeux pendant un bref instant. Ses mains remontent sur mes joues et il me sonde avec intensité.

— Je veux prendre mon temps avec toi, trésor. Si tu ne te sens pas à l'aise, dis-le-moi. Ne crains pas de me dire ce que tu ressens. Je veux que tu prennes du plaisir, je veux prendre ce plaisir avec toi. On va procéder étape par étape, à ton rythme.

Sa déclaration piétine les morceaux de mon cœur brisé à cause de Noah. Je suis touchée par cette sollicitude, touchée par lui. Tyler peut paraître froid aux yeux du monde, mais il est si bon dans le fond.

— Prends les devants, chuchote-t-il en me caressant la taille.

— Je ne suis pas sûre de comprendre..., avoué-je, timide à l'idée de le toucher.

— C'est toi qui tiens les rênes, touche-moi. Découvre-moi.

Sa voix est ferme et si douce à la fois que mon cœur s'affole. Ce qu'il me demande est si spontané que je ne sais même plus quoi faire. Face à ma timidité, il prend mes mains et les pose sur son torse musclé avant de les faire glisser vers le bas. Je sens chacun des muscles qui cisellent son torse à travers son T-shirt. Cette intimité est unique. Je plonge mes yeux dans les siens et, comme une invitation perçue dans l'étincelle de son regard, je le caresse sous le tissu et il frémit. Ses abdominaux se contractent à mon contact, puis je remonte mes mains jusqu'à ses épaules carrées Je pince l'extrémité de la manche de son T-shirt doucement et rencontre à nouveau son regard incandescent.

— Je peux ? demandé-je doucement.

Tyler m'offre un sourire, se libérant lui-même de ses vêtements, et dévoile sa silhouette forgée par d'innombrables heures à la salle de sport. Mon attention est captivée par ses bras, mes doigts effleurent délicatement sa peau avant de dessiner des lignes imaginaires sur son biceps. Je me heurte à ces mots, gravés comme une énigme sur son épiderme : « *Alea jacta est.* »

Mes yeux glissent vers son autre bras, où se trouve un phénix renaissant de ses cendres – un symbole qui ne cesse de m'émerveiller. Sa respiration se fige lorsque mes doigts remontent le long du tatouage, jusqu'à effleurer la tête de la créature légendaire, endommagée. C'est alors que mes sens sont bouleversés par la découverte de sa peau marquée par le feu. Il porte les stigmates d'une brûlure. Tout comme moi.

— Je ne me cache jamais, Lana. Je suis exactement comme tu me vois. Je ne joue pas avec les apparences, je montre ce que je suis.

CHAPITRE 35
Changement de cap

TYLER

Perché sur une chaise du bar que les Gunners fréquentent, je suis mis à l'écart. Seul Tony m'approche encore, et Dan bien sûr. Évidemment, il tente tant bien que mal de redorer mon blason auprès de Daryl et des autres, mais je pense que c'est peine perdue. Je prends une bouffée de ma cigarette et mon téléphone vibre. Lana m'a envoyé un message. C'est le lien YouTube d'une musique.

Tyler : J'écoute ça plus tard, trésor.

Lana : Oh tu es occupé ?

Tyler : Je suis dans un bar avec les gars,
mais je suis dans mon coin avec ma cigarette.

Lana : Je me plains de toi à Capote,
parce que tu fumes et que ça craint.

Tyler : Tu es vachement atteinte, ma petite.

Lana : Oui, mais c'est un secret.

Tyler : Avec moi, il est bien gardé.

Elle est en train de taper son prochain message quand des bruits de pas me sortent de ma bulle. Je lève la tête et tombe sur Diego. Ce dernier porte son blouson des Ravens, avec cet éternel sourire machiavélique sur les lèvres. Je serre les poings et range mon téléphone dans ma poche.

— Ça faisait longtemps, mon pote.

— Qu'est-ce que tu me veux ?

— Prendre des nouvelles de mon vieux copain.

— On n'a jamais été amis.

— Félicitations pour ta dernière course.

En fronçant les sourcils, je le fusille du regard. Que cherche-t-il ? Il s'approche de moi, les mains dans les poches. Derrière lui, je remarque quelques silhouettes, deux autres Ravens se joignent à lui et à côté d'eux une jeune femme qui ne m'est pas du tout inconnue.

— Salut, Tyler, dit-elle d'une voix mielleuse.

La voix de Ciarra me donne une soudaine envie de vomir. Mon passé avec elle au lit est quelque chose que je préfère zapper de ma mémoire, surtout qu'une autre fille hante mon esprit. Elle me regarde attentivement de ses yeux bleus, analysant chaque partie de mon corps. Je recule pour m'éloigner d'eux.

— Allez, reste avec nous, Ty.

— Non, sans façon.

— Très bien, alors salue Eryn de notre part.

Mon corps se fige, mes muscles se raidissent. Je ne peux plus contenir la colère qui m'envahit.

— Ah ouais, j'avais oublié, elle ne veut même plus te voir, réplique Diego sournoisement.

Les fils que mon esprit détient pour me contrôler se rompent, je lui saute dessus, laissant éclater ma rage sur son visage. Les deux autres gars attrapent mes bras mais je suis furieux, je m'échappe de leur emprise et les frappe un par un avant de me concentrer sur Diego, qui saigne du nez.

— Ne parle plus jamais d'elle, craché-je au métis.

De son coude, il m'envoie un coup dans l'abdomen et, avant que je ne riposte, deux bras m'entourent la taille pour me maintenir et m'éviter de faire un autre massacre. Les trois Ravens me fixent.

— Barrez-vous ! gronde la voix de Dan derrière moi.

Les Ravens, amusés par la situation, me jettent au sol comme une merde avant de s'en aller. Je me redresse pour faire face à Dan. Ce dernier me scrute alors que je m'efforce de calmer ma respiration saccadée.

— Putain, Tyler ! N'entre pas dans leur jeu ! Combien de fois je te l'ai dit ? Tu passes ton temps à me désobéir. Je croyais qu'en t'emmenant à San Diego je réussirais à te calmer, mais je me suis trompé.

Est-ce que…

— Où tu veux en venir ?

— Je veux que tu t'éloignes des Gunners un moment, dit-il sur un ton sévère.

Je me tais, incapable d'émettre le moindre son.

— Je préfère que ça soit moi qui le fasse avant que les anciens ne te fassent la peau. Tu peux participer aux courses si tu veux. Mais oublie le reste, le temps de te calmer.

L'entendre me dire des choses pareilles ne m'étonne pas, je m'attendais à ce qu'un jour ou l'autre on en arrive là. Je lui ai causé un tas de problèmes avec ses confrères, je suis beaucoup trop aveuglé par ma haine pour montrer une quelconque émotion.

— Pas la peine de me demander de quitter les Gunners. Je me retire de ton club de merde.

Après mon altercation avec Dan, je me suis arrangé pour concourir lors de la prochaine course, qui sera ma dernière. Je veux que mon passage chez les Gunners s'achève en apothéose. Je suis à la salle de sport, du côté des sacs de boxe. Mes poings sont comme des flèches, je tape de plus en plus fort et à chaque coup le sac prend un peu plus d'élan. Revoir les Ravens a de nouveau laissé un amer goût de défaite dans mon corps. Ils ravivent un tas de souvenirs sombres que j'étouffe constamment. Mes erreurs deviennent leurs exploits.

J'imagine la tête de Zack sur mon sac de boxe et me mets à donner des coups plus vifs. Ma haine est exacerbée par les éclairs que mon subconscient me renvoie pour me rappeler d'où je viens, ce que j'étais. Je m'arrête pour boire de l'eau et retirer mon T-shirt tandis qu'au même moment Matt tire un banc et s'assoit en m'observant.

— Tu veux quoi ? demandé-je sans le regarder.

— Dan m'a dit que tu t'es tiré des Gunners.

— Tu veux me faire une fête d'adieu ?

— Putain, Tyler, ça t'arrive d'être sérieux deux minutes ? Tu te laisses trop submerger par ta colère, il paraît que tu t'es battu contre trois Ravens en même temps.

— Ils l'avaient mérité.

— Je sais que tu souffres, Tyler.

Je me fige et serre les poings. Je me tourne vers lui. Un soupir s'échappe de la bouche de mon ami, qui continue à me fixer. Il affiche un air qui laisse croire qu'il me comprend. Je lui tourne le dos et redonne des coups à mon sac de boxe. Je perçois le bruit des pas de Matt qui s'éloignent.

— Je ne la connais pas, mais je pense… qu'Eryn n'aimerait pas te voir comme ça, souffle-t-il.

Mes genoux touchent le sol, mes épaules tressaillent au rythme de ma respiration saccadée. Des picotements dévalent mon épine dorsale et me provoquent une douleur qui se poursuit jusqu'à mes terminaisons nerveuses. Je suis comme déconnecté de la réalité l'espace d'un instant, je souhaite lâcher prise, tout oublier. Je suis une épave, c'est déplorable. Pourquoi je n'arrive pas à me détacher de ce passé difficile pour entrevoir de nouveaux horizons ?

Tu n'es pas un criminel, Tyler.

C'est la première chose que Dan m'a dite lorsqu'il m'a vu blessé au sol dans l'un des hangars des Ravens, il y a plus d'un an maintenant. Pourtant je me répète l'inverse sans arrêt. Le goût de tuer est un poison qui se répand. Au départ on ne se rend pas compte, puis l'idée s'infiltre, elle vous anesthésie la face, le cou et se propage dans le reste du corps sans jamais atteindre l'asphyxie. C'est exactement cet effet que nous prodigue l'envie de tuer. Vivre avec est plus dur que de tuer.

Lana me procure des sensations intenses et aussi belles que de la poésie. La meilleure chose en moi, c'est la marque qu'elle laisse sur son passage avant de partir. Elle ne cherche pas à percer ma carapace, sûrement parce qu'elle a compris quel genre de personne j'étais en échangeant avec Flame. Son air malicieux me rend dingue. Elle a conscience qu'elle me fait de l'effet mais ne sait pas que c'est plus que ça. Cette envie irrépressible de l'embrasser me tombe dessus comme une brique chaque fois que je la vois. Le goût cerise de son baume à lèvres est aussi enivrant que celui de la nicotine, sauf qu'au final c'est un bienfait différent. Je suis ivre d'elle.

Nous sommes pudiques vis-à-vis de notre relation. Je pense qu'elle est aussi ébranlée que moi par notre rapprochement. Derrière ses airs innocents se cache une petite diablesse, elle attend le bon moment pour se révéler, et je suis toujours au premier rang pour assister à ça. Mon envie de la protéger s'intensifie de jour en jour.

Et pourtant, c'est de moi que je dois la protéger.

— C'est cool que tu veuilles faire cette dernière course, me lance Dan.

— Ouais, je sais.

Je finis ma bière et la balance dans la poubelle, je balaie le lieu d'un regard rapide avant de saisir mon téléphone pour envoyer un message à Lana.

Tyler : Je passe te prendre dans une demi-heure, je n'en aurai pas pour longtemps.

Lana : D'accord, je suis prête de toute façon.

Après la course, on a prévu de sortir tous les deux. Personne n'est au courant de notre histoire, on n'en a jamais parlé, elle et moi, mais je suppose que c'est préférable de vivre notre relation loin des regards.

Le départ est donné et je mets mon plan à exécution. Tout le monde démarre. Tout le monde sauf moi. Je vois les Gunners choqués par ce faux départ et mes yeux rencontrent ceux de Dan, qui me fixe sévèrement. Sur les lèvres de Daryl, j'arrive à lire les insultes qu'il m'adresse. Eh ouais, mon pote, c'est mon cadeau d'adieu pour les Gunners.

Je finis par démarrer et j'accélère un peu. Cette pseudo-vengeance est une jouissance personnelle qui me satisfait plus que mes victoires dans les autres courses. Cette compétition était la plus importante, une grosse somme d'argent sera perdue par ma faute. Tout ce que je leur ai apporté en un an va partir en fumée en un claquement de doigts.

La course est terminée. Je passe devant les Gunners, encore outrés par ce que j'ai fait. Dan est si en colère qu'il en devient vert de rage, Tony retient Daryl avant que ce dernier ne passe ses nerfs sur moi.

— Pas la peine de tirer cette tronche, je vous rends service. C'est comme si je n'avais jamais mis les pieds chez les Gunners. Un lointain souvenir.

Je démarre et m'en vais puis laisse ma moto dans le garage de mon cousin. Je la laisse à Dan, sauf que je n'ai pas ma voiture pour retrouver Lana. Ma défaite volontaire va attiser la haine des Gunners. Ce choix ravive ma rancœur envers ses anciens membres. Dan risque de me faire la tête un bon moment mais je sais pertinemment qu'il va oublier ça, il sait très bien que je visais ses chers camarades. Je prends un bus et finis à pied. Puis j'envoie un message à Lana et l'attends devant chez elle.

Lorsque la porte s'ouvre, ce ne sont pas les prunelles de jade qui me hantent qui sont devant moi. C'est la mère de Lana. Elles se ressemblent un peu et je ressens un léger embarras.

— Bonsoir, qui êtes-vous ?

— Bonsoir, Madame Julliard, je…

— Maman ?

Lana apparaît derrière elle, tiraillée entre la gêne et la joie de me retrouver.

— Maman je t'avais dit que je sortais, ajoute-t-elle doucement en regardant sa mère.

Mes yeux ont du mal à se détacher d'elle à cet instant. Lana porte une jupe noire qui lui arrive un peu au-dessus des genoux, un haut sombre que j'ai du mal à visualiser puisqu'elle porte une veste en cuir *oversize*. Ses cheveux sont lâchés et ondulés, ornés d'un ruban rouge. Son joli minois est un peu maquillé, les yeux légèrement charbonneux et sa bouche rouge cerise.

— Je te présente Tyler, maman.

Le regard de sa mère se fixe sur moi puis ses traits se détendent immédiatement, elle m'adresse un sourire plein de reconnaissance que je ne suis pas certain de saisir. C'est comme si elle voulait me dire merci.

— Amusez-vous bien, les enfants, lance-t-elle.

J'acquiesce et, avant que Lana puisse franchir le pas de sa porte, sa mère lui attrape le visage pour l'embrasser et lui murmure quelque chose au creux de l'oreille. Le visage de Cherry vire au cramoisi puis elle réprimande d'un regard sa mère, qui se met à rire doucement.

— Au revoir, Tyler, et merci.

Je n'ai pas le temps de répondre que Lana m'attrape la main et me tire vers la sortie alors que la porte de sa maison se referme.

— Eh, trésor, doucement, embrasse-moi au moins.

Elle secoue vivement la tête.

— Je suis morte de honte, maman va sûrement nous voir de la fenêtre.

Amusé, je laisse son petit corps me tirer vers elle pour m'éloigner du pâté de maisons.

— Tu le fais exprès ? Avance, imbécile ! D'ailleurs pourquoi je ne vois pas ta voiture ni ta moto ?

— Le seul moyen de locomotion ce soir, ce sera nos jambes. À moins que tu ne sortes avec moi que pour mon superbe bolide.

Lana retient un rire et arrête de me tirer par le bras avant de s'approcher de moi.

— Oui, évidemment ! Il n'y avait que ta voiture qui m'intéressait.

— Ah, Cherry, tu me brises le cœur !

— Je m'en vais, lâche-t-elle de façon théâtrale avec un mouvement de cheveux.

Je me mets à courir derrière elle et elle se lance dans un sprint, nous éloignant davantage de son quartier, avant que je l'attrape par la taille. Lana s'esclaffe une fois dans mes bras.

— Lâche-moi !

Mes bras sont autour de sa taille et je la soulève dans les airs.

— Arrête, on va voir ma culotte ! s'exclame-t-elle en riant.

Là, c'est moi qui me mets à rire et je la repose sur le bitume. Il n'y a personne autour de nous.

— Je n'ai pas ma voiture, mais ce n'est pas plus mal, une balade nocturne. Tu ne crois pas ?

— C'est parfait pour moi, mais je pensais que tu étais au Thunderdome pour une course, non ?

Lana marche à mes côtés, j'ai les mains enfoncées dans les poches de ma veste et je prends une profonde inspiration.

— Si, mais disons que j'ai laissé ma moto là-bas, avec ma démission.

Un pli barre son front, elle me dépasse et se place juste devant moi en marchant à reculons.

— C'est-à-dire ?

— Tu as devant toi un SCF.

— Un quoi ?

— Sans club fixe.

Ma vanne ne lui provoque pas l'ombre d'un sourire. Au contraire, elle plisse les yeux avec sérieux.

— Tu as quitté les Gunners ?

— Ouais, en perdant la course.

— Tu as perdu la course ? répète-t-elle, l'air choqué, ses beaux yeux écarquillés.

— Cela t'étonne à ce point ? réponds-je, amusé, pour la taquiner.

— Tu es le meilleur là-bas, donc oui, ça m'étonne.

— J'ai fait exprès de perdre.

Étonné, Lana écarquille ses beaux yeux.

— Pourquoi ça ?

Je suis d'humeur à jouer.

— Pas important. Alors comme ça, je suis le meilleur ? Redis-le.

— Tyler, marmonne-t-elle en fronçant les sourcils.

— C'est bon, trésor, ce n'est pas grave. Je voulais avoir ma petite vengeance.

— Pourquoi te venger de Dan ? Il a toujours été bon avec toi. Tu es loyal, cela ne te ressemble pas, lance-t-elle en se retournant pour marcher droit.

Je m'arrête. Pour Dan, elle n'a pas tort. Ce n'est pas à lui que j'en veux spécialement mais aux autres Gunners. Je la vois avancer sans se rendre compte que je me suis arrêté. Lana parle de moi et j'ai l'impression que c'est de quelqu'un d'autre. Elle jette un coup d'œil par-dessus son épaule et me fait une tête qui a l'air de dire « Pourquoi tu ne me suis plus ? ».

— C'est cette image que tu as de moi ? Que je suis quelqu'un de loyal ?

Les traits de son visage s'adoucissent, elle revient vers moi. Le ruban rouge dans ses cheveux vole dans les airs quand elle est tout près de moi.

— Tu es loyal et tu es plein d'autres choses, Tyler.

Lana saisit ma main, entremêle nos doigts. La chaleur de sa paume s'insère dans mon épiderme et réchauffe mon être, son front se cale contre mon torse et elle resserre sa prise.

— Tu es une personne de confiance, tu es intelligent, tu me fais rire, tu es doux et fort à la fois, tu as tout ce dont j'ai besoin.

Son aveu résonne en moi tel un électrochoc et je me fige. Ma main remonte sur ses cheveux, que je caresse tendrement.

— Trésor, ne serais-tu pas en train de m'idéaliser ? Personne ne m'a jamais vu ainsi, susurré-je, amusé, en effleurant son menton avant de le relever vers moi.

Des étoiles scintillent dans son regard, cette tendresse exprimée par son joli minois fait accélérer les battements de mon cœur. Sa beauté m'envoûte, je suis captif de tout ce qu'elle est. Ses iris brillent de malice et elle entrouvre les lèvres pour me souffler :

— Les autres te voient mais moi je te regarde.

LANA

— Trésor, parfois je me demande ce que tu peux voir en moi.

Ses mots me brisent le cœur. Alors je me mets sur la pointe des pieds pour lui offrir un baiser tendre avant de me séparer de ses lèvres et de frotter mon nez contre le sien.

— Je regarde aussi un trésor, murmuré-je tout près de sa bouche.

Je décèle une lueur pleine d'émotion dans ses prunelles, rapidement remplacée par l'excitation. Il me sonde avec intensité, puis attrape brusquement mon visage et scelle nos lèvres dans un baiser langoureux et si puissant que je manque de défaillir.

— Lana, tu me rends fou, susurre-t-il près de ma bouche.

— Oh, Tyler, murmuré-je.

Sous le clair de lune, nous longeons les rues main dans la main avant d'entrer dans un parc avec une fontaine. Une fois installée sur le rebord, je regarde mes jambes nues. J'ai un bleu sur le bas de la cuisse à cause d'un petit incident lors d'un entraînement. Tyler pose sa main sur ma jambe, son pouce fait de petits cercles sur ma peau.

— Dis-moi, ta mère t'a dit quoi à l'oreille avant qu'on parte ?

Si tu passes la nuit avec lui, préviens-moi. Et n'oublie pas de te protéger.

Mon visage vire au cramoisi et l'amusement illumine ses traits, il s'esclaffe en rejetant la tête en arrière, semblant comprendre ce que ma mère insinuait.

— Ta tête comme ça, je ne m'en lasserai jamais.

Je fais la moue et me redresse avant de me mettre debout sur le rebord. Il se lève et me tient la main.

— Tu ne veux pas me le dire, hein ?

— Non, c'est entre mère et fille, dis-je de façon catégorique.

— Mmm, je pensais qu'il n'y avait pas de secret entre Cherry et Flame ?

Sa prise se resserre sur ma peau, je continue mon numéro de funambule.

— Tu vas tomber, trésor.

— Je suis cheerleader, mon cher, je sais garder l'équilibre.

— Très bien.

Et il me lâche la main.

Et je tombe.

Dans l'eau.

— TYLER !

Il se tord de rire alors que je me relève, totalement trempée. Le courant de l'eau exerce une légère pression agréable à l'arrière de mes genoux. Je l'asperge en essayant de créer de grandes vagues mais je le mouille à peine. Mon regard se baisse vers ma tenue, ma jupe me colle à la peau, ma veste est si lourde que je finis par la retirer et la déposer sur le rebord.

— Rigole, un jour je me vengerai, le menacé-je.

Son rire redouble et je soupire.

— Allez, viens que je te porte pour te sortir de là.

Tyler pose un pied sur le rebord et me tend sa main pour m'aider à sortir de la fontaine. Je la saisis et le tire vers moi, et son pied finit dans l'eau.

— Merde !

Je m'esclaffe et j'essaie de courir, mais il me rattrape. L'eau me ralentit, il me saisit par la taille et nous tombons dans l'eau, à côté du jet. Je suis assise entre ses jambes écartées, je m'adosse à son torse et lève les yeux vers lui. On se regarde. On éclate de rire.

— Ta vengeance est rapide, commente-t-il, amusé.

— Oui, j'ai eu un coup de chance.

Je me retourne pour lui faire face et l'asperge.

— Ça suffit, sale peste !

Et il m'asperge à son tour.

— Eh !

Je me relève et il fait pareil. Mes lèvres se scellent, empêchant un rire de résonner, et il le comprend. Il avale la distance entre nous et prend mon visage en coupe.

— Viens, je t'emmène chez moi, ce n'est pas loin.

— Chez toi ?

— Oui, faut bien que tu te sèches, trésor.

J'acquiesce lentement et il dépose un baiser sur mes lèvres. Tyler me porte dans ses bras pour me faire sortir. Et nous prenons le chemin de sa maison.

Tyler vit dans un appartement parfait pour une personne. C'est un mélange fascinant de modernité et de charme d'antan. À peine la porte franchie, on pénètre dans un espace ouvert et lumineux où la lumière de la lune filtre à travers les fenêtres, donnant sur les toits de la ville et un petit balcon. Le salon, délimité par un tapis ethnique coloré, est meublé d'un canapé en cuir vieilli, faisant face à une bibliothèque artisanale en bois recyclé, regorgeant de livres et de bandes dessinées, et d'un vieux tourne-disque accompagné d'une sélection de vinyles. Une guitare repose contre le grand meuble. Je suis étonné que Tyler est le sens de la décoration.

— La salle de bains est juste ici, trésor, je te passerai mes affaires.

— C'est joli chez toi, commenté-je en faisant un tour sur moi-même dans le salon.

— Merci, mais je n'ai aucun mérite, c'est une amie de Dan qui m'a aidé à décorer, je lui ai dit ce que j'aimais.

— Tu aimes lire et jouer de la musique, visiblement.

Mes doigts effleurent sa collection de livres, il a de tout, de la littérature russe, anglaise mais aussi des grands auteurs américains.

— Oui, mais je lis de moins en moins, admet-il derrière moi.

— Pourquoi ça ?

— Cherry, j'aimerais bien te raconter ma vie, mais si tu restes trempée comme ça, tu vas attraper froid. D'ailleurs, tu risques de rentrer chez toi tard… à moins que ?

— À moins que ? le coupé-je en me tournant vers lui.

— À moins que tu ne préfères passer la nuit ici.

Mon cœur caracole dans ma poitrine, les mots de ma mère me reviennent. Je mordille ma lèvre inférieure et scrute Tyler, qui me prend la main pour me mener à la salle de bains. Elle est petite mais contient le nécessaire. Il dépose une serviette et me laisse me laver.

Sous le jet d'eau chaude, plusieurs questions agitent mes neurones. Est-ce que je devrais rester ? Est-ce qu'il pense que je vais coucher avec lui ? Ma première fois ce soir ? Je n'ai aucune expérience et je suis terrifiée à l'idée de tout faire de travers. Tyler serait tellement déçu, je ne supporterais pas cela. Si je tarde à m'offrir à lui… ira-t-il voir ailleurs ? Ira-t-il voir Carla ?

La douche m'a fait un bien fou mais n'a en aucun cas atténué mon trouble. La vapeur qui flotte à cause de la chaleur est identique à l'état de mon esprit. Tout est embrumé, aucune idée me semble claire. Je remarque que des affaires ont été déposées sur le lavabo. Tyler a dû entrer et je ne l'ai pas entendu. J'enfile le T-shirt et le boxer. Ils sont si larges que je nage dedans.

— Tyler ?

— Je suis là.

Sa voix provient du salon, j'arrive et je le découvre debout en train de se sécher les cheveux. Il s'est changé et a revêtu un jogging noir et un T-shirt blanc.

— Trésor, ça va ? Tu as l'air perturbée, demande-t-il, l'air soucieux.

Je pose les mains sur mes joues, me sentant rougir. Tyler arque un sourcil et s'approche de moi.

— Lana, si quelque chose te tracasse, je veux que tu me le dises.

— Tu ne seras pas vexé ?

— Non, vas-y.

— L'idée de dormir chez toi me stresse un peu, avoué-je nerveuse.

Il me détaille un instant avant de me sourire.

— Ah. Je n'étais pas dans l'optique de coucher avec toi, trésor, pas que je n'en aie pas envie, évidemment, mais je sais que ce n'est pas le bon moment.

— Comment tu peux sentir que c'est le bon moment ? demandé-je, encore plus gênée.

— Je le saurai, c'est tout. Et puis, je te connais, je le sentirai. Mais j'espère que tu sais que je ne te forcerai à rien.

— Et si ça dure longtemps ? Si le bon moment tarde et que tu t'impatientes.

Tyler esquisse un sourire, sa main passe dans mes cheveux mouillés, il coince une de mes mèches derrière mon oreille et me caresse la joue.

— Je ne m'impatienterai pas. Pour être honnête, je veux le faire avec toi et je te l'ai déjà dit, trésor, on prendra notre temps. On fera cela étape par étape.

— Merci, Tyler, susurré-je en nichant ma tête au creux de son cou.

— Alors, dis-moi, tu veux que je te dépose chez toi ?

— Je veux rester avec toi.

CHAPITRE 36

Fil rouge

LANA

La chambre de Tyler est spacieuse et plutôt bien rangée, il a un sac de boxe dans le coin et une autre bibliothèque, pas aussi remplie que celle du salon, il y a surtout des éditions collector. Je m'approche pour les admirer de plus près, mon téléphone vibre, c'est ma mère. Je lui ai envoyé un message pour la prévenir que je restais chez Tyler.

Maman : D'accord, ma chérie. Protégez-vous.

Je pousse un long soupir et poursuis ma contemplation. Il a les livres de Tolkien. J'en tire un et l'ouvre pour feuilleter quelques pages. Quand une main exerce une faible pression sur ma tête, je souris et continue de regarder les étagères. Un peu plus loin, il y a un cadre avec une photo de lui quand il était ado avec une jeune fille. Tyler jette un regard noir à l'objectif, et la fille, à peine plus âgée que lui, joue du piano avec un sourire radieux.

— Tu étais mignon, tu avais quel âge ?

— Seize ans, je crois.

— Est-ce que c'est ta sœur ?

— Ouais, souffle-t-il en s'écartant de moi.

Les paroles de Matt me reviennent, il y a un souci avec sa sœur mais j'ignore lequel. Tyler retire son T-shirt avant de se poser sur son lit, je décide d'abandonner mon inspection et le rejoins. De mon côté du lit, il y a une fenêtre qui offre une vue panoramique de la ville. Quand il fera jour, je verrai sans doute les reflets du soleil sur l'eau salée de la plage au loin.

— Je ne voulais pas te contrarier en te posant la question, je suis désolée.

Tyler se détend, me tire vers lui pour que ma tête repose sur son torse et il me prend la main.

— Je ne suis pas contrarié, encore moins contre toi.

— Tu es assez discret sur ta vie privée, avoué-je en caressant son torse.

— Pour être honnête, je n'aime pas en parler, Lana. C'est un sujet qui anime tout ce qu'il y a de mauvais en moi.

— Je comprends, dis-je, un peu déçue mais sans rien laisser paraître.

Je me retourne, parce que je préfère dormir sur ce côté, et ferme les yeux. Son bras passe par-dessus ma taille et il me ramène contre lui. Sa bouche se presse sur la courbe de mon cou.

Mes yeux s'ouvrent d'un coup et je me fige, je sens sur ma peau son sourire carnassier.

— Tyler, marmonné-je.

— Trésor, écoute bien ce que je vais te dire, susurre-t-il en me mordillant le lobe.

Je gémis faiblement, sa chaleur me consume et des frissons dévalent sur mon épine dorsale.

— Ton corps me plaît. Tu me plais. Et je sais que tu es curieuse. Si tu veux essayer quelque chose, dis-le-moi. Si tu veux mes lèvres ou mes doigts, dis-moi où. N'aie pas peur de me dévoiler tous tes désirs. Je les exaucerai tous.

Mes épaules tressaillent et la main de Tyler passe sous mon haut, ses caresses s'étendent sur mon ventre et je frissonne. Cette invitation fait palpiter mon bas-ventre. Je me sens fondre à son contact.

— Alors… trésor, et si tu me disais ce que tu voudrais que je te fasse…

Lentement, sa main remonte jusqu'à ma poitrine. Il frôle mes seins sensibles et je retiens mon souffle.

— … ici.

— Tyler… oui, je veux sentir tes doigts et…

Son pouce palpe un de mes tétons, il me caresse et ma respiration se saccade.

— … ta bouche.

— Mmm, trésor… j'aime bien que tu me dises tout ça.

Cette fois-ci, sa main se dirige vers le bas de mon anatomie et se faufile sous le tissu. Quand je la sens tout près de mon intimité, ma respiration devient erratique. Tyler me caresse. Au début je suis gênée, mais une sensation inconnue se propage dans mon corps. Une tension naît dans mon intimité, c'est une délicieuse torture et je ne veux pas qu'il s'arrête.

— Trésor, tu vois ce que je te fais… Maintenant, dis-moi si tu aimes, si tu le désires.

Il va me rendre dingue.

— J'aime… j'aime ça.

Je manque défaillir, mon cœur bat aussi vite que les ailes d'un colibri.

— Et moi j'aime te voir ainsi, au bord du précipice.

Ses doigts experts jouent avec moi, je tremble à son contact puis il me retourne sur le dos et se met sur moi. Sa main passe sous mon haut et le remonte jusqu'à le retirer. Ses yeux sont sur ma poitrine, qu'il scrute avec adoration. Je n'aurais jamais pu imaginer qu'on puisse me contempler ainsi un jour. Il penche son visage vers le mien et m'embrasse langoureusement, sa langue me titille et sa main redescend jusqu'à mon intimité. Son baiser me distrait tellement que je ne me rends pas compte que ses doigts me caressent, et je retiens un petit cri.

— Tu aimes quand je fais ça ?

— O-oh oui…

— Mmm et quand je fais ça.

Il tapote mon sexe humide et mon corps réagit instantanément. Il rit, satisfait, et recommence. Mes doigts se crispent sur les draps. Le bruit de mes halètements résonne dans sa chambre, la tension est palpable et cela me donne si chaud.

— Tyler, Tyler…

Je gémis son nom et il continue d'exercer de faibles pressions sur ma culotte. J'ai le cerveau en bouillie.

— Et ça ? T'aimes que je te fasse ça ?

Sa bouche se pose sur un de mes seins et le prend en bouche. Mon corps se cambre et je gémis plus fort.

— Dis-moi que tu aimes si tu veux que je continue.

— Oui… continue, s'il te plaît.

Tyler écarte sa main de ma culotte pour envelopper mon second sein, alors que sa langue lape le premier. Mes doigts se perdent dans ses cheveux, que je tire quand les prouesses de sa langue me font défaillir. Son pouce titille mon téton et sa langue tournoie sur l'autre.

— Trésor, tes petits halètements me rendent dingue.

Tyler me retourne sur le côté, son torse est contre mon dos. Ses lèvres embrassent la courbe de mon cou et sa main rentre subitement dans ma culotte. Je pousse un cri de plaisir et me cambre contre son bassin, sentant le renflement dans son caleçon.

— Tu la sens ?

Je hoche la tête sans pouvoir émettre le moindre son, bien trop accaparée par ses doigts qui me caressent.

— C'est l'effet que tu me fais, trésor.

Mes fesses se frottent contre sa queue en érection. Et son souffle chaud sur mon cou m'excite davantage. Mes yeux sont clos, savourant chaque geste, chaque instant avec plus d'intensité.

— Putain, Lana… tu me rends fou.

Mes fesses se frottent toujours contre sa queue et il fait entrer un doigt en moi.

— Tyler !

Ma tête se rejette en arrière sur son épaule, j'halète de plus en plus fort. Il fait quelques mouvements circulaires avant de le retirer. À bout de souffle, je lève la tête vers lui pour l'admirer. Son index passe sur ses lèvres et il le lèche avant de me faire un clin d'œil. Je le regarde les yeux écarquillés. Waouh… c'était si érotique.

— Ton goût est délicieux.

Je retiens mon souffle et il me retourne vers lui, détaillant mon corps.

— La prochaine fois, ce sera ma langue.

Rien qu'à cette pensée, j'ai hâte.

— Tu es si belle, me lâche-t-il en me rapprochant de lui. Je veux te sentir dormir contre moi, je veux pouvoir regarder ton corps à tout instant, il est merveilleux.

Je grimace sans pouvoir m'en empêcher.

— Avec toutes mes cicatrices ? Ça me gêne un peu, pour être franche.

— Avec moi ça ne devrait pas te gêner. Ces cicatrices ne me dérangent pas, si c'est ce que tu crains, je veux pouvoir te voir telle que tu es. Elles font partie de toi, et crois-moi elles ne te rendent pas moins désirable à mes yeux.

Ces mots me bouleversent.

— Oh, Tyler… on ne m'a jamais parlé ainsi, confessé-je.

Noah me rappelait sans cesse qu'avec de telles marques sur le corps personne ne voudrait me toucher, sauf lui.

— Alors, s'il te plaît, permets-moi de sentir la chaleur de ta peau contre la mienne.

Un sourire se dessine sur mes lèvres et je hoche la tête avant de me blottir contre lui, les cordes vocales nouées par l'émotion.

— Pourquoi tu as choisi Cherry ? demande-t-il en me caressant les cheveux.

— Ce n'est que maintenant que tu me le demandes ? lui demandé-je, amusée. Mon second prénom est Cheryl.

— C'est un joli prénom.

— Je préfère que tu m'appelles Lana.

— Et moi, je préfère t'appeler trésor.

Le lendemain, Tyler me dépose devant chez moi, je me retourne vers lui et il se penche pour m'embrasser mais je le stoppe avec ma main. Un pli barre son front, il m'observe avec une curiosité évidente. D'un geste, je retire le ruban rouge qui orne mes cheveux et l'enroule autour de son poignet.

— Merci pour hier soir, susurré-je avant de l'embrasser.

Tyler fixe son poignet avant de me regarder. L'émotion qu'expriment ses prunelles est indéchiffrable.

— Comme ça tu penseras à moi, lui dis-je en caressant l'intérieur de son poignet délicatement.

Tyler ne dit rien et ses collent se scellent aux miennes avec fougue. Mon cœur galope dans ma poitrine ; il me fait ressentir tellement de choses sur lesquelles je n'arrive pas à mettre de mots. Rien ne peut décrire ce qu'il me fait éprouver. Sa bouche se détache de la mienne, nos fronts sont arrimés l'un à l'autre. Notre lien est précieux, notre connexion est évidente, je me sens invincible avec lui à mes côtés.

— Rentre bien, trésor.

CHAPITRE 37

Rancœur secrète

LANA

— Il y a quelque chose que j'ai remarqué, m'annonce Lydia.

Je l'entends à peine tant je suis à l'ouest ces derniers jours. Toutes mes pensées tournent autour d'un phénix écorché et une paire d'yeux aussi sombres qu'une nuit sans lune.

— Je te parle, Lana, qu'est-ce que tu as ? Tu n'as même pas touché à ton cheese-cake. Ça fait cinq minutes que tu bois ton frappé et tu ne l'as même pas fini.

Je ferme les yeux pour me concentrer sur notre conversation malgré le vacarme du café où nous nous trouvons.

— Je n'ai rien, je suis juste un peu fatiguée.

— Ce que je te disais, c'est que j'ai remarqué quelque chose.

— Quoi donc ?

— Lors des entraînements, je vous vois sans cesse vous chercher du regard. Dès qu'on est sur le terrain, tu essaies de le repérer dans les gradins.

Mon cœur se compresse dans ma cage thoracique.

— De qui tu parles ? lui demandé-je en jouant la carte de l'indifférence.

— Tyler et toi, qu'est-ce qu'il se passe entre vous ?

— Bah rien, pourquoi tu demandes ça ?

— Je n'arrive pas à croire que tu me mentes, s'exclame-t-elle, étonnée mais avec une pointe d'amusement.

— Qu'est-ce qui te fait croire que je te mens ?

Elle lève les yeux au ciel, désespérée.

— OK, je ne voulais pas en venir là, mais je vous ai vu vous embrasser après le dernier match.

Je me sens rougir… Et moi qui croyais que personne ne nous verrait ! Quand j'ai rejoint les vestiaires des filles pour me changer, il m'a attrapée avant de m'embrasser.

— Je…

— Putain ! Je te faisais marcher, s'esclaffe Lydia avant de reprendre son sérieux. Je ne vous ai jamais vus vous embrasser mais là je suis choquée. Tu comptais m'en parler quand ? Et depuis combien de temps êtes-vous ensemble ?

Mes joues deviennent encore plus rouges de honte.

— J… Je ne sais pas… les choses se sont faites sans qu'on puisse rien contrôler.

— Je veux tout savoir.

— Depuis la soirée de mon retour de Torrence…

— PRESQUE UN MOIS !!!

Tous les regards se braquent sur nous, Lydia pose sa main sur sa bouche comme si ça allait réparer sa connerie, je rougis de plus belle, embarrassée.

— Bon, je me tais, continue.

— Tyler est mon correspondant depuis le début. C'est comme si je le connaissais depuis toujours. Et quand on a découvert tout ça… eh bien les choses sont arrivées.

Elle écarquille les yeux.

— Je n'y aurais jamais cru, venant de lui. En plus, il te tournait autour, je trouve ça mignon.

— On s'est embrassés et c'était vraiment… spécial. On n'a jamais défini notre relation, mais nous passons beaucoup de temps ensemble.

Au son de ma voix, je me rends compte que je suis mal à l'aise de parler de ça ouvertement, c'est la première fois que je me confie sur ce sujet.

— On se découvre et j'aime bien ce qu'on a.

— Matt est au courant ?

— Non ! Je ne suis pas prête à lui parler de ça et je ne crois pas que Tyler le veuille non plus. J'aimerais garder tout cela secret pour l'instant.

— C'est une sorte de jeu de séduction entre vous ? T'as conscience que c'est risqué ?

— En quoi c'est risqué ?

— Tu as des sentiments pour lui, Lana.

J'aimerais nier mais ce n'est pas possible. C'est si soudain pour moi… toute cette histoire m'est tombée dessus. Pourtant, cette prise de conscience ne vient pas seule ; elle est accompagnée d'une peur sourde. La peur de l'inconnu, de l'intimité, de la possibilité d'un cœur brisé… La crainte de ne plus lui suffire une fois qu'il découvrira que Cherry n'est pas aussi spéciale qu'il le croit.

— J… J'ai peur, Lydia.

J'ai l'impression de me mentir à moi-même, mon cœur est lourd du poids d'un mensonge difficile à avaler.

— C'est quelque chose qu'on ne contrôle pas, Lana.

Je soupire et continue de boire mon frappé caramel, tandis que mon amie semble être en pleine réflexion sur la situation dans laquelle je me trouve.

— Il est comment avec toi ?

— Il est…

Incroyable.

Mais rien ne sort de ma bouche, c'est comme si c'était un secret. Mon secret. Flame est un secret que je veux garder pour moi.

— Il ne te force pas à…, s'enquiert-elle devant mon silence.

— Non, pas du tout.

Son sourire réapparaît.

— Dans ce cas, profite.

— Pardon ?

— Il est clair qu'il te respecte, en même temps il n'a pas le choix sinon je lui couperais les couilles. Mais il est aussi évident que tu te sens plus femme à ses côtés. Je sais que tu as honte un peu de cette partie de toi depuis l'histoire avec Noah. Mais si ça t'aide à te sentir mieux, à retrouver ton amour-propre et à comprendre à quel point tu es une personne belle et incroyable, alors laisse-toi aller avec lui. Ce n'est pas obligé d'aboutir à quelque chose, du moment que toi tu te sens bien.

Ses mots me touchent, j'esquisse un sourire pour répondre à ses belles paroles, finalement elle a raison. Lorsque je suis près de Tyler, je découvre une facette de moi que je n'aurais jamais imaginée. J'aime celle que je suis à ses côtés, j'aime cette imprudence qui m'envahit.

— Merci… Lydia.

Dans la solitude feutrée des vestiaires, j'enfile mon uniforme de cheerleader, perdue dans mes pensées. Le silence, seulement troublé par le froissement du tissu, enveloppe la pièce, créant une bulle de tranquillité momentanée dans le tourbillon de ma journée. Je suis exténuée, j'ai enchaîné tant de cours que je suis bien heureuse d'être seule dans la pièce avant l'arrivée des filles.

Je suis tirée de mes pensées par un souffle chaud dans ma nuque. Tyler se tient là, aussi silencieux qu'un fantôme, son reflet dansant à peine dans le miroir devant moi. Avant que je puisse réagir, ses bras m'entourent, me ramenant contre son torse. Un frisson parcourt mon échine. Sa respiration caresse ma joue puis nos lèvres se rencontrent dans un baiser sensuel, dévorant, qui semble consommer l'oxygène autour de nous. Le monde extérieur s'estompe, réduit aux battements de nos cœurs et à l'entrelacement de nos souffles. Chaque pensée, chaque inquiétude s'évanouit, laissant place à la sensation vertigineuse de son étreinte.

Pourtant, aussi envoûtant que soit ce moment, la réalité s'impose brusquement à moi. La notion du temps, un instant oublié, me frappe avec la subtilité d'un gong. L'entraînement. Je m'arrache à l'étreinte de Tyler avec une réticence coupable.

— Tyler, je… Je vais être en retard, murmuré-je, ma voix étranglée par un mélange de désir et de devoir.

Il me contemple, ses yeux reflétant une tempête d'émotions, avant de se résigner avec un sourire doux-amer.

— Je sais, concède-t-il, ses doigts caressant brièvement les miens avant de me lâcher.

Je m'éloigne à contrecœur, le cœur battant à tout rompre, jetant un dernier regard à Tyler. Ce baiser, aussi fugace et imprudent soit-il, a semé en moi une promesse non dite, un avant-goût d'une connexion impossible à ignorer.

— T'es en retard, Lana, s'exclame Anna.

Je m'excuse et m'empresse de me mettre à côté de Lydia, qui me lance un regard inquisiteur. Je retiens un sourire en pensant à Tyler, qui est juste là, dans les gradins, en train de m'observer, tenant son carnet entre ses mains.

À la fin de l'entraînement, je remarque qu'il vient vers moi.

— Il est fou de toi, chuchote Lydia dans mon oreille.

Je n'arrive pas à me faire à cette idée, mais l'entendre exprimée par une autre personne nourrit un doux espoir pour la suite.

Comme à mon habitude, une fois changée, je m'en vais retrouver Tyler sur le parking. Je suis lessivée après cette journée, j'ai hâte de rentrer chez moi et de passer du temps avec lui.

— Trésor, t'es en retard, clame-t-il d'une voix sévère dès que j'arrive.

Je roule des yeux et monte dans sa voiture. Il ricane et démarre. Je mets la musique en marche. À la volée, il attrape ma main avant de se lancer sur la route.

— Je suis fatiguée, avoué-je en serrant sa main.

— Tu n'as pas mangé grand-chose, j'ai l'impression.

— Je n'ai pas eu trop le temps, tout s'est enchaîné aujourd'hui.

— Il n'y a rien d'autre ?

Depuis ma discussion avec Lydia, je n'arrête pas de songer à ma relation avec Tyler. La nuit, je ne pense qu'à lui, je songe à notre proximité physique, à son corps chaud contre le mien et aux sensations inouïes qu'il m'a fait ressentir.

Mon silence semble l'agacer, parfois j'ai l'impression que, plus nous nous rapprochons, plus nous dissimulons une part de nous-mêmes, le dernier rempart de nos cœurs. Je ne lui ai jamais parlé de Noah, de ma crainte d'être touchée ou encore de celle qu'il puisse m'abandonner si je ne me donnais pas à lui.

Tyler pousse un long soupir, sa main enveloppe la mienne, déclenchant une chaleur revigorante. Il s'arrête à un feu rouge, me tire vers lui, nos visages séparés par quelques centimètres seulement.

— Je t'ai déjà dit que t'étais une emmerdeuse ?

— Ou... oui...

Troublée par cette proximité, je mordille ma lèvre inférieure. Je ne comprends pas où il veut en venir ni ce qu'il cherche en me disant ça. D'ailleurs, je ne suis pas trop sûre de comprendre ce qu'il dit, car sa main a un effet ô combien inattendu sur moi.

— Toi aussi, t'es un emmerdeur.

Un léger rire s'échappe de ses lèvres et son souffle s'abat sur moi comme la plus luxurieuse des caresses.

— Tu ne m'apprends rien, répond-il avant de prendre ma lèvre inférieure entre ses dents.

Un petit gémissement de surprise franchit ma bouche.

— Putain, grommelle-t-il avant de m'embrasser.

Je plane, puis je flotte sans plus toucher le sol. J'ai arrêté de faire attention à la turbulence des battements de mon cœur. Quand nous nous séparons, il lâche ma main et son front se pose contre le mien. Haletante, je garde la tête baissée puis finis par lui dire ce qui m'occupe l'esprit :

— Tu me rends imprudente, Tyler.

Son sourire en coin ne me passe pas inaperçu, il se redresse et s'adosse à son siège puis démarre. Je cligne des yeux et continue de chercher une réaction de sa part quand il finit par me répondre sans quitter la route des yeux :

— Ne laisse jamais mes ténèbres te changer.

Mes doigts se resserrent sur mes cuisses, je n'arrive pas à détourner mon regard de lui et le sien me semble perdu sur l'horizon, légèrement préoccupé.

— Dans la boîte à gants, il y a des Oreo. Mange autant que tu veux.

— Tu me nourris toujours, commenté-je, amusée, en croquant un biscuit.

— Ouais, tu me fais de la peine, se moque-t-il.

— T'en veux un ?

Sans lâcher la route du regard, il penche sa tête vers moi et ouvre la bouche. Je ris et le mets à l'intérieur.

— Mon péché mignon reste le cheese-cake, m'exclamé-je.

— Épargne-moi cette absurdité culinaire.

— Mais pourquoi ? C'est un très bon dessert !

— Ne me force pas à te balancer sur le bord de la route.

— Les muffins à la myrtille, ça c'est pas bon, le défié-je.

— Tu préfères devant les buissons ? Ou bien devant les camionneurs ? Avec un peu de chance, ils te donneront du pain et du fromage.

Un rire se déploie dans ma gorge et je le fixe avec un air effronté.

— Tu vas faire quoi après m'avoir déposée ?

— J'ai rendez-vous avec Dan.

— Dan ne te fait pas la gueule ?

— On est de la même famille, on n'est jamais fâchés bien longtemps.

Il se gare devant chez moi.

— Merci de m'avoir déposée.

— Allez, file, va manger correctement chez toi. Une voiture bien amochée m'attend au garage, impatiente que je la tripote.

— Ne t'emballe pas trop, la ferraille est difficile à satisfaire.

— Mmm, c'est sûr que ce n'est pas comme toi.

Je me sens rougir instantanément.

— Je t'emmerde !

Avant que je sorte, sa main attrape mon menton pour m'inciter à plonger mes yeux dans les siens. Attirée par lui, j'arrive à entrevoir ce lien qui nous unit dans une invisibilité parfaite. Sauf pour nous. Mes yeux se dirigent vers son poignet, il porte mon petit ruban rouge. Je souris et le caresse sur cette zone, touchée qu'une partie de moi soit là, tout près de lui.

— Ne fais pas de bêtise, trésor.

Je me retiens de sourire en mordillant ma lèvre. Je penche ma tête et me cale sur son épaule avant de déposer un rapide baiser sur sa joue. Puis je sors de sa voiture avant que la tension ne monte d'un cran.

Après avoir pris une bonne douche et bien mangé, je reste dans ma chambre et discute par messages avec mes frères. Matt joue à la console avec Hayden chez eux tandis que Luke est au centre commercial avec ses amis. Je leur parle rapidement de la dernière dispute des parents, qui date d'hier, quand de nouveaux cris provenant du rez-de-chaussée m'interrompent.

Discrètement, je descends pour connaître la raison de cette énième prise de tête et, sans un bruit, je me colle au mur à côté de la porte du salon pour les écouter.

— Je n'arrive pas à croire que tu mentes encore à tes enfants.

La voix de mon père est orageuse, et mon corps en tremble. La colère dans sa voix est impétueuse, je perçois les sanglots répétés de ma mère, totalement désemparée. Mon cœur se serre, les écouter se déchirer est un supplice et encore plus si ma mère pleure.

— Je ne peux pas leur dire, répond-elle en pleurant, et surtout pas à lui.

— Putain, ça fait des mois que j'attends que tu le fasses. Tu crois que ça me plaît, à moi ?

— Laisse-moi du temps, je t'en prie, le supplie-t-elle.

— Non, je ne tolère plus ça. Tu m'as menti. Tu m'as trompé juste après notre mariage. Je n'arrive pas à croire que tu aies fait ça. Je suis resté ici pour mes enfants et ce que tu as fait est impardonnable.

— Toi aussi, tu t'es mal comporté avec eux, se défend-elle.

— Mets-toi deux minutes à ma place, comment tu réagirais si tu découvrais après tant d'années que ton premier enfant n'est pas le tien ? !

CHAPITRE 38

Tentation

TYLER

Claquant la portière de ma voiture, j'entre dans le garage de Dan, qui est concentré sur la vérification de ses outils. Ce matin il m'a envoyé un message me demandant de lui rendre visite. Cela m'a un peu étonné puisque, depuis ma défaite volontaire, on ne s'est plus adressé la parole. Je n'ai pas osé faire le premier pas vers lui, car dans le fond je savais qu'il le ferait, quelle que soit la discorde entre nous, notre proximité ne s'effiloche pas. Même si je ne le montre pas, je suis content de le revoir.

— Je suis là !

— T'en as mis, du temps, souffle-t-il en s'essuyant le front.

— C'est déjà bien que je sois venu.

Il se tourne vers moi et je découvre un coquard sur son œil gauche. Je fronce les sourcils et désigne son hématome pour en connaître la cause.

— Daryl.

— Tu t'es battu avec lui ? Pourquoi ?

— Je leur ai dit que tu étais mon cousin, et avec le cirque que tu nous as fait ils l'ont très mal pris.

— Qu'ils aillent se faire foutre !

— Écoute, l'argent, ce n'est pas un problème pour moi. J'ai mon garage et je gagne bien ma vie. Mais eux, Tyler…

Certains ont des familles à nourrir, tu ne peux pas te comporter de la sorte.

— Ton club me rejette depuis le début, c'est le prix à payer quand on essaie de m'atteindre.

— Crois-moi, ils l'ont bien compris. Et ce n'est pas une question de rejet, toi aussi tu as du mal à t'intégrer. Ton comportement laisse à désirer avec tes folies vengeresses contre les Ravens. Même si tu es un très bon élément, personne ne peut le nier.

Je soupire, il sait mieux que personne que je n'arrive pas à me contenir quand il s'agit des Ravens…

— Tu m'as appelé pour me parler des Gunners ?

— Non, ma décision ne change pas, je veux toujours que tu prennes tes distances.

— De toute façon, je ne reviendrai pas.

— J'ai du mal à croire ça, se moque-t-il.

Je retire ma veste et la pose sur une chaise avant de m'asseoir. Je sors une cigarette que je bloque entre mes lèvres et que j'allume rapidement.

— Remets ta veste, on va sortir.

— On va où ?

— Faire un tour.

Ennuyé, je m'exécute. Dans sa voiture, il met à fond Freddie Mercury, Queen est son groupe préféré, c'est un véritable fan. Exaspéré, je le regarde chanter *Bohemian Rhapsody* avec une telle ferveur que j'ai l'impression qu'il va pleurer d'émotion

— Putain, Dan, plus aucun des Gunners ne te respecterait si on te voyait comme ça.

— Ta gueule, cette chanson représente beaucoup.

Parfois, je considère tellement Dan comme un chef intouchable que j'en oublie que la vie ne l'a pas épargné. Les tatouages sur son corps parlent d'eux-mêmes. Sa vie est peinte sur lui, encrée sur sa peau. Il refuse d'oublier d'où il vient et tout ce qu'il a traversé. Sans cela il ne serait jamais celui qu'il est aujourd'hui. C'est sa satisfaction personnelle.

Après quelques minutes de route, il se gare devant son bistrot habituel, ce qui me laisse perplexe. Il m'incite à descendre et nous entrons.

— Tu m'as demandé de venir pour qu'on sorte manger ?

Il rit et nous apporte deux bières, j'en bois une gorgée et le vois se diriger vers la petite scène aménagée dans un coin, où trônent quelques instruments de musique. Oh non…

— Salut tout le monde !

— Hey, Dan, s'exclament quelques hommes dans la salle.

— Aujourd'hui je vais faire mon Mick Jagger, vous êtes prévenus. Cousin, n'hésite pas à me rejoindre, me propose-t-il en me pointant du doigt.

Automatiquement je cache mon visage avec ma main puisque tout le monde se met à me fixer en riant de ma réaction. La musique se lance et Dan se met à jouer *You Can't Always Get What You Want*, des Rolling Stones à la guitare. Il commence à chanter et le public applaudit en rythme. Dan chante plutôt bien, les filles du bar semblent sous le charme de sa voix rauque. Son regard se pose sur moi et m'invite à le rejoindre. Fidèle à moi-même, je lui fais un doigt d'honneur et il lève les yeux au ciel.

Sa prestation finie, le public l'acclame et, lorsqu'il revient vers moi, il sourit de toutes ses dents et frotte mes cheveux.

— T'es taré, marmonné-je.

— Tu aurais pu me rejoindre tout de même, il y avait deux guitares.

— Non merci, je te laisse l'occasion de briller.

La barmaid vient vers nous avec deux hamburgers, qu'elle déposè à notre table. Elle fait un clin d'œil à Dan.

— Offert par la maison. Toujours aussi doué, Dan.

Il lui sourit.

— Merci, Penny.

La serveuse s'éloigne et je mate son corps avant de fixer Dan en lui adressant un regard complice.

— Pas mal, cousin, commenté-je.

— Ne te méprends pas, Ty, elle est lesbienne, se moque-t-il en mordant dans son burger.

— Et moi qui croyais qu'on finirait par te caser avant la fin de l'année.

— Et toi ? Qu'est-ce que c'est que ce petit nœud rouge ?

Dan désigne le ruban de Lana autour de mon poignet, je le recouvre avec ma paume et le caresse, laissant ce tendre souvenir embaumer mon esprit. J'ai beau lui en avoir piqué quelques-uns, le fait que ça soit elle qui l'enroule sur ma peau m'a vraiment fait quelque chose, et je ne veux plus le retirer.

— Ça ne te regarde pas.

Dan hausse les épaules en ricanant et nous finissons notre repas tranquillement.

Lorsque nous revenons au garage, Dan sort le premier de la voiture et me demande de tirer un carton de la malle. Je m'exécute et, au moment où je m'approche de lui, je remarque qu'il est immobile au milieu du chemin.

— Lana, ça va ? demande-t-il, inquiet.

J'accélère le pas et fronce les sourcils, lorsque je découvre Lana assise par terre contre le mur du garage.

Elle se lève hâtivement et essuie son jean d'un revers de main avant de poser son regard sur moi. Ses yeux verts si expressifs habituellement sont submergés de tristesse. Elle se sent gênée devant Dan et ne sait pas quoi dire.

— Oui ça va… Je…

— Elle est venue parce que je le lui ai demandé, interviens-je, j'avais des questions à lui poser pour les cours.

— Ah d'accord ! Je vous laisse alors, répond-il en me prenant le carton des mains.

Dan rentre dans le garage et ferme la porte derrière lui. Il n'est pas dupe, il sait très bien que j'ai aucune question à poser à Lana. Tête baissée, elle garde le silence. Je m'approche d'elle et remarque que ses mains tremblent légèrement. Et j'ignore quoi faire dans ces situations. Je me sens démuni.

— Parle-moi, chuchoté-je.

Elle se colle à moi, sa tête se cale contre mon torse, je l'entends murmurer.

— C'est horrible, Tyler.

Mes mains entourent ses joues et je lève sa tête vers moi. Au moment où mes yeux plongent dans les siens, je suis subjugué par ses iris. Je prends sa main et l'entraîne vers ma voiture. Le long du trajet, nous restons silencieux. Sans doute parce que j'ignore quoi dire. Tout à l'heure, elle était déjà dans un état plutôt inquiétant, elle n'avait rien mangé et cela me préoccupe. Je me gare devant un café et lui demande de m'attendre.

Ça me fait chier de dépenser mon argent pour cette abomination culinaire, mais si ça peut l'aider à aller mieux, on fera avec. Je lui prends deux parts de cheesecake avec deux goûts différents. Elle est toujours dans la même position, tête baissée, poings serrés sur ses cuisses.

Elle se retient de pleurer. Lana ne pleurera jamais devant quelqu'un, je la connais, pas même devant moi.

Arrivé à destination, je me gare au même endroit que la première fois où nous sommes venus ici pour déjeuner face à ce tableau hypnotisant. Ce coin est désert et ça m'arrange. Je retire ma ceinture et fais de même pour elle.

— Regarde-moi.

Un sanglot émerge de ses lèvres, puis ses yeux larmoyants rencontrent les miens. Une larme s'échappe et je l'efface rapidement avec mon pouce.

— Mes parents mentent à Matt depuis toujours, sanglote-t-elle.

Elle pose ses mains sur ses yeux et se retient, comme elle peut de ne pas craquer. Je ne supporte pas qu'elle bataille contre elle-même pour ne pas dévoiler l'étendue de sa peine. Pris d'une pulsion, je prends ses mains pour l'obliger à me regarder.

— Lana, laisse-toi aller, l'encouragé-je en entrelaçant nos doigts.

— J... Je...

— Ne lutte pas devant moi, trésor.

Prenant une profonde inspiration, elle libère une main pour se frotter l'œil, puis elle souffle fort avant de reporter son attention sur moi. Je tiens toujours son autre main et la serre pour l'inciter à s'ouvrir à moi.

— J'ai surpris mes parents en train de se disputer. Mon père accusait ma mère, disait qu'il ne supportait plus ses mensonges, qu'elle devait dire la vérité à Matt. Que ce n'était pas son fils. J'étais tellement sous le choc que j'ai heurté la commode à l'entrée et que j'ai cassé le vase. Mes parents m'ont vue et mon père m'a tout expliqué. Ma mère l'a trompé après leur mariage et elle est tombée enceinte de Matt. Et ma mère a tout confirmé...

— Ton père l'a su quand ? demandé-je en caressant sa main de mon pouce.

— Il y a moins d'un an, et c'est à peu près à ce moment-là que les choses sont devenues tendues à la maison, ça explique beaucoup de choses. C'était un concours de circonstances.

Des larmes ruissellent de ses yeux et elle baisse la tête pour que je ne la voie pas pleurer. Je suis totalement désemparé. Si j'en crois ce que Matt disait, Lana ne pleure jamais, mais cette fois-ci... elle baisse les armes.

Elle accepte de se reposer sur moi, de se laisser aller.

— Ma mère m'a suppliée de ne rien dire... Comment je pourrais regarder Matt dans les yeux sans tout lui avouer ? Je ne peux pas lui mentir...

En pleine crise d'angoisse, elle s'agite légèrement sur le siège. J'attrape son visage pour la pousser à me regarder et à rester concentrer sur moi. Elle tremble dans mes bras, sa respiration saccadée fait monter et descendre sa poitrine. Elle se liquéfie entre mes mains. Si je ne fais rien, j'aurai l'impression de la perdre. J'ancre mes doigts sur sa nuque, la rapproche de moi et j'écrase ma bouche sur la sienne. Doucement, Lana se calme à mon contact, je la sens défaillir dans mes bras. Alors je l'embrasse comme si ma vie et la sienne en dépendaient, et je crois bien que j'en avais autant besoin qu'elle.

Je ne suis pas doué pour réconforter les autres, mais j'ose espérer que j'ai réussi à apaiser cette tension qui lui crispe le corps. Je romps notre baiser et colle mon front au sien.

— Lana, écoute-moi, cette histoire concerne tes parents, pas toi, ce n'est pas à toi de le dire à Matt. Et ça ne va rien changer entre vous deux, je sais qu'une partie de toi a peur de ça. Mais Matt sera toujours ton frère, d'accord ? Trésor, regarde-moi. Tu n'as rien fait.

Sa respiration se calme peu à peu, j'essuie d'un revers de pouce les quelques larmes sur ses joues rosées. Mes lèvres se collent aux siennes encore une fois, je l'embrasse tendrement et plus langoureusement.

— Je suis là, lui susurré-je près de sa bouche.

Je frotte mon nez contre le sien, ses doigts s'agrippent à mon pull comme pour se raccrocher à moi en toutes circonstances et j'aime cette idée. J'aime être celui vers qui elle se tourne quand tout s'effondre autour d'elle.

— Merci, répond-elle sur le même ton en prenant ma main.

Elle s'adosse à son siège et me sourit timidement. Je prends la boîte de cheese-cakes et la lui pose sur les genoux.

— Mange, ça te fera du bien.

Un petit sourire étire ses lèvres lorsqu'elle ouvre la boîte, puis elle reporte son attention sur moi.

— Après que mon père m'a parlé, je suis sortie de la maison et… tu es la première personne que je voulais voir, avoue-t-elle, gênée. Mais je ne t'ai pas trouvé au garage et, comme y avait ta voiture, j'ai décidé d'attendre un peu.

— Tu m'as attendu longtemps ?

— Je ne sais pas trop. Je n'ai pas pris mon téléphone.

Sa voix n'est pas comme d'habitude, chaque fois qu'elle parle, sa gorge se noue et sa voix se brise un peu plus. Le lien qu'elle a avec Matt est très fort, si elle doit lui mentir, ce ne sera pas facile pour elle, surtout pour une histoire d'une telle ampleur.

— Trésor, écoute-moi.

Désarçonnée par ce qu'il vient de se passer, elle n'arrive pas à manger, même son dessert préféré. Son regard vacille pour savoir ce que j'ai à lui dire.

— Matt n'est pas débile, je pense qu'il se doutait déjà de quelque chose. Ne pense pas aux conséquences, ni à ce qu'il éprouvera, il est fort. Toi aussi tu es forte, alors mange ce gâteau dégueulasse et après on ira faire un tour loin de tout ça.

LANA

Je n'arrive plus à regarder mes parents dans les yeux, mais ce que je ressens n'est rien comparé à ce que Matt pourrait éprouver en apprenant la vérité. Plus les jours passent, plus je prie pour que ma mère la lui dise. Ma relation avec elle s'est dégradée et mon père ne lui adresse plus la parole. Apparemment, la seule chose qui le retenait dans cette maison depuis des mois, c'est nous. Mais j'ose encore espérer que cette histoire ne se finisse pas en divorce. D'après ce que j'ai compris, le père de Matt serait un ex de ma mère, et elle aurait trompé mon père peu après leur mariage. Tout s'éclaire à présent, leur comportement s'explique, même si cette vérité fait mal.

Mon entraînement vient de se terminer. Dans les vestiaires, je me change, et Lydia me raconte le mariage de sa cousine qui a eu lieu ce week-end. Je l'entends sans réellement l'écouter. J'ai l'impression d'être la pire des amies, à suivre d'une oreille ses confessions. Je suis fatiguée émotionnellement, physiquement, et mon seul réconfort, c'est Tyler.

Je me rends en avance au cours de débat. Simmons n'est pas encore arrivé, je suis seule dans la pièce. Ma tête repose sur la table sur mes bras croisés. Une main exerce alors une faible pression sur mon crâne, je m'empresse de lever la tête et regarde par-dessus mon épaule. Tyler plisse les yeux et fait une mine interrogative.

— Je suis fatiguée, avoué-je en haussant les épaules.

— Tu as mangé, trésor ?

— Pas vraiment, je n'ai pas d'appétit en ce moment.

Tyler me scrute d'un regard inquisiteur, puis ses yeux se dirigent vers le siège où il a l'habitude de s'asseoir.

— Tu ne t'assois pas à côté de moi ? demandé-je doucement.

Tyler me sonde d'un regard profond, un sourire se dessine sur ses lèvres puis il fait crisser les pieds de la chaise sur le sol pour être près de moi.

— C'est mieux, comme ça ?

J'acquiesce et pose ma tête sur son épaule.

— Oui, c'est toujours mieux.

Mes doigts caressent son poignet recouvert par mon ruban, qu'il ne retire jamais. J'esquisse un sourire puis sa main se referme sur la mienne, me procurant une chaleur lénifiante, embaumant mon être.

— Par contre, cela ne change rien, je vais exterminer le moindre de tes arguments.

— Je suis plus forte que toi. Tes visions sont bien trop sombres, tu as forcément tort, le taquiné-je.

— J'attends de toi que tu les éclaires, avoue-t-il, amusé, en passant sa main dans mes cheveux, glissant sa paume jusqu'à ma joue.

Son pouce dessine de petits cercles sur ma joue, ses opales sombres me contemplent puis lentement il se penche vers mon visage et dépose un bref baiser sur mes lèvres avant que quelqu'un n'arrive.

— Tu attends de moi que j'illumine ta vie, c'est ça ? Je pensais que je le faisais déjà.

Tyler se retient de rire, ses lèvres tressautent et il finit par se taire quand Simmons entre et nous adresse un regard ravi.

— Je m'en doutais, annonce-t-il en posant sa sacoche sur le bureau.

Mon visage vire au cramoisi et Tyler se marre devant ma réaction.

— J'ai toujours eu bon goût, Monsieur Simmons, réplique-t-il.

Je frappe sa cuisse sous la table et il me saisit la main en l'enserrant.

— C'est vrai, confirme Simmons.

Les étudiants arrivent et la séance commence : *Le manque de considération dans les sociétés modernes : causes, conséquences et voies de réconciliation.*

— Trop facile.

Et c'est vrai, c'est toujours facile pour lui d'émettre ses avis et de décortiquer ceux des autres. Sa main est restée sur ma cuisse tout le long de la séance, animée par les voix de presque tout le monde. Flame me fait me sentir vivante, en dépit du chaos qui sévit sous mon toit. Tyler fait battre mon cœur tous les jours de plus en plus vite. Tyler et Flame me font me sentir spéciale, et pas de la même manière que Noah. Tyler n'a rien à voir avec Noah. La seule personne à qui je me sois confiée, c'est Tyler, je voulais qu'il me réconforte, lui. J'ai une confiance aveugle en lui, tout me semble normal près de son corps. C'est indéniable, je tiens à lui plus que je ne l'imaginais, au-delà de ce que Flame pouvait représenter, il m'apporte quelque chose dont lui seul a le secret.

À la fin du cours, Tyler m'emmène chez lui. Tout le long du trajet sa main me tient la jambe tandis que mes doigts caressent mon ruban autour de son poignet.

— Je veux manger un cheese-cake.

Il souffle, exaspéré, et cela me fait rire. Après s'être arrêté pour que j'achète des petits trucs à grignoter, je cache les cupcakes dans mon sac pour qu'il ne les voie pas. Ce fou n'aime pas les cupcakes, je dois remédier à ça. Dans la voiture, je mets ma playlist et quelques chansons Disney défilent pour mon plus grand bonheur. Au moment où *Hakuna Matata* passe, je commence à chanter.

— Putain, mais change-moi ça !

— *Ces mots signifient que tu vivras ta viiiiie ! Sans aucun souciiiii ! PHILOSOPHIE !*

Il grogne et passe à la chanson suivante, mais la voix d'Aladdin remplace celle de Simba. J'éclate de rire en voyant sa tête.

— Putain, c'est quoi cette playlist ? !

Une idée fulgurante me traverse l'esprit.

— Si tu avais une chanson Disney préférée, tu sais laquelle ce serait ?

— Quoi ?

Et je me mets à imiter la chanson :

— Ce rêve noir, c'est un nouveau monde de cauchemar. Où Tyler me dit : c'est interdit de croire encore au bonheur !

Un rire sonore se déploie de sa gorge et je ne tarde pas à le rejoindre. Ses yeux se posent rapidement sur moi avant qu'il se gare devant chez lui.

— Alors c'est ce que je t'inspire ?

— Pour rire, oui. Mais dans le fond, non.

Une fois dans sa chambre, je lui mets sous le nez un cupcake goût vanille et il est à deux doigts de me traiter de tous les noms possibles et imaginables.

— Même pas en rêve ! Hors de ma vue, proteste-t-il en s'éloignant de moi.

— Allez, pour moi ! Juste une bouchée, supplié-je en lui courant après.

— Non mais ça va pas ! Je vais te l'éclater à la figure !

Je me mets debout sur son lit et croise les bras en boudant, il s'approche de moi et m'ordonne de descendre. Je refuse et d'un coup il me soulève et me fait basculer en arrière. Je hurle de surprise et il me plaque sur son matelas.

— T'es grave une emmerdeuse.

Je souris et plante le cupcake sur ses lèvres. Il cède et finit par croquer dedans, ce qui me satisfait amplement. Il se relève et je fais de même.

— Alors, tu aimes ? demandé-je, tout excitée.

— Non, marmonne-t-il en posant ce qu'il reste sur sa table de chevet.

Mon regard dévie sur la photo de lui et sa sœur. Avec ses longs cheveux d'ébène et ses yeux sombres terriblement expressifs, elle ressemble un peu à Tyler. Ce dernier s'adosse à la tête de lit et étale ses jambes, je m'assois sur mes genoux et pointe du doigt le cadre sur une des étagères de sa bibliothèque.

— Ta sœur était une pianiste confirmée ?

Tyler soupire et semble perdu dans ses pensées, il a subitement l'air triste. Et ça me fait mal au cœur, j'ai l'impression que les démons qui le possèdent sont liés à elle. Que lui est-il arrivé ? Tyler ne me dira rien, je le connais bien. Si je lui demande, il risque de se braquer et je n'en ai pas envie.

— Ouais… Eryn est très talentueuse.

— Et toi ? Cette guitare, tu sais en jouer ?

— Ça m'arrivait d'en jouer auparavant.

— Et pourquoi tu as arrêté ?

— Parce que cela ne me passionne plus.

— Pourtant, elle est encore dans ta chambre, si cela ne t'intéressait plus, elle ne serait pas là.

— J'avais l'habitude d'en jouer avec ma sœur, là ça n'a plus intérêt.

Il y a une pointe de chagrin dans sa voix, son regard est vague, j'ai l'impression de le perdre à ce moment, il n'est que l'ombre de lui-même.

— Joue-moi un morceau.

Il affiche un sourire narquois et affronte enfin mon regard.

— Même pas en rêve, se moque-t-il.

— Tu ne veux même pas m'apprendre ?

— Je ne suis pas prof.

— Au moins les gammes, négocié-je avec une mine de chien battu.

Les bras derrière la tête, il me jauge avec un air mi-amusé, mi-soûlé. Il se lève, saisit son instrument et reprend sa position initiale.

— Je ne t'apprends rien, mais comme t'es une gamine, je te joue *Frère Jacques*.

— Non je veux autre chose, rétorqué-je en me retenant de rire.

— Quoi donc ?

— La musique que tu joues le mieux.

Il ferme les yeux, et les premières notes résonnent dans sa chambre. Ses yeux se rouvrent et il se concentre sur son instrument, poursuit son morceau. Je cogite quelques secondes avant de reconnaître le titre, *The A team*, d'Ed Sheeran.

— Tu joues vachement bien, le complimenté-je, émerveillée.

Tyler joue uniquement le refrain puis range sa guitare sous son lit. Il croise ses bras et continue de me regarder.

— Je sais, me nargue-t-il ouvertement.

— Qu'est-ce que tu peux être arrogant !

— Bah, j'ai juste confirmé ce que tu disais.

Mon cœur tambourine dans ma cage thoracique, lorsqu'il me fixe avec autant de ferveur, je me sens me consumer de l'intérieur. Et il me donne chaud tout à coup.

— Approche.

Sa voix caresse mes oreilles et doucement je m'exécute. Son bras entoure ma taille et je me mets sur lui. Son souffle effleure ma peau et me procure une sensation unique qui me fait tressaillir. Je suis emportée par cet ouragan de désir que j'éprouve pour lui. Sauvagement, il prend possession de ma bouche, sa langue titille la mienne et il me colle davantage contre lui. Je gémis et il me lèche les lèvres. Une certaine impudence se propage en moi, je suis plus entreprenante que la dernière fois. Mes mains glissent sous son T-shirt pour retrouver le plaisir de toucher son torse svelte et musclé. Il mordille mes lèvres puis plonge sa tête dans mon cou, qu'il embrasse avec ardeur.

C'est à son tour de me toucher, il passe sa main sous mon haut et me regarde pour savoir s'il a mon accord pour me le retirer. Je me contente de hocher la tête en mordillant ma lèvre inférieure ; il affiche un sourire malicieux et mon T-shirt passe par-dessus ma tête. Ses yeux examinent ma peau, il l'effleure comme si j'étais en porcelaine. Il craint de me faire peur, mais ce qu'il ignore, c'est qu'il n'y a qu'avec lui que je n'ai pas peur. Son pouce fait des cercles sur la brûlure se situant sur ma taille et avec stupéfaction il découvre ma deuxième lésion qui dépasse légèrement de mon soutien-gorge noir.

— Putain, souffle-t-il.

J'ai la sensation d'être mise à nu sans avoir étalé mes secrets. Délicatement, mes doigts touchent son phénix, qui symbolise un drame qui lui est arrivé. Nos regards plongent l'un dans l'autre. Je me noie entre les vagues déchaînées de son océan noir. En se penchant vers moi, ses lèvres déposent une traînée de baisers sur le haut de ma poitrine, les battements de mon cœur s'accélèrent et ma respiration se hache. Il remonte jusqu'à mon cou sans rompre le contact avec ma peau et finit par mordiller mon lobe d'oreille.

— Tyler…

Mes bras entourent son cou et je plaque mes lèvres sur les siennes, je le sens sourire et ses mains descendent plus bas jusqu'à empoigner mes fesses pour me coller davantage contre lui. Je sens la protubérance sous son pantalon et l'effet sur mon bas-ventre est immédiat.

— Tu me fais confiance ? susurre-t-il au creux de mon oreille.

Une multitude de frissons courent sur ma peau et je me contente de l'observer en papillonnant des paupières, intimidée par ses avances.

— Tu le veux, trésor ? Tu veux sentir mes doigts en toi ?

Mon cœur s'emballe et je finis par acquiescer.

— Oui, je veux te sentir, susurré-je en effleurant ses lèvres avec mes doigts.

Mes yeux s'écarquillent lorsque je sens sa main parcourir ma cuisse, il m'embrasse tendrement puis je sens ses doigts passer sous ma jupe. Un petit cri aigu m'échappe.

— J'ai envie de te faire ressentir ça, que tu découvres ton propre plaisir.

Mes mains empoignent son T-shirt lorsque je le sens s'approcher de ma culotte. Il me caresse l'intérieur des cuisses d'une manière si sensuelle que je gémis à ce simple contact. Je retiens mon souffle lorsqu'il me touche là où il faut. Un sourire en coin s'étire sur ses lèvres et il m'embrasse le cou en même temps que ses doigts se chargent du centre de mon désir.

Lorsqu'il dépasse la barrière de mon sous-vêtement, je gémis son nom doucement et il m'embrasse langoureusement pour me faire penser à autre chose avant de glisser un doigt en moi. Je me cambre directement. Il bouge lentement sur cette partie de moi qu'on n'avait jamais touchée avant. Cette torture délicieuse me fascine, mon intimité est chaude et moite, juste pour lui. Je laisse échapper quelques gémissements contre ses lèvres qui caressent les miennes, entrouvertes. Tyler insère un deuxième doigt, je halète encore plus, surtout lorsqu'il accélère la cadence. Ce supplice enivrant me fait chavirer, je fonds sous les mouvements habiles de ses doigts.

— T'es tellement excitante comme ça, tu n'as même pas idée, putain, me murmure-t-il à l'oreille.

Une avalanche de plaisir me submerge et ce n'est qu'au moment où je m'accroche à lui de plus en plus fort que je comprends que je suis au bord de l'extase, mon corps s'arc-boute pour le sentir un peu plus et mes muscles se contractent sous l'effet du plaisir qu'il me procure.

Totalement emportée, perdant de contrôle, je me laisse aller et pose ma tête sur son épaule en reprenant mon souffle doucement. Sans réellement savoir ce que je faisais, j'ai déchiré son tee-shirt avec mes ongles. Je rougis et j'enfouis ma tête au creux de son cou. Je le sens me porter contre lui et il m'allonge sur le lit, à ses côtés. Mes joues s'empourprent lorsqu'il se met à me scruter, je baisse la tête et il s'approche de moi. Il se redresse légèrement et embrasse la lésion qui recouvre une petite partie de ma taille. Je pousse un soupir et il remonte avec une lenteur lancinante vers la deuxième, qui se situe en dessous de mon sein.

Il survole ma poitrine et mordille la vallée de mes seins. Sa langue et ses dents s'attaquent à ma peau, sous les complaintes de plaisir qui s'échappent de mes lèvres. Et là, je comprends ce qu'il est en train de me faire.

Un suçon.

— On dirait bien que Flame a marqué Cherry.

Mon cœur explose lorsqu'il me souffle cette phrase au creux de l'oreille. Puis il se rallonge sur le dos et je reprends peu à peu mes esprits. Ce que je viens de vivre avec lui était incroyable. Je n'arrive pas à croire qu'on ait fait ça. Qu'il me fasse éprouver ça.

— Ton corps est la chose la plus désirable que j'aie jamais vue.

Une nouvelle fois, mon cœur vole en éclats. Je me retourne dans le lit pour lui faire face, mon index effleure le haut de mon sein marqué par sa bouche. Tyler affiche un sourire. Ses mots s'infiltrent doucement dans mes veines et font accélérer mon pouls. Un silence apaisant règne. J'observe Tyler, qui fixe le plafond, mais la sonnerie de mon téléphone interrompt ce moment. Je me redresse et remonte la bretelle de mon soutien-gorge. Je réponds à ma mère, qui me demande où je suis et me dit qu'elle a besoin de moi à la pharmacie.

— Je dois rentrer, annoncé-je après avoir raccroché.

— Je te dépose.

Il se redresse et se frotte la nuque.

— Par contre, tu vas devoir attendre un peu, marmonne-t-il en se levant difficilement

— Pourquoi ça ? demandé-je, intriguée.

— J'ai besoin de prendre une douche froide.

Oh…

CHAPITRE 39

Désillusion

LANA

Quelques jours plus tard, je suis dans la salle de Hilda à m'entraîner. La température de mon corps monte au fur et à mesure de mes mouvements, je suis essoufflée et des perles de sueur coulent sur mon front.

— Mets-y plus du tien, Lana, s'exclame Hilda.

Je souffle fortement et frappe à nouveau sur ses gants pattes d'ours. Après chaque coup, j'ai la sensation d'être plus vive, plus forte. Je frappe encore et encore et Hilda m'ordonne de mettre de l'intensité au maximum.

— Tu as le droit de crier, Lana !

Sans plus attendre, je hurle et laisse la haine qu'il me reste encore se libérer à travers mes poings. Noah, mes agresseurs, mes problèmes avec ma famille. Tout éclate, et ça fait du bien.

— Tu progresses de semaine en semaine, je suis fière de toi, me félicite-t-elle une fois qu'on a terminé.

— C'est grâce à toi, répliqué-je en reprenant mon souffle.

— Tu te sens comment ? demande-t-elle en s'asseyant en tailleur en face de moi.

— Crevée !

— Tu m'avais l'air tendue avant la séance.

— J'ai quelques soucis familiaux, mais sinon ça va.

Elle fronce les sourcils.

— Tu consultes toujours ta psy ?

— Oui, mais elle a espacé les rendez-vous, elle trouve que c'est mieux que je réfléchisse à ce qu'on s'est dit après chaque séance. Surtout depuis que je lui ai parlé de ma première agression.

Hilda hoche doucement la tête en me souriant.

— Continue, Lana, c'est très bien.

Je lui souris à mon tour puis rejoins les douches. Ensuite, je m'habille rapidement et retrouve Hilda concentrée sur la fenêtre.

— Qu'est-ce que tu fais ?

— Il y a un canon en face, j'attends de voir ce qu'il cherche. Je t'assure que si j'avais son âge je n'aurais pas hésité à le draguer, réplique-t-elle, amusée.

Tyler.

Il est là.

— Il est venu me chercher, annoncé-je timidement.

Hilda me fixe, les yeux écarquillés, offusquée, comme si elle était vexée que je ne la mette pas dans la confidence.

— Lana ! Tu ne m'as pas dit que tu avais un petit ami.

— Ce n'est pas mon petit ami, avoué-je embarrassée.

Cette révélation fait taire le chaos dans ma tête. Je navigue sur les eaux tumultueuses de l'incertitude, où Tyler, tel un phare dans la brume, guide et égare tout à la fois. Nous nous fréquentons, nous partageons des moments d'une intensité brute, nos lèvres se rencontrent avec une faim qui transcende les mots, pourtant les frontières de notre relation restent floues, indéfinies. Qu'est-il pour moi ? Un ami, un amant, une esquisse d'avenir dessinée à la hâte sur le sable, menacée par chaque vague de doute ? Sommes-nous un couple ? Cette question se fraie un chemin dans le labyrinthe de mes pensées, résonnant sans réponse dans l'écho de nos silences. Suis-je amoureuse ? La peur de définir notre lien semble plus forte que l'envie de plonger dans les abysses de l'inconnu, de lui donner un nom, une réalité tangible.

Et pourtant, malgré les interrogations, les hésitations, une certitude demeure, aussi fragile qu'inébranlable : Tyler représente quelque chose d'essentiel, un chapitre encore à écrire, un murmure d'espoir dans le chaos de mon cœur. Entre ses bras, je trouve un refuge, un semblant de réponse à mes questions inavouées. Une compréhension de tout ce que je ressens.

— Vu comme tu te tortilles devant moi, on dirait que c'est plus que ça.

— C'est l'ami de mon frère et on s'entend bien.

Hilda ne semble pas convaincue par mes propos, de toute façon notre relation est difficilement explicable. Elle a beaucoup trop d'importance à mes yeux. Alors pour rien au monde je lui poserais de questions sur ce qui nous lie. Par crainte de tout perdre, que les mots finissent par tout gâcher, et en fin de compte ce sont les actes qui sont les plus importants.

— En tout cas, Lana, je voulais te dire de profiter de ta jeunesse. Pas seulement en termes de garçons, hein ! Mais ce sont les plus belles années de ta vie et elles ne reviendront jamais.

— Merci, Hilda.

Après l'avoir saluée, je retrouve Tyler dehors. Il est adossé à sa voiture et je n'arrive pas à croire qu'il soit venu me chercher. Hier soir, j'ai insisté par message pour qu'il vienne et il a passé son temps à me traiter de fainéante et de gamine.

— Salut, feignasse, s'exclame-t-il.

— Oh ça va, ronchonné-je.

— Allez, monte, je t'emmène voir Poil de Carotte.

— Lydia, marmonné-je en roulant des yeux.

À son plus grand désarroi, je lance la dernière playlist que j'ai créée. Quelques chansons défilent, puis le groupe Scorpions envahit l'habitacle, la chanson *Wind of Change* me touche particulièrement et je fredonne les paroles.

— C'est une nouvelle playlist, ça, commente-t-il en maintenant son attention sur la route.

— Oui, dis-je timidement. En fait… c'est une playlist des chansons qu'on a aimées tous les deux, avoué-je.

J'ai eu l'idée de regrouper les chansons que nous avons partagées. Un sourire se forme au coin de ses lèvres et il monte le son, ce qui me fait également esquisser un petit sourire.

— Tyler ?

— Oui, trésor ?

Je pose ma paume sur sa joue. Il caresse mon genou avant de s'y agripper.

— Tu crois que Flame aurait pu se lasser de Cherry ?

— Oui, bien sûr, je me lasse très vite, rétorque-t-il sans broncher.

J'écarquille les yeux et lui donne une claque sur la cuisse.

— C'est moi qui suis censé te claquer, trésor.

Je le frappe une nouvelle fois. Il s'esclaffe et saisit ma main avant de la porter à ses lèvres.

— Je ne pense pas que Flame aurait pu se lasser de Cherry. Il te l'a dit depuis le début, il est avec toi.

— Moi aussi, je suis avec toi.

À ses mots, un sourire étire ses lèvres alors que ses yeux sont toujours rivés sur la route et il serre ma main comme une approbation.

— Trésor, c'est l'anniversaire de Tony demain, tu veux m'accompagner ?

— Qu'on y aille tous les deux ?

— Tu veux qu'on ajoute une troisième personne à notre duo, peut-être ? Je suis contre le triolisme et encore plus contre l'idée de te partager.

Je mordille ma lèvre inférieure et détourne le visage vers la fenêtre, je rougis affreusement, cette discussion va devenir sérieuse.

— Je t'accompagnerai, murmuré-je.

Matt sera là, Hayden aussi et plein d'autres personnes. Oui. Plein de personnes verront que nous sommes ensemble. Pas un instant j'ai songé à la manière dont mon frère pourrait réagir face à cette idylle naissante avec son ami. Une partie de moi s'en fiche des réactions des autres et une autre est rongée d'appréhension. J'ai caché ce côté de ma vie, et pour je ne sais quelle raison j'aimerais que cela reste secret. Parce qu'à mes yeux, dès qu'elle éclora à la lumière du jour, plus rien ne sera comme avant, je le sens.

Mes yeux détaillent minutieusement Tyler et quelque chose retient mon attention. Son poignet ne porte pas le ruban. Il a dû le gêner, ce n'est pas grave, ça me faisait quelque chose de le voir avec, mais j'imagine bien qu'il ne compte pas le porter en permanence. Il ne remarque pas mon trouble, que je m'évertue à dissimuler. Quand il me dépose, il m'embrasse langoureusement. Des papillons flottent dans mon ventre, j'ai le cœur serré, une chaleur intense s'écoule dans ma poitrine. Je sors de la voiture et rejoins ma meilleure amie, totalement désorientée.

Avec Lydia à mes côtés, je déambule dans les allées lumineuses du centre commercial. Nous rions, commentons les nouvelles collections et partageons ces petits secrets qui ne quittent jamais le cercle sacré de l'amitié. Cela m'aide à me changer les idées. C'est un moment léger et réconfortant, jusqu'à ce que mes yeux se posent sur une silhouette familière à quelques mètres de nous.

Carla. Une ombre du passé de Tyler. Elle se tient là, à fouiller dans les étalages, ignorant le séisme qu'elle peut déclencher en moi. Et, alors que je m'efforce de détourner le regard, d'ignorer cette rencontre fortuite, quelque chose d'inattendu attire mon attention : un ruban rouge enroulé autour de son poignet. Le même que celui que j'ai noué autour du poignet de Tyler, un symbole de notre lien unique, de notre promesse silencieuse.

La vue de ce ruban sur elle est comme un coup de poignard. Mon cœur se serre et un sentiment de trahison m'envahit. Comment ? Pourquoi ? Les questions fusent dans mon esprit, chacune alimentant la spirale de doute et de suspicion. L'idée que Tyler puisse m'avoir trahie avec elle, que notre symbole ait pu être partagé, banalisé, me remplit d'une douleur sourde, d'une colère impuissante. Je me sens soudain isolée, malgré la présence rassurante de Lydia à mes côtés. Le centre commercial devient le théâtre de ma désillusion. Je lutte pour garder une apparence calme, pour ne pas laisser transparaître le tumulte intérieur qui me déchire.

— C'est probablement une coïncidence, essaie de me rassurer Lydia après que je lui ai raconté l'histoire, mais ses mots sonnent creux, ne parvenant pas à m'apaiser.

La confiance que j'avais en Tyler, en nous, semble vaciller sur ses fondations. La jalousie, la peur, l'incertitude m'assaillent, brouillant mon jugement, ébranlant ma foi en… l'amour. Oui en l'amour. Dans le fond, tout ce dont j'avais besoin pour réparer mon cœur meurtri, c'était de l'amour. Le sien. Uniquement le sien. Je me sens trahie, non seulement par Tyler, mais aussi par moi-même, qui semble si facile à duper. Je ne suis pas si spéciale, je ne suis pas si importante… je suis une moins-que-rien.

TYLER

— Alors ? s'exclame Dan en triturant une caisse.

Je suis dans son garage et ce dernier tente de creuser sur mon histoire avec Lana.

— Alors quoi ?

— Vous passez beaucoup de temps ensemble, me fait-il remarquer, l'air soucieux.

— Qu'est-ce que ça peut te faire ?

— Tyler, je te connais très bien. Pour que tu t'intéresses à quelqu'un, il faut qu'il compte pour toi…

— Laisse-moi tranquille, sale merdeux.

Un immense sourire étire ses lèvres.

— On va faire simple, je pose des questions et tu réponds.

Je m'attends au pire.

— Tu l'as embrassée ?

Oh oui ! Un tas de fois, et tout ce à quoi je songe c'est de le refaire encore et encore.

— Ouais.

— Combien de fois ?

— Tu me casses les couilles, Dan, rétorqué-je en levant les yeux au ciel.

Mon cousin ricane, visiblement ravi de me voir mal à l'aise.

— Putain, depuis combien de temps ça dure vous deux ?

Je ne réponds pas. Je ne sais pas quoi dire. Habitué à dompter les mots pour contrôler chaque émotion, je me retrouve désarçonné, sans voix face à la force de ce qu'elle et moi partageons : un sentiment si puissant qu'aucun mot ne saurait le décrire.

— Tu as couché avec elle ?

— Non, je n'ai pas couché avec elle.

Dan arrête tout ce qu'il fait et je l'imite. Ses yeux sont ronds comme des billes, il demeure ébahi, la bouche entrouverte.

— Putain, tu te rends compte de ce que tu dis ? Tu passes du bon temps avec cette fille sans coucher. Tyler, tu es accro.

— Dan, laisse-moi, grogné-je en essuyant les perles de sueur sur mon front.

— Tu es proche d'une fille sans rien attendre en retour. Et laisse-moi te rappeler que ce n'est pas n'importe quelle fille pour toi.

Mes poings se serrent et ma mâchoire se crispe. Je déteste parler de ça ouvertement.

— Tyler, arrête de te mentir. L'autre jour, quand elle est venue presque en larmes, je t'ai vu dans la voiture avec elle. Tu ne la traites pas comme les autres.

— Tu m'espionnes maintenant ?

— Écoute-moi bien, Ty, tu sais très bien ce que tu ressens. Tu crains de te l'avouer parce que c'est ton éducation que t'a rendu comme ça. Ne laisse pas tes craintes empiéter sur ce futur que tu peux avoir.

Mes incertitudes implosent dans ma caboche et en martèlent chaque recoin. Matt n'est pas au courant que je suis avec sa sœur, et je ne sais pas ce qu'il pourrait en penser. Pourrait-il accepter cela ? Et s'il me disait de tout arrêter avec Lana ? Je ne sais pas si j'en serais capable. Et si… cela prenait fin ? Et si ce n'était qu'éphémère, si un jour mes illusions finissaient par se dissiper et que j'ouvrais enfin les yeux sur le fait que je ne mérite aucunement une fille comme elle. Et si c'était elle… elle qui finissait par ouvrir les yeux.

— Dan… je suis un peu désorienté, arrêtons de parler de ça. S'il te plaît.

Ma capitulation le surprend, je pousse un long soupir de désarroi et me laisse tomber sur le canapé. Dan s'avance et se poste juste devant moi.

— Tyler, ne te sous-estime pas. Lana te fait confiance. Et je pense qu'elle craint que tu te braques si elle te demande ce que tu représentes pour elle.

— Dan, et si…

— Tu veux vivre ta vie avec des « et si » ? Tu es beaucoup trop franc avec toi-même pour laisser passer cette chance. Laisse-toi guider par la flamme, cette fois-ci ce n'est pas le feu qui va te brûler.

Je ne dis plus rien et j'allume une cigarette.

— Tu es honnête sur tous les points sauf sur ce que tu éprouves.

— Je suis honnête avec moi-même.

— Pas quand tu atteins tes limites. Tu as gardé un certain traumatisme parce que tu n'as pas eu une enfance facile. Tu ignores ce que signifie véritablement le mot « amour ». Pour toi, ça se résume à dénigrer les autres, mais rappelle-toi que tu as été et que tu resteras toujours ce grand frère aimant. Alors ne doute pas de ta capacité à donner aux autres, Tyler. Tu es vraiment quelqu'un de bien, tu ne t'en rends juste pas compte.

En endossant le rôle de Flame, c'était plus simple… Je me cachais derrière de l'encre et du papier. Alors que là, ça prend une forme si réelle que je n'arrive même plus à me contrôler. Avant elle, tout n'était question que de désir inassouvi, d'attirance incontrôlable et interdite. Je me rends compte que ma vie n'était qu'une succession d'égarements perpétuels, les courses, le sexe, les gangs… maintenant, Lana est comme une ligne d'arrivée pour la paix. Une destination.

Lorsque je songe au premier orgasme que je lui ai offert, j'étais à deux doigts de la syncope. Découvrir ses brûlures m'a laissé un goût amer sur la langue, elle a été malmenée… et je lui ai fait subir le même sort. La culpabilité me vrille les tripes.

L'ironie de la vie m'a joué un sacré tour, je comprends mieux pourquoi on a fait en sorte qu'elle soit la sœur d'un de mes meilleurs amis, pour pas que je l'approche, parce qu'elle est trop bien pour moi. Et pourtant c'est la seule qui me donne envie de lâcher prise.

Pour se rendre à l'anniversaire de Tony, Lana est partie avec son frère, sans moi. Pourtant, je pensais qu'on s'était mis d'accord pour y aller ensemble. En sirotant ma bière, je regarde les gens se défouler sur la piste de danse et j'écoute Hayden et Tony d'une oreille distraite. Les spots fluorescents clignotent un peu partout mais je m'arrête sur la lumière blanche qui illumine Lana. Elle est vêtue d'une robe noire qui épouse parfaitement ses formes. Je ne l'ai pas approchée de la soirée, la sentant bien trop occupée avec son amie.

— Toi, t'as repéré une nana, me fait remarquer Tony en me donnant un coup de coude.

Je hausse les épaules sans la lâcher du regard.

— Si on veut.

— Elle a quoi cette fois-ci ? se moque Hayden en sirotant sa bière. Gros boule ? Seins imposants ?

Je fronce les sourcils en leur jetant un coup d'œil avant que mon attention se reporte sur Lana. Ils ne peuvent pas deviner qui je contemple avec tout ce monde.

— Non, elle est juste différente.

Quelque chose me surprend, Johnny, un des Gunners, prend Lana à part pour l'emmener sur la mezzanine, moins bondée. Sans réfléchir, j'essaie de les suivre, sauf que cette marée humaine m'empêche d'aller plus vite. J'arrive en haut et je la cherche du regard mais une main attrape mon bras, et Carla apparaît dans mon champ de vision.

— Écoute, on s'est laissé emporter par la colère et on devrait reprendre où on s'est arrêtés.

Mes pensées sont habitées par une paire d'yeux qui et m'empêchent de capter un mot de ce qu'elle dit. Face à mon indifférence, elle tente de m'embrasser, ses lèvres se collent à peine aux miennes que je la repousse brusquement.

— Putain, mais barre-toi !

Je laisse Carla en plan et trouve Lana, sans Johnny. Son regard en dit long, elle m'a sûrement vu avec la Gunner. Une sensation désagréable rampe le long de ma colonne vertébrale, ça me dérange qu'elle ait vu cette scène.

— Tu es toute seule ? demandé-je.

— Johnny est parti me chercher un verre, répond-elle d'un ton monocorde.

Putain, je vais l'éclater quand il va revenir.

— Pourquoi tu es partie avec lui ? lui demandé-je en tentant de rester neutre.

— Visiblement, chacun fait ce qu'il veut, non ?

— Écoute, pour Carla, ce n'est pas ce que tu crois, répliqué-je avec une pointe d'agacement.

Lana abaisse son regard, ses doigts se crispant sur le tissu de sa robe avant qu'elle se décide enfin à relever la tête et à croiser mon regard. Dans ses yeux, je lis un mélange tumultueux de tristesse et de colère. Je fronce les sourcils, signe de ma confusion ; je suis incapable de comprendre la situation, encore moins l'origine de son désarroi.

— Comment tu as pu me faire ça ?

Sa voix tremble mais je ne saurais dire si c'est de rage ou de douleur.

— Trésor, je ne suis pas sûr de comprendre. Je t'ai dit que ce n'était pas ce que tu croyais. Elle a essayé de m'embrasser, mais tu as bien vu, je l'ai repoussée !

— Ne m'appelle pas comme ça, tu te moques de moi depuis le début. Je t'ai fait confiance, je… Je ne veux plus te voir. Je te déteste !

— Pardon ? Je… Tu as bien vu que je l'ai repoussée…, répété-je.

Elle ne peut pas avoir manqué ça, si ? Pourtant, elle ricane et ça n'annonce rien de bon.

— Mais bien sûr ! Tu l'as « repoussée », réplique-t-elle en mimant des guillemets. Je sais ce que j'ai vu, alors je ne vois pas ce que ça peut te faire que je parle à Johnny ? Ou à qui que ce soit. On n'a jamais officialisé toi et moi.

Ces paroles m'affectent plus que je ne l'aurais imaginé. Je m'énerve et cela monte crescendo. Je ne la reconnais pas, ses mots sont insensés. Je ne suis peut-être pas le plus démonstratif, mais j'ai l'impression que je me suis bercé d'illusions. Ses prunelles sont dénuées d'émotion et je viens de me recevoir un uppercut mental quand je me rends compte que j'étais sur le point de me laisser aller avec elle.

— Ouais t'as raison, fais-toi Johnny tant que t'y es. Il adore les corps brûlés, craché-je en la laissant.

CHAPITRE 40
Une gueule de bois pour tout oublier

TYLER

Dans le silence obsédant du garage, un soupir profond s'échappe de mes lèvres tandis que mes paupières fermées dessinent inlassablement le même tableau : des yeux émeraude, vibrants et profonds, envahissant mon esprit comme un refrain trop souvent répété. Dans un moment d'égarement, les mots jaillissent de ma bouche, plus vite que la pensée.

« Fais-toi Johnny tant que t'y es. Il adore les corps brûlés. »

Des mots tranchants, lancés pour blesser, que je regrette aussitôt, révélant une vérité amère : elle me ramène inexorablement vers un passé que je cherche à fuir, me transformant en celui que j'aspire à ne plus être.

Les années ont filé, changeant le décor de ma vie, modifiant chaque parcelle de mon être, mais mon attirance pour elle reste ancrée, dure comme le ciment, irritante comme une écharde. Cette attirance, renforcée par des lettres échangées en secret, me fait errer sur un chemin où chaque pas réveille des désirs que je n'aurais jamais cru éprouver.

— À quoi tu penses ?

Dan rompt le silence en s'asseyant à côté de moi sur ce vieux canapé de cuir. Je murmure un « à rien » évasif et me lève, vagabondant entre les carcasses de voitures, perdu dans mes pensées, mes mains fouillant dans les poches de mon jean. Dan insiste, posant les bases d'une confrontation nécessaire.

— Si je t'ai suspendu des Gunners, c'est pour une bonne raison.

— Nuance, je vous ai quittés, objecté-je faiblement.

Mais la vérité est plus complexe, plus douloureuse. Revenant vers lui, je croise les bras, un sourcil haussé, intrigué malgré moi par la tournure de notre échange.

— Tu l'as fait pour éviter le rejet.

— Cela ne change rien.

— Et te venger des Ravens ne sera jamais ta rédemption. Rien de cela ne te ramènera Eryn. Le seul remède, Tyler, c'est le temps. Tu es trop impulsif et colérique. Ta haine envers Zack est totalement justifiée, il s'en est pris à ta sœur et je ne cautionne pas plus toi. Eryn est toujours distante mais chacun à un temps d'adaptation, tôt ou tard elle te reviendra. Ce n'est pas en te vengeant sans cesse que ça la fera revenir plus vite.

Je me tais, qu'est-ce que je pourrais dire ? Qu'il a raison ? J'en ai pleinement conscience, mais je suis sans cesse pris par cet éternel maelström de violence.

— Depuis ton départ, le club a assez mal pris cette nouvelle. Surtout après ton sale coup d'enfoiré. Cependant ils reconnaissent tous sans exception que tu es un très bon élément. On est comme une famille, OK, on n'est pas tous obligés de s'aimer mais la devise des Gunners est « respect et entraide ». Je sais que ça n'a pas toujours été facile pour toi, mais sache que tu as ta place avec nous, pas seulement parce que tu es mon cousin mais parce que tu mérites ta place autant que les autres.

Il me connaît trop bien, il connaît mes failles, mon impétuosité, ma colère et ma haine contre ceux qui ont fait du mal à ma sœur. Les mots de Dan sont un miroir de vérités désagréables. Malgré mon chaos intérieur, je sais qu'il a raison. Le club a souffert de mon départ tumultueux, de mon acte de rébellion, mais malgré tout ils me respectent, me voient comme un des leurs.

— Toute cette déclaration, c'est pour que je revienne ? je l'interroge, sceptique mais touché.

— Oui, et je voulais aussi te parler de Lana.

Ce nom seul suffit à raviver des flammes que je croyais éteintes. Dan continue, implacable.

— Cette fille a tiré le meilleur de toi, Tyler. Ne te voile pas la face, tu la portes dans ton cœur, malgré tout.

Les mots de Dan pèsent lourd et, alors que je refuse d'abord l'invitation à revenir parmi les Gunners, ainsi que la possibilité de réparer ce qui a été brisé avec Lana, cela reste suspendu entre nous. C'est une offre tentante, un pont vers une possible rédemption.

La soirée avance et le barman me tend un verre de vodka. La brûlure de l'alcool dans ma gorge rappelle celle des souvenirs douloureux. Et un inconnu à côté de moi engage la conversation.

— Cœur brisé ? demande-t-il en prenant une gorgée de sa bière.

— Il l'a toujours été.

Je l'entends ricaner.

— Les cœurs brisés sont parfois bénéfiques, argumente-t-il en riant, une remarque qui résonne étrangement en moi, un écho à mes luttes intérieures.

— C'est un mode de vie. On s'y habitue.

Je suis là, au bar, noyant mes regrets dans l'alcool tout en méditant sur les choix qui se présentent à moi, sur les ponts que je pourrais reconstruire ou brûler définitivement. La nuit s'étend devant moi, un tableau encore vierge.

Sous les lueurs tamisées du bar, le rire du jeune homme se déploie, une note légère dans l'air chargé d'émanations d'alcool. Les reflets des verres qui tintent se mêlent à ses cheveux noirs tombant en cascade sur un front pensif, occultant presque ses prunelles dont la teinte reste cachée derrière l'écran de mes perceptions embrumées. Il a à peine la trentaine et incarne la nonchalance des âmes jeunes, ivres de l'instant.

— Tu as quoi, vingt-deux ans ? Et déjà tu te noies dans le néant de l'oubli ?

Sa question, teintée d'une moquerie fraternelle, rebondit contre les murs clos de mon esprit.

— J'ai certains privilèges ici, murmuré-je, la voix éraillée par le venin de la vodka. C'est un retour après une longue abstinence.

— Tu célèbres donc ta chute ?

Il m'adresse un sourire en coin, un sourcil arqué, dessinant les contours d'une complicité éphémère.

— On dirait bien, soufflé-je en accueillant l'amertume comme une vieille amie.

— Et quelle tragédie porte ton ombre, jeune homme ?

L'interrogation s'échappe de ses lèvres alors qu'il se tourne vers moi, m'invitant aux confessions ou aux mensonges.

— Mes histoires ne se terminent qu'en noirceur et en regrets, confié-je, laissant la vérité s'effilocher au bout de ma langue.

Il hoche la tête, complice de nos désolations.

— On est pareils sur ce coup-là, souffle-t-il.

Je vide un autre verre, le liquide brûlant ma gorge comme le ferait la flamme d'une torche, avant de le reposer avec un claquement sur le comptoir. Les mots s'agitent à la frontière de mes lèvres, une cascade de pensées incohérentes tandis que la douleur pulse à mes tempes.

— Comment elle est ?

La question surgit abruptement, un éclat dans le flot de la conversation.

— Qui ça ?

Ma réponse traîne, un déni futile.

— Celle qui t'a amené à sombrer, précise-t-il, son intérêt piqué au vif par ma détresse palpable.

— Personne ne m'a conduit ici, je réplique.

Mais son regard acéré, insistant, m'empêche de me dérober.

— Cette fille est complètement folle, avoué-je finalement, un soupir lourd s'échappant de mes lèvres, comme si parler d'elle pouvait exorciser ma douleur.

— Pourquoi ?

Il rit légèrement, curieux de cette folie que je décris.

— Son cochon d'Inde s'appelle Capote, expliqué-je, et il éclate de rire, son hilarité se mêlant à la musique.

— Je n'ai jamais entendu une absurdité pareille, s'esclaffe-t-il en frappant le comptoir.

— Elle est…

Marquant une pause, je fixe le vide. Je cherche mes mots.

— … différente, murmuré-je enfin.

Et soudain, Lana envahit mon esprit – Lana avec ses yeux qui scintillent de mille feux, Lana avec son sourire qui pourrait allumer les étoiles, le son de sa voix qui danse sur ma peau. Je ris, un rire amer, triste, conscient de mon état pathétique. L'élixir du diable délie ma langue sans demander leur avis à mes neurones. Je ne pense qu'à Lana. Je ne veux parler que d'elle. Je la veux… elle.

— Je n'ai jamais rencontré une fille comme elle, avoué-je, cette vérité brute résonnant dans l'air vicié.

— Tu sais ce que tu devrais faire ?

Il me regarde, sérieux, dans l'éclat incertain du bar.

— La retrouver, conclut-il simplement.

Il jette un billet sur le comptoir, se lève et, avant de partir, lance :

— Le travail m'appelle, ravi de t'avoir rencontré même si demain tu ne te souviendras de rien.

Un clin d'œil et il disparaît dans la foule.

Les contours de mon monde vacillent, flous et incertains alors que je me détache de la lourde atmosphère du bar. Les détails de mon existence, les petites peines et les grandes joies, tout s'estompe dans une brume d'irréalité, ne laissant que l'obscurité de mes pensées et une sensation de dérive à travers le temps. Avec une démarche incertaine, je me fraie un chemin vers l'extérieur, ébloui par l'éclat inattendu du jour encore vif. Un rire solitaire s'échappe de mes lèvres, écho dérisoire dans le vide de l'après-midi alors que je découvre ma moto, maladroitement garée, témoin muet de mes errances nocturnes.

Ma main, guidée par un instinct plus profond que la simple mémoire, fouille dans la poche de mon jean pour en extirper mon téléphone. Parmi les ombres fluctuantes de ma conscience, une image persiste avec une clarté implacable : son visage et le timbre de sa voix, doux et apaisant, contrastant avec le chaos qui m'anime. Ce souvenir devient mon phare dans la tempête, l'unique certitude à laquelle je m'accroche avec désespoir.

Les shots de vodka ont voilé ma vue, rendant chaque mouvement hésitant et chaque forme indistincte, mais mon doigt, guidé par l'urgence d'une nécessité émotionnelle, trouve son nom dans la liste de contacts. Je presse l'écran de mon téléphone, mon cœur battant au rythme des tonalités qui résonnent à l'autre bout de la ligne.

Deux sonneries, puis un silence qui s'étire, suspendant mon souffle dans l'attente anxieuse de sa réponse.

Et elle décroche.

CHAPITRE 41
Éperdu

LANA

Recroquevillée sur mon lit, je laisse la tristesse m'envahir pernicieusement. La douleur de sa trahison me vrille les tripes. L'image de Carla avec mon ruban rouge me perfore encore la poitrine. Je faisais confiance à Tyler, je lui ai confié mon cœur, mon corps, une partie de moi était entre ses mains et il s'en est débarrassé en jetant tout ce que j'ai pu lui donner.

Je perçois encore le fracas des morceaux de mon cœur. Je me suis laissé bercer par l'illusion que je représentais quelque chose pour lui… mais je suis tellement naïve.

« Fais-toi Johnny tant que t'y es. Il adore les corps brûlés. »

Ces paroles cognent dans chaque recoin de mon esprit, elles se répètent inlassablement, c'est infernal. Je n'aurais jamais cru cela de lui… Je n'aurais jamais imaginé que Flame puisse se servir de ma faiblesse pour me blesser. La déception a un goût amer quand elle est suscitée par quelqu'un d'important.

Je tente de faire bonne figure mais chaque soir je broie du noir. Je porte un secret bien trop lourd pour mes épaules, mentir à Matt devient insurmontable. Je n'arrive plus à le regarder en face. Tyler était l'épaule sur laquelle j'acceptais de me reposer. Je pouvais tout lui dire, tout partager avec lui, et maintenant… je ne me suis jamais sentie aussi seule.

Je pense à lui constamment, mes sentiments pour lui s'intensifient, mon cœur va exploser comme un ballon de baudruche. La sonnerie de mon téléphone me sort de cette torpeur, c'est sûrement Lydia qui va me proposer de sortir. Elle connaît la situation et elle fait son possible pour m'aider à oublier. Seulement, je ne risque pas d'oublier de sitôt. Tyler m'a marquée au fer rouge, il a trouvé ce moyen d'ancrer sous mon épiderme toute la passion que j'éprouve pour lui. Je saisis mon téléphone et mes yeux s'écarquillent quand je vois s'afficher le nom de Tyler. Mes mains tremblent et je peine à décrocher du premier coup. Avant que ça coupe, je réponds et je perçois sa respiration haletante.

— Putain… j'ai cru que tu ne répondrais jamais.

Sa voix est bizarre, il ricane doucement. Je mords ma lèvre, ne sachant pas quoi dire, mais il continue de parler.

— Je n'arrête pas de penser à ton visage… Bordel de merde, t'es une sale sorcière… j'ai envie de…

L'intonation de sa voix est instable.

— Tyler, tu es bourré ?

Il pousse un rire sonore.

— Moi ? Noooon ! Je ne touche pas à ces conneries.

Il est complètement pété, et mon inquiétude monte en flèche.

— Mon Dieu ! Tu as bu combien de verres ? Où es-tu ?

— Ça t'intéresse, trésor ? Tu me rends fou quand tu t'inquiètes pour moi.

— Arrête, Tyler !

— Tu es bien la seule à t'inquiéter, et là j'ai envie de t'enlever et de te garder rien que pour moi.

Un sentiment de peur irradie mon âme, je me redresse d'un coup puis je me rappelle que Tyler est bourré en plein après-midi.

— Dan est là ? demandé-je pour me rassurer.

— Nope, ni ton frère d'ailleurs.

Mais qu'est-ce qui s'est passé ?

— Dis-moi où tu es, je t'en prie, insisté-je en tentant de rester calme.

— Pas un endroit pour une gentille fille comme toi. Je sais que tu détestes que je t'appelle comme ça mais j'adooore te faire rougir de colère !

— OK, tu es loin de chez toi ?

— Peut-être, peut-être paaaaaas !

Je soupire, tentant de rassembler mes idées.

— Ne me dis pas que tu comptes conduire ?

— Bah si. J'ai besoin de personne. J'suis un as du volant, trésor !

— Non ne prends pas le volant, le supplié-je. Tu n'es pas en…

— Plutôt le guidon.

— Tu es à moto !!! Je t'en prie, Tyler, ne bouge pas !

Je ne sens plus mon pouls.

— Je vais démarrer, trésor.

Il hoquette et raccroche, sûrement par inadvertance. Je suis au bord de la panique, j'ai tellement peur qu'il ait un accident. La seule personne que je peux joindre c'est Dan, et par chance j'ai son numéro. Heureusement que Tyler a voulu l'appeler une fois et que je lui ai prêté mon téléphone car le sien n'avait plus de batterie.

— Lana ? s'exclame Dan.

— Dan, désolée de te déranger mais Tyler est complètement bourré ! Sur sa moto ! Je m'inquiète pour lui.

L'émotion déborde de mes paroles, mon trouble est perceptible.

— Je m'en charge, merci beaucoup de m'avoir prévenu.

Je raccroche mais ma panique ne s'estompe pas. Je tourne en rond dans ma chambre pendant au moins une heure et décide d'aller chez Tyler. Je dévale les escaliers en prévenant ma mère que je sors. Ensuite, je prends le bus pour rejoindre ma destination, priant pour que Tyler soit là. En arrivant, je découvre avec soulagement que la moto de Tyler est là. Dan, Tony et Johnny sont là en train de discuter. Quand Dan me remarque, il me fait un signe de main. Je me rapproche sans attendre et découvre Johnny ensanglanté. Sa main presse du coton pour empêcher le sang de couler.

— J'emmène Johnny à l'hôpital, s'exclame Tony.

— Oh mon Dieu, qui t'a fait ça ? lui demandé-je avec une pointe d'appréhension.

— On patrouillait pour chercher Tyler et Johnny l'a trouvé en premier. Tyler s'est jeté sur lui, m'explique Dan.

— Allons aux urgences pour s'assurer que ton nez ne soit pas cassé, intervient Tony en soupirant, la main appuyée sur son ami.

Je suis sous le choc et les regarde s'en aller.

— Il est en haut, Lana, mais je doute que ça soit une bonne idée d'y aller, m'informe Dan, enfonçant ses mains dans ses poches.

— J'ai vraiment envie d'être près de lui, avoué-je timidement.

Il acquiesce. D'un pas rapide j'arrive devant la chambre de Tyler et pousse la porte. Il est droit comme un piquet face à son armoire, des morceaux de miroir jonchent le sol. Je ferme la porte et il se tourne brusquement vers moi. Ses traits sont contractés par la colère et ses poings sont serrés, un filet de sang s'en échappe.

— Qu'est-ce que tu fais là ?

Il me toise mais, plus il me regarde, plus ses épaules s'affaissent. Mon cœur caracole, je m'approche lentement de lui en m'évertuant à ne pas laisser mes jambes chanceler de peur.

— Je veux rester avec toi.

— En quel honneur, hein ? Barre-toi avant que je te détruise comme tout le reste.

— Tyler…

Il m'ignore et ouvre une porte qui mène à la salle de bains de sa chambre. Je soupire et le suis. Il fixe minutieusement son reflet dans le miroir au-dessus du lavabo. Son teint pâle m'inquiète et ses yeux laissent transparaître une fatigue profonde. Un bruit bizarre sort de sa bouche puis il s'empresse de s'agenouiller face à la cuvette des toilettes pour vomir ses tripes.

Je m'approche de lui et j'écarte ses cheveux de son visage. Je caresse son crâne pour le détendre. Tyler se met à tousser et des insultes fusent de sa bouche. Puis il glisse contre le mur, peinant à retrouver sa respiration. Je m'empresse de tirer un gant de toilette d'un des tiroirs et le mouille avant de m'agenouiller entre ses jambes. Je lui essuie le visage délicatement et il garde les yeux clos, m'autorisant à m'occuper de lui. Seules nos respirations sont audibles dans la pièce. Je suis si bouleversée de le voir dans cet état que mon cœur se comprime davantage. Tyler finit par rouvrir les yeux avant de remonter lentement sa main vers la mienne, sa chaleur me procurant cette sensation que j'aime tant.

— Pourquoi tu es là ? chuchote-t-il, exténué.

— Pour toi.

— Pars, Lana.

— Tu ne veux pas que je parte.

Son regard est brillant.

— C'est pour ton bien que je dis ça, on s'en fout de ce que je veux.

— Je suis assez grande pour savoir ce qui est bien pour moi.

Il se relève brusquement mais sans rompre notre contact.

— Sors, s'il te plaît, je vais me doucher.

Je m'exécute et le laisse seul mais je n'arrive plus à suivre. Il m'appelle pour me déclarer qu'il me veut et maintenant que je suis là il me rejette. Je ne peux pas partir, pas maintenant. Je vais dans la cuisine chercher de l'aspirine. J'en profite pour prendre le balai afin de nettoyer les morceaux de verre dans sa chambre.

— Comment il va ?

Dan apparaît dans l'encadrement de la porte, je soupire et lui montre la boîte d'aspirine que je tiens.

— C'est vraiment gentil ce que tu fais, reprend-il avec un sourire chaleureux.

— Ce n'est rien… mais pourquoi il a fait ça ?

Dan hausse les épaules, l'air aussi perdu que moi.

— Je n'en ai aucune idée, Lana, il est imprévisible.

Ses yeux sombres me scrutent et, même s'ils se ressemblent peu, je vois Tyler en lui.

— Je retourne le voir, annoncé-je.

Sur ses mots, je rejoins la chambre de Tyler et le découvre en train de se balader dans sa chambre vêtu seulement de son jogging noir.

— Tu es encore là ? Je t'ai dit de partir.

Je ne lui réponds pas et regroupe les morceaux de verre dans un coin pour être sûre qu'il ne se blesse pas. Je sens son regard m'analyser, c'est comme une caresse brûlante sur moi.

— Pourquoi tu fais ça ?

L'alcool a encore des effets sur lui, la preuve : il n'arrête pas de me poser des questions. Il plonge dans son lit comme un enfant de cinq ans et souffle fort en se plaignant de son mal de crâne. À côté de la photo de sa sœur sur la table de chevet, je dépose la boîte d'aspirine. Tyler épie mes moindres faits et gestes, il me fixe intensément et mon corps frémit. Poussée par une volonté qui m'est inconnue, je m'allonge près de lui.

— Ne reste pas là, Lana, murmure-t-il en tournant la tête vers moi.

Nous sommes face à face. Nos corps sont dangereusement proches et cela accroît mon envie de me rapprocher de lui.

— Je ne veux pas m'en aller.

— Tu ne veux pas ou tu ne peux pas ?

— Un peu des deux, susurré-je avec un sourire timide.

— Regarde-toi, à t'inquiéter pour un gars comme moi. C'est ridicule !

Je fronce les sourcils.

— Pourquoi ça ?

— Je vais te briser, comme le reste. Flame n'aurait jamais dû exister.

— On ne peut pas casser quelque chose qui l'est déjà.

— Tu es beaucoup trop forte pour que je te casse, admet-il en me sondant avec profondeur.

— Je suis là devant toi, à deux doigts de fondre en larmes parce que j'ai eu peur pour toi.

Mon aveu lui fait froncer les sourcils avant qu'il pousse un profond soupir.

— Pourquoi tu as peur pour moi ?

— Parce que c'est toi, et personne d'autre.

Un éclat de tristesse scintille dans ses yeux, cette myriade d'émotions me poignarde la poitrine.

— Je n'en vaux pas la peine, Lana.

Il tourne la tête pour faire cesser mes caresses et j'ai un pincement au cœur.

— Pour moi si, tu en vaux la peine plus que n'importe qui.

Il recouvre son visage de ses mains.

— Sans Flame, je n'aurais jamais pu être moi-même. Sans Tyler, je n'aurais jamais été aussi heureuse.

Je l'entends ricaner avant de dévoiler son visage, il me fixe, ébahi, comme s'il ne me croyait pas.

— Johnny l'a mérité, annonce-t-il, ne me demande pas pourquoi j'ai fait ça.

Son regard se plante sur moi. Son odeur mentholée me chatouille les narines et me donne cette irrépressible envie d'arrimer mon corps au sien. Ma main se pose sur son épaule puis remonte le long de son cou pour se caler près de ses lèvres.

— Je ne suis pas assez bien pour toi, articule-t-il en ancrant ses yeux dans les miens.

Il dégage un tel accablement, le voir ainsi me fend le cœur.

— Moi non plus je ne suis pas assez bien pour toi, murmuré-je près de ses lèvres.

— C'est faux, tu es… une emmerdeuse… parfaite. Tu es parfaite.

Mon corps lutte contre mes restrictions, je me rapproche de lui sans détacher ma main de sa joue et mes yeux ne cessent de vaciller entre le désarroi que je lis son regard et le désir qu'ont ses lèvres de m'embrasser.

— Je ne suis pas parfaite, j'ai un corps brûlé comme tu l'as si bien dit, répliqué-je avec une pointe d'amertume.

— Moi aussi… mes cendres sont mon âme, et toi tu renais des flammes. Voilà pourquoi tu es parfaite. J'aime ton corps, c'est le plus beau. Je ne pensais pas ce que j'ai dit.

— Le Tyler sobre se tuerait s'il savait que tu as dit un truc pareil, le taquiné-je doucement.

Il secoue la tête.

— Lana, tu es magnifique, je t'ai dans la peau.

Mes doigts remontent sur ses lèvres, je les effleure tendrement et il les embrasse, me prodiguant une caresse si douce que j'en frissonne.

— Quand j'étais au fond du gouffre, Cherry était ma seule raison de me lever de mon lit. Le destin a toujours pris un malin plaisir à ruiner ma vie mais, quand j'ai vu que c'était toi ma correspondante secrète, j'ai ressenti ce qu'était l'espoir, même pour un raté comme moi.

J'ai l'impression que je vais fondre en larmes à tout instant. Ses paupières sont lourdes mais il résiste à cette force qui le pousse à fermer les yeux.

— Tu n'es pas un raté, si seulement tu te voyais comme moi je te vois, tu comprendrais ce que tu représentes à mes yeux.

Il secoue sa tête négativement.

— Je ne supporte pas de te voir aussi mal. Tu es incroyable, Tyler, ça me tue de te voir te détester autant.

— J'ai fait tellement de mal autour de moi… tu ignores qui je suis.

— Peut-être, mais je sais ce que je vois.

Ses yeux se rouvrent et son front se colle au mien, nos nez se frôlent et je retiens ma respiration lorsque ses lèvres laissent échapper un soupir qui chatouille les miennes.

— Tu es mon héros.

Tyler écarquille les yeux, mes doigts courent sur sa joue et je lui embrasse le coin des lèvres.

— Toi aussi, tu es devenu ma lueur d'espoir, susurré-je tout près de sa bouche. Tu m'as révélée à moi-même et tu m'as apporté tant de choses, tu es spécial.

Je ponctue mes mots d'un baiser tendre, comme si je voulais lui communiquer tous les sentiments coincés en moi que je réprime depuis des mois maintenant. Mes caresses sur sa joue semblent le détendre, il ferme les yeux, épuisé, et sa respiration prend un rythme régulier.

Tyler s'est endormi et je me redresse en saisissant son téléphone. Depuis tout à l'heure, je songe à ça.

— Ce qui me fait le plus mal, c'est que demain tu ne te souviendras peut-être pas de tout ce qu'on vient de se dire...

Je supprime l'historique de nos appels d'aujourd'hui, je ne veux pas qu'il sache qu'il m'a appelée et je sais de source sûre que son subconscient se chargera de lui faire oublier ce qu'il s'est passé. Après m'être assurée qu'il n'avait besoin de rien de plus, je retrouve Dan dans le hall d'entrée, l'air un peu inquiet mais tentant de m'offrir un sourire reconnaissant.

— Il s'est endormi.

— Merci d'être restée avec lui, dit-il ému.

— S'il te plaît, Dan, ne lui dis pas que je suis venue.

Il plisse les yeux.

— Tu es sûre ?

— Oui, je ne veux pas qu'il se sente gêné, il est assez tourmenté comme ça.

Il hoche la tête, comprenant ma démarche.

— Très bien, je respecte ton choix. Je te raccompagne chez toi ?

— Non, pas la peine, je préfère marcher.

Une fois chez moi, je claque la porte de ma chambre et m'y adosse en songeant à tout ce qu'il s'est passé aujourd'hui. Pour la première fois, nous avons parlé à cœur ouvert, mais je crains que pour lui ça ne veuille rien dire. Et pour la première fois depuis longtemps, je m'effondre au sol…

et fonds en larmes pour cet homme qui me crève le cœur.

CHAPITRE 42

Circonstances difficiles

TYLER

Un troupeau d'éléphants martèle mon crâne. J'ouvre un œil et je frotte mon visage en poussant un profond soupir. Je me redresse avec beaucoup de difficulté et découvre avec ravissement une bouteille d'eau et de l'aspirine sur ma table de nuit.

Je m'extirpe de mon lit et me dirige directement vers la douche. Mes pensées bourdonnent dans mon esprit sous le jet d'eau tiède. Je me suis mis comme une merde hier et je n'ai plus aucun souvenir de ce que j'ai pu faire, sauf peut-être que je me suis battu. Mon regard s'abat sur mes mains éraflées et je soupire. Décidément, même quand je suis torché, mon impulsivité n'est pas anesthésiée. Dans le salon, je trouve mes amis et Dan en train de regarder la télé ; ce dernier se lève du canapé et se dirige vers moi. En fait mon appart est un véritable moulin.

— Tu vas bien ? me demande Dan.

— Pas vraiment, j'ai la migraine.

— Tu étais bourré, c'est normal, ricane-t-il.

— J'ai fait quelque chose de compromettant ? demandé-je, embarrassé, en me frottant les cheveux.

— T'as cassé la gueule de Johnny, réplique Matt en se postant devant moi, les bras croisés.

S'il n'y a que ça…

— Tu es rentré totalement bourré et, dès que tu l'as vu, tu t'es rué sur lui sans raison, m'explique Dan en haussant les épaules.

Je hoche la tête. Bon, ça pourrait être pire. Mon estomac crie famine, je me dirige directement vers la cuisine pour prendre mes muffins à la myrtille et remarque que l'horloge murale indique 16 heures. Dan me rejoint et me sert une tasse de café.

— Tu ne te rappelles rien ?

Il s'assoit en face de moi, posant les coudes sur la table tout en m'étudiant minutieusement avec ses yeux noirs.

— Non, tout est flou.

— Au fait, Ty, tu viens ce soir ? intervient Matt en débarquant dans la cuisine.

— Il y a quoi ce soir ? l'interrogé-je en retenant un bâillement.

— Daryl va ramener de nouvelles motos au stand du Thunderdome pour les tester lors des courses prévues cette nuit, m'apprend Tony.

— Il m'a montré un modèle que j'ai hâte de voir, s'exclame Matt, excité.

— D'ailleurs tu me dois une réponse, intervient mon cousin, faisant référence à sa proposition de revenir chez les Gunners.

— Je viendrai et ma réponse attendra.

Tony m'adresse un regard compatissant et ça me fait chaud au cœur de voir qu'il reste présent, dans l'ombre, pour me soutenir. Je mange ce gâteau qui me procure un apaisement immédiat mais je finis par m'interroger sur les événements de la veille. Mon subconscient me montre des images de Lana à mon chevet. Des bribes de souvenirs me tourmentent, je ne sais plus si je l'ai appelée ou si je lui ai parlé. Pour m'en assurer, je tire mon téléphone de ma poche pour voir mon historique d'appels mais son nom n'y est pas affiché.

« Tu es mon héros. »

C'est impossible qu'elle soit venue me voir, pourtant mes songes persistent, à m'en donner mal au cœur. Mon désir de la revoir prend le dessus sur toutes mes réflexions et je dois sérieusement régler ce problème. Lana est la pensée la plus tenace de mon esprit, elle fait partie de moi et je ne peux pas me défaire de cette sensation en un claquement de doigts.

Quand Dan change de pièce, j'en profite pour le suivre. J'ai besoin de savoir.

— Lana est venue hier ? lui demandé-je doucement.

Il me regarde avec insistance avant de pousser un profond soupir puis me répond :

— Non.

Au moins, je suis fixé maintenant.

Ma cigarette entre les lèvres, j'observe les participants de la course. Adossé au mur de notre stand, je balaie du regard la foule, et quelques Gunners me jettent des œillades perplexes, probablement impatients de connaître ma décision. Devrais-je revenir ? Au fond j'aimerais bien, mais je ne veux plus être une source de problèmes pour Dan… et je dois changer ça. Ils ont besoin de moi et, malgré mes déboires, j'ai toujours pu compter sur eux. En cogitant seul dans mon coin sur ce come-back auquel j'aspire, une phrase s'impose à moi. Un soir, Lana m'avait dit : « À force d'avoir de la haine en soi, plus rien n'est clair autour de nous. »

C'est toujours tard le soir qu'elle et moi partageons les pensées qui nous étreignent, la pénombre de la nuit exacerbant nos peines les plus profondes. Mais elle a raison, je me suis tellement détesté pour ce que j'ai fait que j'ai blessé mon entourage. J'ai conscience que je n'aurai pas le prix Nobel de la paix, mais peut-être que je devrais envisager un semblant de réconciliation avec moi-même… je me suis perdu dans cette spirale d'aversion dans laquelle j'ai entraîné les Gunners.

Je lève mon bras et scrute mon tatouage. *Alea jacta est.* De tous mes tatouages, c'est le plus significatif. Je ne m'en remets qu'au hasard. Et, si je me réfère au sens propre de la phrase, je pourrais dire qu'on m'a jeté un sort. Finalement, c'est peut-être moi qui me le suis jeté ? Dans ce cas il n'y a que moi qui puisse le détourner.

Je cherche du regard Dan pour lui annoncer ma décision mais mon attention se porte sur une personne que je ne pensais pas revoir ici de sitôt. Lana est juste là, sous mes yeux ébahis, plus belle que jamais dans son look totalement noir. Un détail retient mon attention : aucune fantaisie dans sa chevelure bouclée. Elle discute avec Lydia et deux filles de son équipe de cheerleaders.

Sentant mon regard sur elle, elle se tourne et ses prunelles rencontrent les miennes. Elle ne semble pas surprise ni furieuse de me revoir. Tout ce que je décèle c'est de la peine. Puis elle finit par détourner les yeux. Je ne peux m'empêcher de la scruter davantage mais, quand un groupe de Gunners passe devant moi, je remarque quelque chose. Carla a un ruban rouge dans les cheveux. L'autre jour à la salle, je l'ai retiré pour m'entraîner puis je ne l'ai pas retrouvé. J'étais dégoûté et je n'ai pas osé le dire à Lana, me persuadant que je le retrouverais.

Je m'approche à grands pas de Carla.

— Comment l'as-tu eu ? craché-je en désignant le ruban, furieux.

— Tu l'as jeté et j'y ai vu un certain potentiel…

— Jeter ? Tu me l'as volé plutôt ! T'as conscience que je l'ai cherché partout !

Je le saisis, ne me souciant même pas de lui arracher des cheveux. Elle pousse un cri aigu et se couvre la tête de ses deux mains.

— Écoute-moi bien, salope. Ne t'avise plus de m'approcher, sinon je te réglerai ton compte sans qu'aucun Gunner ne puisse m'arrêter ?

Je m'écarte d'elle et remets autour de mon poignet ce bout de tissu que je croyais avoir perdu. Mes méninges surchauffent et mes idées s'alignent. Lana a dû remarquer que je ne l'avais plus au poignet, elle a dû le voir sur Carla… Bon sang, je ne suis qu'un idiot, c'est à cause de cette pute qu'on en est là. Je dois parler à Lana.

Seulement, en la cherchant du regard, je la découvre essayant tant bien que mal de calmer son frère qui est à la limite d'une colère noire. Je plisse les yeux, analysant la situation tout en avalant la distance entre eux et moi. Je trouve la cause de ce tourment : un Raven que j'ai déjà vu auparavant mais dont je ne connais pas le nom. Sur son bras, le signe de son allégeance aux Ravens et à Zack est encrée : un corbeau aussi noir que la nuit.

Sans réfléchir, je m'approche d'eux. J'ai comme un mauvais pressentiment.

— Le comité Julliard réuni, comme c'est attendrissant, s'exclame le Raven en les jaugeant avec condescendance.

— Tu n'as pas retenu la leçon de la dernière fois, semble-t-il, crache Matt en le fusillant du regard. Ne t'approche plus de ma sœur.

— Matt, je t'en prie, il n'en vaut pas la peine, s'exclame Lana, sans expression, en tirant son frère par le bras.

— Bah dis donc, Lana, toujours aussi prude.

Le fait qu'il lui parle sur un ton aussi mesquin me donne l'irrépressible envie de le frapper. Mais, en voyant la réaction de Lana, quelque chose en moi se fissure, elle a l'air apeurée, totalement désemparée.

— Va te faire foutre, Noah, intervient Matt.

Lana ne bouge pas d'un pouce, elle n'exerce même plus de pression sur son frère. On dirait une toile exprimant une beauté brisée.

— Mais elle ne disait pas non, pour l'avoir… ce foutre.

Matt se jette sur lui, Hayden arrive au même moment avec Dan et Tony pour tenter d'attraper Matt. Et moi, j'intercepte ce Noah, le poussant loin de Matt d'une main.

— Barre-toi, lâché-je en m'évertuant à garder mon calme.

— T'es qui, toi ? dit-il d'un ton moqueur.

— Je ne pense pas que t'aies envie de le savoir.

Mes idées s'alignent dans mon esprit. Ce connard est l'ancien bourreau de Lana.

— Tyler…, souffle Dan derrière moi.

Noah reporte son attention sur Lana.

— Tu as plein de gardes du corps, dis donc, ils te sont tous passés dessus ?

Du coin de l'œil, je vois les traits de Tony se tendre. Je tire un couteau de ma ceinture puis je force ce Noah à se mettre à genoux et pointe mon arme sous sa gorge. Juste devant Lana, effarée, comme tous ceux autour de nous. Le Raven fixe mon arme et ses yeux s'arrondissent de stupeur. Sa lèvre inférieure se met à trembloter. Je ricane, il n'a aucune fierté.

— Regarde-la encore une fois, et je te crève les yeux. Essaie de l'approcher et tu ne pourras plus marcher. Et si tu oses t'adresser à elle, je te tranche la langue et t'en fais une amulette pour que tu te souviennes bien du jour où tu as croisé ma route.

Noah geint de douleur lorsque j'écrase mon pied sur son dos et qu'il s'étale sur le bitume. Je le retourne vers moi et lui décoche un coup de poing qui lui fait cracher du sang.

— Ça, c'est pour la réflexion sur le foutre.

Je lui assène une autre droite, plus violente que la précédente.

— Et ça, c'est parce que visiblement elle ne te porte pas dans son cœur.

Je le relâche avec nonchalance et sors de ma poche une cigarette que je m'empresse d'allumer. Il gémit au sol et se tourne sur le côté. Avec violence je le balance pour qu'il se retrouve sur le dos, j'appuie d'un pied pour bloquer son bras et je maintiens son autre bras avec ma main. Puis j'écrase ma cigarette au milieu de sa gorge. Il pousse un cri de douleur, j'appuie de plus en plus fort sans me soucier de ce qu'on peut penser de moi.

— Retire ça ! geint-il au bord du désarroi.

Je me penche vers cet enfoiré, la cigarette toujours vissée sur sa peau.

— Pourtant, tu ne l'as pas retirée sur elle, hein ? murmuré-je de façon qu'il soit le seul à m'entendre.

Ses yeux s'arrondissent quand il se rend compte que je suis au courant. C'est cet homme qui a osé la toucher. C'est lui qui l'a fait souffrir. C'est à cause de lui qu'elle est à deux doigts de se briser.

— Tu vois, t'as compris.

Je retire la cigarette et l'écrase sur sa paupière et, cette fois-ci, c'est un hurlement tonitruant qui résonne.

— J'espère que t'as retenu la leçon, petite merde.

Je le laisse derrière moi alors que des Ravens se précipitent pour l'aider. En m'avançant vers mes amis, je devine leur préoccupation. Notamment à la façon dont Matt me scrute, un pli barrant son front. Sa confusion me fait pousser un long soupir, mais je n'ai pas de temps à lui consacrer. La seule personne qui retient mon attention, c'est Lana. Ses yeux émeraude sont rivés sur moi. Leur éclat m'a toujours hypnotisé, comme si elle m'avait jeté un sort. Sa détresse, aussi palpable que de la pluie, me perfore la poitrine. À ses côtés, Lydia essaie de s'assurer qu'elle va bien.

— Tu veux rentrer à la maison ? lui demande son aîné inquiet.

— Non, je veux rester, répond-elle doucement en me lançant un rapide coup d'œil.

Matt soupire de mécontentement et finit par céder. Lana esquisse un petit sourire dans lequel je lis une peine imperceptible. Je sais lire en elle, je reconnais ses failles et la rencontre fortuite de ce Raven l'a retournée de bien des manières. Lana marche auprès de Lydia, derrière les garçons, et discrètement je passe devant elles, effleurant ses doigts pour la pousser à jeter un œil sur moi.

— Est-ce qu'on peut parler ? demandé-je doucement.

Lydia me jette un drôle de regard et s'écarte un peu de nous afin de nous laisser un peu d'intimité.

— Tu portes mon ruban, souffle-t-elle, l'air perdue.

Je lui attrape la main et entrelace nos doigts avant de la retourner vers moi. Mon Dieu, cette sensation m'avait tant manqué. Les autres sont au niveau du stand des Gunners, Daryl leur montre les nouvelles motos, leur attention est bien occupée. J'entraîne Lana pas très loin, mais hors de leur champ de vision. Nous sommes derrière le local, un rempart nous sépare des Gunners. À tout instant, Matt pourrait surgir et la trouver avec moi mais mon envie d'être près d'elle annihile toutes mes craintes. De toute manière, j'en parlerai à Matt. Et puis il n'est pas stupide… j'ai tellement surréagi face à Noah que je sais qu'il va me poser des questions.

— Qui était-ce, Lana ?

— Tyler… je t'en prie.

Lana recule jusqu'à ce que son dos soit contre la paroi. Ma main se pose près de son visage, l'emprisonnant. Ses yeux reflètent l'éclat de la lune et, même si la musique résonne du hangar jusqu'ici, je perçois les battements de son cœur tambouriner dans ses tempes.

— Lana, ce qu'il vient de se passer…

— … ne te regarde pas, tranche-t-elle.

La lutte dans ses yeux est plus frappante que les mots qui sortent de sa jolie bouche. J'esquisse un sourire et je passe tendrement ma main sur sa joue. Je remarque la chair de poule qui remonte le long de ses bras et je l'effleure de ma paume.

— Tu es sûre que cela ne me regarde pas, trésor ?

Son corps se fige quand elle entend ce surnom.

— Pourquoi tu as fait ça ? Pourquoi tu l'as menacé ? Tu l'as brûlé…, souffle-t-elle timidement en baissant la tête.

Mon index touche son menton et je relève son joli minois vers moi. Ses yeux descendent sur mon bras, s'arrêtant, capturés par les courbes noires de mon tatouage. Je perçois un désir timide, effleurant presque la surface de ma peau, un ballet d'hésitation. Puis, dans un silence chargé, son regard se hisse jusqu'au mien, traversant le voile de mes pensées. Y brille un éclat de rancœur mêlée de tristesse, un orage dans un ciel d'été. Ses yeux, lourds de détresse, m'implorent sans mots, déversant leurs secrets dans l'océan des miens. Je me sens coupable, coupable de la voir dans un tel état. Coupable de ne pas être bien pour elle.

— Je te l'ai déjà dit…

Je penche mon visage vers elle. Mon front se colle au sien, Lana ferme les yeux, inspire doucement.

— Je brûlerais le monde pour toi.

Lana n'a pas le temps de répondre que j'entends tout près des vrombissements puissants de moto. Nous tournons la tête en même temps vers la droite. Je reconnais Matt qui essaie fièrement une des motos que Daryl a ramenées. Il tourne sur la piste quasi déserte en levant un bras comme s'il était libéré de tous ses démons.

Cette image de lui parvient à m'arracher un sourire. Je sens Lana frémir et, avant que je ne puisse reporter mes yeux sur elle, une vision nous percute.

Quelqu'un vient de foncer sur Matt.

Il est propulsé violemment au sol.

Et il ne se relève pas.

CHAPITRE 43

Drame familial

LANA

Des fourmillements désagréables crapahutent le long de ma colonne vertébrale, être dans un hôpital n'a rien de joyeux. Je suis pétrifiée. La peur me terrasse tout entière, ne laissant aucune parcelle de mon être sereine. Mes paupières sont terriblement lourdes, chargées par mes larmes et le mal de crâne. Je flotte dans une peine exempte de tout espoir.

Dan a expliqué à mes parents que Matt avait eu un accident de la route sur une moto. Noah l'a percuté volontairement. Après l'impact, je l'ai vu afficher un sourire machiavélique.

À notre arrivée, le médecin a déclaré que Matt avait perdu beaucoup de sang et que de nombreux hématomes recouvraient son corps. Les sanglots de ma mère alourdissent l'atmosphère, pendant que mon père reste inébranlable en apparence.

Avoir revu Noah fait remonter mes douleurs passées. La culpabilité me serre la poitrine, j'ai envie de hurler à pleins poumons, de cogner tout ce qui m'entoure pour évacuer ce que je ressens. Matt me défend et chaque fois il en paie le prix. Tout est ma faute.

Il est presque deux heures du matin et il règne un silence de cathédrale. Je suis assise à côté de mes parents, tandis que Luke, Hayden, Dan, Lydia, Tony et Tyler se tiennent dans un coin du couloir. Mon regard ne peut s'empêcher de chercher celui de Tyler, déjà plongé dans le mien. Il me scrute avec inquiétude. Juste après l'accident, il est resté près de moi jusqu'à ce que les secours arrivent.

— Je dois prendre l'air, s'exclame ma mère en se levant.

— Rentre à la maison si tu veux, et emmène les enfants, je reste, réplique mon père en passant sa main dans ses cheveux.

— Non je veux rester, lancé-je en le fixant.

— Nous restons tous jusqu'à ce que le médecin nous dise ce qu'a notre fils, je vais nous chercher des cafés, annonce ma mère.

Je suis seule avec mon père et j'entends des bruits de sanglots à côté de moi. Attristée, je le regarde perdre le contrôle de ses émotions, ses remparts cèdent.

— Je ne me le pardonnerai jamais, si seulement je lui avais parlé…

— Papa…

Mon père a l'air brisé, je ne l'ai jamais vu dans cet état. Son dos courbé sous le poids de l'incertitude. Ses mains, autrefois fermes et sûres, tremblent légèrement, révélant son anxiété alors qu'elles serrent nerveusement le tissu de son pantalon. Son regard fixe le sol carrelé, comme s'il pouvait trouver des réponses cachées ou un quelconque réconfort dans ces motifs impersonnels.

— Ta mère et moi n'avions jamais vécu ensemble avant notre mariage, ça n'allait pas entre nous, au point qu'on était à deux doigts de se séparer, confesse-t-il, les yeux larmoyants. Elle est partie voir ailleurs mais je ne l'ai jamais su, puis nous nous sommes donné une seconde chance et elle est tombée enceinte de Matt. J'ai appris son adultère l'été dernier, je l'ai surprise au téléphone en train de parler avec cet ex-amant, lui ordonnant de sortir de sa vie. Je me suis acharné sur ton frère quand il sapait mon autorité jusqu'à ce qu'il me tienne tête en permanence, et je m'en veux tellement...

Ses mots me poignardent la poitrine, il a tant souffert lui aussi. Je n'arrive pas à lui en vouloir, dans cette histoire chacun à sa propre peine et je pense qu'il faut accepter les sentiments de tous pour pouvoir avancer.

— Je suis désolée que tu aies vécu tout ça, papa, et que tu aies dû le garder pour toi.

Mon père esquisse un faible sourire, chargé en émotion.

— Au fond je voudrais qu'il n'apprenne pas la vérité. Notre relation n'est pas la plus exemplaire et j'ai peur que ça lui donne une bonne raison de me sortir de sa vie.

— Il a souffert de tes remarques, papa, il s'est senti humilié et je sais qu'au fond il avait mal.

— J'ai agi comme le pire des pères. J'étais tellement jaloux, j'enviais cet homme parce que Matt était de lui et là... je vais m'en vouloir toute ma vie de n'avoir pas trouvé les mots justes pour faire comprendre à ton frère combien je suis fier de lui et combien je l'aime.

Il essuie ses larmes d'un revers de main puis tourne sa tête vers moi pour me regarder.

— Il est si respectueux et aimant. Enfant, dès qu'il vous entendait pleurer, toi ou Luke, il accourait pour vous prendre la main.

Je lui adresse un sourire timide.

— Ça n'a pas changé, il a toujours été là pour nous.

Un pincement de culpabilité me serre le cœur, ma respiration s'emballe.

— Je suis désolé que tu aies assisté à tout ça, cela n'a pas dû être facile pour toi, avec toutes ces disputes.

— Avec le temps, on s'y habitue, dis-je en haussant les épaules.

— Peut-être, mais ce n'est pas une vie. Tu ne méritais pas ça et encore moins de découvrir cette vérité et de devoir la garder pour toi.

Le médecin, un collègue de mon père, apparaît enfin dans le hall. Nous nous levons directement et Luke nous rejoint rapidement. Une déferlante d'hypothèses s'immiscent dans mon esprit, je tente de refréner ma peur et me concentre sur le docteur.

— Matt a plusieurs brûlures sur le corps, par chance, elles sont au premier degré, seulement une sur son bras est au deuxième degré mais elle est superficielle, nous nous sommes chargés de ça. Il a une fracture du scaphoïde du poignet et une entorse du rachis cervical. Il a eu beaucoup de chance, pas de lésion cérébrale, nous avons tardé à faire son diagnostic car nous devions savoir dans combien de temps il se réveillerait, maintenant il est sous sédatif.

Je respire de nouveau, ma mère arrive au moment où le médecin ajoute qu'il est sain et sauf, et elle ne peut s'empêcher de pleurer de soulagement. La véritable angoisse était que son cerveau soit touché, les dommages auraient été irréversibles.

Hélas, cette bonne nouvelle n'arrive pas à adoucir mes maux, je suis en proie à une culpabilité tenace, mon passé se répercute sur ceux que j'aime. Je subis encore et toujours les conséquences de mes erreurs.

— On peut le voir ? demandé-je, m'efforçant de cacher la réelle nature de mes sentiments.

— Demain.

— Je vais rester à l'hôpital, nous informe mon père. Rentre avec les enfants, vous devez vous reposer, surtout toi, Judy.

Ma mère a les yeux rouges et terriblement cernés, elle passe sa main dans ses cheveux emmêlés, posant son regard épuisé sur Luke et moi.

— Vous venez ?

Je regarde mon père une dernière fois et il m'embrasse la tempe avant de me murmurer que tout ira bien. Ma mère nous demande de la suivre mais je demeure réticente à l'idée de rentrer chez nous. M'écartant d'eux, je laisse mes pas me guider vers les toilettes pour femmes. Un profond soupir s'échappe de mes lèvres gercées lorsque mon reflet dans le miroir me fait face. Mon visage avec ses yeux rougis par les larmes n'affiche que détresse et confusion. Noyée dans mes pensées obscurcies par les yeux gris de Noah, je peine à trouver la foi en celle que je voulais devenir.

Je m'asperge le visage d'un jet d'eau froide et, après moult réflexions, je décide d'envoyer un message à ma mère afin de l'informer que je reste ici avec papa. Je dois rester pour Matt. Quand je ferme la porte derrière moi, mon regard rencontre inévitablement celui de Tyler, adossé au mur en face. Il me scrute avant de s'avancer vers moi, je croise les bras et baisse la tête. Cette proximité a toujours réussi à ranimer en moi cette chaleur invisible. Je ne peux réprimer les sentiments que j'ai pour lui, des sentiments qui me font chavirer. Je mordille ma lèvre inférieure, intimidée par sa présence.

— Luke vient de me dire pour Matt, dit-il, les mains dans les poches.

— Les médecins disent qu'on ne peut pas le voir, mais je vais rester.

— Tu es encore sous le choc, c'est normal, mais tu devrais rentrer et te reposer.

— Non, je vais rester ici avec mon père.

Il pousse un long soupir, probablement agacé.

— Tu tiens à peine debout.

— Matt serait resté pour moi, insisté-je durement.

Tyler m'observe un instant avant d'acquiescer.

— Oui, il serait resté.

— Je ne veux pas rentrer sans lui.

— Et il n'y a rien d'autre ?

Tyler m'observe d'un regard soucieux, comme s'il lisait en moi.

— Tu caches quelque chose.

— De quoi tu parles ?

— Je vois clairement que quelque chose te perturbe, dis-moi ce qu'il se passe, Lana.

Je commence à être sur la défensive, la tournure de la conversation ne me plaît pas.

— Qu'est-ce qui te fait dire ça ?

— Cherry, ton comportement n'est pas évident à anticiper, mais je vois en toi. Ton chagrin est plus profond que ça, alors dis-moi ce qu'il se passe.

Tyler me met face à la réalité alors que je suis résolue à la garder pour moi, cela fait beaucoup trop mal de la confier à quelqu'un d'autre. C'est comme céder une partie de soi avec le risque d'être piétiné comme un risible jouet en plastique. Paniquée, je prends la fuite.

Rapidement, je regagne le hall. Mon père a toujours cet air fatigué traduisant son profond manque de sommeil. Étonné de me voir, il me fait signe de m'asseoir près de lui.

— Tu n'es pas partie avec ta mère ?

— Non, je veux rester.

Plusieurs heures passent, les autres sont tous rentrés chez eux, sauf Hayden, qui est sorti prendre l'air. Mon père et moi parlons de mon année scolaire et de mes envies pour l'université, il cherche à changer de sujet pour que nous ne restions pas focalisés sur l'état de Matt.

— J'avais besoin de rester ici pour être sûr qu'il n'y ait pas de complications, confesse mon père. L'ampleur de mes regrets est beaucoup trop grande pour que je le laisse.

— Oui, je sais, papa.

Il m'adresse un sourire triste.

— Endors-toi, ma puce, tu es exténuée.

— Ça va aller, ne t'en fais pas.

Subitement nous voyons deux infirmières accourir dans la chambre de Matt. Je me lève en même temps que mon père. Deux médecins se précipitent à leur tour pour voir ce qu'il se passe. En panique totale, j'assiste à cette scène alarmante.

— Il a un hématome sous-dural, explique le médecin en sortant.

— Quoi ? Mais vous avez dit qu'il n'avait aucune lésion cérébrale, s'inquiète mon père, pétrifié.

— Ils peuvent passer inaperçu au premier abord. Il a fait une hémorragie intracrânienne. Nous devons l'opérer en urgence.

Ma vue devient floue. Mon état émotionnel se dégrade. Seule la voix de mon père m'empêche de sombrer, je l'entends parler à ma mère au téléphone en même temps qu'il me tient la main, comme pour me donner un peu de cet espoir auquel il s'accroche.

L'attente est insoutenable, j'ai l'impression que ça fait une éternité que ça dure. Mes parents sont muets, côte à côte. Luke est assis par terre, recroquevillé sur lui-même, son front sur ses genoux. Mes mains se resserrent sur mes cuisses, je garde la tête baissée. Une chaleur familière se propage subitement sur moi, mes yeux sont rivés sur la main de Tyler qui enlace la mienne. Lentement, je lève la tête, submergée de larmes, et penche mon visage pour l'appuyer contre son bras. Un sanglot se bloque dans ma gorge ne voulant pas émerger.

— Je suis là, Lana.

Sa voix rauque a toujours eu le don de me donner la chair de poule.

— J'ai peur, murmuré-je contre lui, tremblante.

— Tout ira bien.

Son bras passe par-dessus mes épaules et me rapproche de lui. Mon cœur cogne dans ma poitrine à cause de mes incertitudes à son égard et de cette souffrance tenace. Mes idées noires persistent et troublent ma clairvoyance. Tyler se penche pour vérifier si je me suis endormie. Nos regards plongés l'un dans l'autre, il caresse ma pommette du bout de son pouce. Sans réellement me contrôler et voulant oublier, l'espace d'un instant, mes émotions, je m'approche doucement de son visage et embrasse le coin de ses lèvres. Je ne saurais décrire la façon dont il m'observe avec attention, sondant chaque centimètre de ma peau. Ce lien qui semble exister entre nous parvient à effacer mon amertume.

— Le médecin est là, murmure-t-il si près de mon visage que son souffle effleure mes lèvres.

Le médecin affiche un air rassurant.

— Il va bien, nous annonce-t-il. Vous pourrez bientôt le voir.

Je respire de nouveau.

— Comment tu te sens ?

— Ça peut aller.

Matt est allongé sur son lit d'hôpital, un bandage s'étale autour du haut de sa tête, son visage est parsemé d'égratignures, son bras droit est recouvert de brûlures et j'ose à peine imaginer le reste de son corps. Mes émotions prennent le dessus et une larme coule le long de ma joue.

— Ne pleure pas, je t'en prie. Regarde-moi, je vais bien, dit-il en écartant ses mains.

— Je sais… mais j'ai eu tellement peur.

Il serre fort ma main pour me réconforter, je lui souris et j'embrasse sa tempe.

— Et toi ça va, avec ce qu'il s'est passé avant ? demande-t-il, hésitant, en me regardant.

— Je vais bien, ne t'en fais pas, toi tu dois te reposer.

— J'espère que je ne vais pas rester longtemps, j'en ai déjà marre d'être allongé.

Je continue de discuter avec lui jusqu'à ce qu'une infirmière entre, puis je sors de sa chambre. Mes parents et Luke échangent avec deux médecins. N'ayant plus la force de participer à une quelconque conversation médicale, je décide de m'asseoir seule avant que nos amis me rejoignent. Je me retrouve entre Dan et Hayden tandis que Tyler se tient en face de moi, un pied contre le mur, les bras croisés. De son côté, Tony fait les cent pas dans le couloir.

— Lana, ça va ? me demande Dan.

Tony m'adresse un regard compatissant.

— Oui, ça va mieux, ne t'en fais pas.

— Tu devrais te reposer, dit Hayden en posant sa main sur mon front.

— Tout ça, c'est terminé, Matt va bien. Respire, Lana, me rappelle Tony.

— Ouais, fais-je avec un faible sourire.

Je n'ai aucun appétit et je manque terriblement de sommeil, mais je ne suis pas sûre de vouloir dormir. Hayden dépose un baiser sur ma joue quand son téléphone se met à sonner. C'est Lydia et il s'écarte pour lui répondre. Dan pose sa main sur ma tête avant de me laisser seule avec son cousin. Malgré mon état de fatigue, la présence de Tyler arrive toujours à m'insuffler de l'énergie. Mes joues virent au cramoisi, sa proximité me déboussole et je songe à notre dernière conversation. Je baisse la tête pour fuir son regard et je le sens s'approcher de moi. Il se penche pour être à ma hauteur et me fixe droit dans les yeux.

— Je te dépose chez toi, dit-il doucement.

— J'attends mes parents.

— J'ai dit à ta mère que je le ferais, j'attendais que tu finisses de parler à Matt.

Ses yeux sombres me sondent intensément et, chaque fois qu'il fait ça, j'ai cette sensation qu'il repère mes peines les plus profondes.

Une fois dans la voiture, il dépose un paquet sur mes genoux.

— C'est quoi ?

— Des cupcakes, tu n'as rien mangé depuis des heures et il n'y avait pas de cheese-cake, s'exclame-t-il en s'élançant sur la route.

— Merci, mais je n'ai pas faim.

— Mange, je ne te demande pas ton avis.

Je n'obtempère pas, croise les bras et fixe la fenêtre. Je suis pleine de rancœur, pleine de sentiments ambivalents. Ses mains serrent avec force le volant, sa mâchoire se contracte.

— Lana.

— Laisse-moi tranquille.

— Non, je veux que tu me parles, j'en ai plus qu'assez des non-dits.

La rage se diffuse dans tout mon corps, telle une épidémie virale qui contaminerait chacune de mes cellules.

— Putain, j'ai failli perdre l'être le plus cher à mon cœur et toi tu ne trouves que ça à me dire ?

— Si tu hausses la voix, c'est que tu es sur la défensive.

Il se gare, et ma colère ne faiblit pas.

— Va te faire foutre, craché-je agressivement.

La fatigue, le manque de sommeil, mes émotions refoulées, tout resurgit de manière violente. Je lui jette à la figure sa boîte de cupcakes.

— Fous-moi la paix ! Tu es très mal placé pour donner des conseils. Je ne suis rien pour toi si tu agis de la même façon avec les autres femmes.

Puis je sors de la voiture en claquant la portière.

CHAPITRE 44

Plus de secrets

LANA

Lorsque Matt est sorti de l'hôpital, il est revenu vivre chez nous afin que mes parents s'occupent de lui. Luke et moi sommes là en cas de problème, même s'il tient à son autonomie. Sa vie a repris son cours, sauf qu'il porte une minerve. D'ailleurs, il menace sans cesse de la balancer tant il ne la supporte pas. Question match, il n'a pas raté grand-chose, c'étaient les vacances de fin d'année.

Notre famille est plus unie depuis cet accident, même si je doute que mes parents aient parlé à Matt de sa naissance. L'idéal est de lui éviter tout stress supplémentaire durant sa convalescence. Mais savoir que ma famille a surmonté cette épreuve ensemble me réchauffe le cœur. Peut-être que c'est naïf de ma part, mais je suis en quête du moindre sentiment qui puisse alléger cette culpabilité qui me dévore. Je manque toujours atrocement de sommeil et n'ai pas retrouvé l'appétit.

Allongée sur mon lit, je caresse du bout des doigts Capote, qui dort sur mon ventre. Je pousse un profond soupir et réfléchis à ma dernière séance avec Mme Stevens. Je voudrais faire le vide mais je n'y arrive pas. Tout est si flou.

La porte de ma chambre s'ouvre doucement et j'aperçois la tête de Luke.

— Je peux te parler ?

— Oui ?

Mon petit frère s'étale sur mon lit à côté de moi et grimace en voyant mon rongeur niché sur mon ventre, ce qui m'arrache un léger rire.

— Les gars ont organisé une fête pour Matt chez Dan, je vais y aller maintenant pour les aider à tout préparer. Tu peux conduire Matt ce soir ? Et évidemment tu es invitée.

— D'accord, appelle-moi quand tu voudras que je vienne.

— Matt n'est pas au courant, il pense qu'on va juste dîner.

— Je tiendrai ma langue, et toi ça va ? Par rapport à Matt et à tout ce qui s'est passé ?

Luke prend une profonde inspiration et croise les bras. Mon petit frère ne parle pas beaucoup, il est avare en confidences mais ses yeux sont expressifs et je peux parfois y déceler le fond de sa pensée.

— C'était difficile ces derniers jours… je me sentais mal et cela m'a rappelé que la vie est courte… qu'elle peut être arrachée à tout instant. Il a encore beaucoup de choses à vivre et je veux grandir avec lui, encore, je suis très heureux qu'il s'en soit sorti.

— Oui, c'était dur ces derniers temps… mais tout va bien à présent, son état s'est amélioré et j'ai même l'impression que notre famille est plus soudée, lui confié-je avec un sourire satisfait.

— C'est vrai, j'ai aussi cette impression, papa et maman sont plus détendus, tout me laisse croire que cela va s'arranger entre eux et Matt. C'est quand on risque de perdre quelqu'un que l'on aime qu'on se rend compte de son importance.

Luke a raison, la vie est cruelle et peut être arrachée. Et après, c'est trop tard, on prend conscience de nos regrets, de nos remords, de nos pertes aussi. Chaque seconde compte, chaque minute peut changer le cours des choses. On ne saura jamais de quoi demain est fait, mais on peut rendre le présent spécial.

Alors qu'il se lève pour sortir, mon frère s'arrête près de la porte.

— Ah oui, au fait… je t'ai vue avec Tyler.

Je mords ma lèvre puis pousse un long soupir. Qu'est-ce que je peux répondre à cela ? Il est clair que, dans mon désarroi, j'étais heureuse de recevoir du réconfort et de la chaleur de la part de Tyler.

— Vous sembliez très proches tous les deux.

— Il aurait fait ça pour n'importe qui, argumenté-je pour essayer de me sortir de cette discussion. Je suis la petite sœur de son pote, c'est tout. Il n'y a rien entre nous.

Mon visage vire au cramoisi et je bégaie, signe éloquent que je lui raconte des bobards. Luke se contente d'esquisser un sourire taquin.

— C'est passé inaperçu pour beaucoup, mais pas pour moi.

— Tu m'énerves, à tout remarquer !

— Je ne suis pas venu ici pour te dire de ne pas sortir avec lui ni de faire attention, tu fais ce que tu veux. D'après Matt, c'est quelqu'un de bien. D'ailleurs, est-il au courant ? Tu le lui as dit ?

Je rougis de plus belle et je joue avec mes doigts. Luke émet un faible rire.

— OK, OK, sœurette, t'es éprise du pote de ton frère et tu ne lui as rien dit. Sacré bourbier.

— Tu crois ??? Matt le prendrait mal ?

— Ah ça non ! Je suis sûr que Matt le prendra bien. Le bourbier, c'est que t'es amoureuse, bon courage !

— Arrête, Luke ! Ce n'est vraiment pas drôle, en plus c'est pas vrai, je ne suis pas amoureuse de lui ! Je me sens déjà assez mal d'avoir caché à Matt que j'ai fréquenté Tyler.

— Pourquoi t'en parles au passé ? demande-t-il en arquant un sourcil.

Une pointe de douleur me serre le cœur. La mélancolie s'insinue dans mes veines, des flashs de mes moments avec Tyler me reviennent dès que je ferme les yeux. J'ai beau vouloir l'oublier… je n'y arrive pas. Il occupe une place bien trop grande dans mon cœur pour l'ignorer.

— Parce que… les choses ne se passent pas comme on le voudrait, avoué-je tristement en serrant mes mains.

— Si tu veux mon avis, tu devrais essayer de clarifier les choses avec Tyler d'abord. J'ai l'impression qu'il y a beaucoup de non-dits entre vous, et après, parles-en à Matt. Tu veux sa bénédiction ?

Et s'il avait raison ? Et si je devais… Si je devais clarifier les choses avec Tyler ? La confrontation m'effraie et, plus j'y pense, plus je me rappelle que Carla avait mon ruban. Et si je ne lui suffisais pas ? Et si je ne valais pas une Carla ? Et que c'est pour ça qu'il est allé voir ailleurs.

— Je me sentais un peu coupable de n'avoir rien dit à Matt au début et puis… ma relation avec Tyler a tant évolué que… l'idée de le dire à Matt est passé au second plan. Cela n'avait même plus d'importance.

Luke hoche la tête avant de se frotter le menton, faisant mine de réfléchir.

— Lana, c'est ta vie et cela ne regarde personne d'autre que toi, Matt ne va jamais s'y opposer, il ne le ferait que si Tyler agissait mal avec toi. Mais il faudrait que Tyler et toi ayez une explication. Et dans tous les cas, tu auras la bénédiction de Matt, tant que t'es heureuse, ça lui ira très bien. Et à moi aussi.

Il dépose un baiser sur mon front puis me laisse seule. Ce qu'il vient de me dire me pousse encore plus à avoir une explication avec Tyler. Je ne l'ai pas revu depuis notre dispute dans la voiture et l'idée que je vais le croiser ce soir accélère mon pouls. Je passe tout mon temps avec mes frères et une partie de moi repense sans cesse à une paire d'yeux sombres. La confusion m'habite... Je veux l'oublier mais, plus je tente de le chasser de mon esprit, plus il revient me hanter. Mes sentiments pour lui sont si forts, mon cœur bat la chamade dès que d'anciens moments entre nous surgissent dans ma mémoire.

— Je suis perdue dans mes sentiments, murmuré-je en fixant mon animal.

Capote remue le museau et penche sa tête en me fixant. J'émets un léger rire me moquant de ma façon de me confier à mon cochon d'Inde, mais lui parler sachant qu'il ne comprend rien est libérateur.

— Tu m'aimeras toujours, hein, Capote ?

Il s'approche et se niche au creux de mon cou. Je l'attrape des deux mains et le regarde.

— Parce que, moi, je t'aimerai toujours.

Le soir, je conduis Matt chez ses amis. Bien sûr, il n'arrête pas de critiquer ma conduite et ne se gêne pas pour me filer des petits coups sur le bras dès qu'il a quelque chose à me reprocher.

— Tu te débrouilles bien, conclut-il lorsque je me gare, moi qui me préparais psychologiquement à l'impact des airbags.

— Mon bras te remercie pour le voyage, commenté-je avec sarcasme.

— Si on ne peut plus plaisanter.

Un bref instant s'écoule, Matt ne sort pas de la voiture et me lance un regard chargé d'émotion, comme s'il voulait me confier un lourd secret.

— Lana, je sais tout.

— Tu sais quoi ?

— Que je suis né d'un adultère.

Mon sang pulse dans mes tempes et les battements de mon cœur s'accélèrent. Son regard perdu s'ancre au mien tandis que je cligne plusieurs fois des paupières pour assimiler ce qu'il se passe.

— Je le savais depuis des mois.

— Pourquoi tu ne m'as rien dit ? lui demandé-je, choquée par cet aveu.

— Parce que je n'osais pas en parler… C'est pour ça que j'ai commencé à prendre de la drogue… pour oublier tout ça…

Je comprends mieux… Comment réagir quand on apprend ça ?

— Tu le savais depuis tout ce temps et tu ne leur as rien dit ? Ce n'est pas quelque chose qu'on garde pour soi, dis-je tristement en lui prenant la main.

— Je ne l'avais dit qu'à Tyler. Et à Hayden, évidemment.

La confusion m'envahit, un tas de questions se bousculent dans ma tête. Je ne suis plus sûre de comprendre ce qu'il se passe. Matt affiche un air mélancolique qui me fend le cœur.

— Papa et maman sont venus m'en parler et j'ai eu une conversation privée avec papa. On a mis nos différends de côté. Je l'ai su quelque temps après lui, je pense. C'est comme ça que nos disputes n'ont fait que s'enchaîner. On s'acharnait l'un sur l'autre en s'imaginant que c'était un moyen d'extérioriser cette illégitimité.

Matt marque une pause et se masse les tempes comme s'il souffrait d'une migraine.

— Papa a pleuré… Il a pleuré devant moi me répétant qu'il était désolé et ça m'a fait comprendre beaucoup de choses sur la vie. J'ai pris énormément de recul sur tout ça. C'est vrai que ce n'est pas mon père biologique, mais c'est mon papa et c'est encore mieux. Voilà la différence.

Ses mots me touchent, je lui caresse le bras l'incitant à me regarder, et je lui souris.

— La vie est bien trop courte pour se laisser consumer par la haine.

— J'avais tellement peur que tu fasses une connerie en apprenant ça, lui avoué-je, je l'ai su récemment et on m'a supplié de ne rien te dire. Je ne supportais pas de te mentir et j'avais peur que tu m'en veuilles plus tard.

— Tu es bien la seule personne contre qui je n'aurais jamais de rancœur, et puis qu'est-ce qui te prend de penser un truc pareil ? s'exclame-t-il en fronçant les sourcils.

— Je suis un peu étourdie ces derniers temps, répliqué-je, gênée.

— Je vois ça, t'es amoureuse ou quoi, pour avoir de telles idioties en tête ?

Les mots se bloquent dans ma gorge, et je sens mes joues rougir et mon pouls s'emballer.

— Allez, on rentre, je meurs de faim, reprend-il en se frottant les mains.

Matt ne se doute pas qu'il y a une fête à l'intérieur. Pour lui, nous allons juste dîner avec ses amis. Lorsqu'il ouvre la porte, une montagne de confettis s'abat sur lui. J'éclate de rire en voyant sa tête, la bouche grande ouverte et les yeux écarquillés, puis Hayden le prend dans ses bras, et j'ai l'impression qu'il retient ses larmes.

— Tu m'as manqué, mon frère, admet-il.

— Tu sais bien que je ne t'aurais pas laissé, lui souffle Matt.

Leurs retrouvailles me ravissent, et Hayden pose sa tête sur l'épaule de mon frère.

— Ne me refais plus jamais une frayeur pareille.

Hayden n'a pas bougé de l'hôpital. Il voulait être le premier à intercepter un médecin pour avoir des nouvelles. Leur affection mutuelle est très forte. Hayden a trouvé en Matt le frère dont il avait besoin.

— Promis, mon frère.

Hayden a les joues maculées de larmes silencieuses et il serre Matt encore plus fort. Luke s'approche et les enlace. Les Gunners autour d'eux semblent tous très émus par cette scène. Dan s'approche et pose sa main sur la chevelure blonde de Hayden.

— On est heureux que tu ailles bien, Matt.

Matt lève la tête et adresse un sourire reconnaissant à Dan.

— Merci, Dan, et merci à tous pour cette surprise ! Cela dit, je ne veux plus qu'on me transforme en brochette de confettis.

Les Gunners s'esclaffent puis, chacun leur tour, ils s'avancent pour saluer Matt. Je me faufile pour retrouver Lydia, que je serre dans mes bras.

— Tu m'as manqué, dit-elle.

— Toi aussi !

— Ça va mieux ?

Mon regard balaie le salon rapidement. Parmi tous ces Gunners, j'essaie de repérer Tyler, sauf que je ne le trouve pas. Mais j'ai besoin de le voir, comme si c'était ma mission sur terre.

— Oui, ça peut aller.

Dans un coin, assise avec Lydia, je regarde mes frères discuter avec leurs amis. Il y a même des filles que j'ai aperçues lors des courses, mais je ne vois pas Carla... Et Tyler ne s'est pas montré... Et s'ils étaient ensemble ?

Hayden s'approche et embrasse langoureusement Lydia sous mon nez. Gênée, je les laisse seuls. Dans la cuisine, ouverte sur tout le salon, je me sers un verre d'eau.

— Alors, tu trouves la fête comment ? me demande Dan.

— J'aime bien, les Gunners ont l'air sympas.

— Oh, mais nous sommes sympas, faut juste pas nous chercher des noises.

Je me retiens de rire.

— Compte sur moi !

— Il y en a un que tu devrais embêter un peu plus, par contre.

Je sais très bien de qui il parle mais je préfère ignorer sa remarque. Dan affiche un sourire en coin, le même que Tyler, et pose sa main sur mon épaule avant de me souffler près de l'oreille.

— Je te laisse le chercher.

Il m'abandonne là, seule et pensive. Intriguée, je lève un sourcil et savoure les dernières gorgées de mon verre. L'air s'alourdit lentement d'une odeur de tabac, m'incitant à chercher un autre refuge. Pas à pas, je gravis les marches jusqu'à la porte de la terrasse. La première fois que j'y ai mis les pieds... Tyler m'a retrouvée, et un sentiment étrange me pousse à ouvrir cette porte.

Un souffle d'air frais gonfle mes poumons ; je respire profondément. Et là, dans le halo de la pleine lune, je l'aperçois : Tyler, adossé à un monolithe de béton. Dès que la fumée s'échappe de ses lèvres, nos regards se croisent. De là où je me tiens, je vois ses sourcils se froncer, un orage dans les yeux. Mon cœur s'arrête, mes muscles se crispent. Dans un mouvement presque réflexe, je fais demi-tour, laissant derrière moi l'écho de ce moment suspendu. La peur me saisit… je n'ose pas l'affronter.

— Cherry, attends…

Je me fige, je ressens les battements de mon cœur jusque dans mes tempes.

— … reste, s'il te plaît.

CHAPITRE 45

Mis à nu

LANA

Mon corps est crispé, je n'arrive pas à bouger. Mon embarras est visible et ne lui échappe pas. Tyler arque un sourcil puis un petit sourire étire ses lèvres. Les mots de Luke me reviennent, alors je m'avance vers lui. Nos regards sont rivés sur l'horizon. Il pousse un long soupir avant d'écraser sa cigarette.

— Tu n'es pas rien à mes yeux. Carla avait volé le ruban, c'est la raison pour laquelle je ne l'avais plus. Elle me l'a piqué à la salle de sport, je l'avais retiré et enroulé autour de ma gourde pour ne pas le salir. Et le soir où elle a essayé de m'embrasser… Je te jure que je l'ai repoussée !

Tyler se tourne vers moi. Les battements de mon cœur s'emballent, je cligne des paupières, comme pour être sûre que sa présence n'est pas un mirage, et surtout que ses mots sont bien réels.

— Cherry a toujours représenté quelque chose pour moi…

Tyler marque une pause, prend une profonde inspiration. Ses yeux observent mes doigts qui se serrent sur mes cuisses. Lentement, il lève son visage vers moi et plonge son regard dans le mien.

— … et toi encore plus.

Le nœud dans ma gorge me prive de ma voix, seuls les battements incessants de mon cœur résonnent.

— Je sais que t'étais là, que tu es resté à mon chevet quand j'étais ivre mort. Pourquoi tu ne m'as rien dit ? me demande-t-il en fronçant les sourcils.

— C'est Dan qui te l'a dit ? murmuré-je, la tête baissée pour fuir son regard.

— Il n'a pas eu besoin de me le dire, je m'en suis souvenu tout seul.

— Je n'ai pas jugé cela important, avoué-je d'une petite voix.

— Pas jugé ça important ? T'es trop immature pour pouvoir juger ce qui est important ou pas, me blâme-t-il méchamment.

— Tu voulais que je te dise quoi ? m'énervé-je en me mettant debout. Je me suis sentie trahie ! À cause de l'histoire du ruban, du baiser et bien plus encore de ta réflexion par rapport à Johnny. Puis, une fois bourré, tu me déclares que tu veux me garder près de toi ! Tyler… Cette situation me dépasse. Tu me pousses à bout, tu… Tu me rends folle.

Ses yeux perçants s'écarquillent et il comprend de quoi je parle. Fourrant une main dans sa poche et se pinçant l'arête du nez, il plonge son regard aussi noir qu'une nuit sans lune dans le mien. Je n'arrive pas à décrypter l'émotion qui le traverse tellement je suis habituée à ce néant qu'il donne à voir.

— Le problème, c'est que moi aussi… je suis perdu, Lana.

J'ai un violent pincement au cœur. Le fait qu'il soit perdu, qu'il ne sache pas ce qu'il ressent pour moi me perturbe, ce n'est pas ce que j'ai envie d'entendre. Je veux qu'il soit certain de ce qu'il éprouve pour moi.

— Alors tout est clair maintenant, rétorqué-je en tentant de passer devant lui pour m'en aller.

Il agrippe mon bras et me retient contre lui contre mon gré.

— Lâche-moi !

— Putain ! Tu n'es pas croyable comme fille. Tu caches sans cesse ce que tu ressens, tu ne dis jamais ce que tu penses réellement. C'est toi qui m'énerves, à ne jouer les filles honnêtes que quand ça t'arrange. J'ai horreur qu'on fasse semblant et toi tu passes ton temps à faire ça. Je t'ai parlé de culpabilité l'autre jour et tu as réagi de manière excessive.

Une déferlante d'émotions m'engloutit, ses paroles me frappent comme un coup de revolver. Hantée par mes erreurs et leurs lourdes conséquences, je me demande, épuisée, pourquoi je stagne malgré mes nombreux efforts. En observant mon frère, je me rappelle sans cesse le tort que je lui ai causé, même indirectement.

— Je n'en peux plus…

Ma voix se brise comme un morceau de verglas.

— De quoi ? murmure-t-il en prenant mon visage en coupe.

La chaleur de ses mains a un effet lénifiant, je me sens en confiance. Ma tête se pose contre son torse et je respire son parfum. Une fragrance que je ne saurais décrire mais qui réussit à apaiser mon corps fébrile et apeuré.

— C'est ma faute… L'accident de Matt, chuchoté-je, honteuse.

— Pourquoi tu dis ça ?

— Il me défend toujours devant Noah et…

— Regarde-moi.

Lentement, je lève ma tête vers lui et son pouce caresse ma pommette. Mes épaules tressaillent et je réunis toutes mes forces pour garder mon calme.

— Il m'a fait beaucoup de mal, et ensuite il s'en est pris à Matt. Je me sens tellement coupable.

— C'est lui qui t'a brûlée ? demande-t-il en crispant la mâchoire.

Tyler sait que c'est lui, il l'a compris, mais il veut me l'entendre dire. L'autre soir, il s'est vengé à sa manière.

— Oui… Mais pas que…

J'inspire profondément, je m'assois sur le bloc en sentant mes jambes qui flageolent.

— Lana, qu'est-ce qu'il s'est passé avec lui ? On a beaucoup de choses à se dire, toi et moi.

Je suis dans une impasse et je sais qu'il ne va pas lâcher l'affaire. Je suis coincée, coincée avec lui, pour être mieux libérée. Tyler est face à moi et s'approche en affichant une mine à la fois sérieuse et intriguée. Son corps se colle à mes jambes et sa main se pose sur ma cuisse. Ce contact soudain me procure une sensation étrange. Je fais des cercles avec mon index sur mon jean et j'inspire avant de parler, toujours en gardant la tête baissée.

— Je suis sortie avec lui l'année dernière. Je me détestais à cette époque, j'étais si naïve… il a su en profiter. Il disait tout ce que je voulais entendre, pour le retrouver je mentais à ma famille, je faisais le mur pour le rejoindre à des fêtes où il me soûlait et me droguait.

« Si tu ne veux pas de moi, personne ne voudra de toi. »

Le stress est à son paroxysme ; m'entendre relater mon histoire me fait comprendre que je suis la pire des idiotes. Rien que pour ça, je me déteste encore. Tyler prend ma main dans la sienne, sa chaleur s'incruste sous mon épiderme jusqu'à envelopper mon cœur.

— Continue, trésor, susurre-t-il.

Mes yeux remontent vers lui et je me sens fondre lorsqu'il me regarde ainsi.

— Je suis allée quelques fois avec lui à des soirées. La première, on s'est retrouvés seuls dans une chambre et, à chaque endroit de mon corps que je ne l'ai pas laissé toucher... il a écrasé sa cigarette...

Je ravale la boule dans ma gorge, je me sens patraque comme si j'étais malade. Je suis figée dans le temps, coincée avec mes aveux sur un passé que j'aimerais oublier.

— Il me répétait sans cesse : « Si tu ne veux pas de moi, personne ne voudra de toi. » Je ne comprenais pas où il voulait en venir... mais j'ai fini par me dire que je méritais ces cicatrices parce que je ne le laissais pas me toucher.

Je me rappelle le contact glacé de ses doigts sur ma peau, mais l'incandescence de la paume de Tyler m'extirpe de mes songes et me ramène au moment présent.

— J'étais persuadée qu'il n'y avait que lui qui pourrait m'accepter comme ça. Puis, à une autre fête, il m'a infligé d'autres blessures physiques. J'étais bourrée, je ne sentais pas la douleur sur le moment, et ce n'est qu'une fois chez moi, en me réveillant le lendemain, que j'ai découvert les traces de sang sur mon pyjama...

La douleur m'incendie, mon corps se vide de tous ses secrets qui vont se mêler à ceux de Tyler.

— Un soir, j'ai décidé de mettre un terme à cette funeste idylle, il...

Mon pouls s'accélère et mes doigts tremblent. Tyler fait des cercles sur le dos de ma main avec son pouce. Plus je me confie, plus je sens un poignard s'enfoncer dans mon cœur.

— ... il m'a traînée dans une chambre et quatre de ses amis nous ont rejoints. Ils s'en sont pris à moi, je n'ai rien vu venir. J'étais en sous-vêtements devant eux, complètement coincée. Des coups à la porte les ont coupés dans leur élan. Matt l'a fracassé et, lorsqu'il m'a vue, il s'est jeté sur eux. J'étais en larmes. Ils ont tous pris la fuite. Matt est entré dans une telle rage que j'ai eu peur qu'il retourne sa colère contre moi. Il avait brisé une bouteille d'alcool sur la tête de Noah. Quelques jours plus tard, il s'est fait agresser par toute cette bande, mais il a réussi à s'en sortir. Mon frère s'est retrouvé dans un tas de situations dangereuses à cause de moi.

Hormis Stevens, je n'ai donné les détails de cette histoire à personne. Avec Matt et Lydia, je n'avais pas besoin de mettre de mots dessus, il était clair pour eux que j'avais souffert dans cette pièce. Je n'ose pas rencontrer le regard de Tyler. Ce n'est plus la tristesse qui s'insinue dans mon corps mais de la haine, qui se propage de manière pernicieuse. Aucun mot ne sort de sa bouche jusqu'à ce que je sente son doigt se positionner sous mon menton pour m'obliger à le regarder.

— Tu n'es coupable de rien. Aucune culpabilité ne doit te hanter.

— Mais Matt...

— Tu as un frère admirable. Et jamais il t'en voudra des conséquences de ses actes lorsqu'il te protège.

— Je me sens tellement idiote.

— Tu l'es, mais pas pour ça.

Mes lèvres s'étirent en un semblant de sourire puis mes yeux observent nos deux mains jointes. Mes aveux me rendent plus légère mais je suis retenue par un sentiment étrange, logé en moi sans que je comprenne véritablement pourquoi il est là.

— Tu es complexée à cause de ces cicatrices ? demande-t-il, l'air triste.

— Oui... quand tu me touches... j'ai si peur qu'après tu ne veuilles plus de moi.

Tyler arque un sourcil puis s'écarte de moi et retire son tee-shirt. Il m'incite à m'approcher. Je détaille son torse parsemé de cicatrices, puis il prend ma main pour la poser sur son bras. Mon regard plongé dans le sien, j'éprouve un sentiment puissant. Du bout des doigts, je le caresse.

— J'avais quelques cicatrices ici… mais mon phénix masque tous mes tourments.

— Comment ça ?

— Mon phénix recouvre une brûlure que je me suis faite.

— Pourquoi tu t'es infligé ça ? demandé-je, inquiète, en caressant cet oiseau de feu blessé.

— Pour enlever un tatouage que je regrettais amèrement.

— C'était quoi ? murmuré-je timidement.

— Un corbeau.

TYLER

Ses lèvres pleines et roses s'entrouvrent avant de se refermer. Ses mots sont probablement coincés au fond de sa gorge nouée. Ses iris émeraude s'obscurcissent et oscillent entre mon tatouage et mes yeux. Mis à nu devant elle, j'ai dévoilé ce terrible secret sans pouvoir revenir en arrière. Cette confidence n'est pas anodine. Lana a toute ma confiance, cette infime partie de moi dont seule elle détient la formule. Je ne peux plus me défiler.

Lana plane dans le doute, l'hésitation. Elle bat des cils plusieurs fois et j'ai du mal à me décrocher de son regard troublé. Sa main reste en suspens entre nous avant de se caler contre mon torse nu. Ce contact m'embrase tant que mon phénix pourrait se décoller de mon corps et s'envoler à tout moment.

— Demande-le-moi, murmuré-je.

En baissant la tête, elle effleure ma peau de son front, ce qui suffit à me procurer des frissons. Puis elle la relève, et cette inquiétude qui marquait ses traits se dissipe peu à peu. Légèrement, sa main frôle la partie amochée de mon phénix avant de glisser le long de mon bras et de s'arrêter sur mon poignet. Je lève mes doigts pour attraper les siens et lui prendre la main. Je n'aurais jamais cru avoir de telles attentions à l'égard d'une fille.

— Tu étais un Raven ? susurre-t-elle.

— Ça te fait peur ?

Lana secoue la tête négativement.

— J'étais un Raven. C'est la pire erreur de ma vie. J'ai fait du mal à plein de personnes qui ne le méritaient pas. Mon corps porte encore les séquelles du jour où j'ai décidé de les quitter.

Avec ses deux mains, elle effleure mon torse et me découvre sous un autre jour.

— Tu sais, Lana, tes mots ont réussi à assainir certaines parties de moi.

Elle fronce les sourcils, ne comprenant pas où je veux en venir. Pourtant, ce sont bien ses mots qui m'ont extirpé de ce tourment. Que ce soit Cherry ou elle. J'ai besoin de ses mots.

— Les conséquences sont permanentes, Lana, je ne peux pas échapper à ça.

Ébranlée, elle mordille sa lèvre inférieure, un tic bien à elle quand elle est troublée, puis elle fixe l'oiseau de feu. Elle caresse mon bras comme s'il était fragile avant de le longer lentement et de prendre ma main. Son pouce effleure tendrement son ruban autour de mon poignet. Un petit sourire étire ses lèvres, accentuant ainsi ma folle envie de l'embrasser.

— Tu te considères comme les cendres, et l'oiseau qui décolle symbolise tes erreurs, n'est-ce pas ?

Sans me contrôler, je penche ma tête pour caler mon front contre le sien, nos souffles étonnement calmes se mélangent. Je n'ai jamais été le phénix, je suis la pluie de cendres laissée derrière lui. Un tas de débris, un amas noirci par les flammes. Cet oiseau qui s'élance est tatoué sur ma peau pour faire honneur à mes erreurs, malgré moi, malgré elles.

Lana inspire calmement avant de fermer les yeux, elle serre un peu plus ma main et se colle davantage à moi. Elle a compris que je confirmais ses dires, elle a compris la signification du dessin le plus complexe de ma vie. C'est bien la première à l'avoir saisie du premier coup.

— Je n'aurais jamais cru rencontrer une personne qui me montrerait des cicatrices presque semblables aux miennes et ayant une cause presque similaire.

Son souffle s'abat sur ma peau, puis elle lève la tête, me laissant découvrir à nouveau son regard envoûtant dans lequel je décèle un éclat de désir.

— J'ai versé tant de larmes pour cette histoire que je n'arrive plus à pleurer pour ce qu'on m'a fait. Je culpabilise tellement…

— Tu n'es pas responsable des actes de ton frère, c'est son choix.

— Noah boostait mon amour-propre, j'avais besoin de me sentir spéciale pour justifier ma différence. J'ai toujours eu du mal à m'intégrer, je voulais me sentir exister, dans ma différence, je me sentais invisible.

— Tu es spéciale, Cherry, je te l'ai toujours dit.

— Tu le penses ? demande-t-elle d'une petite voix, les joues colorées.

— Ai-je l'habitude de mentir ? Et puis je ne divulgue pas mes secrets aux personnes qui ne sont pas spéciales comme moi, lui dis-je avec un clin d'œil.

Elle réprime un rire et se contente de me sourire. Mes yeux sont fixés sur ses lèvres, je ne me maîtrise plus. Tout se bouscule en moi. Une envie de la plaquer contre un mur et de l'embrasser comme un fou me saisit. Je perds le fil et ne me contrôle plus. Brusquement, je presse mes lèvres contre les siennes, la prenant par surprise, et un léger gémissement sort de sa bouche de pécheresse. Ma langue trouve la sienne et c'est un violent ouragan qui s'abat sur moi. Une vague de désir afflue au centre de mon corps. Répondant à mes pulsions primitives, je la soulève, haletante, pour l'asseoir sur le bloc de béton. Lana me coince entre ses cuisses et resserre davantage sa prise alors que ma langue et la sienne s'arriment.

— Putain, grogné-je quand je sens ses mains tirer mes cheveux.

Après ma cuite, je sentais qu'elle était là, sa présence était une certitude. Je dois avouer que c'est une chose que je risque de ne jamais comprendre, mais tant qu'elle reste près de moi, je suis prêt à tout surmonter.

« Tu es mon héros. »

Un dernier baiser et j'écarte mon visage du sien. Elle arbore un air serein qui calme mes ardeurs et son pouce glisse jusqu'à mes lèvres avant que j'y dépose un petit baiser, ce qui la fait sourire timidement.

— Tu me fais éprouver des choses que je n'aurais jamais cru ressentir, avoue-t-elle, les pommettes légèrement rosies.

Mes mots se meurent contre sa bouche. Je suis plus doué pour les actes, c'est pour ça que je l'embrasse. Je ne suis pas prêt à poser des mots sur mes sentiments, mais la voix de Dan résonne dans ma tête, tel un écho incessant, pour me rappeler de choisir. C'est elle que je veux.

— Je te veux, Lana. Putain, je ne supporterais pas de te voir avec un autre que moi.

Le ton que j'ai employé est plus dur que je ne l'aurais voulu, mais suffisamment puissant pour qu'elle comprenne que je suis sérieux. Elle écarquille les yeux et son visage s'empourpre. Elle ne devait pas s'attendre à une telle révélation de ma part.

— Moi aussi, je te veux.

La noirceur de mes yeux s'imprègne de l'espoir émeraude des siens. Elle me prend la main et fuit mon regard subitement en jouant avec ses doigts. Puis, lentement, ses iris remontent vers moi, je souris et la soulève pour la faire descendre du bloc.

— Tu te sens comment ? demandé-je en remettant mon tee-shirt.

— Ça allait jusqu'à ce que tu remettes ton haut.

Je me retiens de rire puis l'attire vers moi. Elle frotte son nez au mien et dépose sur mes lèvres un rapide baiser, mais je la maintiens par la nuque pour l'approfondir, le rendant plus langoureux.

— Tu m'as manqué, Flame, me murmure-t-elle, les yeux brillants d'affection.

Je se mordille la lèvre et gémit. Ensuite, je lui pince la taille et elle sursaute. Avec elle, je n'ai pas besoin de mots, elle le voit dans mes yeux, dans mes gestes. Mes intentions, elle les comprend en un clignement de paupières, et c'est sans doute pour cela qu'elle et moi, c'est une évidence.

— Je veux rester avec toi ce soir, murmure-t-elle.

CHAPITRE 46

La flamme de l'amour

LANA

Tyler et moi quittons la fête discrètement. Cela n'a pas été simple pour moi de trouver un prétexte, j'ai fait croire à mes frères que j'avais rendez-vous demain avec la capitaine des cheerleaders pour lui parler d'une chorégraphie que j'ai créée pour l'équipe et que je voulais me coucher tôt. En soi, ce n'est pas totalement un mensonge, j'ai prévu de voir Anna pour évoquer ce projet, mais pas tout de suite. La seule personne que je préviens, c'est ma mère.

— Trésor ?

Je lève les yeux vers Tyler, nous sommes dans l'ascenseur pour monter chez lui, ses doigts glacés courent sur ma joue et je me mets sur la pointe des pieds pour l'embrasser.

— Oui ?

— Tu as l'air pensive. Tu es perturbée ?

— Oh non, je suis contente d'être avec toi.

Tyler exprime une émotion que je ne peux déchiffrer mais qui semble si forte qu'elle me serre le cœur. Je passe la main dans ses cheveux d'ébène et un sourire se dessine sur ses lèvres.

— Tes cheveux ont poussé depuis la dernière fois, commenté-je alors que ma main descend sur sa barbe de trois jours. J'aime beaucoup.

— Je ne ressemble à rien comme ça, je vais les couper court.

— Oh non, j'aime tes cheveux comme ça.

Un rire cristallin s'échappe de sa bouche et l'ascenseur s'arrête à son étage. Mes doigts se mêlent aux siens et il me tire contre lui, je me mets contre la porte alors qu'il cherche ses clés dans ses poches.

— Cela veut dire que, si j'ai une calvitie, tu ne voudras plus être avec moi ?

Je réprime un éclat de rire et fais mine de réfléchir en tapotant mon menton.

— J'hésite un peu.

Tyler roule des yeux et ouvre la porte. Une fois à l'intérieur, il me plaque contre le mur et prend mon visage en coupe.

— Tu ne t'intéresses qu'aux apparences, je suis outré, lâche-t-il sur un ton moqueur.

— Tu es et tu seras toujours pour moi le plus beau, avec des cheveux longs, courts, une calvitie ou la boule à zéro. Je te suivrai au bout du monde ou je t'attendrai. De toute façon, t'as pas le choix, clamé-je, l'air déterminée, en croisant les bras.

La tendresse dans son regard habituellement si froid me fait chavirer.

— Tu m'attendrais, réellement ?

— Toujours, Tyler, je serai avec toi.

Ma main se place sur son cœur et son front se colle au mien, je perçois les battements de son être, ils sont aussi vifs que les miens. Cet instant est hors du temps, il me procure un bonheur que je ne pensais jamais connaître.

— Avec toi, Lana.

J'émets un petit sourire et mes doigts effleurent ses lèvres, il les embrasse avec douceur. Je me sens toute chose.

Je veux être proche de lui et le sentir contre moi. Je n'ai jamais désiré quelque chose aussi fort.

— Tyler…

Il plaque sa bouche contre la mienne et m'embrasse avec tant de passion que je manque de défaillir, ma respiration se saccade, la chaleur qui émane de nous me donne l'irrépressible envie de me déshabiller pour être plus proche de lui. La tension monte crescendo et il me soulève dans ses bras, mes jambes s'enroulent autour de sa taille et ses lèvres se détachent des miennes.

— Cherry, tu vas me rendre fou avec ton goût.

— Tyler, chuchoté-je en frôlant ses lèvres avec mes doigts.

Il affiche une mine interrogative, mes joues surchauffent mais je ne songe pas aux conséquences, je le veux.

— Je veux que tu m'embrasses…

Un éclair de désir traverse ses prunelles et il affiche un petit air coquin en haussant un sourcil.

— Où ça, trésor ? Où veux-tu me sentir ?

— Partout.

— Partout ? répète-t-il, ravi, en posant son front contre le mien.

— Oui, partout, je te veux. Je veux être avec toi.

— Ton franc-parler est si rafraîchissant, souffle-t-il en me menant à sa chambre.

Mes bras sont autour de son cou et mes doigts jouent avec quelques mèches de ses cheveux soyeux. Il s'assoit sur le bord du lit, moi à califourchon sur lui. Je me relève tandis que Tyler s'affaire à retirer son haut, révélant la musculature parfaite de son torse, ses abdominaux ciselés et ses bras forts et réconfortants, sans être trop imposants. Je n'aime pas le surplus de muscles. Tyler dépose délicatement ses mains sur mes cuisses et les remonte sensuellement tout en soulevant ma robe. Il s'arrête juste avant mon sous-vêtement.

— Avant, j'ai envie que tu saches que tu peux changer d'avis, n'aie pas peur de me le dire, Lana, j'insiste, dit-il de sa voix rauque.

Mes yeux ne le lâchent pas et j'acquiesce sans piper mot.

— Tu es sûre ? demande-t-il, peu serein.

— Je veux que tu sois le premier, c'est la seule chose dont je suis sûre.

— Tu es la femme la plus forte que je connaisse, admet-il avec admiration.

— Oh non, je ne suis pas si forte que ça.

Tyler relève le bas de ma robe et je pousse un soupir en sentant son souffle sur mon intimité.

— Si, tu es forte, mais je vais te montrer là où tu ne l'es pas.

Il ponctue ses paroles d'un baiser par-dessus le tissu de ma culotte et ses lèvres tracent une ligne de baisers jusqu'à mon ventre.

— Tu n'es pas assez forte pour me résister, trésor.

— Qui pourrait te résister ? le taquiné-je.

J'entends son doux rire qui me fait frémir, je rejette la tête en arrière sous l'emprise de sa bouche sur ma peau. Tyler se relève et me retire ma robe.

— Tu es magnifique.

Mon corps, plein de fêlures, ne l'a jamais repoussé. Ses doigts effleurent mes brûlures puis il me soulève et m'allonge sur son lit avant de se mettre sur moi. Tout son corps me domine, tout en lui crie la virilité à l'état brut, je le trouve si beau.

— Tu as envie de ma bouche, petite coquine, me taquine-t-il en la posant entre mes seins.

Mon corps s'arc-boute, j'aime tellement le sentir sur moi. Je pousse un gémissement et il dénude un de mes seins, sa bouche se refermant autour d'un de mes seins. Il aspire mon téton, me faisant haleter. Tandis que sa langue fait des prouesses, sa main libère mon second sein et me débarrasse totalement de mon soutien-gorge. Il prend en main mon mamelon gonflé et titille mon autre téton.

— Oh oui !

Ses yeux se lèvent vers moi sans qu'il cesse de laper mon sein. C'est si excitant de le voir me faire cela. Mon sexe palpite dans ma culotte et je sens sa moiteur inonder le tissu. Instinctivement, je me mets à me frotter contre Tyler et halète lorsqu'il ferme sa bouche sur mon autre sein pour lui infliger la même délicieuse torture. Mes mains attrapent ses cheveux par poignées, tirant dessus pour lui témoigner la force de mon désir. Mon excitation est à son paroxysme. Tyler continue de me masser les seins, alternant avec des coups de langue et des baisers.

— Tyler, Tyler…

Sa main frôle mon corps avide de lui et atteint ma culotte, qu'il baisse lentement, je l'aide à la retirer avec mes jambes et puis je les enroule autour de lui en me cambrant. Tyler m'offre un sourire goguenard, sentant l'humidité de mon sexe contre son torse, et il grogne en plaquant sa bouche sur la mienne.

— Tyler…, lâché-je, au bord de la jouissance.

— J'aime tellement quand tu gémis mon nom, confesse-t-il le front collé au mien tout en frottant son nez contre mon visage.

— Tyler, répété-je en accentuant le mot de façon théâtrale.

Il émet un faible rire et sa main caresse mes jambes toujours enroulées autour de lui. Ses yeux étincellent de désir, je n'aurais jamais imaginé qu'une fille comme moi pourrait être aussi désirée. Je me sens si belle à travers son regard.

— Tu es tellement mouillée, trésor, j'ai hâte de retrouver ton goût.

Pour unique réponse, je me frotte contre lui, ne sachant pas comment lui répondre avec des mots. Je veux le sentir, j'en veux tellement plus. Un bruit de gorge empli d'impatience m'échappe et un rictus satisfait étire la commissure de ses lèvres. Tyler longe mon corps vers le bas et parsème mes cicatrices de baisers incandescents, telles des flammes. Il cajole chaque brûlure, chaque reste d'hématomes, et ma main se pose sur ma bouche.

— Je les aime, même si tu les détestes.

— Pourquoi les aimes-tu ? chuchoté-je tristement, je me suis toujours dit que personne ne voudrait de moi à cause d'elles.

— Et pourtant… tu es tout ce que je n'aie jamais désiré. Tu es le fantasme de ma réalité.

— Tyler…

— Trésor, regarde-moi leur faire l'amour.

J'ose baisser les yeux, je croise son regard brûlant qui me consume de l'intérieur, il embrasse tendrement la brûlure sous mon sein, titille ma peau avec quelques coups de langue, ce qui m'arrache un petit sourire suivi d'un gémissement. Tyler passe à mon autre brûlure, la cajole de tendres baisers, et je soupire de plaisir.

— Jamais personne ne m'a dit de telles choses, confié-je doucement en caressant ses cheveux.

Tyler m'embrasse encore et encore, sur chaque partie abîmée, chaque bout d'épiderme brûlé, il leur fait l'amour avec tant de ferveur que je manque de défaillir. Ma respiration saccadée se coupe chaque fois que je gémis son nom. Je suis en transe, à la lisière du paradis… quoique n'importe quel endroit, même l'enfer, deviendrait le paradis avec lui. Mes doigts courent sur ses joues avant de se diriger vers ses lèvres, il les embrasse et sa joue se colle à ma paume, appréciant la douceur de ma caresse.

— Maintenant, j'ai besoin de ma douceur préférée, admet-il avec un clin d'œil qui me fait pousser un soupir de soulagement.

Tyler me contemple avec passion et se baisse jusqu'à ce que son beau visage soit au niveau de mon intimité. Il s'appuie sur ses coudes, fait passer une de mes jambes par-dessus son épaule et écarte l'autre. Je sens son souffle sur mon bouton de chair et des frissons dévalent mon épine dorsale. Je me cambre et Tyler m'attire vers lui pour m'embrasser. Je pousse un petit cri et m'arc-boute totalement contre sa langue qui me lèche avec bonheur. Mes ongles se plantent dans ses épaules et je pousse des gémissements de plus en plus forts. Tyler me dévore comme si j'étais le dernier repas de sa vie.

— Tu aimes ma bouche, là ? demande-t-il entre deux coups de langue, alors qu'il connaît parfaitement la réponse.

— Tellement… si tu savais.

Sa langue fait des prouesses, il me lape, me suce, m'embrasse… je perds la tête, c'est tellement bon. Le sexe avec lui… mon Dieu, je ne veux plus que cela s'arrête.

— Et toi… tu aimes ça ? lui demandé-je timidement en baissant les yeux vers lui tout en me mettant sur mes coudes.

Tyler lève les yeux sur moi sans cesser de me donner du plaisir. Je tente de résister sur mes coudes mais, dès que je le vois esquisser un sourire machiavélique en déposant une lignée de baisers à l'intérieur de ma cuisse, je me laisse tomber sur le lit et couvre mon visage, subissant encore la torture de sa bouche.

— J'aime ton goût. J'aime quand mon nom sort de ta bouche. Putain, j'espérais être ton premier, tu me rends si heureux, gronde-t-il avant de plonger sa langue dans mon sexe.

Un nouveau gémissement m'échappe alors qu'il me suce avec ferveur. Il commence doucement puis en y mettant plus de force, des ondes de plaisir me parcourent. Des vagues d'excitation inondent mon corps, je suis au bord du précipice, prête à jouir. Je n'ai jamais été aussi proche de l'orgasme. Tyler s'arrête et mes doigts se crispent sur la couverture. Je fronce les sourcils et le fixe, un nœud au fond du ventre.

Tyler devine ma frustration à la raideur de mes muscles et à mon regard et il pousse un petit rire rauque. Ça l'amuse et, avant que je puisse émettre la moindre objection, il glisse un doigt en moi sans me lâcher des yeux et me lèche. Ma contraction se dénoue, je me relâche et retombe sur le lit en poussant un cri. Mes doigts tirent plus fort sur ses cheveux et mon bassin se meut en fonction des mouvements de son doigt et de sa langue, avide de lui. Je me tortille et me soumets au pouvoir de son expérience.

— Tyler, Tyler…

Il fait des mouvements circulaires, ma fente est de plus en plus humide et il me lèche encore. Ses va-et-vient me rendent ivre de lui, je suis à la lisière de la jouissance. Tyler retire son doigt et je pousse un cri, encore plus frustrée. Son sourire carnassier me donne envie de le frapper. Il remonte vers moi sans se départir de ce foutu rictus. Mes yeux remarquent le renflement de son pantalon, qu'il retire en même temps que son boxer. Ce n'est pas la première fois que je vois sa verge, mais elle me fait toujours le même effet. Je me mordille la lèvre.

— Mmm, tu la veux, trésor ?

Je hoche la tête en le regardant droit dans les yeux, le désir qu'il exprime me donne chaud. Il se penche vers sa table de nuit et prend un préservatif. Mes jambes s'écartent instinctivement, il se place entre elles, ses coudes de part et d'autre de mon visage. Notre silence est chargé de passion, mes mains remontent sur ses bras et je caresse le phénix sur sa peau.

— Trésor… je te le dis une dernière fois, si tu veux que j'arrête, n'hésite pas.

Ma poitrine se gonfle d'envie et j'expire doucement.

— Je veux que tu sois le premier… et le dernier.

L'émerveillement dans ses yeux me fait frissonner, il m'embrasse amoureusement et son pouce caresse le haut de ma pommette.

— Oh, Lana, si tu savais combien j'aimerais être le dernier.

À cet instant, j'ai la sensation que le temps s'est arrêté. Je sais que, quand on est jeune, rien n'est impossible, tout nous paraît éternel, mais je suis sûre que mes sentiments ne pourront pas être altérés par le temps. Mon amour pour lui durera toujours. Je suis amoureuse de lui, je suis amoureuse de tout ce qu'il est, même s'il ne me dit pas tout, même s'il fait des erreurs, je l'aime. Tyler est mon âme sœur. Mes yeux glissent sur le ruban rouge autour de son poignet, je me sens en osmose avec lui. Oui… j'en ai la certitude, Tyler est l'homme de ma vie.

Il amène sa queue à l'entrée de mon sexe et je me crispe quand il me pénètre lentement. Il s'arrête en cherchant mon approbation. Je hoche la tête furtivement et mes ongles se plantent dans ses épaules, il s'enfonce davantage jusqu'à être totalement en moi puis il gronde en sentant mes parois étroites.

— Trésor, c'est si bon.

Tyler commence par petites poussées, je me cambre et mordille la peau de son bras en gémissant. Ses coups de reins sont lents et profonds. Peu à peu je m'habitue et ressens un plaisir insolite, je me cambre et il accélère peu à peu. Instinctivement, mes mains se posent sur ses fesses dures et je plante mes ongles dans sa chair. Tyler gronde et se contracte à chaque poussée. Le plaisir me submerge, son odeur masculine m'envahit. Son expression de pur désir m'excite à un point inimaginable. Tyler me prend de toutes ses forces et ma bouche laisse échapper des cris de plus en plus forts, j'ai même l'impression que la tête du lit a cogné le mur. Tyler s'agrippe à mes hanches et s'enfonce en moi avec frénésie, il pousse des gémissements rauques qui se mêlent aux miens, la luxure suinte des murs et résonne dans la chambre.

— Tyler, Tyler…

Je m'accroche à son dos alors que le plaisir monte en moi, chacun de ses coups de reins me propulse au septième ciel. L'odeur du sexe mêlée à son parfum et à la sueur est un redoutable aphrodisiaque, nos yeux s'accrochent intensément.

— Bordel, Lana, gronde-t-il au bord du précipice.

Mon sexe palpite et se contracte, Tyler plonge en moi et se raidit aussi. La plénitude nous envahit, mon orgasme est puissant et suivi d'un gémissement de soulagement. Quand Tyler jouit à son tour, je me sens comblée et complète.

C'était incroyable.

Le corps nu et luisant de sueur, je me blottis contre lui, encore tremblante. Sa main me caresse le bas du dos tandis que la mienne, sur son torse, dessine des arabesques imaginaires. Ce silence est rythmé par nos respirations, je soupire et je lève les yeux pour le regarder, il affiche un air intrigué en haussant un sourcil.

— C'était merveilleux.

Un sourire de fierté se dessine sur ses lèvres et sa paume sur le bas de mon dos glisse vers une de mes fesses, qu'il empoigne fermement. Je gémis de surprise.

— Ton gémissement est devenu ma mélodie préférée.

Je réprime un rire et ne peux m'empêcher de continuer à le contempler.

— Je n'ose pas te demander si tu as aimé.

— Quoi ? Pourquoi je n'aurais pas aimé ?

— Je dois être la moins expérimentée de tes conquêtes.

Tyler me plaque sur le lit et me monte dessus, ses mains saisissent mes poignets, qu'il fait glisser au-dessus de ma tête.

— C'est incomparable, trésor, totalement incomparable.

— Vraiment ? demandé-je, le cœur gonflé d'espoir.

— Évidemment, et je n'ai pas eu autant de conquêtes que tu l'imagines, confesse-t-il en entrelaçant nos doigts.

— Combien ?

Une part de moi est curieuse, mais l'autre redoute la réponse…

— Cela se compte sur les doigts d'une main. Avant toi, j'ai couché avec trois filles. Je n'ai jamais été à l'aise avec l'idée d'enchaîner les nanas.

— Oh, j'imaginais tellement plus…

— J'avais dix-huit ans pour ma première fois et j'étais déjà à l'université. Je venais de rejoindre l'équipe de football.

J'écarquille les yeux. Je me suis toujours dit que les hommes étaient plus précoces. Vers quatorze, quinze ans pour la plupart des garçons.

— Cela t'étonne ? m'interroge-t-il, amusé, devant ma mine stupéfaite.

— Un peu.

— J'avais déjà eu des flirts poussés, mais l'idée de partager cette intimité avec une fille de passage me dérangeait un peu. Ça ne m'a jamais dérangé d'attendre, mais bon, quand on y goûte une fois, on devient rapidement accro.

— Oui, j'avoue, mais je ne suis accro qu'à toi, lui dis-je en riant. Dans ce cas il y a eu Carla et deux autres filles ? Qui sont-elles ?

— C'est important ?

— Tu es mon premier… Alors oui j'aimerais savoir.

— Une fille qui était en dernière année de fac, quand j'étais nouveau, et qui est devenue un plan cul régulier pendant un moment. Une autre des Ravens et Carla.

— Oh je vois…

— Ensuite toi, ma préférée. Mon meilleur coup.

Il termine sa phrase avec un clin d'œil. Je ris et il se laisse rouler sur le lit en retombant près de mon corps.

— Crois-moi, trésor, ce que j'ai avec toi, c'est incomparable.

Ces mots me rassurent et m'apaisent. Dans mes veines se répand un liquide chaud qui entoure mon cœur. Un étau me serre la gorge, tant de mots d'amour périssent dans ma bouche sans franchir la barrière de mes lèvres. Je crains de tout lui donner… même si je viens de lui offrir ce que j'avais de plus précieux. Mais je ne le regrette pas, je ne le regretterai jamais.

— Avec toi, c'est comme si Noah n'avait jamais existé, susurré-je.

Tyler a guéri quelque chose en moi. Je me sens désirable, je sens que j'en vaux la peine. Tyler me fait du bien. Il rassemble les morceaux de mon cœur brisé en une seule forme, plus vive et tenace, pour qu'il continue de battre.

— Et tu n'étais pas obligé de t'en prendre à lui, la dernière fois, lui indiqué-je doucement.

Tyler esquisse un sourire et m'embrasse la tempe.

— Il le méritait, tu es bien trop bonne pour ce monde.

— Parfois se venger ne mène à rien, même si une infime partie de moi a éprouvé de la satisfaction en te voyant faire ça.

Je l'admets, Tyler infligeant des brûlures de cigarette à Noah a provoqué quelque chose en moi, c'était comme un juste retour des choses.

— Maintenant que tu sais que j'ai été un Raven, tu imagines bien que, là-bas, je n'étais pas le plus sage. J'ai fait beaucoup de mal, j'ai… J'ai tué des gens.

Il s'arrête, guettant ma réaction. Tué des gens ? La violence doit être monnaie courante chez les Ravens, surtout après ce que j'ai appris sur Noah.

— J'étais sous les ordres du chef, je faisais tout ce qu'il me demandait, ajoute-t-il doucement. Ce n'est pas une excuse, mais n'avais rien d'autre, pas de perspectives… et Zach m'en a proposé une.

Tyler, un meurtrier ? Cela semble inimaginable en voyant l'homme qu'il est aujourd'hui. Pourtant, j'ai toujours su qu'il cachait de sombres secrets et qu'il portait les cicatrices de son passé. Je n'arrive pas à imaginer qu'on puisse ôter la vie. Encore moins plusieurs fois. Mais quand je vois à quel point Tyler est torturé, je sais qu'il regrette. Il affiche une mine sombre et son regard trahit son angoisse.

— Je…, commencé-je prudemment.

— Je comprendrais que tu ne veuilles plus de moi, me coupe-t-il. Ce que j'ai fait est horrible et impardonnable. Si tu savais combien je regrette cette vie… combien je m'en veux d'être tombé là-dedans, me confie-t-il en évitant mon regard.

À cet instant, j'ai l'impression qu'il se met à nu devant moi. Et même si la réaction raisonnable serait de fuir… c'est au-dessus de mes forces. Une petite voix me chuchote que mon frère a aussi décidé de lui faire confiance, et cela compte beaucoup pour moi.

— Tyler, cela appartient à ton passé… Je ne veux pas savoir tout ce que tu as pu faire. Je ne me permettrais jamais de te juger, je sais qui tu es, ici, dis-je en posant ma main sur son cœur. Et j'aime ce qui s'y cache. On a tous le droit à une seconde chance dans la vie.

Tyler rit doucement, les vibrations de son rire me chatouillent, il me serre contre lui et j'embrasse son torse.

— Parfois, ce que tu vois en moi me fascine.

— Tu es mon héros.

— Endors-toi, trésor. Tous ces démons ne t'approcheront plus, tu es bien trop forte pour eux et je suis là pour te protéger.

Ma tête est sur son torse, ses doigts jouent avec les miens, sa respiration régulière me berce et je finis par m'endormir dans ses bras, plus amoureuse que je ne l'étais déjà.

Le matin, son bras autour de ma taille me tire vers l'arrière, mon dos rencontre son torse et sa tête se niche au creux de mon cou, reniflant mon parfum.

— C'est dingue, tu sens la cerise même le matin ! Tu t'es réveillée en douce pour t'asperger et me duper ?

— Je te signale que je n'ai pas d'affaires à moi, ici, imbécile.

— Mmm, tu devrais, parce que ton maquillage a maculé les oreillers en coulant.

Mes paupières s'ouvrent brusquement. Je sors du lit à poil et me rue dans la salle de bains, suivie de Tyler, dont les rires emplissent la pièce. Ma mine dans le miroir est affreuse, mon mascara a complètement coulé et mon fard à paupières rose pailleté s'est estompé, donnant une couleur peu flatteuse à ma peau.

— Tu m'as fait l'amour alors que j'avais cette tête ! m'écrié-je en me retournant vers lui, l'air indignée.

Tyler se tord de rire et je prends un gant, que j'asperge d'eau et de savon avant de me frotter le visage.

— C'est pendant ton sommeil que ça a coulé, si ça peut te rassurer, répond-il en se collant à moi.

Sa queue contre le bas de mon dos me fait frémir. Nous sommes tous les deux nus et Tyler me fait un clin dans le miroir, inclinant sa tête vers la cabine de douche, comme une invitation silencieuse au sexe ou une promesse pleine de débauche. Je lève les yeux au ciel, affichant un air amusé, et dépose le gant sur le lavabo. Tyler m'agrippe par le bras, me traînant sous un jet d'eau chaude qui procure à mes muscles une sensation inouïe. Il prend du gel douche, l'étale sur sa main et se met à me frotter le dos, puis descend jusqu'à mes fesses, qu'il claque.

— Eh !

— Je t'y habitue, la prochaine fois tu me lanceras un regard noir quand je t'empêcherai de jouir.

Je me tourne vers lui et lui tire la langue. L'eau ruisselle sur nos corps, je me frotte le visage pour retirer les résidus de mascara. Mes yeux se posent sur sa queue légèrement tendue, je soupire et me mordille les lèvres, la vue de son membre m'excite.

— Tyler ?

— Oui ? répond-il en mouillant ses cheveux et en les frottant.

— Je veux te donner du plaisir, moi aussi.

Tyler se fige et baisse vers moi ses yeux, qui s'assombrissent de désir.

— Tu veux me rendre fou ?

— Oui, dis-je avec un petit rire coquin.

— Tu en as vraiment envie ?

— Plus que tout.

Tyler émet un son rauque et son érection s'intensifie.

— Mais apprends-moi, lui demandé-je timidement. Je ne l'ai jamais fait, j'ai peur de faire n'importe quoi, que tu finisses par détester et que tu te le prennes mal et…

— Chut, la pipelette, ce n'est pas le moment.

J'aspire mes lèvres, me retenant de rire, puis il m'embrasse langoureusement.

— Je ne sais pas quoi faire, avoué-je.

— Tu vas me tuer, trésor.

— Ne ris pas, le supplié-je en souriant. Dis-moi ce que je dois faire.

L'excitation scintille dans ses yeux et je baisse le regard vers sa queue.

— Très bien, je te dirai quoi faire.

Je retiens un rire et hoche la tête. Mon appréhension se dissipe lorsque je me mets à genoux. Les doigts de Tyler me caressent les cheveux et se dirigent vers l'arrière de ma tête, sans me pousser en direction de son sexe, même si je ressens son impatience et son envie de me voir à l'œuvre. Juste devant mes yeux, son membre tressaute en réponse à ma proximité. Je relève les yeux vers lui et souris tandis qu'il me regarde comme un prédateur.

— Cette vision est à tomber, trésor.

— Allez, enseigne-moi l'art de la fellation.

Tyler s'esclaffe en rejetant sa tête en arrière et en se couvrant les yeux. Son rire fait voler des papillons dans mon ventre, je ne peux m'empêcher de sourire de le voir ainsi. Ses yeux brillants d'excitation se concentrent à nouveau sur moi.

— Renferme ta bouche sur mon gland. Évidemment, ne me mords pas, sinon tu risques de me tuer au sens propre.

Je prends une profonde inspiration et me rapproche de sa verge. Je saisis le bout dans ma bouche. Je l'entends soupirer et j'essaie de ne pas le frôler avec mes dents, vu le diamètre de son membre.

— Tourne ta langue autour et… oui comme ça, lâche-t-il dans un souffle rauque en contractant la mâchoire.

Je le prends un peu plus dans ma bouche.

— Oui. Putain… bouge ta tête de haut en bas et suce en même temps… comme ça… putain, oui.

Tyler bouge ses hanches et attrape quelques mèches de mes cheveux.

— Trésor, regarde-moi pendant que tu me suces. Regarde-moi avec tes putains de beaux yeux.

J'obtempère. Le contact visuel entre nous n'a jamais été aussi intense, je le prends encore un peu plus dans ma bouche, jusqu'au fond de ma gorge. Mes mouvements se font plus rapides, plus forts, pour son plus grand bonheur. Tyler gémit et ses hanches bougent à mon rythme. Le voir éprouver autant de plaisir fait palpiter mon intimité. C'est tellement excitant !

— Je vais jouir. Pour la première fois, je préfère que tu n'avales pas.

D'un coup sec, je m'écarte en le libérant de mes lèvres alors qu'il éjacule sur son ventre et ses jambes. Son érection se contracte et sa respiration saccadée résonne dans la cabine de douche.

— Bordel, lâche-t-il.

Je me relève, incertaine, la pulpe de son pouce touche mes lèvres, son front se colle au mien et je finis contre la paroi.

— Tu as aimé ? demandé-je doucement en laissant mes mains sur son torse.

— Oui, énormément, murmure-t-il avant de m'embrasser rapidement. Et toi ?

— Oui, avoué-je en souriant.

— Je savais qu'une coquine se cachait derrière ce visage angélique.

— Eh ! fais-je en lui tapant l'épaule.

— Je ne dis que la vérité, trésor.

À la fin de la journée, Tyler me dépose chez moi. Avant que je sorte de son véhicule, il m'agrippe le bras.

— Triste que tu ne sois pas dans mon lit ce soir, commente-t-il en passant sa main sous ma robe de la veille.

— Tu pourras m'appeler si je te manque tant que ça. Je sais que je suis indispensable.

Tyler roule des yeux et me tire vers lui jusqu'à ce que nos visages se frôlent.

— Cherry, tu prends un peu trop la confiance. Cette semaine, je vais te laminer à la séance de débat, tu vas vite redescendre.

— Tu veux rire ? C'est toujours moi qui gagne !

— Pardon ? J'aurais dû t'asperger d'eau glacée sous la douche pour te rafraîchir la mémoire.

— La seule chose dont je me souviens, c'est que je suce bien.

Tyler éclate de rire et passe son bras sur mes épaules pour me frotter les cheveux.

— Sale perverse ! Maintenant que tu as goûté à mon corps, tu ne peux plus t'en passer.

— C'est toi, le sale pervers !

Tyler continue de rire en me relâchant, je grogne et j'arrange mes cheveux. En enroulant une de mes mèches autour de son doigt, il me sonde avec une profondeur qui me laisse croire qu'il cherche à disséquer mes pensées les plus secrètes.

— Depuis que tu t'es imaginé que j'avais donné ton ruban à Carla, tu as arrêté d'en mettre.

Je hausse les épaules et croise les bras.

— J'aime quand tu les portes.

— Je sais, rétorqué-je en penchant ma tête vers lui. Je ne voulais plus en mettre, ça me rappelait ton obsession, et aussi le fait que tu me les piquais, d'ailleurs rends-les-moi.

— Non, ils sont à moi, t'en as plein d'autres.

— Non mais je rêve !

— Ils ont ton odeur en plus, c'est à moi maintenant.

— T'es fatigant, ne t'étonne pas que je n'en mette plus, tu me les as tous pris.

— Je t'en offrirai d'autres, ça va !

— Alors du rouge, c'est ma couleur préférée.

— Oh, moi aussi, on est trop pareils, réplique-t-il en prenant une voix féminine et une gestuelle maniérée.

Je m'enfonce dans le siège et j'explose de rire. Tyler a tant de facettes différentes, j'aime tellement son côté apaisé, drôle et sarcastique. Un sourire se dessine sur mes lèvres tandis que ses prunelles sont rivées sur moi avec une tendresse presque palpable.

— Tu devrais sourire plus souvent, lui indiqué-je en posant mon index sur ses lèvres.

— Et toi, tu devrais m'embrasser plus souvent.

Je scelle mes lèvres aux siennes et il attrape mon visage en coupe, puis passe sa langue sur ma bouche.

— Allez, file, trésor, va retrouver ta famille.

En sortant de sa voiture, je croise les bras sur la fenêtre ouverte côté passager.

— Envoie-moi un message quand tu rentres.

— Pourquoi ça ?

— Parce que tu dois le faire.

— Donne-moi une raison, s'enquiert-il avec un sourire provocateur.

— Parce que je suis avec toi.

Une légère surprise s'imprime sur ses traits, ses yeux s'arrondissent et, sans lui laisser le temps de répondre, je me dirige vers la porte de chez moi. Puis je me retourne une dernière fois et lui envoie un baiser lointain. Tyler me sourit avant de secouer la tête et de démarrer. À peine ai-je franchi le seuil que je tombe sur ma mère. Elle me regarde avec un air amusé et arque un sourcil. Elle sait très bien avec qui j'étais, et je l'ai prévenue que j'étais en route.

— Oui, maman, dis-je pour répondre à sa question silencieuse.

Elle s'avance et pose ses deux mains sur mes épaules.

— Vous êtes mignons ensemble. Tu devrais lui proposer de venir dîner à la maison un soir.

Mon visage vire au cramoisi. Je ne pense pas avoir franchi cette étape dans ma relation avec lui, non que cela me dérange de le présenter à ma famille, mais je ne crois pas que Tyler soit prêt. Notre relation est claire comme de l'eau de roche et on se découvre encore et encore. Si, moi, je lui ai offert une partie de mon cœur ainsi que tous mes secrets, lui n'a pas encore cédé. De solides remparts protègent sa forteresse. J'aurai beau gratter la surface, je ne pourrai atteindre ce qu'il cache au plus profond de lui.

Tyler était un Raven, une part de lui est restée dans la corruption, et le mystère autour de sa sœur m'intrigue. Je ne peux m'empêcher de songer que tout est lié. J'ai l'espoir de lui suffire. En écoutant sans cesse mes doutes, je me suis reproché de ne jamais être assez. Mais pour lui, en lui, j'espère être suffisante pour que son cœur, enfin, s'ouvre à moi.

— C'était comment ? me demande-t-elle doucement.

— C'était merveilleux, maman. Il est merveilleux.

TYLER

J'arrive chez Dan après avoir déposé Lana et je lui envoie un message, comme elle me l'a demandé, avant d'entrer dans le salon.

Tyler : Je suis chez Dan.

Tony et Hayden jouent à la console tandis que Dan est au téléphone en train de commander des pizzas. Je sors dans le jardin et trouve Matt assis par terre, contre le mur. Je me joins à lui et lui propose une cigarette en tendant mon paquet. Il fait non de la tête avec un petit sourire, et j'en coince une entre mes lèvres.

— Ça fait longtemps, alors ?

Je soupire en laissant échapper un nuage de fumée. Je sais très bien de quoi il parle, si Lana pense que son frère ne voit pas tout, elle se trompe. Le problème c'est que, dans mon cas, j'avais conscience qu'il le remarquerait et pourtant… j'ai continué à le faire. Pire que ça, plus le temps passait plus j'oubliais la situation. À mes yeux, il n'y avait que Lana, et non la sœur de mon ami. Je n'ai jamais éprouvé de culpabilité au fond de moi.

— Un peu. Je suppose que c'est ma réaction devant Noah qui m'a cramé ?

— Oui, mais pas que, ton regard est souvent dirigé vers elle, sans que tu t'en rendes compte.

Matt prend une profonde inspiration, à cet instant je me demande ce qui lui traverse l'esprit. Est-il déçu ? Va-t-il me faire un sermon pour me mettre en garde ? Ou bien va-t-il juste m'ordonner de ne plus m'approcher de sa sœur ?

— Et ça te dérange que je la fréquente ? demandé-je, intrigué.

— Si je te disais oui, tu arrêterais de la voir ? lâche-t-il en riant.

Hors de question.

— Non, avoué-je. C'est ton problème, pas le mien.

Matt esquisse un sourire et pose son regard sur moi. Un regard plein de bienveillance qui malgré moi m'arrache un air étonné.

— Je suis content qu'elle soit avec toi, je veux qu'elle soit épanouie. Visiblement tu es celui qu'elle a choisi et je respecte cela.

Je pousse un long soupir, rassuré qu'il ne s'y oppose pas ou n'émette pas une quelconque condition. Soulagé aussi, parce que je me dis que Lana sera apaisée de voir que son frère n'est pas contre ce *nous* que nous construisons.

— Tant mieux alors.

— C'est de quelqu'un comme toi qu'elle a besoin, admet-il en frottant sa minerve.

— Quelqu'un comme moi ?

— Lana a besoin de quelqu'un de fort, qui la comprend, qui fait attention aux détails. Quelqu'un qui n'a pas peur de dire ce qu'il pense, c'est un équilibre, pour elle qui craint de dire parfois ce qu'elle ressent réellement.

Je doute de me reconnaître dans ce portrait qu'il dresse de moi, alors je me contente de hocher la tête. Je ne suis pas certain de pouvoir être celui dont Lana a besoin. En vérité, je crois que je suis tout ce qu'il ne lui faut pas, mais je suis bien trop égoïste pour la laisser partir.

CHAPITRE 47

Sentiments cachés

LANA

Cette semaine, j'ai décidé de présenter la chorégraphie que j'ai imaginée à Anna. Mais je suis pleine d'appréhension. Dans la chambre de Tyler, je répète mes mouvements alors qu'il est sur son lit à pianoter sur son téléphone en jetant quelques coups d'œil vers moi. La chanson de Dua Lipa résonne dans la pièce *Dance the Night.* Mon corps épouse le rythme, je me laisse posséder par la musique et fais quelques pirouettes dans les airs.

Watch me dance, dance the night away
My heart could be burnin', but you won't see it on my face
Watch me dance, dance the night away (uh-huh)
I'll still keep the party runnin', not one hair out of place (place)

Je tourne sur moi-même et bouge mes hanches, mes lèvres fredonnent les paroles par automatisme. Le haut de mon pyjama n'arrête pas de se relever et mes seins bondissent dès que je saute. Je fais une roue et j'enchaîne avec un salto. Sa chambre n'est pas suffisamment grande pour réaliser les figures successivement, mais ce n'est pas grave. Alors que la musique tourne encore, je termine mon petit numéro et fais une petite danse de la victoire en m'approchant de Tyler. Je lui tends la main pour qu'il danse avec moi.

— Non.

— Rabat-joie !

Je lui tourne le dos et bouge mes fesses sous son nez, il rit et se redresse pour me porter dans ses bras, nous emmenant au centre de sa chambre. Il prend ma main et me fait tourner sur moi-même, je glisse mes bras autour de son cou, m'abandonnant à la musique.

— À quand un prochain tango, Flame ?

— Quand l'occasion se présentera et que je n'aurai pas la flemme.

Je roule des yeux et il me retourne, collant mon dos à son torse.

— Tu sais danser quoi d'autre ? demandé-je doucement alors que ses lèvres sont sur la courbe de mon cou.

— J'ai quelques bases de salsa, c'est tout.

— Je n'arrive pas à t'imaginer dans une salle de danse, suivant des cours, dis-je en riant.

— Je n'ai jamais mis les pieds dans une salle de danse. Ma sœur prenait des leçons et à la maison j'étais son cobaye quand elle voulait répéter.

— Ta sœur et toi partagiez beaucoup de moments, osé-je dire.

Tyler ne répond pas et se contente de me faire tourner vers lui en appuyant ses mains sur mes hanches.

— Sérieusement, c'est quoi ce pyjama ? reprend-il avec sarcasme en regardant la tête de Bambi sur mon haut.

Chouette façon de changer de sujet.

— Je t'ai dit, j'ai toute une collection. Si tu veux me faire un cadeau, emmène-moi à Disneyland.

— Non.

Je fais une grimace en soufflant.

— Je t'ai déjà dit que t'étais un rabat-joie ?

Il sourit et me soulève dans ses bras.

— Oui, un rabat-joie qui adore te faire jouir.

Il me jette sur le lit, me chevauche et plaque brusquement sa bouche sur la mienne. Mes doigts triturent le bas de son tee-shirt pour le lui retirer.

— Tyler, murmuré-je en me détachant de ses lèvres. Ma choré est bien ?

— Oui, c'était parfait. Tu stresses de la présenter ?

— Un peu.

— Aie confiance, il n'y a aucune raison que la capitaine n'approuve pas.

J'esquisse un petit sourire, rassurée par ses mots, et enroule mes jambes autour de sa taille.

— Merci, Tyler.

— De ?

Je roule des yeux et me contente de lui retirer son haut, tout excitée de le sentir contre moi. Il coupe la musique et m'embrasse langoureusement. Avec lui, j'éprouve une plénitude si agréable que je me sens planer dans les airs en permanence. Plus le temps passe, plus je brise mes chaînes. Il y a eu tant de facteurs cette année qui ont joué un rôle dans mon évolution. Mme Stevens est fière de mes progrès, elle était ravie de s'avoir que j'ai laissé Tyler franchir mes barrières.

Avec Hilda, mes cours de combat se sont intensifiés. Je m'entraîne en groupe avec d'autres filles. Je me suis même battue contre un mec, évidemment pas la peine de préciser qui s'est retrouvé au tapis en premier. Néanmoins j'ai fait preuve d'endurance et de souplesse. Quand je me bats, ce n'est pas la force de mes coups que je mets en avant, je fais des feintes pour épuiser l'adversaire, le pousser à une fatigue qui me sera favorable pour contre-attaquer.

À la maison, les choses rentrent dans l'ordre. Mes parents sont de nouveau complices et Matt passe plus souvent. En parlant de Matt… Tyler m'a raconté que mon frère lui avait parlé de moi. Cependant, Matt et moi n'avons pas eu l'occasion encore d'évoquer le sujet. Je ne sais pas ce qu'il pense de ma relation avec Tyler mais, d'après ce dernier, tout va bien. Pour mes cours, je fais au mieux, je pense être sûre à présent de ce que je veux faire plus tard, le journalisme est ma voie. Je souhaite pouvoir être la voix de ceux qui ne peuvent pas utiliser la leur. J'aime écrire, mais je connais quelqu'un d'autre qui écrit vraiment bien.

— Tyler ? chuchoté-je après nos ébats.

— Mmm ?

Je monte sur lui, sans cacher ma nudité. Ses bras s'enroulent derrière sa nuque et il me scrute, intrigué.

— Flame m'a déjà avoué qu'il aimait écrire, qu'il le faisait beaucoup, je t'ai souvent vu écrire sur les gradins. Tu comptes me faire lire un jour ?

— Tu m'espionnes ? me taquine-t-il. Tu n'avais d'yeux que pour moi, tu n'es pas discrète.

— Toi non plus, tu n'es pas discret, et maintenant arrête de tourner autour du pot.

— Pourquoi tu voudrais lire ?

— Parce que ça m'intéresse de savoir ce qu'il y a ici, expliqué-je en appuyant mon index sur son front, pointant son cerveau. Et ici, ajouté-je en posant ma main sur son cœur.

— Je n'ai jamais fait lire ce que j'écrivais et, pour être honnête, je ne suis pas sûr de le faire un jour.

J'ai un pincement au cœur et je soupire mais j'accepte tristement sa décision en tentant de masquer ma déception. Chaque fois que je fais un pas vers lui, il érige un nouveau rempart indestructible.

— Cherry a eu beaucoup de mes mots, déjà.

— Peut-être que Cherry en veut encore.

Tyler soupire et sa main me caresse tendrement le dos.

— On verra, trésor. Je crains de ne pas être prêt pour ça.

— Tu le seras un jour ?

Tyler ne répond pas et il est bien trop franc pour me mentir les yeux dans les yeux. Je préfère me heurter à son silence que d'entendre sa réponse, que je lis dans son regard. Un « jamais » qu'il redoute de prononcer.

Le lendemain, avant que l'entraînement commence, j'intercepte Anna.

— J'ai fait une chorégraphie, j'aimerais te la proposer pour notre prochaine performance.

Anna me scrute, intriguée, et hoche la tête en m'intimant de la suivre vers le terrain.

— J'apprécie ton implication, tu la feras devant tout le monde.

Sur le terrain, les filles sont assises au sol, je me mets devant elles et balaie les alentours d'un regard : mon frère et son équipe sont sur la piste et se sont arrêtés pour me regarder. Tyler est près de l'entrée du bâtiment, les bras croisés, l'épaule contre le mur. Il me fait un clin d'œil, et je souris. Mon cœur bat la chamade. Je me sens excitée mais aussi nerveuse à l'idée de présenter ce que j'ai mis dans de temps à mettre en place. C'est le moment de briller et de les emmener avec moi.

Lydia lance la musique de Dua Lipa et je m'élance. Chaque mouvement est une extension de la musique : un coup de hanche ici, un balancement là. Je me laisse aller à un tour rapide, mes bras s'élevant gracieusement au-dessus de ma tête, donnant l'impression de vouloir atteindre les étoiles. Je m'arrête un instant, balançant mes cheveux d'un côté, puis de l'autre, avant de me lancer dans une série de sauts dynamiques. Chacun est un défi à la gravité, chaque atterrissage un retour triomphal sur terre. C'est comme si chaque fibre de mon être était synchronisée avec la mélodie entraînante, chaque battement de mon cœur, un écho du rythme. Je me penche en avant, mes mains glissant le long de mes jambes avant de me propulser dans un mouvement de pirouette. Mes bras s'enroulent autour de mon corps comme pour m'embrasser, puis s'étirent de nouveau, cherchant l'expansion maximale. Au moment où je recommence les mouvements de base, Lydia et Anna me rejoignent. Elles me suivent en m'imitant à la perfection. Cette musique est tellement entraînante, elle est une invitation danse sans s'arrêter.

À la fin, je suis essoufflée. Les filles de l'équipe applaudissent, Anna fait de même en m'approchant.

— C'est vraiment bien, Lana, on le présentera. Lydia enseignera la chorégraphie, annonce-t-elle désignant ma meilleure amie. Quant à nous, on se décidera pour les porters.

Quelle surprise de voir Emma ne pas protester ! Je me réjouis de son silence, Anna a sûrement dû la remettre à sa place. Lydia me saute dans les bras et me félicite.

— Je savais que ça plairait !

— Merci de m'avoir rejointe.

— Avec Dua, je te suis les yeux fermés, rit-elle.

À la fin de l'entraînement, sans me soucier du regard des autres, j'accours vers Tyler et lui saute dans les bras, entourant son cou.

— Tu es contente ? me chuchote-t-il en me serrant contre lui.

— Merci de m'avoir soutenue.

— Je n'ai rien fait, Lana, c'est ton travail.

Je descends de ses bras et lui souris, mes mains dans les siennes. Je sens quelques regards des filles de l'équipe que je décide d'ignorer. Tyler fixe un point derrière moi et je me tourne pour voir ce qui a capté son attention. C'est Matt. Je soupire et j'indique à Tyler que je reviens. Matt et Hayden ont été témoins de la scène, et c'est la première fois que Tyler et moi avons ce genre de gestes en public.

— Je savais que t'étais amoureuse, me taquine mon frère avec un clin d'œil.

— T'as dû le faire beaucoup ramer, s'exclame Hayden, étonné.

Lydia n'a jamais dit à Hayden pour Tyler et moi. Je me suis toujours demandé si elle le lui avait révélé, mais Hayden n'est pas doué pour jouer la comédie et je viens d'avoir la confirmation qu'il n'était pas du tout au courant.

— Je suis avec lui, oui, avoué-je en rougissant.

— Tant que tu es heureuse, ça me va.

Ce soir, mon équipe a brillé devant les spectateurs avec ma chorégraphie. J'ai eu les félicitations des filles et mon statut au sein de l'équipe a changé depuis que j'ai dévoilé mes idées. Anna me demande de plus en plus des conseils. Ce changement me ravit, pour une fois je me sens importante. Je reste toujours la même, mais je me sens mieux.

Tyler est allongé sur son lit en train de parler au téléphone tout en lançant des jurons. Après être sortie de la douche, j'enfile un pull à lui et sèche mes cheveux avec une serviette en tournant en rond dans la pièce et en lui jetant des petits coups d'œil. Je n'arrive pas à croire que cet homme en face de moi soit mon petit ami, depuis quelques semaines maintenant. Rien que d'y penser, une vague de chaleur me submerge de la tête aux pieds. Il est franc, débordant de sarcasme et, hélas, n'en manque pas une pour me traiter d'emmerdeuse. Et la vérité dans tout ça, c'est que chaque aspect de sa personne me convient. Cet homme a le don d'éveiller une part de moi que je découvre en même temps que lui.

Flame et Cherry ont eu leur histoire, maintenant c'est à notre tour.

Mes yeux ont du mal à se décrocher de lui, c'est un crime d'être aussi beau, même avec cette mine rageuse qu'il arbore actuellement. Toujours énervé, toujours sur le qui-vive, c'est comme ça que Tyler est.

Prise d'un soupçon de curiosité, je déambule dans la pièce. Mes doigts effleurent sa guitare posée dans le coin et un sourire étire la commissure de mes lèvres, j'aimerais qu'il se libère de sa retenue et me joue un nouveau morceau. Découvrir cette partie de lui m'a fascinée et je suis persuadée qu'il a encore tant de choses à me dévoiler. Je tourne sur moi-même et m'avance vers sa petite bibliothèque. Je plisse des yeux, remarque des feuilles éparpillées et, en toute discrétion, je lis ce qui y est marqué.

Mes mots se meurent sur mes lèvres, désaltérés par l'obscurité qui se répand en moi. Je suis empoisonné, plongé dans une captivité d'un sort que je me suis jeté.

La répartition de ce sang autour de moi me revient comme un mirage. Os brisé, mais rien n'est comparable au fracas de mon âme noircie par mes cauchemars. Ce goût métallique traîne sur moi comme une fragrance familière que tout le monde perçoit.

Une erreur, ça passe. Mais la répétition des erreurs est palpable devant moi. J'y touche comme si c'était de la soie, aveuglé par cette apparence que j'entrevois. Cette réalité me frappe et je comprends les dégâts. Plus de retour en arrière. J'ai touché l'enfer.

Mon cœur loupe un battement, ce texte poétique semble sortir tout droit des pensées les plus enfouies de Tyler. J'écarquille les yeux, toujours sous le coup de l'étonnement. C'est donc ce genre de choses qu'il écrit… Une pluie d'émotions s'abat sur moi, comme de la neige tombant du ciel, Tyler ne parle jamais de ce qu'il ressent mais préfère faire saigner le papier.

— Lana, tu fais quoi ?

Je n'ai pas le temps de répondre qu'il me prend la main dans le sac.

— Tu ne devrais pas toucher à mes affaires, souffle-t-il cachant ses feuilles. Je t'ai déjà dit que je ne voulais pas qu'on lise ça.

Sa voix dure me fait comprendre que c'était une erreur de lui en parler, j'aspire ma lèvre inférieure, embarrassée.

— Je n'y ai pas touché. Ce n'était pas caché, répliqué-je en soufflant.

Ignorant mes arguments, il fourre les quelques feuilles au fond du tiroir de bureau. Mais sa façon d'agir m'irrite. Avoir une relation avec Tyler se résume à d'éternels secrets enterrés. Au fond, je savais que ça allait être dur, aucun de nous n'ayant de réelle expérience du couple.

La seule chose que je veux de lui, c'est ce qui trône dans sa cage thoracique, cet organe dont il se croit dépourvu. Je détiens une bribe de ses pensées, et de son passé. Hélas, j'ai besoin de plus, comme si c'était vital, mais il ne semble pas le comprendre. Je me livre à lui, plus que l'inverse.

— C'est vraiment secret ? demandé-je d'une voix incertaine.

— Pourquoi tu veux savoir ? lance-t-il, exaspéré, en me jetant un coup d'œil.

— Je demande seulement.

— Ne demande pas.

Agacé, je pousse un profond soupir et m'assois sur son lit, me concentrant sur mon téléphone.

— Tu vas faire la gueule pour ça ? s'exclame-t-il en s'approchant.

— Je ne fais pas la gueule, je veux juste comprendre.

— Qu'est-ce que c'est censé vouloir dire ? demande-t-il, les sourcils froncés.

Il s'adosse à la tête de lit et étend ses jambes sur le matelas tandis que je me mets sur mes genoux pour lui faire face. OK, je dois exprimer ce que je ressens. Je ne peux plus me taire. L'idée de ne pas être à la hauteur pour lui m'est insupportable.

— Ça m'irrite, tout ça, Tyler. Tu ne me parles jamais de toi.

— Je t'ai dévoilé des choses dont je ne parle jamais, s'exclame-t-il en se redressant légèrement.

J'aspire ma lèvre inférieure et me pince la cuisse instinctivement. Il a raison mais j'en veux plus, je voudrais connaître ses peines, ses rêves, ce qui le hante le soir. Je voudrais être celle à qui il confie tout, jusqu'à la moindre noirceur dans sa vie, je désire qu'il ait ce réflexe de venir m'en parler. Mais je ne peux pas lui dire ça.

— Lana, il y a certaines choses dont je ne suis pas capable de parler.

— Pourquoi ça ? murmuré-je la tête baissée.

— Ce serait irréversible et je ne saurais pas anticiper mes réactions. J'ai tant de rancœur que remuer le couteau dans la plaie pourrait me faire péter les plombs.

Ne sachant plus quoi répondre, je fuis toujours son regard. J'ai l'impression d'en faire trop mais une voix subsiste en moi, m'intimant de toutes ses forces d'être là pour lui.

— En plus il y a autre chose qui m'en empêche…

— C'est quoi ?

Je n'ose toujours pas croiser son regard mais je sens que la distance entre nous se réduit. Son souffle est tout près de ma bouche, Tyler se penche vers moi un peu plus.

— Tu pourrais partir loin de moi, et je ne le supporterais pas.

Je relève la tête et plonge mes yeux dans les siens. Impossible de décrire les mille sensations qui parcourent mon corps. Passion et perdition se mêlent dans son regard. Tyler décèle la moindre de mes failles. Son battement de cils remplace le battement que mon cœur a loupé lorsque ses doigts effleurent les miens posés sur le lit.

— Je ne pourrai jamais partir loin de toi, susurré-je timidement.

Ses yeux s'arrondissent, puis il sourit, touché par ce que je viens de lui dire.

— Tu le penses, Cherry ?

J'ai tellement peur de mettre des mots sur ce que je ressens et de les lui avouer que je les enfouis au fond de moi, tout en conservant l'espoir vain que ma situation se calque sur la sienne.

— De toute façon, si je te fuis, je sais que tu me colleras au cul, dis-je en m'écartant un peu de lui pour me délivrer de son emprise.

Un rire tonitruant surgit de sa gorge face à mon air dépité. Il agrippe mon bras et me tire vers lui avant de me faire basculer sur le lit pour se retrouver sur moi. Tyler s'humecte les lèvres et, avant qu'il ne tente quoi que ce soit, au vu de son regard brûlant de désir, ma main recouvre sa bouche.

— Tu trouves que j'en fais trop ? dis-je d'une petite voix.

Son rire vibre contre ma paume, puis je sens sa langue me léchouiller. Je roule des yeux et libère sa bouche. Il me tape le front avec une pichenette qui me fait mal.

— Aïe, maugréé-je.

— Tu l'as mérité.

Avec fougue, ses lèvres se pressent sur les miennes, comme un besoin, et je m'accroche à son cou, laissant sa langue titiller la mienne. Tyler avale chacune de mes complaintes. Mes doigts saisissent ses cheveux bruns en même temps que sa main passe sous le pull que je porte. Son souffle chaud qui effleure ma peau éveille mes sens et ses baisers me rendent euphorique, un petit rire s'échappe de mes lèvres.

— T'étais trop sexy ce soir, je n'avais jamais trouvé l'uniforme des cheerleaders attirant avant que tu le portes.

Je m'esclaffe.

— Tu ne vas pas me faire avaler cette disquette tout de même ?

— Ne me tente pas de te donner une fessée. J'ai une tête à dire des disquettes ?

— Oui, dis-je avec un air de défi.

— Sale peste !

— Voilà, là je reconnais mon abruti.

— Non mais je rêve, se moque-t-il.

Il se redresse. Je m'assois à califourchon sur lui et le scrute minutieusement. Mes mains prennent les siennes et je caresse délicatement les éraflures qui jonchent sa peau. J'ai l'impression qu'il est rafistolé de partout, qu'aucune partie de son corps n'a été épargnée par les coups impétueux de son passé.

— C'était qui au téléphone ? demandé-je, absorbée par sa peau abîmée.

— Un gars du club, qui m'a franchement soûlé.

— Pourquoi ?

— Rien d'important que je puisse te dire.

Je fronce les sourcils puis pousse un profond soupir. Ses mains chaudes frôlent mes cuisses, ce qui ne facilite pas mes réflexions. Je m'évertue à rester impassible, il est clair que Tyler souhaite susciter une réaction chez moi. Ce contact brûlant se prolonge le long de mes cuisses, je retiens ma respiration et finis par tressaillir.

— Arrête !

— Ton corps répond autrement que tes lèvres, argumente-t-il fièrement en approchant son visage du mien.

— Et toi, tu ne me réponds jamais.

— C'est quoi, cette lubie de vouloir tout savoir ? Tu es très curieuse.

— C'est un crime de vouloir être proche de toi ?

— Tu es assise sur moi et je suis à deux doigts de bander face à ton corps parfait, qu'est-ce que tu veux de plus ?

— Pas dans ce sens-là, dis-je, embarrassée.

Subitement, il prend mon visage en coupe, m'incitant à le regarder droit dans les yeux. Je déglutis difficilement face à cette vague de désir qui me réchauffe, en une poignée de secondes il a la capacité de me faire oublier toutes mes pensées négatives quant à notre relation. Derrière ses cils, ses pupilles sont dilatées par cette démangeaison sensuelle. Je suis à la merci d'une tentation enflammée, si bien que mes iris brillent autant que les siens.

— Tu es une emmerdeuse, susurre-t-il près de mes lèvres.

— Je parle sérieusement et toi tu…

— Je quoi ?

Son souffle s'abat sur ma peau, je frémis et pousse un léger soupir lorsqu'il dépose une multitude de baisers autour de mes lèvres sans jamais les toucher.

— Tu me déstabilises, soufflé-je lorsque sa main passe sous mon haut.

Il m'embrasse avec une nécessité qui doit être assouvie. Nos corps s'arriment comme si c'était une évidence, comme si nous étions deux morceaux d'un puzzle faits pour s'assembler.

En dessous de son corps, je laisse mes mains se balader sous son tee-shirt avant qu'il le retire, un sourire coquin aux lèvres, et me dévêtisse. Je me retrouve en culotte devant lui. Il embrasse mon cou avec avidité et je sens sa langue sur ma peau, mes ongles se plantent sur ses épaules instinctivement. Seul le son de nos souffles effrénés emplit l'atmosphère, comme un écho qui me rappelle incessamment l'ampleur de mon attraction pour lui. Il commence à baisser ma culotte avec une douceur à faire trembler mon corps entier. Un baiser volé, juste à cet endroit-là, je frémis, il sourit.

— Putain, comment j'ai pu faire sans toi avant ?

Je mordille mes lèvres et, avec convoitise, il force leur barrière pour m'embrasser langoureusement et intensément. Comme s'il voulait montrer que je n'étais rien qu'à lui.

— Tu es avec moi, à moi.

Ces mots tournoient dans mon esprit et je perds le contrôle de mon corps. Je veux toujours plus. De son corps, de son âme. Je veux Tyler. Je le veux comme je n'ai jamais voulu garder une personne auprès de moi. Il me sauve, guérit mon cœur, m'éveille sous un nouveau jour, car il n'y a qu'auprès de lui que j'apprends la réalité de la vie.

Notre plaisir s'intensifie, je suis ivre des baisers qu'il parsème comme des graines sur ma peau, mes mains se font plus baladeuses et, encouragée par son regard fiévreux, je longe son torse et sens ses muscles se tendre sous la pulpe de mes doigts. En même temps, il me pince la taille, ce qui me fait cambrer, et je sens immédiatement son excitation. Je deviens pivoine. Je n'arrive pas à me faire à cet effet que j'ai sur lui.

— Tu me rends fou.

Mes lèvres s'entrouvrent et, avant que je ne dise quoi que ce soit, la sonnerie de son téléphone résonne, rompant le charme du moment. Il grogne et se relève. Avec désinvolture, il décroche. Lentement, je m'extirpe du lit, m'avançant face au miroir. Dans un souvenir douloureux, je me revois vulnérable et stone dans les bras de cet individu qui m'a démolie comme si je n'étais rien.

Aux yeux de Noah je n'ai été qu'une vulgaire allumette. Pour me séduire il m'a allumée, pour m'anéantir il m'a consumée. Dans le reflet du miroir, je vois Tyler froncer les sourcils en me regardant. Il raccroche sans rien dire, s'avance vers moi. La chaleur qui émane de son corps me fait frissonner et a un effet lénifiant. Je retiens ma respiration lorsque je sens ses doigts effleurer mon corps.

Il frôle mes cicatrices. Deux entailles sur ma peau. Deux signatures d'un homme ignoble. Il m'a arraché mes ailes, me privant de ma liberté, de cette confiance que je m'efforçais de forger depuis tant d'années. L'unique chose que j'attendais de lui, c'était de colmater ce vide dans mon esprit. Je rêvais d'avoir cette échappatoire pour me prouver que je pouvais être spéciale, qu'être celle que je suis n'était pas une honte. Mais je me suis trompée. Mon erreur n'a pas été de rencontrer Noah, non, mon erreur a été de me surestimer, de croire que je pourrais m'extirper totalement de ces ténèbres qui m'ont rongée jusqu'aux os. Je croyais que mes murailles étaient faites d'un acier indestructible, mais j'ai compris qu'en vérité ce n'était que du verre. Je refusais d'ouvrir les yeux, mais à présent ils sont grands ouverts. Je le vois dans le miroir et je suis sûre, maintenant, que mon âme l'attendait, et elle a bien fait. Tyler m'a rattrapée dans un timing parfait. À travers Flame, et à travers lui.

L'éclat qui transperce ses yeux sombres me fait chavirer, à l'instar de la brise qui traverse une fleur. Je ne tiens plus en place. Et encore moins lorsque sa main caresse ma taille, qu'il se colle à moi et que je nous vois. J'ai l'impression que c'est l'image la plus sincère qui existe sur terre. Plus besoin de parler avec lui de mes peurs, nos silences sont le reflet de nos sentiments. Car c'est dans le calme que nos cœurs composent cette harmonieuse mélodie de notre passion.

— Je ne veux plus que tu penses à lui, souffle-t-il, les yeux rivés sur mon reflet.

Son corps collé au mien me revigore jusqu'au bout des doigts, son bras entoure ma taille, me serrant plus contre lui, comme une revendication.

— Je ne pense pas à lui, je pense à ma naïveté. Je suis tellement idiote, avoué-je en touchant sa main.

— Tu ne l'es pas. Enfin, ce côté de toi ne se manifeste qu'avec moi. Hélas.

Son sourire m'adoucit, je le regarde par-dessus mon épaule et réprime un petit rire. Avec sa stature, il est comme mon bouclier. Et plus le temps passe, plus je me rends compte que cet homme-là est mon armure ; où que je sois, il est toujours là.

— Te voir comme ça me donne envie de le retrouver et de lui briser les os, à cet enfoiré.

Dans un élan d'affection, je me tourne vers lui et j'emprisonne une de ses mains dans les miennes, puis la remonte au niveau de mon cœur.

— Je n'ai pas envie que tu te salisses les mains pour moi, murmuré-je.

— Elles sont déjà sales.

— J'espère que tu ne dis pas ça parce que tu viens de me toucher, le taquiné-je avec des yeux rieurs.

— Non, mais j'aurais pu, lance-t-il avec un clin d'œil narquois.

Je roule des yeux et lâche sa main, aussitôt elle glisse sur mon visage et son pouce caresse ma pommette. Son autre main effleure mon dos avec délicatesse. La douceur de ses caresses me rend toute chose et il scelle nos lèvres avec tendresse. Quand il m'embrasse de cette manière, c'est une confession silencieuse qui me communique ses sentiments.

— La prochaine fois, je laisserai un pyjama Disney chez toi, annoncé-je soudain en souriant.

— Lequel, par exemple ? réplique-t-il.

— Celui avec le dragon de Mulan, Mushu, je l'adore. J'aimerais trop qu'il s'incarne en Capote, je m'amuserais comme une folle. Et évidemment tu ne serais pas invité aux soirées que Mushu ferait.

— Tu as été expulsée du vagin de la fée Carabosse, pour me déballer des conneries pareilles ?

— Non, de la fée Clochette.

Tyler est blasé, et voir sa tête vaut la peine de dire des bêtises. Il prend une profonde inspiration mais je vois qu'il s'empêche de sourire. Subitement une ombre traverse son regard. Mes doigts se posent sur son poignet et caressent le ruban rouge qui l'entoure. J'aime tellement le voir avec.

— Tu passes la nuit et la journée de demain avec moi, n'est-ce pas ?

J'acquiesce en fronçant les sourcils.

— Tu veux qu'on fasse quelque chose ?

— J'aimerais te présenter ma sœur.

CHAPITRE 48

Rejet

LANA

Dans la voiture, Tyler semble tendu. J'ignore où il nous emmène et à vrai dire je stresse un peu de rencontrer sa sœur. Je ne sais rien d'elle, hormis qu'elle s'appelle Eryn et qu'elle aime jouer de la musique. Le trajet est particulièrement silencieux, Tyler doit être en pleine réflexion. En tout cas, je suis sûre d'une chose, je vais découvrir une nouvelle facette de sa vie. Et rien que d'y penser, je suis heureuse.

La voiture s'arrête devant une grande maison avec un panneau où est inscrit « Refuge de l'Espoir ». Ébranlée, j'écarquille les yeux avant de les poser sur lui. Il coupe le moteur et je scrute la moindre émotion qui pourrait apparaître sur son visage. Le vide sidéral. Et là, je comprends que l'origine de ses tourments vient de là.

— Tyler… je ne savais pas qu'elle était ici.

C'est un établissement d'aide pour les jeunes adultes qui ont vécu des choses traumatisantes. J'en ai déjà entendu parler, ma mère a la brochure dans sa pharmacie.

Tyler inspire profondément puis tourne son regard vers moi.

— Quand… Quand j'ai décidé de quitter les Ravens, Zack, le boss, s'en est pris à elle pour se venger. Il l'a agressée sexuellement.

J'ai des palpitations, cette révélation me fait froid dans le dos et les poils de ma peau se hérissent. Ma main se pose sur sa cuisse, comme si ce contact physique dérisoire pouvait lui communiquer mon soutien.

— Je suis tellement désolée...

— C'est ma faute.

Tout prend son sens, voilà d'où viennent sa rancœur, sa culpabilité et son impulsivité. Tyler n'est pas du tout comme les autres le croient, au fond il est juste abîmé et s'est bâti une solide carapace.

— Eryn ne me parle presque pas, j'ai trouvé un seul moyen de communiquer avec elle.

— Lequel ?

— La musique. Avant ta performance d'hier, je suis passé la voir et j'ai appris qu'elle avait pété les plombs et démoli un piano. Mes parents ont appelé des médecins et ils l'ont mise sous calmants. Je ne sais pas ce qui lui a pris. Je sais qu'après un viol on a du mal à remonter la pente, j'ai lu un tas d'articles et j'ai même rencontré des filles qui ont vécu ça, mais je n'ai jamais vu quelqu'un réagir comme Eryn. Ça va faire un an. Je ne sais plus quoi faire à présent.

C'est la première fois que Tyler se confie autant, qu'il se montre si vulnérable. Le voir aussi triste me fend le cœur et mes mots restent bloqués au fond de ma gorge. Je prends sa main dans la mienne.

— Tu fais ce qu'il faut, murmuré-je.

— Tu n'es pas obligée d'accepter de la rencontrer, tu sais.

Sa voix est pleine de doutes, de crainte aussi. J'ai le cœur en vrac. Face à toute cette souffrance qu'il endure, j'ai mal pour lui.

— Je veux la rencontrer, le rassuré-je.

Lorsque nous franchissons l'entrée, je le vois saluer la dame de l'accueil puis il m'incite à le suivre à l'étage. Quand il s'arrête devant une porte, il serre les poings et entre dans une profonde réflexion pour se donner la force d'entrer. Je caresse sa main du bout des doigts puis son regard glisse sur moi. Je hoche la tête et il ouvre la porte. La pièce est baignée de lumière, une fille est assise sur une chaise, dos à nous. Tyler s'approche d'elle.

— Salut, Eryn, aujourd'hui j'ai amené quelqu'un avec moi.

Tyler se tourne vers moi et me tend sa main pour que je m'avance. Mon cœur s'affole et je m'évertue à garder mon calme.

— Salut, Eryn, je m'appelle Lana, me présenté-je timidement.

La jeune femme tourne la tête vers nous et son regard noir plonge dans le mien. Il se dégage d'elle un désespoir intense, son teint pâle est semblable à celui d'un fantôme et ses yeux sont dénués d'émotion. Seule sa fatigue est visible, elle me semble si harassée, si blessée que ma poitrine se comprime.

— Je voulais te la présenter, s'exclame Tyler.

— Je suis contente de te rencontrer, ajouté-je avec un petit sourire gêné.

Longuement, elle nous détaille l'un après l'autre. Je ne sais pas quoi dire à ce moment-là mais les lèvres d'Eryn se mettent à bouger :

— Tu es la copine de mon frère ?

— Oui, elle l'est, répond Tyler à ma place en s'asseyant sur le lit.

Mes yeux dévient sur lui. C'est la première fois que je vois Tyler sans tous les remparts qu'il érige en permanence pour se protéger. Un Tyler vulnérable qui me fait tomber encore plus amoureuse de lui. Eryn reprend sa place et nous tourne le dos à nouveau. Tyler soupire puis s'adresse à sa sœur :

— Je sais ce que tu as fait hier. J'aimerais comprendre.

Aucune réponse. Je le regarde, démunie.

— Eryn, ton frère s'inquiète beaucoup pour toi, interviens-je doucement.

Ses épaules tressaillent au rythme de sa respiration erratique, elle doit se sentir attaquée par notre présence. Je regrette mes mots quand je la vois serrer les accoudoirs de la chaise.

— Ce n'est pas ton jour de visite, Tyler. Va-t'en. Tout de suite. Je ne veux pas te voir.

Apeurée, j'observe Tyler qui se lève violemment et je n'ai pas le temps de discerner ce qui traverse son regard qu'il sort et claque la porte avec force. Avant d'aller le retrouver, je m'adresse une dernière fois à Eryn :

— Je sais que je suis une inconnue et que tu ne veux probablement pas me parler mais je suis prête à revenir si tu as besoin d'une amie à qui te confier.

Je marque une pause alors qu'elle ne bouge pas d'un iota.

— Parfois, on pense que certaines douleurs sont insurmontables. Mais on ne guérit pas d'un coup, ça prend du temps. Et on apprend à vivre avec nos cicatrices, c'est ce qui façonne qui nous sommes. Le temps est le remède, le soutien de nos proches aussi.

Face à son mutisme, je décide de partir mais, avant que je franchisse le seuil de la porte, elle me répond doucement :

— Mon frère m'a tellement parlé de toi que tu n'es plus une inconnue.

Un sourire étire mes lèvres et je ferme la porte derrière moi. Je cours pour rattraper Tyler et le trouve debout devant sa voiture, impassible.

— Tyler…

Il garde le silence puis monte. Je fais de même et il démarre à toute vitesse. Je n'ose rien dire durant tout le trajet. Une fois chez lui, il va directement dans sa chambre, donne un coup de pied violent à sa chaise de bureau et balaie tous ses livres d'un coup de bras.

— Tyler, arrête !

En poussant un cri de colère, prend sa chaise de bureau et la cogne contre le mur.

— Tyler !

Il ne m'écoute plus et frappe sans s'arrêter dans son sac de boxe, à s'en faire rougir les phalanges. Sans réfléchir, je me précipite vers lui et j'entoure sa taille de mes bras. Il se débat mais je serre plus fort.

— Va-t'en, grince-t-il entre ses dents.

Sa voix dure me lacère les oreilles, j'essaie de ne pas flancher.

— Non, soufflé-je en posant ma tête contre son dos. Si tu voulais être seul, tu m'aurais déposée chez moi avant de venir ici pour tout casser.

— Je n'aurais jamais dû t'emmener, réplique-t-il d'un ton dur.

— Ne dis pas ça…

Accrochée à lui, je sens sa respiration saccadée. Ma main est collée sur son cœur, ses battements sont puissants et incontrôlables. Ma tête se niche davantage contre son dos et je respire son odeur.

— Tout ça… c'est une erreur.

Irritée par ses mots, je me détache de lui mais reste proche. Le sous-entendu est terriblement lourd, je sais pertinemment à quoi il fait allusion.

— Tu ne penses pas ce que tu dis, murmuré-je.

— Je ne pense plus à rien, Lana.

Je me poste face à lui et pose mes mains sur ses joues, le forçant à me regarder droit dans les yeux. Le vide, voilà ce qu'exprime son regard. J'approche son visage du mien, l'obligeant à se pencher pour que nos fronts se touchent.

— Je suis là, avec toi.

Tyler inspire et tressaille, il essaie de rompre le contact de nos peaux mais je m'y oppose.

— Lana, pars... Je détruis tout ce que je touche... Je ne veux pas te faire de mal.

— Il ne m'arrivera rien, chuchoté-je près de ses lèvres.

Furtivement, il retire mes mains de son visage et s'éloigne de moi en se frottant les cheveux.

— Tyler... tu es en colère et c'est normal, mais je suis sûre que ça va aller.

— Non ça ne va pas aller, ça fait un an que ça dure. Cette putain de culpabilité ne va jamais me lâcher ! Eryn n'ira jamais mieux ! Elle est brisée... et tout est ma faute.

Aucun mot n'arrive à sortir de ma bouche, sa frustration déteint sur moi, tout comme sa colère. Il lève la tête pour fixer le plafond et passe à nouveau ses mains dans ses cheveux en soufflant. Il se tourne vers moi et me dévisage avec un air perdu.

— Je sais que c'est dur, murmuré-je en m'approchant de lui. Mais laisse-moi rester avec toi.

— Non, pars, crache-t-il sans me regarder.

— Je déteste te voir comme ça.

— La vérité, c'est que c'est moi que tu devrais détester.

— Ce n'est pas le cas, avoué-je tristement.

— Pourquoi ? Je t'ai menacée et presque brûlée. Cela n'a fait que te rappeler ce que tu avais vécu. J'ai tué des gens, je suis tout sauf la personne qu'il te faut. Tu es beaucoup trop aveuglée par tes sentiments pour t'en rendre compte. J'aurais dû te laisser partir un tas de fois mais j'ai été égoïste, je voulais te garder pour moi et que tu oublies tout ce que je t'ai fait subir.

Ses paroles me heurtent profondément. Délicatement, je saisis sa main et l'incite à m'affronter. Cet échange visuel me déchire, et pourtant ma conscience me hurle que la suite de cette conversation ne va pas me plaire. Mes doigts effleurent le ruban autour de son poignet, je le caresse et esquisse un faible sourire.

— Tu sais ce que signifie ce fil rouge ? lui demandé-je doucement.

La confusion se lit sur ses traits. Il fait non de la tête et j'appuie mon index sur l'intérieur de son poignet recouvert par le ruban.

— C'est une légende asiatique. Je ne saurais te dire de quel pays exactement, mais c'est un lien qui unit deux personnes, comme si elles étaient connectées.

Je me retiens d'employer le mot avec un grand A, j'ai si peur de brûler les étapes. Je me consume pour lui, je suis folle de lui et, même s'il me montre qu'il me veut, que je suis la seule à ses yeux, je crains toujours d'en dévoiler trop. J'ai peur qu'il se lasse et me laisse tomber, peur de ne pas lui suffire, de ne jamais lui suffire. Tyler me sonde avec intensité et je cherche dans ses yeux la moindre émotion, mais je ne trouve rien. Ça me serre le cœur.

— Comment tu peux rester ?

— Il y a des choses qu'on ne contrôle pas… et des choses qu'on ne veut pas contrôler.

Lorsqu'il m'entend prononcer cette phrase qu'il m'a déjà dite, il m'observe, perdu, et sa main serre la mienne automatiquement, ce qui me laisse entrevoir un infime espoir. Je demeure égarée et immobile face à lui. Je le supplie intérieurement de dire quelque chose qui puisse me faire sourire, mais je sais que cela n'arrivera pas. Il ne va pas bien et ma présence ne doit pas l'aider. Je ne lui procure pas ce sentiment d'apaisement que lui provoque en moi d'un simple effleurement. J'ai un pincement au cœur et je refoule ma tristesse au fond de moi.

— Tu as besoin de rester seul, continué-je doucement. Mais ça ne change rien pour moi, Tyler.

Triste face à son air stoïque, je lâche sa main et me dirige vers la porte. Je me fige au milieu de l'encadrement, dos à lui. Une peine immense s'immisce dans mes veines, je ne veux pas le perdre, je ne peux pas. Cherry a besoin de Flame et Lana a besoin de Tyler.

— Tyler…

Je marque une petite pause et le regarde par-dessus mon épaule. Il n'a pas changé de position : debout, de profil au milieu de la pièce, la tête baissée et les poings serrés.

— … peu importe ce que tu fais, tu es le seul homme pour qui je traverserais les flammes, sans regret.

CHAPITRE 49

De poésie et de flamme

LANA

— On est à plus de la moitié de l'année et je pense qu'effectivement médecine, ce n'est pas pour moi. J'ai foiré mes premiers examens.

Les résultats sont tombés, je m'en suis bien sortie, contrairement à Lydia, mais visiblement ce n'est plus la voie qu'elle veut suivre. Je suis assise sur la chaise de sa coiffeuse tandis qu'elle me fait des tresses. Nous avons décidé de passer la soirée ensemble, ça me réconforte, car je ne pense qu'à Tyler depuis une semaine.

— Tu sais ce que tu veux faire ? demandé-je en triturant la manche de mon pyjama.

— Non… je ne sais pas vers quoi me réorienter, je verrai sur le tas, je crois.

Mon regard perdu est rivé sur mes mains. Lydia pose sa main sur mon épaule et je lève le visage, croisant ses yeux noisette dans le miroir. Elle affiche une mine inquiète et se penche vers moi.

— Lana ? Tout va bien ? Tu n'as pas beaucoup parlé aujourd'hui. Et j'ai l'impression que cela fait plusieurs jours que c'est comme ça.

J'ai fait au mieux pour dissimuler mon chagrin, mais visiblement ce n'est pas passé inaperçu aux yeux de ma meilleure amie.

— Avec Tyler, ça ne va. Ça va faire une semaine qu'on ne se parle plus et j'ai peur de le déranger. De plus, je ne l'ai pas vu de toute la semaine à l'université.

Il n'était pas sur les gradins, comme à son habitude, lors de mes entraînements. Et à la séance de débat il était absent aussi. Et je ne suis pas restée. Sans lui, ce cours n'a aucune saveur.

— Vous vous êtes disputés ? demande-t-elle, inquiète.

— Non, il y a certaines barrières qu'il ne veut pas que je franchisse. Je pense qu'il craint que cela me fasse fuir.

Lydia arbore un air plein de compassion, elle se redresse et me fait un câlin.

— Je pense que tu devrais essayer de lui parler. Je ne t'ai jamais vue aussi heureuse que quand tu es avec lui.

Tyler illumine ma vie alors qu'il se terre dans l'ombre. Je me demande si je pourrais exterminer ses démons avec les lueurs d'espoir auxquelles je m'accroche.

— Et si l'inverse n'est pas vrai ?

— Détrompe-toi, la manière dont il te regarde ne laisse aucun doute.

— Je suis complètement perdue… j'ai peur de ne pas lui suffire, de ne pas être assez pour lui. Je ne peux pas le sauver, je suis inutile.

— Tu n'as pas à le sauver. Il ne te le demande pas, et ce n'est pas à toi de le faire. On ne sauve que ceux qui l'acceptent et, tant que Tyler ne le voudra pas, tu ne pourras rien faire. Tout ce que tu peux faire, c'est lui montrer que tu es là. Tu lui suffis, Lana, n'en doute jamais et, s'il ne s'en rend pas compte, c'est que tu mérites mieux.

Les paroles de Lydia tourbillonnent dans mon esprit. Une douleur sourde me lacère le cœur, c'est la douleur de la vérité. Je ne peux pas sauver Tyler, je ne peux pas le forcer à s'ouvrir à moi tant qu'il ne le souhaite pas.

Parfois, je me demande ce qu'il a pu me trouver, avec ma tendance à vouloir décortiquer chaque sensation, chaque comportement, à vouloir tout savoir à cause de ma curiosité. Je suis la caricature de ce qu'il ne peut pas supporter. Quand je stresse, je parle beaucoup, beaucoup trop. Lui qui préfère le silence, je pourrais devenir le fléau de sa vie. Pourtant… c'est avec moi qu'il est. C'est vrai, je ne peux pas le sauver, mais je peux l'aider, partager ses souffrances silencieusement, le soutenir et l'extirper de sa solitude.

— Tu es complètement amoureuse de lui, me taquine ma meilleure amie en me frappant avec son coussin.

— Eh ! C'est même pas vrai !

OK… je ne veux juste pas l'avouer à haute voix.

— Menteuse ! Tu es toute rouge, s'esclaffe-t-elle.

— Fous-moi la paix, connasse !

— Tu parles exactement comme lui en plus. C'est l'amour fou entre vous, ça se voit direct. Sauf que Tyler est plus difficile à faire parler que toi. Hayden a essayé de lui soutirer des informations, une fois, à ton sujet, et il a reçu un coup de poing.

— C'est Tyler, en même temps, m'exclamé-je, amusée.

Je soupire et me laisse tomber sur le matelas puis ferme les yeux. Je n'aurais jamais cru que son absence laisserait une telle empreinte dans mon âme. Il me manque, tout simplement. Un sentiment dégouline dans ma poitrine et frôle mon cœur chaque fois que je pense à lui. Un nœud se loge au creux de mon ventre et se dénoue, libérant un millier de papillons flottants dans mon corps.

Tyler.

Flame.

— Je n'aurais jamais dû, dis-je.

— De quoi tu parles ?

— Je n'aurais jamais dû le laisser.

Il a été là depuis le début. Quand bien même je ne lui ferais pas éprouver cet éternel effet renversant qui fait chavirer mon cœur, je ne peux pas le laisser. C'est au-dessus de mes forces. Je ne veux pas me battre pour lui parce que j'ai des sentiments. Non. Je veux me battre pour lui parce qu'il en vaut la peine, plus que n'importe qui.

— Alors tu sais ce qu'il te reste à faire.

Tyler a pété les plombs, il a tout détruit sur son passage. Le rejet de sa sœur l'a vraiment perturbé, lui faisant perdre le contrôle, au point que même être avec moi ne lui était plus bénéfique. La culpabilité est venue le frapper de plein fouet, d'une manière si fulgurante qu'il n'aurait pas pu l'anticiper.

« J'ai besoin de beaucoup temps. »

Je ne sais pas combien de temps il lui faut, mais je sais que je n'aurais pas dû lui en laisser autant. Tyler a beau être énigmatique, j'ai l'impression de le comprendre un peu plus chaque jour… Hélas, il finit par se braquer et le retour en arrière est inévitable. Et je suis en queue de peloton, derrière la ligne de départ.

Cette année, j'ai appris à accepter mes faiblesses. C'est comme ça que je suis capable de voir celles d'autrui. Nerveuse, je franchis la porte de l'établissement. Cette idée m'est venue sans que je songe réellement aux conséquences. Je veux juste aider celui qui fait battre mon cœur. Qui ne tente rien n'a rien. Tyler est irrité par ce qu'il s'est passé avec Eryn. Le voir aussi démuni me brise le cœur. Et, même si j'essaie, impossible pour moi de rester les bras croisés. J'ai bien conscience de n'être personne pour Eryn, mais son histoire fait écho à la mienne… et, si je peux l'aider d'une manière ou d'une autre, il faut que je fasse quelque chose. Alors j'ai décidé d'aller la voir aujourd'hui. Seule, cette fois-ci.

Son histoire m'a vraiment touchée. La sœur souffre en silence et l'âme du frère s'étiole à cause de cette culpabilité tenace. Lorsqu'on découvre des bribes du passé de Tyler, on comprend exactement pourquoi il est ainsi. Tout est lié et pourtant personne ne peut voir cette peine qu'il masque. Il ne ravale pas ses souffrances comme je le fais, attendant la prochaine vague qui va les faire resurgir. Lui, il vit avec, malgré elles. Il est aveuglé par les conséquences de ses erreurs.

Prenant une grande inspiration, je toque contre à la porte en bois et l'ouvre lentement, avant d'entrer dans la chambre. Eryn, assise sur son lit, arque un sourcil en me voyant. Elle referme le livre qu'elle tenait prenant un air étonné.

— Qu'est-ce que tu fais là ? demande-t-elle en se levant.

Fermant la porte derrière moi, je m'adosse à celle-ci et joins les mains, subitement embarrassée. Son ton dur me rappelle celui de son frère. En analysant ses traits fatigués, j'y décèle une ressemblance avec Tyler.

— Je voulais te voir.

— Tu es seule ? dit-elle, surprise, les yeux écarquillés.

— Oui et, avant que tu ne demandes, il n'est pas au courant.

Je m'approche d'elle et m'assois sur une chaise en face de son lit. Mes mains sur mes cuisses tremblent un peu, je tape du pied sur le sol, je la scrute attentivement, pleine d'appréhension, avant de me lancer.

— Eryn, écoute, je sais que c'est dur pour toi…

— Ah oui ? C'est lui qui t'a dit ça ? Que c'était dur pour moi ? Eh bah figure-toi que personne ne le sait !

Sa voix dure résonne dans la pièce, des frissons parcourent ma peau et je me mets à trembler. La profondeur de son regard me perturbe, exactement comme avec son frère au début. Cela remonte à si longtemps pour moi maintenant...

— Je ne suis pas là pour te juger ni te dire quoi faire, tenté-je pour la calmer.

— JE NE VEUX PAS T'ÉCOUTER.

Son hurlement fracasse mon cœur, la jeune femme meurtrie en face de moi s'écroule sur son lit et des sanglots s'élèvent. Elle fond en larmes devant moi.

— Je n'en peux plus, pleure-t-elle en cachant son visage.

Ses frêles épaules tressaillent au rythme de ses sanglots. Démunie, je m'avance vers elle et lui caresse le dos pour la calmer. Cela peut sembler bizarre, mais je me vois en elle, son histoire me touche. Si jeune, si innocente, et elle a croisé le chemin d'un connard qui n'a pas hésité à lui faire subir le pire des châtiments.

— Comment tu peux ? souffle-t-elle en relevant son visage vers moi.

— Je peux quoi ?

— Aimer une personne qui a fait partie de ce gang ?

Ces mots se mettent à siffler dans ma tête, j'entrouvre les lèvres, ne sachant que répondre sur le coup.

— Ton frère compte beaucoup pour moi, répliqué-je.

— Comment c'est possible ? Il reste mon frère malgré tout mais tu ne lui as jamais demandé ce qu'il a fait ?

Sa voix se craquelle comme une feuille d'automne.

— Je ne lui ai jamais posé la question, je ne peux pas le juger là-dessus.

Derrière ses cils, je remarque l'éclat d'étonnement qui traverse ses iris. Elle cligne des yeux avant de passer furtivement sa main dans sa chevelure ébène. Vulnérable et perdue, je la scrute, attendant de sa part une autre réaction. Elle ferme les yeux.

— Il y a des choses que je ne peux plus accepter, admet-elle.

Les larmes coulent le long de sa joue. Je demeure im mobile, j'ignore ce que je pourrais dire, car ce viol est dévastateur. Les Brook sont très forts pour enterrer profondément leurs secrets ; ils ont compris qu'un secret révélé pourrait détruire autrui.

— Je n'arrive pas à oublier, Lana, ajoute-t-elle. Tout ce qui s'est passé, c'est un infernal cauchemar...

Compatissante, je prends sa main et l'incite à me faire face. Elle retient un soupir et son regard vacille. Notre échange me vrille les tripes, je serre un peu plus fort ses doigts.

— Je peux imaginer ce que tu ressens... ce que tu as vécu est un cauchemar, il y a des événements dans la vie qui se produisent et hélas nous n'avons pas le contrôle dessus. Si je suis sûre d'une chose, c'est qu'il y a toujours une lumière au bout de ce tunnel sombre.

— On s'en est pris à toi ?

Sa question me retourne l'estomac. Je mordille ma lèvre inférieure et tout remue en moi. Sans crier gare, mes yeux s'humidifient, j'en suis tellement ébranlée que je retiens ma respiration, priant pour que cette larme ne coule pas.

— Oui. J'ai beaucoup de séquelles physiques et psychologiques.

— Je suis désolée. Je n'aurais pas dû poser cette question, s'empresse-t-elle d'ajouter.

— Ce n'est rien, tout ça c'est derrière moi. Et je sais que tu arriveras aussi à le surmonter.

Elle baisse les yeux vers nos deux mains qui se tiennent, un soupir s'échappe de ses lèvres en même temps que quelques larmes de ses beaux yeux noirs.

— On n'oublie jamais, mais on apprend à vivre avec en devenant plus résilient. L'être humain est maître de son destin.

— Je n'en veux pas à Tyler. Si je ne lui parle pas, c'est juste parce que je ne suis pas prête à me confier. Il n'y a que lui qui me comprendrait mais je sais qu'il s'effondrera si je le fais. J'ai besoin de temps, et lui aussi. Tu comprends ? C'est mon frère, je ne veux pas le blesser, et c'est ce qui arrivera si je parle. Il se déteste assez comme ça. On sera détruits tous les deux.

Affectée, je la prends dans mes bras pour lui transmettre mon soutien sincère. J'ai du respect pour elle ; au fond, elle veut juste préserver son frère.

— Tu n'es pas obligée de lui en parler, il ne te forcera jamais à te confier. Il est capable d'attendre, il t'aime énormément.

Elle hoche doucement la tête.

— Je l'aime de tout mon cœur, Lana. Tyler a beaucoup souffert, et je n'ai pas envie de lui infliger ça, je ne le supporterais pas.

— Je sais, Eryn, murmuré-je.

Elle inspire profondément puis lâche ma main avant de se lever. Elle se tourne vers moi et vient s'asseoir sur la chaise où j'étais assise plus tôt. Je n'ai jamais vu une personne aussi harassée, aussi brisée, de toute mon existence. La voir dans cet état me fend le cœur.

— Tu peux lui dire que je suis désolée pour l'autre jour, s'il te plaît ?

— Évidemment.

— J'aime qu'il vienne me voir. Ce sont les seules visites que j'apprécie. Il parle beaucoup d'habitude, mais il est devenu tellement silencieux que parfois je me demande si c'est véritablement mon frère qui est là.

— Il cherche sans arrêt un moyen de maintenir le lien entre vous, tu lui manques.

— Je ferai des efforts.

— Au fur et à mesure, cela reviendra.

Ses yeux plongent dans les miens puis elle se frotte le nez avant d'esquisser un petit sourire, ce qui ravive les battements de mon cœur. Cette fille a vécu le pire, son combat est admirable. Quel que soit son parcours, je prie pour qu'elle s'en sorte.

— Les seules personnes qui me rendent visite sont mes parents et Tyler. Ça me fait bizarre de voir quelqu'un d'autre.

— Tu veux bien que je fasse partie de cette liste ?

La jeune femme se contente d'acquiescer ; les frissons désagréables que j'avais en arrivant ont totalement disparu grâce à l'éclat d'espoir qui émane de son regard et à la force de son sourire.

— Tyler me parle beaucoup de toi, admet-elle.

— Vraiment ?

— Au début il le faisait juste pour attiser ma curiosité, il ne m'avait jamais parlé d'une fille avant. Ensuite c'est devenu une habitude, comme un besoin. Il s'entendait parler et je pense qu'il a compris comme ça l'importance que tu as pour lui.

Je ne sais pas quoi dire, je n'aurais jamais cru que Tyler pouvait parler de moi autant.

— Tyler et moi avons toujours souffert en silence. Je suis heureuse que tu l'acceptes comme il est. Avec ses tendances de misanthrope et son éternelle solitude. Car je sais que lorsqu'il choisit une personne, c'est pour toute la vie.

CHAPITRE 50

Éprise

TYLER

Me voilà de retour sur la piste, un besoin d'adrénaline, une envie de plonger dans le vide, voire dans l'oubli. La douleur sourde dans ma poitrine sévit depuis des jours et des nuits. Même la fumée de ma cigarette ne parvient pas à dissiper les pensées amères qui m'enveloppent, pas plus que l'alcool ou les rigoureuses séances de sport. Dans cette semaine sombre, une évidence émerge : Lana est indéniablement plus vitale à mon âme que je n'aurais jamais pu l'imaginer, elle est la seule à anesthésier ma peine, la seule à apaiser mon cœur.

Et je l'ai rejetée, comme un lâche incapable d'affronter la réalité, incapable de lui offrir le meilleur de moi, peut-être parce qu'il n'y en a pas. Je l'ai rejetée avant qu'elle ne le fasse, m'évitant de me casser la gueule encore une fois. Je l'ai rejetée avant de la briser, quitte à en souffrir.

La vie actuelle d'Eryn n'est que la conséquence de mes erreurs passées, à chaque visite la culpabilité m'assaille et se déchaîne dans mes veines, me submerge à m'en priver d'air, j'étouffe dans mon propre corps, je suis rongé jusqu'à la moelle, pourri jusqu'à l'os. Être un Raven ne m'a jamais réussi. J'ai été disciple de Zack, j'ai tué pour lui, j'ai causé du tort à beaucoup d'innocents et je suis même devenu le meilleur élément du gang. J'ai bien vite découvert le revers de la médaille, j'ai été le meilleur, mais à quel prix ?

Hanté, j'étais possédé par les visages des personnes à qui j'ai ôté la vie. Ce n'était que le prélude d'une folie pernicieuse. J'étais l'ombre de moi-même et ma seule envie par la suite, c'était de m'extirper de cet engrenage. Et en voulant tout cesser, j'ai attiré sur moi les foudres des Ravens. J'ai brûlé mon tatouage sur le bras pour me libérer de cet enfer et, quand je me suis présenté devant eux pour leur annoncer mon départ, ils m'ont bastonné. Puis Zack m'a encore enflammé le bras, calcinant ma peau davantage. J'ai été enfermé des jours entiers, puis un cri m'a éveillé dans la pénombre. Ma sœur se faisait violer juste derrière le mur de ma cellule. C'était ma punition, Zack voulait me faire souffrir encore plus.

« Je te faisais confiance et tu m'as tourné le dos. »

Voilà ce qu'il m'a dit avant de me brûler. Mon départ était une trahison et sa rancœur est plutôt tenace. J'avais vingt ans quand je les ai rejoints, quand Zack m'a repéré au Thunderdome. J'étais intervenu dans une bagarre contre un Raven sans le savoir et, quand je l'ai battu, Zack m'a proposé de rejoindre son gang, mais j'ai refusé. Il a insisté et je l'ai frappé. Dans un éclat de rire, il m'a défié au combat : si je gagnais il me laissait tranquille, et si je perdais je le suivais dans son délire. Par pure fierté, j'ai accepté et il m'a bien baisé. Je n'ai jamais vu quelqu'un se battre avec autant d'aisance. Même si je ne suis pas un grand bagarreur, j'ai connu des périodes où il fallait que je me défende et que je fasse entendre ma voix. En devenant un Raven, je me suis amélioré, arrivant même à manier les couteaux.

Zack a gagné et je suis devenu son disciple.

« Tu es à moi. » C'est ce qu'il disait.

Le cœur au bord des lèvres, j'ai des relents acides qui me brûlent la gorge. Zack est la dernière personne sur terre dont j'aimerais me souvenir. C'est un fou furieux, cynique et sans pitié. Sincèrement, j'ai cru que j'allais mourir dans cette cave.

— Tyler ?

Mes yeux sont rivés sur la piste pour analyser mes concurrents. Ce soir je veux gagner. Un paquet d'argent est mis en jeu, beaucoup de personnes ont parié sur moi et les Gunners comptent sur ma victoire, maintenant que je suis de retour. Dan exerce une faible pression sur mon épaule, me poussant à me tourner vers lui.

— Ta moto t'attend au stand. Tu vas gagner, j'en suis certain.

J'acquiesce sans rien dire, il m'invite à le suivre d'un mouvement de tête et, quand j'entre, je suis abasourdi et me fige telle une statue.

Lana.

Lana est contre ma moto, affichant un petit sourire timide. Je me retourne vers Dan, qui me fait un clin d'œil avant de sortir du stand, baissant un peu la porte du garage pour nous laisser un peu d'intimité. Mon regard se verrouille sur la femme devant moi, elle est habillée comme une rockeuse : une jupe noire révélant ses jambes élancées, un haut noir et une veste en cuir *oversize*. Un ruban vert orne sa chevelure ondulée.

Je n'arrive plus à bouger, je ne m'attendais pas à la revoir. Mon cœur bat dans mes tempes. Elle est si belle. Et son joli minois me fixe comme si j'étais la seule personne qui comptait, ses pas résonnent, avalant la distance entre nous.

— Salut, Tyler, dit-elle doucement.

J'ai envie de l'embrasser et de lui dire à quel point je suis désolé d'être aussi minable, d'avoir causé tant de peines à des gens. Et à elle. Est-ce qu'elle me verrait différemment ? Ses yeux scintillent d'amour, les miens sont vides à cause de mes tourments.

— Je suis surpris que tu sois là.

Lana ne voulait plus venir au Thunderdome depuis son agression. La dernière fois, le jour de l'accident de son frère, c'était pour me voir. Elle a fini par me l'avouer.

— Je ne voulais pas manquer ta course, admet-elle en haussant les épaules.

— Je ne suis plus sûr de gagner, je suis déjà déconcentré rien qu'en voyant tes jambes.

Lana retient un rire. Ses yeux expressifs se plissent, elle rit également avec son regard.

— Trésor, dis-moi ce que tu fais là... demandé-je, l'air abattu.

Elle soupire et laisse sa main traîner sur mon torse, ses doigts s'accrochent aux pans de ma veste.

— Mon meilleur ami me manque.

Sa voix douce me berce, sa main frôle ma joue avant que sa paume la recouvre. Je la regarde, ses yeux verts sont comme deux pierres précieuses.

— Et tu as gardé mon ruban autour de ton poignet, murmure-t-elle avec une pointe de satisfaction. J'ai encore mes chances avec toi, alors ?

Là, c'est moi qui me retiens de rire face à sa taquinerie. La pulpe de son pouce caresse ma peau avec tendresse. Putain, c'est si difficile de lui résister. Tout chez elle m'attire, tout chez elle est merveilleux. Je me penche, mon front se colle au sien, mes mains glissent jusqu'à sa taille et je la colle contre moi.

— Je suis désolé, désolé pour la dernière fois, dis-je avec une pointe de tristesse.

— Oh Tyler, souffle-t-elle dès que sa poitrine est contre mon torse.

Mon envie de l'embrasser est aussi violente qu'un ouragan. J'ai envie d'elle, j'ai envie d'elle plus que je n'ai jamais voulu quiconque ou quoi que ce soit au monde.

— Qu'est-ce que tu m'as fait ? Espèce de sorcière, clamé-je en posant ma main sur sa nuque.

Une ombre passe dans son regard, une lueur d'excitation qui est vite étouffée par le bon sens. Elle reprend son sérieux, s'écarte de moi et saisit ma main pour me tirer vers le vieux canapé du fond. Je m'y assois et elle s'installe sur mes genoux.

— Je dois te parler, annonce-t-elle en prenant mon visage en coupe. Promets-moi de ne pas m'interrompre avant que j'aie terminé et aussi que tu ne m'en voudras pas.

Plein de scénarios irréalistes fusent dans mon esprit, je ne sais pas à quoi m'attendre avec elle. Je la fixe, les sourcils froncés, soucieux de ce qu'elle va me dire.

— Ça commence mal, mais vas-y, je t'écoute.

Lana prend une profonde inspiration et saisit ma main, caressant l'intérieur de mon poignet recouvert de son ruban.

— Ce qui s'est passé avec Eryn m'a beaucoup touchée. L'effet que cela a eu sur toi m'a marquée au plus profond de mon être et je n'ai pas supporté de te voir aussi mal, rongé par la culpabilité. Quand tu as mal, j'ai mal aussi. Quand je te vois triste, je suis triste. Je voulais faire quelque chose qui puisse t'apaiser alors je suis allée voir Eryn.

Mes yeux s'écarquillent et mon cœur loupe plusieurs battements. Ses mots sont comme des balles qui m'assomment à chaque syllabe.

— Nous avons discuté, elle et moi. Elle m'a confié qu'elle ne t'en voulait pas, bien au contraire. Tyler, elle a besoin de toi, ta présence lui est bénéfique et son silence s'explique par le traumatisme de cette nuit-là. La vérité, c'est qu'elle craint de te faire du mal et n'est pas encore prête à se confier. Chacun a son propre rythme pour surmonter un événement douloureux. Ne lui reproche pas de prendre son temps. Elle a vraiment dû vivre quelque chose de terrible pour en être aussi affectée. Elle a juste besoin de plus de temps.

Les mots me manquent. L'air déserte mes poumons, je la fixe comme si elle était un mirage, pourtant je ne suis pas victime d'une hallucination auditive, tout est bien réel.

— Lana… elle t'a vraiment dit tout ça ?

C'est si révélateur, les propos d'Eryn.

— Oui, je te le promets, assure-t-elle en serrant ma main pour me garder avec elle dans la réalité.

Notre réalité à tous les deux.

— Pourquoi tu as fait ça ? le demandé-je, perdu.

— Je te l'ai dit, quand tu as mal, j'ai mal aussi.

Lana m'adresse des paroles empreintes d'amour. L'amour… un univers inconnu jusqu'alors qui me fait trembler, me terrifie par l'ampleur de ce qu'elle est prête à offrir alors que je doute de pouvoir lui en rendre même un fragment.

— Je ne te mérite tellement pas, lâché-je en posant ma main sur sa cuisse.

— Ce n'est pas à toi de me dire ce que je mérite, Tyler.

Des flammes dansent dans ses prunelles, je ressens leur incandescence, un nœud se loge dans ma poitrine. La détermination qui transparaît dans sa voix me fait frémir.

— J'ai peur de te perdre, confesse-t-elle. J'ai peur de ne pas te suffire, de ne pas être assez pour toi. Tu m'as tellement apporté, Tyler, plus que tu ne peux l'imaginer.

— Pourquoi tu ne serais pas assez pour moi ? répété-je, les sourcils froncés.

— Je n'appartiens pas à ton monde, je n'ai pas ta passion pour les motos et, dès que je suis près des filles des Gunners, je ne peux m'empêcher de les imaginer me narguer, surtout avec les regards qu'elles me lancent. En fait, c'est comme si c'était stupide de ma part d'espérer quoi que ce soit avec toi, je me dis que tu finiras bien par ouvrir les yeux.

— Lana… tu es tout ce que je désire.

Une myriade d'émotions se succeed dans son regard, elle baisse la tête timidement et je pince sa cuisse nue. Elle relève la tête vers moi, me permettant d'admirer son joli minois.

— Tu es assez, plus qu'assez même, que ça soit pour moi ou pour n'importe qui. Tu es spéciale pour moi.

— Oh, Tyler, toi aussi tu es spécial pour mon cœur, susurre-t-elle en rougissant.

— Je ne veux pas que tu te compares à ces greluches, ou à n'importe quelle autre fille d'ailleurs. Tu es la seule que je regarde.

Lana rougit et esquisse un rictus, gênée par mon compliment. Je la rapproche de moi en appuyant ma main sur sa nuque.

— Tyler, s'il te plaît, ne me rejette plus, je te veux. Je te veux toi, avec toutes les facettes de ta personnalité, de la plus sombres à la plus lumineuse.

— Trésor, c'est la première fois de ma vie que les mots d'une personne m'apaisent. Mon cœur a besoin de tes mots.

Lana niche sa tête au creux de mon cou, me serrant contre elle. Ses lèvres caressent ma gorge et ma main remonte le long de sa cuisse en passant sous sa jupe.

— Tu m'as jeté un sort, sorcière.

Alea jacta est. Ce tatouage symbolisait la fatalité et l'acceptation de mon sort. Et quand ce sont ses putains de beaux yeux qui me jettent un sort, je suis marqué par l'amour. Lana a fini par aimer celui que personne avant elle n'avait jamais réussi à percer à jour.

— J'espère que ce sort durera toute la vie, alors.

Elle m'observe avec ses yeux brillants d'affection, je plaque ma bouche contre ses lèvres et elle gémit. Ce baiser est un mélange exquis de sensations. Je ressens une douceur enivrante, comme si le temps ralentissait. Chaque contact, sa main sur mon cœur, la mienne qui se perd dans ses cheveux, est chargé d'une tendresse profonde, renforçant un lien qui semble faire fusionner nos âmes. À mesure que le baiser s'approfondit, un frisson parcourt mon corps, éveillant une connexion émotionnelle qui dépasse le simple contact physique. Ce baiser est une affirmation silencieuse qu'elle est à moi.

— Tyler, la course, s'exclame Dan en débarquant. Désolé de vous interrompe, mais je te le pique pour quelques instants, Lana.

Dan s'avance vers nous et Lana quitte mes genoux. Je me relève et passe mon bras par-dessus ses frêles épaules.

— Eh bah dis donc, t'as meilleure mine. Je ne sais pas ce que tu lui as fait, Lana, mais s'il gagne, les Gunners auront une dette envers toi.

— Merci, Dan, de m'avoir aidée.

— Comment ça ? demandé-je en les scrutant à tour de rôle.

— Ton adorable copine se soucie de toi, alors elle m'a contacté pour savoir quand avait lieu ta prochaine course et je lui ai transmis toutes les infos dont elle avait besoin.

Dan et Lana se lancent des regards complices.

— Ça crée des alliances derrière mon dos, marmonné-je en penchant mon visage vers Lana, l'air inquisiteur.

— T'as peur, hein ? À nous deux, on est plus forts.

— Eh oui, tu devrais avoir peur, rétorque mon cousin. Bon je te laisse te préparer. T'as encore trois minutes pour lui souhaiter bon courage, ma belle.

Sur ces mots, Dan nous laisse à nouveau seuls et je la retourne contre moi.

— Si je gagne, je veux une récompense, déclaré-je en attrapant son visage.

— Je viens chez toi ?

— Non, ça c'était déjà prévu. Tu ne croyais quand même pas que j'allais te laisser partir sans que profiter de tes jambes. Elles me font trop d'effet.

Lana s'esclaffe et enroule ses bras autour de mon cou avant de se mettre sur la pointe des pieds et de rapprocher ses lèvres pleines et brillantes de mon oreille.

— Si tu gagnes, tu me pourras faire tout ce que tu voudras.

Putain ! À cette promesse gorgée de luxure, ma queue tressaute. Mes doigts passent sous sa jupe que je remonte jusqu'au fin tissu de sa culotte.

— Tu éveilles le débauché en moi, là.

Lana souffle de plaisir quand je frotte ma paume contre son sous-vêtement, déjà humide.

— Mmm, dépêche-toi de gagner pour qu'on puisse partir.

— C'est comme si c'était fait, petite coquine.

La nuit engloutit le hangar métamorphosé en boîte de nuit, les basses puissantes vibrant à travers l'atmosphère saturée de promesses nocturnes. Je serre le casque, ajustant ma visière, avant de monter sur ma moto. L'air est chargé d'excitation et d'odeur d'essence, une combinaison qui fait battre mon cœur plus fort que jamais. Je me sens plus léger, la douceur de Lana a apaisé les hurlements des démons au fond de moi. Ses aveux sur Eryn me délestent d'un fragment du poids qui me courbe l'échine depuis des mois. Lana a raison, il faudra encore du temps, je dois m'armer de patience.

Je me positionne sur la ligne de départ, les yeux rivés sur la piste qui serpente autour du hangar colossal. L'adrénaline monte en flèche. Chaque rugissement du moteur sous moi semble hurler « liberté », chaque accélération est un défi aux lois qui régissent ce monde. Je suis entre un Raven que je ne connais pas et un gars d'une autre université californienne. La lumière éclate, signal du départ, et je bondis en avant, propulsé par une force brute et irrésistible.

La vitesse est une drogue. Chaque virage teste ma volonté. Mes pneus griffent l'asphalte, cherchant à s'accrocher à chaque tournant. Je ne fais qu'un avec ma machine, mon corps penché dans chaque courbe, chaque mouvement anticipé avec une précision impitoyable. Le vent glacé me fouette le visage à travers la visière, les lumières stroboscopiques de la boîte de nuit illuminent la piste par intermittence, transformant chaque tour en un tableau vivant. Je me rapproche de la victoire, la ligne d'arrivée se profilant un peu plus chaque seconde. Mon esprit est clair, concentré uniquement sur ce moment, mais une partie de moi trépigne d'impatience à l'idée de retrouver Lana. Sa présence est ma récompense, bien au-delà de l'excitation de la course. Alors que je franchis la ligne d'arrivée, premier, un rugissement de triomphe s'échappe de ma gorge. Je ralentis enfin, permettant à la réalité de me rattraper, les applaudissements et les acclamations de la foule emplissant mes oreilles. Je retire mon casque et laisse l'air frais caresser mon visage. Mon regard balaie la foule pour apercevoir Lana. Imaginer son sourire, son étreinte, amplifie l'euphorie de la victoire. Ce soir, je suis invincible, mais seule sa présence complétera véritablement ce sentiment. Je la trouve enfin, ses yeux cherchant les miens, et tout le reste s'estompe. Juste elle et moi, et la promesse de la nuit devant nous.

Les Gunners se rapprochent, prêts à me féliciter, mais je ne les calcule pas. Je descends et me précipite vers la seule personne qui compte. Lana est en retrait derrière, n'osant pas se mêler à la bande de Dan. J'avale la distance entre nous avec empressement et l'embrasse devant tout le monde. Ses muscles se crispent de surprise puis se détendent peu à peu. Ce baiser est une revendication. Une promesse que celui qui osera l'approcher écourtera son espérance de vie.

Les Gunners sifflent et applaudissent, je romps mon baiser et lève les yeux, me sentant observé de loin. Zack et Diego me scrutent tandis que les membres de leur gang battent celui qui a perdu la course. Si Diego esquisse un sourire malsain, Zack demeure indifférent et finit par me tourner le dos. Diego ne m'a jamais posé problème, c'est qu'un sale type qui parle plus qu'il n'agit, mais Zack n'a pas besoin de paroles pour être redoutable.

— T'es sexy, comme ça, lâché-je, adossé à la tête de lit.

Lana est toute nue devant mes yeux avides. Dos à moi, elle farfouille dans mon armoire pour trouver des vêtements à me piquer.

— Trésor, ça ne sert à rien que tu couvres ton corps, j'en connais chaque centimètre carré.

— Tais-toi, espèce d'obsédé, je fais mon shopping.

Je ravale un rire.

— Je vois ça. Tu te venges des rubans que je t'ai piqués.

— Oui, d'ailleurs pourquoi ils sont accrochés à la tête de lit ? me demande-t-elle en se tournant vers moi après avoir pris un tee-shirt gris avec un motif de lune sur les manches.

— C'est pour les avoir à ma disposition quand j'aurais envie de te bâillonner, ou bien de t'attacher.

Lana écarquille les yeux et me rejoint sur le lit en m'enfourchant. Je la tire contre moi et pétris ses fesses bombées. Ma queue s'excite sous le drap dès que sa chatte est à proximité.

— Tu prévois de m'attacher un jour ? s'exclame-t-elle avec une lueur malicieuse.

— Mmm, j'adore te voir aussi ouverte question sexe, ça me plaît.

— Je suis curieuse, et puis avec toi je découvre vraiment la notion de plaisir. Alors qu'avant j'avais l'impression que c'était une corvée, m'explique-t-elle en dessinant des arabesques sur mon torse. J'avais l'impression qu'on m'en demandait trop… et mon corps refusait.

— Et si c'était moi qui t'en demandais trop ? Si je voulais que tu me donnes tout ? Tu me le dirais ?

Lana s'arrête de dessiner sur ma peau et lève les yeux vers moi, me sondant avec intensité.

— Tu n'as rien à demander, tout est déjà à toi. Tu es le seul à qui je veux tout donner.

Elle va me tuer.

— Je suis content que tu prennes du plaisir, je veux que tu sois bien et ma jouissance est dans ton excitation.

— Ah oui ?

Lana prend peu à peu confiance en elle. J'aime la voir ainsi, désireuse d'explorer les différents plaisirs que son corps peut ressentir, j'aime la voir prendre conscience que son corps est magnifique.

— Oui, j'adore te voir lâcher prise.

— Il y a quelque chose que j'aimerais faire, qu'on n'a jamais fait, dit-elle avec un sourire plein de promesses.

— À ton service, trésor.

Lana prend une profonde inspiration et se frotte contre ma queue, j'écarquille les yeux en comprenant le message.

— Je ne sais pas comment faire, murmure-t-elle en se mordillant la lèvre.

À chaque leçon sexuelle, je me rappelle que je lui dérobe toutes ses premières fois. Putain, elle veut me chevaucher, prendre le contrôle. Comment le lui refuser ?

— Je vais te montrer, trésor, mais retire-moi ce tee-shirt que je puisse t'admirer à l'œuvre.

Lana laisse échapper un petit rire mélodieux et s'exécute, libérant sa superbe poitrine qui rebondit.

Mes mains s'appuient sur ses hanches, je lui montre comment se positionner sur moi, je serre les dents la sentant descendre et monter sur moi une première fois. Mon cerveau devient de la charpie quand elle essaie de trouver son rythme, ses mouvements de haut en bas me rendent dingue et ses seins qui bondissent ont pour seule volonté de me nuire.

— Putain, t'es parfaite, grondé-je, pas loin de l'extase.

Lana me chevauche ardemment, ses griffes se plantent sur mes épaules et elle fait des va-et-vient avec plus d'ampleur. Je m'accroche à elle et, avant qu'elle craque, je la retourne sur le dos et m'enfonce en elle. Lana pousse un gémissement puissant, elle me mordille l'épaule, et la tête du lit tape contre le mur à cause de la force de mes coups de reins.

— Oh oui, Tyler !

Son nom dans ma bouche est le plus exquis des aphrodisiaques.

— Lana… putain c'est si bon !

Ses jambes enroulées autour de moi se resserrent et ses mains se plaquent sur mes fesses, elle me griffe et je grogne. Putain, cette fille va m'achever.

— Tyler !

Nous jouissons en même temps. Je reste encore en elle, savourant cette sensation, puis me retire et constate que je n'ai pas mis de préservatif. Lana semble comprendre mon trouble. Elle reprend son souffle et m'attrape le visage.

— Je prends la pilule, m'annonce-t-elle pour me rassurer.

— Depuis quand tu prends la pilule ? demandé-je, intrigué, en m'effondrant à côté d'elle.

Lana monte sur moi en restant allongée, sa main caresse mon torse et je la prends dans mes bras.

— Depuis que j'ai une vie sexuelle trépidante.

— Mmm, avec un amant talentueux, j'espère.

— Je n'ai pas d'éléments de comparaison, dit-elle en riant, mais oui, c'est le meilleur.

Je prends une profonde inspiration, comme si j'avais retenu mon souffle depuis un siècle. Mes doigts se perdent dans ses cheveux soyeux tandis que mon autre main est sur une de ses fesses, que j'empoigne.

— Tyler, chuchote-t-elle.

— Oui, Cheryl ?

— Eh… appelle-moi Lana.

— Tu n'aimes pas qu'on t'appelle Cheryl ?

— C'est bizarre, je suis habituée à Lana, et à toi qui m'appelles trésor.

— Mmm, je savais que ce surnom te faisait craquer depuis le premier jour.

— Je n'ai jamais dit ça ! rétorque-t-elle, indignée.

— T'es trop de mauvaise foi.

— Je voulais te demander si je pouvais passer voir Eryn de temps à autre.

— Si elle le souhaite, bien sûr. J'aime l'idée que vous vous voyiez, avoué-je en baissant le visage pour la regarder.

Elle hausse les sourcils.

— Ah oui ? Pourquoi ?

— La raison pour laquelle je souhaitais que tu la rencontres, c'est parce que j'espérais que ton courage et l'espoir que tu représentes puisse déteindre sur elle, la toucher comme ça me touche, moi.

— Pour toi je suis l'espoir ? demande-t-elle une pointe d'émotion dans la voix.

— Oui, et bien plus encore.

— Ce que tu vois en moi me bouleverse.

Ses doigts longs et fins se mêlent aux miens, elle a une très belle main, une main que j'aime tellement sentir sur ma peau.

— Je t'admire, et si Eryn pouvait être aussi forte que toi… je me sentirais rassuré. Tu ne te laisses jamais abattre, ta résilience me fascine, j'aime ça chez toi.

Lana ne répond pas et se contente de me regarder avec ses grands yeux si expressifs. J'y lis tant de passion, tant d'affection. Je me penche et l'embrasse rapidement, elle me sourit.

— Tu es avec moi, Lana.

— Je suis avec toi et rien qu'à toi.

CHAPITRE 51

Révolution

TYLER

— Honnêtement, Tyler, tu peux être fier de toi, s'exclame Simmons en regardant mon dossier. Tu as assisté à toutes les séances de débat, sauf une, et tu as réussi les examens dans les quelques matières qu'il te restait. Et, enfin, tu as participé à mon expérience sociale. Tu vas être diplômé.

Encore heureux, pensé-je. Je croise les bras et le scrute alors qu'il cherche une feuille dans son tiroir avant de me la tendre.

— Tu pourras me noter ton feedback sur la correspondance anonyme.

Il y a bien trop de questions. Je les survole et lui rends la feuille. Il me fixe, intrigué. Je me lève, j'agrippe mon sac à dos et je le mets sur mon épaule.

— Je n'ai pas besoin d'en dire autant, juste que cette expérience sociale m'a beaucoup apporté.

— Vraiment ? Bah écris-le, marmonne-t-il.

— C'est Lana.

Simmons ouvre grand la bouche, il ne s'attendait visiblement pas à cela, puisqu'il a été le premier témoin de ma relation avec elle lors de nos débats. Je sors de son bureau, ravi de savoir que je peux enfin me considérer comme diplômé. Lana m'attend en face de la porte et me sourit dès qu'elle m'aperçoit. Elle porte son uniforme bleu et un ruban assorti dans ses cheveux.

— Alors ? me demande-t-elle, les yeux brillants d'impatience.

— Je suis officiellement un jeune adulte au chômage.

Lana se retient de rire et se met sur la pointe des pieds avant de déposer un rapide baiser sur mes lèvres.

— Je suis fière de toi, mais cela veut dire que, les trois prochaines années, je serai sans toi ici et je n'aurai plus ça ! s'exclame-t-elle en m'affichant le mot que je lui ai laissé ce matin dans son casier.

Tu veux me tuer avec cette tenue ?
Je suis à ça de venir te l'arracher dans les vestiaires.
Cordialement,
Un Flame trop fan de Cherry.

— Ce n'est pas grave, je passerai te récupérer avec ma moto, comme ça tu pourras te la péter devant tes copines.

— Toujours aussi romantique, dit-elle en levant les yeux au ciel.

Depuis quelques semaines, Lana rend régulièrement visite à Eryn. Elle lui raconte un peu sa vie et Eryn semble très réceptive. Avant son agression, ma sœur était en prépa de médecine. J'ose espérer qu'à la prochaine rentrée elle sera de retour sur les bancs de la fac, afin qu'elle puisse reprendre le cours de sa vie.

De son côté, Lana voudrait être journaliste et évoquer les tabous de la société. Évidemment, je n'ai aucun doute sur le fait qu'elle atteindra son objectif. Me concernant, j'ignore ce que je vais faire de mon diplôme en sociologie. Simmons m'a donné une liste de recruteurs qui seraient intéressés par mon profil mais je ne me sens pas encore prêt à franchir cette étape de ma vie. La fin de l'année universitaire approche, ensuite il y aura l'été et je veux profiter de Lana, de mes amis. Et puis j'ai de l'argent de côté grâce à mes courses, et Dan me paie quand je travaille au garage.

— En parlant de romantisme, j'ai une course à la fin de la semaine. Tu veux être ma groupie ?

Lana me donne une tape dans le ventre, qui ressemble plus à une caresse. Je passe mon bras par-dessus ses épaules et nous traversons le campus à pied. Nous ne nous cachons plus, tout le monde sait que nous sommes ensemble. Les cheerleaders ne semblent plus vouloir prendre Lana comme cible, encore moins depuis qu'elles savent qu'elle est avec moi.

— Je viendrai, je dois parier sur toi.

— Pardon ? Depuis quand ?

— Bah j'ai parié la dernière fois, et la fois d'avant. Avec Matt, on parie et ensuite on se partage la somme.

— Non mais je rêve ! Tu te fais de l'argent sur mon dos.

Lana pouffe et me tapote le ventre avec sa main.

— Faut bien que je fasse des bénéfices sur mon champion.

— T'essaies de m'amadouer ? Sache que ça marche, continue.

— Mon copain, c'est le meilleur, s'exclame-t-elle joyeusement.

— Waouh, tu le reconnais enfin.

— Seulement si tu reconnais que le cheese-cake est le meilleur gâteau, réplique-t-elle avec un regard pétillant.

— Plutôt mourir.

— Le contraire m'aurait étonné.

Dan nous a invités chez lui pour dîner. Il est derrière les fourneaux et Lana le suit, analysant tout ce qu'il fait. Il prépare des lasagnes en lui montrant chaque étape.

— Un conseil, Dan, ne lui passe surtout pas le relais, c'est Miss Catastrophe, lâché-je en la pointant du doigt.

Lana me fusille du regard et Dan s'esclaffe en voyant sa réaction.

— Quel genre de Miss Catastrophe ? demande-t-il en remuant la sauce sur le feu.

Lana me saute dessus pour plaquer sa main sur ma bouche et me faire taire, mais je l'intercepte au vol.

— Du genre à faire brûler des pâtes.

— Ce n'est pas vrai ! Elles étaient juste un peu trop cuites.

Dan se tord de rire devant notre scène de ménage. Lana me tape le bras et je la porte sur mon épaule comme un sac.

— Repose-moi ! Quel genre de mec dénigre sa petite amie, clame-t-elle en me frappant le dos.

— Moi, Tyler Brook, dis-je en recouvrant ses fesses de ma paume.

Dan me regarde avec une forme de soulagement dans les yeux, il semble apaisé et c'est bien la première fois qu'il exprime une telle émotion à mon égard.

— Eh bah dis donc, vous deux, c'est un sacré numéro, réplique Dan.

Je repose ladite « petite amie », qui affiche un air renfrogné. Je pose ma main sur son crâne puis la tire brusquement pour la serrer contre moi.

— Tu le sais, ce n'est pas pour tes talents de cuisinière que je suis avec toi, lui murmuré-je au creux de l'oreille.

Lana ravale un rire pour feindre l'indifférence, mais c'est raté, avant de rouler des yeux.

— T'es en train de me dire qu'une femme est censée être une cuisinière et une machine à pondre des gosses ?

— Pas toi, en tout cas, la taquiné-je en lui frottant les cheveux.

— Bon, les enfants, les lasagnes sont au four ! nous annonce Dan. J'espère que vous allez aimer.

Lana se réjouit et va mettre la table pour l'aider pendant que je me jette sur le canapé avant d'allumer la télé. Dan se pose à côté de moi, Lana passe devant nous et je l'attrape par la main pour l'installer sur mes genoux. Elle porte une jupe, ma paume se cale automatiquement sur sa peau veloutée

— Dan, Tyler a toujours été turbulent ?

Je fronce les sourcils et lui jette un regard noir. Elle m'offre son plus beau sourire, quant à Dan, hilare, il se frotte le menton en faisant mine de réfléchir. Putain, ces deux-là vont se liguer sans cesse contre moi pour me faire chier.

— Très turbulent, et j'avoue que t'as réussi à le dompter.

— À t'entendre, on dirait que je suis une bête sauvage.

— Un peu, se moque ouvertement Dan.

Lana m'attrape le visage et approche sensuellement ses lèvres de mon oreille.

— Moi j'aime bien quand tu l'es au lit, me susurre-t-elle avant de me mordiller le lobe.

Avant que je ne puisse répondre à Dan, les informations à la télé attirent mon attention. Des images montrent un bâtiment en feu. Je le reconnais : c'est l'entrepôt des Ravens, c'est là-bas que j'ai été enfermé, c'est là-bas que tout a commencé et que tout s'est terminé. L'incendie s'étend sur un large périmètre, il n'y a que des cendres.

Je me demande ce qui a pu arriver. . D'ailleurs, si des Ravens avaient été dedans, aucun n'aurait survécu. Je sens le regard de Dan sur moi et je le fixe. Il arbore un air presque accusateur mais ne dit rien. Lana pose sa tête sur mon épaule et sa main caresse mon cœur. Les traits durs de Dan s'adoucissent devant ce tableau. Je soupire et mêle mes doigts à ceux de Lana.

Dan s'imagine que c'est moi. Et je comprends ses accusations silencieuses.

— Tyler ?

— Mmm…

Dan se lève pour aller vérifier la cuisson de son plat, nous laissant seuls, elle et moi.

— On pourra regarder *Friends* quand on sera chez toi ?

— D'accord, je suppose que tu veux voir l'épisode où Chandler et Rachel se partagent un cheese-cake à même le sol.

Lana s'esclaffe, son rire vibre dans tout mon être, j'aime tellement ce son mélodieux. Elle relève son joli minois et me scrute avec ses beaux yeux expressifs.

— Oh oui ! Je veux voir celui-là, et aussi l'épisode où Ross et Rachel se remettent ensemble.

— C'est-à-dire ? Ça arrive tout le temps dans la série, soupiré-je en me frottant la nuque.

— Celui où Phoebe déclare que Rachel est le homard de Ross.

— Très bien, t'as de la chance que j'aime bien cette série.

— C'est la meilleure de tous les temps ! Je ne serais pas avec toi si tu n'aimais pas.

— Voyez-vous ça ! Je trouve que tu prends un peu trop tes aises, ma chère, lâché-je en lui claquant doucement les fesses.

Son index s'appuie sur ma bouche et je le lèche. Dan revient en soupirant, il semble fatigué et nous observe avec un air intrigué.

— Quelle est la meilleure série de tous les temps ? demande-t-il, le sourcil arqué. Il n'y a qu'une seule bonne réponse.

— *Friends* ! s'exclame Lana.

— *Game of Thrones*, réponds-je en même temps qu'elle.

— Tyler, tu as la bonne réponse, s'exclame mon cousin en me tendant la main.

Je la serre et nous acquiesçons en même temps. Lana marmonne et défait notre lien en attrapant ma main.

— Eh ! Tu m'as dit que tu aimais *Friends*, Dan, et même que t'étais amoureux de Rachel quand t'étais plus jeune. Tu m'as menti !

Lana arbore un air faussement indigné. Dan s'esclaffe et ils se mettent à débattre comme deux débiles pour savoir qui, entre Ross et Rachel, a raison sur leur rupture. Mes yeux s'imprègnent de Lana, je la vois parler avec entrain de cette série qu'elle affectionne, et mon cousin n'arrête pas de la taquiner. Je n'aurais jamais cru vivre une scène aussi… apaisante.

Eryn est sur sa chaise, tenant entre ses mains un livre qu'elle referme dès que je franchis le seuil de la porte. Elle me sourit et je me pose sur son lit. C'est la première fois que je la revois depuis ma visite avec Lana. Je plisse les yeux afin de lire le titre du livre qu'elle tient.

— *Gatsby le Magnifique*, très bon livre, commenté-je.

— Oui, je sais, c'est toi qui me l'avais conseillé quand on était au lycée.

J'écarquille les yeux, je ne m'attendais pas à autant de mots d'un coup. Eryn prend une profonde inspiration et serre le livre contre sa poitrine.

— C'est le tien, je te l'ai piqué il y a longtemps, je voulais lire tes annotations.

Ah... mes annotations.

— Tu traites Daisy de salope à chaque page, dit-elle en fronçant les sourcils.

Nerveusement, je me frotte la nuque.

— Ouais, je n'aime pas ce perso, j'ai lu ce livre plusieurs fois et chaque fois j'en rajoute une couche.

Eryn esquisse un sourire timide et pousse un long soupir.

— Je suis désolée pour ce que j'ai fait l'autre jour quand tu étais avec Lana.

Waouh, autant de paroles en moins de cinq minutes... je peine à y croire. J'ai même l'impression d'être victime d'une hallucination auditive.

— C'est ma faute, je te brusque alors que je ne devrais pas...

— Non, me coupe-t-elle, tu n'y es pour rien. Je dois accepter mon sort.

Je ressens un mélange intense d'émotions. Après des mois de silence et de distance, le simple son de sa voix déclenche en moi un soulagement profond et une joie timide mais palpable. Cependant, cette joie est teintée d'appréhension, je suis anxieux à l'idée de dire les mauvais mots ou de raviver des souvenirs douloureux qui pourraient à nouveau nous éloigner. Au fond de moi, il y a toujours ce sentiment de culpabilité qui pèse lourdement sur mon cœur. Je rumine mes erreurs passées, me demandant où on en serait aujourd'hui, elle et moi, si je n'avais pas été aussi égoïste. Ma culpabilité s'accompagne d'une forte dose de regrets, rendant chaque mot qu'elle prononce encore plus fort. Le fait que ma sœur soit prête à me parler et peut-être à me pardonner me donne de l'espoir. Un espoir fragile, teinté de crainte, car je sais que la route vers la rédemption sera longue et complexe. Je ne me suis jamais senti aussi vulnérable. Tout en moi est exposé et je suis ému par cette tentative de reconstruire des ponts depuis longtemps effondrés, de réparer un lien familial brisé. Chaque mot échangé, chaque regard est imprégné d'une détermination silencieuse à ne pas laisser cette chance s'échapper.

— Ce n'est pas trop tard pour toi et moi ? demande-t-elle, la voix presque brisée.

Ses yeux sombres teintés de tristesse s'humidifient. Je m'approche et m'agenouille sur le sol, mon doigt empêchant une larme de ramper sur sa joue. Eryn redresse son visage vers moi, un visage encore déformé par la douleur mais qui retrouve progressivement sa force.

— Il ne sera jamais trop tard pour toi et moi.

LANA

— Tu es sûre que tu ne veux pas que je t'aide ? me demande Lydia.

Cette semaine, je suis chargée de faire l'inventaire, et c'est peu de dire que j'ai des choses à ranger dans ce foutu débarras. Ma position dans l'équipe a évolué. À présent, je m'occupe des chorégraphies aux côtés d'Anna, avec qui je commence à bien m'entendre.

— Ne t'en fais pas, ça va aller très vite. En plus, tu sors avec Hayden ce soir, je ne veux pas te retarder, lui dis-je en lui faisant un clin d'œil.

— Depuis qu'on a des copains, j'ai l'impression qu'on se voit moins, confie-t-elle en s'asseyant par terre alors que je compte les paires de pompons.

— Je suis souvent chez Tyler, et tu sors beaucoup avec Hayden, c'est tout nouveau pour nous deux, c'est vrai.

— Oui, mais je ne veux pas qu'on devienne ces filles obnubilées par leurs copains !

— Peut-être qu'on a besoin de temps pour s'adapter à ça.

— Si ça se trouve, c'est avec eux qu'on va finir notre vie, et on sera toujours là l'une pour l'autre.

— Tu penses que Hayden est l'homme de ta vie ?

— Il m'a dit qu'il m'aimait au téléphone hier soir, alors que je me brossais les dents. J'ai failli m'étouffer et, face à mon silence, il a vite changé de sujet, me faisant croire que Matt l'attendait sur une partie de *Call of*.

— Pourquoi tu ne lui as pas répondu ?

Mon amie baisse les yeux.

— Parce que je suis idiote, OK ? J'étais étonnée, je pensais qu'on se le dirait dans un endroit romantique, je n'en sais rien ! Je me brossais les dents, Lana ! Il ne pouvait pas me le dire quand je suis *on fleek* ?

Je pouffe de rire et me mets à plier les serviettes.

— Peut-être que pour lui le cadre n'importe pas, tant que tu es là. Tu l'aimes, tu devrais le lui dire. Le pauvre il doit s'imaginer qu'il a fait une gaffe.

— C'est un idiot. J'aime un idiot. S'il me demande en mariage je serai peut-être en train de cirer le parquet.

— Tu te projettes, Madame. Tu l'aimes vraiment, ton idiot.

— Oui, nous sommes un couple d'idiots. Et toi ?

À présent, elle me regarde droit dans les yeux et je me sens mal à l'aise.

— Quoi « et moi » ?

— Tyler t'a déclaré sa flamme, ou bien il est trop occupé à compter le nombre de rubans qu'il t'a piqués ?

— Oh… nous, on est plutôt du genre à tout partager sous la couette.

C'est vrai, on ne s'est jamais dit « je t'aime », mais est-ce que c'est nécessaire ? On a vécu tellement de choses que même le mot « aimer » me paraît faible pour décrire l'étendue de tout ce que j'éprouve pour lui. Dans son cas, je ne sais pas si c'est aussi fort, mais je sais que je compte pour lui et qu'il tient à moi. C'est tout ce qui importe. Je ne veux pas remplir mon esprit de fausses idées échafaudées par mon subconscient pour me nuire.

— Il t'a transformée en obsédée, s'exclame-t-elle, amusée. Tu prends ton pied !

Un sourire amusé étire mes lèvres.

— Tellement ! Le sexe, c'est trop bon, encore plus avec la personne qu'on aime.

— Je suis d'accord, admet mon amie, songeuse, avant que son attention soit attirée par son portable qui vibre. Oh ! il m'attend dehors, je te laisse.

— Lydia !

Je la retiens et elle se tourne vers moi en arrangeant sa queue-de-cheval rousse.

— Peu importe qu'on soit en couple ou pas, je reviendrai toujours vers toi, tu es la sœur que je n'ai jamais eue.

Lydia m'observe avec émotion et s'empresse de me faire un câlin me communiquant sa gratitude silencieuse.

— Je t'aime, Lana, tu es comme ma sœur.

— Moi aussi, je t'aime.

Elle m'embrasse la joue et s'élance pour probablement déclarer sa flamme à son amoureux. C'est vrai que nous passons moins de temps ensemble qu'avant, mais je me dis que c'est un passage obligé. Tous ces changements en une année m'ont fait évoluer sur tant d'aspects. À travers les autres, j'ai grandi, j'ai changé et j'espère que c'est en mieux.

Une heure plus tard, je termine mon rangement. En sortant du local, je souris. Tyler est au bout du couloir, il me scrute et s'avance vers moi. Je lui ai dit de venir me chercher une heure après mon entraînement sans lui expliquer pourquoi. Je savais que cet après-midi il serait avec Eryn, il n'a pas assisté à mon entraînement comme à son habitude.

— Je te pensais sur le terrain, mais visiblement vous avez terminé depuis longtemps.

— J'étais chargée de l'inventaire, précisé-je en ouvrant la pièce pour lui montrer.

— Attends, t'as tout rangé toute seule ? T'as poussé tout ça ?

— Oui, c'est ce que je devais faire.

— Trésor, tu aurais dû me le dire, je t'aurais aidée. Pourquoi se taper une corvée seule quand on a un bel Apollon costaud à disposition ?

Je roule des yeux et le pousse en appuyant ma main sur son torse. Sans attendre, je m'empresse de fermer la porte du débarras. Ensuite, nous nous dirigeons vers les vestiaires.

— Tu permets, je me douche rapidement, je suis tout en sueur.

Tyler et moi entrons dans les vestiaires, il ferme la porte derrière lui et s'assoit sur un des bancs. À cette heure-ci il n'y a plus personne dans le bâtiment, du moins aucune cheerleader. J'ouvre mon casier et je découvre un papier plié en quatre. Je souris et tourne la tête vers Tyler, qui fait semblant de ne rien voir malgré son sourire qui le trahit.

Cherry, tu es entrée dans ma vie
et tu m'as jeté le sort le plus plaisant qui soit.
Tu as changé ma vie, avec ton sourire,
tes yeux pleins d'espoir et le courage qui émane de toi.
Ne laisse personne te changer,
ne laisse jamais mon obscurité t'atteindre.
Tu es le trésor que je n'aurais jamais cru trouver.
Tu es celle que j'attendais, sans le savoir.
Je suis avec toi, Lana.
Flame.

Je colle ce mot contre mon cœur et prends une profonde inspiration. Je me dirige vers lui et me plante devant son visage. Il est assis et me fixe avec son sourire dragueur.

— Belles paroles.

— Belles jambes.

Je ris doucement et m'assois à califourchon sur lui, je pose le papier près de lui sur le banc et j'enroule mes bras autour de son cou.

— Rien qu'avec toi ? répété-je dans un faible murmure.

Tyler plaque sa bouche sur la mienne, un baiser fougueux qui aspire toute mon âme.

— Rien qu'avec toi, souffle-t-il avant de m'embrasser à nouveau.

Mon cœur bat à tout rompre, dans cet élan de passion je me sens pousser des ailes comme celles des papillons qui virevoltent dans mon ventre. Tant de fougue, tant de désir en un baiser. Ses lèvres bougent langoureusement contre les miennes. Ce moment est hors du temps, intense et profond. Une sensation électrise chaque fibre de mon être. Je l'aime, je l'aime comme je n'ai jamais aimé. J'aime cet homme comme si j'étais faite pour cela et peu importe s'il ne me le dit pas, je m'en fiche. Je le veux plus que tout au monde.

Ses mains glissent tendrement dans le bas de mon dos puis jusqu'à mes fesses, qu'il empoigne en m'appuyant sur son érection naissante. Je gémis en sentant cette protubérance sous moi et relève le bas de ma jupe pour frotter ma fente contre ce renflement.

— Tu me tues, trésor.

La tension est palpable. Dans la hâte, je lui retire sa veste en cuir et fais de même avec mon haut. Dès qu'il découvre mon soutien-gorge, il libère un de mes seins avant de l'emprisonner dans sa bouche. Je pousse un cri de surprise en sentant sa langue sur moi et me frotte davantage contre sa queue pour l'exciter. Tyler tient fermement mes fesses et me fait monter et descendre sur lui.

— Putain, Tyler, continue !

Tyler ravale un rire avant de caresser mon mamelon gonflé avec sa langue, il me soulève et m'allonge sur une table en balançant tout le matériel qu'il y avait dessus.

— On va vraiment faire ça, ici, dis-je en gémissant lorsque je sens ses doigts me délester de ma culotte et de ma jupe.

Je tourne la tête et constate que je peux me voir dans le miroir. Mon Dieu ! En voyant son visage se rapprocher de mon sexe, je suis complètement émoustillée.

— Tu as peur que quelqu'un entre ? souffle-t-il contre mon intimité qui palpite d'excitation. Comme si cela te dérangeait, Lana.

— Mmm, c'est excitant de savoir qu'on peut se faire surprendre à tout moment, mais toutes les filles sont parties.

Sa langue me lèche et je ravale un cri de plaisir.

— Tu parles trop, je vais te faire taire.

Et c'est ce qu'il fait. Je me cambre en sentant sa langue s'enfoncer en moi, une vague de désir me submerge, je me tortille sous ses assauts, je halète de plus en plus fort et il fait passer une de mes jambes sur son épaule.

— Regarde-moi, ordonne-t-il contre mes plis humides.

Son souffle sur ma peau me fait frémir, la chair de poule dévale mon épiderme, je nous regarde dans le miroir, le voir me procurer du plaisir est si satisfaisant. Il y a encore un an, je pensais que personne ne pourrait me désirer. Pour moi, le plaisir sexuel n'était qu'une chimère. Je baisse les yeux vers Tyler et rencontre son regard. Puis il glisse sa langue sur mon bouton de chair avec une lenteur lancinante, je gémis de frustration et il sourit avec machiavélisme.

— Tu es à moi, Lana.

Lentement, il me lèche à nouveau et je m'arc-boute contre sa bouche, le désirant du plus profond de moi.

— Dis-le-moi, trésor.

— Non.

Tyler rit dans un souffle et exerce une légère pression sur mon intimité. Il me pince la cuisse, puis sa langue rencontre de nouveau ma chair humide.

— Dis-le, petite coquine.

Je gémis et une violente frustration m'écrase quand sa langue me torture à nouveau délicieusement.

— Je suis à toi, Tyler.

Son pouce s'appuie sur mes plis et sa langue tourne autour de mon bouton rose.

— Gentille fille.

Je grogne et tire sur une de ses mèches rebelles, un sourire se dessine au coin de ses lèvres, il me redresse d'un coup et me soulève dans ses bras.

— Tu n'as pas fini !

— Petite obsédée.

Ma frustration m'irrite, ma main saisit son menton et je lui fais bouger la tête.

— Ce n'est pas bien, ce que tu me fais !

— Je vais finir ça sous la douche.

— Mmm, j'aime ce que tu proposes, commenté-je en esquissant un sourire carnassier.

Son visage s'illumine, mes doigts remontent jusqu'à ses lèvres et il mordille mon pouce avant d'y déposer un tendre baiser.

— Dis-moi ce que tu veux que je te fasse, murmure-t-il.

On se fixe avec intensité. C'est comme si plus rien n'existait dans ce monde. Il n'y a que nous, notre passion dévorante, notre désir indomptable et notre amour.

— Je veux sentir ta grosse queue, lâché-je sans aucune retenue.

Nous pouffons de rire tous les deux, je n'arrive pas à croire que j'ai dit cela, mais j'imaginais que ça allait être drôle, et… ça l'est.

— Je suis choqué qu'un visage d'ange puisse dire autant d'obscénités, continue.

Je me retiens de rire et passe mes mains dans ses cheveux d'ébène. J'aime tellement faire glisser mes doigts dedans, ils sont si soyeux, si doux et ils sentent si bons.

— Je veux que tu me baises, ajouté-je, un peu trop sérieusement, pour paraître sensuelle, et c'est totalement raté.

Tyler s'esclaffe en rejetant sa tête en arrière, je plaque ma main sur sa bouche pour qu'il arrête.

— Tu te moques de moi ! Arrête !

— Chérie, tu me fais tellement rire.

Je l'embrasse puis souris, il me rend mon baiser avant de me serrer contre lui.

— Je vais m'occuper de ton cas, et te baiser avec ma grosse queue.

Tyler m'embarque dans une des cabines de douche et me dépose dedans. Je suis totalement nue, contrairement à lui. Il se déshabille et accroche ses fringues sur l'un des portants. J'active le jet d'eau, m'entourant de chaleur, et Tyler me rejoint et attrape mon visage en coupe en me plaquant contre la paroi.

— Comment j'ai pu faire sans toi, tout ce temps, me dit-il avec ferveur.

Je hausse les épaules et j'esquisse un sourire coquin.

— Tu devais être triste.

— Malheureux comme les pierres, me taquine-t-il en me soulevant.

Je m'empale sur lui et nous poussons tous les deux un grognement synchronisé. Ses lèvres caressent la courbe de mon cou et doucement il bouge en moi. Nous sommes dans notre bulle, à nous embrasser, nous dévorer du regard et jouir de cet instant. Je m'agrippe à ses larges épaules et chaque poussée me propulse un peu plus vers le septième ciel. L'eau chaude coule, propageant une vapeur gorgée de luxure qui s'étend dans tout le vestiaire. Au bord du précipice, Tyler et moi lâchons prise et doucement je retrouve mes esprits, Tyler me garde contre lui et sa tête se cale au creux de mon cou, je lui caresse les cheveux et lui embrasse la tempe.

— Tyler ?

Lentement, il me fait descendre de ses bras, me surplombant de toute sa hauteur, mon dos collé la paroi, et me fixe, ses yeux brillent d'une lueur que je n'avais jamais vue jusqu'alors.

— Merci, Lana.

Mes yeux s'arrondissent, son pouce caresse ma pommette, un tendre sourire se dessine sur ses lèvres.

— Merci pour tout.

Je ne regarde que lui. Tyler me tient la main, alors que Tony, un de ses plus anciens amis, le conseille pour sa course, qui commence bientôt. Je suis euphorique, j'ai déjà hâte qu'elle se termine pour que nous puissions nous retrouver seuls.

— Tu m'attends là, trésor ?

Je hoche la tête avec le sourire, il m'embrasse sur le front et se dépêche de se présenter sur la ligne de départ. Ensuite, je retrouve Matt, Tony et Hayden avec Dan, tout près du stand des Gunners. Lydia n'a pas pu venir, elle a un dîner de famille important et elle va profiter de cette occasion pour annoncer à ses parents qu'elle voudrait se réorienter.

Tyler me fait un clin d'œil et lève son bras, affichant mon ruban rouge autour de son poignet, mon cœur galope dans ma poitrine, mes doigts effleurent le ruban rose dans mes cheveux et j'esquisse un sourire. Puis Tyler s'adresse au type à côté de lui, qui porte déjà son casque. Mon petit ami fronce les sourcils et fixe son concurrent, mais à peine se concentre-t-il sur la piste que le départ est donné. Tout le monde s'élance à vive allure et, quand Tyler et celui qui s'est adressé à lui arrivent en tête à la moitié de la piste, le rival freine brusquement. Des flammes jaillissent du sol, formant un cercle de feu autour d'eux. Tous les coureurs freinent violemment afin de ne pas entrer en contact avec le feu et les accidents se succèdent, des cris de peur fusent et un coup de feu assourdissant jaillit.

— Lana, va à l'intérieur, s'écrie Matt en me poussant vers le stand. Ne bouge pas avant que je revienne.

Je ne comprends pas ce qu'il se passe… mais Tyler est bloqué dans les flammes.

CHAPITRE 52
Retournement de situation

TYLER

— C'est ta dernière course, ce soir.

Cette voix… je me fige et fronce les sourcils en tournant mon visage vers l'individu à ma droite. Je reconnais l'emblème des Ravens. Zack fait la course ce soir, contre moi. Je n'ai pas le temps de lui répondre que la course démarre. Zack me colle comme une sangsue, j'essaie de le distancer, mais rien à faire. D'un coup, dans mon rétro, je le vois freiner et en l'espace d'un instant une barrière de flammes se dresse devant moi.

Putain ! Je freine d'un coup sec et cela m'éjecte de ma moto. Je roule sur le sol et réussis à m'arrêter avant de toucher les flammes. Je retire mon casque et regarde autour de moi, je suis pris au piège dans un cercle de flammes, Zack face à moi. Il descend de sa moto, jette son casque avec violence et je me redresse à peine qu'il m'assène d'un coup violent, me faisant cracher du sang.

— Alors c'est comme ça que tu me remercies de t'avoir épargné ?

Je m'essuie la bouche furtivement. Je me tiens face à Zack, le sol sous nos pieds craquant sous la chaleur des flammes qui nous entourent et forment un cercle infernal qui interdit toute échappatoire. Les flammes dansent et projettent des ombres furieuses sur nos visages tendus, illuminant par intermittence la détermination qui déforme les traits de Zack.

— Vas-y, Tyler, montre-moi ce que tu sais faire. Ou tu n'agis que dans le dos des autres.

La confusion m'habite mais la rage me rattrape vite. Zack tire un couteau de sa ceinture, et le fait tourner entre ses doigts.

— Les coups dans le dos, c'est ta spécialité à toi, craché-je.

Il avance vers moi avec une agressivité maîtrisée, ses poings serrés prêts à frapper. Je me prépare, les muscles tendus, la respiration haletante sous l'assaut de la chaleur et de la fumée qui nous enveloppent. Zack est redoutable, ses coups sont précis et puissants, chaque attaque est une promesse de douleur. Je pare le premier, j'esquive le deuxième, mais le troisième me frappe de plein fouet dans l'abdomen, me coupant le souffle. Je trébuche en arrière, ma main cherchant un appui sur le sol brûlant. Son couteau taillade ma joue, je serre la mâchoire.

— Je te rappelle que c'est moi qui t'ai appris à te battre, au cas où tu croirais encore avoir une chance.

Zack écrase son pied sur mon abdomen et je finis à la lisière des flammes. Je tente de me relever malgré la douleur mais Zack se met sur moi et rapproche mon visage des flammes.

— Le feu n'est pas de ton côté ce soir, lâche-t-il avec cynisme.

Ses mains enserrent ma gorge. L'air ne passe plus et je lutte tant bien que mal. Je peux sentir la chaleur des flammes lécher ma peau, chaque bouffée d'air brûlant mes poumons. Si je ne me libère pas, je vais finir cramé. Il ne faudra qu'une fraction de seconde aux flammes pour m'anéantir dès l'instant où elles toucheront mes cheveux.

La chaleur m'étouffe, je me sens emprisonné de tous les côtés, ma main tâte mes poches, je cherche mon arme... et, dès que je l'attrape, je la plante dans le bras de Zack. Merde ! Et moi qui voulais le planter dans sa gorge, c'est raté. La fumée et la chaleur brouillent ma vue. Zack tombe à côté de moi et je m'empresse de m'écarter des flammes en me mettant au centre. Il ne me laisse pas de répit. Il me suit, chaque pas résonnant comme un tambour de guerre dans mon esprit. Il a balancé mon couteau de l'autre côté des flammes. Ses yeux sont deux éclats féroces. Je sais que je dois me reprendre, trouver une ouverture, mais la douleur obscurcit mes pensées.

Alors que Zack lève à nouveau son poing, un éclair de douleur traverse mon corps, mais c'est aussi le stimulus qui me réveille. J'utilise son élan contre lui, pivotant sur moi-même pour esquiver son coup et le poussant vers les flammes. Il vacille, surpris par mon changement soudain de tactique. C'est le moment que j'attendais. Avec toute la force qu'il me reste, je lance un crochet du droit qui le frappe sous la mâchoire, le faisant tituber en arrière. Les flammes rugissent comme si elles applaudissaient le spectacle et, pendant un moment, Zack semble incertain, déséquilibré. Je sais que c'est peut-être ma seule chance. Ignorant la douleur qui me consume et les flammes qui menacent de nous engloutir, je me prépare pour l'assaut final, déterminé à prendre l'avantage avant que le cercle de feu ne décide du vainqueur à notre place.

Soudain, le feu s'éteint, et cette diversion me coûte cher, je me retrouve au sol, sur le torse. Zack ligote mes poignets derrière mon dos.

— Cette fois, c'est moi qui gagne.

Je découvre alors le chaos autour de moi. Les étudiants se cachent tous dans le Thunderdome, les Ravens sèment la terreur, il n'y a que quelques gangs qui tentent de s'interposer. Mon regard cherche Lana. D'un coup je suis envahi par l'inquiétude, je remarque son visage derrière une des portes arrière du stand des Gunners. Dan et Matt veillent à l'entrée, mais des Ravens leur tournent autour. Je dois les aider.

— Zack, laisse-les partir. Ils n'ont rien à voir avec toutes ces histoires.

— Je n'en ai rien à foutre du sort des autres.

Je grogne et tente de me libérer mais il est assis sur moi, sa main s'écrase sur mon crâne qu'il aplatit sur l'asphalte.

— Tu vois ce type-là ?

Noah.

— Il m'a aidé à préparer ce cercle de flammes, c'est un système de tuyaux diffusant un liquide inflammable enclenché à distance par un mécanisme qu'il s'est chargé de gérer. Apparemment il voulait se venger de la raclée que tu lui as foutue.

Sa main sur ma tête me fait de plus en plus mal, je sens des éraflures sur ma joue et ma peau qui saigne.

— Ce fumier ne sait pas se battre, tu as recruté un élément faible !

— Préserve tes forces, petit. Noah va s'occuper de ta copine dans peu de temps, je crois.

Ces paroles m'électrocutent, il aura beau me frapper encore et encore, aucune douleur ne pourrait égaler celle de voir Lana souffrir. Mes yeux reviennent vers le stand : Matt, Tony et Dan sont aux prises avec des Ravens, et Noah entre dans le stand, fermant la porte du garage derrière lui. Je pousse un hurlement si puissant que tous les regards se posent sur moi.

— LANA !

Zack éclate de rire et se relève avant de me retourner du bout de sa botte et de me donner un coup de pied violent à l'abdomen.

— Je t'ai mal dressé, tu es tout sauf obéissant.

Tous mes sens sont en alerte, mes poignets se frottent contre la corde, quitte à me brûler l'épiderme, ma respiration s'emballe. Je vais le tuer. Je vais tous les tuer ce soir. Les Ravens s'en prennent à mes amis. Deux Ravens maîtrisent Dan tandis que Diego le frappe comme un punching-ball. D'autres Ravens agressent les filles des Gunners et des étudiantes. Et ce qui m'obsède, c'est que Noah est avec Lana.

Lana. Lana. Lana.

Je vais tuer Noah, puis Diego, et je finirai par Zack.

Le nœud de la corde se défait et au moment où il s'y attend le moins, je bondis sur Zack, l'écrasant sur le bitume, et je lui assène des coups de poing.

— Ça, c'est pour Eryn.

Ses yeux se révulsent, je lui envoie une autre droite et sa tête pivote sur le côté. Je lui arrache un de ses couteaux et vise Diego, la lame se plante en plein dans son bras. Il pousse un cri de surprise et me lance un regard noir. Sur le point de m'écarter de Zack, j'entends un coup de feu provenant de l'intérieur. La peur m'assaille. Je fais à peine un pas que Lana sort du garage par-derrière. Personne ne la voit et je ressens un soulagement inouï. Je serre les poings et me retourne pour faire face à Zack, toujours au sol, s'évertuant à se relever.

— Si on en est là, c'est ta faute, craché-je.

Zack se redresse et me fixe avec un regard étrange.

— Pourquoi tu me parles de ta sœur ? me demande-t-il brusquement.

J'écarquille les yeux et ris nerveusement.

— Tu te moques de moi ?

Sans attendre, je lui fonce dessus. Zack esquive et m'attrape le bras.

— Dis-le-moi, qu'est-ce que j'ai fait à ta sœur ? s'enquiert-il en articulant chaque syllabe, la mâchoire serrée.

— Tu l'as violée quand tu me retenais captif.

Un pli barre son front, la confusion s'affiche sur ses traits comme sur les miens. La situation lui échappe, et à moi aussi. Ses réactions sont lunaires. Je ne comprends plus rien.

— Je n'ai jamais fait de mal à Eryn.

Je recule d'un pas et le regarde, abasourdi. Pourquoi dit-il cela ? Pourquoi me mentirait-il, surtout ?

— Si ! Tu la violais et j'étais juste à côté.

— C'est pour ça que tu as brulé mon entrepôt ?

— Je ne suis pas responsable de cet incendie. Je n'ai rien fait.

Son visage demeure impassible un instant avant qu'une lueur de doute s'allume dans ses yeux.

— Et moi, je n'ai jamais touché ta sœur.

Zack et moi échangeons un regard plein d'incompréhension. Je n'arrive plus à y voir clair. Eryn était là… Je ne l'ai pas rêvé, et si ce n'est pas Zack…

Dans un élan de compréhension silencieuse, Zack tourne le visage en même temps que moi vers Diego. Ma mâchoire se contracte, mes poings se serrent. Sans plus attendre, je propulse Diego au sol et l'écrase d'un coup de pied à l'abdomen, je l'achève avec un énième poing dans sa gueule d'enfoiré, laissant son sang se répandre sur sa carcasse. J'écrase son visage contre le goudron. Son corps convulse, il tousse et crache une giclée de sang. Je ne canalise plus ma colère… Mais à travers ma rage et ma noirceur, j'entends les mots de Lana se diffuser à l'intérieur de moi.

« Tu n'es pas un meurtrier. »

Je m'arrête subitement car la force de ses paroles m'empêche d'aller plus loin.

— Elle était bonne, bafouille-t-il en ricanant sournoisement.

Ma main s'éclate sur sa bouche avec violence. Une mare de sang encercle son visage, comme un symbole de sa perversion.

— C'est toi ? C'est toi depuis le début ?

Diego ricane, la bouche pleine de sang.

— Non… Tu crois ? me répond-il, sarcastique.

Je le jette au sol et me relève, bouleversé. Ce revirement de situation me vrille les tripes. Lentement, Zack s'avance tel un prédateur et fixe Diego avec une froideur terrifiante.

— Tu as saboté ton propre gang.

— Tu le sabotes tout seul. Tu aurais dû le tuer mais tu ne l'as pas fait, tu as perdu toute crédibilité. Tu ne mérites pas d'être notre chef. Depuis son départ, s'exclame Diego en me pointant du doigt, tu n'es plus le même, tu t'es ramolli. Et tu penses que je vais me plier à tes ordres ?

Zack ne dit rien, je le scrute et son masque d'indifférence en dit long. Ce dernier se tourne vers moi.

— Tu comptes le tuer ?

Mon regard se pose sur les Ravens, qui se sont tous rapprochés de nous pour écouter le monologue de Diego, qui tient à peine debout. Les membres du gang le fixent furieusement, Diego a signé son arrêt de mort.

— Non.

Zack soupire et demeure sans expression. Il s'approche de Diego, ce dernier se met debout et les deux hommes se font face.

— Tu espérais t'en sortir comment ?

— J'étais persuadé que tu allais te débarrasser de lui dans les flammes, mais évidemment tu t'es dégonflé, comme d'habitude. Tu ne peux pas le tuer, n'est-ce pas ?

Diego ricane face au silence de Zack. La scène se passe très vite. Le chef de gang l'abat sous les yeux de tout le monde en lui tranchant la gorge. Son acte me surprend : j'aurais imaginé que Zack s'expliquerait avec lui, ou bien qu'il le torturerait avant de le tuer. Non pas que je regrette Diego, ce n'est pas une grande perte. Son sang se répand sur le bitume. Zack rassemble les Ravens en silence et s'éloigne du chaos qu'ils ont causé ce soir. Zack me jette un dernier regard, ses yeux bleus me scrutent et il hoche la tête comme s'il venait de sceller entre nous une trêve silencieuse.

LANA

Quelques minutes plus tôt

Le grésillement des flammes. Des rires sadiques. Des bruits de coups violents. Le chaos sévit à l'extérieur du stand où je suis cachée, priant pour que personne ne soit blessé. Matt a fermé la porte du garage, m'empêchant d'assister à la scène. Je suis terrifiée à l'idée que quelque chose lui arrive, à Dan aussi, à Hayden… à Tyler. Tyler était dans un cercle de flammes.

La peur m'enracine au sol, je suis paralysée et je m'en veux d'être aussi impuissante. Je me cache dans le fond, recroquevillée par terre. Je serre mes jambes contre moi, tremblante. Soudain, la porte s'ouvre. Je ressens d'abord du soulagement en imaginant que mon frère vient me récupérer, puis mon sang se glace très vite.

— Tu ne croyais quand même pas que j'allais te laisser tranquille après ce qu'il s'est passé la dernière fois.

La voix de Noah résonne comme une hallucination auditive créée par mes démons, mais non, il est bien là, avec cet éternel sourire narquois. Refoulant ma crainte, je serre les poings et lui fais face en me redressant pour le fusiller du regard. Son visage garde la brûlure que Tyler lui a faite, sa paupière gauche est plus foncée que l'autre, quant à sa gorge, je remarque la lésion sur sa peau hâlée.

— Ce soir, ton frère et ton chevalier vont mourir, personne ne te sauvera.

Ces mots me font mal mais je dois me ressaisir, je ne peux pas lui montrer mes craintes ni mes faiblesses. D'un pas ferme, il s'approche de moi et, sans réfléchir, je lui donne un coup de poing en pleine face.

— Salope, crache-t-il en cachant son nez.

Il m'attrape violemment par les cheveux mais je lève mon pied avant de le frapper au tibia. Gémissant de douleur, il revient à la charge, je l'esquive et me cache derrière un des caissons.

— Tu te caches, ma belle… viens par là.

Avec toute la discrétion possible, je me faufile entre les caissons et l'épie sans qu'il me remarque. Il est dos à moi, je recule lentement pour prendre la fuite mais tombe en laissant échapper un grognement.

— Putain de merde, maugréé-je en entendant ses pas qui se dirigent vers moi, accompagnés de son rire sardonique.

— Tu ne vas plus m'échapper, Lana. Laisse-moi admirer mon œuvre sur ton corps.

Je me redresse rapidement pour ne pas lui donner l'avantage, il saute par-dessus les caissons avant de tenter une approche pour me nuire. Il m'agrippe par les épaules sans que je m'y attende et me plaque contre le mur, une douleur m'explose le dos, un pic en fer vient de pénétrer dans ma peau. Ses mains enserrent ma gorge, me privant d'air.

Ce sourire goguenard affiché sur sa gueule de crapule me répugne, il resserre son emprise sur moi mais l'adrénaline se déverse dans mon sang. Je lève rapidement mes deux jambes et le propulse vers l'arrière. Je respire de nouveau et ne perds pas de temps pour lui faire regretter ses agissements. Il chancelle et j'en profite pour lui éclater la jugulaire avec mon poing et lui asséner un coup de genou en plein dans les couilles. Comme Hilda me l'a appris.

— Sale pute, grince-t-il entre ses dents en s'étalant au sol.

Je lui donne un coup de coude dans les côtes, lui assénant le coup de grâce. Il m'insulte mais je n'en ai rien à faire. Fébrile, je le fixe en train d'agoniser et, de peur qu'il ne se relève à tout instant, je prends une arme cachée dans un des tiroirs. Je l'ai aperçue une fois quand Dan cherchait je ne sais trop quoi lors de la dernière course. Ses yeux s'écarquillent lorsqu'il me remarque le pistolet en main.

— Tu ne sais pas t'en servir, se moque-t-il.

Sans réfléchir, je tire en direction du canapé, une balle le perfore et Noah sursaute de peur. Il lève le bras dans ma direction et bafouille. Pour la première fois de ma vie, j'ai le dessus sur lui. C'est lui la victime. Pas moi.

— Tu n'oserais pas…

— Après tout ce que tu m'as fait… ce que tu as fait endurer à Matt… c'est tout ce que tu mérites.

La colère contrôle mon esprit mais une lueur de discernement éclaire la noirceur que Noah disperse en moi. Je ne suis pas lui. Ni aucun des Ravens. Je me suis toujours dit que la haine alimentait nos actes, et mes séances avec

Stevens m'ont ouvert beaucoup de perspectives. J'ai eu beau sermonner Tyler sur le fait que se venger n'est pas une solution, je ne me suis jamais retrouvée devant le fait accompli, et tout prend sons sens maintenant.

— Je ne suis pas toi… tu m'as fait souffrir comme personne, mais je ne suis pas comme toi.

Il me dévisage, ahuri. Je baisse mon arme lentement, sans le quitter des yeux, et la range dans ma poche. Je m'empresse de sortir par l'arrière et l'enferme dans le stand, pour être sûre qu'il ne me suive pas. Je reste cachée et j'observe le chaos aux alentours. Tyler se bat contre Zack et il finit par me voir. Le soulagement que je lis dans son regard me bouleverse. Il m'adresse un sourire rassuré et finit par laisser éclater sa rage sur Zack. Mais, après quelques minutes, ils cessent de se battent et se mettent à parler. De là où je suis, je n'entends pas très bien mais tout va très vite. Diego devient la cible commune des deux hommes et les Ravens s'écartent de leurs victimes pour se diriger tous vers Diego.

— Lana !

Je me retourne et croise le regard de Matt. Lorsqu'il arrive près de moi, il touche mon visage et s'attarde sur l'éraflure que je dois avoir sur la tempe. Il me prend dans ses bras, rassuré que je n'aie rien.

— Il t'a fait quelque chose ? me demande-t-il inquiet.

Matt a un œil au beurre noir et la bouche blessée. Ma main se pose sur sa joue et je saute dans ses bras.

— Lana, je vais bien, pardonne-moi, je voulais venir mais ils m'ont attrapé…

— Noah n'a plus aucune importance, il ne m'a rien fait, je te le promets, lui assuré-je.

Matt me serre contre lui et dépose un baiser sur mon front.

— Je t'aime, me dit-il subitement comme s'il craignait de me perdre.

— Moi aussi, je t'aime.

Mon frère me prend la main en s'assurant que son corps me protège, au cas où une attaque fortuite nous tomberait dessus, mais à cet instant tous les Ravens s'en vont, y compris Noah, qui a été récupéré par ses compères. Les cris de joie des étudiants qui étaient tous cachés se font entendre. Mon regard ne cherche qu'une personne dans la foule mais je ne la trouve pas. Dan s'avance vers moi et me serre contre lui.

— Dieu merci, tu n'as rien, me dit-il, soulagé.

Son visage est tuméfié, de tous les Gunners, c'est celui qui a pris le plus cher physiquement. J'enroule mes bras autour de sa taille, heureuse de voir qu'il est encore là. J'adore Dan, il est si avenant, si gentil et il est toujours là pour les autres et pour Tyler.

— Je n'ai rien, petite. Ne t'en fais pas, s'exclame-t-il, touché par mon élan d'affection.

Je lève les yeux vers lui et il me caresse le crâne. Mon regard trouve Tyler, qui se faufile entre les jeunes, je cours vers lui et saute dans ses bras. Nous nous examinons mutuellement. Son arcade sourcilière est ouverte, ses lèvres sont tuméfiées, sa joue droite est ensanglantée et porte la marque du goudron, son autre joue est maculée de sang.

— Je croyais t'avoir perdu, m'exclamé-je en laissant mes larmes couler.

— C'est Diego qui s'en est pris à Eryn, annoncé-je.

Lana est dans mes bras, sur mon lit, me caressant le visage. Elle se redresse pour me regarder, prête à m'écouter. Alors, je lui raconte tout ce qu'il s'est passé avec Zack ainsi que les aveux de Diego.

— Je ne l'ai pas tué. Un jour tu m'as dit que tu t'en fichais de te venger de Noah, et ça m'est resté en tête. Tu disais que cela ne changeait rien… De toute façon, le sort de Diego était scellé.

Lana relève son visage vers le mien. Quelques centimètres séparent nos bouches désireuses de s'unir. Un petit sourire illumine ses traits, puis elle dépose un baiser furtif au coin de mes lèvres.

— Tu te sens comment ?

— Je suis encore choqué par la succession de tous ces événements, mais ça ira. Dis-moi ce qu'il s'est passé pour toi, répliqué-je en caressant sa joue.

Lana prend une profonde inspiration et se blottit davantage contre moi.

— Je me suis battue contre Noah. J'ai pris le dessus, puis j'ai pointé une arme sur lui. J'étais à deux doigts d'appuyer sur la détente. J'ai eu peur de moi, l'espace de deux secondes. Je ne savais plus ce qui m'arrivait… comme si toute la haine que j'avais en moi ressortait violemment.

— Tu aurais voulu tirer ?

— Non. Tout ce que j'ai fait jusqu'à présent n'aurait servi à rien. Je me suis battue contre moi-même tout ce temps pour remonter la pente. Se venger est un sentiment qui est difficile à assumer, ça n'efface pas les événements passés et parfois nous pouvons commettre des actes qui nous changent pour toujours.

Je scrute son regard, ce petit sourire sur sa bouche suffit à me procurer un nouveau souffle de vie, je frotte mon nez contre le sien.

— Je ne veux pas changer. Et toi ? Tu aurais voulu accomplir cette vengeance ? me demande-t-elle en effleurant mes lèvres avec les siennes.

— Pour changer et prendre le risque de devenir pire que je ne lui suis déjà ? Non.

Un éclat d'admiration brille dans ses prunelles émeraude, c'est la première fois de ma vie que j'arrive à croire que je peux être une meilleure personne. J'ai commis des actes qui me poursuivront sans doute toute ma vie, mais près d'elle j'ai la force de surmonter mon passé. Dans son regard, je vois le reflet d'un autre homme, celui qu'elle veut, celui qu'elle voit et accepte malgré tout. Je n'aurais jamais cru qu'une chose pareille puisse m'arriver.

— Tyler, revoir Noah a fait ressurgir beaucoup de souvenirs…

— Je suis là, trésor, je suis fier que tu te sois battue. Tu es la personne la plus forte que je connaisse.

— Oh, Tyler… c'est toi le plus fort de nous deux.

Si elle savait comme elle se trompe. Je ne suis qu'un leurre, alors qu'elle… elle est réelle.

— Je sais que c'est psychologique, mais mes cicatrices me picotent, admet-elle timidement.

Ma main passe sous son tee-shirt et je les caresse du bout des doigts. Son histoire arrive encore à éveiller en moi une rancœur envers ce connard qui lui a fait endurer l'enfer. Une partie de moi, aussi enfouie soit-elle, désire lui faire oublier son passé. Je suis loin d'être un saint, mais je veux la rendre heureuse. Plus je passe de temps auprès d'elle, plus je m'approche de la lisière du bien-être, une sensation inouïe aussi réelle que le goût du chocolat qui fond sur la langue. Je me suis toujours considéré comme une cause perdue, néanmoins, avec elle, je me bats pour ma propre cause.

— Est-ce que tu aimes ce que tu es ?

— Je l'ignore, Tyler.

— Dis-toi que ces cicatrices t'ont rendue ainsi, tu peux en être fière.

— Comme toi ?

— Mes cicatrices sont cachées, trésor, il n'y a que toi qui sais les regarder.

Sa main se pose sur ma joue et elle m'embrasse, son corps se blottit contre moi et je la serre pour la bercer.

— Je ne veux plus que tu penses à lui. Tu es plus courageuse que tu ne le crois. Ce que tu as fait ce soir me rend fier. T'es la meilleure des non-Gunners, me taquine-t-il en me faisant un clin d'œil.

— Je suis flattée, commente-t-elle, amusée.

Elle soupire de satisfaction avant de fermer les yeux et j'embrasse sa tempe.

— Dors, trésor, demain est un autre jour.

CHAPITRE 53

Avec toi, Flame

LANA

— Tu as de quoi être fière, Lana, me dit Stevens.

— Vraiment ?

— Tu as mûri, tu t'es battue et aujourd'hui tu en sors grandie. Crois-moi, peu de gens ont cette volonté.

— Merci, Madame.

— Notre travail est terminé. Si tu le souhaites, nous pouvons encore nous voir quelques fois pour te rassurer. Nous pouvons espacer les séances, par exemple… Mais si tu te sens prête à arrêter, cela veut dire que tu l'es. Et si un jour tu as de nouveau besoin de moi, tu sais où me trouver.

Je souris, et elle remonte ses lunettes sur son nez. Je me lève et lui tends ma main, qu'elle serre avec plaisir en m'offrant un sourire chaleureux, comme chaque fois. Cette femme a marqué mon année. Près d'elle mon introspection me semble moins dure qu'avant.

— Je pense que ça ira, avoué-je à demi-mot.

En voyant tout le chemin parcouru, je sais que je suis capable de prendre le relais.

— Alors c'est parfait, conclut-elle avec un sourire.

— Merci pour tout, murmuré-je, émue.

C'est ainsi que s'achève ma dernière séance chez Stevens. J'ai arrêté également mes entraînements avec Hilda. Après ce rendez-vous, je vais consulter les résultats de mes examens directement à l'université. Même s'ils sont disponibles sur internet, j'aime l'idée de retourner sur le campus pour découvrir le verdict. Et je suis heureuse de voir que j'ai validé mon année. Une belle surprise pour fêter mon anniversaire, qui se trouve être aujourd'hui.

Je sors de la fac et trouve Tyler qui m'attend près de sa moto. Dès qu'il me voit, il sourit et j'accours vers lui tenant dans mes mains le certificat de réussite de ma première année. Il m'embrasse tendrement pour me féliciter et me susurre qu'il est fier de moi.

— Joyeux anniversaire, trésor.

— Tu m'emmènes à Disneyland, du coup ?

Tyler roule des yeux avant de me mettre son casque sur la tête.

— En route, nous allons voir Eryn.

Je hisse le poing fièrement et il me porte pour me mettre sur sa moto.

— Je n'ai pas cinq ans, je peux le faire toute seule.

— L'autre jour, tu es tombée à la renverse, je te signale.

— Je n'ai pas fait exprès !

— Pour une cheerleader, c'est un comble !

J'enroule mes bras autour de sa taille et lui pince l'abdomen. Il soupire et démarre, s'élançant sur la route. Quelques semaines ont passé depuis le drame du Thunderdome et, depuis ce soir-là, ni Tyler ni moi n'avons évoqué le sujet, laissant derrière nous cet épisode.

Arrivés devant le centre d'Eryn, nous franchissons le seuil et Tyler se crispe brusquement. Confuse, j'essaie de trouver la raison de son trouble quand un homme et une femme se postent juste devant nous. La femme a un air doux et des traits similaires à ceux d'Eryn, quant à l'homme au regard froid, on dirait une version plus âgée de Tyler.

— Tyler, s'exclame la femme en esquissant un triste sourire. Tu ne nous as plus trop donné de nouvelles.

— J'étais occupé, maman, dit-il en passant nerveusement sa main dans ses cheveux.

Sa mère est très belle, elle dégage une tendresse sincère. Tyler ne m'a jamais parlé de ses parents et je ne pense pas avoir aperçu de photos d'eux dans son appartement. Ses yeux foncés s'humidifient, et un nœud se loge dans mon ventre. Elle baisse la tête et essuie ses larmes. Le père m'intimide, avec sa stature imposante. Je comprends mieux d'où vient la carrure de mon petit ami. Il passe les bras par-dessus les épaules de sa femme pour lui communiquer son soutien, son geste réconfortant contraste avec le regard qu'il jette à son fils, plein de reproches silencieux.

Tyler semble porter le poids du monde sur ses épaules, je peux voir une tension inhabituelle se dessiner sur son visage, une légère crispation qui n'est pas habituelle. Ses mains, généralement si stables et sûres, tremblent légèrement alors qu'il triture la manche de sa veste en cuir. Les deux hommes s'affrontent du regard dans un mutisme hérissé de sentiments refoulés. De la rage, de l'amertume et un lien familial brisé.

— Tyler, s'exclame le père en hochant la tête froidement.

— Papa.

Délicatement, ma main cherche la sienne. Je veux lui donner de ma chaleur, mais il se raidit en baissant les yeux vers nos doigts entremêlés avant de croiser les miens. Je lui adresse un faible sourire, comme une promesse silencieuse de ma présence à ses côtés.

— Tu es diplômé à présent ? demande son père.

Tyler respire profondément, tentant de masquer son anxiété, mais je peux entendre le léger tremblement dans sa respiration. Pour la première fois, ce n'est plus l'homme qui est devant moi mais l'enfant, une partie du cœur d'un enfant qui bat encore dans son corps d'adulte. Ses yeux, souvent pétillants de malice et d'assurance, scrutent ses parents avec une appréhension palpable.

— Oui, j'ai terminé.

Il passe une main dans ses cheveux, les ébouriffant nerveusement, un tic qu'il a lorsque quelque chose le tracasse profondément.

— Tu passeras me voir quand tu auras le temps.

Tyler fronce les sourcils, prêt à rétorquer, mais sa mère s'interpose brusquement en s'approchant de son fils, posant ses mains sur ses épaules.

— Je suis contente pour ton diplôme. Passe à la maison un soir pour fêter, ça et tu peux venir avec… ta copine, je présume ? s'exclame-t-elle avec un sourire sincère en dépit des larmes qui maculent ses joues.

— Enchantée, monsieur et Madame Brook, les salué-je poliment.

— Elle est très belle, Tyler, réplique-t-elle en souriant à son fils. J'aimerais beaucoup te connaître, dit-elle en me regardant avec des yeux brillants.

Tyler serre ma main et, sentant son impuissance face à l'attitude glaçante de son père, je me décide à intervenir.

— Ce serait avec plaisir, merci beaucoup pour l'invitation. Je m'appelle Lana.

Tyler a droit à sa rédemption. Si avec Eryn les choses s'améliorent, pourquoi pas avec ses parents ? Même si j'ignore la nature des conflits qui les opposent ou des reproches que cachent les regards échangés entre le père et le fils.

— C'est un très joli prénom, commente-t-elle.

Le père s'avance et me lance un regard vide, me rappelant vaguement celui de l'homme que j'aime. Ma main serre celle de Tyler et en même temps je hoche la tête devant son père, par politesse.

— Karen, on y va, rétorque-t-il sèchement.

— Au revoir, mon chéri, conclut la mère en embrassant son fils sur la joue. Au revoir, Lana, à bientôt j'espère.

Ils s'éloignent et Tyler expire, comme s'il avait retenu sa respiration depuis une décennie.

— Chéri, je suis là, m'exclamé-je en me mettant devant lui sans lui lâcher la main, mon pouce effleurant le ruban à son poignet.

Il soupire et me regarde, puis acquiesce en se penchant vers moi pour déposer un baiser sur ma tempe.

— Allons voir ma sœur, trésor.

Sous ses airs habituellement calmes et contrôlés, je devine une vulnérabilité rarement exposée, une peur de rouvrir de vieilles blessures familiales. Je me mets sur la pointe des pieds et l'embrasse.

— Oui, allons-y.

Eryn ne semble pas prête à nous accueillir juste après la visite de ses parents. Son regard est étrange, un peu perdu, comme si… comme si quelque chose s'était produit. Tyler, bien trop tourmenté, ne fait pas attention à cela. Il se contente de lui parler de tout et de rien et n'évoque aucunement leurs parents. Depuis le temps que je suis avec lui, je me demande bien quels sont les rapports entre les Brook. Eryn et Tyler commencent à peine à se retrouver et j'ose espérer que c'est le prélude à une réconciliation avec leurs parents.

— D'ailleurs, Lana, joyeux anniversaire, me dit-elle d'une petite voix.

— Oh merci, Eryn.

Tyler sourit et me tire vers lui pour que je m'assoie sur ses genoux. Il m'embrasse le cou et je rougis, étonnée qu'il ose un élan d'affection de la sorte devant sa sœur. Cette dernière affiche une mine émue et se redresse avant de s'approcher de sa table de nuit pour récupérer quelque chose dans le tiroir.

— Tiens, c'est pour toi. Je l'ai fait moi-même. Ce n'est pas grand-chose mais ça me tenait à cœur.

Surprise par son attention, je me sens gênée. Eryn me tend un petit paquet emballé.

— Ouvre-le, trésor, s'exclame Tyler au creux de mon oreille.

Timidement, je déballe le cadeau et découvre une boîte que je m'empresse d'ouvrir. Il s'agit d'un ruban noir avec des petites flammes rouges.

— J'ai trouvé le tissu et je l'ai cousu pour toi. Mon frère est obnubilé par la légende du phénix depuis qu'il est enfant, le feu est son élément, et puis il s'enflammait toujours pour un rien, alors comme ça, tu penseras à lui. J'ai cru comprendre qu'il te piquait tes rubans, j'espère que celui-là ne bougera pas de ta tête.

Tyler s'esclaffe et sa main caresse le bas de mon dos. Je frissonne, infiniment touchée par ce présent. Je me redresse subitement et la serre dans mes bras.

— Il est magnifique, je l'adore ! Et ne t'en fais pas, je ne le laisserai pas me le prendre.

Eryn me sourit avec émotion et prend ma main.

— Je suis contente de t'avoir rencontrée, j'aurais aimé être ton amie.

— Mais tu es mon amie, répliqué-je en fronçant les sourcils, et même ma belle-sœur, ajouté-je avec un clin d'œil.

— C'est vrai, dit-elle avec un petit rire. Je suis rassurée que mon grognon de frère soit avec quelqu'un d'aussi solaire et profondément gentil que toi.

— Je suis là, je vous signale.

Je me retourne vers Tyler, qui grimace. Puis il m'attrape la main et me tire contre lui. Je suis de nouveau sur ses genoux et il fait un clin d'œil à sa sœur.

— J'espère que tu lui offriras un beau cadeau, le prévient-elle en haussant les épaules.

— Ce n'est pas comme si je ne te l'avais pas dit.

Tyler, un bras enroulé autour de ma taille, m'offre une place privilégiée sur ses genoux. Je sens la chaleur de son corps à travers son pull et cela ajoute une couche de confort et de sécurité à cet instant déjà parfait. Le regard échangé entre les deux Brook est si complice. Tyler avait les traits crispés avant de franchir le seuil de la chambre de sa sœur, et il est maintenant détendu. Mes doigts cherchent les siens et je les caresse tendrement.

— Je veux que nous allions tous les deux à Disneyland, annoncé-je à Eryn sérieusement.

Cette dernière écarquille les yeux et retient un rire timide.

— Non, c'est non, t'as qu'à y aller avec Poil de Carotte.

— Mon frère est un rabat-joie, ne fais pas attention.

Observer Tyler et Eryn ensemble est comme assister à un doux réchauffement après une longue période de froid hivernal. Il y a encore quelques mois, Eryn était une silhouette triste, les épaules souvent voûtées sous le poids des épreuves qu'elle a traversées, le regard hanté par des ombres qu'elle seule pouvait voir. Mais aujourd'hui il y a à nouveau dans ses yeux une lueur qui avait disparu, un signe subtil mais indéniable qu'elle commence à se retrouver. Tyler, de son côté, a endossé un rôle que je ne lui connaissais pas. Loin de l'homme impulsif toujours pressé et souvent distant qu'il était avant, il est devenu un pilier pour Eryn, une présence constante et rassurante. Il a appris à être patient. Il l'écoute, répondant à ses silences avec une compréhension intuitive, un sourire encourageant ou une plaisanterie légère pour alléger l'atmosphère. Il y a une tendresse nouvelle dans la façon dont ils interagissent. Et je suis si heureuse d'assister à cette réconciliation entre eux.

Avant de partir, Eryn me retient tandis que Tyler est parti signer à l'accueil le carnet de visites.

— Profite bien de ton anniversaire, Lana.

Je lui fais un câlin et notre étreinte dure longtemps, témoignant d'une reconnaissance mutuelle silencieuse.

— Je repasserai te voir.

Eryn a un sourire mélancolique sur le visage. Elle passe sa main dans mes cheveux, effleurant le cadeau qu'elle m'a offert et que je n'ai pas pu m'empêcher de mettre.

— Merci pour tout, Lana.

— Je l'adore, merci pour ce cadeau.

— Je sais que tu l'aimes.

Et ce n'est pas du ruban qu'elle parle. Ses yeux ont un éclat indéchiffrable. Mon visage s'empourpre et je hoche doucement la tête.

— Oui, de tout mon cœur.

Mon regard se dirige vers le bout du couloir, où Tyler discute avec la réceptionniste, les mains enfoncées dans ses poches. Se sentant observé, il tourne le visage. Nos regards se croisent et il me fait un clin d'œil dragueur qui fait voler des milliers de papillons dans mon ventre.

— Lui aussi, il t'aime.

Mes parents ont organisé un dîner de famille à la maison pour nous cinq. Je me prépare dans ma chambre et peaufine mon maquillage quand la porte s'entrouvre sur les deux têtes de con de mes frères. Je les fixe dans le miroir et roule des yeux devant leur manque de discrétion. Ils débarquent dans ma chambre, Luke jette mes affaires sur le sol pour libérer une place sur le lit et Matt pousse mes livres pour s'asseoir sur mon bureau.

— Ça prend trop ses aises, ici.

Les deux se moquent et d'un coup ils bondissent sur moi. Je me retrouve emprisonnée entre deux grands corps. Luke a encore poussé cette année et il me dépasse d'une bonne tête. Ils affichent un sourire de gamin et nous nous observons dans le miroir, au bord du fou rire.

— Je vous aime, bande de débiles, mais vous allez défaire mes boucles !

— Oh, toujours dans l'exagération, rétorque Matt en se détachant et en jouant avec mes mèches bouclées comme s'il était un chat.

— Eh ! Stop.

— On voulait t'offrir ton cadeau avant de descendre, m'apprend Luke en passant son bras par-dessus mes épaules et en collant sa tête à la mienne.

— Ah oui ?

— Tadaaaa !

Matt me met un papier sous les yeux, je manque de tomber par terre en le lisant.

— Oh mon Dieu ! m'écrié-je en arrachant le papier des mains de Matt pour être sûre de bien lire. On va aller en Thaïlande tous les trois ???

— Oui, on part cet été pour dix jours, s'exclame Luke. Tu n'auras rien à payer durant le séjour, on va t'entretenir. Je ne te dis pas combien de petits boulots j'ai dû faire.

— Et moi je remercie un de mes meilleurs potes d'être aussi bon aux courses de moto, je me suis fait un tas de fric en pariant sur lui.

Je les serre dans mes bras tous les deux, si heureuse de ce beau cadeau et de les avoir toujours avec moi. Voir Matt aussi épanoui après ses problèmes me fait plaisir. Nous n'avons jamais vraiment reparlé de son addiction ni des révélations de nos parents, et je crois qu'il préfère que ça reste comme ça. Malgré tout, je suis contente de voir qu'il va de mieux en mieux et qu'il a réussi à s'en sortir.

— Merci, merci pour ça.

— Allez, viens, maman va encore chouiner si on tarde à descendre.

Je passe ma main sur ma robe noire et j'ajuste mon ruban dans mes cheveux, celui qu'Eryn m'a offert. Mes frères et moi arrivons au rez-de-chaussée et j'entre dans le salon. Surprise, je découvre Hayden et Lydia et m'empresse de les prendre dans mes bras.

— Mais qu'est-ce que vous faites là ?

— Ta mère nous a invités, m'explique Lydia en m'embrassant sur la joue. Tu es magnifique !

— Oh, mais toi aussi, tu es trop belle, dis-je en la regardant tournoyer dans sa longue robe verte.

— Et moi ? Je ne suis pas beau, moi ? rétorque Hayden, indigné.

Nous pouffons de rire elle et moi, devant sa tête de *drama queen*.

— Bien sûr que t'es beau, tu es le plus beau.

Je tourne la tête, cherchant mes parents, et je manque de m'étouffer en trouvant Tyler, l'épaule contre l'embrasure de la porte du salon. J'accours vers lui sans cacher mon étonnement.

— Qu'est-ce que tu fais là ? Je croyais que tu étais avec Dan.

— Oui, je suis là, réplique une voix derrière moi.

— Mais qu'est-ce que c'est que cette histoire ? m'exclamé-je en pointant du doigt mes frères, morts de rire.

— Donc tu dis à Hayden qu'il est le plus beau mais tu ne daignes même pas te réjouir que je sois là, réplique Tyler en fronçant les sourcils.

Je bondis sur lui, j'enroule mes bras autour de son cou et m'empresse de sceller mes lèvres aux siennes.

— Je suis si heureuse que tu sois là.

En me détachant de lui, je serre Dan contre moi et il m'embrasse le front en me souhaitant un joyeux anniversaire. Mes parents se montrent enfin en sortant de la cuisine, je m'approche d'eux et serre maman dans mes bras.

— Merci.

Je tends ma main vers mon père alors que j'étreins toujours maman. Il dépose un baiser sur le dos de ma main.

— Tu méritais un bel anniversaire, après cette année, me murmure maman. Ce n'est qu'une récompense, tu es aimée, tu es merveilleuse et je veux que tu le saches.

— Maman… merci.

Mon père me serre contre lui et m'embrasse la tempe.

— Tu resteras toujours ma petite fille, même si tu grandis très vite.

— En plus nous voulions rencontrer ce fameux Tyler, susurre ma mère avec clin d'œil.

— Oui, bon ! s'exclame mon père, agacé. Tu es tout le temps avec lui, il faut bien que je juge s'il est digne de confiance.

— Papa !

Mes parents se moquent de moi et m'entraînent vers la table dressée. Je prends place près de Tyler, qui me sourit tendrement.

— Et tu m'as caché ça !

— Disons que ta mère a cherché à me contacter et Matt a fait l'intermédiaire.

— Petit cachottier.

Tyler m'offre un sourire faussement innocent et ma mère sert chacun des invités. Le courant a l'air de passer entre Dan et mon père, Matt discute avec eux tandis que Lydia et Hayden rient discrètement avec Luke. Quant à moi, je suis là à regarder ce tableau composé de toutes les personnes que j'aime.

— Eh ! Vous n'avez pas invité mon cochon d'Inde, m'écrié-je.

— Elle a peut-être gagné un an mais elle régresse mentalement, s'exclame Luke en roulant des yeux.

— Je ne te le fais pas dire, poursuit Matt.

Les invités explosent de rire et je hausse les épaules. Tyler pose sa main sur ma jambe discrètement et il observe mes cheveux. Il esquisse un sourire et ma tête se cale contre son épaule.

— J'aime te voir avec.

— C'est comme si tu étais avec moi.

— Mais je suis toujours avec toi.

À la fin de la soirée, je suis dans le jardin avec mes amis et mes frères. Tyler est sur une des chaises et moi sur ses genoux, qui sont devenus mon fauteuil personnel. Lydia a la même position sur son petit ami. De leur côté, Matt et Luke jouent aux cartes avec Dan. Nous les observons, prêts à rire de la défaite imminente de Luke. C'est un très, très mauvais joueur, donc je sais d'emblée que ces critiques vont me régaler.

— Trésor, susurre Tyler au creux de mon oreille.

Je tourne la tête vers lui. Et, comme chaque fois que je le contemple, je le trouve tellement beau, tellement sexy. Ce soir il a rencontré mes parents pour la première fois. Comme il y avait du monde, mes parents ne pouvaient pas se concentrer sur lui mais un premier contact a été établi et la semaine prochaine il est invité à dîner chez nous.

— Je ne t'ai pas encore offert ton cadeau d'anniversaire, il n'arrivera pas tout de suite.

— Oh, qu'est-ce que c'est ? demandé-je en faisant la moue.

— Tu le sauras demain.

— Demain ?

— Demain, je viens te chercher et nous passerons le week-end à Santa Monica.

— Quoi ? Que tous les deux ?

— Arrête de me dire ça chaque fois que je t'invite quelque part, soupire-t-il en levant les yeux de façon exagérée. Tu veux qu'on soit trois dans notre couple ? Je ne veux pas te partager !

— Oups, pardon, mais tu me prends au dépourvu, je dois préparer mes affaires.

— Tu n'auras pas besoin de beaucoup de vêtements de toute façon, souffle-t-il avec un sourire carnassier.

TYLER

— Salut, Eryn, je passe te voir avant d'aller chercher Lana.

Ma sœur est assise sur son lit, serrant sa peluche fétiche. Je fronce les sourcils en scrutant la pâleur de son visage, ses traits plus fatigués que d'habitude.

— Qu'est-ce qu'il y a ?

— Les parents sont passés, et ils se sont disputés devant moi.

Putain.

— Ne fais pas attention à eux, OK ?

— Je cause des soucis à tout le monde, souffle-t-elle.

— Pas du tout. Moi j'aime te voir, et je suis content que tu me reparles. Les choses changent, je suis là, d'accord ? Quand tu sortiras d'ici, tu viendras vivre chez moi et tu reprendras tes études.

Lana a amélioré la situation, sans elle je n'en serais pas là aujourd'hui avec ma sœur. Une vraie communication existe entre nous, presque comme avant. Un sourire étire ses lèvres, elle m'embrasse sur la joue puis prend ma main avant de la déposer sur sa peluche.

— Tyler, il y a des douleurs avec lesquelles on ne peut pas vivre.

— Si. Toi, tu peux.

— Tu le penses vraiment ?

— Écoute, Eryn, un jour ou l'autre tout ira mieux. On parlera de ce qui s'est passé et on laissera ça derrière nous. Tu es forte, tu es encore là et je te protégerai, mieux qu'avant.

Elle et moi n'avons jamais parlé de mon passif avec les Ravens et je pense que cela n'arrivera jamais. Elle ne veut plus être liée à cela et pour rien au monde je ne souhaiterais raviver ces douloureux souvenirs.

— On peut vraiment laisser ça derrière nous ?

— Oui, je te le promets.

Une vague de mélancolie traverse ses yeux assombris par un désespoir contenu. Parfois je n'ai pas les mots pour lui parler. Je suis captif de mes émotions car j'ignore comment les exprimer. Eryn a vécu le pire, et là elle est devant moi, m'adressant la parole comme si notre relation s'était à peine détériorée. Cependant, chaque fois la terre s'arrête de tourner et ma culpabilité résonne en moi, répandant des ondes négatives qui claquent dans les recoins de mon esprit. Je suis tiraillé, la voir triste me déchire et me plonge dans un état comateux où seul mon déshonneur est tangible, mais le fait qu'elle me parle me redonne de l'espoir. J'ai l'impression d'être deux hémisphères diamétralement opposés, et si l'un colmate les fissures, l'autre laisse se répandre toutes mes angoisses. Eryn est le seul aspect de ma vie qui reste lié à mon passé. Les Ravens, c'est terminé, plus aucun combat ne m'opposera à Zack. Malgré le mal qu'il m'a infligé, il n'est pas responsable du malheur de ma sœur. Je suis capable de tout oublier, sauf ce qui est lié à elle.

— Tyler ?

— Oui ?

— Tu veux bien jouer avec moi ?

Ces mots me prennent de court, un gyrophare tournoie dans ma tête, cherchant à illuminer mes ténèbres. Malgré son épuisement, elle trouve le moyen de me faire comprendre que ça pourrait aller mieux. Timidement, elle se dirige vers une pièce où des instruments de musique sont éparpillés un peu partout. Eryn prend place au piano et je m'installe sur le banc à côté d'elle avec cette guitare que j'ai empruntée.

— *The A team* ?

Eryn se contente de sourire et les premières notes de sa chanson favorite emplissent l'atmosphère. Du plectre, je commence à suivre le rythme. Mes yeux sont rivés sur elle, une telle concentration émane d'elle quand elle joue du piano. Plus rien n'existe, c'est son monde, le nôtre. C'est de cette manière qu'on communique, elle et moi.

— Chante, soufflé-je.

Je la vois esquisser un petit sourire avant d'entonner le refrain, Eryn est une boîte à musique. Il faut savoir s'y prendre pour l'ouvrir afin qu'elle exprime sa mélodie. De tendres souvenirs me reviennent, je me revois plus jeunes dans notre salon en train de jouer lorsque notre père était absent. Dans ces mélodies, c'est comme si une partie de son âme se révélait aux yeux des autres. Ses mains se posent sur ses cuisses et son regard rencontre le mien. Eryn se lève, je pose ma guitare, et elle me prend dans ses bras. Ce geste m'immobilise par sa spontanéité, pendant quelques secondes je ne fais rien, puis je la serre contre moi.

— Je t'aime, Tyler, merci pour tout.

LANA

La voiture s'immobilise doucement devant une petite maison moderne, proche de la plage et d'où la vue est absolument époustouflante. Tyler sort le premier et je le suis de près. Avec beaucoup de prévenance, il s'empare de ma petite valise ainsi que de son sac, puis me fait signe de le suivre.

— Waouh !

L'intérieur de la maison est un spectacle en soi. Dès l'entrée, le hall révèle un espace ouvert et aéré où le salon rejoint la cuisine dans une harmonie parfaite. Un immense îlot central domine la pièce, servant à la fois de plan de travail et de table. La lumière naturelle inonde la pièce, rebondissant sur des murs blancs et mettant en valeur le mobilier épuré et l'aménagement résolument moderne. Je reste bouche bée, captivée par la décoration soignée et l'atmosphère accueillante.

— Qui habite ici ? Comment as-tu eu cet endroit ? demandé-je, intriguée.

— C'est la maison de Dan, il me l'a prêtée pour ces quelques jours, explique Tyler avec un sourire.

— C'est vraiment beau !

— Viens, je te montre notre chambre.

Il me guide à travers un couloir jusqu'à une porte, qu'il ouvre avec un geste large. La chambre est spacieuse, dominée par un très grand lit qui trône majestueusement au centre. Outre une grande armoire, une coiffeuse de style vintage ajoute une touche de charme à la pièce. Mais ce qui attire immédiatement mon attention, c'est la grande porte-fenêtre en face du lit. Je m'approche et la franchis, découvrant une terrasse assez vaste, équipée d'un jacuzzi et offrant une vue spectaculaire sur l'océan et les lumières scintillantes de Santa Monica.

— C'est magnifique, dis-je, époustouflée par la vue.

— Ravi que ça te plaise, murmure Tyler à mon oreille, sa voix basse ajoutant une intimité instantanée à l'instant magique.

Après avoir rangé nos affaires, nous sortons faire quelques emplettes. Au supermarché, je place des muffins à la myrtille dans le caddie et je le vois arriver avec un cheese-cake. Sans rien dire, nous esquissons un sourire complice et il dépose mon gâteau préféré près du sien. Tyler prend encore deux trois trucs et, à la caisse, il m'empêche de payer. Comme d'habitude.

En fin de journée, nous nous rendons à la plage. Il y a plusieurs personnes sur le sable, je me frotte le bras alors que le vent souffle dans mes cheveux et relève ma petite robe d'été. Je ne me suis pas mise en maillot depuis des lustres. Je n'ai jamais exposé mes cicatrices, mais est-ce que quelqu'un s'en soucie ? Je me retourne et vois Tyler enfoncer le parasol dans le sable. Il est le seul à les avoir vues, il a fait l'amour à chacune, il m'a appris à les accepter. Alors est-ce réellement important, le regard des autres sur moi, quand celui qui compte le plus me contemple avec adoration dès que je suis nue devant lui ? Je retire ma robe, révélant mon maillot deux pièces vert clair, Tyler verrouille son regard sur moi et esquisse un sourire, comme s'il déchiffrait la lutte intérieure dans mes iris.

— Tu es splendide.

Allongée sur ma serviette, je me redresse sur les coudes pour chercher Tyler du regard, ce dernier sort de l'eau en passant ses mains dans ses cheveux mouillés tout en me lançant un clin d'œil. Je m'allonge sur le ventre, toujours sous le parasol pour me protéger des rayons, puis je pousse un cri de stupeur en sentant son corps mouillé écraser le mien.

— Putain, non !

Au creux de mon oreille, je sens son rire vibrer. Il parsème des baisers mouillés sur mes épaules et j'essaie de bouger mais il est beaucoup trop lourd. Ma main s'échappe et je lui pince le bas du dos, mais peine perdue, il demeure immobile.

— T'es horrible !

Il se moque de moi et se laisse tomber à ma droite. En le fusillant du regard, je me redresse pour prendre la serviette et essuyer mon dos trempé.

— Oh non ! Je te préfère mouillée, moi.

Une vague de plaisir parcourt ma peau jusqu'à enflammer mon bas-ventre. J'essuie son torse et, une fois qu'il est sec, je monte sur lui, l'écrasant à mon tour.

— T'es une petite coquine, toi.

— Tais-toi !

Ses bras entourent mon corps et je me blottis contre lui. J'aime être près de lui, le sentir. Ses doigts caressent mes fesses et je lève mon visage vers lui pour le voir avant de l'embrasser et de caresser sa langue avec la mienne, avide de lui. Tyler me retourne, je suis allongée et lui est presque sur moi, scellant nos lèvres dans ce baiser qui éveille tous mes instincts.

— Tu me rends fou, gémit-il contre mes lèvres.

— Toi aussi, j'aime te sentir partout sur moi, murmuré-je.

Tyler donne un coup de langue sur mes lèvres, me dérobant un petit rire. On ne peut refréner nos envies de se caresser, de se toucher.

— Tu as bien bronzé en deux jours, remarqué-je en caressant ses bras.

— Mmm, j'aime bien te voir croquer dans le chocolat, me taquine-t-il avec cette blague salace.

— Ça t'arrive de ne pas faire d'allusions sexuelles ?

— Avec toi ? Impossible.

Je roule des yeux et me lève pour aller me baigner avant de rentrer. Alors que m'approche de la mer, je suis soulevée dans les airs avant d'être propulsée dans l'eau salée. Je bois la tasse, puis je sors la tête et traite Tyler de tous les noms. Je n'esquisse pas l'ombre d'un sourire en le voyant hilare face à ma mine renfrognée.

— Connard !

Il nage vers moi tel un prédateur et m'attrape par la taille. Je m'accroche à lui comme un koala à son arbre et l'embrasse passionnément. Il me maintient par la nuque afin d'approfondir ce baiser fougueux. Je souris puis écrase sa tête pour la faire rentrer dans l'eau, il me fait couler avec lui avant qu'on ne ressorte furtivement, moi toujours agrippée à lui comme à une bouée de sauvetage.

Après une bonne douche bien chaude pour me débarrasser de tout le sel, je retrouve Tyler dans la cuisine en train de couper des escalopes de dinde. Il ne me remarque pas. Silencieusement, je prends son enceinte et la connecte à mon téléphone. Je glisse sur le sol devant ses yeux stupéfaits, d'un mouvement de tête je fais tomber ses lunettes de soleil sur mon nez et *Old Town Road* retentit. Je me mets à danser autour de lui puis je saute sur le plan de travail.

Yeah, I'm gonna take my horse to the old town road
I'm gonna ride 'til I can't no more
I'm gonna take my horse to the old town road
I'm gonna ride (Kio, Kio) 'til I can't no more

Je mime comme si je conduisais une moto et marche sur le long plan de travail avec mes chaussettes blanches montantes. Ma jupe virevolte quand je tourne et me mets à danser en mimant des mouvements de western. Le refrain arrive et je chante, Tyler ne fait que me détailler en secouant la tête. Ouais, il est habitué à ce genre de spectacle, cependant l'émotion dans ses yeux le trahit, un sourire illumine son beau visage. Je descends quand le refrain final commence, je pointe du doigt Tyler et nous nous mettons à danser ensemble en chantant en chœur. Puis la musique de Maluma *Sin Contrato* emplit l'air, une nouvelle envie irrésistible de danser me saisit. La chanson, vibrante et entraînante, me fait automatiquement tapoter des pieds sur le sol lisse. Je ne peux m'empêcher de lancer un défi à Tyler, qui s'affaire nonchalamment à côté de moi.

— Tyler, viens danser avec moi ! je le supplie, les yeux pétillants d'excitation. Je veux voir ces fameuses bases de salsa que tu prétends maîtriser !

Il me jette un regard amusé, souriant face à ma demande insistante. Après un moment d'hésitation théâtrale, il essuie ses mains sur un torchon, l'air de céder sous la pression de mon enthousiasme. Avec un soupir exagéré, il se lève et s'avance vers moi. Nos corps commencent par exécuter un simple pas. Tyler avance vers moi, ses mouvements sont confiants et précis. Il fait un petit pas en avant avec son pied gauche, puis un rapide pas sur place avec son pied droit, avant de reculer lentement, me guidant avec une assurance naturelle. Je réponds à son invitation, glissant en arrière, puis revenant vers lui, nos pieds battant le sol en parfaite harmonie. Soudain, Tyler initie une torsion sensuelle. Il prend ma main droite dans la sienne, l'élève doucement, m'invitant à tourner sous notre pont improvisé. Je me laisse entraîner. Lorsque je fais face à Tyler à nouveau, il y a une étincelle de désir évidente dans son regard et je peux sentir mon cœur s'accélérer. La chaleur entre nous monte d'un cran lorsqu'il place sa main libre sur ma hanche, me rapprochant de lui. Nos corps se frôlent et une charge électrique fait vibrer l'air. Nous continuons à danser, nos pas devenant plus audacieux. Tyler me guide et me fait pivoter devant lui avant de me ramener contre son corps. Nos yeux se verrouillent, se dévorant dans une danse qui en dit plus que les mots ne pourraient le faire. Nous sommes collés l'un à l'autre, mon bassin contre le sien, et nous tournons ensemble.

— J'aime tellement danser avec toi, avoué-je, heureuse.

Chaque contact est un frisson, chaque regard, un poème. Pour nous, à ce moment, la salsa n'est pas juste une danse, c'est une expression de notre passion, un jeu de séduction où chaque pas, chaque tour renforce notre connexion. C'est comme si le reste du monde s'estompait, ne nous laissant que tous les deux, enlacés dans la musique et l'amour.

Notre danse prend fin et il me soulève, me posant sur le plan de travail, puis il baisse le son de l'enceinte.

— Laisse-moi finir de cuisiner, maintenant, dit-il, amusé.

— Je peux t'aider ?

Tyler me fixe l'air de dire « t'es sérieuse ? » et je ravale un rire, le frappant avec le torchon. Il prépare la farce qu'on mettra dans des wraps. Il dépose les poivrons dans la poêle, ainsi que la dinde. Je le regarde amoureusement et me mordille la lèvre inférieure. Dans ses bras, il tient quelques fruits qu'il étale sur le plan de travail avant de s'appliquer pour les couper.

— Et là tu ne veux même pas que je t'aide pour la salade de fruits ?

— Tu vas te couper, t'es maladroite.

— Eh ! Tu me prends pour une gamine ? Je te signale que…

Tyler m'interrompt en plongeant entre mes lèvres une fraise dont il vient de couper la queue. Je me tais et mâche le fruit sucré, savourant sa douceur.

— C'est comme ça qu'il faut te faire taire, mettre quelque chose dans ta bouche.

— Mmm, surtout ce à quoi tu penses.

Tyler a les yeux rivés sur les pommes mais ne peut s'empêcher d'esquisser un sourire coquin.

— J'ai hâte de te faire taire, dans ce cas.

Il me donne un nouveau morceau de fruit, de la mangue cette fois-ci. Joueuse, j'attrape son poignet pour le maintenir et prends son pouce dans ma bouche. Tyler gémit de surprise et je le lèche avant de le lâcher.

— J'ai fait de toi un monstre.

Tyler mélange tous les fruits dans un bol avant de le ranger au frais, puis il dépose la planche de bois et le couteau dans l'évier et revient vers moi en s'essuyant les mains.

— Comme si tu n'aimais pas ça, dis-je d'une voix aguicheuse.

Et j'écarte les jambes. Ma jupe lui offre une superbe vue et Tyler se cale entre mes cuisses et se frotte à mon intimité, je souffle de plaisir en sentant son membre dressé pour moi.

— Tu as raison, j'adore ça, j'adore quand tu me chauffes avec cette jolie bouche.

— Tu es tellement beau comme ça, lui chuchoté-je en coiffant ses cheveux.

Il doit être deux heures du matin et aucun de nous n'arrive à dormir, je suis assise sur lui, ne portant qu'une nuisette en dentelle. Tyler caresse mes cuisses et mes mains se tâtent à explorer son torse. Je l'effleure jusqu'à ses bras forts et touche avec mon index son phénix amoché.

— C'est toi la plus belle.

Je lui souris avant de l'embrasser tendrement. Mon front se pose contre le sien et il me serre plus fort. Ses mains empoignent mes fesses et mes doigts se perdent dans ses cheveux tandis que les siens se faufilent sous ma nuisette, me procurant une multitude de frissons.

Tyler me retourne sur le lit et, toujours accrochée à lui, je lui embrasse le cou, laissant mes marques sur sa peau. Il me chevauche, me retire ma robe lentement et, sur chaque morceau de peau libéré du tissu, il ancre un baiser amoureux. Il s'attarde sur mes blessures et passe sa langue dessus, je mordille la peau de ma main quand je me recouvre la bouche. Mes seins à l'air libre deviennent les cibles de sa bouche, mes tétons pointant d'un désir que lui seul arrive à éveiller en moi. Je m'accroche aux draps face à l'intensité du plaisir qu'il me procure et m'arc-boute légèrement. Je finis par changer la cadence et prendre l'ascendant en le chevauchant. Nos souffles se mélangent, ou plutôt s'entrechoquent, dans la violence de notre concupiscence. Je remue sur lui et ses lèvres dévorent ma poitrine. Mes gémissements sont incontrôlables. Haletante, je bouge un peu plus et tire sur ses cheveux.

— Putain… t'es tellement sexy.

Ses doigts se faufilent sous ma culotte humide, il me caresse avec délicatesse et j'éprouve un besoin viscéral de le sentir en moi.

— J'ai besoin de toi, murmuré-je, impatiente.

Il me fait languir en se mettant à me caresser l'intérieur des cuisses, je me cambre pour approfondir son contact. Ma culotte s'envole, seul son boxer sépare encore nos deux corps. Prise d'audace, je trouve son sexe, je l'entends grogner férocement et ses mains s'éloignent subitement de mon intimité. Son front se colle au mien et son effluve de plaisir enveloppe mon visage, tandis que ma main fait de longs va-et-vient. Sous mes caresses, sa queue grossit. Tyler a les yeux clos et pousse des gémissements.

— Moi aussi… j'ai besoin de toi.

Il est au bord de l'agonie et, sans plus attendre, il prend un préservatif qu'il enfile difficilement, ce qui nous arrache à chacun un faible rire. Une fois prêt, Tyler regarde mon corps d'une manière tellement sexy que mon intimité palpite. Il me plaque férocement sur le lit et me pénètre avec ardeur. Ses coups deviennent plus vifs, plus forts, et j'aime ça. Je perds le contrôle de moi-même au point que je suis capable d'oublier comment je m'appelle. *Ah si, je sais mais uniquement quand il me le murmure à l'oreille, haletant.*

Tyler fait pour moi, c'est indéniable. Il me comprend d'un regard, il trouve toujours les mots et, si je n'étais pas aussi têtue et aveugle, il y a bien longtemps que j'aurais compris l'étendue de l'amour que j'éprouve pour lui. Même si je n'ai que dix-neuf ans, je sais d'ores et déjà que personne sur terre pourra me faire ressentir ça.

— Tyler...

D'un signe de tête il me demande ce qu'il y a, les mots se meurent dans ma bouche. Il ne me parle pas de tout ce qu'il ressent, mais je sais qu'il est traumatisé par l'amour en général. Ça ne me fait pas peur, pour lui j'attendrai. Tyler stimule avec ses lèvres les zones érogènes de mon cou et je cède à la puissance d'un orgasme qui m'écrase.

— Tyler, Tyler...

Il jouit et je fais de même, puis il s'effondre à mes côtés et je me colle à lui, haletante.

— Je voudrais que cela ne s'arrête jamais, lui avoué-je.

— Moi aussi, trésor, moi aussi.

Les heures passent, et le sommeil nous fuit dans cette douce atmosphère si paisible. Tyler est adossé à la tête de lit. Ne ressentant aucune fatigue, je m'enveloppe dans le drap blanc et m'assois à califourchon sur lui.

— Elle te plaît, cette maison ? demande-t-il en calant sa paume contre ma joue.

Tyler ne peut s'empêcher de créer un contact physique entre nous, et j'aime tellement quand il me touche, cela rend tout ça... si réel.

— C'est le cadre qui me plaît, j'ai l'impression que nous sommes seuls au monde, et la vue est paradisiaque.

— Un jour elle sera à nous, me promet-il en me regardant droit dans les yeux.

À ses mots, je ne peux ignorer qu'il pense à l'avenir. Nous avons beau être ensemble, nous ne parlons jamais de notre relation. Nous partageons tellement de choses, mais aucun mot n'est utilisé pour définir ce que nous sommes. On se dispute, on se cherche, et on se retrouve chaque fois.

— J'aime être avec toi, avoué-je. Je me sens… tellement bien, Tyler, quand je suis avec toi. Quand tu me regardes, j'ai l'impression d'être moi… enfin je veux dire…

Je cherche mes mots comme si je voulais lui transmettre tout ce qu'il peut me dérober comme sentiments.

— Je sais ce que tu veux dire, trésor.

Je ne peux réprimer ce sourire de fille totalement amoureuse de cet adonis qui me dévore de ses beaux yeux.

— J'éprouve la même chose, Lana, personne ne me regarde comme toi.

— Je sais te regarder, Tyler. Tout comme toi.

Il m'embrasse passionnément.

— Toi et moi, nous sommes liés, je ne saurais pas expliquer pourquoi mais je le sens, c'est tout. Tu es une partie de moi, ma partie préférée.

Il enrobe mon cœur d'un d'amour puissant, je frémis face à la douceur de ses paroles et le câline avant de déposer un petit baiser sur son nez.

— Moi aussi, je le sens, Tyler.

— Pas sans toi…, susurre-t-il en me caressant avec ses lèvres.

Coupant sa phrase, sa main passe dans mes cheveux et son bras entoure ma taille pour me rapprocher de lui.

— Toujours avec toi.

Mon cœur implose, je n'ai plus les mots pour décrire ce sentiment qui me fait frôler la frontière du bien-être absolu, une vague d'amour m'inonde, plutôt un tsunami, mais s'il s'abat sur lui j'ai peur qu'il ne prenne la fuite. Tyler m'allonge et me serre contre lui, ma main fait des cercles sur son phénix avant de descendre sur son biceps, où est inscrit son tatouage latin.

— C'est mon premier, je l'ai fait après l'agression de ma sœur, dit-il en attrapant ma main.

— C'est moi qui te jette un sort, dis-je d'un ton taquin.

— Oui, tu m'en as jeté un, et celui-là, ça ne me dérange pas de ne pas m'en défaire.

Il dépose un baiser sur mes lèvres qui font la moue.

— Demain, j'ai une surprise pour toi avant qu'on parte.

— J'ai hâte.

Je me love contre son corps chaud, nichant ma tête au creux de son cou, et je dépose une multitude de baisers sur sa peau.

— C'est la première fois que j'ai une insomnie aussi sereine, avoué-je en prenant sa main.

— Ouais, moi aussi.

Nos doigts s'entrelacent et, plus sa peau touche la mienne, plus des éclairs dévalent mon échine et m'électrifient. Tyler anime la moindre parcelle de mon corps, je suis émerveillée sans cesse. Il est devenu mon remontant personnel, et je suis addict à lui. L'ivresse dans laquelle je suis plongée a beau m'étourdir, je n'ai jamais autant aimé une personne.

— Oh, Tyler, l'an prochain à la fac, je serai sans toi.

Tyler rit doucement et me scrute avec amusement.

— Tu peux vivre avec moi, si tu le souhaites.

Sa proposition est comme une onde de choc, je ne m'attendais pas à une telle initiative de sa part.

— Tu es sérieux ?

— Si tu veux quitter la maison familiale et que tu ne veux pas vivre sur le campus ou seule, tu es la bienvenue chez moi. Tu n'auras même pas besoin de me verser un loyer, me payer en nature suffira. Je ne suis pas un homme compliqué.

Je pouffe de rire en rejetant ma tête en arrière et lui pince le bras.

— Tu veux que je me prostitue ?

— Ça va, ce n'est pas comme si je te forcerai, petite perverse.

Pour être honnête, sa proposition me bouleverse et laisse entrevoir tant de possibilités. Je me dis que c'est avec moi qu'il a envie d'avancer, et personne d'autre.

— Je peux y réfléchir ? Je ne sais pas si je veux expérimenter la vie seule d'abord.

— Prends autant de temps que tu veux, trésor.

— Mais tu es sérieux ?

— Comment ça ?

— Vivre ensemble, toi et moi, construire quelque chose à deux...

Il me fixe comme si j'étais la dernière des idiotes.

— Parfois, je me demande si tu réfléchis.

Je mordille ma lèvre inférieure, masquant mon rire. Je suis toujours pleine de doutes et de craintes sur notre relation. J'ai si peur que, du jour au lendemain, il m'abandonne malgré tout l'espoir qu'il me fait éprouver.

— Parle-moi de toi, dis-je pour changer de sujet.

— Tu connais tout de moi.

— Pas tout.

— Ça t'intéresse ?

— Tu crains que je ne m'enfuie ? Ça ne risque pas d'arriver, la clé de ton trésor a été retirée puis jetée dans l'Atlantique.

Un léger rire sort de sa gorge puis il bouge un peu afin que je puisse mieux me blottir. Rassurée de voir qu'il se projette sur le long terme, je veux aborder un sujet qui reste une énigme à mes yeux.

— Est-ce que je peux te poser une question ?

Il se contente d'acquiescer. Mes mots se cadenassent dans ma gorge, je suis pleine d'appréhension face aux pensées qui me traversent l'esprit.

— J'aimerais que tu me parles de tes parents.

— Je ne suis pas très proche d'eux, mon père n'est pas du genre à se remettre en question, contrairement à ma mère.

Ma main remonte vers son visage, il la saisit et dépose un baiser dessus puis entrelace nos doigts.

— Quand j'ai rejoint les Ravens, mon père l'a découvert et m'a menacé, seulement je n'en avais rien à faire. Il est du genre à vouloir tout contrôler. Il avait des projets pour moi, et j'ai refusé de m'y soumettre. Il m'en a toujours voulu de vivre ma vie comme je l'entendais. Tu penses que mon choix d'études le ravit ? Il a en horreur les recherches comportementales, pour lui il n'y a rien à élucider chez l'homme. La seule chose qui compte dans la vie, c'est de faire un travail qui rapporte de l'argent, quitte à arnaquer les autres.

Il marque une pause en reprenant son souffle.

— Ma mère agissait de la même façon avec Eryn, ma sœur rentrait dans le moule sans protester, elle était malheureuse de ne pas vivre selon ses envies et ses passions. Eryn est une virtuose du piano et elle voulait se lancer dans la danse mais ils ne l'ont pas laissée continuer, lui promettant un meilleur avenir si elle devenait médecin ou avocate.

C'est triste qu'une famille se déchire parce que personne n'écoute l'autre ou ne s'attarde sur ses envies.

— Je leur en ai toujours voulu de ne miser que sur les apparences, de ne jamais s'intéresser au cœur de nos pensées. Alors j'ai pris mes distances en allant à la fac, j'ai rejoint les Ravens et j'ai donné raison à mon père, qui me traitait de minable quand j'ai gâché la vie d'Eryn à cause de mon irresponsabilité.

Tyler semble perdu dans ses pensées, ma main s'égare dans ses cheveux et je l'incite à me regarder.

— Tu es là avec moi aujourd'hui, Eryn va mieux et tes parents passeront outre. Le plus important, maintenant, c'est nous et le présent.

Un éclat de gratitude brille dans ses yeux.

— Je trouve que tu es un frère formidable, murmuré-je.

— J'en doute, j'aurais dû être plus présent.

— Elle est comme toi, elle se serait braquée.

— Tu cernes bien les gens, s'exclame-t-il avec un sourire au coin des lèvres.

— Je maîtrise bien le sujet Tyler Brook.

À travers la fenêtre, je remarque les premiers rayons de l'aube à l'horizon. Je me décolle de son corps pour sortir sur la terrasse et admirer le lever du soleil, enroulée dans le drap pour camoufler ma nudité. Tyler ne tarde pas à me rejoindre et se place derrière moi. Je me retrouve entre son corps chaud et la rambarde, où sont posées ses mains.

— Pourquoi personne ne s'attarde sur la beauté de la nature ? Et quand les gens le font, ils la regardent à travers leurs écrans… je trouve ça malheureux.

— Pour l'instant, je m'attarde sur la beauté cachée sous ce drap qui me gâche la vue, ça c'est malheureux.

— Tu as appris d'autres disquettes pour me draguer ?

— Déjà, ce n'est pas une disquette, je te fais un compliment. Tu peux dire merci, sale chieuse.

Je lève les yeux au ciel avant de proposer :

— Oh, Tyler, et si on allait au bord de l'eau pour regarder le soleil se lever.

Nous marchons le long de la plage sous les premières lueurs du jour, nos pieds nus s'enfonçant doucement dans le sable frais, puis Tyler étend une grande serviette aux couleurs vives au bord de l'eau. Le ciel commence tout juste à se parer de teintes roses et orange, annonçant l'arrivée imminente du soleil. Tyler s'assoit en premier, s'appuyant sur ses mains, et je trouve naturellement ma place entre ses jambes écartées, me calant confortablement contre son torse. Ses bras viennent m'entourer, me réchauffant de la brise matinale qui glisse sur la mer. Je me blottis contre lui, ma tête reposant doucement sur son épaule alors que nous fixons ensemble l'horizon.

Le moment est d'un calme absolu, seul le murmure des vagues vient rompre le silence. Le soleil perce l'horizon, ses rayons dorés étirant lentement leurs bras à travers le ciel, embrasant la mer de lueurs scintillantes. C'est un spectacle magnifique, presque irréel, et je me sens incroyablement chanceuse de le partager avec Tyler.

Lui, il est tout en tranquillité, son souffle régulier caressant doucement ma joue à chaque expiration. Son étreinte se resserre par moments dans un geste protecteur et tendre, comme pour s'assurer que je ne manque de rien. Dans cette chaleur, je peux sentir son cœur battre contre mon dos, chaque pulsation résonnant comme une promesse silencieuse de rester à mes côtés.

— On ne peut pas rester ici pour toujours ? chuchoté-je, éprise de la vue, et surtout éprise de lui, lorsque je lève les yeux pour le scruter.

— Ici, non, mais avec toi, oui, Cherry.

— Rien qu'avec toi, Flame.

CHAPITRE 54

Spero

TYLER

Je tiens fermement la main de Lana, un sourire malicieux sur les lèvres alors que nous marchons à travers les rues animées de Santa Monica. Elle est curieuse et je peux sentir son excitation monter alors qu'elle essaie de deviner où je l'emmène. Devant nous, les vitrines du salon de tatouage se dévoilent, ornées de designs élégants et artistiques. Lana s'arrête net, ses yeux s'écarquillent quand elle découvre notre destination.

— Un tatouage ? me demande-t-elle, un mélange de surprise et d'excitation dans la voix.

Je hoche la tête, ravi de sa réaction. Nous entrons dans le salon, accueillis par l'odeur caractéristique d'encre et d'antiseptique. Le lieu est impeccablement propre, avec des illustrations accrochées sur chaque mur, témoignant du talent des artistes qui y travaillent. Je présente Lana à la tatoueuse, une femme au sourire rassurant et à l'allure professionnelle.

— Je me suis toujours dit qu'un jour ou l'autre je couvrirais mes cicatrices avec un tatouage, admet-elle en regardant les dessins autour d'elle.

— Je sais, c'est pour ça que je te l'offre.

Ses yeux scintillent comme des étoiles, le soleil de ce matin pourrait jalouser sa lumière.

— J'en veux un qui cache la brûlure sous mon sein, chuchote-t-elle au creux de mon oreille. Je veux une locution latine, ou un mot en latin, mais c'est toi qui la choisis.

Touché par sa requête, je fais travailler mes neurones en me frottant le menton.

— Je ne dirais pas non à « Propriété de Brook », mais bon, ça serait trop pour un premier tatouage.

— Une prochaine fois, peut-être, dit-elle amusée.

— « *Spero* ».

— « *Spero* » ?

— C'est « j'espère » en latin, tu es l'espoir, le mien aussi.

Lana m'observe avec tendresse et hoche la tête me donnant son approbation.

— En revanche, ça fait mal, je te préviens, surtout sur les zones blessées.

— Ce n'est pas grave, je peux en avoir un autre ?

— Autant que tu veux, trésor.

Son index se pose sur ses lèvres lorsque ses yeux plongent avec admiration sur les modèles accrochés aux murs. Lana attrape mon bras pour me rapprocher d'elle et me montrer des hirondelles qui prennent leur envol.

— Je veux recouvrir les brûlures sur ma taille. Je veux tourner la page.

J'embrasse sa tempe, j'aime sa détermination, son courage et sa volonté de se défaire du passé. J'interpelle la tatoueuse et on lui montre ce que Lana veut. Nous entrons dans une pièce et elle me lance un regard inquiet, je comprends directement ce qui se trame dans sa tête.

— Je reste avec toi, enlève ton haut et ne sois pas gênée.

Elle s'exécute et pose ses fesses sur le siège. J'attrape une chaise que je traîne et place face à elle avant de m'asseoir.

— C'est un choix de ne pas vouloir cacher celles qui sont dans ton dos ? demandé-je en mettant une mèche de cheveux derrière son oreille.

— Oui… en plus ce serait trop douloureux, peut-être plus tard. Qui sait ?

LANA

Après ce séjour, mon âme n'a jamais été aussi gonflée d'amour, je ne tiens plus en place, je veux passer chaque instant avec lui. Tyler est cette vague qui s'empare de moi pour me ramener sur la rive. Le mot « amour » prend un sens lorsque je le vois, pas seulement parce que j'aime être avec lui. J'ai conscience qu'on ne peut pas guérir de tout, je sais que je garderai toujours des séquelles et des complexes, et je ne veux plus rêver d'un monde idéal. Toute mon existence j'ai fait ça, me mentir à moi-même, croyant que tout irait mieux. À ses côtés, j'ai compris que vivre dans un monde idéalisé ne servait à rien, car tôt ou tard le passé nous rattrape, c'est pour cela que près de lui j'ai grandi, que j'ai appris à m'adapter aux dures réalités de la vie, et c'est mieux ainsi.

Tyler me manque. Je ne l'ai pas vu depuis notre retour de Santa Monica, soit trois jours. Il est en expédition avec les Gunners au sud de la ville et je n'ai pas osé l'appeler de crainte de le déranger. Je suis avec mes parents dans le salon, à regarder une émission de cuisine, douce ironie quand on sait que je suis nulle dans ce domaine. Mes doigts caressent la fourrure de Capote qui se repose sur mon ventre, sous les regards noirs de mes parents : ils ont horreur que je le sorte de sa cage, surtout si c'est pour le mettre près d'eux.

— J'ai hâte de partir avec Matt et Luke en Thaïlande, j'aimerais vraiment explorer le monde, déclaré-je.

— Tu peux le faire, me répond ma mère, j'ai été conviée à un congrès à Londres, tu ne voudrais pas m'accompagner ?

J'écarquille les yeux.

— Vraiment ?

— Bien sûr, me confirme-t-elle avec un sourire. Je prendrai quelques jours et on fera un peu de tourisme.

— Oh oui, maman !

— Les filles, un peu de silence, s'exclame mon père voulant écouter les critiques des chefs.

Ma mère roule des yeux et pose sa main sur la jambe de papa. Il la recouvre en esquissant un sourire sans quitter l'écran des yeux. Leur mariage connaît un renouveau. En fin de compte, parfois, les choses qui font mal peuvent apporter du répit et de la paix pour la suite. La sonnerie de mon téléphone m'extirpe de mes pensées. Je m'éloigne de mes parents et prends un air étonné en voyant le nom de Dan affiché sur l'écran.

— Lana, je ne te dérange pas ? s'exclame-t-il, essoufflé.

— Non pourquoi ?

— Tu as vu Tyler ?

Son état d'anxiété ne me dit rien qui vaille.

— Non… pourquoi ?

— Je pensais qu'il était avec toi, je viens d'apprendre ce qu'il s'est passé.

Un mauvais pressentiment me noue la gorge.

— Dan, qu'est-ce qu'il s'est passé ?

— Eryn est décédée.

CHAPITRE 55

Le sort en est jeté

TYLER

« Nous sommes désolés, Eryn Brook est décédée la nuit dernière. »

Je n'ai pas de mots, je suis dans un état frénétique, à deux doigts d'imploser. Pourquoi elle a fait ça ? Ils ont trouvé son corps sur son lit et un tas de médicaments sur la table de chevet. Ma sœur s'est suicidée. Tout allait bien pourtant… la dernière fois que je l'ai vue, avant de partir à Santa Monica.

Je n'aurai jamais d'explication et aucun mot ne peut exprimer ce que j'éprouve actuellement. Je suis entre la plus intense des rages et la plus douloureuse des tristesses. Je ne la verrai plus jamais. Je ne vais pas pouvoir le supporter. Et comme un boomerang qui me revient en pleine figure, mes erreurs ravagent mon esprit comme une épidémie. Ma vulnérabilité psychologique aiguise la noirceur de mon âme. Aucune réflexion, plus aucune raison d'essayer de me battre pour mon avenir, je n'aurais jamais dû croire en ma bonne étoile. Rien ne s'arrange, tout se détruit. Et je suis la cause de ce massacre.

J'erre dans ce tunnel, un tunnel lugubre sans étincelle suffisante pour créer une lumière au bout. Même le soleil devant moi pourrait être assombri par la noirceur de mon âme. Ce décor symbolique où Lana et moi avons partagé un baiser n'a plus aucun effet sur moi, je suis anesthésié par la souffrance qui m'envahit tout entier. Je détecte derrière moi le bruit d'une voiture mais je ne me retourne pas. Pas la force de découvrir qui a réussi à me trouver. Mais au fond je sais qui est là. Deux bras entourent ma taille, une tête se cale contre mon dos, mon corps ne réagit même plus au sien. Mon insensibilité est à son paroxysme et mes sentiments sombrent dans les abîmes.

— Je suis tellement désolée, murmure-t-elle.

Pas besoin de répondre, je me contente de respirer fort et me détache d'elle avant de rencontrer ses yeux émeraude humides.

— Rentre, Lana.

— Je veux rester avec toi, dit-elle en essayant de prendre ma main.

— Non. Rentre.

Lana s'adosse à la rambarde et baisse la tête. Je sors une cigarette et me mets à la consumer comme s'il s'agissait des démons qui me malmènent. En expirant une bouffée, je ferme les yeux et souffle ce poison. Même ma fidèle amie la nicotine ne suffit plus à me détendre l'espace de deux secondes.

Mes poings se serrent lorsque j'imagine son visage. Qu'est-ce que j'ai fait, putain ? Je suis un putain de monstre. La fumée s'accumule à l'intérieur de moi et ma douleur viscérale me comprime si fort que je crache violemment cette drogue comme un morceau avalé de travers. Inquiète, Lana s'approche de moi à nouveau mais je me dirige directement vers ma moto. Je tourne mon visage vers elle pour lui faire comprendre de s'en aller.

— Tyler, je serai là demain, me dit-elle lorsque j'enfourche ma Harley.

Je ne dis rien, jette ma cigarette avant de l'écraser avec mon pied. Je ne peux même pas la regarder à cause des hantises qui tournoient dans mon esprit. Si avant je pouvais voir dans ses yeux de jade cette certitude qui m'aidait à me faire comprendre que je n'étais pas si mauvais, maintenant je n'y crois plus. Je ne crois plus en rien.

— Et je serai là si tu veux parler, murmure-t-elle en posant délicatement sa main sur ma joue.

— Là, je ne ressens rien. Rentre chez toi, Lana.

Mes yeux la fixent avec un air dénué d'expression, un soupir sort de ses lèvres et elle se dirige vers la voiture de sa mère pour s'en aller. Après son départ, je décide de rentrer chez moi. Les seules personnes que j'ai vues, ce sont mes parents, ma mère a hurlé si fort lorsqu'elle a appris la nouvelle qu'elle en a perdu connaissance. Quant à mon père, cette muraille qui le recouvre s'est démolie, j'ai perçu des larmes dans son regard. Et moi, je me suis tiré, comme un lâche.

Je croyais que le viol de ma sœur était le pire jour de ma vie… je m'étais trompé. Son enterrement sera l'épreuve la plus cruelle de mon existence.

LANA

Les mains sont jointes, au milieu de ce monde, je n'observe que Tyler, tout de noir vêtu, les mains dans les poches et arborant un air glacial. Plus loin, je repère ses parents, tous les deux totalement anéantis, perdre un enfant est le pire des supplices. Des larmes roulent sur mes joues, je suis avec les Gunners, un peu à l'écart de la famille. Tyler est seul à côté de la pierre tombale.

Lorsque j'ai appris qu'Eryn s'était donné la mort, je n'en revenais pas. Mes yeux noyés par les larmes ne se décrochent guère de mon copain. Je remarque qu'un homme se dirige vers lui et lui donne une enveloppe. Tyler semble étonné mais lui serre la main. M. et Mme Brook s'adressent à leur fils mais il leur dit à peine deux mots et s'éloigne. Mon cœur se comprime dans ma cage thoracique en le voyant dans un tel état de perdition. Tyler commençait à peine à se redonner une chance de vivre que toutes ses espérances ont été anéanties en une poignée de secondes. Nous oublions tous que la vie ne tient qu'à un fil.

— Lana, tu viens avec nous ? me demande Matt.

— Oui.

Dans la voiture, je suis avec mes deux frères. Assise à l'arrière, j'ai peur de faire face à Tyler. Pourtant, j'ai envie de le voir, de le rassurer, de lui montrer que je suis là pour lui. J'ai vu Eryn quelques fois et ça m'a suffi pour m'attacher à elle. J'aurais voulu la connaître plus et pardessus tout j'aurais aimé qu'elle parle de ce qu'elle ressentait vraiment à son frère.

— Putain, Tyler me fait tellement de peine, s'exclame Luke tristement.

— Je n'aurais jamais pu supporter ça, souffle Matt, ému.

Je me redresse sur le siège et me rapproche d'eux. Je leur souris tristement dans le rétroviseur.

— Je vous aime de tout mon cœur, déclaré-je en laissant des larmes m'échapper.

Assise sur l'étoffe froissée du lit de Tyler, je trépigne d'impatience dans l'ombre enveloppante de sa chambre. Le cœur palpitant, je lance appel sur appel, le téléphone serré entre mes mains fébriles, prête à composer son numéro une ultime fois. Alors que la nuit étend son voile sombre, la porte s'ouvre enfin. Il est presque onze heures du soir. Ce n'est pas tard, certes, mais, avec tout ce qu'il endure, mon esprit n'a cessé d'imaginer des scénarios tragiques.

Grâce au double des clés que Dan m'a confié, j'ai pu m'introduire ici, dans ce sanctuaire de solitude. Lorsque Tyler franchit le seuil, une bouffée d'émotion me submerge. Je m'élance vers lui et l'entoure de mes bras tremblants.

— J'ai cru que tu ne rentrerais jamais, avoué-je d'une voix brisée par l'émotion, enlaçant son cou.

— Qu'est-ce que tu fais là ?

Sa voix est rauque, brisée par la fatigue.

Son visage, éreinté, porte les stigmates de journées interminables. Doucement, je saisis ses mains, mes yeux se remplissant de larmes que je ne cherche plus à retenir. Mon cœur se serre face à sa peine.

— Je t'en prie, Tyler, ne me repousse pas. J'ai eu tellement peur pour toi, murmuré-je, la voix chargée de douleur.

— Je ne veux pas que tu aies peur pour moi, répond-il doucement, son souffle caressant mon visage.

— Ne te sens pas coupable, je t'en supplie. Sa mort n'est pas ta faute. C'était son choix, ajouté-je, tentant de soulager son fardeau.

Tyler se contente de me regarder, perdu dans un océan de tourments. Puis, d'une manière presque imperceptible, ses lèvres trouvent les miennes dans un baiser furtif qui me fait gémir de surprise.

— Tu mérites tellement mieux… mais tellement mieux que moi, murmure-t-il avec un désespoir palpable.

Mon cœur se brise en entendant la douleur dans sa voix.

— Ce n'est pas vrai. Je suis ici, toute à toi… pour toujours.

— Lana…

— Tyler, laisse-toi aller.

Je l'embrasse alors avec ferveur, désirant ardemment dissiper les ombres qui l'encerclent, lui offrant un instant de paix, si éphémère soit-il. Tyler me soulève dans ses bras et me dépose délicatement sur le lit, sans jamais rompre l'étreinte de nos bouches avides l'une de l'autre.

— Je suis avec toi, lui assuré-je tendrement à l'oreille.

Une nuit d'amour s'ensuit, intensifiant mes sentiments pour lui. Dans ses bras, je caresse son visage, l'encourageant à me regarder. Pourtant il se dérobe, fermant les yeux pour échapper à ma vue.

— Regarde-moi, murmuré-je doucement.

Difficilement, il ouvre les yeux, et je m'approche encore plus de son corps nu sous le drap. Ma main glisse sur son torse, un geste tendre et rassurant.

— Tu vas surmonter ça, je serai toujours là. Nous allons nous en sortir, je te le promets.

Il reste silencieux puis penche sa tête pour déposer un baiser doux sur mes lèvres.

— Toujours là ? chuchote-t-il.

— Toujours avec toi, Flame.

— Je n'ai pas envie de te détruire… tu mérites tellement mieux, dit-il, son regard perdu dans au plafond.

— C'est toi que je veux.

Sa manière de me contempler dépasse toute description ; je me perds dans les profondeurs abyssales de ses yeux qui me scrutent avec intensité. Dans ce regard, j'entrevois ses pensées, assombries par les récents événements tragiques. Tyler semble prisonnier de sa propre culpabilité, une ombre que sa sœur aurait voulu voir s'éclipser. L'infamie qu'il ressent le rend aveugle, comme si un voile opaque lui bandait les yeux, et je sens que tout le poids de ses souvenirs tumultueux lui revient comme un raz-de-marée dévastateur.

Dans la chambre, aucun de nous ne brise le silence qui s'est installé. Seules nos respirations rythment cette atmosphère empreinte d'une tristesse glaciale. Emportée par une vague de sentiments longtemps refoulés et qui me submergent maintenant, je trouve la force de laisser mes mots dévoiler mes pensées – il doit les entendre, et j'ai besoin de les exprimer avant que le sommeil m'emporte.

— Je t'aime, Tyler.

Ces mots simples mais chargés d'une émotion pure résonnent dans l'air, tentant de percer le voile de douleur qui enveloppe Tyler. Je les offre comme un baume, espérant adoucir, ne serait-ce qu'un peu, la peine qui le consume. Tyler me serre davantage contre lui et je finis par m'endormir.

Le lendemain, je m'étire dans le lit et ne sens personne à côté de moi. J'ouvre un œil et m'extirpe du matelas en cherchant Tyler du regard. Je fixe l'heure sur mon téléphone et découvre qu'il est presque quatorze heures, j'ai dormi trop longtemps… Je recouvre rapidement mon corps dénudé d'un T-shirt à lui qui traîne sur la chaise de son bureau. Avant de sortir, je remarque une enveloppe sur la table de chevet, sur laquelle mon prénom est inscrit.

Alors que je suis sur le point de l'ouvrir, des pas bruyants débarquent dans la chambre. Mon cœur en prend un coup en voyant Dan… le visage fermé mais envahi d'une mélancolie que je détecte à ses pupilles humides. C'est comme s'il se retenait de me dire quelque chose. L'appréhension m'envahit, surtout que je n'entends pas Tyler grogner parce que son cousin débarque à l'improviste.

— Où est Tyler ? demandé-je doucement en m'approchant de lui.

— Je suis désolé, Lana.

La douleur transparaît dans sa voix.

— Où est Tyler ? répété-je, au bord de l'agonie.

— Il s'est dénoncé.

La terre s'arrête de tourner. Je ne respire même plus. Je suis figée comme une statue au centre de sa chambre.

— Il va aller en prison. Il a avoué tout ce qu'il avait fait quand il était chez les Ravens, pour purger sa peine.

— Non… ce n'est pas possible.

Le téléphone de Dan sonne, il soupire et sort de la pièce pour répondre, je l'entends parler à Tony, lui expliquant ce que Tyler vient de faire.

Je glisse le long de la porte, mes larmes coulent sur mes joues. Une boule au ventre me consume et me lacère sous l'épiderme. Mon amour hurle. Mon corps tremble et je suis à deux doigts de faire une crise d'angoisse. Malgré le tremblement de mes mains, je m'évertue à ouvrir cette enveloppe et, en dépit de ma vue floue, je reconnais son écriture. Ma respiration se coupe. Puis je prends une grande inspiration.

Cherry,

Pardonne-moi, Lana, pour toutes les fois où j'ai tenté de m'élever au-delà de mes propres tourments, en vain. Mes ombres m'accablent, les spectres de l'homme que j'étais, que je traîne inexorablement derrière moi. Tu es la lumière dans mes ténèbres, mais je sais que tu ne peux pas m'arracher à cette nuit perpétuelle. Si je peux encore préserver quelque chose, ce sera ta sérénité, ton bonheur, loin de l'orage qui gronde en moi. Je refuse de te voir sombrer avec moi dans cet abîme.

L'amour que tu m'offres est une première pour moi ; aucun autre être n'a jamais su toucher les recoins de mon âme comme tu l'as fait. Tu surpasses toutes les personnes que j'ai connues, une véritable révélation qui me brise le cœur car je sais ce que je dois faire. Mon trésor, il serait sage que nos chemins se séparent maintenant. Je suis un homme de démons, et je crains qu'ils ne se mettent à te traquer aussi. J'aimerais tant te demander de m'oublier, de m'effacer de tes pensées, mais je suis égoïstement incapable de formuler ces mots. Je ne veux pas que tu m'oublies, comme je sais que je ne pourrai jamais te sortir de mon cœur.

Je me reconnais comme le pire des hommes, Lana, mais mon unique désir, au-delà de toute ma noirceur, est de rester à tes côtés. Pourtant, le moment est venu pour moi d'affronter les conséquences de mes actes, d'entrer dans la cage que j'ai moi-même forgée.

Car oui, je le mérite, et c'est avec une profonde tristesse que je reconnais cette vérité.

Une fois, tu voulais voir mes textes, et, pour être honnête, depuis que je te connais, tu es devenue ma muse, alors je t'offre mon préféré, parce que je me suis promis intérieurement qu'un jour je t'en ferais lire un. Tu n'es pas obligée d'aller jusqu'au bout, trésor, c'est une dernière volonté avant d'être privé de liberté.

Avant toi, l'espoir n'existait pas, dans l'ombre mon cœur
restait sans éclat.
Près de toi, je perds tout repère, mon âme dans un tourbillon
de lumière.
Attiré par toi, tel un aimant, je te désire ardemment,
tel un amant.
Parfois, ton rire d'enfant dans mon esprit danse,
Ton appel taquin à l'amour, à la romance.
Je souris, idiot, seul avec mes pensées,
Où ton image douce vient souvent me visiter.
J'ai cru longtemps n'être que fautes et erreurs,
Mais dans le miroir de tes yeux brille une douce lueur.
Tu n'es pas de celles qui passent puis s'en vont,
Tu es de mon être une part, mon horizon.
Mais mes cauchemars, cruel destin, menacent de tout briser,
Je crains que ma noirceur finisse par te chasser.
Tu as combattu à mes côtés, sans jamais faillir,
Je refuse que ma présence puisse te faire souffrir.
Le sort en est jeté, mon trésor, ces mots pèsent sur mon âme,
Ton regard sur moi grave une image, une flamme.
Un instant dans le reflet de tes yeux, je me vois meilleur,
Cette bonne personne que tu vois, mon seul vrai bonheur.
Mais je crains que ce ne soit qu'une illusion,
Et que tu découvres ma vraie nature, ma véritable vision.
Quand ce jour viendra, il sera trop tard,
tu seras marquée,
Blessée par moi, comme j'ai blessé tout ce que j'ai touché.
Trésor, ne laisse pas ton amour t'aveugler.
L'histoire de la Belle et la Bête n'est qu'un conte de fées.
Maintenant, je le sais. Tu mérites tellement mieux que moi.
Je ne pourrai jamais te rendre heureuse,
te donner tout ce que tu voudras.

Te dire de m'oublier est un supplice, cette pensée résonne comme des sévices.
Laisse-moi sombrer dans l'oubli de ta mémoire.
Mais au fond, tout ce que je souhaite c'est d'être…
avec toi.

Flame

À suivre…

REMERCIEMENTS

Le personnage de Tyler a fleuri dans mon esprit quand j'avais seize ans, et depuis ce jour j'ai dû écrire au moins cinq versions de cette histoire (éternelle insatisfaite que je suis). Une histoire qui a grandi avec moi au fil des années, et je pense que c'est pour ça que c'est mon personnage préféré, avec Lana, parmi tous ceux que j'ai pu créer jusqu'à maintenant. Ce livre a une place spéciale dans mon cœur, alors qu'il soit publié était vraiment un rêve et c'est pour cela que je remercie les éditions BMR d'avoir donné cette chance à mon manuscrit.

Merci à Lou, mon éditrice, de m'avoir permis de construire une meilleure version de cette histoire, merci pour ta bienveillance et tes précieux conseils.

Merci à Sarah, ma *bestie*, mon soutien quotidien, celle qui répond toujours présente dans mes phases de doutes et de remise en question.

Merci à Emy, ma bêta-lectrice et amie depuis tant d'années, qui a suivi toutes mes aventures d'écriture et qui a surtout connu toutes les différentes versions de cette histoire. Merci d'être là depuis le début et pour ta précieuse aide. Merci à Kim d'avoir bêta-lu cette histoire et d'avoir autant cru en elle. Je voudrais remercier aussi ma cousine Maya, ma première lectrice, celle qui attend la publication de l'histoire de Tyler et Lana autant que moi, merci de toujours croire en moi.

Je tiens à remercier mes parents et mon petit frère, qui m'ont toujours poussée à réaliser mes rêves, ainsi que mes grands-parents pour leur soutien indéfectible. Et mes tantes, Zala et Kenza, qui sont toujours là à attendre chacune de mes sorties.

Pour finir, j'aimerais remercier ma communauté de Wattpad, les premiers à avoir découvert l'histoire de Tyler et Lana. J'espère que cette nouvelle version trouvera grâce à vos yeux, merci de me lire depuis tout ce temps et de me soutenir, sans vous, je n'en serais pas là.

Et on se retrouve très vite pour la suite des aventures de nos deux phénix.

« Pour l'éditeur, le principe est d'utiliser des papiers composés de fibres naturelles, renouvelables, recyclables et fabriquées à partir de bois issus de forêts qui adoptent un système d'aménagement durable. En outre, l'éditeur attend de ses fournisseurs de papier qu'ils s'inscrivent dans une démarche de certification environnementale reconnue. »

Composition et mise en pages : Nord Compo

PAPIER À BASE DE
FIBRES CERTIFIÉES

hachette s'engage pour
l'environnement en réduisant
l'empreinte carbone de ses livres.
Celle de cet exemplaire est de :
650 g éq. CO
Rendez-vous sur
www.hachette-durable.fr

Achevé d'imprimer en France par Brodard et Taupin
Dépôt légal 1re publication octobre 2024
26-6361-6 – ISBN : 978-2-01-728625-7
Édition : 01 – Dépôt légal : octobre 2024
N°d'impression : 3058084